Anstelle einer Danksagung...

Zu Beginn dieses Sommers wurde ich von Freunden einmal gefragt, wann die glücklichste Zeit in meinem Leben gewesen wäre. Damals hatte ich keine wirkliche Antwort parat, denn ich habe bisher mehr oder weniger vor mich hin gelebt und nie wirklich darüber nachgedacht.

In diesem Sommer aber, kurz bevor ich mit dem Schreiben dieses Buches begann, wurde ich schließlich achtzehn, und eine Menge Schulkameraden, mit denen ich in der letzten Zeit oft in den Pausen rumgehangen hatte, beehrten mich mit ihrer Anwesenheit - darunter auch einige Damen, die mich als Geburtstagsgeschenk zum Essen einluden und seitdem als „Mein Harem" bekannt waren.

Ich weiß nicht, ob das damals der Startschuss war, aber fortan wurde ich zu allen möglichen abendlichen Treffen abgeholt, die sich auch in den Abenden der beginnenden Sommerferien fortsetzten, und langsam bekam ich das Gefühl, dass wir, die wir bisher allenfalls Schulkameraden gewesen waren, nun zu dem zusammenwuchsen, was man gemeinhin „Freunde" nennt.

Diese Sommerferien waren dann auch die bisher glücklichste Zeit in meinem Leben: Ich arbeitete morgens und vormittags, und wenn ich nach Hause kam, schnappte ich mir meinen Sportbeutel und fuhr mit dem Rad ins Freibad, wo ich mit meinen Freunden wunderbare Stunden verbrachte; ich ging mit meinem Bruder viel joggen und radfahren, verbrachte die Abende wieder mit meinen Freunden und fühlte mich rundum glücklich. Obwohl nicht immer eitel Sonnenschein herrschte, denn immerhin wurden wir gerade erwachsen, und obwohl ich viele Stunden lang bereitwillig zuhörte, wenn jemand einen Zuhörer brauchte und viele ernste, zum Teil tröstende Gespräche geführt habe, habe ich diese Zeit genossen: denn zum ersten Mal hatte ich wirklich das Gefühl, *am Leben* zu sein und anderen Leuten wirklich helfen zu können. Dafür möchte ich *der Clique* danken.

In der übrigen Zeit, die reichlich vorhanden schien, entstand auch dieses Buch, dass ich einem dummen Kommentar meinerseits gegenüber einer Freundin mit dem Talent zu wunderschönen Zeichnungen im Fantasy-Stil verdanke - sie zeichnete aus Langeweile im Unterricht aus einer einzelnen Verzierung ein komplettes Bild, und ich meinte, dass man dazu eigentlich eine Geschichte schreiben müsse. Sie lächelte und erwiderte: „Ja, mach' mal."

Allen Genannten und jedem Weiteren, dem ich in dieser Zeit begegnet bin - vielen Dank.

Duderstadt, 19.11.2001

Dirk Ulrich Boës

Götterkriege

Für Kristina

Autor: Dirk Ulrich Boës
Inspiration und Cover nach einer Zeichnung von: Kristina Sinning
Technische Beratung: Stefan Axel Boës u. Fank Joachim Boës

Herstellung: Books on Demand GmbH

ISBN 3-8311-3212-7

Begleitet von den ersterbenden Klagelauten des schwarzen Tieres breitete sich eine größer werdende Blutlache auf dem Opferstein aus, die im fahlen Mondlicht schwarz schimmerte. Die hochgewachsene Gestalt, die dem Widder mit einem gewundenen Dolch die Kehle durchtrennt hatte, trat zurück und verbarg den Dolch wieder in ihrer schlichten, schwarzen Robe. Nachdem das Tier in seinen letzten Zuckungen verendet war, hob sie in einer fließenden Bewegung die Hände über den Kopf und blickte zu den übrigen Anwesenden, die wie sie in langen schwarzen Roben still dastanden. Insgesamt vielleicht ein Dutzend Robenträger standen in einem Kreis um den Opferstein und die Gestalt mit dem Messer, jeder mit einer Kerze die sie umgebende Dunkelheit des Waldes nur schwach erhellend. Die Gesichter der Anwesenden waren im Schatten der schwarzen Kapuzen verborgen, und obwohl den Wald ein leichter Wind durchstreifte, war es auf dieser Lichtung merkwürdig still; weder flackerten die Kerzen, noch vermochte der Wind eine der Roben zu zausen.

Dann durchbrach die Stimme der Gestalt in der Mitte die Stille. Offensichtlich ein Mann, begann die Gestalt, in einem leisen, aber kräftigen Singsang etwas in einer fremd klingenden, unverständlichen Sprache zu rezitieren. Als er geendet hatte, antworteten ihm die Robenträger in gleicher Weise. Ein Zwiegespräch entspann sich, in dem der Mann in der Mitte sprach und die Robenträger immer gleich antworteten. Dabei trat der Mann zum Kadaver des Tieres, das nun still und tot dalag, und vollzog eine Reihe sonderbar anmutender Gesten. Er schritt einige Male um den Opferstein und streute schließlich etwas Pulver aus einer Gürteltasche darüber. Dann trat er abermals zurück und sprach ein einziges Wort, vielleicht einen Namen. Die Robenträger nahmen das Wort auf und wiederholten es in einem dunklen, hallenden Singsang.

Mit einem plötzlichen Fauchen entzündete sich aus dem Pulver eine helle, blendendbläuliche Flamme und fraß sich gierig in das Opfertier. Von den Robenträgern war keine Reaktion zu erkennen, bis das Feuer nach kurzen Momenten wieder verloschen war und nur die geschwärzten Knochen auf dem Opferstein zurückblieben. Man hörte das leise Rascheln der Roben, als die Gestalten einander anblickten und sich umsahen. Der Mann in der Mitte drehte sich mit suchendem Blick um und spähte ebenfalls in die Dunkelheit des still daliegenden Waldes.

War es Einbildung, oder waren die Schatten der nächtlichen Bäume dunkler geworden, hatten eine Art von Dunkelheit angenommen, die nur abseits von allem Licht existierte?

Doch es war nicht das, was sie sahen, das ihnen Ehrfurcht einflößte, sondern die plötzliche, dunkle Stimme, deren Klang von großer Macht und großem Unheil kündete. Einige der Robenträger wurden nervös, als die Stimme von nirgendwoher genau zu ihnen zu sprechen begann, sondern von überall her aus der Schwärze des Waldes herandrang. Einer der Robenträger schlug hastig seine Kapuze zurück und blickte sich wild um. Die Umstehenden erkannten deutlich das Flackern von Todesangst in den Augen des jungen Mannes - fast noch ein Kind, in dessen Gesicht gerade einmal die ersten Ansätze eines Bartwuchses zu erkennen waren. Mit einem entsetzten Keuchen brach der Junge aus dem Kreis aus und rannte in die Dunkelheit. Ein scharfes „Nein!" des Mannes in der Mitte hielt weitere davon ab, ihm zu folgen. „Lauscht und lernet, Diener des einzig Wahren! Dafür sind wir gekommen, und wir werden es beenden!"

Niemand wagte es, dieser Stimme Widerstand zu leisten, und sie standen still und lauschten, als die dunkle Stimme zu ihnen sprach. Als sie langsam verklungen war, nickte der Mann in der Mitte zustimmend, und der Kreis löste sich langsam auf. Schweigend wandten sich die Robenträger um und gingen ein jeder in unterschiedliche Richtungen in die Dunkelheit davon, ihr spärliches Kerzenlicht vor sich hertragend. Einige kamen an der zu Boden gefallenen Robe des Jungen vorbei, unter der sich auf dem Waldboden die Umrisse eines unnatürlich verdrehten menschlichen Körpers abzeichneten. Noch immer sprachen sie kein Wort und gingen stur geradeaus auseinander.

Es ist vollbracht...

Umpf. Stöhnend erwachte Kyle aus unruhigem Schlaf, nur um sich in einer nicht minder unangenehmen Realität wiederzufinden, die sich auch mit verschlossenen Augen nicht leugnen ließ. Langsam kehrten mit den Schmerzen die Erinnerungen an den vergangenen Abend zurück. Ohne die Augen zu öffnen, wusste er, dass Talia neben seinem Bett stand und besorgt zu ihm herabblickte.

„Kyle, Kyle... Wann wirst Du das endlich aufgeben? Du weißt, Du musst mir nichts mehr beweisen." Er öffnete lächelnd die Augen und sie küsste ihn sanft auf die Stirn. „Du hast kaum mehr eine Stelle, an der Du nicht mit blauen Flecken übersät bist," fuhr sie vorwurfsvoll fort und machte sich vorsichtig daran, getrocknetes Blut und Dreck aus seinem Gesicht zu wischen.

„Aber wenn ich den feinen Herren nicht den Beutel erleichtere," setzte er an, nur um schmerzvoll das Gesicht zu verziehen, „müssten wir am Ende noch betteln gehen. Da muss ich nun mal riskieren, dass die Wachen mich drankriegen."

Talia sah sich in dem kleinen Zimmer um und runzelte die Stirn. Es war spartanisch, aber anheimelnd eingerichtet, und an der Wand hingen ein kurzes Schwert und ein Kettenhemd neben Talias Bogen und einem Köcher Pfeile. Das Schwert war mit einem edlen Griff aus Hirschlederriemen versehen, und die polierte Klinge blinkte in der Nachmittagssonne.

„Wir beide wissen, dass Du Unsinn redest, Kyle. Es geht uns nicht schlecht, und der Herzog bezahlt gut für Jagdbeute -"

„- auch wenn er viel lieber für etwas anderes zahlen würde," beendete Kyle den Satz verärgert. „Wirklich, Talia, Deine Bogenkünste in allen Ehren, aber Herzog Vighar ist ein Widerling vor den Göttern."

Talia nickte still und zog mit überraschender Geschwindigkeit einen schmalen Dolch hervor und hielt ihn Kyle an die Kehle. „Wenn er nähere Bekanntschaft *hiermit* sucht, soll er versuchen, sich bei mir Widerwärtigkeiten zu leisten."

Besänftigt grunzte der junge Mann, und Talia fuhr ihm durch das strubbelige dunkelbraune Haar und half ihm, sich auf der Pritsche aufzusetzen. „Wenn sich die Gerüchte bestätigen, kann ich in ein paar Tagen wirklich mit den Beutezügen aufhören. Der Statthalter des Herzogs in Karuhm soll wohl ein paar Steuern mehr eingetrieben haben, als er an den Herzog abgegeben hat. Da kann man sicher ein wenig abzweigen..." Er verstummte und blickte Talia fragend, fast bittend an. Sie seufzte sorgenvoll und nickte dann.

Die Gerüchte sollten sich bestätigen, doch der Statthalter von Karuhm ließ seine veruntreuten Steuern gut bewachen. Nachdem Kyle drei Tage lang Tag und Nacht die Villa des Statthalters beobachtet hatte, war er am vierten Tag zum entscheidenden Schritt bereit. Die Villa lag etwas erhöht auf einer baumbewachsenen Anhöhe am reicheren Ende von Karuhm. Von dort hatte man einen guten Blick über die gesamte Stadt, ohne dem Unrat und der Armut am Südrand zu nahe zu kommen. Den Wachen in einem unaufmerksamen Moment ein Schlafmittel in ihre Trinkkrüge zu mischen, war fast unnötig, denn die dumpfe Schwüle das Tages ließ alle Bewegungen zäh und träge werden.

Kyle hatte es vor Monaten aufgegeben, den aufgeblasenen Aristokraten, wie er sie zu nennen pflegte, nur auf dem Markt gelegentlich den Geldbeutel zu stehlen. Er hatte begonnen, still und leise deren Heime zu besuchen. Wie zuvor hatte er auch dieses Mal das Kurzschwert schweren Herzens Zuhause gelassen. Statt dessen hatte er nur ein kleines Messer und einige Dietriche bei sich, die er fest in einer Tasche seines Ärmels verstaut hatte, damit sie kein verräterisches Klimpern von sich geben konnten, wenn er sich bewegte.

Nachdem er sich vergewissert hatte, dass die Wachen fest schliefen, brach er leise ein Fenster im hinteren Teil des Landhauses auf und ließ das Messer anschließend wieder in die dafür vorgesehene Stiefeltasche zurückgleiten. Schweiß sammelte sich zuerst im Kragen seines weiten, dunklen Hemdes und lief gemächlich seinen Rücken hinunter bis in die Stiefel, obwohl Kyle ruhig und gleichmäßig atmete. In Gedanken verfluchte er den zuständigen Gott für das brütende Wetter und stieg vorsichtig durch das nun offene Fenster. Auf leisen, weichen Ledersohlen schlich er über die groben Steinplatten des Korridors. Obwohl Kyle keine Wachen erwartete, hielt er sich ständig im Schatten und huschte von Versteck zu Versteck, um nicht etwa einem zufällig auftauchenden Bediensteten in die Arme zu laufen. Er hatte sich den ungefähren Grundriss des Landhauses eingeprägt und war einmal wieder glücklich über seine präzise Orientierung. An der Tür am Ende des Korridors verharrte er einen Moment und lauschte. Als das Haus bis auf seinen eigenen Herzschlag und leisen, gleichmäßigen Atem ruhig blieb, drückte er vorsichtig die Klinke herunter.

Die Tür war unverschlossen, und im nächsten Moment stand er in der großen, mit Teppich ausgeschlagenen Vorhalle des Landhauses. Eine breite Doppeltreppe führte in das nächste Stockwerk, eine einfache Holztür auf der linken Hallenseite führte zu den Gesindequartieren, in denen die Bediensteten nichts ahnend schlummerten. Eine weitere Tür führte auf der rechten Seite in einen anderen Gebäudeflügel. Kyle erinnerte sich, den Statthalter durch ein Fenster im Erdgeschoss an einem Schreibtisch gesehen zu haben, also entschied er sich, dort zuerst zu suchen. Sich sorgfältig an der Wand haltend, schlich er durch die hellerleuchtete Halle zu der mit vergoldetem Schnörkeln verzierten Tür.

„Schließt denn hier niemand ab?" wunderte er sich halblaut, als er das Schloss flüchtig auf Fallen untersuchte und die Tür dann geräuschlos öffnete. Ein weiterer Korridor, dieser mit weichem dunkelrotem Teppich ausgeschlagen, schloss sich dahinter an; auf jeder Seite gab es zwei Türen. Erneut rief Kyle sich das Bild vom Statthalter am Schreibtisch in Erinnerung und zählte in Gedanken die Fenster vom Eingangstor ab. Dann erst schlich er zielsicher zur hinteren Tür auf der linken Seite und zog vorsorglich einen Dietrich aus der Armtasche. Mit prüfendem Blick schätzte er das Schloss ein, nachdem er sich versichert hatte, dass sie tatsächlich fest verschlossen war - er hätte es fast als Beleidigung empfunden, wäre das nicht der Fall gewesen.

Es dauerte einige Minuten, bis er das Schloss unauffällig aufgebrochen hatte, und Kyle hatte das Gefühl, mit dem Lärm das halbe Haus geweckt zu haben. In geduckter Haltung betrat er den Raum, schloss die Tür hinter sich und sah sich um. Die Ausstat-

8

tung des Raumes entlockte ihm einen leisen bewundernden Pfiff: Am Fenster stand der schwere eichene Schreibtisch, an dem er den Statthalter beobachtet hatte. Zwei ebenso massive Regale säumten die Wände, das eine überfüllt mit Pergamenten und Schriftrollen, das zweite mit kleinen Kästchen, Lederbeuteln und Schatullen. Vor den Fenstern hingen schwere Brokatvorhänge, und der Teppich übertraf den des Korridors noch an Dicke. Kyle stellte sich vor, dass man eines der massiven Regale auf diesem Teppich hätte umwerfen können, ohne das man es im Raum direkt nebenan hören würde. Systematisch untersuchte er zuerst die zahlreichen Behältnisse des Regals und verstaute Geldbeutel, Schmuck und einzelne Münzen in den zahlreichen Taschen seines Hemdes. Dann wandte er sich den Schubladen des Schreibtisches zu; die Schriften des Statthalters interessierten ihn wenig. Er entdeckte schnell den Schlüssel zu den Schubladen, der achtlos zwischen einigen Dokumenten, Tintenfass und Feder liegengelassen worden war. Die oberen beiden Schubladen enthielten wiederum nur Schriftstücke und einige noch unbeschriebene Pergamente. In der letzten Schublade jedoch stieß er auf eine Holzschatulle, die mit seltsamen, ihm unbekannten Zeichen übersät war. Verwirrt starrte er einen Moment darauf und lauschte dann; er war sicher, im Korridor ein Husten gehört zu haben. Er versuchte, ruhig zu atmen und auf Geräusche zu horchen, doch seine Aufmerksamkeit wurde immer wieder von der Schatulle angezogen, die im Schein einer einzelnen Kerze auf dem Schreibtisch dunkel und geheimnisvoll schimmerte. Ehrfürchtig strich Kyle mit Daumen und Zeigefinger über die in das polierte Holz eingeschnitzten Zeichen und ließ den Deckel aufspringen.

Er blinzelte und betrachtete das feine Schnitzwerk in dem kurzen Stab, der dort auf tiefrotem Samt gebettet war. Im Wiederschein der Kerze glänzte er matt weiß, und als Kyle ihn berührte, fühlte er sich merkwürdig kühl an. Kyle hatte in seinem Leben noch kein Elfenbein gesehen, doch er hatte davon gehört; er war sich sicher, etwas dieses kostbaren Stoffes vor sich zu haben, dem zauberhafte Kräfte zugeschrieben wurden. Zögernd nahm er den Stab aus der Schatulle und schob ihn in seinen rechten Ärmel; er war etwa halb so lang wie Kyles Unterarm, und die Kühle, die er ausstrahlte, beruhigte.

Als er sich gerade wieder zur Tür umwenden wollte, hörte er von den Gesindequartieren her wütende, zum Teil verwirrte Rufe. In wenigen Momenten würde das ganze Haus auf den Beinen sein, und im Arbeitszimmer des Statthalters würden sie zuerst suchen. Kyle entschloss sich, den Rückweg durch das Haus zum aufgebrochenen Fenster auf der Rückseite zu vergessen und wandte sich dem Fenster des Zimmers zu. Er zog in einer raschen Bewegung das Messer aus der Stiefelscheide, brach schnell und leise den Verschluss auf und öffnete das Schiebefenster. Obwohl das verschlafene Stimmengewirr bereits in der großen Halle zu sein schien, verschloss Kyle die Schreibtischschubladen sorgfältig wieder und legte den Schlüssel zurück. Er machte sich keine Hoffnung, dass die fehlenden Geldbeutel auf dem Regal nicht auffallen würden, aber vielleicht würde der Eindruck einer flüchtigen Betrachtung standhalten. Die brütende Schwüle des Abends hatte sich inzwischen in einem Gewitter aufgelöst, und der Regen fiel Kyle ins Gesicht, als er aus dem Fenster stieg. Er zog die Brokatvorhänge so gut es ging wieder hinter sich zu, schob das Fenster wieder zu und blickte zum Boden. Er hätte es vorgezogen, wieder durch das hintere Fenster zu verschwinden, denn auf dieser Seite des Gebäudes befand sich die Fensterfront einige Fuß über dem Boden. Unter sich sah Kyle einige Zierbüsche, die wohl die Vorderseite verschönen sollten. Er fluchte unterdrückt und schätzte die Entfernung ab, die er springen musste, um nicht in den Büschen zu landen. Er spannte sich, doch als er abspringen wollte, verlor er mit einem Fuß auf dem regennassen Sims den Halt und stürzte unkontrolliert zu Boden. Der Sturz war nicht tief, doch trotzdem landete Kyle unsanft in einem der Büsche. Der Elfenbeinstab presste sich schmerzhaft in seinen Unterarm, als er versuchte, den Sturz aufzufangen, und kleine Äste und Zweige bohrten sich ihm in Brust und Beine. Mühsam rappelte er sich wieder auf, klopfte Zweige und Blätter von sich ab und blickte zum Fenster hinauf. Inzwischen waren einige Bedienstete bis zum Arbeitszimmer des Statthalters vorgedrungen und hatten die Tür unverschlossen vorgefunden. Als dieser verständigt worden war, stürmten sie in den Raum und sahen sich um. Das Bersten der Äste war in ihren aufgeregten Rufen untergegangen, doch als ein noch reichlich verschlafener Wachsoldat aus dem Fenster sehen wollte, bemerkte er den aufgebrochenen Verschluss und das verwüstete Gebüsch. Den Nachwirkungen des Schlafmittels war es zuzuschreiben, dass er nicht den Schatten sah, der sich in einiger Entfernung leicht humpelnd um eine weitere Hausecke stahl.

Die Nachrichten vom Diebstahl des Elfenbeinstabes verbreiteten sich schnell in andere Teile des Reiches. Eine Partei wurde direkt vom Statthalter informiert und sandte einen Trupp Reiter nach Kahrum. Eine zweite Partei hörte von Gerüchten über den Stab und tat sie als Geschwätz ab; um dennoch sicherzugehen, sandte sie einen einzelnen Mann aus, dem Gerede nachzugehen. Eine dritte Partei *wusste* vom Verschwinden des Stabes und machte sich Sorgen.

Kyle wusste von alledem nichts. Noch immer leise fluchend und kleine Zweige aus seinen Haaren entfernend, war er auf Schleichwegen an dem Haus angekommen, in dem er und Talia von einem Zunftmeister einen der ungenutzten Räume zugestanden bekommen hatten. Es lag am Rande der Stadt, und den Rest des Weges war Kyle von einer Hausecke zum nächsten gerannt, um keinem nächtlichen Bürger zu begegnen - hauptsächlich Diebe, Mörder und Halsabschneider. Kyle wusste, dass der Handwerker, seine Familie und sein Gesinde bereits vor Stunden zu Bett gegangen waren. Dennoch hatte der alternde Mann ein gutes Gehör und einen leichten Schlaf, und Kyle hatte nicht vor, in Einbrecherkluft im Hausflur ertappt und zur Rede gestellt zu werden. Glücklicherweise ließ Talia an solchen Abenden eines der Fenster im ersten Stock offen, so dass Kyle noch spät in der Nacht seine Kletterkünste auf die Probe stellen konnte - ein guter Teil seiner blauen Flecken rührte auch daher. Dennoch hatte er sich beständig geweigert, eine Leiter oder zumindest ein Seil bereitzulegen, um den kurzen Aufstieg zu erleichtern.
An diesem Abend gelang es ihm zu seiner eigenen Verwunderung sofort, das regennasse Fugenwerk der Hauswand zu erklimmen. Er entledigte sich leise der dunklen Einbrecherkluft und seiner Werkzeuge, und begann, seine Beute unter einem losen Dielenbrett zu verstauen. Das erste Ziel jedes Einbrechers, dachte er im Stillen bei sich und schwor wie jedes Mal, sich etwas Besseres einfallen zu lassen. Obwohl er sofort

hätte einschlafen können, stand er einen Moment unschlüssig im Raum und sah zu Talias Bett. Durch das gedämpfte Rauschen des Regens drangen die Geräusche der nächtlichen Stadt heran, und das durch das Fenster einfallende Mondlicht ließ ihre sonst goldblonden Haare wie einen silbrigen Wasserfall wirken, der beständig über die Bettkante floss, den Boden aber nicht erreichte. Talia pflegte bei warmem Wetter nicht in ihrer Kleidung zu schlafen, und ein nun kühler Windhauch vom Fenster veranlasste sie, leicht zu frösteln. Kyle trat näher und zog ihr die Decke bis an die Schultern, küsste sie sanft auf die Wange und flüsterte beruhigend. Dann ließ er sich selbst vor ihrem Bett nieder und war im nächsten Moment fest eingeschlafen.

Als er am nächsten Morgen erwachte, drangen Vogelstimmen und Sonnenschein durch das geöffnete Fenster. Kyle erhob sich mühsam und schwor sich, in Zukunft vor dem Einschlafen zumindest sein Bett zu erreichen. Mit schmerzenden Knochen wankte er schlaftrunken zum Fenster, um auf die Straße vor dem Haus hinunter zu blicken. Ein Pferdekarren auf dem Weg zum Markt rollte vorbei, und der Handwerksmeister hetzte sein Gesinde im und um das Haus herum. Talias Bett war verlassen gewesen, als Kyle erwacht war, und er nahm zur Kenntnis, dass sowohl ihr Bogen als auch ihre lederne Jagdkluft mit ihr verschwunden waren. Sie würde also auf der Jagd sein und den Morgen über den Wald durchstreifen. Kyle entschloss sich, in der Zwischenzeit zum Markt zu gehen und dort die Ohren nach interessanten Gerüchten offen zu halten. Talia würde vor ihm wieder zurück sein, aber er konnte ihr seine Beute auch noch später präsentieren. Gegenwärtig verlangte seine gute Laune nach frischer Luft, Sonnenschein und etwas Bewegung.

Beim Ankleiden fielen ihm die dunkelroten Druckstellen an seinem rechten Unterarm auf, wo sich der Stab tief in das Fleisch gedrückt hatte und er nun die Schnitzereien wiedererkennen konnte. Den Stab hatte er als einziges am Vorabend nicht unter dem Boden verstaut, sondern ihn aus einer Unruhe heraus bei sich behalten. Aus reiner Vorsicht entschloss er sich, trotz des warmen hochsommerlichen Wetters ein langes Hemd zu tragen, wo er den Stab erneut verbergen konnte. Viele Handwerksburschen, die den Tag über in den verschiedenen Kellerräumen arbeiteten, wo es trotz des Wetters erbärmlich kalt sein konnte, trugen ebenfalls noch lange Hemden, und Kyle erwartete nicht, besonders aufzufallen.

Er trat aus der Tür des Hauses und ließ sich im zunehmenden Menschen- und Karrenstrom treiben, der über diese Straße von den umliegenden Dörfern und Höfen dem Markt zustrebte. Der Handwerksmeister hatte sich mehr als einmal lautstark beschwert, dass *er* ständig den Unrat der Pferde von der Straße räumen müsste und die vielen Menschen bei jeder Gelegenheit versuchten, sein Haus auszurauben, aber der Verkehr belebte auch sein Geschäft. Aus einem vorbeirumpelnden Karren, dessen alte Räder auf dem Kopfsteinpflaster fast zu bersten drohten, stibitzte Kyle einen Apfel. Dann tauchte er wieder in die Menge ein, die den Marktplatz erreichte und sich an die zahlreichen Stände und Karren verstreute. Mit dem Apfel in der Hand ließ er sich am Rand des alten Steinbrunnens zwischen den Waschweibern nieder und beobachtete das geschäftige Treiben. Mit halbem Ohr lauschte er dem Klatsch und Tratsch der Frauen, die allmorgendlich zum Wäschewaschen an den Brunnen kamen. Ein kleiner Junge

rannte vorbei, gefolgt von einem wütend schreienden Händler, der wohl sein Obst zurück forderte. Ein Dieb in Ausbildung, dachte Kyle bei sich und lächelte.

Im Schatten der großen Weide, die einzeln in der Mitte des Platzes wuchs, hatte sich
eine Traube Kinder um die alte Lana geschart, argwöhnisch beobachtet von zwei
Männern in der Rüstung der Stadtwache. Die greise Geschichtenerzählerin war unter
der Hand als Hexe verschrien, obwohl - oder gerade weil - die Kinder sie gern be-
suchten und ihren Geschichten aus längst vergangenen Zeiten lauschten. Kein Mensch
wusste, wie alt die Vettel tatsächlich war, aber viele ihrer Geschichten klangen, als
hätte sie die Entstehung der Welt und die Schlachten der alten Götter selbst miterlebt.
Kyle selbst erinnerte sich, früher mit anderen Kindern dort unter der alten Weide gesessen und andächtig gelauscht zu haben, wenn die fast blinde Frau mit ihrem viel zu
kurzen, knorrigen Krückstock herangehinkt war und es sich bequem gemacht hatte.
Eine der eindrucksvollsten Geschichten war für ihn immer das Ende der Götterschlachten gewesen, als die Götter mit den Herren der Dämonenwelt einen Pakt geschlossen hatten, die die Mächtigen beider Seiten auf ewig davon abhielt, selbst auf
der Welt zu wandeln und ihren Krieg zu führen. Der Sage nach, hörte Kyle die alte
Lana in ihrer nach altem Pergament klingenden Stimme sagen, beschlossen sie, dass
nur die minderen Dämonen und einige göttlich Auserwählte die Welt betreten und an
Stelle der Götter und Dämonen das ewige Duell fortführen sollten. An dieser Stelle
pflegte die alte Frau abzuschweifen und den Kindern entweder die schillernden Helden
der Götter oder die finsteren und abscheulichen Diener der Dämonen zu beschreiben.
Besonders gefallen hatte Kyle immer die Beschreibung des Götterkriegers Alazin, den
er mit den blaublitzenden Augen, in seiner schimmernden Rüstung, dem himmelblau-
en Schild und dem funkelnden Schwert aus Licht fast zum Greifen nahe vor sich gesehen hatte, wenn die alte Frau erzählte.

Er schüttelte widerwillig die Erinnerung an seine Jugend ab, um sich auf einen kleinen Tumult zu seiner Linken zu konzentrieren. Er biss nachdenklich in seinen Apfel
und überlegte, ob ein weiterer Nachwuchsdieb nicht schnell genug geflüchtet war oder
ein streunender halbwilder Hund sich über die Marktwaren hergemacht hatte. Es
stellte sich heraus, dass statt dessen zwei schwer bewaffnete und gerüstete Männer bei
ihrem Versuch, einer kleinen Reitergruppe Platz zu schaffen, mit den Wachsoldaten
aneinander geraten waren, die keine gezückten Klingen auf ihrem Markt duldeten.
Kyle überlegte, dass jeder der Männer auch ohne die schwere Rüstung Schwierigkeiten hätte, durch eine Tür zu gelangen, die schmaler als ein Doppeltor war. Doch mit
ihren Rüstungen wirkten sie wie Kleiderschränke, über die ein breiter, mit Narben
verunzierter Kopf nur wenig herausragte. Die Rüstungen waren an den Gelenken mit
Stücken aus dunklem Leder versetzt, und sowohl die dunkelroten Umhänge der Männer als auch ihr finsterer Blick ließen Kyle unwillkürlich schaudern. Auch die Reitergruppe bestand vorwiegend aus etwa zehn weiteren solchen Schränken, die die neugierige Menge mit Huftritten ihrer schnaubenden, nervösen Schlachtrösser von sich ab-
hielten und einen schmächtigen Mann in einer braunen Robe flankierten, der in seinem
Sattel vornüber gebeugt angestrengt ein Medaillon in seiner Rechten anstarrte. Ein
Schrei veranlasste die Menge, respektvoll zurückzuweichen, und Kyle hörte, wie der
Mann einen scharfen Befehl bellte; obwohl der Mann klein und dürr schien, und die

Augen nicht von einem Medaillon abwandte, steckten sowohl die Schränke als auch die Stadtwachen ihre Waffen weg, und die Stadtwachen begannen, die Marktleute zu vertreiben, um den Reitern ein Durchkommen zu ermöglichen. Die Menschenmenge entschied sich, keinen weiteren Ärger mit den finsteren Gestalten zu suchen und wandte ihre Aufmerksamkeit dem dicklichen Mann zu, der den Schrei ausgestoßen hatte. Ein Pferdehuf musste ihn getroffen haben, denn er blutete aus einer Platzwunde an der Stirn und blickte verwirrt von dort auf, wo er auf dem Kopfsteinpflaster saß. Einen Moment lang spielte Kyle mit dem Gedanken, den Männern zu folgen, doch er hatte seit geraumer Zeit eine Abneigung gegen schwer gepanzerte Wachleute entwickelt; besonders, wenn diese mit Vorliebe schnell und unbarmherzig zuschlugen... oder ihre Pferde zutreten ließen.

Vorerst blieb er eine Weile am Markt und lauschte den Vermutungen, die die Leute über die finsteren Reiter anstellten. Er schätzte, dass einer der hohen Herren seine ganz persönlichen Probleme mit einem Nachbarn lösen wollte, oder jemand sehr viel Geld oder etwas anderes Wertvolles von einem Ort zum anderen bringen wollten; für solche Aufträge waren Söldner und brutal aussehende Soldaten ein gern benutztes Argument. Noch wusste er nicht, wie recht er mit seinen Vermutungen hatte, obwohl ihm der Gedanke kam, man könnte etwas verschwundenes Geld und den einen oder anderen Schmuck aus den Kammern des Statthalters vermissen; nicht bei ihm, denn niemand hatte ihn am vergangenen Abend sehen oder erkennen können. Er musste ein Kichern unterdrücken, als er daran dachte, wie diese Männer die halbe Stadt auf den Kopf stellen würden, ohne *seine* Beute zu finden, und erntete einen tadelnden Blick eines der Waschweiber. Vermutlich hatte sie ihrer Nachbarin gerade etwas furchtbar Tragisches über ihren Mann, ihren Bruder oder eine andere Nachbarin erzählt. Kyle zuckte die Schultern und verfütterte die Reste seines Apfels an ein nahe stehendes Karrenpferd, das ihn erst argwöhnisch beäugte und anschließend fast die Hand abbiss. Gemütlich schlenderte er über den Platz und steuerte auf die Straße zu, die ihn zum Haus des Handwerksmeisters zurückbringen würde. Vielleicht würde er noch vor Talia dort eintreffen und ihr seine Beute gleich bei ihrer Rückkehr zeigen können.

Als er dort ankam, sah er die Reitertruppe direkt davor stehen und laut und wild gestikulierend mit dem Hausherrn streiten. Kyle blieb abrupt stehen und drückte sich an eine Hausecke, um unbemerkt lauschen und beobachten zu können. Während der Handwerksmeister fast ebenso dunkelrot anlief wie die Umhänge der Reiter, standen diese mit gezogenen Schwertern vor ihm und deuteten mehrfach zum Haus. Der Mann in der Robe war von seinem Pferd abgestiegen und stand schweigend zwischen den bedrohlichen Schränken. Kyle konnte ihn noch immer nicht genau erkennen, da seine kleine Gestalt von den Reitern verdeckt wurde, doch er meinte zu erkennen, dass der Mann wieder auf sein Medaillon starrte und einige leise Worte mit einem der Reiter wechselte. Dieser nickte und gab einige knappe Handzeichen, die die umliegenden Häuser mit einschlossen. Vier der zehn Reiter wendeten ihre Pferde und ritten zu zweit die Straße in beide Richtungen entlang.

Kyle entschied sich, einen unauffälligen Rückzug anzutreten und wandte sich rasch um. Er stieß mit einer sehr überraschten Talia zusammen, die eben mit geschultertem Bogen um die Ecke bog. „Kyle!"

Ihr überraschter Ruf erreichte die zwei nahenden Reiter, und sie spornten ihre Pferde zum Galopp an. Kyle überschlug kurz seine Möglichkeiten und entschied sich spontan für die Flucht, wobei er Talia hinter sich herzog. Er hoffte, genug Vorsprung zu haben, um in eine der engen Seitengassen abtauchen zu können, doch er hatte die Geschwindigkeit der Pferde unterschätzt. Ein harter Schlag traf ihn ins Kreuz, und er prallte hart auf das Pflaster. Als das Singen in seinen Ohren vergangen war, griff eine eisenbehandschuhte Hand nach ihm und schleifte ihn unsanft zum Haus zurück. Hinter sich hörte er Talias lautstarke Proteste, und das überraschte Japsen des zweiten Reiters. Offensichtlich hatten sie nicht mit Talias Wehrhaftigkeit gerechnet. Kyle hoffte, dass sie sich nicht stark genug wehrte, um den Reiter ernsthaft wütend zu machen; dass sie keine Möglichkeit zur Flucht mehr hatten, war ihm bewusst. Er blickte über die Schulter und sah, wie ein weiterer Reiter dem ersten zu Hilfe kam und Talia grob die Arme auf den Rücken drehte.

Ein schmieriges Krächzen lenkte Kyles Aufmerksamkeit wieder auf den restlichen Trupp vor dem Haus. Der dürre Mann war vorgetreten und räusperte sich. Immer noch hielt er sich vornüber gebeugt, obwohl er nun aus dem Sattel gestiegen war. Einen Moment musterte er Kyle stumm und blickte wieder auf sein Medaillon, das er, wie Kyle jetzt auffiel, an einer goldgliedrigen Kette um den Hals trug. Von dem Edelstein, der in das Medaillon eingearbeitet war, ging ein merkwürdiges grünliches Leuchten aus, dass sich in den kleinen, dunklen Augen des Mannes dumpf widerspiegelte.

„Mein guter Freund," begann der Schmächtige mit einer unangenehm öligen Stimme, „Ihr habt etwas in Eurem Besitz, das uns gehört..."

Uns? Kyle betrachtete den Mann schweigend. Sein Gegenüber, der auch jetzt noch vornüber gebeugt stand, war gut zwei Köpfe kleiner als er, und um einiges dürrer, trotz seiner schweren braunen Brokatrobe. Ein verschlagenes Lächeln umspielte die dünnen Lippen des Mannes und seine Haare waren ebenso schwarz wie seine Augen, und glänzten ebenso schmierig wie seine Stimme. Er war durchaus elegant in seinen Worten und Gesten, doch seine verschlungen überhebliche Art machte Kyle rasend. Dass dieser Mann, der das seltsam leuchtende Amulett mit dürren Fingern umklammert hielt, für jemand anderes arbeitete, war offensichtlich, doch Kyle war sich sicher, dass er diesen Mann nie in der Nähe des Statthalters gesehen hatte.

„Um Euer Gedächtnis aufzufrischen," sprach der Schmächtige weiter, und Kyle fiel auf, dass trotz des stumpfen Glanzes seiner Augen ein gewitzter Ausdruck auf seinem Gesicht lag. „Das Geld des Statthalters interessiert uns wenig. Es geht uns um den kurzen Stab aus Elfenbein, den Ihr aus der Schatulle entwendet habt."

Es verwirrte Kyle, dass dieser Mann so offensichtlich wusste, dass *er* die Sachen gestohlen hatte, und die Verwirrung musste ihm anzusehen sein. Denn der Mann fuhr ruhig fort, und hob sein Medaillon etwas in die Höhe. „Wir haben die Spur des Stabes bis zu Eurem Haus verfolgt, aber offensichtlich habt Ihr den Stab nach wie vor bei Euch." Er ließ das immer noch grünlich glühende Medaillon vor Kyles Gesicht pendeln und führte es dann vor Brust und Arme. Als es vor seinem rechten Arm, direkt über dem unter dem Stoff versteckten Stab hing, wurde das Glühen stärker und Kyle konnte die leichte Wärme spüren, die es ausstrahlte. Der Mann nickte und blickte dann verwundert nach rechts, wo die beiden anderen Reiter Talia inzwischen hingeschleppt hatten und alle Mühe hatten, sie ruhig zu halten. „Es scheint, Eure Gefährtin ist eine kleine Wildkatze... Vielleicht sollte ich mir die Zeit nehmen, sie zu zähmen," wandte er sich mit einem finsteren Lächeln wieder an Kyle. Kyle wollte sich losreißen und auf ihn stürzen, doch einer der Reiter hielt ihn nach wie vor in einem schraubstockartigen Griff. „Doch keine Angst. Mein Gebieter wünscht nur den Stab."

Auf ein Nicken des Schmächtigen hin verdrehte der Krieger Kyle den Arm so, dass dieser ihn nicht ohne Schmerzen bewegen konnte, und schob seinen Hemdsärmel zurück. Mit triumphierendem Blick ließ sich der Schmächtige den Stab aushändigen und wandte sich um, um sein Pferd zu besteigen. „Ihr solltet Euch nicht einmischen," bemerkte er über die Schulter, um dann, an die Reiter gewandt, fortzufahren: „Brennt das Haus nieder - als Erinnerung."

„Sehr wohl, Master Bakar." Einer der Reiter entzündete eine Fackel und blieb einen Moment vor dem Handwerksmeister stehen, der die ganze Zeit über mit wachsender Verwirrung zugesehen hatte und nun lautstark protestierte. „Was ist mit dem Handwerker?" fragte er seinen Herren, der bereits ungeduldig im Sattel saß.

Der winkte wegwerfend. „Tötet ihn, er hat keine Bedeutung!" Ein weiterer Reiter stieg ab, zog sein Schwert und stieß es dem ängstlich zurückweichenden Mann mit einer schnellen Bewegung in den Bauch. Kyle und Talia sahen hilflos zu, wie der Reiter über den blutenden Mann hinwegstieg und zusammen mit zwei anderen Fackeln entzündete und sie auf das Strohdach warf. Das vom gestrigen Regen nur noch leicht feuchte Stroh leistete kurz Widerstand und ging dann in Flammen auf. Die Reiter stiegen lachend wieder auf, und Kyle und Talia wurden unsanft zu Boden gestoßen. Als sie sich wieder aufrappelten, hatte das Feuer sich bereits in das trockenere Holz des Innenhauses gefressen, und das Haus brannte lichterloh. Für den Handwerksmeister würde jede Hilfe zu spät kommen, doch Kyle schrie den bereits näher kommenden Neugierigen zu, sie sollten einen Heiler verständigen. Während Talia sich fieberhaft um den Sterbenden bemühte, trat Kyle die Tür des brennenden Hauses ein und war darin verschwunden, bevor sie etwas sagen konnte. Sie wusste, dass er versuchen würde, sein geliebtes Kurzschwert vor den Flammen zu retten, und sie kannte auch seinen Dickkopf. Aber sie musste sich um den Verwundeten kümmern, der von einer größer werdenden Traube von Neugierigen, Gesinde des Mannes und seiner laut wehklagenden Familie umringt wurde.

Währenddessen hatte Kyle die alte beschnitzte Holztreppe erreicht, die in den ersten Stock zu ihrem Zimmer führte. Er sah auf der linken Seite bereits das Feuer wüten, also wandte er sich nach rechts, der Tür zu ihrem Zimmer zu. Aus irgendeinem Grund klemmte die Tür, und er trat sie mühsam ein, begleitet mit einem Fluch an den zuständigen Gott. Drinnen waren einige brennende Deckenbalken heruntergefallen und hatten den Raum in ein Flammenmeer verwandelt. Hitze wallte ihm entgegen, und er musste dem Zimmer einen Moment den Rücken zuwenden, um atmen zu können. Dann stürzte er zur Wand und riss das Schwert herunter. Das Kettenhemd war von einem stürzenden Dachbalken heruntergerissen worden und lag nun darunter eingeklemmt, also ließ Kyle es zurück. Mit dem Schwert brach er die lose Diele aus dem Boden. Er konnte zwei Geldbeutel greifen, bevor ein weiterer Deckenbalken herunterstürzte und er zurückspringen musste. Der hölzerne Türrahmen begann zu brennen, und Kyle spurtete los. Durch das bereits brennende Zimmer zum Fenster zu laufen und aus dem ersten Stock unkontrolliert auf die Straße zu stürzen, kam ihm nicht in den Sinn. Begleitet vom Feuer, das sich an den Wänden entlangfraß, rannte er zur Treppe und musste erkennen, dass diese wenige Stufen unterhalb von ihm im Feuer zusammengebrochen war. Er schob das Schwert auf dem Rücken unter sein Hemd und nahm beide Geldbeutel in eine Hand, um den Rest des Treppengeländers zu greifen. Er schwang sich darüber, um nicht in die brennenden Trümmer der Treppe unter ihm zu fallen, deren Splitter speerartig aufragten.

Der zuständige Gott musste seinen Fluch gehört und ihn übelgenommen haben, denn das Treppengeländer brach in seinem Schwung und segelte ihm hinterher dem Boden zu. Den Fall schmerzhaft auf einem Bein abfangend, warf Kyle sich zur Seite, um nicht davon getroffen zu werden. Trotz des knisternden Feuers, das um ihn her wütete, hörte er noch ein weiteres Geräusch, als er sich aufrappelte und zur Tür lief. Er vernahm dumpfes Klopfen und Rufen hinter einer Tür rechts von ihm. Mit einem zumindest verstauchten Bein hatte er keine Möglichkeit, sie einzutreten, also warf er sich mit der Schulter dagegen. „Weg von der Tür!" brüllte er, um das prasselnde Feuer und das berstende Holz zu übertönen. Er nahm ein weiteres Mal Anlauf und warf sich gegen die Tür, deren von der Hitze verzogener Rahmen unter der Wucht seines Aufpralls nachgab. Er landete unsanft auf der Schulter in dem kleinen Raum und blickte in die verängstigten Gesichter dreier Mägde und Diener, die auf ihn herabstarrten. „Raus hier!" herrschte er sie an. Die drei schüttelten ihre Verwunderung ab und stürmten los. Kyle rappelte sich auf und folgte ihnen. Knapp hinter ihm fiel ein weiterer Deckenbalken zu Boden, und ein Teil des ersten Stocks freute sich über ein unerwartetes Zusammentreffen mit dem Erdgeschoss.

Kyle kämpfte sich durch die Hitze des brennenden Korridors und stürzte durch die Haustür ins Freie. Nach Luft ringend, rollte er sich auf dem Boden herum, um vom Feuer wegzukommen, als ein scharfer Schmerz seinen Rücken durchfuhr. Ein Schmerzensschrei entfuhr ihm, und er erinnerte sich an das Schwert, dass er kurzüberlegt unter sein Hemd geschoben hatte. Beim Herumrollen hatte es sich ein kurzes Stück in seinen Rücken eingegraben. Mühsam stand er auf, und irgend jemand geleitete ihn zu Talia zurück, die inzwischen von der laut lamentierenden Handwerkersfamilie umringt war, den verstorbenen Handwerksmeister in ihren Armen. Sie blickte geschockt zu Kyle und stürzte auf ihn zu, um ihn zu stützen. Kyle umarmte sie und vergrub den Kopf in ihren Haaren, während er beruhigend auf sie einflüsterte. Ob er nur sie oder auch sich selbst beruhigen wollte, war ihm in diesem Moment egal; sie brauchten es beide. Er sah zu der Frau des Handwerksmeisters, die laut klagend an der Leiche ihres Mannes kniete. Offensichtlich beklagte sie mehr den Verlust des Hauses als ihres Mannes. Kyle rief sie und warf ihr einen der beiden Geldbeutel zu. Für einen Moment wich der Ausdruck unendlichen Verlusts von ihrem Gesicht, und Kyle wandte sich um. „Lass' uns verschwinden," raunte er Talia zu, und gestützt auf sie humpelte er in Richtung Stadt davon.

Von dem übrigen Geld nahmen die beiden sich ein Zimmer in einem Gasthaus in der Stadt. Nachdem ein Heiler Kyles Wunden halbwegs versorgt hatte, saßen beide schweigend im Schankraum des Gasthauses und starrten auf die Maserung der Tischplatte. Beide versuchten, das soeben erlebte zu verstehen und zu verdauen. Es war Talia, die schließlich das Wort ergriff. „Du hättest nicht noch einmal in das Haus gehen sollen. Für das dumme Schwert und das Geld hättest Du Dich fast umgebracht," begann sie vorwurfsvoll, doch er nickte nur stumm und unterbrach sie mit einer Handbewegung. Im Schankraum war guter Betrieb, und die beiden hatten sich einen Tisch in einer etwas abseitigen Ecke gesucht, wo weder die anderen Gäste noch der Schankwirt sie zu sehr behelligten. „Wäre dieser Bakar, wer immer er sein mag, nicht überraschend aufgetaucht, hätten wir das gar nicht mitmachen müssen. Dieser alberne Stab aus Elfenbein -"

„- das Horn von Saskath," unterbrach ihn eine fremde Stimme, und eine Gestalt in einer abgetragenen weißblauen Kapuzenrobe, unter der man das Gesicht nicht erkennen konnte, trat neben ihm aus dem Schatten. Kyle hatte die Gestalt vorher nicht bemerkt, und der Schatten war nicht dunkel genug, als dass sich darin jemand hätte verbergen und unbemerkt nähern können. Er griff nach seinem Kurzschwert, das griffbereit auf dem Tisch lag. Doch die Gestalt streckte eine Hand vor, und das Schwert lag wie festgeschmiedet auf dem Tisch. „Macht Euch keine Sorgen," sprach die Gestalt weiter und schlug die Kapuze zurück, so dass man ihr Gesicht sehen konnte, „ich bin ein Freund."

Der Mann in der Robe war anscheinend wenig jünger als Kyle, und wirkte um einiges zerbrechlicher, doch in seinen Augen lag ein Ausdruck, der etwas Altes und Wissendes an sich hatte. Er hatte kurzes, blondes Haar und seine steife Haltung wirkte für Kyle ein wenig wie das umständliche Gehabe der Adligen und ihrer Speichellecker. Kyle knurrte eine Bemerkung, dass er keine solchen „Freunde" kenne und ein jugendliches Lächeln, dass den Mann noch jünger wirken ließ, trat in dessen Züge.

„Mein Name ist Quinn, verehrte Freunde. Ich bin Gesandter des Konzils," sagte er, als ob damit seine Loyalitäten geklärt wären, und fügte an, „Erlaubt Ihr, dass ich mich setze?"

Kyle nickte stumm und musterte Talia mit fragendem Blick. Sie schien ebenso wenig wie er von dem zu verstehen, was der Mann redete. Dieser setzte sich, wobei er umständlich seine Robe zurechtrückte, und maß beide mit einem erstaunten Blick. „Ihr habt noch nie vom Konzil der magischen Schulen gehört?" Beide schüttelten den Kopf, und Kyle musterte den Mann genauer. Wenn dieser Mann Gesandter eines solchen Konzils war, musste er selbst etwas mit Magie zu tun haben. Er hatte noch nie einen Magier gesehen, doch er erwartete jeden Moment, dass dieser junge Mann sich verwandeln oder in die Luft erheben und mit Feuer um sich werfen würde, wie er es aus den Gerüchten aus fernen Regionen des Landes gehört hatte. Andererseits wirkte dieser Quinn zu kindlich, als dass er tatsächlich ein Magier sein könnte. Alle Magier, von denen Kyle gehört hatte, waren alte bärtige Männer mit wallenden Gewändern, einem knorrigen Wanderstab und einem unheilverkündenden Blick.

„Das Konzil schickt mich, um eben diesen Stab, das Horn von Saskath, zu suchen. Gerüchte besagen, dass ein Stab aus Elfenbein, der dieses Horn sein könnte, dem Statthalter von Karuhm entwendet wurde. Ihr mögt es nicht wissen, doch Ihr habt möglicherweise ein wichtiges magisches Artefakt in Euren Händen. Erlaubt mir, einen Blick darauf zu werfen, so dass ich es mit Sicherheit identifizieren kann."

Kyle lachte trocken auf. „Ihr seid zu spät, Quinn, Gesandter des Konzils - man hat mir Euer kleines Artefakt bereits wieder abgenommen." Aus dem überraschten Gesichtsausdruck Quinns konnte er ablesen, dass dieser mit einer solchen Möglichkeit nicht gerechnet hatte. Offensichtlich versuchte er, sich zu sammeln und das soeben Gehörte zu verstehen. „Ich war auch etwas überrascht, als ein Mann namens Bakar mit einer schwer gepanzerten Reitertruppe mich gefangennahm, meinen Hausherrn tötete und anschließend das Haus niederbrannte." Der Gesandte schien sich gefangen zu haben und musterte die beiden forschend. Sein Blick fiel auf Kyles rechten Unterarm, wo sein Ärmel etwas hochgerutscht war. Er verschluckte sich fast beim Atmen und starrte auf die Druckmale, die Kyle schon fast vergessen hatte. „Sind... sind das Male des Stabes?"

Kyle blickte darauf. „Sicher. Ich bin bei einem Sturz darauf gefallen, und sie haben sich in meinen Arm gedrückt."

Diese Neuigkeiten schienen den Gesandten brennend zu interessieren und auf seine umständliche Art fragte er, ob er sich die Zeichen ansehen dürfe. Kyle verstand die Aufregung des Mannes nicht, doch er krempelte den Ärmel hoch und legt den Arm auf den Tisch. Auch Talia rückte etwas näher und sah zu, wie der Mann Kyles Arm untersuchte. Mehr und mehr Sorgenfalten sammelten sich auf der Stirn des jungen Mannes, und schließlich ließ er sich mit einem erschöpften Stöhnen in seinen Stuhl zurücksinken.

Er begann leise, zu sich selbst zu murmeln und massierte mit einer Hand seine Stirn. Dann blickte er auf und schien um Jahre gealtert. „Meine Freunde, Ihr hattet offensichtlich das Horn von Saskath in Euren Händen. Dass es entwendet wurde, ist ein schlechtes Omen. Ich muss Euch bitten, mich zum Konzil begleiten. Sie müssen von der drohenden Gefahr unterrichtet werden."

Kyle blickte kurz zu Talia, und sie sah, dass er ernsthaft wütend war. „Vielleicht habt Ihr nicht so recht zugehört. Nur wegen dieses *Artefakts* wurden wir soeben gefangengenommen und fast getötet. Man hat unsere Wohnstatt niedergebrannt, als Warnung, uns nicht einzumischen! Ich werde mich hüten, irgend etwas zu unternehmen, was mich in weitere Schwierigkeiten bringen könnte!" Er war kurz davor, aufzuspringen und dem Mann auch ohne sein Schwert an die Kehle zu gehen, doch Talia legte beschwichtigend ihre Hand auf die seine.

„Ihr habt von einer drohenden Gefahr gesprochen," begann sie und sah ihn fragend an.

Der Mann ächzte und blickte sich unsicher um. Dann senkte er die Stimme und erklärte. „Euch alle Zusammenhänge verständlich zu machen, würde zu lange dauern, und Ihr würdet kaum etwas davon verstehen." Talia musste erneut Kyle beschwichtigen und bedeutete dem Gesandten, fortzufahren. „So viel kann ich Euch sagen: Dieser Stab ist ein wichtiger Bestandteil bei einer Zahl von magischen Ritualen, die Dämonen aus den Niederhöllen Zutritt zu unserer Welt erlauben sollen."

Kyle murmelte etwas von dummen Ammenmärchen, und der Gesandte warf ihm einen kurzen Blick zu. „Das Konzil muss das Artefakt finden und dunklen Kräften unzugänglich machen. Und," fügte er der Gesandte hinzu, „das Horn ist äußerst wertvoll." Er beantwortete die Frage, bevor Kyle Gelegenheit hatte, sie zu stellen. „Ja, es ist davon auszugehen, dass die Auffindung des Hornes vom Konzil mit beträchtlichen Geldmitteln honoriert wird." Er streckte Kyle über den Tisch hinweg die Hand entgegen.

Der blickte fragend zu Talia, doch aus ihren Blicken war klar, dass sie einem weiteren Leben in Karuhm nicht viel abgewinnen konnte; nicht, nachdem sie mit dem Hausbrand in Zusammenhang gebracht worden waren, was früher oder später passieren würde. Kyle schlug ein. Die drei erhoben sich, und Kyle fiel auf, dass der Gesandte für sein schmächtiges Äußeres einen kräftigen Händedruck hatte. „Ihr solltet Eure Habe zusammentreiben. Ich werde mich um Pferde bemühen; wir treffen uns vor der Schenke wieder." Mit diesen Worten warf der Mann seine Kapuze wieder über und verließ den Schankraum.

Alpträume

Auf den trocknenden Straßen des Landes ritt in eiligem Galopp eine Gruppe Männer nach Osten, schwer gerüstet und tief über die im Wind wehenden Mähnen ihrer Tiere gebeugt. Ihre dunkelroten Umhänge flatterten im Wind, als sie ohne zu rasten über Feld und Flur ritten. In ihrer Mitte ritt ein schmächtiger Mann in einer schweren Brokatrobe, der sie mit scharfen Befehlen immer wieder zur Eile anspornte. Der Gebieter benötigte noch weitere Dinge, die sie beschaffen mussten.

Unter Bakars Robe schlug das Medaillon im Rhythmus des dahin jagenden Pferdes gegen sein Hemd und glühte warm und hell. Der Elfenbeinstab war sicher in der Brusttasche seines Hemdes verstaut.

Zurück in Karuhm sattelten Kyle, Talia und Quinn ihre Pferde, und Talia brachte Kyle bei, wie er sich auf dem Rücken des Tieres hielt. Quinn saß aufrecht im Sattel, die Kapuze zurückgeschlagen, und beobachtete, wie sich Kyle, der niemals zuvor geritten war, mühte, dem Tier seinen Willen aufzuzwingen. Seine Satteltasche enthielt nur etwas Geld, einen Dolch und ein schweres, in Leder gebundenes Buch, dass Kyle und Talia aufgefallen war, als er sie mit den Pferden vor der Schenke abgeholt hatte. Seine Robe spielte im leichten Wind um die Flanken seines Tieres, und er lächelte zuversichtlich. Nachdem dafür gesorgt war, dass Kyle den Ritt *auf* dem Rücken des Pferdes würde bewältigen können, trieben sie ihre Pferde an und verließen die Stadt Richtung Osten. Die erste Stunde ritten sie schweigend, und jeder der drei hing seinen eigenen Gedanken nach.

Quinn plante das Zusammentreffen mit dem Konzil und studierte seine Begleiter. Beide schienen sich der Gefahr nicht bewusst zu sein, in der sie mit dem Besitz des Stabes geschwebt hatten. Die junge Frau, die sich als Talia vorgestellt hatte, hatte einen Bogen geschultert und trug einen Köcher Pfeile an einem Hüftgurt. Ihr Pferd trug sie und ihr weniges Gepäck mit Leichtigkeit und es hatte den Anschein, als wäre sie das Reiten gewohnt. Der Mann namens Kyle - der Dieb, wie Quinn sich fortlaufend erinnerte - hatte ähnlich wenig Gepäck, und in seinem Gürtel steckte ein Kurzschwert. Er hatte mehr Probleme mit dem Reiten, und Talia blieb mit ihm zurück, während Quinn den Weg wies. Beide fühlten sich offensichtlich sicher und schienen der Ansicht, mit ihren Waffen allen Gefahren begegnen zu können. Er schüttelte seufzend den Kopf. Das, was er befürchtete, ließ sich nicht mit Waffengewalt weltlicher Art aufhalten. Trotz dessen, was er den beiden erzählt hatte, wusste er, dass nur eine bestimmte Gruppe von Dämonen mit dem Horn von Saskath freigesetzt werden konnten - ein Gruppe besonders mächtiger Dämonen, von denen jeder nach einem eigenen Ritual verlangte. Er konnte nur hoffen, dass das Horn die erste „Zutat" zu dem geplanten Ritual war, und die anderen noch beschafft werden mussten. Solche Voraussetzungen waren nicht alltäglich; Drachenblut, Sternenkonstellationen oder Jungfrauen mit bestimmten Geburtsdaten gab es nicht auf jedem Markt zu kaufen. Die andere Seite, wer immer die sein mochten, die das Horn an sich gebracht hatten, würde etwas Zeit benötigen, um alle Voraussetzungen zu erfüllen. Zumindest hoffte er, dass diese Zeit nicht schon zuvor investiert worden und das Horn der krönende Abschluss war.

Kyle und Talia ritten stumm nebeneinander her und dachten über die vergangenen Stunden nach. Nur durch einen kleinen Einbruch beim Statthalter hatten sie einige offensichtlich mächtige Kräfte auf sich aufmerksam gemacht, waren einer Gruppe Soldaten oder Söldner in die Hände gefallen, hatten den gewaltsamen Tod eines Menschen mit angesehen und ihr Heim verloren. Und nun folgten sie einem Mann, der jünger als sie beide war, in eine unbekannte Zukunft. Beide machten sich Vorwürfe, den Tod des Handwerksmeister mit verschuldet oder nicht verhindert zu haben, und versuchten, sich vorzustellen, was vor ihnen lag.

Kyle gewöhnte sich zusehends an das Reiten, und da es sein verstauchtes Bein und seinen geschundenen Rücken entlastete, fand er Gefallen daran. Nach einiger Zeit wurde er unruhig und begann, mit seinem Pferd kürzere Strecken vorzureiten und an Weggabelungen ungeduldig auf Quinn und Talia zu warten. Talia schloss zu dem Gesandten auf und begann, ihm Fragen über seine Herkunft und Mission zu stellen. Er antwortete ausführlich, zusehends dankbarer für die Unterbrechung in seiner Grübelei.

„Ich habe schon von Magiern gehört, auch von Gesandten," begann sie und zögerte. „Ich frage mich nur, warum man gerade *Euch* geschickt hat. Ich meine, Ihr seid... *jung.*" Sie hielt nach Anzeichen Ausschau, ihn gekränkt zu haben, doch er lächelte.

„Ich verstehe Eure Verwunderung. In der Tat, man erachtet mich oft als zu jung für die Zauberei. Tatsächlich war das der Grund, warum man mich zu Euch schickte." Er zuckte die Schultern. „Man wollte mich in der Zitadelle vor den Füßen weghaben und gab nicht viel auf die Gerüchte hier vor Ort. Hätte man sie ernst genommen, hätten sie jemand Wichtiges geschickt."

Talia runzelte die Stirn. „Ich dachte immer, man lernt die Magie erst bei einem Lehrer, und wird nicht durch das ganze Land geschickt."

Sie beide blickten zu Kyle, der sein Pferd ungeduldig an einer Weggabelung vor ihnen im Kreis traben ließ, und Quinn deutete ihm, den rechten Weg zu wählen. Kyle trieb sein Pferd an und war in wenigen Momenten wieder weit vor ihnen. „Ich habe anfangs auch bei einem Meister gelernt," fuhr er fort, „doch alle Meister an der Zitadelle konnten mir nach kurzer Zeit nichts mehr beibringen. Meine Zauberei verläuft nicht so, wie die Meister der Zitadelle es kannten. Seht Ihr," sagte er und klopfte auf das schwere Buch in seiner Satteltasche, „ich bin ein starker Magier, sagen die Meister. Jedoch leider nur, wenn ich mein Buch bei mir trage. Wenn ich ohne es zu zaubern versuche, gelingt mir kaum ein Spruch. Es ist, als ob ich mir die Zauberei nicht merken könnte," schloss er lächelnd.

Talia nickte. Sie kannte sich mit Magie kaum aus, doch hatte sie die Geschichte dennoch verstanden und war verwundert. Sie war neugierig und wünschte sich, den Mann einmal zaubern zu sehen, ob nun ohne Buch oder mit. Zwar war sie sicher, dass das Schwert, das Kyle nur auf eine Geste Quinns hin wieder vom Tisch hatte nehmen können, eine solche Zauberei gewesen war, doch auch sie hatte Geschichten von fliegenden Männern gehört, die das Wetter beeinflussen oder hunderte gerüstete Krieger mit einem Wort niederstrecken konnten. Sie würde bald genug Quinns Magie beobachten können, doch unter keinen erfreulichen Umständen.

Sie kamen durch verschiedene kleine Dörfer, wo die drei ungleichen Reiter viel Aufsehen erregten. Ein junger, übermütig auf seinem Pferd galoppierender Mann, gefolgt von einer Frau in Jägerkluft und einem Mann in einer blauen Robe waren nicht alltäglich in den kleineren Dörfern. Sie wurden jedoch höchstens misstrauisch beobachtet, und hinter ihrem Rücken verbreiteten sich wilde Gerüchte, niemals trat man ihnen offen feindselig gegenüber. Quinn hielt in manchen Dörfern an, und während Kyle sich vom Reiten etwas die Beine vertrat, fragte er einen Schankwirt, ein spielendes Kind oder eine Marktfrau nach den schwer gepanzerten Reitern. Aus reiner Neugier, erklärte er Talia, als sie ihn danach fragte, wollte er wissen, welchen Weg die Männer einschlugen. Gegen Abend schienen die Reiter einen anderen Weg genommen zu haben, denn in den Dörfern, die sie abends durchritten, wusste niemand von ihnen zu berichten.

Als die Sonne unterging, hielten sie an einem Dorfgasthaus und mieteten sich für die Nacht ein. Quinn erbot sich großzügig, die drei Zimmer zu zahlen, und warf dem gierig blickenden Wirt einige kupferne Münzen hin. Für den restlichen Zustand des Gasthauses, in dem sich während ihrer Ankunft lautstark die Bauern der Umgebung zum Trinken sammelten, waren die Zimmer vergleichsweise sauber und geräumig. Kyle ließ sich auf das Bett fallen, das unter seinem Gewicht protestierend knarrte, und schlief sofort ein. Talia blieb noch eine Weile auf und erkundete die nahe Umgebung des kleinen Dorfes, während Quinn in seinem Zimmer einen Brief verfasste. Doch da sie bereits früh am Morgen weiterreiten wollten, kehrte Talia bald zurück, und auch Quinn schloss seinen Brief ab und begab sich zur Ruhe.

Kyle schlief in dieser Nacht unruhig. Während des Abends hatten sich die Anforderungen des Reitens bemerkbar gemacht, und er war nicht mehr in der Lage gewesen, ruhig zu sitzen. Auch hatte seine Art zu reiten nicht nur sein Pferd, sondern auch ihn erschöpft, und die tiefe Schnittwunde in seinem Rücken schmerzte. Doch das war nicht das Einzige, was seinen Schlaf störte. In einem Traum hatte er sich auf einer kahlen, nebelverhangenen Ebene wiedergefunden. Um ihn herum lagen verstreut Körper oder Teile von Menschen; irgendwie wusste er, dass er an ihrem gewaltsamen Tod die Schuld trug. Er sah Quinn mit verdrehtem Rücken einige Meter von sich entfernt im Gras liegen, und durch den trüben Nebel drangen Talias abrupt abbrechende Schmerzensschreie zu ihm herüber. Mehr jedoch als das und das vereinzelte Krächzen eines Raben nahm er die Wärme und das tiefe, dunkle Schnauben in seinem Rücken wahr. Es klang für ihn wie ein Pferd, dessen Nüstern warm dampfende Wolken gegen seinen Rücken bliesen. Doch dieses Pferd klang *groß*.

Kyle verspürte keine Absicht, sich umzudrehen und zu sehen, *was* hinter ihm stand. Doch so sehr er sich auch mühte, sich zu bewegen und das Schlachtfeld hinter sich zu lassen, er war wie im Boden verwachsen. Als er an sich herunterblickte, stellte er fest, dass dies tatsächlich der Fall war. Das Wurzelwerk auf dem Boden hatte sich um seine Beine gewunden, die in den Boden übergingen. Es schien für ihn wie eine Ewigkeit, wie er dastand, das dunkle Schnauben im Rücken, um sich herum die Leichen Unzähliger. Dann, ohne es zu wollen, drehte er sich langsam herum. Er versuchte, stehenzubleiben, zumindest die Augen zu schließen, doch er hatte jede Kontrolle über sich verloren. Als er hinter sich blickte, sah er nur die Schwärze und zwei dunkel glühende Flecke, die auf ihn zurasten.

Er erwachte schreiend und fuhr in seinem zerwühlten Bett auf. Durch das kleine Fenster drang bereits helles Sonnenlicht, und auf der Straße vor dem Gasthaus riefen Kinder. Ein Karren rumpelte über den lehmigen Weg, der das Dorf durchzog, und Kyle erhob sich stöhnend. Unter den Vogelstimmen, die von draußen herein drangen, meinte er das vereinzelte Krächzen eines Raben zu vernehmen, doch es war nur einen flüchtigen Moment lang. Als er in den Schankraum wankte, sah er Talia und Quinn, die ähnlich erschöpft wirkten und leise miteinander sprachen. Kyle gähnte herzhaft und setzte sich zu ihnen. Quinn musterte ihn kurz und nickte dann.

„Derselbe Traum, schätze ich?" fragte er. „Natürlich habt Ihr dazwischen gestanden und nicht mit zerbrochenem Rücken im Matsch gelegen." Kyle nickte verblüfft und bemerkte, dass Quinn etwas steifer als sonst saß; offensichtlich hatte er Rückenschmerzen. „Nun, es scheint, dass etwas uns als potentielle Gefahr ansieht und uns eine freundliche Warnung zukommen ließ. Ich werde mich informieren, wie solcherart Dingen beizukommen ist." Er deutete auf eine Karte des Landes, die vor ihnen ausgebreitet auf dem Tisch lag. Die Hauptstadt des Königreiches, in der Kyle den Sitz des Konzils vermutete, lag selbst auf der Karte weit von Karuhm entfernt, und Kyle fragte sich, wie Quinn es innerhalb eines Tages geschafft hatte, die Strecke zu bewältigen. „Wir haben einen weiten Weg vor uns, und für uns drei sehe ich keinen Weg, die Strecke zu verkürzen. Wir werden noch einige Tagesreisen vor uns haben. Wir sollten also aufsitzen und weiterreiten."

Als sie nach einem kurzen Frühstück aufgebrochen waren, und Kyle und Talia die unangenehmen Einzelheiten ihrer Träume austauschten und sich leise berieten, geriet Quinn ins Grübeln. Er machte sich insgeheim große Sorgen darüber, wieviel Zeit die Gegenseite benötigen würde. Offensichtlich waren auch sie mit Magie angereist. Kyles Beschreibung der Reiter hatte darauf hingewiesen, dass die Reiter keine Untergebenen des Statthalters von Karuhm oder des Herzogs waren. Das nächste von einem Adeligen verwaltete Gebiet begann mehr als eine Tagesreise entfernt, und dennoch waren die Männer vor Quinn in Karuhm eingetroffen. Trotzdem würden auch sie für eine Rückreise wie sie reiten müssen. Wie es schien, hatte jemand anderes ihre Anreise derart beschleunigt: Keiner der Männer aus Kyles Schilderungen schien magische Kräfte zu haben, obwohl ihn der Mann mit dem Medaillon, Bakar, beunruhigte.

Der beunruhigende Traum rückte in den Hintergrund, als sie in der kühlen und später angenehm warmen Luft des Tages durch die sanft hügeligen Felder und Wiesen des Herzogtums ritten. Sie ritten einen weiteren Tag, und Kyle begann, sich seine und die Kräfte seines Pferdes beim Reiten einzuteilen. Abseits des Weges sahen sie Bauern bei der Sommerarbeit und Rinder, die friedlich grasten. Zur Mittagszeit rasteten sie an einer kleinen Quelle, die munter gluckernd aus einer kleinen Felsgruppe im Schatten einiger Bäume entsprang. Sie teilten sich einige Stücke getrockneten Fleisches und Brot, mit dem Quinn am Morgen in der Gastwirtschaft ihren Proviant aufgestockt hatte. Talia und Kyle scherzten und kommentierten alles, was ihnen begegnet war, gut gelaunt. Quinn hörte ihnen lächelnd zu und entspannte sich allmählich. Die Zukunft schien weniger bedrohlich und dunkel, als sie friedlich dahinritten, begleitet von Vogelgezwitscher. Normalerweise missfiel ihm eine allzu idyllische Atmosphäre, er wurde dann nervös und unruhig. Doch an diesem Tag erlaubte er sich etwas Zuversicht.

Gegen Abend kamen sie in eine größere Siedlung mit festen Straßen, und Kyle ließ sich vom Rücken seines Pferdes gleiten und führte es am Zügel. In der Ferne meinte er einen Moment lang ein heiseres Krächzen zu hören, doch der Moment ging vorbei, und Kyle schüttelte den Kopf. Er war lang geritten und vermutlich nur übermüdet. Quinn erfuhr von einem Bürger ein gutes Gasthaus, und sie gaben ihre verlässlichen Pferde dem Stalljungen zur Pflege, bevor sie eintraten. Drinnen empfing sie die warme Gastlichkeit des Hauses in Form eines alternden Mannes mit Ansätzen zu einer Glatze, der sie zu einem Tisch führte und versprach, die Zimmer für sie herrichten zu lassen. An der Theke saß eine Frau in bunter Kleidung, die in ihr Lautenspiel vertieft schien. Die übrigen Gäste unterhielten sich gedämpft, um der Bardin lauschen zu können. In einer Ecke knisterte ein Kaminfeuer, und einige geöffnete Fenster verhinderten, dass es im Schankraum stickig wurde, während die Geräusche städtischen Lebens hereindrangen. Die Frau des Schankwirtes, die offensichtlich das Sagen im Hause hatte, erschien mit ihren Getränken und vertiefte sie in ein Gespräch, in dem ihr Mann zusehends kleiner und tolpatschiger, aber doch mit einem guten Herz erschien. Der Gegenstand ihrer Erzählungen lauschte dem Gespräch von der Theke aus, doch seine Proteste gegen die Schilderungen seiner Frau wurden von dieser großzügig ignoriert.

Als es spät wurde, verabschiedeten die drei sich und begaben sich auf ihre Zimmer. Quinn bemerkte, dass die Zimmer, die wiederum er bezahlt hatte, für den selben Preis komfortabler ausfielen, und Kyle und Talia lächelten. Sie hatten ihm angeboten, ihre Zimmer selbst zu zahlen, doch er hatte auf seine übliche förmliche Art erklärt, dass er sie zu dieser Reise aufgefordert hatte und daher die Reisekosten übernehmen würde. Auf eigenen Wunsch teilten sich die beiden dieses Mal ein Zimmer, und so trennten sie sich auf dem Flur vom Magier.

Sie betraten das Zimmer, das tatsächlich wesentlich angenehmer ausgestattet war und sauberer wirkte als die Zimmer vom vorigen Abend. Auf einer kleinen Kommode war sogar ein kleiner Spiegel aufgestellt, davor eine Kanne mit Wasser und eine Waschschüssel. Kyle warf sich auf sein Bett und blickte zu Talia, die ihr Gepäck und ihre

Kleidung sorgfältig verstaute. „Alles in Allem hätten wir es schlechter treffen können," begann er. „Vielleicht war es sogar unser Glück, aus Karuhm herauszukommen. Zumindest sind wir so den Herzog als Ärgernis losgeworden."

Talia hielt im Ausziehen inne und stemmte in gespieltem Zorn die Fäuste in die Seiten. „Bist Du eifersüchtig, Kyle?" fragte sie, und er lachte.

„Eifersüchtig? Ich? Auf einen dicken, verfetteten Mann mit Doppelkinn?"

Talia unterdrückte ein Kichern und küsste ihn sanft auf die Stirn. „Schlaf gut, Kyle," flüsterte sie, während sie ihr Hemd über eine Stuhllehne hängte und unter ihre Decke schlüpfte.

Als die beiden bereits eine Weile eingeschlafen waren, landete flatternd etwas auf ihrem Fensterbrett. Der Rabe schien die beiden Schlafenden durch das Fenster zu betrachten und krächzte.

Es half nichts, dass Talia einen guten Schlaf gewünscht hatte. Am nächsten Morgen erwachten alle drei aus dem selben Alptraum, erschöpft und wie gerädert. Kyle hatte das Gefühl, dass, was immer in diesem Traum aus der Dunkelheit auf ihn zugestürmt war, ihn mit großer Wucht getroffen hatte. Mit dem Gefühl dieses Schlages, der ihm die Luft aus den Lungen presste, wachte er aus dem Schlaf auf. Nach Atem ringend, setzte er sich in den schweißnassen Laken auf und blickte einen Moment orientierungslos im Zimmer herum. Dämmeriges Licht drang durch das Fenster in den Raum, und Kyle fragte sich, ob es Morgengrauen oder Abenddämmerung war. Dann fiel sein suchender Blick auf Talia, die sich unruhig stöhnend in ihrem Bett hin und her warf. Er blinzelte gegen den Schlaf an und stieg leise aus dem Bett. Die grobe Holzmaserung der Bodendielen fühlte sich nach seinen Träumen willkommen wirklich an, als er auf nackten Füßen zu ihr hinüber trat. Er kniete vor ihrem Bett nieder und legte beruhigend eine Hand auf ihre bloße Schulter.

„Schh, Talia. Nur ein Traum," flüsterte er leise und streichelte ihre Schulter, bis ihre Bewegungen ruhiger wurden und sie traumlos weiterschlief.

Dennoch waren sie alle übermüdet, als sie noch im Morgengrauen den noch leeren Schankraum betraten. Die ersten Gäste würden erst in wenigen Stunden eintreffen, wenn die Stadt langsam erwacht war. Der Gastwirt erschien sogleich aus einer kleinen Tür, die zur Küche führen musste, und wünschte ihnen einen guten Morgen. Sie entgegneten etwas Verschlafenes, und der alte Mann begnügte sich damit, ihnen ein reiches Frühstück zu bringen. Trotz des frischen Brotes und des Schinkens hatte ihr Traum einen schalen Geschmack hinterlassen, und so brachen sie auf, sobald die Sonne über den Horizont getreten war.

Die Pferde empfingen sie ausgeruht und freudig wiehernd im Stall, bereit zu einem weiteren Tagesritt. Die ersten wärmenden Sonnenstrahlen erreichten die drei, als sie durch die Straßen der erwachenden Stadt weiter nach Osten ritten. Der Tag versprach wiederum schön zu werden, doch noch steckte ihnen das Grauen der Nacht in den Knochen, und sie sorgten sich bereits, wie die kommenden Nächte verlaufen würden. Quinn erklärte, dass er für die Nacht einige Maßnahmen ergriffen hatte, die sie vor derart Träumen hätten schützen sollen - offensichtlich ohne Erfolg, und nun suchte er grübelnd nach weiteren Wegen, ihre Nachtruhe zu bewahren. Während Kyle und Talia im Sattel ihrer Pferde herumrutschten, um etwas Schlaf nachzuholen, saß er steif aufrecht wie immer und murmelte vor sich hin.

Noch während des frühen Morgens ließ er eine Pause machen, nachdem Kyle beinahe schlafend aus dem Sattel gerutscht war, und machte sich an seiner Satteltasche zu schaffen. Die anderen beiden lagen erschöpft im Gras, und trotz seiner aufrechten Haltung merkte man auch Quinn an, dass er zu wenig Schlaf gehabt hatte; dunkle Ringe hatten sich unter seinen Augen gebildet. Er öffnete den Verschluss der Satteltasche und zog sein Buch hervor, dessen Leder im Sonnenlicht rissig wirkte. Talia öffnete blinzelnd die Augen und betrachtete das Buch, das die Ausmaße von Quinns schmaler Brust überstieg. Sie schätzte, dass das Buch einige Pfund wiegen musste, doch Quinn hielt es auf einem Arm, während er es mit der freien Hand aufschlug. Anschließend verharrte seine Hand über dem aufgeschlagenen Buch, doch die Seiten rasten darunter hinweg, als würde der Wind selbst durch die Seiten blättern; außer einer leichten Brise jedoch war kein Wind zu spüren. Mit wachsendem Erstaunen sah sie zu, wie Quinns Augen hin und her huschten, als würde er die Seiten einzeln erkennen. Dann blätterte sich eine Seite auf, die Quinn anscheinend lesen wollte; das Buch blieb still offen liegen, als hätte es sich nie wie von Geisterhand bewegt. Quinn rückte seine Robe zurecht und setzte sich mit dem Buch auf den Knien ins Gras. Mit halb geschlossenen Augen las er, was immer für ihn Wichtiges darin stehen mochte. Beeindruckt, aber zu erschöpft, ließ sich Talia zurück in das warme Gras sinken; sie lauschte Kyles gleichmäßigem Atem und war binnen Sekunden eingedöst.

Schließlich schlug Quinn das schwere Buch wieder zu und verstaute es sorgsam in seiner Satteltasche. Sein Blick fiel auf die beiden, die friedlich im Gras schliefen. Sie hatten nach der unruhigen Nacht Ruhe dringend nötig, und er ließ sie noch eine Weile schlafen. Er ließ sich erneut mit übereinander geschlagenen Knien im Gras nieder und betrachtete sie ruhig. Seine Hände ruhten auf seinen Knien, und seine Augen waren halb geschlossen, wie Talia es bereits beim Lesen beobachtet hatte. Er ließ ihnen allen noch einige Minuten Ruhe und erhob sich dann, um die beiden zu wecken. Trotz ihres verschlafenen Gähnens hatte ihnen die kurze Rast gut getan, und als sie weiter ritten, war ein Teil der Erschöpfung verflogen.

Begegnung

Eine Gruppe schwer gerüsteter Reiter hielt vor dem Tempel und stieg von den Rücken ihrer erschöpften Pferde. Der Priester des Orakels, Thao, hatte oft größere Gruppen von Reitern gesehen, die in die Stadt kamen, um das Orakel um Weisung zu bitten. Fremde aus allen Teilen des Landes kamen hierher, denn das Orakel war weithin aus Geschichten und Legenden bekannt. Dennoch hatte Thao nur selten Krieger gesehen, die in voller Rüstung vor dem Tempel haltmachten - noch dazu Krieger solcher Statur. Er strich sich nachdenklich über den dünnen Halbkranz silbrigen Haares, der ihm von den Jahren geblieben war. Es beunruhigte ihn jedes Mal, wenn er Schwerter und andere Waffen bei den Männer vor den geweihten Hallen sah, aber er winkte die wartenden Novizen zurück an ihre Arbeiten im Inneren des Tempels und wandte sich wieder seinen Schriften zu. Die Männer würden zu ihm kommen, wenn sie seine Hilfe wünschten.

Ein schmächtiger Mann in einer schweren braunen Robe stieg als letzter vom Pferd und wies die Gerüsteten an, vor den Hallen zu warten. Dann stieg er allein die Stufen zur Säulenhalle hinauf, dem Vorraum des Orakeltempels. Der Mann ging in einer Art unterwürfiger Haltung vornübergebeugt und rieb die Fingerspitzen seiner zusammengepressten Handflächen aneinander. Er trat an das Becken mit Weihwasser, an dem jeder Besucher des Orakels sich reinwaschen musste, und inspizierte es. Etwas kam Thao seltsam vor, als der Mann zu ihm hinüberblickte und ihn freundlich grüßte. In der Stimme des Mannes lag etwas schmierig-schmeichlerisches, das Thao nicht gewohnt war.

Er erhob sich von seinen Schriften und schritt würdevoll zu ihm herüber, die Arme in den weiten Ärmeln seiner orangefarbenen Robe verborgen. „Auch ich grüße Euch, Reisender. Ihr wünscht gewiss das Orakel zu sprechen, doch es empfängt zur Zeit keine Ratsuchenden." Das Lächeln auf dem Gesicht des Mannes verwirrte ihn. Thao sah den verzierten Opferdolch, den der Mann zwischen seinen aneinandergepressten Händen gehalten hatte, erst, als er aus seiner Brust ragte. Ungläubig starrte er darauf und brach wortlos über dem Weihwasserbecken zusammen.

„Ich bin nicht wegen des Orakels hier," bemerkte Bakar, als das Blut des Priesters das Weihwasser rötlich färbte, und winkte die Reiter zu sich.

Am späten Nachmittag erreichten sie eine weitere Stadt von der Größe Karuhms. Quinn erklärte, dass es nicht mehr weit bis zur Grenze des Herzogtums sei, und sie eine längere Rast einlegen würden. Sie würden neue Vorräte benötigen, und ihren Pferde nach den letzten Tagen ebenfalls etwas mehr Ruhe gönnen. Als sie die Tore der leicht befestigten Stadt durchritten, fielen ihnen die Soldaten auf, die die Wälle bemannten. Sie hatten auch früher schon in Städten bemannte Wälle gesehen, aber die Zahl der Soldaten war für die Größe der Stadt erstaunlich groß. Am Tor standen vier grimmige Wachsoldaten, und hinter ihnen staute sich ein Strom von Karren und Menschen, die die Stadt verlassen wollten. Einer der Soldaten warf ihnen einen kurzen Blick zu und winkte sie dann durch das Tor. Auf den Gesichtern der Wartenden war Unruhe und unterdrückte Angst abzulesen, und auf den Straßen waren vereinzelt weitere Soldaten zu sehen. Die drei stiegen von ihren Pferden und führten sie an den Zügeln tiefer in die Stadt hinein. Quinn hielt einen vorbeihastenden Bauern an und fragte nach dem Grund für die Aufregung. Der Mann musterte die drei kurz. „Seid Ihr Fremde? Es heißt, jemand wurde ermordet, und sie wollen verhindern, dass der Mörder aus der Stadt kommt. Wer kann, verlässt die Stadt, denn der Statthalter hat angeordnet, dass mehr Soldaten in die Stadt einrücken." Er zog den Strohhut tiefer ins Gesicht und hastete weiter.

Quinn konnte sich nicht vorstellen, dass Herzog Vighar eine ganze Stadt wegen eines einfachen Mordes in Aufruhr versetzen würde. Obwohl tragisch, waren Morde in den größeren Städten des Landes beinahe alltäglich, auch wenn wenig davon die besser gestellten Bürger erreichte. Er zuckte die Schultern und trat auf eine Gruppe Soldaten zu, die sich halblaut an einer Ecke unterhielten. Die Männer unterbrachen ihr Gespräch und blickten auf. Einer von ihnen, offensichtlich der Kommandant der Männer, trat vor und musterte Quinn mißtrauisch. Kyles und Talias Erscheinung war fast wie die jedes Bürgers der Stadt, aber Quinn stach in seiner abgetragenen Robe aus der Umgebung hervor. Quinn nickte grüßend. „Kommandant, könnt Ihr uns sagen, weshalb die Stadt so in Aufruhr ist? Wir hörten von einem Mord..."

Der Mann lachte trocken. „Wir wären nicht hier, wenn es ein einfacher Mord wäre, Fremder. Ich kann Euch nichts Genaues sagen, doch jemand hat auf frevelhafte Weise einen Priester des Orakeltempels getötet."

Quinn nickte, offensichtlich geschockt, und führte sein Pferd fort von den Soldaten. Kyle und Talia tauschten fragende Blicke aus und folgten ihm. Bevor sie ihn fragen konnten, erklärte Quinn seine Reaktion von selbst.

„Das Orakel von Vesian," begann er, „ist im ganzen Land berühmt." Kyle und Talia nickten. Die alte Lana hatte auch davon Geschichten erzählt, und mancher Reisende hatte in den Tavernen von Karuhm Neuigkeiten über das geheimnisvolle Orakel erzählt. „Das Orakel steht unter dem persönlichen Schutz des Königs, und, noch viel wichtiger, der Götter. Das Orakel selbst und seine Priester gelten als unangreifbar."

Obwohl Kyle nicht viel von Göttern hielt, konnte er Quinns Reaktion verstehen. Er hatte von frevlerischen Versuchen gehört, das Orakel zu vernichten, doch immer waren diese Versuche durch wundersame Zufälle gescheitert. Man hatte weithin angenommen, dass es unmöglich sei, dem Orakel und jedem, der in seinen Hallen weilte, etwas anzuhaben, und dieser Mord war ein deutlicher Gegenbeweis. Wer immer den Priester getötet hatte, musste in den Augen des einfachen Volkes stärker sein als die vom König gestellten Sonderwachen, und sogar stärker als göttliche Kräfte.

Dass der Herzog so scharf auf diesen Mord reagiert hatte, war vermutlich eher eine politische Angelegenheit. Der Priester war ermordet worden, obwohl er unter dem persönlichen Schutz des Königs stand. Herzog Vighar als Verwalter des Königs hatte also offensichtlich versagt und konnte sein Gesicht nur dadurch wahren, dass er einen Schuldigen präsentierte - ein Grund, warum viele so schnell wie möglich die Stadt verließen. Viele Leute jedoch hatten in der Stadt ihr Heim, ihr Geschäft und ihr Leben, und würden sie daher nicht verlassen.

Die Stadt wirkte leerer und lebloser als gewöhnliche Städte, als sie durch die Straßen wanderten. Sie hofften, dass einige Händler weiterhin ihren Geschäften nachgingen, und als sie auf den Markt kamen, fanden sie genügend Marktleute, die von ihrer Unschuld und einer gerechten Behandlung überzeugt waren. Quinn kaufte Proviant, Zeltausrüstung und wanderfeste Kleidung für Kyle und Talia. Er erklärte, dass ein Teil des Weges wenig bewohnt sei und sie vermutlich ein oder zwei Nächte unter freiem Himmel verbringen würden. Auch ihre Kleidung, die sie seit Karuhm trugen, würden sie besser wechseln, bevor sie beim Konzil eintrafen. Mit der Ausrüstung unter dem Arm machten sie sich zum Osttor der Stadt auf. Da die Soldaten des Herzogs jeden, der die Stadt verließ, genau kontrollierten, wollten sie sich so früh wie möglich in die Schlange der Wartenden einreihen.

Am östlichen Tor der Stadt war weniger Betrieb, da in diese Richtung weniger Gehöfte lagen. Nur ein Strohkarren und einige Reisende zu Fuß warteten, während zwei Soldaten gerade einen protestierenden Mann abführten. Kyle schätzte, dass alle, die verdächtig wirkten, in der Stadt behalten wurden, bis sie genauer befragt werden konnten. Sie mussten einige Minuten warten, bis sich zwei der Soldaten ihnen zuwandten und sie kontrollierten. Quinn gab sich als Gesandter des Konzils zu erkennen, doch die beiden Männer schienen wenig beeindruckt. Sie bestanden darauf, alle Satteltaschen zu inspizieren, und Quinn gab widerwillig sein kostbares Buch aus den Händen, nachdem er es zuvor noch einmal aufgeschlagen und kurz etwas darin gelesen hatte. Talia wartete besorgt darauf, dass sie wegen ihres Bogens und Kyles Schwert als verdächtig angesehen und abgeführt würden, doch die beiden Männer schienen von den Waffen keine Notiz zu nehmen. Schließlich nickten die beiden Soldaten einander zustimmend zu und winkten sie weiter. Vor ihnen setzte sich rumpelnd der Strohkarren in Bewegung, und sie stiegen auf und lenkten ihre Pferde an dem alten Gefährt vorbei auf die offene Straße. Die Sonne stand bereits in ihrem Rücken, als sie losritten, also schlug Quinn ein höheres Tempo an, als Kyle und Talia gewohnt waren. Es war den Tag über angenehm warm gewesen, doch seit sie die Stadt verlassen hatten, schwitzten sie unter der spätnachmittäglichen Sonne.

Sie ritten eine Zeitlang Seite an Seite in schnellem Trab, und Kyle wurde wieder zusehends unruhiger. Er begann wiederum, kurze Strecken vor ihnen herzureiten und im Schatten einzelner Bäume oder Weggabelungen zu warten, bis Talia und Quinn aufschlossen. Die beiden begannen erneut ein Gespräch und besprachen den weiteren Weg. Quinns Antworten fielen abwesender als sonst aus, und Talia vermutete, dass der Tod des Priesters ihn sehr getroffen hatte. Als Magier musste er sich den Priestern und Weisen näher fühlen als dem einfachen Volk, und der Tod des Priesters würde bei den Wissenden und Weisen des Landes seine Spuren hinterlassen. Sie versuchte, ihn auf andere Gedanken zu bringen und fragte ihn über den weiteren Weg aus, den sie noch bis zum Konzil zu reiten hatten. Über das Konzil selbst hatte sie ihn verschiedene Male gefragt, wie es dort sei, wie die Zitadelle, von der er gesprochen hatte, aussehe; aber Quinn schien nicht Willens, etwas über das „Konzil der magischen Schulen", wie er gesagt hatte, zu erzählen.

„Wie lange werden wir noch reiten müssen bis zur Hauptstadt?" setzte sie erneut an, um den Magier zum Sprechen zu bewegen.

„Nicht mehr lang," kam die Antwort unter der Kapuze hervor, die Quinn nach Verlassen der Stadt trotz der Hitze übergezogen hatte.

Talia schnaubte und strich sich eine schweißverklebte Haarsträhne aus dem Gesicht. „Kommt schon, Quinn! Wir haben die Stadt bereits eine Stunde hinter uns gelassen, und alles, was ihr seitdem von Euch gegeben habt, waren vage 'vielleichts' oder 'wir werden sehen'. Es mag sein, dass es Euch nicht auffällt, aber Ihr schleppt eine dunkle Wolke über Eurem Kopf herum, die unser aller Stimmung nicht gerade verbessert."

„Anderthalb."

Talia blickte verwirrt. „Wie bitte?"

Quinn drehte sich im Sattel, um sie anzusehen, und unter seiner Kapuze sah sie kurz sein jugendliches Lächeln aufblitzen. „Es sind eineinhalb Stunden, seit wir aus Vesian heraus sind." Dann wurde er wieder ernst und zuckte die Schultern. „Aber Ihr habt vermutlich Recht - mit trüber Stimmung ist uns wenig geholfen. Es ist nur -" Er brach ab und zügelte sein Pferd, den Blick nach vorn gewandt. Talia folgte seinem Blick und sah Kyle, der stocksteif und bewegungslos im Schatten eines kleinen Waldstücks wartete. Kyle schien durch die Bäume hindurch etwas zu beobachten, eine Hand am Zügel; die andere lag auf dem Knauf seines im Gürtel steckenden Schwertes. Quinn und Talia waren zu weit entfernt, um etwas durch das Astwerk hindurch zu erkennen. An ihrer Seite trieb der Magier sein Pferd an. Talia tat es ihm gleich. Sie zügelten ihre Pferde an den ersten Bäumen, und Quinn lenkte sein Pferd neben Kyles. Da der junge Magier fast ebenso groß war wie Kyle und durch seine aufrechte Haltung größer wirkte, konnte Talia, die etwas kleiner war, über die Schultern der beiden Männer nichts erkennen. Sie ließ ihr Pferd auf Kyles andere Seite trotten und folgte seinem starren Blick.

Bei dem Anblick hielt sie unwillkürlich den Atem an. „Bakar," murmelte Kyle und sprach damit aus, was Talia und er erkannt und Quinn zumindest erahnt hatte. Vor ihnen an einer Wegkreuzung stand eine Gruppe von sechs schwer gerüsteten Reitern und schien auf etwas zu warten. Die Reiter unterhielten sich halblaut, und einer von ihnen verzurrte eine lederne Tasche am Sattel seines Pferdes. Bakar, der wie zuvor im Sattel vornübergebeugt saß, blickte den staubigen Weg zu ihrer Rechten entlang, der jedoch leer dalag. Etwas entfernt auf einem Ast des einzigen Baumes an der Wegkreuzung saß ein pechschwarzer Rabe und putzte sein Gefieder.

Mit dem anschwellenden Geräusch von Hufen auf der Straße zeichneten sich vier weitere Reiter ab, die, in eine Staubwolke gehüllt, über eine Hügelkuppe galoppierten und schnell näher kamen. Bakar nickte zu sich selbst und rief den Soldaten einen Befehl zu. Er blickte zu dem Raben hinüber, der sich ebenfalls auf dem Ast flatternd zum Abflug bereitmachte. Das Tier ließ den Kopf herumrucken, um seine Umgebung vollständig zu sehen. Ein suchendes Auge blieb an dem kleinen Waldstück hängen, wo Kyle, Talia und Quinn still auf ihren Pferden kauerten. Der Rabe krächzte. Bakar wandte sich im Sattel um, um ebenfalls zu dem kleinen Waldstück hinüberzusehen, und seine Augen verengten sich zu schmalen Schlitzen. Er bellte einen weiteren Befehl und deutete auf die Bäume, hinter denen die drei sie beobachtet hatten. Kyle fluchte unterdrückt, als der eine Reiter sich von der Ledertasche abwandte und sich zusammen mit drei weiteren aus der Gruppe absetzte und auf sie zuritt.

Quinn riss den Verschluss seiner Satteltasche auf, zog sein Buch in einer fließenden Bewegung hervor und begann, fieberhaft zu blättern. „Kyle, dieses Kurzschwert... könnt Ihr damit umgehen?"

Seit er das Schwert vor einigen Jahren „erworben" hatte, hatte Kyle tagtäglich mehrere Stunden damit geübt. Er hatte sich mit den Eigenheiten und dem Gewicht der Waffe vertraut gemacht und seiner Meinung nach eine gewisse Geschicklichkeit im Umgang damit entwickelt.

Für einen Beweis im Kampf fühlte er sich bereit, doch - „Wenn die nicht so schwer gepanzert wären," sagte er und deutete auf die nahenden Reiter, deren Rüstungen in der Sonne glänzten, „dann könnte ich es mit einem, vielleicht zwei von denen aufnehmen."

Quinn schüttelte abwesend den Kopf und blätterte weiter. „Ich wollte nicht wissen, ob Ihr sie besiegen könnt. Wichtig ist, wie lange Ihr *parieren* könnt." Sie blickten einander kurz an und Kyle nickte. Quinn ließ sich, die Augen immer noch auf die Seiten seines Buches gerichtet, vom Pferd gleiten, während Kyle sein Tier mit lauten Rufen zum Galopp anspornte. Talia stieg ebenfalls ab und zog ihren Bogen von der Schulter, während sie Kyle einige Schritte hinterherrannte. Sie zog einen Pfeil aus ihrem Köcher und legte ihn auf die Sehne, um den ersten Reiter anzuvisieren. Neben ihr stand Quinn, der das Buch auf einer Hand aufgeschlagen vor sich hielt, und mit einer seltsam hohlen Stimme etwas daraus vorlas, das alt und fremd für sie klang. Seine andere Hand beschrieb seltsame Muster in der Luft über dem Buch, und etwas *knisterte*. Talias Nackenhaare stellten sich auf, und sie kontrollierte ihren Atem, um den ersten Reiter ins Auge zu fassen, der nun an Kyle heran war.

Mit einem hellen Singen trafen Kyles Kurzschwert und die lange, grobschlächtige Klinge des anderen Reiters aufeinander. Kyle hatte Mühe, von der unerwarteten Wucht des Schlages nicht aus dem Sattel gerissen zu werden, und etwas in seinem Handgelenk knackte deutlich. Das Pferd des anderen bäumte sich auf, und der Reiter versuchte seinerseits, sich im Sattel zu halten. Ein zweiter Reiter tauchte auf Kyles rechter Seite auf, das Schwert zu einem Streich in Brusthöhe angesetzt. Die Reiter hatten mit ihren längeren Klingen einen eindeutigen Vorteil der Reichweite, und Kyle sah aus dem Augenwinkel, wie Bakar die vier neu angekommenen Reiter ebenfalls in den Kampf befahl. Einen Moment später durchschnitt das Schwert des dritten Reiters knapp vor seinem Gesicht die Luft, und er hieb nach dem zweiten, um den Streich ins Leere abzuleiten. Der Mann brüllte wütend auf, als sein Schwert Kyles Brust verfehlte, und wendete sein Pferd für einen neuerlichen Angriff.

Hinter sich hörte Kyle einen weiteren Schrei und nahm beim Umwenden wahr, dass Talias erster Pfeil sein Ziel gefunden hatte. Einer der Reiter stürzte vom Pferd; der Pfeil hatte sich in das weichere Leder über dem Ellenbogen seiner Linken gebohrt, in der er die Zügel führte. Der Mann rollte auf dem Boden herum und mühte sich, auf die Beine zu kommen.

Ein plötzlicher scharfer Schmerz in Kyles Rippen machte ihn darauf aufmerksam, dass der erste Reiter sein Pferd unter Kontrolle gebracht hatte und einen Schlag auf Kyles Hals geführt hatte. Durch seine Wendung hatte Kyle ihm nur die Seite zugewandt, und der Schlag war nach unten abgelenkt worden. Kyle biss die Zähne zusammen und parierte den nächsten Schlag des Reiters, wobei ihn der Schmerz in seinen Rippen überrascht aufschreien ließ. Die beiden Klingen drückten gegeneinander, und der Reiter nutzte Kyles Verletzung, um beide Schwerter erbarmungslos zu Kyle herabzudrücken. Seine ganze Seite von der Wunde bis zur Schulter aufwärts fühlte sich brennend heiß und flüssig an. Einer der neuen Reiter, auf die Bakar und seine Männer gewartet hatten, griff Kyle von der linken Seite an, auf der er schutzlos war. Er wusste, dass er den Mann für Talia verdeckte und nicht auf einen rettenden Pfeil hoffen konnte.

Ein plötzliches blendendes Licht traf erst den Reiter links, dann rechts von ihm, und beide wurden von ihren Pferden gerissen. Kyle wendete sein Pferd, um hinter sich zu sehen. Neben Talia stand Quinn, dessen Robe in einem unnatürlichen Wind flatterte, die Augen halb geöffnet ihm zugewandt. Seine Lippen bewegten sich unter der vorgezogenen Kapuze stumm, als würde er aus dem Buch rezitieren, und von seiner freien, vorgestreckten Hand raste eine Kugel gleißenden Lichts davon und riss einen weiteren

Reiter aus dem Sattel. Kyle fuhr herum und hieb einem überraschten Reiter das Schwert in den Bauch; es konnte den schweren Brustharnisch des Mannes nicht durchschlagen, aber die Wucht des Schlages nahm dem Mann einen Moment die Orientierung, den Kyle nutzte, um ihn vom Pferd zu stoßen.

Talia legte einen weiteren Pfeil auf und fällte den Reiter, der sich nach ihrem ersten Schuss wieder aufgerappelt hatte, ein zweites Mal. Sie blickte nach links, wo Quinns Buch eine Seite weiterblätterte. Der Klang seiner Stimme veränderte sich, und ein rötliches Glühen umfing seine Hand. Er machte eine kurze, schnelle Bewegung, und in einiger Entfernung wurden zwei Krieger, die von ihren Pferden gestürzt waren und nun aufstanden, von einer Stichflamme erfasst. Beide standen einen Moment steif da und fielen dann zurück ins Gras, wo sie liegen blieben. Vier der Reiter lagen nun reglos am Boden, drei weitere kamen eben wieder auf die Beine und stürmten auf Talia und Quinn zu; Kyle wurde von einem Reiter zu Pferde bedrängt, dem ein weiterer zu Hilfe eilte. Bakar und der letzte Reiter standen nach wie vor an der Wegkreuzung und sahen dem Kampf zu. Talia ließ erneut einen Pfeil von der Sehne schnellen, und einer der anstürmenden Krieger brach in die Knie. Die beiden anderen wandten sich Quinn zu, der hastig sein Buch durchblätterte. Er las einige Zeilen und spreizte die Finger gegen die beiden Männer. Ein bläulicher Lichtblitz sprang von seinen Fingerspitzen auf die beiden Männer über, von denen sich einer zur Seite warf. Augenblicklich waren beide in ein blaues Leuchten gehüllt, dass sie in voller Bewegung erstarren ließ. Quinn blätterte erneut und stimmte einen hellen Singsang an. Die beiden Männer fielen langsam auf die Knie und griffen sich keuchend an die Kehle. Talia hob den Bogen und griff in ihren Köcher, um Kyle zu unterstützen.

Der erwehrte sich mühsam der Schläge zweier Reiter. Sein Kurzschwert fand keinen Ansatz, die schwere Rüstung der Männer zu durchbrechen, die ihm unerbittlich mit ihren Hieben zusetzten. Einer der Männer brach aus und trieb sein Pferd aus Kyles Blickfeld. Kyle nahm an, dass ein weiterer Pfeil sein Ziel gefunden hatte, als er das Sirren der Sehne und ein überraschtes Keuchen hörte. Undeutlich über das Dröhnen und Singen in seinen Ohren hörte er Quinns Stimme hell ihm unbekannte Worte proklamieren; die Schmerzen in seiner linken Seite waren mit jedem Schlag, den er pariert hatte, stärker geworden, und das Blut rauschte in seinen Ohren. Er biss die Zähne zusammen und parierte einen weiteren Hieb. Beide Schwerter trafen klingend aufeinander und zwangen beide, all ihre Kraft gegeneinander aufzubieten. Jeder versuchte, das Schwert des anderen herunterzudrücken und einen Schlag gegen den dann ungeschützten Kopf zu führen. Talias Aufschrei ließ ihn auffahren, und er ließ sein Pferd sich aufbäumen. Sein Schwert kam frei, während dem anderen sein Schwert aus der Hand gerissen wurde, und Kyle blickte über die Schulter. Talias Pfeil hatte den ausgebrochenen Mann in den Hals getroffen, doch dieser schien sich nicht darum zu kümmern: Er hatte sein Schwert weggeworfen und hing nun zur Seite gebeugt auf seinem Pferd, dass auf Talia zuraste. Die Schwerthand des Mannes glitt knapp über das Gras hinweg, und Kyle erkannte die Ledertasche, als der Mann sie aus vollem Ritt vom Rücken des einen gestürzten Pferdes riss, das seinen Reiter unter sich begraben hatte. Kyle blickte zu Quinn und in beider Augen blitzte Verstehen auf. Die Kapuze des Magiers war zurückgerutscht, und Kyle konnte deutlich erkennen, dass der Mann von der

Anstrengung der Zauberei schwitzte, als er die Hand hob und seinen Singsang unterbrach, ein kurzes Wort sprach. Eine neuerliche Lichtkugel segelte auf den Reiter zu
und traf sein Pferd; das Tier brach vornüber ein und begrub seinen Reiter unter sich.
Im gleichen Moment verblasste das Glühen, dass die beiden Krieger vor Quinn umhüllt hatte, und beide sprangen mit gehobenen Schwertern vor.

„Quinn, vor Dir!" brüllte Kyle, kurz bevor er selbst einen Schlag in seinem Rücken
spürte. Er rutschte vom Pferd und fiel auf die Straße. Deutlich spürte er, wie der bloße
Schlag, den der verbliebene Reiter mit seinem Eisenhandschuh ausgeteilt hatte, die
Schnittwunde in seinem Rücken wieder aufgerissen hatte. Bunte Flecken tanzten vor
seinen Augen, als er sich aufrappelte. Er sah Quinn mit einem der Krieger ringen; sein
linker Arm blutete in voller Länge, wo ihn der Krieger mit dem Schwert getroffen
hatte. Quinns rechte Hand war in einem grünen Feuer eingehüllt, und der zweite Krieger rollte etwas abseits der beiden im Gras, beide Hände an seine Kehle gepresst, die
grün glühte.

Kurz entschlossen stolperte Kyle auf die Ledertasche zu, die wenige Schritte von ihm
im Gras gelandet war. Der Verschluss war aufgerissen, und Kyle konnte einen Trink-
schlauch und ein orangefarbenes, zusammengeknülltes Gewand erkennen. An beidem
klebte Blut. Irritiert stellte Kyle fest, dass sich in den Falten des Gewandes blaues Pulver gesammelt hatte, dass offensichtlich aus einer gesplitterten Glasflasche stammte,
deren Scherben im Gras um die Tasche herum lagen. Er sah Talia Quinn zu Hilfe eilen; der versuchte, den Krieger mit den Flammen an seiner Hand zu berühren, ohne
von dessen Schwert getroffen zu werden. Kyle griff die Tasche und wandte sich um,
um zum unbewaffneten Reiter zu sehen. Er blickte auf und sah Bakar und den letzten
Reiter in einiger Entfernung immer noch stehen.

Die Blicke der beiden kreuzten sich für den Bruchteil eines Moments, und Kyle hob
die Tasche in die Höhe. Könnten Augen mit den Schultern zucken, würde es so aussehen wie das, was Kyle in diesem Moment in Bakars Augen zu sehen glaubte. Dann
zuckte der Arm des Mannes nach unten, fand den Griff des Wurfdolches, der aus seinem Ärmel herabrutschte, und nach vorn: Kyle fühlte einen bohrenden Schmerz in
seiner rechten Brust und blickte auf den Dolch, der bis zum Heft in seiner Brust
steckte.

Langsam gaben seine Beine nach, und er brach auf der Straße zusammen; die Riemen der Ledertasche entglitten seinen Händen, und er schnappte unkontrolliert nach
Luft. Er nahm entfernt wahr, wie der unbewaffnete Reiter knapp an seinem Kopf vor-
beigaloppierte und die Tasche an sich brachte. Er schwenkte sie triumphierend über
dem Kopf, und Bakar brüllte den verbliebenden Kriegern zu, sich zurückzuziehen. Der
Mann, mit dem Quinn gerungen hatte, stieß ihn zurück und lief zurück zu den Wartenden. Sein Partner rappelte sich aus dem Gras auf, immer noch beide Hände an seine
Kehle gepresst, und folgte ihm. Dann tauchte Kyle in kalte, schwarze Bewusstlosigkeit
ab.

Als er die Augen Sekunden später wieder aufschlug, blickte ihm ein fremdes Gesicht
entgegen. In einiger Entfernung hörte er Quinn und Talia, die sich mühsam erhoben.
Kyle schüttelte den Kopf, um seinen schielenden Blick zu klären; sein Versuch wurde

mit neuerlichen Schmerzen belohnt, und er grunzte. Die junge Frau, die über ihn gebeugt im Gras kniete, hatte offensichtlich sein Hemd ausgezogen, denn er spürte den leichten Wind und ihren warmen Atem über seine nackte Brust und seine Wunden streichen. Sie musterte ihn kritisch und schüttelte den Kopf, so dass ihr ihre schulterlangen schwarzen Haare einen Moment die Sicht nahm. Sie strich sie fort und flüsterte beruhigend: „Keine Angst. Ich werde Dir helfen." Sie schob Kapuze und Ärmel ihres grauen Mantels zurück (der Quinns Robe ähnlich sah, aber eben wie ein Mantel oder Umhang vorn offen war, stellte Kyle mit einem erstaunlichen Augenmerk für Nebensächlichkeiten fest), und legte ihre Hände auf seine Brust. Kyle verkrampfte sich, doch die Kühle, die von den Händen der jungen Frau ausging, durchlief seinen Körper in beruhigenden Wellen. Die Schmerzen verebbten, und Kyle schloss mit einem entspannten Ächzen die Augen.

Talia und Quinn hatten sich aufgerappelt und nun ebenfalls die junge Frau erblickt, die über Kyles reglosem Körper kniete. „He, was zum...?" rief Talia und stürmte auf sie zu.

Quinn folgte mit schmerzverzerrtem Gesicht, die Rechte auf den blutenden Schnitt in seinem Arm gepresst. Er fluchte, als er den Mantel der Frau erkannte. „Ihr Höllen, dieses Pack? Gibt es hier noch mehr davon?" Dennoch hielt er Talia davon ab, sich auf die Fremde zu stürzen. „Lass' sie fortfahren, Talia. Sie kennt sich mit dem Heilen aus... *hoffe ich*," fügte er mit einem drohenden Blick auf die Frau hinzu.

Unwillig, aber mit zunehmendem Staunen sah Talia zu, wie ein gedämpftes Leuchten von den Händen der Frau ausging und sich Kyles Wunden darunter zurückbildeten. Kyle selbst atmete ruhig und gleichmäßig und blickte der jungen Frau in die Augen, die seinen Blick aus beruhigenden tiefbraunen Augen erwiderte. Was immer sie tat, schien sie sehr zu erschöpfen, denn ähnlich wie Quinn nach seiner Zauberei traten ihr nach kurzer Zeit Schweißperlen auf die Stirn, und sie ließ sich schließlich erschöpft nach Luft schnappend zurückfallen.

„Ich habe getan, was ich kann, Magier," wandte sie sich an Quinn, und zusammen mit Talia half sie Kyle beim Aufstehen. Quinn musterte erst die Frau eine Weile schweigend und wandte dann seine Aufmerksamkeit Kyle zu, der staunend seine Wunden betrachtete. Die tiefe Stichwunde in seiner Brust war vollkommen verheilt; die Hiebwunde in seiner Seite war zu einem kurzen Schnitt zurückgebildet, und die Wunde an seinem Rücken hatte sich erneut geschlossen.

Kyle wollte der Frau danken, die jetzt, da er stand, ein gutes Stück kleiner als er, etwas kleiner noch als Talia wirkte, doch sie winkte ab. „Ich sah, dass Ihr verwundet wart, und dachte, dass ich helfen könnte." Sie sah kurz auf Quinns blutende Armwunde und blickte ihn fragend an, doch er schüttelte nur den Kopf. Daraufhin zuckte sie die Schultern und wandte sich wieder Kyle zu. „Aber, was sucht Ihr hier in der Gegend, und wer waren die Männer?" Sie wies über die Schulter auf die reglosen Körper der fünf Reiter und ihre Pferde.

Quinn setzte zu einer scharfen Antwort an, doch Kyle kam ihm zuvor. „Quinn hier," erklärte er und deutete über die Schulter auf den Magier, „meint, wir retten die Welt vor einem finsteren Dämon - die verstreut liegenden Herren hatten wohl etwas dagegen." Er zuckte die Schultern und lächelte. „Ich bin Euch wohl zu Dank verpflichtet, geheimnisvolle Fremde." Er hielt ihr die Hand hin, und sie errötete leicht. „Mein Name ist Kyle, das hier ist Talia."

„Habt Ihr auch einen Namen?" fragte Quinn, doch die Frau bedachte ihn stumm mit einem seltsamen Blick, einer Mischung aus Warnung und Spott. „Oh, ich vergaß. *Ihr* gebt Eure Namen nicht preis." Er schnaubte verächtlich. Kyle sah entgeistert zwischen den beiden hin und her. Er und Talia hatten das Gefühl, den Anfang des Gespräches und etwas sehr Wichtiges in dessen Verlauf verpasst zu haben.

„Nennt mich Lynn," lenkte die junge Frau ein und strich eine Haarsträhne aus ihrem Gesicht. „Das ist nicht mein Name, aber so kennen mich auch die Leute im Dorf."

Quinn verschränkte die Arme vor der Brust. „Ist die Ähnlichkeit des Namens Absicht?"

„Zu Euch? Mit großer Sicherheit nicht!"

Quinn blinzelte und versetzte: „Nicht zu mir... zu der großen Priesterin Lynette, der... Prophetin Eurer Leute."

Kyle hatte nie zuvor gehört, dass das Wort „Prophetin" so abschätzig gebraucht wurde, doch Nennt-mich-Lynn zuckte die Schultern und wandte sich zurück zum Weg, nachdem sie eine Umhängetasche, offensichtlich aus dem selben grauen gegerbten Leder wie ihr Mantel, aus dem Gras aufgelesen und geschultert hatte. „Kommt mit! Es wird dunkel, und weiter als bis zum Dorf werdet ihr bei Licht nicht mehr kommen. Ich lade euch ein."

Quinn murmelte etwas Finsteres und machte sich daran, die Pferde zu holen, die am Rand der Straße unbeeindruckt grasten. Kyle folgte der jungen Frau mit dem gewählten Namen Lynn, erschöpft auf Talia gestützt.

Auf dem Weg zum Dorf, in dem Lynn offensichtlich wohnte, versuchte er, etwas Ordnung in seine Verwirrung zu bringen. „Lynn... Wer seid Ihr, und was habt Ihr mit Quinn zu tun, dass er so gereizt ist? Und was sollte dieses Gerede um Namen?"

Die Angesprochene blieb kurz stehen, um eine bläulich blühende Pflanze vom Wegesrand zu pflücken; ein Kraut, das Kyle noch nie zuvor gesehen hatte. Sie begann leise und ruhig zu erklären. „Mit Deinem Freund selbst habe ich nichts zu tun... es geht vielmehr um das, was wir beide sind." Sie setzte ab und spreizte ihre Hand gegen das Licht. Kyle fand es eine zugegeben hübsche, aber ansonsten unauffällige Hand wie jede andere auch. Aber das hatte er bei Quinn auch gedacht, bis dieser vier Männer aus den Sätteln gefegt hatte. „Die Magier, zu denen Euer Freund zählt, spielen mit der Magie herum, die sie aus alten verstaubten Büchern abgeschrieben und sich gemerkt haben. Leute wie ich dagegen *erlernen* ihr Wissen und ihre Fähigkeiten voneinander. Unsere Macht stammt aus einer anderen Quelle, die die Magier als einen kleinen Teil ihrer Kräfte zu katalogisieren und in einem Buch festzuhalten versuchen." Sie zuckte die Schultern und verstaute die Pflanze in ihrer Tasche. „Sie können es nicht leiden, dass es andere Gruppen neben ihnen gibt. Deshalb können die Mitglieder beider Gruppen einander nicht leiden, seit ewigen Zeiten. Wir *glauben*, und sie wollen *wissen*, und das verträgt sich offenbar nicht. Wir nennen sie Bücherwürmer, sie nennen uns Hexen und Hexer."

„Mystiker!" protestierte Quinn, der mit den Pferden nachfolgte, „ich habe das Wort 'Hexe' niemals in solchem Zusammenhang gebraucht."

Lynn lachte hell auf. „Wie dem auch sei. Und das mit den Namen ist Teil unserer Überzeugung. Wenn man jemanden seinen wirklichen Namen verrät, gibt man ihm damit ein mächtiges Instrument der Zauberei in die Hand. Denn der Name eines jeden ist etwas absolut Persönliches, dass nur ihm gehört. Und solche Sachen sind sehr wirkungsvoll, wenn man jemanden verzaubern möchte... nicht wahr, *Quinn*?" Der Magier schnaubte und zog sich die Kapuze ins Gesicht. Lynn lachte und fuhr fort. „Deshalb geben wir unseren Namen nicht jedem preis. Jemandem den eigenen Namen zu nennen ist, wie ihm des eigene Leben anzuvertrauen. Ähnlich ist es mit der Beschwörung von Dämonen, die ihr wohl jagt. Man kann sie nur zu sich rufen und ihnen wirklich seinen Willen aufzwingen, wenn man ihren wahren Namen kennt. Das ist ihr größter Schwachpunkt. Kennt man den Namen eines Geistes oder Dämons, hat man ihn in der Hand."

„Die Mystiker sind überzeugt, dass allein der Glaube die großen Kräfte der Mystik freisetzt, auch ohne ihre besonderen Kräfte. Wenn jemand daran glaubt, dass ein toter Hahn unter der Türschwelle böse Geister fernhält, dann soll der übellaunige Nachbar die Schwelle nicht mehr überschreiten können." Quinns Gesicht sagte sehr deutlich, was er von dieser Art Glauben hielt.

Lynn setzte zu einer Erwiderung an, verstummte jedoch plötzlich, so dass Talia und Kyle sie erstaunt ansahen. Quinn sprach leise einige Worte und wirkte mit einem Mal ebenfalls angespannt. Sie konnten sehen, dass sich bei beiden die Nackenhaare aufgestellt hatten, während sie schweigend und mit starrem Blick weitergingen. „Lasst Euch nichts anmerken," raunte Quinn ihnen zu, „wir werden beobachtet. Jemand benutzt Magie. Ich weiß nicht, ob es uns auch hören kann..."

Lynn wies wie beiläufig auf einen Baumstumpf, der am Wegesrand stand. „Es sitzt da. Als es vorhin gelandet ist, war es ein Rabe, bis es unsichtbar wurde." Talia war einen Moment überrascht, wie Lynn das alles beobachtet hatte und nun wusste, wo sich etwas *Unsichtbares* aufhielt. Auch wunderte sie sich, was ein Rabe anderes werden sollte als ein Rabe, selbst wenn er unsichtbar war, doch ihre Verwunderung machte schnell dem Ärger Platz. Ein Rabe, dachte sie gereizt. Vermutlich das selbe Tier, dass sie an Bakar verraten hatte. Sie ließ den Bogen in einer fließenden Bewegung vom Rücken gleiten, sich der Nutzlosigkeit ihrer Waffe gegen etwas Unsichtbares bewusst. Quinn hatte erneut sein Buch aufgeschlagen und leise etwas zu summen begonnen. Das Muster und der Klang kamen Talia vage bekannt vor, obwohl sie sicher war, sie nie zuvor gehört zu haben, und ein kühler Schauer lief ihr über den Rücken.

„Schließt die Augen," warnte er und ging etwas voraus, bis er an dem Baumstumpf vorbeikam. Dann wandte er sich abrupt um, dass seine Robe flatterte, und sprach ein kurzes Wort aus seinem Buch, die geballte Faust auf den verlassen daliegenden Stumpf gerichtet. In einem kurzen Moment glühte seine Hand hell weiß auf, und Wellen blendenden Lichts ergossen sich mit dem Geräusch tosenden Wassers von der Faust des Magiers aus in alle Richtungen. Das Licht umfing eine schwarze Silhouette in Form eines Raben, die sich mit einem unirdischen Kreischen verformte und in einem langen Fetzen Dunkelheit in die Höhe strebte; dann erglühte sie und löste sich auf. Kyle gab ein Stöhnen von sich, als das grelle Licht trotz der geschlossenen Lider in seinen Augen schmerzte.

Einen Moment später war das Licht wieder verloschen, und Quinn trat vor und inspizierte die Stelle, an der die Silhouette erschienen und verglüht war. Alles um sie her schien, als hätte es das strahlende Licht nie gegeben, doch über dem Baumstumpf schwebte eine milchig-weiße Kugel aus Licht, in der ein winziger dunkler Sturm zu toben schien. Eine schwarze Wolke ballte sich immer wieder zusammen, stieß gegen die Grenzen der Kugel und zog sich zurück, um an anderer Stelle an die Grenzen ihres Gefängnisses zu stoßen. Er runzelte die Stirn, während Kyle sich hinter ihm fluchend und stöhnend wieder aufrichtete.

„Das ist seltsam," kommentierte er ruhig, „es ist ein geringer Dämon. Ich kenne keine Sorte Magier, die Dämonen als Beobachter einsetzen." Er schnippte, und mit einem Pfeifen löste sich die Kugel in weißen Dunst auf. „Wer auch immer diesen Dämon kontrolliert hat, wird eine Weile blind sein und uns so schnell nicht mehr nachspionieren." Hinter ihm rieb Kyle sich fluchend die Augen, konnte aber die tanzenden roten und blauen Flecke in seiner Sicht nicht vertreiben.

In einem hohen Turmzimmer stand ein anderer Mann und tat Ähnliches; ihn aber hatte die volle Wirkung des Zaubers getroffen, und er schrie wütend nach einem Diener, der den erblindeten Mann aus dem Raum geleiten musste.

Es dämmerte, als Lynn sie über die staubige Straße zu den ersten Häusern führte, die sich im Schutze einer bewaldeten Steilwand duckten. Das Dorf zählte zu der Sorte Siedlungen, die so klein waren, dass sie keinen eigenen Namen hatten, selbst wenn sie meilenweit von der nächsten bewohnten Stadt entfernt lagen. Es kam ihnen kaum verwunderlich vor, dass jemand wie Lynn, die ihren Namen vor der Welt versteckte, in einem Dorf ohne eigenen Namen wohnen würde. Einige Gebäude hatten sich um einen Brunnen und einen Hof herum angesammelt, der zwei kleine Getreidefelder bestellte. Nach und nach waren einige weitere Leute hier sesshaft geworden, und die Familie des Bauern hatte sich ausgedehnt. Eine kleine Dorfkneipe, wie sie in jedem Dorf zu finden war, hatte sich dazugesellt und stellte zufällig vorbeiziehenden Wanderern Quartiere zur Verfügung. Drei Holztische und einige Bänke standen auf dem Brunnenplatz, um den herum sich die anderen Häuser wie um ein natürliches Stadtzentrum angeordnet hatten, und die Tagelöhner des Bauern sowie einige gelangweilte Alte saßen daran und unterhielten sich. Der Gastwirt, ein alternder, dickbäuchiger Mann mit einer speckigen Glatze, eilte zwischen der weit geöffneten Tür seines Schankraumes und den Tischen hin und her und versorgte seine Gäste. Als die vier vorbeikamen, die Pferde im Gefolge, wandten sich alle Köpfe ihnen zu und musterten sie neugierig. Lynn nickte den Leuten freundlich zu und lächelte; sofort wandten sich die Dorfbewohner wieder ihren eigenen Dingen zu und starrten sehr konzentriert auf ihre Hände oder Trinkkrüge.

Lynn lachte leise auf, ein Geräusch wie ein helles Vogelsingen, und führte sie zu einer Bank, die etwas abseits der anderen im Schatten einer alten Eiche stand. Die Blätter rauschten im Wind, und Kyle fielen die vielen Ähnlichkeiten auf. Ganz egal, wie weit man reiste, in jedem kleinen Dorf fand man doch immer wieder den Marktplatz mit Brunnen, und etwas abseits einen einzelnen Baum, unter dem über die Jahre die eine oder andere Art Sitzplatz geschaffen worden war. Er lehnte sich entspannt an die trockene Rinde des Baumes und stellte sich vor, dass ein Gegenstück der alten Lana jeden Moment auftauchen würde, um den Kindern Geschichten zu erzählen. Obwohl sich Karuhm mit seinen gepflasterten Straßen, seinen Fachwerkhäusern und seiner Hektik deutlich von der kleinen, gemütlichen Ansammlung von Hütten irgendwo im Nirgendwo unterschied, erkannte er einige Gemeinsamkeiten, bis hin zu den gelangweilten alten Männern und Frauen, die ihnen neugierige, teils misstrauische Blicke zuwarfen und sich angeregt zu unterhalten schienen.

Er sah zu ihrer neuen Begleiterin hinüber, die sich vor dem Baum mit übereinandergeschlagenen Beinen niedergelassen hatte, und betrachtete sie. Als er sie zuerst gesehen hatte, waren ihm nur ihr wunderschönes, ebenmäßiges Gesicht und ihre dunklen Haare aufgefallen, die knapp über ihren Schultern endeten und im dämmernden Sonnenlicht matt schimmerten. Sie war etwas kleiner selbst als Talia, und Kyle hatte angenommen, dass sie um einiges jünger als sie alle sein müsse. Doch dann hatte er in ihren dunklen, ruhigen Augen das selbe seltsame Alter gesehen, dass er das erste Mal bei Quinn bemerkt hatte. Eine weitere Ähnlichkeit fiel ihm auf, als er zu ihr und Quinn hinübersah. So sehr sich beide auch in ihren Auffassungen unterschieden und es ablehnten, miteinander in Verbindung gebracht zu werden, fand Kyle es bemerkenswert, wie sehr sie beide sich ähnelten. Beide saßen mit übereinandergeschlagenen Beinen vor dem Baum, die Hände entspannt auf den Knien ruhend. Auch wenn Lynn die Schultern entspannt hängen ließ, während der Magier wie üblich steif aufrecht saß, wirkte ihre Haltung fast gleich, und im dämmernden Gegenlicht des Abends schienen ihre Kapuzenroben die selbe Farbe zu tragen. Lynns „Robe" war eigentlich ein einfacher Mantel mit Kapuze, der mit einigen wenigen Riemen an der Brust zugeschnürt werden konnte, den Beinen aber Freiheit ließ. Quinn dagegen trug tatsächlich eine Robe aus einem abgetragenen weißblauen Stoff, die bis zu seinen Füßen herabreichte. Darunter waren die Ansätze brauner Lederstiefel zu erkennen. Kyle erinnerte sich, Quinn nie laufen gesehen zu haben; er mutmaßte, dass entweder seine steife Haltung oder zumindest seine Robe es nicht zuließen. Er tippte auf Ersteres, denn er hatte Quinn Bewegungen in einer Geschwindigkeit vollführen sehen, die er in der Hinderlichkeit einer solchen Robe für unmöglich gehalten hatte.

Lynn hatte derweil unter völliger Missachtung von Quinns Anwesenheit ein Gespräch mit Talia über den Dämon begonnen, dem sie nachjagten. „Wenn sie das Horn von Saskath für eine Beschwörung verwenden, können sie eine ganze Reihe unangenehmer Gesellen rufen. Ihr müsstet wissen, was für andere Dinge sie für das Ritual sammeln, dann könnte man auf den Dämon schließen."

„Jede dämonische Wesenheit reagiert nur auf eine ganz bestimmte Art der Beschwörung, die sich aus langen Anrufungstexten, Opfern, Räucherwerk, Blut und vielem anderen zusammensetzen kann," erklärte Quinn ruhig, bevor Talia die Frage stellte. Er hatte die Augen leicht geschlossen und sah in die Ferne.

Kyle dachte an die Ledertasche, die Bakars Männer unbedingt hatten wiederhaben wollen. Die Wunde, obwohl zugeheilt, bereitete ihm noch immer Schmerzen. „Sie haben den Priester des Orakels von Vesian getötet, und ich glaube, sie haben sein Blut in einem Trinkbeutel mitgenommen," bemerkte er, und Lynn zog die Augenbrauen hoch. „Außerdem hatten sie ein seltsames Pulver aus dicken blauen Körnern in einer Glasflasche dabei. Sie hatten alles in einer Ledertasche dabei, aber die Glasflasche war zersplittert."

Quinn nickte. „Ich gedenke, in den Archiven des Konzils die Aufzeichnungen nach dienlichen Hinweisen zu untersuchen. Ich habe Kenntnis von einigen dieser Dämonen, aber ich kenne die genauen Rituale nicht."

„Nun," bemerkte Lynn, „ein Priester des Orakeltempels ist ein zu spezielles Opfer, als dass sie nur sein einfaches Blut benutzen würden. Man könnte jeden beliebigen Priester töten, und das viel einfacher. Wenn sie noch einige Tage warten und dann einen weiteren Priester ermorden, haben wir ein Problem. Wenn sie allerdings statt dessen einen bestimmten Tempel aufsuchen, einen bestimmten Dolch stehlen und an einem Datum, das zufälligerweise nicht mehr fern ist, ein Menschenopfer bringen, brauchen wir uns keine Sorgen zu machen." Sie sah in Kyles und Talias verwirrte Gesichter. „Wir können annehmen, dass sie den Namen des Dämons und die Beschwörungstexte bereits kennen, denn sonst würden sie ein Ritual nie versuchen," erklärte sie, „und wenn sie diesen Tempel finden, und an diesem Tag dort einen Menschen opfern, gibt es keine Möglichkeit, sie aufzuhalten. Dann sind wir so gut wie tot."

Eine bleierne Stille trat ein und Quinn nickte ernst. „Der Dreigehörnte," murmelte er leise.

„Die Anforderungen sind sehr speziell. *Zu* speziell, als dass es wahrscheinlich ist, denke ich." Lynn gähnte herzhaft und löste damit die angespannte Stimmung. „Es ist reichlich spät geworden. Ich schlage vor, ihr übernachtet für heute in meinem bescheidenen Heim." Sie streckte sich und wies auf eine kleine Hütte, die im späten Dämmerlicht anheimelnd und gemütlich wirkte.

Talia und Kyle nahmen ihr Angebot dankbar an, doch Quinn erhob sich steif und sah zur Dorfkneipe hinüber. „Ich werde mir ein Zimmer nehmen," wandte er sich an die beiden. Er hob eine Hand, um ihren Widerspruch und Lynns bissigen Kommentar abzuwehren. „Ihr wisst, Mystikerin, man soll die Kräfte nicht mischen." Er blickte sie kurz an und wandte sich um. Lynn zuckte die Schultern, murmelte etwas und strebte ihrem Haus zu, gefolgt von Kyle und Talia.

Lynns Hütte stand nahe am Waldrand, und als sie sie betraten, schien es, als sei der Wald vorgerückt; an den Wänden hingen zahlreiche Pflanzen, Knollen und Kräuter. Eine verwilderte Katze strich Lynn zur Begrüßung um die Beine, und sie schob sie mit sanftem Druck beiseite. „Ich hoffe, das Grünzeug stört Euch nicht," meinte sie entschuldigend, „ich sammle von Zeit zu Zeit ein paar Dinge im Wald. Die Leute im Dorf halten mich schon für eine Hexe." Sie kicherte. „Und ich will sie ja nicht enttäuschen." Die Hütte wirkte ansonsten wie jede andere Hütte in einem kleinen Dorf, wenn auch spärlich eingerichtet. Zwei Räume dienten als Arbeits- und Lebensplatz. Im ersten Raum stand ein niedriger Tisch, eine Kommode und einige Stühle; mehr Raum ließen die Kräuter und Pflanzen nicht. Im zweiten Raum stand eine kleine Truhe, aus der Lynn zwei weitere Matratzen zu der ersten legte, die in einer Ecke des Raumes lag. Offensichtlich verbrachte sie nicht viel Zeit innerhalb ihres Hauses; vor dem Haus hatten sie eine kleine Feuerstelle gesehen, an der Lynn wohl ihr Essen zu kochen pflegte. Dennoch strahlte das Haus eine einfache Ruhe aus, die sie schon kurz nach dem Hinlegen in einen tiefen Schlaf hinübergleiten ließ.

In dieser Nacht kehrten die Alpträume nicht zurück. Sie hatten sich anscheinend mit dem schwarzen Raben in Luft aufgelöst, und sie schliefen bis zum frühen Morgen durch, bis sie die wärmenden Strahlen der Sonne weckte. Ausgeruht und erfrischt machten Kyle, Talia und Lynn sich auf, um Quinn am Brunnen zu treffen. Sie sahen seine aufrechte Gestalt schon von weitem an einem der Kneipentische sitzen. Als sie näher kamen, sahen sie, dass der Kneipenwirt bereits Essen für sie bereitgestellt hatte; offensichtlich hatte Quinn auf sie gewartet. Der Magier blickte von seinem Buch auf, das aufgeschlagen auf seinen Knien lag, als die drei sich setzten, und nickte grüßend. Dann wandte er sich wieder den Seiten zu, die in einer sauberen Handschrift eng beschrieben waren. Ab und an waren kleine Diagramme und Skizzen an den Rand gezeichnet.

„Meine Güte," bemerkte Lynn, „ein Grimorum. Schleppt er seine ganze Zauberspruchsammlung die ganze Zeit mit sich herum?" Kyle nickte, und sie lächelte spöttisch. „Hermetiker, Bücherwürmer."

Kyle fiel auf, dass der Schnitt in Quinns Ärmel verschwunden war, als hätte er nie existiert. Darunter zeichnete sich jedoch deutlich die Wölbung eines Verbandes um seinen Arm ab. Lynn nahm einen Bissen und kaute nachdenklich. Kyle und Talia taten es ihr gleich und verschlangen das Essen mit Heißhunger. Sie hatten das Gefühl, dass die Alpträume der letzten Zeit ihnen mehr abverlangt hatten, als sie etwas Schlaf zu kosten, und glichen es nun aus. Lynn kaute und betrachtete den konzentriert lesenden Quinn, der ihr gegenüber saß.

„Ich habe mich übrigens entschieden, Euch zu begleiten. Wenn ihr tatsächlich gegen einen Dämon zu Felde zieht, sollte Euch jemand schützen." Sie schluckte den Bissen und deutete auf Quinn, der bei ihrer Ankündigung verächtlich schnaubend aufgeblickt hatte, „*Er* kann's bestimmt nicht." Sie lächelte herausfordernd und Quinn schnaubte erneut.

„Wenn ich das Verlangen verspüren sollte, mit unnötigem Hokuspokus meinen Nachbarn oder Fußwarzen loswerden möchte, werde ich mich schon melden, Mystikerin, vielen Dank," schnappte er. Dennoch hatte er dem Bauern, als sie mit dem Essen fertig waren, ein viertes Reitpferd abgekauft. Lynn kehrte kurz zu ihrem Haus zurück, um einige Kräuter und andere Habseligkeiten in ihrer Tasche zu verstauen, und Quinn frischte erneut ihre Vorräte auf.

Als die Morgensonne über die waldigen Hügel im Osten gestiegen war, brachen sie auf. Quinn erklärte, dass sie am frühen Vormittag das Herzogtum Vighar verlassen und die kleinere Baronie Gethia durchqueren würden, die sie bis zum Abend bereits verlassen haben würden. Er hatte Baron Dahl, dem Verwalter dieses Landstriches, eine Nachricht zukommen lassen, dass sie sein Gebiet durchqueren würden, und erwartete keine Verzögerungen. Gethia war von jeher eine stark bewaldete Berglandschaft gewesen, die das Schachbrettmuster von Feldern und Wiesen des übrigen Königreiches wie ein großer grüner Fleck unterbrach. Viele wichtige Handelsstraßen verliefen dennoch durch die kleine Baronie, die ringsum von hohen Gipfeln umsäumt war. Die Berge im Norden zu umgehen, wo sich das Herzogtum Vighars weiter erstreckte, bedeutete einen großen Umweg und Zeitverlust, den nur wenige der Händler in Kauf nahmen. Alle Versuche, die weiten Waldflächen zu roden, die sich von Hang zu Hang erstreckten, waren gescheitert, und die Einwohner Gethias hatten sich darauf eingestellt. Sie lebten zu weiten Teilen von der Jagd und dem Handel mit den vielen Reisenden. Sie lebten in Siedlungen, die kaum größer waren als Lynns Heimat; nur um das Schloss Baron Dahls und um einen von Händlern eingerichteten Zwischenposten herum hatten sich genügend Häuser angesammelt, dass man es eine „Stadt" nennen konnte.

In dieser Ödnis war Baron Dahl des täglichen Anblicks der Bäume schnell überdrüssig geworden, und wenngleich er der Jagd weiterhin mit großem Enthusiasmus frönte, war er zu einem großen Bewunderer der magischen Künste geworden. Obwohl er selber keinerlei magisches Talent besaß, war bekannt, dass er Gaukler, Scharlatane und echte Gelehrte und Magier gleichermaßen herzlich an seinem kleinen Hof empfing. Quinn war bewusst, dass sie um einen Höflichkeitsbesuch bei Baron Dahl nicht herumkommen würden, doch er hatte genügend Zeit für ihren Aufenthalt am Hofe des Barons eingeplant.

Lynn hatte begonnen, vom bunten Treiben in den Mauern von Schloss Geth, dem Sitz des Barons, zu berichten, seit Quinn erwähnt hatte, dass sie dort Station machen würden. Kyle und Talia lauschten ihr gespannt, als sie Gerüchte und Geschichten oder auch allgemein Bekanntes über Schloss Geth wiedergab. Sie schilderte die Farbenpracht der Gauklerkostüme, die Zauberkunststücke und all die festlichen Speisen, Getränke und die angenehmen Gemächer des Schlosses, die der Baron zur Bewirtung seiner Gäste aufbot. Ihre helle, klare Stimme war fast das einzige hörbare Geräusch, als sie durch die tiefen, schweigsamen Wälder Gethias ritten. Ab und an hörten sie einen Vogel zwitschern, als sie über die gut ausgebaute Straße ritten. Neben dem Handelsposten war die einzige Errungenschaft der Händler diese Straße gewesen, die jedoch nur an den Grenzen derart gut gepflegt war. Als sie tiefer kamen, rückte der Wald zu beiden Seiten immer näher, und die Straße wurde zusehends zu einem Weg, in den Karrenräder tiefe Furchen gezogen hatten. Immer öfter wand der Weg sich um aufragende Steilwände oder verstreut liegende Felsen herum, und Talia stellte sich vor, wie die Händler fluchen mussten, wenn einer ihrer Karren von diesem Weg abkam und etwa einen Abhang hinabrutschte.

Als Jägerin fühlte sie sich den Wäldern aus tiefer Seele verbunden, doch dieser Wald wirkte um so vieles größer und wilder als der ruhige Wald um Karuhm, in dem sie täglich auf der Jagd gewesen war. Dennoch atmete sie bei jedem Atemzug die Atmosphäre des Waldes, während sie neben Kyle herritt und Lynns Schilderungen lauschte. Sie bemerkte winzige Bewegungen im Unterholz, die den anderen vermutlich entgingen, und hörte das leise Schaben von Pfoten auf dem Waldboden. Der Bogen über ihrer Schulter verlangte danach, auf die Jagd zu gehen, und sie spielte einen Moment mit dem Gedanken, vom Pferd zu rutschen und in das Dickicht abzutauchen. Doch sie wusste, dass sie keine fünf Schritte weit gekommen wäre, bevor sie sich hoffnungslos in diesem dunklen Gewirr verirrt hätte. Trotz ihrer Erfahrung damit, im dichtesten Unterholz unbeirrt ihren Weg zwischen Ästen, umgestürzten Bäumen, Steinen und rutschigen Moosen zu finden, flößte der Wald ihr großen Respekt ein. Unheilvoll und selbstgefällig fläzte der Wald sich um sie herum schweigend in der Mittagssonne, von der er wenig bis zu den Reisenden auf den gewundenen Wegen vordringen ließ.

Talia war dankbar für Lynns Stimme, denn sie hielt sie davon ab, sich von der ungezähmten Macht des Waldes vereinnahmen zu lassen. Kyle schien ähnliche Gedanken zu hegen, und er ermunterte die Mystikerin, wie Quinn sie genannt hatte, mit immer neuen Fragen, weiter zu sprechen. Sie unterhielten sich über Bakar und den Kampf mit seinen Männern, und über viele der seltsamen Kräuter, die Lynn in ihrer Tasche mit sich herumtrug. Sie erklärte ihre Wirkung, und Kyle lächelte zuweilen verständnislos. Er hatte nicht viel mit dämonischen Einflüssen zu tun gehabt, konnte sich aber nicht vorstellen, dass Blätter von jener absonderlich blauen Pflanze, deren Namen er nicht einmal aussprechen konnte, die Wirkung eines bösen Fluchs lindern oder gar aufheben sollte. Die beiden gerieten in einen gutmütigen Streit über Sinn und Unsinn verschiedener Zaubermittel, bei dem Kyle stets darauf bestand, Dämonen doch lieber mit seinem Kurzschwert als mit merkwürdigen Wurzeln und Kräutermixturen entgegenzutreten.

„Ihr seid ebenso engstirnig wie Euer bücherlesender Freund," warf Lynn ihm lachend vor, und Talia sah zu Quinn hinüber. Der junge Magier hatte nichts mehr von sich gegeben, seit sie aufgebrochen waren, und saß steif aufrecht wie immer im Sattel. Sein Blick war konzentriert in die Ferne gerichtet, als sähe er hinter den Bäumen das Ziel ihrer Reise. Talia lenkte ihr Pferd neben seines und betrachtete ihn schweigend. Je näher sie ihrem Ziel kamen, desto schweigsamer war er geworden, und Talia konnte aus seinem steinernen Gesicht keine Anhaltspunkte gewinnen, was der Grund dafür sein mochte. Quinn zählte nicht zu den Leuten, die anderen ungefragt ihre ganze Lebensgeschichte darlegten, obwohl er ihr offen und ehrlich erklärt hatte, warum man ihn als Gesandten zu ihnen geschickt hatte.

„Woran denkst Du, Quinn? Das Konzil?" fragte sie leise. Seit dem Kampf hatten sie alle die stille Übereinkunft getroffen, auf das förmliche „Ihr" zu verzichten. Lynn hatte von Anfang an jeden geduzt, auch wenn Quinn sie weiterhin distanziert ansprach; Talia schätzte, dass er Lynns „Respektlosigkeit" durch übertriebene Förmlichkeit ausglich. Bereits seit er von dem Mord in Vesian gehört hatte, hatte er sich von den anderen zurückgezogen und wirkte nun wie eine steinerne Statue, die ihnen voranritt und ihnen den Weg wies. Sein leichtes, steifes Nicken war auch jetzt das einzige Zeichen, dass er Talias Frage gehört und verstanden hatte. Er wandte nicht einmal den Kopf, und sie sah weiterhin sein jugendliches Profil unter der Kapuze, als sie einige Zeit stumm nebeneinander ritten, Kyle und Lynn hinter ihnen in ein angeregtes Gespräch vertieft. Sie überlegte, wollte jedoch noch nicht akzeptieren, dass er weiter vor sich hin schwieg. „Bist Du gerne dort gewesen?" Er nickte erneut und schloss einen Moment die Augen. „Sind Deine Eltern dort?" fragte Talia vorsichtig, wohl wissend, dass sie eine sehr persönliche Frage stellte. Doch sie musste etwas versuchen, um ihn aus seiner selbstgewählten Abgeschiedenheit zu locken.

„Magier haben keine Eltern. Die anderen Magier werden unsere Familie, wenn wir unsere Lehrzeit beginnen."

Einen Moment war Talia zu überrascht, um etwas zu erwidern; nicht so sehr darüber, was Quinn gesagt hatte, sondern darüber, dass er tatsächlich gesprochen hatte. Sie öffnete den Mund, um eine weitere Frage zu stellen, doch Quinn schüttelte den Kopf, so dass seine Kapuze ein leises Rascheln von sich gab. „Nein," erklärte er einsilbig, „ich kann mich nicht an sie erinnern. Ich war zu jung." Damit war das Thema beendet, und Talia nickte stumm. Was immer Quinn beschäftigte, er schien keine Lust auf ein Gespräch zu verspüren. Sie ritt weiter neben ihm her und hing ihren Gedanken nach. Getragen von Lynns Stimme, die nun erneut von Schloss Geth berichtete, stellte sie sich die von Fackeln hell erleuchtete Festhalle des Schlosses vor, in der fahrendes Volk zu fröhlicher Musik seine Kunststücke zum Besten gab, während sich die Tische ringsumher unter den verlockend duftenden Speisen bogen, und die übrigen Gäste sich lautstark unterhielten.

Ihre Vorstellungen wurden übertroffen, als sie schließlich auf Schloss Geth eintrafen. Der Weg führte um eine weitere Kurve und über eine breite Holzbrücke, die ein kleines Rinnsal überspannte, und vor ihnen öffnete sich der Wald auf eine riesige natürliche Lichtung, die einen sanften Hügel hinauf lief. Der Wald schien sich einfach entschieden zu haben, um diesen Flecken Wiese herum zu wachsen, auf dessen Mitte sich Schloss Geth über einer größeren Siedlung gegen den Mittagshimmel erhob. Das Schloss wirkte weniger wie eine Festung als vielmehr wie ein Palast, und von den Zinnen flatterten Banner und bunte Wimpel in allen Farben. Sie sahen weitere Wege aus dem Wald auf die Lichtung führen, und allerlei Karren, Reiter und andere Reisende strebten der Stadt und der Burg zu. Sie ritten näher und kamen auf den ausladenden Burgvorplatz, der wie alle Straßen der Stadt mit feinem weißem Kies bestreut war. Rundherum hatten Händler und fahrendes Volk ihre Buden aufgestellt und priesen lautstark ihre Waren und Kunst an, und auf dem Platz herrschte ein fröhliches und ausgelassenes Lärmen. Der Kies knirschte unter den Rädern der vorbeirollenden Karren und den Füßen der in prächtige, farbenfrohe Gewänder gekleideten Reisenden; Menschen feilschten, und die Maultiere und Karrenpferde taten ihren Teil, das Treiben auf dem Markt weithin hörbar zu machen. Sie wurden in einem bunten Strom von Menschen mitgetragen, der sich über den ausladenden Vorplatz auf die weit geöffneten Tore des Schlosses zubewegte. Zwei Wachsoldaten im prächtigen gelb-grünen Waffenrock von Gethia standen eher dekorativ als bewachend zu beiden Seiten des Tores; die Spitzen ihrer Speere glänzten im Sonnenlicht, und Talia schätzte, dass diese Waffen lange keinen Kampf mehr gesehen hatten.

Im Hof des Schlosses trennte sich die bunte Masse. Die Reiter und Karren strebten den Ställen zu, während die übrigen Reisenden die breite Freitreppe zur Haupthalle erklommen, aus der ebenfalls ausgelassenes Lärmen tönte. Die eigentlichen Festlichkeiten würden noch für eine weitere Stunde auf sich warten lassen, doch Lynn zufolge war der Hof Baron Dahls dafür bekannt, dass Gaukler und Barden den ganzen Tag über die Hallen füllten und den anderen Gästen ihr Können bewiesen. Sie stiegen ab und führten ihre Pferde ebenfalls zu den Ställen, wo sie ihnen ein junger Stallbursche, ein Kind mit rotblonden Haaren und Sommersprossen, abnahm. In all dem Getümmel sahen sie immer wieder das Gelb und Grün der unzähligen Bediensteten aufleuchten, die den Ankommenden zur Hand gingen und sie zu den zahlreichen Gästequartieren führten. Gethia selbst hatte wenige Bewohner, doch viele der Reisenden waren regelmäßige Gäste am Hof und würden ohne eine Audienz direkt ihre Stammquartiere beziehen; sie würden den Baron später während der Festlichkeiten gebührlich begrüßen und ihm den neusten Klatsch und Tratsch aus fernen Ländern mitbringen.

Ein hagerer alter Mann mit ergrautem Vollbart und dünnem Haar trat vor und begrüßte Quinn ehrerbietig. Er stellte sich ihnen als Simon vor, und erklärte, dass Baron Dahl sie bereits erwarte. Auch er trug ein Wams in gelb und grün, und er schien einer der älteren Bediensteten des Barons zu sein, denn als er sie zur Haupthalle geleitete, gab er den jüngeren Dienern und Mägden, die vorbeieilten, immer wieder kurze Anweisungen und sandte sie dem nicht abreißenden Strom neuer Gäste entgegen. Sie betraten die Haupthalle des Schlosses, und nach der Wärme der Sonne war es angenehm kühl. Wie auf den Zinnen und auf dem Hof waren auch hier die Wände mit Bannern und Wimpeln der verschiedenen Herzogtümer, Baronien und Grafschaften geschmückt, und zusammen mit den bunten Gewändern der Anwesenden ließen sie die Halle farbenfroh leuchten Um sie herum nahm das Getümmel kaum ab, wenn auch viele der ständigen Gäste eigenständig die Halle durch die breiten Korridore zu beiden Seiten verließen, um ihre Quartiere aufzusuchen. Weitere Reisende wurden von Dienern und Mägden auf ihre Zimmer geführt, so dass ein stetes Kommen und Gehen in der Halle herrschte. Sie hatten von außen gesehen, dass das Schloss zu beiden Seiten über große Gebäudeflügel verfügte, in denen vermutlich unzählige Reisende Unterkunft finden konnten. In den unteren Etagen würden die Quartiere der Bediensteten, eine vermutlich riesige Küche, Vorratslager und derlei mehr sein, während die fensterreichen oberen Etagen, die einen herrlichen Blick auf den Wald bieten mussten, den Gästen vorbehalten blieben. Eine weitere ausladende Treppe führte weiter hinauf; dort musste der Audienz- und später Festsaal von Schloss Geth liegen, in dem Baron Dahl seine Gäste empfing. In der Halle hatten sich Angehörige aller Stände und Zünfte eingefunden, und kleinere Gruppen standen in Unterhaltungen vertieft zusammen, saßen an niedrigen Tischen, die in der gesamten Halle verstreut waren, sahen den Gauklern zu, die Kostproben ihrer Kunst gaben, oder wanderten in heftigen Diskussionen auf und ab, so dass Simon Schwierigkeiten hatte, sie durch das Gedränge zur großen Treppe zu führen, auf der vereinzelt andere Diener kleine Gruppen Reisender aufwärts führten.

Sie schritten unter einem hohen Torbogen hindurch in einen kleineren Raum, in dem auch einige andere Reisende warteten, und Simon hieß sie einen Moment Geduld. Quinn nickte und wandte sich den Porträtbildern zu, die die Wände in diesem Raum anstelle der allgegenwärtigen Wimpel schmückten. Kyle ließ sich entspannt seufzend in einen der Sessel sinken, die entlang der Wände für Wartende bereitgestellt worden waren, und fuhr im ersten Moment überrascht in die Höhe, als er in den weichen Polstern schier versank. Talia und Lynn taten es ihm gleich und sahen sich in dem Raum um. In der großen Halle hatten zahlreiche Fenster und Fackeln für viel Licht gesorgt, doch dieser Raum lag zu tief innerhalb des Schlosses und war zu klein für offenes Fackelfeuer. An deren Stelle hingen kleine Lampen in silbern schimmernden Halterungen in regelmäßigen Abständen an der Wand und gaben dem Raum mit seinem dicken, rötlichen Teppich und den rotgoldenen Tapeten eine warme, etwas dunstige

Atmosphäre. Unter der hohen Decke erkannten sie eine Deckenmalerei, auf der Weidenfeen einen fröhlichen Reigen tanzten.

Talia war neugierig zu erfahren, wie der Mann wohl aussehen mochte, der dieses Schloss hatte errichten lassen und in den Tiefen eines so finsteren Waldes all diese Leute zu sich lud, die seinen Hof mit heiterem, turbulenten Leben erfüllten. Sie blickte auf, als Simon durch die Doppeltür an der Stirnseite des Raumes zurückkehrte, durch die er verschwunden war, um dem Baron ihre Anwesenheit zu melden. Der alte Mann schlurfte leicht bei seinem Gang, doch seine Haltung und sein Gebaren drückten die große Verantwortung und Würde aus, mit der er einer der ältesten Diener am Hofe des Barons geworden sein mochte. Er winkte ihnen, ihm zu folgen, und sie erhoben sich aus ihren Sesseln und gesellten sich zu Quinn, der an der Tür wartete. Durch die Doppeltür geleitete Simon sie in einen weiteren großen Saal, in dem ihnen unzählige neugierige Augen entgegenblickten.

Der Saal war nicht so groß wie die Eingangshalle, doch er war noch immer beeindruckend und wirkte größer, weil der meiste Raum in der Mitte freigelassen worden war. Zu beiden Seiten in mehreren Schritt Entfernung von Tischreihen und dahinter Säulen gesäumt, führte ein weicher roter Teppich von der Doppeltür zu einem Podest, auf dem Baron Dahl in einem eichenen Thron unter dem Wappen des Landes saß und ihnen freundlich lächelnd entgegensah. Baron Dahl war ein Mann von geringem Wuchs, dem das Hofleben zu einem ansehnlichen Bauch verholfen hatte, doch seine Augen blickten wach und intelligent aus seinem rundlichen Gesicht. Sein breites Lächeln wurden von ergrauenden Haaren umrahmt, die in einem ordentlichen Kranz um seine Stirnglatze lagen. Er trug ebenfalls die Farben Gethias; über einem feinen gelben Seidenhemd spannte sich eine grüne Weste über seinem runden Bauch, und seine stämmigen Beine steckten in ebenso grünen Hosen. Talia fiel auf, dass der Mann den überschwenglichen Schmuck, der seine Hallen zierte, nicht auch selbst zur Schau trug. Am Ringfinger seiner rechten Hand glänzte ein einzelner Siegelring, Zeichen seiner adligen Herkunft und seines Amtes als Verwalter von Gethia. Flankiert von seinen hageren Beratern, die hinter seinem Thron in ihren Ehrfurcht gebietenden Roben standen und sich von Zeit zu Zeit zu ihm hinunterbeugten, um ihm etwas ins Ohr zu flüstern, wirkte der Baron wie ein gut gelaunter Frosch, der den Trubel in den Mauern von Schloss Geth sichtlich genoss. Zu seiner Linken und Rechten saßen weitere Adlige, offensichtlich seine Ehrengäste für den Abend, doch Talias Aufmerksamkeit wurde vom Deckengewölbe abgelenkt, durch das helles Tageslicht hereinzufallen schien. Sie blickte auf und erkannte, dass die hohen Wölbungen der mittleren Saaldecke tatsächlich nur als Stützen der Halle dienten; die Hallendecke dazwischen war entfernt worden und erlaubte einen freien Blick in den mittäglichen Himmel. Aufgerollte wächserne Stoffbahnen waren an jeder stützenden Wölbung mit einer komplizierten Konstruktion aus Rollen, Haken und Zügen verankert, und Talia schätzte, dass sich die Stoffbahnen bei schlechtem Wetter über die offene Hallendecke spannen würden, um die Gäste vor dem Regen zu schützen. Sie war beeindruckt und hätte beinahe nicht bemerkt, dass der Zeremonienmeister, ein würdevoller Mann mit einem auffälligen silbergrauen Backenbart, seinen Stab auf die Erde gestoßen und laut ihre Namen ausgerufen hatte, um sie dem Baron und den übrigen Gästen anzukündigen. An den Tischen zu beiden Seiten des Teppichs drängte sich allerlei unterschiedliches Volk, die die Neuankömmlinge mit unverhohlener Neugier betrachteten. Als sie gemessen zum Thron vortraten bereute Talia es insgeheim, sich nicht auf die Audienz vorbereitet zu haben. Herzog Vighar war ein Widerling, damit hatte Kyle Recht, und sie hatte nie den Wunsch verspürt, in seiner Nähe länger als unbedingt notwendig zu verweilen. Doch unter den prüfenden Blicken der Gäste mussten sie wie ein Haufen Bettler wirken, der sich in seinen Lumpen vor den Baron wagte.

Den Baron selbst schien das Auftreten der kleinen Gruppe wenig zu kümmern, und er erhob sich aus seinem Thron, um sie zu begrüßen. „Willkommen auf Schloss Geth, Reisende. Wir freuen uns, dass Ihr uns mit Eurem Besuch beehrt."

Quinn verneigte sich förmlich vor dem Baron, und die anderen taten es ihm mehr oder weniger erfolgreich nach. „Wir sind dankbar, Eure Gastfreundschaft in Anspruch nehmen zu dürfen, Baron Dahl."

Der Mann lächelte und wies mit einer großzügigen Geste auf den Saal, nachdem er sie einzeln kurz gemustert und ihnen zugenickt hatte, sich zu erheben. „Nehmt Platz, Quinn, und macht es Euch mit Euren Begleitern bequem. Wir werden beim Essen Gelegenheit finden, uns zu unterhalten. Man hört hier bei Hofe wunderliche Dinge aus der Welt der Zauberei." Quinn nickte lächelnd, und zusammen mit den anderen steuerte er auf einen der Tische an den Seiten zu, an denen noch Plätze frei waren. Sie setzten sich und verfolgten interessiert die Ankunft weiterer Reisender, die der Baron stets freundlich empfing und einige Worte mit ihnen wechselte. Langsam füllten sich auch die hinteren Reihen der Tische, die bei ihrem Eintreffen noch völlig leer gewesen waren. Viele der Anwesenden waren bereits in eigene Gespräche vertieft und achteten nur noch wenig auf die Neuankömmlinge, während Kyle, Talia und Lynn jeden Einzelnen genau betrachteten und die vielen verschiedenen Eindrücke in sich aufsogen. Quinn schien die bereits Anwesenden nachdenklich zu mustern und hatte sich erneut in sein Schweigen zurückgezogen.

Die Zeit verflog und es war bereits früher Abend, als der Baron in die Hände klatschte und seinem Zeremonienmeister ein Zeichen gab. Ein tiefer Gong wurde geschlagen und die großen Flügeltüren zu beiden Seiten des Saales wurden geöffnet, um jene Gäste einzulassen, die bis jetzt in der Eingangshalle oder auf ihren Quartieren gewartet hatten. Drei Diener eilten zur Rückwand des Saales, um von dort einen eichenen Tisch heranzutragen, den sie auf dem Podest vor Baron Dahl und seinen Ehrengästen aufstellten. In einer Ecke des Saales begann eine Gruppe Barden aufzuspielen, während Diener und Mägde unter allgemeinen Bewunderungsrufen schwere Platten mit Speisen hereinschleppten. Verlockender Duft zog durch den gesamten Saal, und das Summen vieler geschwätziger Stimmen wurde um das Klingen von Tellern und Krügen bereichert, als die Bediensteten die Platten abstellten. Weitere Bedienstete eilten zwischen den Tischen hin und her, um Met, Wein und andere Getränke auszuschenken. Mit großem Appetit stürzten sich die Gäste auf das reichhaltige Mahl, und Kyle, Talia und Lynn taten es ihnen gleich. Eine Gruppe Jahrmarktgaukler versammelte sich in der Mitte des Saales und begann, ihre Kunststücke vorzuführen. Zwei junge, bärtige Männer traten vor und begannen, mit äußerst scharf anmutenden Messern zu jonglieren, während ein dritter große Flammenwolken von einer kleinen Fakkel blies. Die Barden in der Ecke hatten sich darauf eingestellt, und bei jedem Flammenstoß brauste die Melodie auf und verklang wieder. Begeisterte Rufe der Anwesenden spornten die Männer weiter an, als sie begannen, mit Hilfe zweier Frauen allerlei artistische Kunststücke vorzuführen. Nachdem sie geendet hatten und keuchend den Applaus des Publikums entgegengenommen hatten, liefen sie radschlagend, auf den Händen laufend und tanzend aus der Mitte, um sich zum anderen fahrenden Volk an einem der Seitentische zu gesellen. Ein in einen weißgrauen, fließenden Mantel gehüllter Mann mit langen weißen Haaren trat mit einer Laute in der Hand in die Mitte, und das heitere Spiel der Barden verstummte. Der Mann verneigte sich ehrerbietig vor Baron Dahl, wobei seine fast hüftlangen, glatten weißen Haare wie Wasserfälle zu beiden Seiten seines ebenmäßigen Gesichtes herabfielen. Er begann, eine leise, langsame Melodie auf seiner Laute zu spielen, und viele der Gespräche ringsumher erstarben. Dann begann er zu singen, und seine klare, helle Stimme drang durch den gesamten Saal, als er eine Ballade aus dem hohen Norden von der unglücklichen Liebe zwischen einer Menschenfrau und einem Elfen, einem aus dem Volk des Waldes, vortrug. Seine Stimme trug die traurige Melodie an die Ohren der Zuhörer, und einige der anwesenden Hofdamen schluchzten bei dem herzzerreißenden Unglück, von dem die Stimme des Mannes und seine Verse kündeten.

Eine Bewegung an ihrer Seite erregte Talias Aufmerksamkeit, und mit Widerwillen riss sie sich von dem Anblick des in sein Spiel versunkenen Mannes los. Tatsächlich war es nicht eine Bewegung gewesen, die ihr aufgefallen war, sondern Quinns vollkommene Reglosigkeit, mit der er bereits eine Weile mit steinernem Gesicht zum Tisch an der Stirnseite des Saales blickte. Talia folgte seinem Blick und sah einen Boten, der sichtlich eingeschüchtert Baron Dahl etwas ins Ohr flüsterte; auf der Stirn des Adligen bildeten sich Sorgenfalten, doch er nickte zustimmend, und Talia fragte sich, was der Bote zu berichten gehabt hatte. Sie beobachtete, wie der Baron seinen Zeremonienmeister zu sich winkte und sich leise mit diesem besprach. Der nickte ernst und besprach sich wiederum mit einigen Gauklern, die bereits aufgestanden waren, um ihre Muskeln zu lockern. Sie nickten nur und setzten sich wieder an ihren Tisch zum anderen fahrenden Volk. Talia sah Baron Dahl sich wieder dem Sänger zuwenden und wartete gespannt, was nun geschehen würde. Als der Mann geendet hatte, schien es einen Moment trotz der verbleibenden Gespräche sehr still in der Halle, unterbrochen nur von einem gelegentlichen Schluchzen. Dann applaudierte der Baron, und im nächsten Moment schlossen sich alle Anwesenden an. Der Mann verneigte sich elegant vor dem Baron und trat aus der Mitte. Bevor sich das allgemeine Gemurmel wieder erheben konnte, stieß der Zeremonienmeister seinen schweren Stab dreimal auf den Boden, und alle Gesichter wandten sich ihm zu.

„Sir Vincent von den königlichen Panzerreitern!" verkündete er, und die Doppeltür gegenüber dem Thron wurde von zwei Wachsoldaten, ebenfalls in den Farben Gethias, geöffnet. Unter den teils verwirrten, teils erschreckten Ausrufen vieler Gäste betraten gut zehn Männer in schweren Rüstungen den Saal, auf ihren goldblauen Umhängen das Wappen des Königs, und die Schwerter griffbereit an ihrer Seite. Die Männer gingen in zwei Reihen nebeneinander, gehüllt in einen Plattenharnisch, mit Kettenrüstungen an Armen und Beinen, und die schweren Rüstungen klangen mit der gleichmäßigen Bewegung dumpf metallisch. Ihnen voran ging ein junger Mann mit dem stolzen Gang eines Ritters, den Reiterhelm unter einen Arm geklemmt. Er trat vor und kniete ehrerbietig vor Lord Dahls Tisch nieder, so dass ihm seine zum Zopf zusammengebundenen nussbraunen Haare über die linke Schulter fielen. Etwas an dem Gesicht des Mannes schien seltsam vertraut, doch Talia konnte nicht sagen, wo sie ihn bereits einmal gesehen haben sollte.

Während einige seiner gepanzerten Begleiter sich nervös und mit den Händen am Knauf ihrer Schwerter ständig umsahen, bedeutete der Baron ihrem Anführer, sich zu erheben. Der Mann hatte die aufrechte Haltung eines Kriegers, und in seinem jungen Gesicht zeigten sich Spuren vergangener Kämpfe. Dennoch lag in seinen tiefblauen Augen etwas Jugendliches, fast Unerfahrenes, als er sich erhob und mit gequältem Gesicht eine Pergamentrolle hervorzog, das Siegel erbrach und sie entrollte.

„Baron Dahl, ich habe die Aufgabe erhalten, Euch und Euren gesamten Hofstaat unter Arrest zu stellen." Er wartete, bis Baron Dahl die empörten Ausrufe aller Zuhörenden beschwichtigt und sie gebeten hatte, weiter zuzuhören. „Baron, Ihr steht unter Verdacht, bei Intrigen gegen den König mitgewirkt zu haben. Es ist meine Pflicht, Euren gesamten Hof unter Bewachung zu stellen. Keiner Eurer Gäste oder Diener wird Schloss Geth verlassen, bis die Umstände, die zu diesen Anschuldigungen geführt haben, bewiesen oder widerlegt sind. Eure sämtlichen Wachsoldaten werden ihre Waffen übergeben und sich freiwillig in Arrest begeben. Eure Wachen werden in dieser Zeit durch königliche Panzerreiter sowie königliche Wachsoldaten ersetzt werden." Er rollte das Pergament zusammen und senkte den Blick. „Es tut mir leid, Baron." Nach jedem neuen Satz waren Tumulte losgebrochen, während der Mann mit bedauernder Miene seine Order vom Pergament abgelesen hatte. Die zwei Wachsoldaten an der Doppeltür hatten bei seinen ersten Sätzen zu ihren Schwertern gegriffen, doch vier der gepanzerten Männer hatten ihre eleganten Langschwerter bereits gezogen und drohend auf die beiden gerichtet. Baron Dahl bedeutete den beiden, ihre Waffen wegzustecken und erhob sich von seinem Platz, um Ruhe bittend. Er nickte dem jungen Mann zu und begann, sobald etwas Ruhe eingekehrt war, einige kurze Fragen zu stellen.

„Sir Vincent, wie lautet die Anklage?"

„Es heißt in meinen Befehlen, dass Ihr verdächtigt werdet, wissentlich die Männer zu beherbergen, die für den Mord am Orakelpriester von Vesian verantwortlich sind. Man wirft Euch ferner vor, diesen Mord und weitere Schritte, die damit in Verbindung stehen, geplant und begonnen zu haben." Der Mann sah aus, als würde er die Anschuldigungen selber für kompletten Unfug halten, doch er hatte seine Order. Wütender Protest wurde laut, und einige Hitzköpfe erhoben sich von ihren Bänken und drohten mit den Fäusten. Einige weitere der Krieger zogen ihre Langschwerter und sorgten drohend für Ruhe.

„Euer Befehl umfasst alle Gäste meines Hofes, mein Gefolge und übrige Anwesende?"

Der Angesprochene nickte. „Es ist meine Pflicht, alle Verdächtigen bis zur Ankunft der Rechtsprechenden an der Flucht zu hindern. Ihr, Eure Gäste und Euer Gefolge können sich innerhalb der Mauern von Schloss Geth frei bewegen."

„Ist den Anwesenden das Aussenden von Boten gestattet?"

Erneut nickte der Mann. „Eine Garde berittener Boten ist mit uns eingetroffen, die Nachrichten verbringen werden. Es wird jedoch kein Bote das Schloss verlassen, der sich bei unserer Ankunft hier aufhielt."

„Werde ich meiner Amtsgewalten enthoben?"

Der andere verneinte. „Bis Eure Schuld nicht erwiesen ist, seid Ihr weiterhin Herr über Schloss Geth und die Baronie Gethia. Ich hoffe, dass sich dieser bedauerliche Irrtum bald aufklärt und Eure Gäste nicht allzu lang belästigt werden." Der Baron nickte, und laute Proteste der übrigen Gäste erhoben sich erneut, sowohl an den Panzerreiter Vincent wie auch an Baron Dahl gerichtet.

Der Baron bat um Ruhe und erklärte, dass er Quartiere für alle Gäste bereitstellen lassen würde. Er bat die rumorende Menge, Ruhe zu bewahren und auf eine baldige Aufklärung der Vorwürfe zu hoffen. Bis dahin seien sie alle eingeladen, seine Gäste zu sein und die Festlichkeiten würden selbstverständlich weitergehen. Dann wurde er von einer Garde Krieger aus dem Saal geleitet, gefolgt von seinen ratlosen Ratgebern. Ein Streit erhob sich unter den Gästen, und einige versuchten, sich gewaltsam an den Kriegern vorbeizudrängen und dem Baron zu folgen. Doch die Männer waren vorbereitet und hielten die Tollkühnen zurück, und weitere Soldaten betraten den Saal durch die Seitentüren und wiesen die Gäste an, sich ruhig zu verhalten.

Quinn hatte die ganze Zeit still dagesessen und dem Wortwechsel gelauscht, doch nun wandte er sich den anderen drei zu und bedeutete ihnen, ihm zu folgen. Sie verließen den großen Saal und ein junger Diener führte sie durch die Eingangshalle eine Treppe hinauf zu den Quartieren, die in aller Eile für sie bereitet worden waren. Quinn schickte den Jungen, etwas Essen zu bringen, und sie betraten gemeinsam eines der vier nebeneinander liegenden Quartiere. Keiner von ihnen hatte Augen für den unaufdringlichen Luxus, in dem die Kammern eingerichtet waren, und während Quinn sich an das Fenster lehnte, Kyle sich auf das weiche Bett und Talia in einen Sessel sinken ließ, blieb Lynn mit vor der Brust verschränkten Armen zornbebend stehen. Kyle zog sein Kurzschwert aus dem Gürtel und betrachtete konzentriert die Klinge, während Lynn grimmig auf den Rücken des Magiers starrte. Unten auf dem Hof sah Quinn mehrere Abteilungen Wachsoldaten die Wachen von Schloss Geth arrestieren und ihre Positionen einnehmen. Eine weitere Gruppe der Krieger, die sie im Festsaal gesehen hatten und die Quinn für die königlichen Panzerreiter hielt, standen bei ihren Pferden und nahmen die gebrüllten Befehle eines blonden, stoppelhaarigen Mannes entgegen. In Windeseile besetzten die Männer alle Tore von Schloss Geth und hielten jeden auf, der das Schloss verlassen oder betreten wollte. Weitere Männer schwangen sich wieder auf ihre Pferde und begannen, das Land um das Schloss zu patrouillieren.

„Man hat uns hereingelegt," brach Lynn hinter ihm wütend das Schweigen, und er wandte sich um. „Wir wissen, wer die wahren Mörder des Priesters sind, und dieser Arrest gilt nicht dem Baron. Man will *uns* aufhalten, da bin ich ganz sicher."

Kyle wollte widersprechen, doch Quinn nickte ernst und begann mit tonloser Stimme zu sprechen. „Ich bin geneigt, dem zuzustimmen. Baron Dahl ist einer der königstreusten Adligen im Westen des Landes, seine Loyalität ist nicht anzuzweifeln. Dass der König dennoch den Verdächtigungen nachgeht, deutet an, dass unsere Gegner in einer sehr mächtigen Position am Hofe des Königs sind. In wessen Diensten Bakar auch stehen mag, sein Herr hat zum einen genaue Kenntnis über unser Fortkommen, und zum anderen die Verbindungen und Macht, uns aufzuhalten."

Lynn schnaubte wütend, und Talia richtete sich im Sessel auf. „Was machen wir nun? Irgend etwas müssen wir doch tun können."

Die Mystikerin sah zu ihr, schüttelte den Kopf und erklärte: „Gar nichts!"

Quinn nickte. „Zur Zeit sind uns allen die Hände gebunden. Wenn uns die richtigen Materialien zur Verfügung stünden, könnten wir mit Hilfe eines Relokationszaubers bis zum Waldrand gelangen, doch das verspricht wenig Aussicht auf Erfolg. Ich vermute, dass Baron Dahl mit seinem Interesse für die Magie das eine oder andere Nützliche bereitzustellen in der Lage wäre, doch selbst am Waldrand würden wir noch von den königlichen Reitern aufgegriffen. - Mit Relokation meine ich einen Zauber, der uns von einem Ort an einen anderen bringen könnte," setzte er hinzu, als er Kyles verständnislosen Blick auffing. Er sah erneut aus dem Fenster. Sie saßen einen Moment schweigend und durchdachten ihre Möglichkeiten, jeder auf seine Weise. Quinn stand starr am Fenster und sah in die Ferne, Lynn trabte unruhig auf und ab, während Kyle und Talia sich verzweifelte Blicke zuwarfen. Keinem fiel ein sinnvoller Weg ein, entweder den Mörder schnell zu enttarnen oder unbemerkt von Schloss Geth zu fliehen. Bakar und seine Männer würden bereits viel weiter sein als sie, und sie würden möglicherweise zu spät kommen, um ein Beschwörungsritual zu verhindern. Ihr Gegner, wer immer er war, hatte sie in einem unauffälligen, aber geschickten Schachzug auf lange Zeit ausgeschaltet. Bis die „Rechtsprechenden", wie der Anführer der Panzerreiter, Sir Vincent, sie genannt hatte, auf Schloss Geth eingetroffen wären, würde mindestens ein weiterer Tag verstrichen sein, und die Suche nach der Wahrheit konnte sich Tage, wenn nicht Wochen hinziehen. Baron Dahl war selbst nicht ohne Einfluss, und es war unwahrscheinlich, dass er in einem kurzen Prozess als Schuldiger angeprangert, verurteilt und in diesem seltsamen Spiel geopfert werden würde.

Es klopfte, und der Diener brachte ihnen ein Tablett mit Speisen aus dem Festsaal, einer Flasche Wein und einigen Krügen. Der Junge sah verschreckt und bleich aus. Er war noch ein Kind, kaum elf Jahre, und konnte kaum verstehen, warum sein Landesherr wegen eines Mordes angeklagt und sein gesamter Hof unter Arrest gestellt werden konnte. Als Lynn abrupt ihr Auf- und Ablaufen unterbrach und wutschnaubend aus der Tür stürmte, ließ er beinahe das Tablett fallen.

„Lynn!" Kyle sprang auf und folgte ihr.

„Die stellen doch sicher was Dummes an," murmelte Talia und erhob sich ebenfalls, um den beiden zu folgen. Sie warf Quinn einen fragenden Blick zu, der den überstürzten Aufbruch mit hochgezogenen Brauen registriert hatte, und er nickte. Als Talia den Raum verlassen hatte, und der Diener das Tablett zitternd abgestellt hatte und ebenfalls gegangen war, sah Quinn erneut aus dem Fenster und dachte nach.

Auf dem Gang schlossen Kyle und Talia zu Lynn auf, die hinunter in die Eingangshalle marschierte. Ihre sonst ruhigen braunen Augen blitzten gefährlich, und ihre aufeinander gepressten Lippen bildeten nur noch eine schmale Linie. Die anderen beiden waren nicht minder zornig angesichts ihrer Machtlosigkeit gegen einen Gegner, der selbst die königlichen Truppen gegen sie ins Feld schicken konnte. Instinktiv wandte sich die junge Frau in der Eingangshalle nach links, dem Schlosshof zu, auf dem Quinn die Reiter beobachtet hatte. Die Eingangshalle wirkte nun wie leergefegt; nur vereinzelt saßen kleine Gruppen an den niedrigen Tischen und unterhielten sich gedämpft. An der breiten Treppe, die zum Festsaal führte, wie auch am Eingang standen jeweils vier Wachsoldaten im Gold und Blau des Königs, das goldene Greifensymbol, Wappentier des Königs, auf ihrer Brust. Die Speere dieser Männer sahen aus, als wären sie jederzeit zum Einsatz bereit, und unter ihren Waffenröcken konnte man deutlich die schweren Kettenhemden erkennen. Die Sonne stand bereits tief im Westen, als die drei, misstrauisch beobachtet von den Soldaten, auf den ebenfalls verlassen daliegenden Hof hinaustraten. Hinter den hohen Bäumen des Waldes gelangte kaum mehr Licht bis zum Schloss, und die hohen Mauern und Zinnen wirkten nun abweisend und kalt. Fackeln waren an wichtigen Türen und Toren entzündet worden, um jeden erkennen zu können, der sie durchschritt, und auf dem Hof standen verstreut Gruppen von Soldaten um glimmende Kohlebecken herum. Vom Haupttor her hörten sie das Schnauben mehrerer schwerer Rösser und gedämpfte Unterhaltung, und im Halbschatten des Torbogens sah Kyle sechs Reiter, die sich mit einigen Lanzenträgern unterhielten. Das Licht der Fackel, die einer der Soldaten trug, konnte die Gestalten der Männer nicht erhellen, doch etwas an diesen Reitern kam ihm vage vertraut vor, und er stutzte einen Moment. Er griff nach Lynns Arm, deren Ärger in der abendlichen Kühle verraucht war und die nun ziellos in Richtung einiger Soldaten wandern wollte, und wies zum Tor. Talia hatte die Gestalten ebenfalls bemerkt, und zu dritt näherten sie sich dem Tor. Eine unheilvolle Ahnung beschleunigte ihre Schritte, als eine der Gestalten, die etwas kleiner als ihre breitschultrigen Begleiter war, den Soldaten eine Pergamentrolle zeigte und sich den anderen Reitern zuwandte, um mit ihnen zu sprechen.

„Bakar!" Der Ruf hallte über den Hof, als Kyle lossprintete und den zuständigen Gott verfluchte, der ihn sein Schwert im Schloss hatte vergessen lassen. Der im Sattel vornüber gebeugte Reiter wandte sich den drei Heranlaufenden zu - einen kurzen Moment wurde sein überraschtes Gesicht im Fackelschein erkennbar und machte die Ahnung zur Gewissheit. Im Laufen zog Kyle sein Messer aus dem Stiefelschaft, während der Mann in der schweren Brokatrobe den Soldaten und den anderen fünf Reitern etwas zurief. Die Reiter trieben ihre Pferde einige Schritte zurück von den dreien, durch das Tor und hinter die Reihe von Soldaten, in deren Händen Schwerter aufblitzten. Kyle warf sich mit aller Kraft gegen die Soldaten, doch sie hielten ihn in ihren schweren Rüstungen mit Leichtigkeit auf und drängten ihn zu Boden. Ein Soldat packte seinen rechten Arm und verdrehte ihn so, dass Kyle auf die Knie sank und das Messer seiner tauben Hand entglitt.

„Nicht ich, ihr Narren! Er ist es! Er hat den Priester getötet!" schrie Kyle die Männer an, die alle Mühe hatten, ihn am Boden zu halten. Zwei weitere hielten mit gezogenen Schwertern Talia und Lynn davon ab, ihm zu Hilfe zu eilen.

Einer der Soldaten, ein Mann mit dunklem Vollbart, blickte zweifelnd von Kyle zu Bakar auf, der sich von seiner anfänglichen Überraschung schnell erholt hatte und nun wieder höhnisch lächelnd im Sattel saß. „Mein guter Freund, Ihr habt mich einmal nicht aufgehalten, Ihr schafft es erneut nicht. Es scheint, Eure Unfähigkeit setzt sich fort."

Kyle wollte etwas erwidern, doch ein plötzlicher Schlag mit einem Schwertknauf in die Rippen trieb ihm alle Luft aus den Lungen, so dass er nach Atem ringend vor Bakar kniete, zu Boden gedrückt von drei Soldaten. „Was starrt Ihr so drein? Ihr solltet den Mann gut im Auge behalten, Hauptmann," wandte Bakar sich barsch an den verwirrt dreinblickenden Speerträger, offensichtlich Offizier der anderen, „er scheint verdächtig viel über diese Mordsache zu wissen." Dann gab er ein Handzeichen, und die Gruppe Reiter trieb ihre Pferde vom Schloss weg und ritt in die Nacht davon, begleitet von Bakars höhnischem Gelächter.

„Was zum Henker ist hier geschehen?" Zwei Männer in der Rüstung der Panzerreiter stapften mit gezogenen Schwertern auf das Tor zu; Kyle erkannte den Mann namens Vincent, der die Krieger im Festsaal angeführt hatte. Er musterte die drei kühl, als der Speerträger vortrat und Bericht erstattete.

„Master Vincent, wir haben diese drei Personen am unerlaubten Verlassen des Schlosses gehindert. Der Mann hatte ein Messer gezogen und versuchte offensichtlich, einen Gesandten des Adels zu attackieren." Er bückte sich und hob Kyles Stiefelmesser auf, um es dem jüngeren Mann zu reichen.

Kyle wehrte sich gegen den Griff der drei Soldaten, die ihn nach wie vor zu Boden drückten. „Ihr haltet die Falschen fest," schrie er wütend. „Der Mörder des Priesters ist soeben durch dieses Tor davongeritten. Haltet ihn auf, solange es noch geht!" Der zweite Panzerreiter, ein stämmiger Mann mit dichten weißen Haaren und einem kurzen Schnurrbart, warf dem jüngeren einen fragenden Blick zu, und der hielt mit einer kurzen Geste den Hauptmann davon ab, Kyle erneut mit einem Schlag in die Rippen zum Schweigen zu bringen.

Die Wachsoldaten blickten verständnislos, als er ihnen befahl, Kyle und die beiden anderen in sein Arbeitszimmer zu bringen, und sich an den zweiten Panzerreiter wandte. „Lerian, nimm Dir vier Männer und hol' mir die Männer zurück, die eben das Schloss verlassen haben. Sie können noch nicht weit sein." Der Mann nickte stumm, machte auf der Stelle kehrt und stapfte eiligen Schritts zu den Ställen hinüber, bereits im Laufen den Männern Befehle zubrüllend, die dort bei ihren Pferden warteten. An den Hauptmann der Wachsoldaten gewandt fuhr der verbleibende Panzerreiter fort: „Wir müssen allen Verdächtigungen nachgehen, gleich von wem sie kommen."

Der Mann murmelte einen Kommentar, befolgte jedoch die Befehle des Jüngeren, und Kyle, Talia und Lynn wurden zu einem niedrigen Steingebäude geführt, dass sich eng an die Schlossmauern schmiegte. Die königlichen Soldaten hatten kurzerhand die Arbeitszimmer der Schlosswachen übernommen, nachdem diese entwaffnet und ins Schloss umquartiert worden waren. Sie betraten einen holzvertäfelten Raum, in dem zwei weitere Panzerreiter über einen Tisch gebeugt standen, auf dem verschiedene Schriftstücke und Karten ausgebreitet waren. Die beiden unterbrachen ihr Gespräch, nahmen Haltung an und salutierten, als der junge Krieger den Raum betrat, doch er winkte ihnen mit einer müden Geste, mit ihrer Arbeit fortzufahren. Im helleren Licht einiger Kerzenhalter, die den Raum bereits erleuchteten, konnte man erkennen, dass der junge Mann müde und abgekämpft wirkte. Er hieß die drei mit einem knappen

Befehl, sich vor einem Schreibtisch zu setzen, hinter dem ein Fenster einen Blick auf den Hof erlaubte, und entließ die Wachsoldaten mit einem Nicken. Dann ließ er sich ihnen gegenüber auf einen Stuhl fallen und blickte sie fragend an.

„Ich hoffe, dass Eure Berichte es wert sind, Euch den Hals gerettet zu haben," begann er und ließ seinen Blick einen Moment auf jedem von ihnen ruhen. Trotz seines Respekt gebietenden Auftretens sah Kyle einen Moment lang einen Anflug von Unsicherheit in seinen sonst ruhigen, Konzentration ausstrahlenden Augen glimmen. Die beiden anderen gepanzerten Krieger musterten sie, während er überlegte, wie viel man dem Mann anvertrauen konnte.

Es war Talia, die schließlich das Wort ergriff. „Sir Vincent, wir -"

„Oh bitte," unterbrach sie der junge Mann mit einem matten Lächeln, „mein Name ist Vincent. Einfach nur Vincent. Nur weil ich diese Panzerreiter anführe, habe ich noch lange keinen Titel. Eigentlich führe ich sie nicht wirklich an," fügte er mehr zu sich selbst hinzu.

Talia nickte und setzte erneut an. „Wir kennen den Mann, der das Schloss soeben verlassen hat, und wenn er entkommen kann, bleibt der Mord an dem Priester in Vesian ungerächt. Wir haben gesehen, dass er die blutverschmierte Robe des Priesters mit sich führt, und wenn Ihr ihn ergreift, werdet Ihr sie sicherlich in seinem Gepäck finden. Wir sind mit dem Magier Quinn hier, einem Gesandten des Konzils. Er kann Euch mehr erklären."

Die anfängliche Müdigkeit des Mannes schien wie weggeblasen, und statt dessen war ein waches Funkeln in seine Augen getreten. Er gab einem der anderen Panzerreiter ein Zeichen, der nickte und aus dem Raum marschierte; sie konnten durch das Fenster sehen, dass er zwei der Soldaten am Tor zur Eingangshalle kurz ansprach und dann mit Ihnen das Schloss betrat.

Vincent schien sehr interessiert daran, so viel wie möglich über Bakar zu erfahren, und Talia berichtete von ihrer Begegnung in Karuhm bis zum Kampf, bei dem sie die Tasche gesehen und fast ergattert hätten. Sie sparte vorsorglich Details wie Quinns Verdacht der Dämonenbeschwörung oder Lynns seltsame Talente aus; sie hoffte nicht darauf, dass der Krieger mehr von solchen mystischen Dingen verstehen würde als sie selbst. An einigen Stellen unterbrach der Mann sie, fragte nach genaueren Einzelheiten und Dingen, die Talia in der Eile vergessen haben konnte. Er zeigte sich überrascht, dass die Brustwunde, die Bakar Kyle zugefügt hatte, offensichtlich so schnell verheilt war, doch er bohrte nicht genauer. Nach einigen Minuten war Quinn in Begleitung des zweiten Panzerreiters erschienen und erweiterte Talias Darstellung um einige Einzelheiten. Darüber hinaus hatte der Reiter ein Tablett mit Speisen und Getränken bringen lassen, und während sie berichteten, stärkten sie sich ein wenig. Vincent nickte die ganze Zeit über und notierte mit einem Kohlestift auf einer langen Rolle Pergament, auf der sich auch zuvor bereits unzählige hingekritzelte Notizen befunden hatten. Als Quinn und Talia den Bericht beendet hatten und Vincent sich räusperte, stürmte der Mann, den sie als Lerian kennengelernt hatten, in den Raum und rammte wütend seine Faust auf den Tisch. Vincent musterte ihn mit hochgezogenen Augenbrauen, und der Mann wischte sich mit einer riesigen Pranke den Schweiß aus dem Gesicht. „Sie sind uns entwischt! Es muss mit den Höllen zugehen, aber diese Männer sind nicht mehr aufzufinden - nachdem sie die Stadt verlassen hatten, hat sie niemand mehr gesehen. Ich habe alle Patrouillen, die draußen sind, angewiesen, die Augen offenzuhalten, aber ich glaube nicht daran, dass wir sie noch finden."

Nach dem, was sie wussten, konnte es tatsächlich mit den Höllen zugehen, wie der Mann sich ausgedrückt hatte, dachte Talia. Vermutlich hatten die Männer tatsächlich die Hilfe dunkler Mächte in Anspruch genommen, um unbemerkt bis in den tiefen Wald von Gethia zu gelangen, wo sie sich einfach verstecken konnten. Vincent nickte dem Krieger zu und wandte sich den vieren zu, die ihm gegenüber saßen. „Eure Anschuldigungen gegen diesen Mann wiegen schwer. Solltet Ihr Euch irren, kann das schwere Folgen für Euch haben." Er bedachte sie mit einem streng prüfenden Blick und seufzte dann. „Ich schätze, Eure Berichte allein werden Baron Dahl nicht entlasten können, doch ich bin dankbar für den Hinweis. Dennoch steht nach wie vor das gesamte Schloss unter Arrest, und ich kann nicht erlauben, dass Ihr Gethia verlasst." Er lächelte gequält und hob die Hände in einer hilflosen Geste. „Ich muss Euch bitten, auf Eure Quartiere zurückzukehren. Mir sind die Hände gebunden, bis die Rechtsprechenden eintreffen." Talia nickte dankbar lächelnd, in dem Gefühl, einen Verbündeten gegen wen auch immer gefunden zu haben, und er erwiderte ihr Lächeln warmherzig. Sie erhoben sich, und Vincent stellte ihnen Lerian zur Seite, der sie auf ihre Quartieren zurückgeleiten sollte.

Sie kehrten erneut in Quinns Quartier zurück und berieten sich noch eine Weile. Sie wussten, dass Vincents Verständnis ihnen wenig helfen konnte, aber wenigstens waren sie sich sicher, dass ihr Verdacht nicht unbegründet schien. Der junge Mann hatte bestätigt, dass die Verkettung von Hinweisen sehr deutlich auf Bakar oder einen seiner Männer als Mörder hinwiesen. Er hatte alle verfügbaren Kräfte ausgesandt, um der Männer habhaft zu werden, doch sie waren alle skeptisch, dass er sie noch einholen würde.

„Wir müssen uns also dennoch einen Weg suchen, hier wegzukommen," erinnerte Lynn. „Wenn wir hier weitere sechs Tage festsitzen, kommen wir gerade noch rechtzeitig, um den Weltuntergang zu genießen." Quinn, der wiederum am Fenster stand und auf den Hof hinausblickte, nickte stumm. Lynn stand mit vor der Brust verschränkten Armen mitten im Raum, während Kyle das nervöse Auf- und Abgehen für sie übernommen hatte. Talia saß angestrengt nachdenkend auf einem der eleganten Holzstühle, vor sich auf dem kleinen runden Tisch das unberührte Tablett, dass der Diener gebracht hatte.

„Wenn uns nichts einfällt, müssen wir uns aufteilen," warf sie ein und Kyle öffnete den Mund, um zu protestieren. „Doch, ich denke, dass wir so zumindest das Konzil verständigen könnten. Quinn und Kyle würden dann mit Quinns Magie zum Konzil reisen, um sie zu verständigen, und wir würden hier einen eigenen Weg suchen." Sie wandte sich an Quinn, der sich umgedreht hatte und sie nachdenklich musterte. „Quinn, würde Deine Magie ausreichen, um diese Relo-... was auch immer, diesen Zauber an Dir und Kyle auszuführen, so dass Ihr beide das Schloss verlassen könnt?"

Quinn nickte vage. „Ich werde morgen Baron Dahl beim Frühstück um das Material ersuchen, um einen Versuch zu wagen."

„Ich halte überhaupt nichts von dieser Idee!" warf Kyle ein, der vor dem Tisch stehengeblieben war und zwischen den anderen drei hin- und hersah. „Jetzt, da dieser Vincent uns kennt, wird es schnell auffallen, wenn Quinn und ich fehlen. Und da Ihr beide mit uns zusammen gesehen wurdet, wird man sich an Euch halten. Ich habe keine Lust, Euch hier schutzlos zurückzulassen."

„Mir behagt die Möglichkeit auch nicht," begann Talia und hob beschwichtigend die Hände, „aber im Notfall muss irgend jemand dem Konzil Bericht erstatten. Und weder ich noch Lynn haben den Stab jemals gesehen, um ihn dem Konzil beschreiben zu können."

Kyle wusste, dass Talia Recht hatte, doch er würde es sich nicht verzeihen können, jemanden in der Gewalt der königlichen Soldaten zurückzulassen - zudem Talia oder Lynn, die ihm beide so entsetzlich verwundbar erschienen. Die beiden selbst schienen die Möglichkeit zwar mit Widerwillen zu betrachten, aber durchaus bereit, sich mit den womöglich folterwütigen Königswachen herumzuschlagen. Er versuchte, andere Wege zu finden, wie sie gemeinsam das Schloss unbemerkt verlassen konnten, doch er wusste von keinen versteckten Fluchttunneln, über die angeblich jedes Schloss verfügen sollte. Auch die anderen waren in schweigsames Nachdenken verfallen, und schließlich trennten sie sich, um sich Schlafen zu legen.

Vor ihrer Kammer hielt er Talia auf und drückte sie fest an sich. Er vergrub sein Gesicht in ihren weichen Haaren und murmelte: „Bitte sag mir, dass wir uns nicht trennen. Ich will Dich nicht zurücklassen, keinen von Euch."

Sie strich ihm zärtlich über die Haare wie einem kleinen Jungen, obwohl er etwas größer und älter war als sie, und flüsterte beruhigend auf ihn ein. „Keine Sorge, Kyle. Wir werden einen Weg finden." Er wandte den Kopf, um ihr sorgenvoll in die Augen zu blicken, und sie küsste ihm sanft auf die Stirn. „Wir passen immer aufeinander auf, Kyle. Daran wird sich nichts ändern." Er nickte seufzend und lockerte seine Umarmung, wandte sich um und verschwand in seiner Kammer, nachdem er sich noch einmal umgedreht und Talia ihm versichernd zugenickt hatte. Sie seufzte leise und betrat ihr eigenes Quartier. Sie entledigte sich ihrer Sachen und ließ sich dann auf das Bett fallen. Die abendliche Kühle konnte gegen das wärmende Fackellicht, das überall im Schloss brannte, nicht viel ausrichten, und so rollte Talia sich unter der dünnen Überdecke zusammen und schlief ein.

Als sie am nächsten Morgen erwachte, benötigte sie einen Moment, um sich zu erinnern, wo sie war. Die prachtvollen Möbel und das ungleichmäßige metallische Klingen, das mit den Vogelstimmen des Waldes zum Fenster hereindrang, irritierte sie. Sie hatte einen wirren Traum von irgend einem seltsamen Schwertkampf gehabt, der in einer großen Arena stattgefunden hatte, und ihr gegenüber hatte sie in der Menschenmenge immer wieder eine schwere braune Brokatrobe erspäht, doch sie schien bedeutungslos. Das Klingen der Schwerter war nicht gewichen, als sie aufgewacht war, und endlich stellte sie fest, dass jemand auf dem Schlosshof kämpfen musste. Der Gedanke ließ sie im Bett aufschießen, und sie warf sich eilig etwas über und lief auf nackten Füßen zum Fenster. Unten sah sie zwei Männer einander mit ihren Schwertern traktieren, doch sie beruhigte sich, als sie erkannte, dass es ein Übungskampf sein musste.

Nun, da das Schloss von königlichen Soldaten besetzt war, die das Treiben misstrauisch beobachteten, hatten sich erstaunlich viele der Gäste entschieden, wieder einmal
mit dem Schwert in der Hand zu üben. Sie lehnte am Fenster und beobachtete die
Männer, die mit den stumpfen Übungsklingen aufeinander einhieben, als ginge es um
ihr Leben. Einer der beiden, die nur mit Hosen bekleidet kämpften, schien seinem
Kontrahenten deutlich überlegen: Er drängte ihn mit schnellen, gezielten Schwert-
schlägen immer weiter an den Rand des Ringes aus Zuschauern, in dem Talia auch
Lynns auffallenden Mantel entdeckte, die jemandes Hemd zu halten schien. Sie musterte die beiden Kontrahenten genauer und stellte mit einem kurzen Schrecken fest,
dass der eine, der sein Gegenüber vor sich hertrieb, Kyle war. Sie sorgte sich, dass
seine Wunden erneut aufreißen könnten, wenn er sich zu heftig bewegte und schätzte,
dass Lynn ihm aus ähnlichen Gründen gefolgt war. Dennoch musste sie seinen
Kampfstil bewundern, als er mit einem konzentrierten Muster aus Schlägen, Finten
und kurzen Schrittbewegungen die Deckung seines Gegners überforderte und ihn
weiter zurückdrängte.

Trotz ihrer Befürchtungen schien Kyle nichts besonderes zu passieren, bis sein Gegenüber, anscheinend ein älterer Edelmann, der seine Schwertkünste überschätzt hatte,
rückwärts stolperte und in den Sand fiel. Kyle half ihm auf und die beiden verließen
den provisorischen Ring, bereits in eine angeregte Unterhaltung vertieft. Am Rand
untersuchte Lynn ihn kurz und reichte ihm sein Hemd zurück. Dann schloss sie sich
den beiden, die angeregt über ihren Kampf zu diskutieren schienen, auf dem Weg zum
Schloss an, und auch Talia wandte sich vom Fenster ab, um sich anzuziehen. Nachdem
sie nun ohnehin eine Weile lang auf Schloss Geth bleiben würden, entschied sie sich
für die weniger praktischen, dafür bequemen und eleganteren Kleider, die Quinn in
Vesian gekauft hatte.

Als sie den mittlerweile zur Frühstückshalle umgestalteten Festsaal betrat, sah sie die
drei an einem der vielen Tische sitzen und essen, Kyle und der ältere Mann noch immer heftig schwitzend. Quinn saß an der erhöhten Tafel mit Baron Dahl zusammen
und unterhielt sich leise, argwöhnisch beobachtet von den königlichen Wachen, die zu
zweit an der Stirnseite des Saales und jedem Ausgang standen. Die Männer schienen
an jeder wichtigen und unwichtigen Stelle im gesamten Schloss postiert zu sein, und
offensichtlich gehörte der ewig misstrauische Blick unter ihren Eisenhelmen ebenso
zur Uniform der Soldaten wie der immer präsentierte Speer.

Talia setzte sich zu Kyle, der ihr und ihrer Kleidung einen kurzen, bewundernden
Blick zuwarf, Lynn und ihrem Begleiter, der sich formvollendet als Alantor, niederer
Gesandter des nördlichen Herzogtums Alrien, vorstellte. Offensichtlich war der Mann
ein großer Bewunderer der Schwertkunst, selbst jedoch in all seinen Pflichten und
Terminen derart eingebunden, dass er nur selten dazu kam, selbst mit dem Schwert zu
üben. Zudem war es nicht als standesgemäß angesehen, wenn ein niedriger Adliger
sich in Schwertduellen mit der Dienerschaft maß. Mit anderen Adligen Schwertkämpfe zu führen, wäre noch undenkbarer, solange Alantor kein Ehrenduell wünschte. Er
schien die unverhoffte Gelegenheit zu genießen, von all seinen Pflichten eine Zeitlang
fern bleiben zu müssen, und unterhielt sich ausgiebig mit Kyle über diverse Taktiken
und Techniken, und sie tauschten Geschichten großer Schwertkämpfe aus. Eine junge

Magd trat heran und füllte Talias Becher; das Mädchen war kaum älter als sechzehn, und ähnlich wie die übrige Dienerschaft wirkte sie verschreckt und warf den Wachsoldaten immer wieder unruhige Blicke zu. Talia wünschte, sie könnte etwas tun oder sagen, um das Kind zu beruhigen, doch sie machte sich selbst zu viele Sorgen, um auf andere ruhig wirken zu können. Auch sie warf den Wachsoldaten immer wieder nachdenkliche Blicke zu und überlegte fieberhaft an einem Weg, aus dem Schloss zu kommen, während sie sich dem Frühstück zuwandte.

Daher sah sie auch den Dienstboten zuerst, der durch eine der Seitentüren den Saal betrat und sich - misstrauisch von den Wachen beobachtet - umsah. Er entdeckte Talia und marschierte geradewegs auf sie zu. Der Mann verneigte sich vor ihr und schien froh, seine Botschaft überbringen zu können. „Sir Vincent wünscht Euch und Eure Begleiter zu sprechen. Man sagte mir, es sei dringend."

Als der Mann vor ihnen stehengeblieben war, hatten Kyle und der Adelige ihr Gespräch unterbrochen, und Lynn warf Kyle nun einen fragenden Blick zu. Der schien ebenso überrascht und zuckte nur die Schultern, während Talia sich, offenbar ebenfalls verwirrt, erhob und Quinn am Tisch des Barons ein Zeichen gab. Der beendete sein Gespräch mit einer steifen Verbeugung und schloss sich den drei und dem Boten an, der sie zu „Sir" Vincent bringen sollte. Alantor blieb am Tisch zurück und dachte sich seinen Teil.

Als sie das holzvertäfelte Arbeitszimmer des Kommandanten betraten, saß dieser mit dem älteren Krieger Lerian, der am Vorabend die Suche nach Bakar und seinen Männern geleitet hatte und noch leicht verschlafen wirkte, am Schreibtisch und studierte ein Pergament, das vor ihnen ausgerollt auf dem Tisch lag. Er sah auf und erhob sich, um sie zu begrüßen. „Nun, es scheint, dass Ihr Schloss Geth verlassen dürft," begann er mit einer kurzen Geste auf das Pergament, während sie sich setzten. Ihre Überraschung musste ihnen im Gesicht gestanden haben, denn er nickte und fuhr fort: „Ich war ebenfalls überrascht, doch heute morgen traf diese Eilbotschaft ein. Man entschuldigt sich dafür, Euch, Gesandter Quinn, und Eure Begleiter auf Eurer Reise behindert zu haben und gewährt mit sofortiger Wirkung Eure Abreise von Schloss Geth." Er seufzte kurz und drehte ihnen das aufgebrochene Siegel der Rolle zu. Das Siegelwachs war sauber in zwei Stücke gebrochen worden, und sie erkannten deutlich das Wappen, das beim Versiegeln in das Wachs gedrückt worden war. Das Greifensymbol des Königs. „Unterschrieben von seiner Majestät, König Jenach selbst. Es scheint, Ihr habt Freunde in den Kreisen der Berater des Königs, die sich für Euch verbürgen und ihren Einfluss geltend machen, um Euch Euren Weg fortsetzen zu lassen. Ich habe bereits drei oder vier dieser Befehle mit heutigen Boten bekommen, allesamt für höhere Adlige, deren Teilhabe an verdächtigen Aktivitäten, wie sie es nennen, ausgeschlossen wird." Er gab einen Laut irgendwo zwischen einem Seufzen und einem Wutschnauben von sich. Dann sah er sie eindringlich an und warnte: „Ich schätze, dass Ihr nichts anderes zu tun haben werdet, als diesem Bakar weiter zu folgen, egal, was ich sage. Mir sind die Hände natürlich gebunden, denn ich muss hier währenddessen Gerüchten, Anschuldigungen und Gerede nachgehen. Dennoch muss ich Euch ausdrücklich davon abraten, andernorts zu erwähnen, dass Ihr von Schloss Geth kommt. Ihr würdet unwillkommene Fragen erregen, die weder Euch noch uns sehr angenehm wären." Er strich sich eine braune Haarsträhne aus dem Gesicht und reichte ihnen das Pergament. „Das war alles. Ihr seid frei zu gehen, sobald Ihr es wünscht. Zeigt den Torwachen diesen Befehl, und sie werden Euch den Weg freigeben."

Noch immer sichtlich verwirrt wurden die vier von Lerian auf den Hof geleitet. Er ließ ihre Pferde aus dem Stall holen, während sie auf ihre Quartiere zurückkehrten, um sich auf die Abreise vorzubereiten. Als sie aufsaßen, wandte sich Quinn noch einmal an den alten Krieger. „Wurde Euch mitgeteilt, auf wessen Betreiben hin diese Depesche verfasst wurde?" Doch der schüttelte den Kopf und antwortete leichthin: „Es muss wohl jemand sein, dem etwas an Eurem Fortkommen liegt." Er lächelte und verabschiedete sich am Tor von ihnen, wo die Soldaten sie - unter misstrauischen Blicken - passieren ließen.

Als sie die kleine Stadt verlassen hatten, begannen sie Vermutungen anzustellen, wer ihr unbekannter Helfer sein mochte. „Könnte es nicht ein weiterer Adliger wie Baron Dahl sein, der das Konzil bewundert, Quinn?"

Der überlegte einen Moment und zuckte dann die Schultern. „Das wäre durchaus möglich. Auch das Konzil selbst hat gewissen Einfluss im Kreis der königlichen Berater. Doch wir müssen bedenken, dass keine dieser Personen Kenntnis von unserer Lage hatte. Ich habe Baron Dahl vor unserer Abreise noch gesprochen, aber ihm ist jeglicher Schriftverkehr aus dem Schloss heraus außerhalb seiner Amtstätigkeit untersagt. Er hatte keine Möglichkeit, sich zu unseren Gunsten auszusprechen." Damit war Quinns Redefähigkeit offensichtlich für den Rest des Tages gedeckt, und er überließ es Kyle, Talia und Lynn, weitere Vermutungen anzustellen, die jedoch zu keinem Ergebnis führten.

Das Konzil

Schon bald hatten sie den Wald und damit die Baronie Gethia hinter sich gelassen, und die Straße war wieder breit und gepflastert. In regelmäßigen Abständen ritten sie an kleineren Dörfern, Gehöften und einzelnen Gasthäusern vorbei, die entlang der königlichen Straßen für alle Reisenden ein Zimmer boten. Kleine Wege und andere gut ausgebaute Straßen schlossen sich ihrem Weg an und trennten sich an anderer Stelle, und sie trafen den ganzen Tag über immer wieder auf Bauernkarren, Reisekutschen, Reiter und einfache Wanderer, die in die verschiedenen Städte des zentralen Königreiches unterwegs waren. Quinn blieb weiterhin verstummt, obwohl Lynn nicht müde wurde, immer neue Sticheleien gegen die hermetischen Magier, zu denen Quinn gehörte, auszuteilen, je näher sie dem Sitz des Konzils kamen. Er ignorierte sie beharrlich und wies ihnen mit kurzen Gesten an den verschiedenen Weggabelungen die Richtung.

Kyle las die vielen unbekannten Namen auf den zahlreichen Wegweisern, an denen sie vorbeikamen, und nahm an, dass der Sitz des Konzils, den Quinn ehrfürchtig die Zitadelle nannte, in der Hauptstadt des Königreiches liegen würde. Vermutlich würde sich neben den funkelnden Türmen des Königspalastes ein unermesslich hoher Turm aus Kristall oder ähnlichem in den Himmel erheben, und Kyle stellte sich vor, wie unzählige greise Magier ehrwürdig durch die Stadt wandern und Wunder wirken würden. Er war brennend interessiert, den Ort zu sehen, den Quinn sein Zuhause nannte. Außerdem war er froh, dass ihre Reise sich dem Ende zuneigte. Wenn Quinn sie zum Konzil gebracht hatte, würde er mit den weisen alten Magiern sprechen, die die Versammlung leiteten, und sie würden Bakar, seine Krieger und ihren unbekannten Herren aufhalten und das Ritual verhindern, dass ihn und Lynn so beunruhigte. Kyle würde gerne zusehen, wenn man Bakar ergriff und seiner gerechten Strafe zuführte; er fragte sich, ob die alten Magier selbst zur Tat schreiten und alle Magier des Königreiches in einem großen Heer gegen Bakar vereinen würden, aber das schien nicht nach der Art der Magier, von denen er Geschichten gehört hatte. Vermutlich würden sie den schleimerischen Mann mit ihrer Magie aufspüren und dann den Soldaten des Königs ausliefern. In jedem Fall sah er dem Ende der Strapazen mit Erleichterung entgegen und fragte sich einen Moment, was er und Talia wohl anschließend machen würden; ebenso der Magier und die Mystikerin, denn er hatte sich bereits längst an die beiden und ihre, meist sehr einseitigen, Sticheleien gewöhnt. Aber er dachte ungern weit in die Zukunft und konzentrierte sich wieder auf das vor ihnen liegende Treffen mit den Magiern des Konzils.

In Gedanken versunken wartete er an einer neuerlichen Weggabelung auf Quinn und stellte erst nachdem sie weitergeritten waren fest, dass Quinn die Straße in Richtung der Hauptstadt verlassen hatte. Kyle runzelte die Stirn und trieb sein Pferd neben Quinns; der Magier saß steif aufrecht wie immer im Sattel und sah in die Ferne. Kyle hätte gesagt, dass der jüngere Mann neben ihm mit offenen Augen vor sich hin träumte, doch in seinen Augen lag ein hochkonzentrierter Ausdruck, als würde er etwas genau beobachten und seinen Blick nicht in die Ferne schweifen lassen. „Quinn?" Die weißblaue Robe raschelte leicht, als Quinn den Kopf drehte und Kyle mit fragendem Blick ansah. Kyle wies mit einer Hand über die Schulter, zurück in Richtung der Weggabelung, die sie soeben passiert hatten. „Sind wir noch auf dem richtigen Weg? Denn wenn wir zur Hauptstadt wollen, reiten wir hier einen Umweg, oder?"

Quinn nickte nach jeder Frage, und nach kurzem Schweigen öffnete er den Mund und erklärte: „Die Zitadelle liegt etwas außerhalb der königlichen Stadt. Trotz all der Geschichten, die man sich im Volk erzählt, ziehen die Magier allgemein eine gewisse Abgeschiedenheit von der Hektik der Stadt vor. Deshalb hat man damals die Zitadelle weit weg von der nächsten größeren Stadt errichtet und für normales Volk unzugänglich gemacht; kaum jemand hat sich bisher dahin verirrt, wenn er nicht zu den Magiern wollte." Nun war es an Kyle, zu nicken.

Sie ritten eine weitere Stunde, und es war mitten am Tage, als der Weg, zuerst noch links von Wiesen und Feldern, später auf beiden Seiten von lichten Wäldern gesäumt, einen sanften Hügel hinaufführte. Als sie auf der Hügelkuppe angekommen waren, eröffnete sich ihnen ein erster Blick auf die Zitadelle, die sich auf einer weiten Wiese ausdehnte. Für den ersten Moment fühlte Kyle sich an Schloss Geth erinnert, wie die Zitadelle dort lag, in einigen hundert Schritt Entfernung von Wald umrahmt, doch er stellte sofort die Unterschiede fest. Zum einen war die Zitadelle in einer leichten Talmulde errichtet worden, und zum anderen war der Begriff „Zitadelle" unpassend für die vielen unterschiedlichen Gebäude, die sich nach einem bestimmten Muster um ein riesiges Rundgebäude anordneten, aus dessen Mitte ein unermesslich hoher, weißer Turm erwuchs. „Ist dieser Turm tatsächlich aus Elfenbein?" hörte Kyle, der sprachlos staunend hinauf blickte, Talia ehrfürchtig fragen und Quinn nickte. Neben ihm lachte Lynn auf. „Das wusste ich auch noch nicht. Ihr Magier sitzt tatsächlich in einem *Elfenbeinturm*? Wie passend."

Quinn zog die Brauen hoch und warf ihr einen Blick zu. „Nun, wir sind nicht ganz so weltfremd wie *bestimmte Leute*, die Kräuter und verkrüppelte Eichen anbeten." Bevor Lynn antworten konnte, trieb Quinn sein Pferd den Hügel hinunter auf die Gebäude zu, und sie folgten ihm.

Die Zitadelle hatte sich ursprünglich nur aus dem großen Rundbau zusammengesetzt, in dem die Zeit des Konzils begonnen hatte. Weise alte Magier hatten sich vor vielleicht dreißig oder vierzig Jahren entschieden, all das Wissen aller magischen Schulen zu vereinen und eine Konferenz aller magischen Richtungen einzuberufen. Zu dieser Zeit waren die Magier noch gespalten gewesen in ihre unterschiedlichen Schulen, die alle unterschiedliche Teile und Wege der Zauberei nutzten; die Schule der Feuermagie, der Lichtmagie, die Naturmagier, die Vertreter der Beschwörungskünste und unzählige andere, die ihren ganz eigenen Wegen der Magie nachgingen und einander ablehnten. Doch die Großmeister der vielen Schulen entschieden sich, auf einem geplanten Treffen an neutralem Ort ihr Wissen auszutauschen und die zerstrittenen Magier untereinander zu versöhnen, und nach vielem Hin und Her stand ein Ort und ein Termin fest, an dem sich Vertreter der großen Elementarschulen und der meisten kleineren Schulen versammelten. Was als magisches Konzil für einige Tage begonnen hatte, zog sich unter den vielen Streitigkeiten, Diskussionen, dem Lernen und dem Zusammentragen aller Schriften aus den unterschiedlichen Regionen und Bereichen über mehrere Wochen und schließlich Monate hin, bis die Magier erkannten, dass wenige Tage niemals ausreichen würden, alle Wege der Magie zu ergründen und die unterschiedlichen Fragen und Themen zu erläutern. Also entschied man sich, das magische Konzil zu einer ständigen Versammlung einzuberufen, und mit vereinten Kräften begannen die Magier, auf der Wiese, auf der sie zuvor in Zelten getagt, sich beraten und gelebt hatten, die Zitadelle zu errichten.

In ihren ersten Tagen war die Zitadelle ein weithin grell schimmerndes Konstrukt gewesen, das von der Magie der Zaubernden gebildet und gehalten wurde. Binnen eines Jahres stellten die Männer und Frauen des ersten magischen Konzils Handwerker und Arbeiter in ihre Dienste, und zusammen mit diesen und ihren eigenen magischen Kräften formten sie aus dem magischen Konstrukt jenen riesigen kuppelförmigen Rundbau, der nun wie eine kobaltblau glänzende Zwiebel vor den vieren lag. Als Tagungsort für die unzähligen weiteren Konferenzen des Konzils ließen sie aus allen Himmelsrichtungen Elfenbein heranschaffen und schufen den Turm, der sich wie ein weißer Finger aus dem deutlich dunkleren Gebäude erhob und dem Himmel entgegenstrebte. Noch immer war die Zitadelle Tag und Nacht von jenem merkwürdigen Leuchten und Knistern der magischen Energien umgeben, die sie erschaffen hatten. Unzählige Handwerker hatten an der Errichtung der eigentlichen Zitadelle mitgewirkt, und ihre Hilfe war Gegenstand vieler hitziger Diskussionen in dem noch neu gegründeten Konzil gewesen. Man fürchtete um seine Abgeschiedenheit, je mehr „einfaches

Volk", wie sie die Leute nannten, vom Ort ihrer Zitadelle wussten. Die leicht zu erregenden Feuermagier und zahlreiche Vertreter der reinen Kampfzauberei hatten sich dafür ausgesprochen, die Menschen nach getaner Arbeit ausnahmslos zu töten, um ihren Konferenzort geheim zu halten. Die Diskussionen wurden von Tag zu Tag erregter, aber auch fruchtloser, und schließlich begannen einige Magier, auf eigene Faust für die Wahrung ihres Geheimnisses zu sorgen, und ein heftiger Streit entbrannte. Eine geschlagene Woche schien es, als würde das Konzil in seinem ersten Jahr wieder zerbrechen und als würde am Tagungsort der größte Magierkrieg in der Geschichte des Königreiches ausbrechen, bis schließlich am siebten Tage die Schule der Wissensmagie, die sich für einen ganzen Monat den Beratungen ferngehalten hatte, die Versammlung betrat und eine Lösung versprach. Die Vertreter dieser Schule, die wie viele andere zum Konzil gestoßen waren, als sie vom Erfolg der ersten Diskussionen und der Errichtung der Zitadelle gehört hatten, hatten in langen, ausdauernden Forschungen und Versuchen einen Zauber geschaffen, mit dem sie die Erinnerung der Handwerker an ihre Arbeit nach deren Ende löschen konnten. Die radikaleren Magier blieben skeptisch, doch man entschied sich schließlich für diesen Weg, und Magier aller Richtungen und jeden Alters arbeiteten drei Monate lang Tag und Nacht, um den Zauber zu erlernen und alle Handwerker und Bauarbeiter zu verzaubern.

Über die Jahre waren mehr und mehr Magier zum Konzil gestoßen und hatten neues Wissen und neue Wege in die Magie der Anwesenden mit eingebracht. Das magische Konzil benannte sich um in das Konzil aller magischen Schulen, und schließlich, nach vielen Jahren, war es geschafft, die Magier aller Richtungen zu einen. Obwohl sie sich noch immer in ihren Schulen organisierten, lehrten die Meister ihre Schüler außer den Zaubern ihrer eigenen Schule auch die vieler weiterer, und die Magier nannten sich nicht mehr Feuer-, Wasser-, Licht- und Lebensmagier, sondern hermetische Magier, in ihrer Gemeinsamkeit des gelernten Wissens. Schon bald bot die Zitadelle nicht mehr ausreichend Platz, um alle Magier, ihre Tagungen und ihre Forschungen zu beherbergen, und so errichteten die Schulen ihre eigenen Gebäude rund um die Zitadelle nach einem Plan, den die führenden Magier des Konzils entworfen hatten. Wie alles wurde auch dieser Plan tagelang diskutiert, doch am Ende entwarf man ein Muster, nach dem die verschiedenen Gebäude angeordnet werden sollten. Die Idee, die Schulen der Feuer- und Wassermagie Wand an Wand unterzubringen, sorgte für zahlreiche Diskussionen, doch über die Jahre erwies sich diese Entscheidung als äußerst weise, denn die einstigen Todfeinde konnten immer wieder ihre jeweiligen Fehler untereinander ausgleichen, und es entwickelten sich regelmäßig freundschaftliche Wettkämpfe der Anhänger beider Schulen - die Wassermagier schützten die Zitadelle vor dem einen oder anderen verheerenden Feuer, und die Feuermagier trockneten die Wasserschäden, die manche unerwartete Flutwelle aus dem Trakt der Wassermagie angerichtet hatte.

Ein jedes Gebäude hatte seine ganz eigene Bauart, die seiner jeweiligen Schule entsprach; während der Trakt der Feuermagier einer steinernen Festung gleichkam, an deren Eingang und Fenster Kohlebecken unheilvoll glommen, sahen die Quartiere und Kammern der Wassermagier wie halb durchsichtige blaue Blasen aus, die sich in kleinen Bündeln übereinanderstapelten. Talia und Kyle machten einen Wettstreit daraus, die einzelnen Gebäude einer bestimmten Schule zuzuordnen - obwohl die beiden keine

Idee hatten, welche magischen Schulen existieren mochten. Quinn nickte zustimmend oder schüttelte den Kopf, fasste ihnen die einzelnen Gebiete kurz zusammen und versuchte ihnen die Besonderheiten und Unterschiede zwischen Licht- und Feuermagie, Wissens- und Illusionsmagie zu erklären. Als sie den Hügel hinabritten, sah Kyle, dass über der gesamten Zitadelle und den umliegenden Gebäuden eine schwach schimmernde, zuweilen hellblau flackernde Kuppel lag, die ihm aus der Entfernung nicht aufgefallen war. Es wirkte, als sei das gesamte Gebiet der Wiese in eine große, sehr stabile Seifenblase gehüllt, die sich gegen den Himmel kaum abhob. Wo sie den Boden traf, hatte man eine niedrige weiße Mauer errichtet, die in einem Ring um die gesamte Zitadelle verlief. Dort, wo der Weg, dem sie folgten, in die Seifenblase hineinführte, erhob sich die Mauer zu zwei filigranen Säulen, die ein Tor über den Weg bildeten. Als sie näher kamen, konnte man erkennen, dass Säulen und Mauer ebenfalls aus Elfenbein bestanden, in das über und über merkwürdige Keilsymbole eingeschnitten waren. Vor jeder Säule lag ein offensichtlich vollkommen runder Stein, der so weiß war und in der Sonne glänzte, als wäre er ebenfalls aus Elfenbein.

Das Tor war ohne weiteres breit und hoch genug, dass sie mit den Pferden nebeneinander hätten hindurchschreiten können, doch kurz vor dem Tor zügelte Quinn sein Pferd und stieg ab. Der junge Magier schlug die Kapuze seiner Robe zurück und erhob die Hand in einer grüßenden Geste zum Tor hin, einige leise Worte murmelnd. Zwischen den Torsäulen flackerte die schimmernde Hülle und verblasste. Quinn wandte sich um und blickte sie jungenhaft lächelnd an; ein Anblick, den sie seit einigen Tagen nicht mehr gesehen hatten. „Seid willkommen geheißen in der Zitadelle des Konzils aller magischen Schulen. Ihr Schutz und Segen über Euch, die Ihr weilt." Dann nickte er ihnen zu. „Bitte tretet ein. Ich werde mich umgehend an das Konzil wenden, sobald Quartiere für Euch bereitstehen. Ich bin sicher, es gibt hier vieles zu sehen, dass für Euch neu und wunderlich sein mag." Er wies den Weg entlang, der zwischen den verschiedenen Gebäuden hindurch zum großen Rundbau in der Mitte führte und dort auf einem großen Platz mündete. Talia führte ihr Pferd am Zügel durch das Tor, und Lynn wollte ihr folgen.

Als sie jedoch zwischen die Säulen trat, glühten die Schnitzereien darin rotleuchtend auf, und ein pfeifendes Rauschen erhob sich. Lynn fiel auf die Knie und presste beide Hände mit schmerzverzerrtem Gesicht auf die Schläfen, während über den beiden Steinen zu Füßen der Säulen die Luft flackerte. Über jedem Stein entstand die verschwommene Erscheinung einer hohlgesichtigen, hochgewachsenen Gestalt in einer dunkelblauen Robe mit steif aufragendem Kragen. Beide Gestalten hatten eine flache Hand gegen Lynn ausgestreckt, an der ein einzelner Ring aus dunkelblauem Metall glänzte, und sahen Quinn aus weißleuchtenden Flecken an, die sie anstelle von Augen zu haben schienen. „Der Hexe ist der Zutritt verwehrt," hallte ihre merkwürdig hohle Stimme doppelt in Kyles Ohren, obwohl die Lippen der Erscheinungen sich nicht bewegt hatten. Lynn wimmerte leise, während sie weiterhin die Hände gegen ihre Schläfen presste und unter für Kyle unerklärlichen Krämpfen zuckte. Er erholte sich von der Überraschung, und eine maßlose Wut über den urplötzlichen Angriff stieg in ihm auf; er griff nach dem Kurzschwert, das in seinem Gürtel steckte, doch Quinn hielt ihn mit einer kurzen Geste auf. Der junge Magier wandte sich an die beiden Erscheinungen, die über den weißen Steinen in der Luft zu stehen schienen, ihre dunklen Roben im Nichts zerfasernd. Als Quinn sprach, schien es für Kyle, als würde er die gesamte Macht und Autorität, die ihm das Konzil verliehen hatte, in seine Worte legen.

„Ich bin Quinn, Gesandter des Konzils der magischen Schulen, Schüler des Dokius, Träger wichtiger Nachricht für das Konzil. Die Mystikerin steht unter meinem Schutz und ich garantiere für Ihr Betragen. Maßnahmen gegen ihre Person werden nicht geduldet werden."

Die Erscheinungen schienen von Quinns Worten wenig beeindruckt, denn sie verzogen keine Miene; dennoch senkten sie beide die ausgestreckte Hand, und Lynns Schmerzen schienen nachzulassen. Sie kniete zwischen den Torsäulen und atmete schwer, beide Hände fest in den Boden gegraben.

Die beiden Erscheinungen drehten sich ohne sichtbare Bewegung Quinn zu und fixierten ihn mit ihren glühenden Augen. „So höre denn, Quinn, Gesandter des Konzils, Schüler des Dokius: Auf Deinen Schultern lastet die Verantwortung für das Betragen der Hexe. Jeder ihrer Fehler wird der Deine sein."

Quinn nickte stumm; die Erscheinungen flackerten einen Moment und waren verschwunden. Kyle ließ den Griff seines Schwertes los und kniete sich zu Lynn, um ihr beim Aufstehen zu helfen. Sie wirkte erschöpft, und ihre Haare hingen ihr wirr ins Gesicht. Sie stützte sich mit einem kurzen, dankbaren Lächeln auf Kyles angebotenen Arm und erhob sich langsam. Sie maß Quinn mit wütendem Blick und bemerkte mit trockenem Mund: „Das wäre nicht nötig gewesen, Hermetiker."

Quinn nickte. „Das ist korrekt. Ich bitte um Entschuldigung, daran nicht gedacht zu haben." Die förmliche Entschuldigung schien Lynn halbwegs zu besänftigen, und sie durchtrat, auf Kyle gestützt, das Tor. Als Quinn hindurchtrat, schloss sich die Hülle wieder, so dass sein Körper einen Moment lang vom hellblauen Flackern umspielt war. Er trat vor und führte sie den Weg entlang zum Vorplatz des großen runden Gebäudes, das aus der Nähe betrachtet riesig und ehrfurchtgebietend vor ihnen lag. Rund um sie her sahen sie viele Männer und einige Frauen allen Alters, von einem vielleicht acht- oder zehnjährigen Mädchen, das mit einigen anderen Kindern vor einer scheinbar *gewachsenen* Kuppel aus jungen Weidenbäumen spielte, bis hin zu einer Gruppe altehrwürdiger Greise, die in ihren Roben in leuchtendem Blau, Gelb und Grün zusammenstanden und sich angeregt unterhielten.

Sie kamen an einem Gebäude aus hellem Sandstein vorbei, dessen vorderer Eingang von hohen, spitz zulaufenden Säulen aus Eisen gesäumt war. Durch eine offene Pforte sahen sie in einem Innenhof einige Jugendliche, die offensichtlich ihre Kräfte in hell flackernden Lichtmustern maßen; sie standen in einem in den Staub des Hofes gezogenen Kreis, und einer der Jungen sprach ein kurzes Wort, woraufhin ein heller Lichtblitz von seiner ausgestreckten Hand auf einen seiner Kontrahenten zuraste. Dieser warf sich zur Seite, und das Geschoss zerplatzte über seiner Schulter am Rande des Kreises in der Luft. Andere übten Ähnliches, doch die Blitze schienen nicht gefährlich zu sein: Sobald einer der Blitze traf, gab der Getroffene zwar ein kurzes Grunzen von sich und rieb sich die getroffene Stelle, doch er blieb weiter stehen und stellte sich neuerlichen Angriffen, und nach kurzer Zeit schien der Treffer vergessen. Ein älterer Mann in einer langen, weißgelben Robe und mit einem langen weißen Bart nach der

Art, wie man die Magier aus den Geschichten kannte, stand dabei und gab kurze Hinweise und Kommentare.

Auch an anderen Stellen, an denen sie vorbeikamen, waren die Leute mit ihrer Magie beschäftigt, und Kyle sah mit wachsendem Erstaunen zu, wie eine ältere Frau in einer dunkelgrünen Robe mit einigen Gesten aus einem Holzstab, den sie in den Boden steckte, in Windeseile einen jungen Baum heranwachsen ließ, oder ein junger Mann mit einigen Bällen jonglierte, die offensichtlich aus reinem Feuer bestanden. Sie sahen auch viele andere, die nur still dasaßen und sich zu konzentrieren schienen, oder solche, die interessiert mit Trägern anderer Robenfarben diskutierten, und eine Horde ausgelassener kleiner Kinder stürmte vor ihnen quer über den Weg. Sie alle schienen vollkommen auf ihre eigenen Aufgaben konzentriert und die Neuankömmlinge gar nicht wahrzunehmen, bis auf einige der älteren Robenträger, die von ihren Gesprächen aufsahen und Quinn grüßend zunickten.

Sie überließen die Pferde einer Magierin in leichter Kleidung in den verschiedenen Farbtönen des Waldes, die sie, ohne die Zügel zu fassen, mit sanften Worten zu einem weiteren scheinbar gewachsenen Gebäude führte. Quinn führte sie die wenigen Stufen zu den riesigen Doppeltoren der Zitadelle hinauf, die vor ihnen mit einem sanften Knarren aufschwangen.

Hinter den Toren empfing sie eine angenehm kühle, stille Halle, deren Decke sich in einem Rundbogen weit über ihren Köpfen wölbte. An der gegenüberliegenden Seite der Halle führten einige Korridore tiefer in das Gebäude, und an einigen Durchgangsbögen standen weitere Männer in unaufdringlich gefärbten Roben und unterhielten sich. Kyle dachte erneut an die Eingangshalle von Schloss Geth, die ebenso leergefegt gewirkt hatte, nachdem die königlichen Soldaten eingetroffen waren. Doch in diesen Hallen verspürte er nicht die allgemeine Besorgnis von Schloss Geth, sondern eine tiefe Ruhe und Würde, die von den Wänden und der hohen Decke auszugehen schien und das ganze Gebäude erfüllte. Sie traten die zwei Stufen zur Mitte der Halle herunter, die von einem feinen Mosaikmuster seltsamer und vermutlich mystischer Symbole geschmückt wurde. Die Hallenmitte lag wie in einem kleinen Becken etwas niedriger als an den äußeren Rändern, und als sie das Mosaik betraten, trat ein hagerer Mann mit leicht faltigem Gesicht und Stirnglatze auf sie zu. Wie Quinn, war Kyle aufgefallen, hatten alle Älteren hier eine Art von förmlich-steifem Verhalten und Bewegungen, und auch dieser Mann wirkte mit seiner Hakennase, die über ruhigen, trüb blauen Augen lag, wie die vielen schriftgelehrten Beamten, mit denen sich Herzog Vighar immer umgab. Etwas an der leicht gebeugten Haltung und dem Auftreten des Mannes erinnerte Kyle an Bakar; doch während Bakars Art von einer schleimigen, ironischen Unterwürfigkeit bis hin zu arroganter Verhöhnung reichte, war dieser Mann eher mit den dienstfertigen Gehilfen zu vergleichen, die leise und unauffällig ihrer Arbeit in den Klöstern oder Tempeln der verschiedenen Götter nachgingen.

Der Mann hatte eine angenehme, ruhige Art zu sprechen, die sich wie ein Teil der Atmosphäre des Gebäudes passend einfügte. „Willkommen, Quinn, willkommen, edle Gäste," begann er und verneigte sich freundlich lächelnd, „lasst mich Euch zu Quartieren geleiten. Der hohe Rat des Konzils ist von Eurer Ankunft unterrichtet worden,

Quinn, und man wies Euch und Euren Begleitern Gästequartiere zu, um Euch auf die Beratung mit den Lordmagiern vorzubereiten."

Quinn nickte, und der Mann führte sie durch einen der langen Gänge, auf dessen beiden Seiten immer wieder Fenster Tageslicht einließen. Etwas an den Gängen der Zitadelle kam Kyle seltsam vor, doch erst später fiel ihm auf, dass kaum einer der Gänge an den Außenwänden des Gebäudes entlang verlief, so dass die Fenster tatsächlich nach draußen hätten führen können. Auch der sonnenbeschienene Innenhof, an dem sie vorbeikamen, und auf dem weitere Magier still in der Sonne saßen, konnte kaum wirklich unter freiem Himmel liegen, denn von der Hügelkuppe aus hatte das zwiebelartig zulaufende Dach keine Öffnungen oder Löcher aufgewiesen. Kyle nahm an, dass dies Teil der Magie war, aus der die Zitadelle Quinns Schilderungen zufolge errichtet worden war.

Sie stiegen eine breite Steintreppe hinauf und gingen einige Schritte, bis der Mann, der seinen Namen nicht genannt hatte, auf dem Gang haltmachte und zu einer Reihe von Türen auf ihrer Linken wies; auf der rechten Gangseite, die nach Kyles Schätzung vom Zentrum des Gebäudes weg wies, waren erneut Fenster, vor denen hölzerne Sitzbänke aufgestellt worden waren. Ebenso wie die Türen verliefen sie in gleichmäßigen Abständen den gesamten Gang entlang, der sich in einem Ring durch das Gebäude winden musste.

„Man hat den beiden Damen diese Quartiere zugewiesen," erklärte er, wobei er Lynns Mantel mit einem Stirnrunzeln musterte, seine Gedanken jedoch für sich behielt. „Die folgenden beiden Kammern wurden Euch und Eurem Begleiter zugeteilt, Gesandter Quinn, sofern Ihr nicht bereits Eure alte Kammer wieder beziehen wollt."

Quinn nickte und erklärte, dass er sich vorerst mit seinen Begleitern besprechen wollte und daher in ihrer Nähe bleiben würde. Der alte Mann nickte ergeben und schlurfte in einer eigentümlichen Gangart davon, die Kyle zuvor noch nicht aufgefallen war. Auf den obersten Stufen der Treppe schien ihm etwas Wichtiges einzufallen, denn er drehte sich noch einmal um und wandte sich an Quinn. „Der hohe Rat erwartet Euch am frühen Mittag des morgigen Tages. Lordmagier de Grey ist vor kurzem von Beratungen aus der Hauptstadt zurückgekehrt und erwartet interessiert einen Bericht Eurer Mission."

Quinn schien überrascht. „De Grey wird anwesend sein?" Der Mann nickte und schlurfte die Treppe hinunter.

Kyle konnte Talia ansehen, dass sie ebenso brennend wie er selbst interessiert war, zu erfahren, wer dieser Lordmagier de Grey sein konnte, dass er für Quinn eine solche Bedeutung hatte; er hatte Geschichten von einem weithin berühmten Magier mit diesem Namen gehört, doch diese hatten von so unvorstellbarer Macht und gottgleichen Zauberkräften gehandelt, dass Kyle den Mann für eine Legende hielt. Offensichtlich konnte Quinn ihnen die Frage ansehen, denn er öffnete die Tür zu einer der Kammern und bedeutete ihnen, einzutreten.

Die Kammer war spartanisch eingerichtet; außer einem alten Teppich, einem Bett und einem Schrank war die einzige Einrichtung ein schweres Schreibpult nebst Lehnstuhl, die beide unter einem weiteren Fenster standen, von denen es bei Erbauung der Zitadelle zu viele gegeben haben musste. Quinn blieb in der Mitte des Raumes stehen und wartete, bis sie es sich mehr oder weniger bequem gemacht hatten und ihm zuhörten.

Als sich das erste magische Konzil zu einer ständigen Versammlung ernannt hatte, erklärte er, waren mehr und mehr Diskussionen zu einer Ordnung innerhalb der Magierschaft aufgetreten, zu Regeln, Ordnungen untereinander und gegenüber dem „einfachen Volk". Auch wurde es nötig, die vielen Diskussionen zu diesen Themen und sonstigen Fragen der Magie, die wild durcheinander und in großer Zahl gleichzeitig geführt wurden, in geregelte Bahnen zu lenken, und so bildete man den hohen Rat des Konzils, der die Führung der Magierschaft übernehmen sollte. Obwohl die hermetischen Magier größtenteils Einzelgänger waren und für sich selbst zu urteilen pflegten, hatten doch alle anerkannt, dass gewisse Regeln und Rangfolgen bestehen mussten, um einen zufriedenstellenden Ablauf der Zusammenarbeit zu ermöglichen. Daher erwählte man die Großmeister und Leiter der verschiedenen magischen Schulen zu Vertretern für den hohen Rat, die die Diskussionen in geregelte Formen brachten und die Verwaltung des Konzils errichteten. Über die Jahre wurden neue Mitglieder vom hohen Rat ernannt - fast ausnahmslos jene, die in einer oder mehreren Schulen großmeisterliche Fähigkeiten offenbarten. Es galt als eine der höchsten Ehren in der Magierschaft, zu jenen Ratsmitgliedern zu gehören, die den Kern des Konzils bildeten und sich untereinander mit dem ehrenvollen Titel „Lordmagier" benannten.

Eines der bekanntesten Mitglieder des hohen Rates war ein Magier namens Duncan de Grey geworden, der einer der mächtigsten Magier der gesamten Welt sein musste. Quinn erklärte, dass de Grey aufgrund seiner großen Macht und seiner vielen Taten, mit denen er das Königreich vor manchen Katastrophen bewahrt hatte, mit Zustimmung aller Mitglieder in den Rang des Lordmagiers erhoben worden war und seine Weisheit und sein Rat so respektiert wurden, dass sogar der König ihn zu seinem ständigem Berater ernannt hatte. Als Quinn von diesem Mann erzählte, dämmerte es Kyle allmählich, dass die vielen Mythen und Legenden, die er von diesem sagenumwobenen Mann gehört hatte, keineswegs nur Ammenmärchen und Geschichten gewesen waren, sondern durchaus der Wahrheit entsprechen konnten. Der Mann schien in loderndem Drachenatem zu baden und eine Schar bösartiger Dämonen mit einem Wort aufhalten zu können.

Lynns verächtliches Schnauben brachte Quinn von seinen Schilderungen zum eigentlichen Grund ihrer Anwesenheit zurück, und er erklärte, dass sie am nächsten Tag vor eben diesen Rat treten würden, um sie vor der bevorstehenden Bedrohung zu warnen. Die Abdrücke der Verzierungen, die das Horn in Kyles Arm hinterlassen hatte, waren zwar bereits seit längerem verschwunden, doch den Wissensmagiern des Konzils würde es nicht schwer fallen, ihr Bild aus Quinns Gedächtnis zu rufen und zu präsentieren. Vermutlich würde für sie damit ihre Aufgabe beendet sein, und das Konzil würde sich um die Verhinderung einer Katastrophe kümmern. Er schlug vor, dass sie den Rest des Tages damit verbringen konnten, sich die Zitadelle und das Gelände ringsumher anzusehen, denn bis zum nächsten Tag waren noch einige Stunden Tageslicht zu verbringen. Kyle und Talia stimmten enthusiastisch zu, und sie trennten sich kurz, um ihre jeweiligen Kammern zu beziehen und das wenige Gepäck zu verstauen, das sie mit sich führten.

Sie trafen sich vor dem Gebäude wieder, und gemeinsam mit Lynn erkundeten sie die Lager der verschiedenen magischen Schulen, während Quinn einige alte Freunde und Lehrmeister aufsuchte. Sie bestaunten die Zaubereien, und selbst Lynn schien sich zumindest für die Zauberei der Heiler und Naturmagier zu interessieren. Bei ihren Wanderungen kamen sie auf einen großen Platz zwischen einer Reihe von unterschiedlichen Gebäuden, auf dem ähnlich wie auf dem Innenhof, den sie gesehen hatten, ein Kreis in den Staub gezogen worden war. Eine Reihe von alten Robenträgern und viele jüngere Magier, die noch keine der einfachen Roben trugen und ihre eigene, leichte Stoffkleidung vorzuziehen schienen, hatten sich am Rande des Kreises versammelt, als zwei Männer in den Kreis traten.

Der eine war ein junger Mann mit nacktem Oberkörper, dessen wilde rote Haare ihm wie ein Feuerschweif vom Kopf abstanden, und dessen zusammengekniffene Augen angriffslustig blitzten. Seine Unterarme und Hände waren mit Lederriemen umwickelt, auf denen seltsame kantige Zeichen eingebrannt waren. Er trug eine kurze, rot gefärbte Hose, und seine Füße steckten in weichen Lederstiefeln. Der Mann spannte seine Muskeln an und schlug immer wieder die rechte Faust in die flache andere Hand, wobei er sein Gegenüber spöttisch musterte. Im späten Mittagslicht sah Kyle, dass um den Oberkörper des Mannes ein rot-orangefarbenes Glühen waberte, und er schätzte, dass die körperliche Kraft des Mannes nicht ganz allein natürlich war.

Sein Gegenüber schien von der Machtdemonstration unbeeindruckt und stand ruhig an der gegenüberliegenden Linie des vielleicht hundert Schritt durchmessenden Ringes. Der Mann, um einiges älter, trug eine hellblaue Robe, die Quinns ähnlich sah, und darüber einen langen weißen Umhang, der fast bis zum Boden reichte. Um seinen Hals hing an einem Lederband ein Anhänger, in den ein grün funkelnder Edelstein eingearbeitet war. Das Grün spiegelte das tiefe Grün seiner Augen wieder, das in einem seltsamen Kontrast zu seinem kurzen braunen Kinnbart und seinen Haaren stand, in dessen Braun sich weiße Strähnen zeigten. Er hatte die Arme vor der Brust verschränkt und maß den jüngeren Mann mit ruhigen, konzentrierten Blicken. Er hatte ebenfalls die steif aufrechte Haltung der älteren Magier, an die Kyle sich noch immer nicht gewöhnt hatte.

Ein Frau in einer weißen Robe, der die langen weißen Haare über die Schulter fielen, schritt einmal um den Kreis herum und formte einige für Kyle bedeutungslose Gesten; doch als sie geendet hatte und sich zwischen die beiden Männer stellte, sah er über den Linien des Kreises erneut das kurze bläuliche Flackern, das das gesamte Gebiet einhüllte. Die Frau sprach ein kurzes Wort und trat dann eilig aus dem Kreis zurück zu den übrigen Zuschauern, denn der Rotschopf war mit einem Kampfschrei vorgeschossen und hatte eine lederumwickelte Faust auf sein Gegenüber gerichtet. Kyle sah kurz, wie die Zeichen auf den Riemen in schneller Folge nacheinander aufglühten, und im nächsten Moment raste etwas wie ein brennender Pfeil von seiner geballten Faust auf den anderen zu. Der andere blinzelte nicht einmal, bis das Geschoss ihn schon fast erreicht hatte. Dann riss er mit einer Hand seinen Umhang schützend vor sich, und Kyle erwartete schon, dass der Flammenbolzen den dünnen Stoff durchschlagen und den Mann treffen würde. Doch das Feuer traf auf den Stoff, und obwohl die Flammen einen Moment hell aufloderten, waren sie im nächsten Moment verschwunden, ohne einen Fleck auf dem weißen Umhang zu hinterlassen. Einige der Umstehenden nickten anerkennend, und kommentierten das Geschehen, während der Rotschopf immer weitere Feuerbolzen auf sein Gegenüber schleuderte. Die Geschosse prallten zwar allesamt harmlos auf den Mantel auf, den der ältere Mann wie einen Schild vor sich hielt, doch bei jedem Treffer wurde er ein wenig zurückgedrückt, und seine hellen Stiefel gruben sich tief in den Boden. Auf der Stirn des Mannes zeigten sich erste Schweißperlen, als er mit konzentriertem Blick den Attacken standhielt, die der Rotschopf nun von beiden Fäusten gegen ihn einsetzte.

Schließlich schien sich der Ältere zu entscheiden, und nach einem weiteren Geschoss warf er seinen Umhang zurück über die Schulter, ging etwas in die Knie und streckte beide Hände mit gespreizten Fingern gegen den Angreifer aus. Der blinzelte einen Moment überrascht und riss beide Handgelenke hoch, um sie in einer schützenden Geste vor dem Gesicht zu kreuzen, doch etwas Unsichtbares traf ihn, bevor er die Geste beenden konnte, und er wurde wie ein Blatt im Wind mehrere Schritt zurückgeschleudert und landete mit dem Gesicht im Staub. Der Ältere setzte sofort nach, und von seinem Anhänger, den er mit einer Hand umfasst hielt, zuckte ein Lichtstrahl hinüber; doch der Rotschopf hatte sich mit atemberaubender Geschwindigkeit vom Boden abgestoßen und schien einen Moment in Sprunghaltung über dem Lichtstrahl in der Luft zu stehen. Noch in der Luft formte er mit beiden Händen eine Faust und schrie ein Wort, woraufhin eine gewaltige, orange aufglühende Entladung von ihm auf den anderen zusprang. Der stieß sich mit einem Bein vom Boden ab, beide Handflächen zum Boden gewandt, und stieg einige Meter hoch in die Luft. Unter ihm schlug die Entladung in den Boden ein und riss einen gewaltigen Krater in den Staub; einige Steine und Splitter wurden aufgeschleudert und prallten gegen die blassblaue Hülle, die den Kreis schützend umgab. Ein leichter Wind zauste die Robe des älteren Mannes, als dieser in der Luft stehen blieb und mit verschränkten Armen auf den Rotschopf herabblickte, der eben wieder aufkam, von der Anstrengung heftig keuchend.

Der Jüngere stieß sich erneut vom Boden ab und stieg auf die selbe Höhe, bis er knapp vor dem Robenträger in der Luft stand. Darauf schien dieser gewartet zu haben, denn als ihre Gesichter auf gleicher Höhe waren, tippte er ihm in einer schnellen Bewegung mit zwei Fingern an die Brust - Kyle hörte ein prasselndes Knistern und den Schmerzensschrei des Rotschopfes und sah, wie dieser in ein weißes flackerndes Licht gehüllt zu Boden stürzte. Erneut landete der junge Mann unsanft im Staub, während sein Gegenüber mit bereits wieder vor der Brust verschränkten Armen elegant vor ihm aufsetzte. Er zog die Brauen hoch und sah interessiert auf den keuchenden Mann herunter, der zuckend vor ihm im Staub lag. „War das genug?" fragte er emotionslos.

Der Rotschopf hob den Kopf, und blitzte den über ihm stehenden Magier aus Augen an, deren Feuer nicht erloschen war. „Noch lange nicht," flüsterte er kaum hörbar und spannte erneut die Muskeln an. Der Ältere winkte mit einer Hand und aus dem staubigen Boden schossen grüne Ranken, die sich um die Hände und Füße des Jüngeren wanden, um ihn festzuhalten. Doch als die Pflanzen die Haut des anderen berührten, stieg ein Zischen von ihnen auf, und sie fielen verkohlt von ihm ab. Er sprang vor und ließ in der Bewegung eine dünne, rötlich flackernde Säule zwischen seinen Händen entstehen, die länger wurde und die Form eines feurigen Schwertes annahm. Sein Gegenüber zog beeindruckt die Augenbrauen hoch und ließ im nächsten Moment zwei helle Lichtkugeln von einer ausgestreckten Hand auf ihn zuzucken. Doch der schwitzende Rotschopf, erfüllt von neuer, zorniger Kraft, duckte sich unter der ersten Kugel hinweg und blockte die zweite mit seinem lederumwickelten Unterarm, so dass sich kleine, weiß aufblitzende Entladungen über seinen Arm zogen, während er mit dem Schwert in der Rechten auf den Mann in der hellblauen Robe zustürmte und es zum Schlag erhob. Aus der linken Hand ließ er einen weiteren Flammenbolzen springen, der seinen Gegner diesmal in die Brust traf, bevor er seinen Umhang schützend vor sich halten konnte. Ein Aufstöhnen kam von einigen der Umstehenden, als der Mann von diesem Einschlag unsanft rückwärts gegen die Schutzkuppel geschleudert wurde, die bei seinem Auftreffen aufleuchtete und grellblaue Blitze über den Körper des Mannes sandte.

Kyle erwartete, dass der jüngere Mann den Kampf gewonnen hatte, als dieser mit einem weiteren Schritt bei seinem am Boden liegenden Gegner angekommen war und das Flammenschwert auf ihn herniedersausen ließ; er hoffte nur, dass die Heiler des Konzils einen abgetrennten Kopf wieder richten konnten. Im letzten Moment jedoch streckte der ältere Magier seinem Widersacher die geballte Faust entgegen und sprach etwas - eine Geste, die Kyle bei Quinn bereits einmal gesehen hatte. Eine Welle blendend hellen Lichts ergoss sich von ihm in alle Richtungen, und Kyle sah den Rotschopf geblendet zurücktaumeln, kurz bevor die Lichtwellen gegen die Schutzkuppel anbrandeten und diese tiefblau erstrahlte und einen Moment undurchsichtig wurde. Als sie sich wieder aufklarte, erhob sich der ältere Magier gerade vom Boden und trat zu dem am Boden knienden Rotschopf, um ihm aufzuhelfen. Er fuhr ihm mit der flachen Hand über die Augen, und die nur noch stecknadelkopfgroßen Pupillen des Mannes weiteten sich wieder. Von seinem Flammenschwert war nichts geblieben.

„Feuer-, Körperbeherrschungs- und Schutzmagie," meinte er im versöhnlichen Ton zu dem Jüngeren, „Du hast gut gelernt seit unserem letzten Übungskampf, Taio."

„Nicht gut genug bisher, wie es scheint," erwiderte der Rotschopf trocken, und gemeinsam verließen sie den Kreis, dessen Kuppel erloschen war, und strebten der Zitadelle zu. Die Umstehenden taten dasselbe, wobei einige den beiden erschöpften Kämpfern anerkennend auf die Schultern klopften und ihnen aufmunternde Worte zusprachen. Die Sonne war mittlerweile weitergewandert und stand nun bereits tief im Westen, also entschlossen sich Kyle, Talia und Lynn, sich den Magiern in der Hoffnung anzuschließen, irgendwo Quinn oder zumindest etwas wie einen Essraum zu finden. Nachdem sie die letzten Tage durchgehend geritten waren und am Morgen ihr Essen auf Schloss Geth überstürzt unterbrochen hatten, meldete sich der Hunger mit Macht zurück und forderte sein Recht ein. Einige Magier trennten sich auf dem Weg zur Zitadelle vom Rest und begaben sich zu den einzelnen Gebäuden, in denen sie möglicherweise ihre Quartiere hatte, doch eine große Traube von Magiern und Magierinnen allen Alters bahnte sich gut gelaunt schwatzend und diskutierend ihren Weg durch den Vorraum und durchschritt einen Gang links der Mitte. An dessen Ende eröffnete sich ein großer Torbogen in eine Halle, in der sich sechs oder acht lange Tische aufreihten.

Die Magier verteilten sich an die verschiedenen Tische und wandten sich ohne Umschweife den dampfenden Schüsseln zu, die auf den Tischen verteilt standen. Kyle sah, wie der ältere Mann, der sie begrüßt hatte, unzählige Kinder und Jugendliche durch den Saal hetzte, damit sie die Speisenden bedienten. Ein junges Mädchen in einem einfachen blassgrünen Kleid, vielleicht sieben oder acht Jahre jünger als Kyle, trat an sie heran, als Quinn eben hinzukam und sich zu ihnen setzte.

„Was kann ich Euch bringen, hohe Damen und Herren?" fragte sie scheu und strich nervös die Falten ihres Kleides glatt. Ihr langes blondes Haar hing ihr ins Gesicht, und einige Stirnfransen verbargen zum Teil ihre unruhigen, tiefbraunen Augen.

Quinn nickte ihr zu. „Bring' uns etwas Einfaches zu trinken, sei so gut. Wir haben morgen einen interessanten Tag vor uns, und wir wollen nicht allzu unruhig schlafen" Dann musterte er das Mädchen einen Moment und fragte: „Wie geht es mit Deinen Studien voran, Nial?"

Ein kurzes, scheues Lächeln huschte über ihr Gesicht, und sie antwortete mit leiser Stimme: „Ich danke Euch, Master Quinn, ich mache Fortschritte." Dann knickste sie kurz und verschwand in Richtung der Tür, durch die beständig weitere Bedienstete herein und heraus eilten, um die Speisenden zu bedienen. Quinn sah ihr einen Moment nach und nickte dann.

„Soso," bemerkte Lynn herausfordernd, „sind die Hermetiker also auch noch Sklavenhalter? Oder sind die alten Herren einfach zu fett zum Arbeiten?"

„Ihr habt hier Bedienstete, Quinn?" fragte Talia verwirrt, Lynns bissigem Kommentar zustimmend. Sie kleidete es zwar in freundlichere Worte, doch sie war ähnlich überrascht. „Ich meine, Ihr seid doch alles Magier - müsst Ihr Euch denn wirklich von den armen Kindern bedienen lassen?"

Der verzog keine Miene trotz der Anschuldigung und erzählte, während er andere der Bediensteten, die durch den Saal huschten, beobachtete: „In der Theorie ist Dein Ansatz richtig, Talia - mittels Magie wäre es möglich, das Essen ohne Dienerschaft zuzubereiten und aufzutragen. Zumal Diener, die nicht Teil der Magierschaft sind, für die Zitadelle nicht in Frage kämen, ohne ihre Lage zu enthüllen. Doch die Kinder, die Ihr hier seht, sind keineswegs einfache Bedienstete. Sie sind Magier der unteren Ränge, und diese Dienste sind Teil ihrer Ausbildung. Sie sollen hier Anstand, das Befolgen der Regeln und höflichen Respekt lernen, den sie später sowohl ihren Meistern, den höheren Magiern ihrer und anderer Schulen wie auch dem normalen Volk entgegenbringen sollen. Diese Maßnahme mag seltsam anmuten, doch ähnliche Dienste für den eigenen Lehrmeister sind von je her Sitte, um die jungen Magier davon abzuhalten, in ihrem Übermut Schaden anzurichten. Mit dem Zugang zu ihren magischen Kräften erhalten diese Kinder eine ungeheure Macht, die sie weise zu nutzen lernen müssen. Genug Geschichten von den dunklen Magiern, die diese Lektion nicht gelernt haben, kursieren in jedem Dorf und jeder Stadt," fügte er trocken hinzu.

Talia nickte, und sah sich nun ebenfalls im Saal um. Die meisten der „Bediensteten" schienen ganz selbstverständlich mit ihrer Aufgabe umzugehen. Für sie schienen die Aufgaben keine besondere Last darzustellen. Einige jedoch, ausnahmslos die jüngeren, wirkten ähnlich scheu und verängstigt wie das Mädchen, das Quinn mit dem Namen Nial angesprochen hatte. Talia schätzte, dass sie erst vor kurzer Zeit mit diesen Pflichten beauftragt wurden, und noch unsicher und nervös waren, was von ihnen erwartet wurde. „Gehört das mit den 'hohen Damen und Herren' und das 'Master' auch zu diesen Lektionen in Respekt?" fragte sie Quinn, und er nickte.

„Ja, obwohl Nial, die Ihr eben getroffen habt, ohnehin immer zu jedem aufblickt und ihn oder sie als etwas Höheres behandelt."

Talia fragte weiter, ob er jeden Jungmagier mit Namen kennen würde und über ihre Studien im Bilde sei, doch er erklärte, dass Nial so etwas wie sein Schützling geworden war. Er hatte sie vor einem halben Jahr zuerst bemerkt, als sie mit ihren Studien begonnen hatte. Er hatte sich etwas um das damals noch verängstigte und scheue Mädchen gekümmert, deren magisches Talent erst in ihrer späten Jugend entdeckt worden war, und die schleunigst hatte lernen müssen, ihre Kräfte zu kontrollieren. Eine eilig ausgesandte Gruppe von Magiern hatte ihr Heimatdorf aufgesucht und sie nach einer eingehenden Analyse mit in die Zitadelle gebracht. Dort war sie, getrennt von Familie, Freunden und allen bekannten Gesichtern, in endlosen Stunden gelehrt worden, ihre damals noch unkontrolliert zerstörerischen Kräfte zu kontrollieren und zu friedlicheren Zwecken zu nutzen, und Quinn war der Einzige gewesen, der sich mit dem Mädchen befasst hatte, die sich von den anderen Magiern fernhielt, viel nachdachte und ihrer Heimat nachtrauerte. Er hatte ihr einige Zauber beigebracht, und hatte ihr das ein oder andere Mal mit einem magischen Blick in ihre Heimat eine Freude gemacht. Als Quinn zum Gesandten ernannt und nach Karuhm geschickt worden war, hatte Nial eben die Phase erreicht, in der einem jungen Magier Pflichten und Dienste aufgetragen wurden. Er befürwortete die Tradition, die er selbst erlebt hatte, doch er hatte sich auch Sorgen gemacht; einige der jüngeren Magier, die kaum selbst ihren Dienstjahren entwachsen waren, machten sich einen Spaß daraus, die jungen Schüler herumzuscheuchen und ihnen auf allen erdenklichen Wegen zuzusetzen.

Eine Gruppe lärmender Magier in roter und schwarzer Kleidung drei Tische von ihnen entfernt schien sich zur Zeit dieser Aufgabe zu widmen. Ihr offensichtlicher Anführer, ein junger Mann mit tiefschwarzen Haaren und dem Ansatz eines Kinnbartes, ließ einen der jüngeren Diener immer wieder zu sich kommen und seinen Krug nachfüllen, während er sich lautstark mit seinen Freunden über die schlechten Manieren des Jungen unterhielt, sie warten zu lassen. Quinns Blick war an ihnen hängengeblieben, und mit ausdruckslosem Gesicht sah er zu, wie sich die Geschehnisse entwickelten. Talia musterte die jungen Männer genauer. Zwei oder drei von ihnen trugen bereits Roben in dunklen Rottönen, die offensichtlich fortgeschrittenen Magiern vorbehalten waren. Die anderen trugen unterschiedliche Hemden und Tuniken, deren dunkles Rot durch die schwarzen Ärmel, die sie ausnahmslos hatten, zusätzlich verdunkelt wurde. Sie schienen demnach alle derselben Schule anzugehören, und ihrem Verhalten nach kaum einer der sanftmütigen Heiler- oder Naturmagieschulen. Den kleinen dicklichen Blondschopf hin- und herzuhetzen, der sie bediente, schien für sie eine besonders erheiternde Angelegenheit zu sein, und ihr Anführer scheuchte den Jungen immer wieder vom Tisch fort und ließ ihn dann auf halbem Wege zur Tür umkehren und noch einmal an den Tisch zurückkehren, um ihm nachzuschenken, wobei dieser beim Umkehren vor Nervosität schon immer fast über seine eigenen Füße stolperte.

Schließlich hatten sie ihn so nervös gemacht, dass er beim Einschenken etwas Wein auf den Ärmel des Anführers verschüttete. Dieser fuhr mit einem wütenden Aufschrei auf und stieß den Jungen zurück, so dass dieser zu Boden stürzte. Über dem Handteller seiner flachen Hand loderte eine Kugel aus blauschwarzen Flammen, als er sich bedrohlich über den Jungen beugte.

„Das war ein Fehler," zischte er den Jungen an, der über den Boden rutschend zurückwich, „dafür wirst Du bezahlen. Ich sollte Dich -"

„- in Ruhe lassen und aus dem Saal verschwinden," beendete Quinn laut den Satz für ihn und erhob sich. Der andere Mann musterte ihn feindselig, als Quinn ruhig die wenigen Schritte zu den beiden zurücklegte, ihn aufmerksam fixierend. Die Gespräche im gesamten Saal waren mit einem Mal verstummt, und alles verfolgte die Auseinandersetzung. „Ich kann mich noch daran erinnern, als Ihr diese Dienste leisten musstet, Keon," verkündete Quinn mit gleichbleibend ruhiger, fast desinteressiert klingender Stimme. „Und ich kann mich auch erinnern, dass Ihr nicht besonders geschickt darin wart, Euch zu benehmen. Wie kommt es also, dass Ihr *fortgesetzt* diejenigen angreift, die dazu in der Lage sind?" Die Betonung des Wortes „fortgesetzt" machte allen Anwesenden klar, dass der Mann namens Keon keineswegs nur an diesem Abend die ungeschriebenen Regeln des Respekts unter allen Magiern übertreten hatte, und der Mann knurrte verärgert.

Quinn stand bereits direkt vor ihm, als er antwortete. „Ich kann mich nicht daran erinnern, um Deine Einmischung gebeten zu haben, Gesandter." Der Mann war kein Jahr jünger als Quinn, doch er schien auf eine Weise jünger, die Talia auf den ersten Blick nicht erkennen konnte. Quinn war ein gutes Stück größer, da sein Gegenüber noch nicht die für Magier so typische steife Haltung hatte, und seine Position als Gesandter schien ihm zusätzliche Größe zu verleihen, die der andere jedoch in seinem Ärger übersah oder auch absichtlich ignorierte. Er stand mit der Flammenkugel über der rechten Hand, die Linke zur Faust geballt und drohend in Quinns Richtung erhoben, und atmete schwer. Quinn dagegen stand vollkommen ruhig vor ihm, die Arme vor der Brust verschränkt, und musterte den Mann konzentriert. Sie standen einige Momente so voreinander, der eine lauernd, der andere wartend, und im großen Esssaal war es vollkommen ruhig.

„Steh' mir nicht im Weg, Quinn," schnaubte Keon schließlich und wandte sich dem jungen Blondschopf zu, der immer noch auf dem Rücken am Boden lag und angsterfüllt zugesehen hatte. „Und was Dich angeht -" begann er und holte mit der Flammenkugel aus. Quinn legte ihm eine Hand auf die Schulter, und der Mann fauchte. Der Schwung seiner Hand veränderte die Richtung, und mit einem plötzlichen Knistern, das die Stille im Saal zerschnitt, sprang die Kugel auf Quinn zu. Der hob die Hand. Die Kugel prallte auf seine Handfläche, etwas blitzte hell auf, und die Flammen sprangen zurück; Keon wurde von seinem Geschoss an der Brust getroffen und rückwärts auf den Tisch zwischen seine Kameraden geschleudert. Gestützt von seinen Kumpanen richtete er sich auf, einen noch immer blauschwarz schwelenden Brandfleck auf der Brust, und hob erneut die Faust gegen Quinn.

„Genug!" erscholl eine Stimme von der anderen Seite des Saals. Alle Köpfe wandten sich um und sahen an der Tür die leicht gebeugte Gestalt des alten Magiers, der die vier begrüßt hatte, und den Talia insgeheim den Verwalter getauft hatte. Er stützte sich auf einen schweren Eichenstab, und die zusammengezogenen Brauen und seine erhobene Hand ließen keinen Zweifel, dass er eher als die beiden einen Zauber sprechen und sie damit notfalls gewaltsam von weiterem Streit abhalten würde. „Meister Argor, bitte kümmert Euch um Euren Schüler," wandte er sich an einen der älteren Magier an einem der vorderen Tische, und der Mann erhob sich. Auf einen unwirschen Wink des alten Mannes erhoben sich Keon und seine Kumpane, die diesen auf dem Weg nach draußen stützten. Keon sah sich an der Tür noch einmal um, warf Quinn einen düsteren Blick zu und murmelte etwas. Quinn nickte stumm. Dann wandte sich der Verwalter mit seiner gewohnt ruhigen, leise Stimme an die übrigen: „Ich bitte Euch, fahrt mit dem Essen fort. Es wird keine weiteren Störungen geben." Er musterte Quinn kurz, und der nickte ernst.

Ohne ein weiteres Wort drehte Quinn sich um und verließ ebenfalls den Saal. Kyle, Talia und Lynn warfen einander einen Blick zu und erhoben sich dann, um ihm zu folgen. Sie mussten schon fast durch den langen Flur laufen, um Quinn einzuholen, der mit hohem Tempo den Gang hinuntermarschierte. Sein Gesicht war bereits wieder zu Stein erstarrt, und er schien sich der drei erst wieder bewusst zu werden, als Kyle ihn ansprach. „Quinn. Ist alles in Ordnung? Dem Jungen zu helfen war doch richtig, oder?"

Der junge Magier warf ihnen einen Seitenblick zu und verlangsamte schließlich seine Schritte, so dass sie ihm folgen konnten. Er nickte. „Es war korrekt, ihm zu helfen. Ein Gefecht mit einem Schüler von Meister Argor zu beginnen dagegen war dumm. Argor ist ein Mitglied im hohen Rat des Konzils, und er hat einigen Einfluss. Aufgrund meines impulsiven Verhaltens wird sich der Mann an uns rächen wollen."

„Impulsives Verhalten?" echote Lynn. „Der macht Witze, oder? Der ist so emotional wie ein Stein."

Kyle grinste, doch Talia schien mit anderen Problemen beschäftigt. „Was kann er schon tun? Ich meine, sie können diese Bedrohung doch morgen nicht einfach ignorieren, nur weil Du den Schüler eines Magiers davon abgehalten hast, ein Kind anzugreifen."

Quinn nickte. „Das wird er nicht tun. Dennoch hat er die Möglichkeit, sich an uns zu rächen, und es ist mein Fehler, Euch mit hineingezogen zu haben." Talia wollte widersprechen, doch er hob die Hand und schnitt jede weitere Widerrede ab. Schweigend legten sie den kurzen Weg zu ihren Quartieren zurück und legten sich zur Ruhe. Am nächsten Tag würden sie all ihre Konzentration brauchen, um dem hohen Rat Rede und Antwort zu stehen, und sie würden besser ausgeschlafen sein.

Quinn war der Erste, der am nächsten Tag erwachte, und er verbrachte den Morgen damit, in einem der Innenhöfe, die Kyle so seltsam aufgefallen waren, zu meditieren und sich zu sammeln. Er nahm an, dass die anderen drei sich mit einem ausgiebigen Frühstück stärken würden, und er erhob sich schließlich, um sie aus dem großen Saal abzuholen. Als er dort ankam, schloss sich ihnen auch Nial an und begleitete sie zum Turm, bis sie zu anderen Aufgaben gerufen wurde.

Kyle und Talia schienen aufgeregt und etwas nervös, als sie die gewundenen Treppen des Elfenbeinturmes erklommen und schließlich den von zahlreichen Kerzen hell erleuchteten Vorraum des Sitzungssaales betraten. Obar, oder wie Talia ihn nannte, der

Verwalter, empfing sie dort und erklärte, dass der hohe Rat sich eben versammelte. Sie warteten einige Minuten, und Quinn nahm sich die Zeit, seine Begleiter in den letzten Tagen eingehend zu betrachten. Er hatte sich in der letzten Zeit viele Gedanken über diesen Tag gemacht und überlegt, wie das Konzil wohl auf ihre Neuigkeiten reagieren würde. Kyle lief unruhig auf dem weichen Teppich auf und ab, setzte sich auf eine der Holzbänke, sprang dann erneut auf und lief wieder umher. Auch Talia schien nervös und warf immer wieder Blicke zu der geschlossenen Doppeltür des Sitzungssaales, während Lynn sich gelangweilt an eine Säule gelehnt hatte, die die Form einer in eine Robe gehüllten Gestalt hatte. Von ihr hatte Quinn keine Nervosität angesichts eines Zusammentreffens mit dem Konzil erwartet; immerhin hatte sie den Großteil ihres Lebens damit verbracht, die Männer und Frauen, die im hohen Rat saßen, leidenschaftlich zu verachten und zu belächeln. Er hatte Sorgen, dass sie sich in der Anhörung ungebührlich und respektlos verhalten könnte, doch er hatte offiziell die Verantwortung für sie übernommen, und würde für alle ihre Fehler geradestehen. Er schätzte, dass sie wusste, wann sie ihre Abscheu gegenüber den hermetischen Magiern zurückstellen musste, um ein größeres Übel abzuwenden. Die junge Frau war außergewöhnlich schlau, und anders als die wenigen Mystiker, die Quinn bisher getroffen hatte, schien sie durchaus nicht vom blinden Hass gegen die hermetische Magie beseelt.

Obar trat an ihn heran und gab ihm ein Zeichen. Er nickte und winkte den anderen drei, ihm zu folgen.

Mit ihm an der Spitze traten sie durch das Doppeltor, das sich vor ihnen geräuschlos öffnete, in einen Raum, der in tiefe Dunkelheit und Stille gehüllt war. Einige Schritte vor ihnen warf eine unsichtbare Quelle einen hellen Lichtkreis auf den Boden, und das Licht erleuchtete die Ränder eines langen hölzernen Tisches, der in einem Halbrund um den Lichtkreis verlief; die Gestalten, die hinter dem Tisch saßen, konnte man nur erahnen.

Quinn trat vor in den Lichtkreis, und die anderen drei traten neben ihn, geblendet vom Unterschied des hellen Lichts, in dem sie standen, zur umgebenden Dunkelheit. Er kniete förmlich nieder und hörte Obars Stimme, die verkündete: „Der Gesandte Quinn und seine Begleiter aus der Stadt Karuhm des Westens!"

Ein mattes Licht erglühte ringsumher vom Tisch und enthüllte die Gestalten, die dahinter saßen. Das Licht bestrahlte die Gestalten nur vom Tisch her, und die langen Schatten, die es auf ihren Gesichtern hinterließ, ließ sie unheimlich und gespenstisch erscheinen. Quinn hatte noch nie zuvor an einer Sitzung des hohen Rates teilgenommen, und er musterte die verschiedenen Magier und Magierinnen an dem langen Tisch. Die Leiter der verschiedenen Schulen waren anwesend, und verschiedene weitere Magier von hohem Rang, wie er angenommen hatte. Er erkannte die strahlend weißen Roben der Lebensmagier, sah die reich verzierten Gewänder der reisenden Magier und verschiedene andere ehrwürdige Gesichter, die er in den Hallen der Zitadelle früher oft gesehen hatte. Quinns Lehrmeister, Dokius, war ein Sitz in dieser Anhörung eingeräumt worden, um dem Bericht seines Schülers zu lauschen.

Etwas rechts der Tischmitte sah er einen Mann, dessen Namen er nie erfahren hatte, den er jedoch seit ihrem einzigen Zusammentreffen nie hatte vergessen können. Die tiefschwarze Robe, die von einem einzelnen silbernen Totenkopf am steifen Kragen geziert wurde, verriet die Schule des Mannes, und sein Gesicht war von den Jahren der Arbeit fern vom Licht, in den Totenkammern, eingefallen und bleich. Seine schwarzen, tief in den Höhlen liegenden Augen lagen blicklos auf Quinn und seinen Begleitern, und das leichte Lächeln, das seinen schwarzen Spitzbart umspielte, sandte Quinn eisige Schauer über den Rücken. Die Nekromantie war im gesamten Königreich noch immer eine Schandtat gegen die Götter, und ihre Anhänger waren im Volke ebenso gehasst wie gefürchtet. Dieser Mann war das einzige Mitglied der Nekromanten, das sich dem magischen Konzil angeschlossen hatte. Man hatte damals gesagt, dass der Mann seinen bisherigen Studien entsagt hatte, doch niemand prüfte, welche Studien er nun in der Abgeschiedenheit seines Laboratoriums im tiefen Keller der Zitadelle betrieb.

In der exakten Mitte des Halbrunds, auf einem hohen grauen, thronartigen Stuhl, saß Duncan de Grey. De Grey war einer der wenigen grauen Magier des hohen Rates - jener Magier, die nach Jahren des Studiums und des Lernens keiner Schule mehr zugerechnet werden konnten, und alle Gebiete der Zauberei großmeisterlich beherrschten. Alles an der Erscheinung des Mannes zeigte seine ungeheure Macht und Würde, und Quinn war von dem Anblick gebannt, obwohl er den Magier auch schon zuvor gesehen hatte. Er stellte sich vor, wie beeindruckend er auf Kyle, Talia und vermutlich sogar Lynn wirken mussten, die seine Beschreibung nur aus den Mythen und Geschichten kannten.

Seine Erscheinung war einzigartig im ganzen Königreich, und wo er auftauchte, erkannte man ihn sofort; sein ordentlich geschnittener langer silbergrauer Bart fiel ihm auf die Brust seiner würdevollen hellgrauen Robe, die von einem einfachen silbernen Ring auf seiner linken Schulter geschmückt wurde. Über seinen weise blitzenden Augen lag die breite Krempe seines Spitzhutes, der aus ebenso grauem Leder gegerbt zu sein schien wie die Handschuhe, die vor ihm auf dem Tisch lagen. Selbst die Haut des Mannes schien sich an das allgemeine Grau anpassen zu wollen, und seine Augen hatten vor langen Jahren jede Farbe verloren.

Leises Getuschel erhob sich, als Quinn sich auf den Wink des alten Mannes hin erhob und einen Schritt bis an den Rand des Lichtkreises vortrat. Quinn wartete, bis das Gerede erstorben war, und fühlte alle Blicke auf sich ruhen, als er mit seinem Vortrag begann.

„Hoher Rat des Konzils aller magischen Schulen, ich komme mit schlechter Kunde aus der Stadt Karuhm zurück. Ich wurde ausgesandt, um Gerüchten nachzugehen, die vom Auftreten eines magischen Artefakts in dieser Stadt handelten." Erneutes Stimmengewirr erhob sich, und Duncan de Grey klatschte in die Hände, um für Ruhe zu sorgen; ein hallendes Geräusch, das nicht allein vom Zusammenschlagen zweier Hände stammen konnte. Dann bedeutete er Quinn, fortzufahren.

Eine geschlagene Stunde lang berichtete Quinn dem hohen Rat von seiner Ankunft in Karuhm, dem Zusammentreffen mit Kyle und Talia und von den Zusammentreffen mit Bakar und seinen Männern. Als er mittels Magie ein vergrößertes Abbild des kurzen Elfenbeinstabes in der Luft entstehen ließ, brach ein unheimlicher Tumult los, und es dauerte mehrere Minuten, bis wieder Ruhe eingekehrt war. Quinn erklärte, dass das Horn von Saskath von Bakar und seinen Männern entwendet worden war, und schilderte die gesamten Hintergründe des Artefaktes. Als er auf das Ritual zur Beschwörung des Dreigehörnten zu sprechen kam, sprangen mehrere der ehrwürdigen Mitglieder unter lautem Geschrei von ihren Plätzen auf. Sie schimpften wütend aufeinander oder auf Quinn ein, und selbst Duncan de Grey schien nicht in der Lage, sie zurückzuhalten. Der hohe Rat schien die Nachricht anders als erwartet aufzunehmen, und Quinn begann, sich Sorgen zu machen. Als endlich unter dem donnernden Hallen des schweren Eichenstabes, den Obar zu Boden stieß, die wütenden Stimmen verstummt waren, fuhr Quinn fort und erklärte, wie wenig Zeit verblieb, das Ritual zu verhindern; noch vier Tage verblieben, bis das kritische Datum erreicht war. Er schloss seinen Bericht mit den Worten „Ich sehe es als dringend an, dass der hohe Rat Schritte zur Verhinderung dieses Rituals unternimmt - sofort," und trat zurück neben die anderen drei in die Mitte des Lichtkreises.

Als er geendet hatte, geriet erneut Unruhe in die Versammlung, doch Duncan de Grey erhob sich und verschaffte sich mit einer herrischen Geste Gehör.

„Ehrenwerte Lordmagier des hohen Rates," begann er, „wir alle haben diesem Bericht voll Beunruhigung gelauscht. Dennoch bitte ich erneut um Ruhe, so dass wir dem Gesandten Fragen stellen können." Er wandte sich um und ließ seinen strengen Blick auf Quinn ruhen: „Quinn, die Kunde, die Du bringst, ist erschreckend. Doch sage mir: Was macht Dich so sicher, dass es das Horn von Saskath war, dass in Karuhm gestohlen wurde? Du hast das Horn selbst nicht gesehen, weder dort noch jemals zuvor - eine Untersuchung war kaum möglich."

Quinn war offen überrascht. Er hatte nicht erwartet, dass nach diesem Bericht noch der Kern seiner Aussagen in Frage stehen würde. Dass Bakar das Horn und kein anderes Artefakt gestohlen hatte, hatte für ihn von Beginn der Reise an festgestanden. Er stockte einen Moment und antwortete schließlich: „Ihr habt Recht, Master Duncan, ich habe das Horn nie gesehen. Doch ich habe Euch beschrieben, dass ich die Runensymbole, die sich in den Arm meines Begleiters gepresst hatten, untersucht habe. Es waren Zeichen, die sich nur auf wenigen Artefakten wiederfinden, und aus den Archiven des Konzils weiß ich, dass sie nur auf dem Horn in dieser Kombination, in der ich sie vorfand, angeordnet sind."

„Wie hast Du Zugang zu den Archiven des Konzils erhalten?" fragte eine schneidende Stimme zu seiner Linken, und Quinn wandte sich erstaunt um. Argor, Lehrmeister der Kampfmagie, musterte ihn abschätzig. „Der Zutritt zu diesen Archiven wurde Dir verwehrt, wie ich mich entsinne - wie bist Du dorthin gelangt? Glaubst Du, Dein Auftrag gab Dir das Recht, die Gebote des hohen Rates außer Kraft zu setzen?" Quinn hob abwehrend die Hände, um sich zu erklären, doch Argor durchbohrte ihn mit seinem eiskalten Blick. „Deine Rechtfertigungen sind nicht erwünscht, Quinn." Er wandte sich an Duncan de Grey, doch dieser schnitt ihm mit einer kurzen Handbewegung das Wort ab.

„Die Verfehlungen des Gesandten werden wir später zu besprechen wissen, Lord Argor. Vorerst wollen wir uns mit seinem Bericht befassen." De Grey blickte erneut zu Quinn, und der schöpfte Hoffnung bei dem milden Ausdruck in den Augen des alten Mannes. „Etwas anderes an Deinen Schilderungen ist ebenfalls seltsam, Quinn. Du beschreibst, dass die Reiter, die den Mann namens Bakar begleiteten, gerüstet waren wie Soldaten eines Adeligen. Du kennst die Gewandungen und Wappen der Ländereien und weißt auch von vielen ihrer Gesandten, und dennoch kannst Du uns nicht sagen, wessen Diener diese Männer sein sollen?" Er wies mit einer weitschweifigen Geste auf die Anwesenden. „Auch uns ist kein Mann mit dem Namen Bakar bekannt, der in Diensten eines Lords, Herzogs oder Barons steht. Wie erklärst Du Dir solches?" Er maß Quinn mit prüfendem Blick.

„Ich habe Euch die Männer beschrieben, Master de Grey," setzte Quinn an, „doch ich konnte an ihrer Gewandung keine Zeichen -"

„Wir werden uns selbst ein Bild machen," unterbrach ihn de Grey, und bevor Quinn etwas weiteres sagen konnte, hatte er die Hand ausgestreckt und einige Worte gemurmelt. Ein dünner, purpur-weißer Strahl schoss von seiner Handfläche und bohrte sich in Quinns Stirn. Quinn keuchte auf, als der Spürzauber des älteren Magiers in sein Bewusstsein eindrang und rücksichtslos seine Erinnerungen durchforschte. Eine Silhouette flackerte in der Luft vor Quinn auf und verfestigte sich zum Abbild eines der Reiter, der in vollem Galopp auf der Stelle zu reiten schien. Die anwesenden Magier rückten etwas näher, um das wabernde Bild zu studieren, das über dem Tisch in der Luft ritt, die ausschlagenden Hufe des Reitpferdes knapp über der Tischplatte. „In der Tat sehr seltsame Reiter," bemerkte Duncan de Grey, und einige Lordmagier nickten zustimmend. Er schnippte mit einem Finger, und der dünne Strahl brach ab; das Luftbild flackerte und löste sich auf. Quinn rieb sich mit zwei Fingern die schmerzende Stelle auf der Stirn, an der ihn der der Zauber getroffen hatte.

Mit trockenem Mund setzte er erneut zum Sprechen an. „Master de Grey, dieser Stab ist nicht das Einzige, das auf den Dreigehörnten hinweist." Die Augen des alten Mannes wurden schmal, und eine bedrohliche Stille senkte sich über den Saal. Quinn wusste, dass es ein Fehler war, auch nur die Bezeichnungen eines Dämons auszusprechen, aber er musste die Männer und Frauen des hohen Rates bewegen, ihm zuzuhören.

Der alte Mann hob einen Zeigefinger und öffnete den Mund, doch eine Frau mit langen, glänzend schwarzen Haaren am rechten Tischende erhob sich. „Lasst Ihn aussprechen, Lord Duncan. Es mag wichtig sein." Die Frau trug eine eng geschnürte, grüngelbe Robe, und es war unmöglich, ihr Alter zu schätzen. Ihre langen, glatten Haare reichten ihr bis zur Hüfte und Quinn vermutete, dass sie den Naturmagiern angehörte - jenen Magiern, die von ihrer Verbundenheit zur Natur eine scheinbar immerwährende Jugend zu erhalten schienen. Duncan de Grey warf ihr einen scharfen Blick zu, doch sie hielt ihm stand; ihre Augen spiegelten auf eine seltsame Weise, die an klare Bergseen erinnerte.

„Wie Ihr wünscht, Lady Paeldra," antwortete Duncan de Grey schließlich, und, an Quinn gewandt: „Sprich, Quinn."

Quinn nickte. „Die Zusammenstellung der Ritualvoraussetzungen ist ebenfalls nur auf diesen einen Dämon zugeschnitten. Wir sind sicher, dass es diese Männer waren, die den Priester des Orakels von Vesian töteten; sie führten sein Blut und seine Robe mit sich. Auch entdeckten wir, dass die Männer Aspes-Sand mit sich führten. Die Kombination dieser Reagenzien lässt nur den Schluss auf ein oder zwei Dämonen zu; einer davon ist ER."

„Dein Wissen ist überraschend, Gesandter," meldete sich eine weitere Stimme. Ihr Besitzer musste uralt sein, denn ihm waren sämtliche Haare vor langer Zeit ausgefallen und hatten seinen Kopf kahl und runzlig hinterlassen; seiner mit mystischen Symbolen verzierten Robe nach war er Beschwörungsmagier. „Kaum jemand kennt die tatsächlichen Mittel zur Beschwörung des Dreigehörnten." Der alte Mann ignorierte das Zusammenzucken seiner Magierkollegen, als er den Namen gebrauchte, und musterte Quinn aus halb erblindeten Augen. „Tatsächlich gibt es nur zwei Personen innerhalb dieser Mauern, die die Mittel kennen, und keinerlei Schriften darüber in den Archiven. Ich kann mir nicht vorstellen, woher Du davon Kenntnis erlangt haben solltest."

„In der Tat habe nicht ich selbst diese Verkettung bemerkt," erklärte Quinn mit fester Stimme und versuchte vergeblich, dem leeren Blick des Mannes standzuhalten. Er sah an seine Seite zu Lynn, die schweigend gelauscht hatte. „Meine Begleiterin besitzt dieses Wissen."

Da dem alten Magier selbst die Augenbrauen ausgefallen waren, legte er nur die Stirn in noch mehr Falten. „Woher weiß sie davon?"

Quinn öffnete den Mund, doch Lynn selbst kam ihm mit einer scharfen Antwort zuvor. „Ich bin eine Lernende der neuen arkanen Disziplinen. Hexen, wie Ihr uns nennt."

Ein unruhiges Raunen lief durch den Saal, und feindselige Blicke trafen die junge Frau, die sie gelassen ertrug. Jemand forderte, die Hexe aus dem Saal zu entfernen, und Duncan de Grey sorgte mit Mühe für Ruhe. „Quinn! Du wagst es, eine *Hexe* in unsere Hallen zu bringen?" Erneut wurde es laut im Saal, und auf einen Wink des grauen Magiers hin traten zwei Männer in dunkelblauen Roben hinter den vieren an den Rand des Lichtkreises.

Quinn hob zu einer Erklärung an, doch de Grey unterbrach ihn mit einer scharfen Geste. „Du kommst zu uns mit Kunde, die das Weltengefüge erschüttert, stützt Dich auf vage Beobachtungen, missachtest alle Regeln des hohen Rates und führst schließlich eine Hexe zu uns?" Er wischte alle Einwände beiseite und sprach ein kurzes Wort; Quinn sah, wie Kyles Arm fast im Gelenk verdreht wurde, als de Greys Zauber die längst verloschenen Zeichen wieder zum Vorschein brachte. Kyle öffnete den Mund, um zu protestieren, doch de Grey schnippte mit zwei Fingern, und er brachte nicht mehr als ein heiseres Krächzen hervor.

„Fragt der Kerl nie nach einer Erlaubnis?" hörte er Lynn etwas hinter sich verärgert murmeln. Sie hatte die geballten Fäuste in die Seiten gestemmt und musterte den alten Mann feindselig. Der studierte die Zeichen einen Moment und schien schließlich zu einem Entschluss zu kommen.

Im Saal war wieder Ruhe eingekehrt, als er sich erhob und sprach. „Es sei eingestanden, dass die Zeichen auf das Horn von Saskath zutreffen, verehrte Lordmagier." Er hob die Hand, um jegliche Kommentare zu unterbinden. „Doch was immer der Gesandte in Karuhm gefunden hat, ist *nicht* das Horn."

„Was?!?" Kyle, der seine Sprache wiedergefunden hatte, machte seiner Verwunderung Luft, und viele der Lordmagier schienen ebenfalls überrascht. Er hatte die gesamte Zeit über still dagestanden und Quinns Berichten gelauscht, bereit, seine Schilderungen zu unterstützen. Doch dem hohen Rat schien gar nicht daran gelegen zu sein, sich um bevorstehende Probleme zu kümmern; viel wichtiger schienen ihnen ihr Protokoll, ihre Regeln und der Anstand zu sein. Als er nun zu Quinn sah, der Duncan de Grey sprachlos anstarrte, wurde ihm zum ersten Mal seit ihrer Abreise wieder bewusst, wie jung Quinn eigentlich war. All seine Kontrolle, die Würde seines Amtes schien wie weggeblasen, und zurück blieb ein junger Mann, mehrere Jahre jünger als Kyle, dem die Kontrolle über die Situation entglitten war. Der Magier, mit dem sie am vorigen Abend aneinander geraten waren, war nicht jünger als sein Begleiter gewesen - er war ein gutes Stück älter. Noch immer hielt Quinn sich in seiner steifen Art aufrecht, doch sein Blick hatte jegliches Alter verloren, und er starrte die Anführer seiner Familie, wie sie es genannt hatte, aus den verständnislosen Augen eines halben Kindes an.

Und nun wollte man ihnen erklären, dass sie für einen Irrtum den weiten Weg gemacht hatten, ihr Leben riskiert hatten? Er trat einen Schritt vor, doch etwas wie unsichtbare Ketten, die sich um seine Füße gelegt hatten, hielten ihn zurück. Er starrte verwirrt auf die gegen ihn ausgestreckte Hand Duncan de Greys.

Der verschaffte sich erneut Gehör und setzte an: „Verehrte Lordmagier, das Horn von Saskath befindet sich seit drei Tagen in unserem Besitz. Eine Gruppe von Magiern, geleitet von Lord Khamir, reiste nach Süden und brachte das Artefakt wieder in den Besitz des Konzils, wo es nun in den Tiefen dieser Zitadelle sicher verwahrt ist. Was immer Du gefunden hast, Quinn, war nicht das Horn, sondern im Höchsten eine Fälschung."

„Dennoch, Lord Duncan," begann ein bisher äußerst schweigsamer Mann, der auf der linken Seite des unheilvollen Totenmagiers saß, „sind diese Schilderungen Anlass zur Besorgnis." Der Mann trug eine perfekt sitzende, rot-schwarze Robe der Kampfmagier, deren hoher Kragen seinen Hals verdeckte. Die schwarzen Ärmel der Robe standen im Widerspruch zu seinen strohblonden Haaren und seinem sauber geschnittenen kurzen Vollbart. Er wirkte übermüdet, und unter seinen ruhigen braunen Augen zeigten sich leichte Schwellungen. Beides war nicht ungewöhnlich, wie Kyle auffiel: Viele der Magier schienen den ganzen Tag mit ihren Studien beschäftigt zu sein, und wenig Zeit für profane Dinge wie Essen, Schlafen oder frische Luft zu finden. Auch sah er ein oder zwei Männer, die an Gesicht oder Händen Kratzer, blaue Flecke oder Verbrennungen aufwiesen - offensichtlich die Spuren fehlgeschlagener Studien. Der Mann strich sich gedankenverloren durch seinen Bart und fuhr fort: „Ich selbst habe das Horn in unseren Besitz überführt, Lord Duncan, und weiß um seine Echtheit..."

„Das ist bekannt, und niemand zweifelt das an, Lord Khamir," antwortete de Grey, „worauf wollt Ihr hinaus?"

Kyle warf dem Mann einen zweiten Blick zu. Dieser Mann hatte also das wahre Horn bereits zur Zitadelle gebracht, während er und die drei anderen sich noch mit Bakar und seinen Männern bekämpft hatten. Der Mann ließ den Kopf in den Schultern kreisen, und man hörte ein deutliches Knacken im Saal. „Ich denke, es ist dennoch ein seltsamer Zufall, dass eine Fälschung des Artefaktes existiert und jemand doch offensichtlich versucht, einen hohen Dämon damit zu beschwören." De Grey wollte ihn unterbrechen, doch er sprach weiter. „Es empfiehlt sich, Untersuchungen anzustellen. Wie auch immer diese Fälschung geartet sein mag, wir müssen sie auffinden und sicherstellen, wozu sie in der Lage ist. Wenn sie die selben Schriftzeichen trägt und ebenfalls aus Elfenbein gemacht ist, geht durchaus eine Gefährdung von ihr aus. Wir sollten diesen Mann und seine Gefolgsleute aufspüren und die Fälschung der Zitadelle überstellen, zumindest aber den Tempel, den Ort dieses Rituals, sichern. Wir müssen keinen unnötigen Risiken eingehen, selbst wenn es sich um eine Fälschung handelt, Lord Duncan." Der Mann ließ sich wieder in die Schatten der spärlichen Beleuchtung zurücksinken und sah Duncan de Grey abwartend an.

Der nickte schließlich ernst. „Euer berechtigter Einwand wird zur Kenntnis genommen, Lord Khamir. Wir werden zwei Schläfer entsenden, den Tempel zu bewachen. Wenn vor der Frist jemand die Hallen betritt, werden sie ihn aufspüren und ausschalten." Kyle runzelte die Stirn; was war ein Schläfer? Die übrigen Anwesenden jedoch schienen einverstanden, und der graue Magier wandte sich erneut an Quinn, der mit gesenktem Kopf in der Mitte des Saales im Lichtkegel stand und wartete. „Was Dich angeht, Gesandter Quinn," begann er und ließ seinen Blick flüchtig auf den anderen drei ruhen. „Deine sämtlichen Aufgaben als Gesandter des Konzils aller magischen Schulen erlöschen mit Beendigung Deiner Reise. Du kehrst in die Hallen der Zitadelle zurück und wirst Deinem Meister Dokius erneut unterstellt. Es hat sich gezeigt, dass Du den Anforderungen der Aufgabe nicht gewachsen warst. Der hohe Rat kann nicht zulassen, dass unter den Mitgliedern des Konzils Unruhe gesät wird aufgrund von Sinnestäuschungen und vagen Vermutungen. Wir werden unsere Konsequenzen daraus ziehen und uns im hohen Rat zu gegebener Zeit über angemessene Maßnahmen besprechen. Was Deine Begleiter anbelangt," fuhr er fort und ließ den Blick schweifen, „so steht es ihnen frei, in den Hallen der Zitadelle zu bleiben oder uns nach einer Gedächtnislöschung zu verlassen. Die Hexe wird, solange sie sich in unseren Hallen aufhält, unter besondere Bewachung gestellt."

Mit einem kurzen, plötzlichen Schritt trat Lynn vor den grauen Magier hin und starrte ihm tief in die Augen. „Ihr macht einen Fehler, alter Mann," sagte sie schlicht, während ein erschrecktes Keuchen durch die Reihen der Lordmagier ging. Dann sprangen die zwei Magier in den dunkelblauen Roben vor, die die gesamte Zeit am Rande des Lichtkegels gewartet hatten und verdrehten Lynn die Arme auf den Rücken. Kyle wollte vorspringen und ihr zu Hilfe eilen, doch erneut waren seine Beine wie mit dem Boden verwachsen.

„Schafft mir die Hexe aus den Augen," schrie de Grey erzürnt, „fort mit ihr!" Lynn wand sich im Griff der beiden Magier, als diese sie in Richtung der Doppeltür zogen, doch die Männer waren beide um einiges stärker als sie. „Die Sitzung ist beendet," verkündete de Grey mit mühsam beherrschter Stimme, als der Tumult wütender Magier erneut losbrach.

„Warum benutzt Ihr nicht Eure Magie, alter Mann?" fauchte Lynn ihm wütend zu, „Seid Ihr zu feige, dass Ihr Eure Handlanger auf mich hetzen müsst? Könnt Ihr die Konsequenzen nicht tragen?" Doch obwohl der alte Mann die Hand zur Faust ballte und ihr drohte, ließ er sich zu keinem Zauber hinreißen. Kyle wunderte sich, warum nicht.

Er sah sich einen Moment lang hilflos um, genauso wie Talia. Sie beide waren bereits einige Schritte Lynn und den beiden Magiern zum Ausgang gefolgt, doch Quinn stand noch immer mit gesenktem Kopf still in der Mitte des Lichtkegels. Ein kleiner, gnomenartiger Mann trat an ihn heran, die weißgrauen Haare wirr um seinen Kopf liegend. Er streckte einen knochigen Finger aus und schien leise verärgert etwas zu Quinn zu sagen. Dann erlosch das Licht am Tisch ringsumher, und auch der Kegel verblasste. Der Saal war in völlige Dunkelheit getaucht, und Kyle zog Talia mit sich zum Ausgang.

„Im Moment können wir wenig für ihn tun," wisperte er ihr zu, „wir sollten Lynn helfen." Sie nickte, und ihre langen goldblonden Haare fielen ihr ins Gesicht. Sie strich sie fort und sah noch einmal zur hohen Doppeltür, die sich hinter ihnen geräuschlos geschlossen hatte.

Sie holten Lynn und die beiden Magier ein, und zu fünft begaben sie sich auf ihre Quartiere; Lynn flankiert von den offensichtlich sehr gereizten, aber auch nervösen Magiern.

Sie verbrachten den restlichen Tag damit, in Talias Kammer zu sitzen und das Erlebte zu verarbeiten. Anders als auf Schloss Geth war es ihnen freigestellt worden, jederzeit zu gehen, aber dafür verfolgten die zwei Magier mit ausdruckslos steinernen Gesichtern jeden ihrer Schritte, sobald sie sich außerhalb ihrer Quartiere aufhielten. Sie alle hatten das Gefühl, einen Großteil der Anhörung verpasst zu haben - irgendwie hatte ihre Reise mit einem Mal jeden Sinn verloren, sie waren unter Bewachung gestellt worden, und Quinn war seines Ranges enthoben worden. Sie hatten die beiden Magier nach Quinns weiterem Verbleib gefragt, doch genausogut hätten sie die Steinsäulen an den Wänden der Zitadelle befragen können; die Wände hätten vermutlich mehr preisgegeben. Auch auf einem kurzen Rundgang hatten sie ihn nirgends finden können, und sie vermuteten, dass er in seine alte Lehrlingskammer zurückgekehrt war, von der der Verwalter am vorigen Tag gesprochen hatte. Sein Meister Dokius hatte nicht sehr erfreut gewirkt, als er von seinem Platz im Sitzungssaal aufgesprungen und zu Quinn geeilt war. In seinem furchigen Gnomengesicht hatte sich eine tiefe Zornesfalte tief in seine Stirn gegraben. Seitdem hatten sie Quinn nur einmal kurz mit gesenktem Kopf seinem ärgerlich voranschreitenden Meister durch die Gänge der Zitadelle folgen sehen.

Lynn schritt in der kleinen Kammer auf und ab wie ein eingesperrtes Tier und versuchte, einen klaren Gedanken zu fassen. Talia und Kyle saßen auf dem Bett, und immer wieder wanderten ihre Blicke zum Platz am Fenster, der leer blieb. „Egal, was sie sagen, wir müssen uns selber darum kümmern," wiederholte Lynn zum hundertsten Mal, „diese verdammten Hermetiker haben keinen Schimmer, womit sie spielen." Keiner von ihnen war sehr überzeugt, dass Bakar und seine Männer nur eine einfache Fälschung gestohlen hatte. Kyle erinnerte sich an das seltsame Amulett, mit dem Bakar in Karuhm aufgetaucht war. Es schien ihm beim Aufspüren des Stabes geholfen zu haben, und Kyle glaubte nicht, dass etwas Derartiges sich von Fälschungen narren lassen würde.

„Wir können ohne Quinn nicht weiter," antwortete Talia zum ebensovielten Mal. „Wir drehen uns im Kreis. Wir müssen Quinn finden, oder es hat keinen Zweck." Selbst Lynn hatte zugestimmt, dass sie allein nichts gegen Bakar, seine Männer und ihren unbekannten Herrn unternehmen konnten. Sie kannte die Schritte, die das Ritual einleiteten, doch Quinn wusste als Einziger, wo sie den Tempel finden würden.

Es klopfte zaghaft an der Tür, und Kyle sprang auf und stürzte zur Tür. Als er sie aufriss, ließ das junge Mädchen, das davor stand, beinahe das Tablett mit Speisen fallen. Sie sah ihn aus großen, erschreckten braunen Augen an, die zum Teil von ihren blonden Stirnfransen verdeckt wurden. Sie hielt zitternd das Tablett hoch. „Etwas zu essen, hoher Herr," stammelte sie verschreckt und strich mit der freien Hand nervös die Falten ihres blassgrünen Kleides glatt.

„Oh," machte Kyle und lächelte entschuldigend, „Danke." Sein Blick wanderte über die Schulter zum Fenster der Kammer, durch das bereits die späte Abendsonne einen rötlichen Schimmer warf. Er musterte das Mädchen einen Moment und sie schien vor seinen Augen weiter in sich zusammenzuschrumpfen. „Du bist Nial, nicht wahr?" Sie biss sich auf die Unterlippe und nickte. Kyle ging vor ihr in die Hocke, um etwa ihre Augenhöhe zu erreichen. „Das ist sehr nett von Dir, uns etwas zu bringen, Nial. Kannst Du uns helfen? Wir suchen Quinn, aber wir können ihn in der Zitadelle nicht finden."

Das Mädchen sah ihn groß an und warf einen unruhigen Blick zu den beiden Steinstatuen links und rechts der Tür, die Kyle noch gar nicht aufgefallen waren; bei näherer Betrachtung entpuppten sie sich als die beiden Magier, die in eine seltsame graue Haut gehüllt schienen. Nur die Augen der beiden bewegten sich, und ihre Blicke lagen auf dem Mädchen. Nial schüttelte eilig den Kopf, knickste und verschwand.

„Warte!" rief Kyle ihr hinterher, doch sie war die Treppe hinunter und verschwunden, und er wusste, dass es keinen Sinn hatte, ihr zu folgen. Er verfluchte leise denjenigen Gott, der ihnen diese beiden Wachen auf den Hals gehetzt hatte und schloss die Tür. Kein Gott, korrigierte er sich, als er das Tablett auf den Tisch stellte, sondern ein alter Magier in einer grauen Robe, den er bis vor kurzem für einen Sagenhelden gehalten hatte.

„Abendessen." bemerkte er trocken, als er das Tablett absetzte. Er inspizierte das Essen kritisch und nahm sich ein Stück Brot. „Wenigstens wollen sie uns wohl nicht verhungern lassen," bemerkte er kauend.

„Nein," gab Lynn zu, „nur vergiften." Kyle blieb der Bissen im Halse stecken und er verschluckte sich. Als er sich von seinem Hustenanfall wieder erholt hatte, sah er das breite Grinsen auf ihrem Gesicht. Er murmelte etwas zum Thema trockenen Humors, doch er musste selbst lächeln. Humor war im Moment das Einzige, was sie von ihrer miserablen Lage ablenken konnte.

„Auf jeden Fall müssen wir hier weg," fasste Talia zusammen und gähnte herzhaft, „und zwar mit Quinn. Ich schlage vor, ich gehe morgen auf die Suche nach ihm, während ihr beiden unsere beiden Bewacher da draußen ablenkt. Eigentlich sollen sie ja nur auf Lynn aufpassen, also sollten sie uns keine großen Probleme bereiten. Ihr könnt Euch bei der Gelegenheit umsehen, wie wir hier wegkommen." Sie gähnte erneut. „Aber erst morgen. Heute können wir nicht mehr viel tun," erklärte sie und ließ sich rückwärts in die Laken des Bettes fallen. Kyle und Lynn nickten, und Kyle drückte ihr einen sachten Kuss auf die Stirn. „Schlaf gut, Talia. Und morgen werden wir weitersehen."

Sie erwachte am nächsten Morgen mit den ersten magischen Sonnenstrahlen, die durch das Fenster einfielen. In aller Eile zog sie sich an; noch immer waren die Nächte zu warm, als dass sie nachts bekleidet schlafen könnte. Sie ließ die Stiefel neben ihrem Bett stehen und schlich auf nackten Fußsohlen zur Tür, um sie einen Spaltbreit zu öffnen. Wie sie erwartet hatte, hatten die beiden Magier vor Lynns Tür Position bezogen und standen dort noch immer, unbeweglich und in dieselbe seltsame graue Haut gehüllt, die Kyle am vorigen Abend an ihnen gesehen hatte. Beide Männer starrten blicklos geradeaus und hatten Talia offensichtlich nicht bemerkt, oder beachteten sie nicht. Sie fragte sich einen Moment, ob und wann diese Männer schliefen, oder ob es andere Magier als die vom Vorabend waren, die die Tür bewachten. An ihren kurzgeschnittenen Haaren und den leeren, kantigen Gesichtern war nichts Besonderes, woran man sie hätte unterscheiden können. Die beiden Männer erinnerten Talia an etwas, das sie bereits einmal gesehen hatte, doch die Erinnerung war zu vage, um sie zu fassen. Sie schüttelte den Gedanken ab und nahm sich vor, später darüber nachzudenken.

Sie öffnete die Tür ein Stück weiter, um den Gang hinuntersehen zu können, und ihr Blick fiel auf einen Zettel, der unter der Tür geklemmt hatte; jemand hatte offensichtlich eine Nachricht hinterlassen, und Talia hatte eine Ahnung, wer. Sie warf den beiden Magiern einen weiteren Blick zu, doch sie schienen weiterhin in die Ferne zu sehen, also nahm sie den Zettel an sich und schloss die Tür wieder. Sie strich über die rauhe Oberfläche des Papiers. Das Gefühl war ungewohnt für sie - in Karuhm waren Schriftstücke nur selten zu sehen, und selbst der Herzog verwendete für seinen Schriftverkehr nur Pergament, wie alle Adligen des Landes. Aber das Konzil musste einen ungeheuren Bedarf an Geschriebenem besitzen, und Papier war hier wohl allgegenwärtig. Sie strich abermals über die Oberfläche des Zettels und fragte sich, ob das Papier des Konzils nicht seinen ganz eigenen Zauber besaß.

Sie entfaltete den Zettel und las die kunstvoll geschwungene Handschrift, deren Besitzer sich viel Zeit für die wenigen Zeilen genommen zu haben schien. Vor den beiden Wachen hatte Nial nichts sagen wollen, aber sie schien bereit, ihnen und Quinn zu helfen. Obwohl die Nachricht keine Unterschrift trug, war Talia sicher, dass das schüchterne blonde Mädchen die kurze Notiz verfasst und unter ihre Tür geschoben hatte, dass sie im großen Speisesaal warten würde. Das Mädchen kannte sich in den Hallen der Zitadelle aus und würde wissen, wo Quinn sich aufhielt. Die anderen beiden wussten, dass Talia den Tag über nach Quinn suchen würde, und würden dementsprechend die beiden Magier ablenken.

Sie wollte keine Zeit verlieren und schlüpfte in ihre Stiefel. Nachdem sie sich vergewissert hatte, dass die beiden Magier auf dem Korridor sie vollkommen ignorierten, eilte sie die Treppe hinunter und betrat die zentrale Eingangshalle, durch die sie erst gestern die Zitadelle, Sitz des mächtigen Konzils, betreten hatten. Talia überlegte kurz, wie viel sich in diesen wenigen Stunden getan hatte. Sie waren mit der Hoffnung auf Hilfe hier angekommen und hatten geglaubt, ihre Reise wäre beendet. Und nun war eine von ihnen unter ständiger Beobachtung zweier wenig gut gelaunter Magier, und ein weiterer war in den Tiefen der Zitadelle unauffindbar. Schlimmer noch als das, man hatte ihre Warnungen überhaupt nicht ernstgenommen. Wer immer in wenigen

Tagen mit Hilfe eines Dämons ein Zeitalter von Furcht und Schmerz einläuten wollte, hatte den Zorn des Konzils nicht zu befürchten.

Sie verdrängte den Gedanken. Gerade jetzt musste sie sich darauf konzentrieren, Quinn wiederzufinden. Sie sah sich in der großen Halle um und überlegte, welchen Weg sie am vergangenen Abend in den Speisesaal genommen hatten. Auf ihrem Zimmer war sie sich vollkommen sicher gewesen, der hungrigen Menge durch einen der äußeren Gänge gefolgt zu sein, doch in ihrer Erinnerung hatte die Halle auch mindestens drei Ausgänge weniger gehabt. Obar, der Verwalter, war nirgends zu sehen, und auch ansonsten lag die Halle verlassen da. Die hohen Steinstatuen zu beiden Seiten eines jeden Einganges waren die Einzigen, die sie hätte fragen können, und sie erhoffte sich nicht viel Antwort von ihnen. Ein Torbogen sah für sie aus wie all die übrigen, und sie fühlte Verwirrung in sich aufsteigen.

„Kann ich Euch helfen, werte Talia?" Überrascht fuhr sie herum und sah den Mann an, der unbemerkt aus einem der Eingänge zu ihr getreten war. Sie sah das zahnlose Lächeln des Alten und stutzte einen Moment. Er trug eine einfache braune Robe, wie die fahrenden Mönche der verschiedenen Götter sie zu tragen pflegten, und unter seinem Ring aus weißen Haaren fiel ihr eine ungewöhnlich flache Nase ins Auge. Seit sie die Hallen der Zitadelle betreten hatte, waren ihr viele Dinge auf merkwürdige Weise vertraut vorgekommen, ohne dass sie genau hätte sagen können, woher - in diesem Fall aber erkannte sie das Gesicht genau wieder. Sie hatte den alten Mann vor einigen Jahren in Karuhm getroffen, wo sie ihn für einen ebensolchen fahrenden Mönch gehalten hatte. Sie hatte damals lange angeregte Diskussionen über Weltanschauungen mit ihm gehabt und war nun umso überraschter, ihn hier wiederzutreffen.

Sie wandte sich vollends um und lächelte erfreut. „Ignatius, was für eine angenehme Überraschung. Verzeiht meine Verwirrung, aber... was tut Ihr hier?" Sie hatte eine Ahnung, wie die Antwort sein würde, doch sie wollte eine Bestätigung.

Der Mann erwiderte ihr Lächeln und warf damit einige weitere Falten in sein Gesicht, die sich unter seinen ruhigen Augen sammelten. „Wie Ihr unschwer erraten haben werdet, werte Talia, bin ich Angehöriger des Konzils - Magier." Talia hatte diese Antwort erwartet und nickte. „Ich muss jedoch eingestehen, dass ich Euch und die übrige Welt damals bewusst in dem Glauben ließ, ich wäre ein einfacher Mönch. Das einfache Volk ist Magiern gegenüber selten so aufgeschlossen wie einem Glaubensverkünder." Er gestikulierte vage und sah sie dann forschend an. „Doch zurück zu meiner Frage - kann ich Euch helfen?"

Sie nickte. „Ich suche den Speisesaal. Es scheint, meine Erinnerung lässt mich im Stich, denn ich kann beim besten Willen nicht sagen, welchen Weg ich gestern dorthin genommen habe." Sie lächelte entschuldigend und der alte Mann nickte. Er ging einige Schritte auf einen der Torbögen zu und bedeutete ihr, ihm zu folgen.

„Ich werde Euch hingeleiten. Und seid nicht beunruhigt, so etwas passiert hier bisweilen öfter, als man denken mag. Insgeheim hege ich den Verdacht, dass die Erbauer der Zitadelle zuweilen ein paar Gänge hinzufügen oder vertauschen."

Irgendwie kam Talia der Gedanke gar nicht so abwegig vor, und sie war froh, dass der alte Mann sie begleitete. Eine Weile ging sie schweigend neben ihm her durch den verlassenen Gang, doch einige Fragen brannten ihr auf der Zunge, und Ignatius schien der rechte Mann, sie zu beantworten.

„Verzeiht, wenn ich Euch mit meiner Neugierde belästige," begann sie, doch der Mann bedeutete ihr mit einem warmen Lächeln, fortzufahren. „Ihr wisst sicherlich, dass wir mit dem Gesandten aus Karuhm eingetroffen sind." Sie warf ihm einen Blick zu und er nickte. Talia schätzte, dass das Konzil, dass sich so zurückgezogen gab, selten Gesandte in die Welt schickte, und die Rückkehr jedes Einzelnen eine Neuigkeit war, die sich in den Hallen der Zitadelle schnell verbreitete. „Wir sind gestern mit dem hohen Rat zusammengetroffen, um einen Bericht über seltsame Vorkommnisse abzulegen." Sie maß den Mann mit einem vorsichtigen Blick; sie war sich nicht sicher, wieviel sie ihm anvertrauen durfte. Die Worte des Lordmagiers de Grey hallten noch in ihren Ohren wieder. Unter den Mitgliedern des Konzils sollte keine Unruhe, wie er es genannt hatte, gesät werden.

„Ich habe davon gehört," gab der Mann ruhig zur Antwort. „Es scheint, dass Quinns Bericht dem hohen Rat nicht eben gefiel. Es soll einen ziemlichen Tumult gegeben haben, und Euer Freund wurde seines Postens enthoben." Talia war überrascht, dass *so viel* über die Ratssitzung bekannt geworden war und nickte stumm. Ignatius nickte ernst zu sich selbst und fuhr fort: „Man hat ihn zu seinem Lehrmeister Dokius zurückgeschickt - er soll wieder lernen." Er blickte sie an und zuckte die schmalen Schultern. „Bei Dokius ist das ebensogut wie verschärfter Arrest."

Talia war überrascht und verwirrt. „Ist das denn üblich? Ich meine, einen Schüler mit solch einer Aufgabe zu betrauen, und ihn dann so hart zu bestrafen, wenn er sich in die Irre führen lässt?"

Ignatius schüttelte entschieden den Kopf. „Üblich nicht. Andererseits ist Quinn auch nicht gerade jemand, den ich 'üblich' nennen würde. Ihr müsst verstehen, werte Talia, dass der hohe Rat Quinn mit Sorge betrachtet. Man könnte sagen, sie fürchten ihn." Er bemerkte ihren verständnislosen Blick und erklärte weiter. „Ihr werdet vermutlich schon bemerkt haben, dass Quinn fast seine gesamte Zauberei aus einem Buch spricht, das er ständig bei sich führt. Wir nahmen früher an, dass er zu unkonzentriert wäre, um ohne die geschriebenen Spruchformeln zaubern zu können, doch das stellte sich als Irrtum heraus. Tatsächlich ist Quinn in der Lage, weit stärkere magische Kräfte an sich zu binden, als es mit dem gegenwärtigen Stand seiner Ausbildung möglich sein sollte. Bisher war er in der Lage, jeden Zauber, den er in schriftlicher Form vorgefunden hat, allein aus dieser Quelle nach kurzer Zeit vollkommen fehlerfrei zu sprechen. Deshalb verbrachte er Stunden und Tage damit, in den Archiven des Konzils die alten Zauberbücher zu durchforsten und Zauber in sein Grimorum zu übertragen. Als er jedoch begann, Zaubereien aufzuschreiben, die der Macht der Lordmagier entsprachen, schritt der hohe Rat ein und verwehrte ihm den Zutritt zu den tieferen Archiven."

Talia erinnerte sich, in der Anhörung einen solchen Einwurf gehört zu haben. Ignatius runzelte die Stirn, was einige weitere Falten in seine Stirn trieb, und erklärte: „Die Macht, die ein Magier an sich binden kann, hängt sehr eng mit dem Stand seiner Ausbildung zusammen. Die Aufgabe der Lehrmeister ist es, ihren Schülern nur die Macht zu lehren, mit der sie verantwortungsvoll umgehen können und so sicherzustellen, dass keine weiteren Jungmagier trunken von ihrer Macht in die ungeschützte Welt entkommen und dort Schaden anrichten - ob mit dem Wunsch nach Zerstörung oder der mangelnden Fähigkeit, ihre zerstörerischen Kräfte zu kontrollieren. Quinn aber ist jedem Magier seiner Stufe weit überlegen und besitzt nun bereits in Teilen die Macht der Lordmagier."

Er räusperte sich und nickte zwei Magiern in gelbroten Roben grüßend zu, die mit wichtigen Mienen an ihnen vorbeieilten. Er wartete einen Moment, bis die Männer hinter einer Biegung des Ganges verschwunden waren, und fuhr dann fort. „Der hohe Rat beobachtet Quinn mit großer Sorge. Auf der einen Seite könnten sie natürlich jederzeit sein gesamtes Wissen um die Magie auslöschen oder ihn sogar töten... aber auf der anderen Seite ist er ein viel zu interessanter Sonderfall in der Magie, als dass sie ihn einfach vernichten könnten. Ihn als Gesandten nach Karuhm zu schicken, war eine wagemutige Entscheidung des hohen Rates, und nun scheint es, als wären die Lordmagier erschreckt von ihrer eigenen Tollkühnheit. Sie brauchten einen Grund, um ihn wieder in den Mauern der Zitadelle einzusperren, denke ich, um ihn wieder unter Kontrolle zu haben. Also kam es ihnen ganz gelegen, dass er einen Fehler gemacht hat." Er nickte einem weiteren greisen Magier zu, der umständlich den Gang entlang schlurfte und mit dem abgewetzten Rand seiner ehemals grünen Robe den Boden wischte. Ein grünes Glitzern folgte dem Mann und ließ aus dem aufgewirbelten Staub kurzzeitig wunderschöne Pflanzen und Blüten entstehen, bevor sie wieder zu Staub zerfielen und auf den Boden zurücksanken.

Talia sah dem Mann einen Moment nach und wandte sich dann wieder an Ignatius. Sie wollte etwas sagen, gegen das Vorgehen des hohen Rates protestieren, doch die Lage war zu verwirrend. Ihr fiel nichts ein, was den hohen Rat umstimmen konnte - nicht, wenn Quinn ihnen so ein Dorn im Auge war. Sie betraten den Speisesaal, und Talia sah Nial an einem unbesetzten Tisch sitzen und in einer Pergamentrolle lesen. Sie dankte Ignatius und durchquerte die bis auf einige dösende alte Männer leere Halle, um sich dem Mädchen gegenüber zu setzen.

Nial blickte auf und schob das Pergament von sich, als sie Talia kommen sah. Unter ihren blonden Stirnfransen huschte ihr Blick unruhig hin und her, und das Mädchen musterte die übrigen Anwesenden nervös, die jedoch mit sich selbst beschäftigt schienen.

Talia lächelte beruhigend. „Du kannst mir sagen, wo ich -", begann sie, doch das Mädchen legte einen Finger an die Lippen. Abermals warf sie einen nervösen Blick zu den dösenden Männern und bedeutete Talia, ihr zu folgen. Talia wunderte sich etwas über die übertriebene Vorsicht, als Nial auf Zehenspitzen zu einem weiteren Torbogen schlich und hindurch verschwand. Andererseits war sie die Geheimnistuerei vermutlich nicht gewohnt und wollte lieber zu vorsichtig sein, als später unangenehme Fragen ihrer Lehrmeister beantworten zu müssen. Talia nahm an, dass das Mädchen ansonsten zu den Menschen gehörte, die hoffnungslos ehrlich zu jedermann waren. Um so mehr schätzte sie es, dass Nial dieses eine Mal eine Ausnahme machte.

Sie folgte dem Mädchen schweigend durch die immer gleichen Gänge, in die von den unechten Fenstern auf der rechten Seite von Zeit zu Zeit etwas Licht einfiel. Sie erklommen eine steinerne Treppe, und der weiche Teppich machte einer ausgetretenen Strohmatte Platz, die sich durch die Gänge zog. Nial versteifte sich, als sie an einigen jüngeren Magiern in hellblau-weißer Kleidung vorbeikamen, doch die schienen von den beiden keine Notiz zu nehmen und unterhielten sich weiter angeregt über irgend ein Zauberkunststück. Offensichtlich waren sie von dem repräsentativen Teil, der den Gästen vorbehalten war, in die eigentlichen Quartiere und Studierzimmer der Zitadelle gelangt. Hinter einigen Türen zur Linken hörte sie das Murmeln dunkler Stimmen und das Knistern von Magie. Talia wusste nicht, ob die Magier ihre Studien in der Enge ihrer Quartiere betrieben, doch anscheinend war das in der Zitadelle gängige Praxis. Eine der Türen stand halb offen, und im Vorbeigehen erhaschte sie einen Blick auf einen Mann, der an einem der einfachen Schreibpulte saß und eifrig Notizen auf ein Pergament kritzelte. Das Kratzen der Feder und das leise Klingen, wenn er die Feder ins Tintenglas tauchte, wurden unterlegt vom beständigen Summen und Murmeln des anderen Mannes, der in der Mitte des Raumes in Kreisen um ein leuchtendes Konstrukt herummarschierte, das er mit sanften, geschwungenen Gesten in immer neue Formen ordnete. Talia blinzelte fasziniert und musste sich beeilen, um Nial einzuholen, die inzwischen bis zum Ende des Korridors weitergegangen war und dort auf Talia wartete.

Sie bogen um eine Ecke, und Nial stieß unerwartet mit einem hageren alten Mann zusammen. Talia fuhr zusammen, als sie den Lehrmeister Dokius erkannte, der am vergangenen Tag in der Ratssitzung zuletzt mit Quinn gesprochen hatte.

Der alte Mann schien sie ebenfalls wiederzuerkennen, und seine Augen verengten sich über der klobigen Gnomennase zu schmalen Schlitzen, als er erst Talia, und dann Nial fixierte. „Was tut ihr hier, Nial? Wohin bringst Du die Fremde?" fragte er schneidend und durchbohrte das schockierte Mädchen mit seinem Blick. Nial schluckte und öffnete den Mund, um zu antworten, und der Mann kniff die Augen zusammen. „Nun? Ich warte, Nial."

Talia sah es kommen, dass das Mädchen, das offensichtlich ohnehin nicht viel Erfahrung mit dem Lügen hatte, unter dem eiskalten Blick des Mannes die Wahrheit sagen würde. Zwar hatte ihnen niemand ausdrücklich verboten, mit Quinn zu sprechen, doch sie hatte es im Gefühl, dass weitere Kontakte der „Fremden" mit Quinn nicht die Zustimmung des Rates finden würden - besonders nicht die seines Lehrmeisters.

Sie räusperte sich und nahm alle Arroganz zusammen, die sie aufbringen konnte. „Das Mädchen hat Anweisung, mich zu Lady Paeldra zu geleiten." Dokius' kalter Blick traf sie, doch sie hielt ihm stand und fuhr fort. „Ich glaube, Lady Paeldra würde *äußerst* ungehalten auf die Nachricht reagieren, dass Ihr mich aufgehalten habt, guter Mann. Sie erwartet mich zu einem dringenden Gespräch."

Dokius maß sie mit einem abschätzigen Blick, starrte dann wieder Nial an, und Talia dankte den Göttern, dass das Mädchen in diesem Moment die Andeutung eines Nikkens zustande bringen konnte. Der Mann schnaubte verärgert und marschierte ohne ein weiteres Wort an ihnen vorbei; Talia stieß den Atem aus, den sie unwillkürlich angehalten hatte, und auch von Nial schien eine schwere Last abzufallen. Sie warteten, bis die Schritte des Mannes verklungen waren, und Talia nickte ihr anerkennend zu. Das Mädchen lächelte scheu und setzte sich wieder in Bewegung. Sie gingen einige Schritte, bis Nial schließlich auf eine einfache, unauffällige Holztür zu ihrer Linken wies.

„Das ist Quinns Kammer," flüsterte sie und trat zurück. Sie schien nicht gewillt, einzutreten, und Talia war schon dankbar, dass sie sie bis hierher geführt hatte. Sie sah sich kurz um, ob ein herumstreifender Magier sie zufällig sehen konnte, und klopfte an die Tür, als sie zu beiden Seiten des Korridors niemanden entdecken konnte. Für Nial schien das Geräusch unerwartet laut, und sie sah sich erschrocken ebenfalls um. Als von drinnen keine Antwort kam, sah Talia sich erneut um, nickte dem Mädchen versichernd zu und trat ein.

Ihr fiel auf, dass offensichtlich einige der für die Quartiere der Zitadelle üblichen Möbelstücke fehlten, als sie den Raum betrat und Quinn in dessen Mitte mit übereinander geschlagenen Beinen sitzend vorfand. Genaugenommen war gerade einmal der gewohnte Kleiderschrank übrig geblieben, ergänzt durch einen flachen Tisch, den man nur am Boden sitzend benutzen konnte. Alle weiteren Möbel waren aus der Kammer verbannt worden, ebenso wie der gewohnte Teppich, der hier ebenfalls durch eine dünne Strohmatte ersetzt worden war.

Quinn hatte ihr Eintreten wohl nicht bemerkt, denn er saß noch immer mit unbewegter Miene und geschlossenen Augen auf dem Boden, beide Hände entspannt auf den Knien ruhend. Er trug nur eine einfache Stoffhose von dem selben hellen Blau wie seine Robe, die ordentlich zusammengefaltet vor dem flachen Tisch lag, und Talia konnte die beinahe verheilte Narbe an Quinns linkem Unterarm sehen. Bereits bei ihrem ersten Zusammentreffen hatte Quinn schmächtig gewirkt, doch ohne seine Robe schien es Talia, als könne sie seine einzelnen Rippen unter der hellen Haut zählen. An seiner steifen Haltung hatte sich nichts geändert, so dass er ein Bild großer Ruhe und Konzentration vermittelte.

Talia ließ sich ihm gegenüber nieder und musterte ihn eine Weile, bis sie ihn schließlich ansprach. „Quinn," wisperte sie leise, „wir müssen reden." Ein leichter Luftzug vom Fenster her spielte durch seine kurzen Haare, und einen Moment lang hatte Talia das Gefühl, er hätte sie nicht gehört. Dann aber öffnete er die Augen und blickte sie ruhig an. Ohne seine Haltung zu verändern bedeutete er ihr, fortzufahren, und Talia nickte. Sie hatte sich nicht wirklich überlegt, was sie dem Magier sagen wollte, wenn sie ihn fand - ihn zu finden war ihr schwieriger erschienen. Tatsächlich wusste sie nicht einmal, was Quinn in der Zwischenzeit erlebt hatte, und welche Meinung er zu einem eigenmächtigen Aufbruch hatte. Immerhin hatte er vom hohen Rat die direkte Weisung erhalten, in die Hallen der Zitadelle zurückzukehren und dort zu bleiben, und Quinn schien Anweisungen nicht leichtfertig zu missachten. Auch schien er jetzt nicht gewillt, den Anfang zu einem Gespräch zu machen.

Sie seufzte. „Quinn, was gestern geschehen ist, konnte keiner vorhersehen." Sie blickte auf und sah ihn nicken, sein Gesicht eine ausdruckslose Maske. „Es ist offensichtlich, dass die Mitglieder des Rates von Anfang an nicht vorhatten, uns all zu viel Glauben zu schenken. Schlimmer noch, sie wollten Dich und uns offen vorführen - sonst hätten sie gleich gesagt, dass sie das Horn bereits in Sicherheit gebracht haben. Es war nicht Dein Fehler, Quinn." Der junge Mann ihr gegenüber zog die Augenbrauen hoch, fragend und überrascht. Talia verfluchte den Sturkopf insgeheim für sein beharrliches Schweigen und fuhr fort. „Was immer sie sagen, Du hast keinen Fehler begangen. Du bist von ihnen geschickt worden, um ein paar Gerüchten nachzugehen, und das hast Du getan. Für Dich sah es so aus, als würden sich die Gerüchte bestätigen, und Du bist mit dieser Nachricht zurückgekommen, hast Deine Aufgabe also erfüllt. Was wollen sie mehr?" Sie sah ihn erneut an, und er entgegnete ihren Blick ruhig. Noch immer schien er nicht bereit, zu antworten und er deutete nicht einmal mit einer Geste an, ob er ihr zustimmte. Talia strich sich eine Haarsträhne aus dem Gesicht und entschied sich, zum eigentlichen Grund zu kommen, aus dem sie ihn gesucht hatte.

„Quinn, wir glauben, dass der hohe Rat sich trotzdem irrt. Sie nehmen das Problem nicht ernst genug. Wir wollen aufbrechen und auf eigene Faust Bakar und seinen Männern folgen, wenn das Konzil nichts unternehmen will." Sie sah ihn abwartend an und er nickte zustimmend. Einen Moment war sie überrascht, dass er so schnell zugestimmt hatte, doch dann verstand sie den weiterhin emotionslosen Ausdruck auf seinem Gesicht. „Mit 'Wir' meine ich, dass Du mitkommen musst, Quinn. Wir brauchen Dich dabei -" Sie wollte fortfahren, doch er hob abwehrend eine Hand und schüttelte den Kopf.

„Hör mal," begann sie erneut, „wir kommen ohne Dich nicht weiter. Wir wissen nicht einmal, wo dieser Tempel liegt. Zu dritt werden wir auch kaum mit Bakar und seinen Wachen fertig. Verdammt," fuhr sie ihn an, entnervt von seiner Schweigsamkeit, „ohne Deine Unterstützung kommen wir vermutlich nicht einmal heil hier heraus!"

Er schloss für einen Moment die Augen, und Talia erwog ernsthaft, ihn zu packen und zu schütteln, bis er endlich einen Ton von sich gab. „Komm schon Quinn, sag etwas! Ich weiß, dass sie sagen, Du sollst hierbleiben. Weil die alten Herren Angst haben, weil sie Dich für eine Gefahr halten!"

„Bin ich denn keine?" entgegnete er ruhig und leise, und Talia war einen Moment zu überrascht, um zu antworten. Seine Gesichtszüge waren noch immer eine undurchdringliche Maske, und er wirkte fast kalt und abweisend.

Sie brachte sich schnell wieder unter Kontrolle und musterte ihn verwundert. „Wie meinst Du das? All die Zeit hast Du uns nur geholfen."

Er schüttelte den Kopf, langsam und fast traurig. In seiner Stimme schwang ein besorgter Unterton mit, als er antwortete. „Weißt Du, dass ich gestern kurz davor war, Duncan de Grey anzugreifen? Er hatte Recht mit dem, was er gesagt hat. Ich habe jegliche Regel gebrochen, und ich war sogar bereit, Zauberei gegen den hohen Rat einzusetzen. Ich hatte meine Aufgabe und habe versagt, Talia. Ich habe alles missachtet, was ich während meiner Ausbildung gelernt habe, und habe jegliche Selbstkontrolle verloren. Der Kampf mit Bakar, der Streit mit Keon und die Auseinandersetzung im hohen Rat haben erneut gezeigt, dass Meister Dokius Recht behalten hat. Ich habe nicht gelernt, meinen Verstand mein Handeln bestimmen zu lassen." Er schüttelte erneut den Kopf, und Talia blickte ihn erstaunt an. So emotional wie ein Stein, hatte Lynn vor kurzem über Quinn gesagt, und sie selbst und Kyle hatten diese Auffassung geteilt. Sie konnte nicht fassen, dass ihr derselbe Quinn bereits zum zweiten Mal erzählte, er hätte sich nicht unter Kontrolle.

„Und Dein Verstand sagt Dir, dass von diesem Dämon keine Gefahr mehr droht? Dass der hohe Rat die Lage nicht unterschätzt? Verdammt Quinn, es geht hier doch gar nicht um Dich!" Der Ansatz schien ihn aus dem Konzept zu bringen, denn er blickte sie verwirrt an, und Talia fuhr fort, obwohl sie sich dafür hasste. Moralische Erpressung sah sie als letztes Mittel, Quinn zu überzeugen. „Wir werden auf jeden Fall aufbrechen, um Bakar aufzuhalten. Und ich weiß ebenso sicher, dass wir das ohne Dich nicht schaffen werden. Kann Dein Verstand es dem Rest von Dir erklären, wenn Du uns in den sicheren Tod ziehen lässt? Und welche Ausrede hat Dein Verstand, wenn Du ein paar sinnlose Regeln einiger verängstigter, feiger alter Männer befolgst, statt überlegt zu handeln und einen Dämon aufzuhalten?"

Sie starrte ihn wutschnaubend an und wartete; wenn er nicht reagierte, konnte sie nichts mehr tun. Sie hatte nicht gelogen, denn sie würden auf jeden Fall aufbrechen müssen - die Zeit drängte. Einen scheinbar endlosen Moment herrschte absolute Stille in der kleinen leeren Kammer, und die Sonne schien durch das einzelne Fenster auf die beiden, die sich stumm gegenüber saßen. Ein leichter Wind strich durch den Raum und blies Talia eine Haarsträhne in die Stirn. Sie ignorierte die Strähne und starrte Quinn abwartend an.

Dann schloss dieser die Augen und ließ den Kopf hängen, eine Geste, die Talia bei ihm noch niemals gesehen hatte. Es wirkte seltsam, wie sein Kopf bei gestrecktem Rücken lose auf seine Brust fiel, als wäre er nur an einem dünnen Faden an seinen Schultern befestigt. Als er wieder aufblickte, war ein weiches Lächeln in seine Züge getreten, und er nickte.

„Gehen wir," sagte er leise.

Sie trafen Nial auf dem Gang, die noch immer nervös in beide Richtungen spähte in der Erwartung, Quinns Lehrmeister Dokius zurückkehren zu sehen. Als sie Quinn sah, der seine Robe wieder übergeworfen hatte, wich ihr sonst scheuer und ängstlicher Blick einem kurzen Lächeln, und Quinn strich ihr über die Haare.

„Danke," wisperte er leise, und das Mädchen lächelte glücklich. Dann wandten sie sich zu dritt um, und Quinn führte sie in schnellem Tempo durch die Gänge. Seine Stiefel, die er aus dem sonst leeren Kleiderschrank genommen hatte, knirschten auf der Strohmatte, die den Boden bedeckte, und er schien von Tatendrang erfüllt ein Stück gewachsen zu sein. Talia hatte Mühe, mit ihm Schritt zu halten, und Nial, deren kürzere Beine sie nicht so weit trugen, musste nebenherlaufen. Es schien ihr nichts auszumachen, und Talia konnte das verstehen. Quinn aus seinem dumpfen Brüten gerissen zu haben, hatte ihre Laune beträchtlich gehoben, und Nial war zu einem nicht unerheblichen Teil daran beteiligt gewesen.

An einer Kreuzung machte Quinn abrupt Halt und sah sich um, so dass Talia beinahe in ihn hineingestolpert wäre. Sie musterte ihn fragend, doch er beruhigte sie mit einer kurzen Geste und zog die Kapuze seiner Robe bis tief ins Gesicht. Drei ältliche Magier eilten vorbei, in ein heftiges Streitgespräch vertieft. Einer von ihnen, ein Greis in einer weißen Robe, der bei jedem zweiten Schritt auf seinen schier endlos langen grauen Bart zu treten drohte, blickte kurz auf und musterte die drei argwöhnisch, woraufhin Talia ihre gesamte Aufmerksamkeit den Ritzen und Fugen des Mauerwerks widmete, während Quinn zu Boden starrte, um sein Gesicht zu verbergen. Glücklicherweise schien dem Mann das Gespräch wichtiger zu sein als ein paar Gestalten, die ebenso wie er ein bestimmtes Ziel innerhalb der Zitadelle haben mochten, und er schlurfte mit seinen Begleitern weiter.

Als sie um eine weitere Ecke gebogen und ihre Gespräche verklungen waren, schlug Quinn die Kapuze zurück und sah prüfend die Gänge hinunter. Dann wandte er sich an Talia und Nial. „Es ist von Vorteil, wenn wir uns hier eine Zeitlang trennen, Talia. Begib Dich bitte zu den anderen beiden und setze sie von unserer Abreise in Kenntnis. Ihr werdet etwas Zeit benötigen, um Eure Habseligkeiten zu sammeln." Er nickte ihr zu und blickte abermals den Gang zu seiner Rechten hinunter, um sich dann an Nial zu wenden. „Nial, bitte bring Talia zu den Quartieren zurück, ohne allzuviel Aufsehen zu erregen. Wenn sie ihre Habe gesammelt haben, geleite sie bitte in den Saal. Ich werde dort warten und mich vorbereiten."

Talia runzelte die Stirn, aber Nial schien genau zu wissen, welcher der zahlreichen Säle der Zitadelle gemeint war. Sie zuckte die Schultern und sah zu Nial, die Quinn mit einem kurzen Lächeln zunickte und dann unruhig ein paar Schritte in Richtung des weiterführenden Korridors vorlief. Talia nickte dem jungen Magier zu. „Pass gut auf Dich auf. Ich habe keine Lust, am Ende von ein paar übellaunigen Magiern empfangen zu werden."

Sie hatte eigentlich ein Grinsen oder zumindest die Andeutung eines Lächelns zur Antwort erwartet, doch Quinn nickte nur ernst und zog die Kapuze wieder tief ins Gesicht. Er winkte kurz und verschwand dann in den Seitengang zu seiner Rechten. Talia zuckte die Schultern und folgte Nial durch die glücklicherweise leeren Gänge der Zitadelle. Sie hatte das Gefühl, dass Nial bewusst die weniger belebten Gänge benutzte, denn mindestens einmal wählte sie einen anderen Korridor als den, durch den sie hergekommen waren. Wenige Minuten später durchquerten sie die hohe Eingangshalle, wo weder Obar noch die anderen beiden Magier, die dort schweigsam und offensichtlich gedankenverloren herumstanden, Notiz von ihnen nahmen, und marschierten den Gang hinunter, der zu ihren Gästequartieren führte. Eine Stimme ließ sie abrupt stehenbleiben.

„Talia!" Es war Kyle, und Talia war erleichtert, seine Stimme zu hören. Er und Lynn waren aus einem Seitengang gekommen und einige Schritte hinter ihnen um die Ecke gebogen, gefolgt von den beiden Magiern in den dunkelblauen Roben. Wenn sie in den Gesichtern der beiden Männer überhaupt eine Empfindung ablesen konnte, dann war es Langeweile, und Talia nahm an, dass Lynn und Kyle die beiden in den vergangenen Stunden auf planlosen Wegen quer über den Hof und durch die verschiedenen Gebäude geschleppt hatten. Kyle und Lynn grinsten ausgelassen; offensichtlich hatten sie jede Menge Unsinn angestellt, um die beiden Magier auf Trab zu halten.

„Hattest Du Erfolg?" fragte Lynn und rollte die Augen in Richtung des Zitadelleninnern.

Mit Blick auf die beiden Magier nickte Talia nur und deutete die Treppe hinauf zu ihren Quartieren. „Ich hatte einen interessanten Tag und wollte mich etwas ausruhen," bemerkte sie vielsagend, „wenn ihr nichts anderes vorhabt..." Die anderen schlossen sich ihr an, und sie betraten ihr Quartier, während die beiden Magier vor der Tür Aufstellung bezogen. Nial entschuldigte sich ebenfalls für einen Moment, und Talia erklärte den anderen beiden knapp, dass sie Quinn gefunden und überzeugt hatte, und dass er sie erwartete, sobald sie ihre Sachen gepackt hatten. Quinns persönliche Meinung von sich selbst und seinen „Verfehlungen" ließ sie getrost aus, ebenso wie ihr Zusammentreffen mit dem wenig freundlichen Lehrmeister Dokius. Im Moment war Eile geboten, denn je länger Quinn sich außerhalb seiner Kammer und irgendwo in der Zitadelle aufhielt, desto größer war die Gefahr, dass Dokius ihn suchen oder jemand zufällig an einem Ort über ihn stolpern würde, an dem er nichts zu suchen hatte - also überall außerhalb seiner Kammer.

Kyle und Lynn stimmten ihr zu, dass sie sich beeilen sollten, und wollten gerade ihre Habseligkeiten packen gehen, als es an der Tür zurückhaltend klopfte. Als Kyle öffnete, stand Nial vor der Tür, erneut beladen mit einem Tablett voller Speisen.

„Ich dachte, Ihr wolltet vielleicht noch etwas essen," murmelte sie leise und schlug die Augen nieder. Kyle nickte dankbar und nahm ihr das Tablett ab, um sie hineinzubitten. Talia fiel auf, dass sie tatsächlich das Frühstück ausgelassen hatte und sich ihr Hunger allmählich zurückmeldete. Sie nahm an, dass es den beiden anderen ähnlich erging, und sie machten sich zu dritt über die Speisen her.

„Hat unser Meistermagier eigentlich daran gedacht, wie wir die beiden Herren vor der Tür loswerden?" fragte Lynn zwischen zwei Bissen. „Ich glaube nicht, dass die verschwinden werden, wenn wir ihnen einfach sagen, dass wir mal eben zu Quinn wollen und der schon auf uns aufpassen wird."

Talia stutzte. Die beiden Magier loszuwerden, konnte tatsächlich ein Problem werden, denn immerhin schienen die beiden als allgemeine Wachhunde eingesetzt zu werden, und auf Quinn würden sie nicht sonderlich gut zu sprechen sein. Sie warf Nial einen ratsuchenden Blick zu, doch das Mädchen zuckte die Schultern. Sie konnten nur hoffen, dass Quinn dieses feine Detail bedacht hatte, oder sie würden sich etwas einfallen lassen müssen.

Talia schluckte den letzten Bissen und wandte sich dem Bündel zu, in dem sie ihr Gepäck verstaut hatte. „Wenn wir uns nicht ein bisschen beeilen, müssen wir uns um die beiden vermutlich keine Sorgen mehr machen - bis dahin ist Quinn schon jemand anderem aus der Zitadelle über den Weg gelaufen." Die anderen beiden nickten und machten sich auf, ihrerseits ihr Gepäck zu holen.

Talia nickte Nial zu, und bereits wenige Augenblicke später waren sie zu viert durch die zahllosen Gänge der Zitadelle unterwegs, gefolgt von den beiden schweigsamen Magiern. Talia überlegte einen Moment lang, was die beiden von dem Gepäck dachten, das sie nun mit sich trugen. Vielleicht nahmen sie an, dass ihre „Gäste" sich zur Abreise entschieden hatten und waren froh, die Plagegeister vom Hals zu haben, um endlich wieder ihren wundersamen Studien nachgehen zu können.

Nial führte sie mit Bestimmtheit durch das Gewirr von Gängen, Treppen und Kreuzungen, so dass sie nach kurzer Zeit einen langen breiten Gang hinunterschritten, der weder den Gängen der Gästequartiere noch denen der Wohn- und Studienkammern der ständigen Mitglieder glich. Dieser Gang bestand aus grob behauenen Steinquadern, und anstelle von Fenstern waren in regelmäßigen Abständen Fackeln in die Wand eingelassen, die warmes gelbliches Licht verströmten. Die Abstände zwischen den Fackeln waren mit Wandverzierungen oder verschiedenen eleganten Stoffbannern versehen, die teils die Geschichte der Zitadelle oder Symbole der verschiedenen magischen

Schulen illustrierten, teils aber auch komplizierte magische Formeln darstellen mochten. Unter ihren Füßen zierte ein alter, aber gut gepflegter Teppich den Boden, in dessen tiefem Blau sich silberne Fäden zu komplexen Mustern und verspielten Schnörkeln verbanden.

Talia hatte ein mulmiges Gefühl dabei, über einen solchen Teppich zu gehen, in den möglicherweise ein ganz eigener Zauber eingewoben worden war. Sie befürchtete, dass jeden Moment der Teppich in Flammen aufgehen oder zumindest Alarm schlagen würde, um die Anwesenheit der Eindringlinge hier zu verkünden, wo sie ganz sicher nichts zu suchen hatten. Nial hatte den beiden Magiern, die ihnen noch immer wie Schatten folgten, einen unruhigen Blick zugeworfen, als sie die letzte Abbiegung in diesen Gang genommen hatte, und die beiden hatten übereinstimmend die Stirn gerunzelt, jedoch nichts gesagt.

Je länger sie den Korridor hinuntergingen, desto unruhiger wurde Nial, und Talia hoffte, dass sie dem Saal, in dem Quinn warten würde, schon recht nahe waren. Der Gang schien sich endlos hinzuziehen, und Talia konnte ihre Unruhe verstehen. Auch fragte sie sich, warum Quinn sie so weit vom Ausgang der Zitadelle hatte treffen wollen, doch vielleicht kannte der junge Magier, der hier den Großteil seines Lebens verbracht hatte, eine Art Hinterausgang; er hatte so bestimmt gewirkt, dass Talia sich sicher war, dass er einen Plan hatte. Als sie näher kamen, erkannte sie, dass der Gang in einiger Entfernung eine Treppe hinabführte, denn hinter einem der zahlreichen Torbögen, die zum Schmuck oder als Stütze in den Gang eingefügt waren, fiel die Decke schräg zum Boden hin ab, und sie konnte die obersten Stufen erkennen.

Sie gingen weiter voran, und Talia überlegte fieberhaft, wie sie im Notfall die beiden Magier ausschalten konnten, ohne die halbe Zitadelle auf sich aufmerksam zu machen, als plötzlich ihr Blick auf Nial fiel. Das Mädchen war nach wie vor nervös, benahm sich sonst aber nicht unauffällig; dennoch war Talia sicher, sie einen Moment zucken gesehen zu haben. Als sie unter dem letzten Torbogen vor der Treppe hindurchging, lief ihr ein kalter Schauer den Rücken hinunter, und ihre Nackenhaare stellten sich auf. Sie drehte sich um, um nach Kyle und Lynn zu sehen, doch die beiden Magier gingen direkt hinter ihr und versperrten den Blick. Sie öffnete den Mund, um ihre Freunde zu warnen, und die Zeit schien sich zu dehnen. Sie sah, wie die beiden Magier gleichzeitig die Augen aufrissen, als sie unter dem Torbogen hindurchtraten, sah, wie sie beide die Hände in einer schützenden Geste hochrissen und im nächsten Moment von einer grellweißen Entladung eingehüllt wurden, die sie einige Schritte zurück in den Gang warf, den sie gekommen waren. Ihre Warnung kam zu spät, doch Kyle und Lynn waren geistesgegenwärtig zur Seite gesprungen, als die beiden Magier von dieser unsichtbaren Wand gepackt und zurückgeschleudert worden waren, so dass die beiden auf dem Teppich an den beiden vorbeirutschten.

„Kommt, wir müssen los." Vor ihnen stand Quinn wie aus dem Boden gewachsen mitten auf dem Korridor und sah emotionslos zu den beiden Männern, die wie tot am Boden lagen. Er hielt das aufgeschlagene Zauberbuch in der linken Hand, und über seine Schulter hing eine einfache Ledertasche. Er beschrieb eine kurze Geste zum Torbogen und deutete ihnen dann, ihm zu folgen. Er wandte sich so schnell um, dass seine Robe wehte und stieg die ersten Stufen hinab. Sie folgten ihm die Treppe hinunter und fanden sich an ihrem Fuß in einem runden Saal wieder, der gute zwanzig oder dreißig Schritt durchmaß. Im Zentrum des Raumes war ein Kreis in den Boden eingraviert, um dessen Rand jemand mit Kohle seltsame Symbole in regelmäßigen Abständen eingezeichnet hatte. Darum herum standen hohe Kerzenhalter mit goldenen Kerzen in einem Kreis. Quinn steuerte die Mitte des Raumes an und winkte sie zu sich. Talia sah aus den Augenwinkeln, dass Lynn die Anordnung skeptisch betrachtete und die Stirn in Falten legte, doch sie gesellte sich ebenfalls zu Quinn und den anderen beiden. Nial blieb als Einzige außerhalb des Kreises stehen und blickte Quinn an.

Er nickte ihr dankend zu. „Es ist besser, wenn Du jetzt gehst, Nial. Sie sollten Dich nicht in unserer Nähe finden." Das Mädchen öffnete den Mund, um zu widersprechen, doch er blickte ihr einen Moment lang ruhig in die Augen. „Glaub mir. Dort, wo wir hingehen, wird es nicht sicher sein. Dein Platz ist vorerst noch hier." Sie nickte langsam und ging einige Schritte zurück, bevor sie sich umdrehte und die Treppe hinauf verschwand.

Quinn wandte sich um und musterte seine Begleiter. Sein Blick verweilte einen Moment auf Lynn, doch schließlich murmelte er etwas und zuckte die Schultern. Talia warf ihm einen fragenden Blick zu.

„Was hast Du vor?" fragte sie verwirrt. „Sollten wir uns nicht langsam auf den Weg machen? Immerhin müsste Dein Lehrmeister langsam bemerkt haben, dass Du nicht mehr in Deinem Studierzimmer bist..."

Er nickte zustimmend und blätterte fast beiläufig in seinem ledernen Buch. „Ich arbeite bereits an unserem Ausgang. Ihr erinnert Euch an die Relokation, die ich auf Schloss Geth vorgeschlagen habe?" Er blickte auf, und sie nickten, Lynn etwas langsamer und mit einem seltsamen Blitzen in den Augen, das Talia sich nicht erklären konnte. „Ihr habt schließlich doch noch die Gelegenheit, diesen Zauber kennenzulernen. Ich werde uns hier heraus und ein gutes Stück nach Norden transportieren. Wichtig ist aber, dass ihr während des Zaubers innerhalb dieses Kreises", er zeigte auf den Boden, „bleibt und ihn unter keinen Umständen verlasst." Talia nickte, Kyle gab ein zustimmendes Brummen von sich, und von Lynn schien der junge Magier keine Zustimmung zu erwarten.

Talia betrachtete ihn fasziniert, als er seinen Blick auf die Seiten des Buches senkte und einen langsamen, ruhigen Singsang anstimmte. Er begann, unter zahlreichen fließenden Gesten um den Kreis herum zu schreiten und ein graues Pulver aus seiner Umhängetasche auf die Kreislinie zu streuen, das ein goldenes Glitzern in der Luft hinterließ. Der Singsang gewann scheinbar an Geschwindigkeit, als er zwei Kristalle oder Edelsteine aus der Tasche hervorholte und einander gegenüber auf der Linie plazierte. Vom oberen Ende der Treppe hörten sie einen überraschten Ausruf und gleich darauf das Geräusch von Schritten auf dem Teppich, doch Quinn ließ sich von seinem Ritual nicht ablenken und zerbröselte zwischen den Fingern eine bräunliche Wurzel, deren Reste er in den Kreis fallen ließ.

Aus den Augenwinkeln sah Talia, wie Kyle sein Kurzschwert zog und Kampfhaltung einnahm. Seine Augen waren starr auf die Treppenstufen gerichtet, während Quinn weiter um den Kreis herumschritt und mit dem Finger schimmernde Muster in die Luft zeichnete, die einen Moment dort stehen blieben, und dann wie Rauch zerfaserten.

„Das wird wenig nützen, wenn sie hier runterkommen," stieß Lynn zwischen zusammengebissenen Zähnen hervor, und insgeheim erwartete Talia dasselbe. Sie hatte die beiden Magier auf dem Vorplatz kämpfen sehen, und wenn deren Zaubereien nur für einen Übungskampf gedacht gewesen waren, wollte sie gar nicht wissen, wozu ein wütender Magier fähig war. Sie hoffte, dass der Zauber, an dem Quinn arbeitete, seine Wirkung bald entfalten würde.

Der Tonfall in Quinns Stimme änderte sich, und er trat zu ihnen in die Mitte des Kreises, gerade als die schweren Schritte, vielleicht vier oder sechs Magier, am oberen Ende der Treppe ankamen. Ein seltsames Schwindelgefühl erfasste Talia, und im Innern des Kreises erhob sich ein leichter Wind, der ihre Haare und Kleidung zauste. Quinn hob die freie Hand in die Höhe und blickte zur Decke, als wollte er etwas auffangen. Das goldene Glitzern des Pulvers auf der Kreislinie stieg auf und begann, im Wind mitzutreiben, so dass sie wie von einem goldenen Vorhang umgeben waren. Drei Magier erreichten den Fuß der Treppe, dichtauf gefolgt von mindestens vier weiteren. Der zornerfüllte Blick des vordersten Magiers, eines hageren Mannes in einer gelbweißen Robe, kreuzte Quinns ausdruckslosen Blick. Die Hand des Mannes zuckte vor, und von seinen Fingerspitzen sprang ein gelblicher Lichtblitz zischend auf sie zu. Quinn machte eine wegwerfende Handbewegung, ohne seinen Singsang zu verändern, und der Blitz prallte kurz vor ihnen ab und schlug in die Wand neben den Männern ein. Ein zweiter Mann ballte die Faust, um die ein rötliches Glühen zu wabern begann. Der Mann hob die Faust und rief ein Wort. In diesem Moment fiel die Welt rings um Talia in sich zusammen, und sie stürzte haltlos in einen Strudel aus Farben und Geräuschen.

Nordwärts

Ein kalter, trockener Wind wehte über die weite, öde Ebene. Einige Pferde standen an den einzigen Baum weit und breit angebunden, ein verkrüppeltes, verkrümmtes Gewächs, dessen Äste kraftlos über den staubigen Boden strichen. Die Reiter der Pferde standen nicht weit entfernt in einer kleinen Gruppe zusammen. Die Zahl der großen, muskulösen Männer in den dunklen Rüstungen war einmal größer gewesen, doch nun drängten sich nur noch sieben von ihnen um die wesentlich kleinere Gestalt, die in ihrer Mitte stand. Der kleinere Mann erinnerte in seiner Haltung ein wenig an den Baum, und seine knochigen Hände, die aus seiner braunen, schweren Brokatrobe ragten, und deren Fingerspitzen er beständig aneinander rieb, waren wenig vom staubigen Boden entfernt.

Ein neuerlicher Windhauch, der das Flüstern der Toten mit sich zu bringen schien, trieb Staub über die Ebene, und ein Rabe landete in den Ästen der verkrüppelten Weide. Die Augen des Tieres waren ebenso unergründlich schwarz wie die des vornüber gebeugten Mannes, und blickten ebenso starr auf die Gestalt eines weiteren Mannes, der vielleicht vierzig oder fünfzig Schritt von den übrigen entfernt auf dem Boden kniete.

Der Mann hatte mit seinen bloßen Händen ein Loch in die trockene, tote Erde gegraben, und das Blut seiner aufgerissenen Hände färbte den Staub und Dreck um ihn her dunkel. Noch immer grub der Mann in abgehackten Bewegungen tiefer und tiefer, ohne die scharfkantigen Steine und Wurzeln zu bemerken, die die Haut von seinen Händen rissen und tief in sein Fleisch schnitten.

Mit einer ruckartigen Bewegung warf der Mann den Kopf in den Nacken und lachte schallend; ein kaltes, totes Geräusch, das der Wind wie eine weitere Geisterstimme davontrug.

„Gebieter, Einzig Wahrer," rief der Mann mit schriller Stimme aus, „ich habe sie gefunden, Deine Legionen, ihre Legionen! Ich bin gefolgt, wie Du befohlen hast und harre Deinem Gebot!" Der Rabe wandte den Kopf, um den Mann mit dem anderen Auge zu betrachten, und krächzte hohl.

„Weise, mein Diener." Der Wind trug die dunkle, machtvolle Stimme heran, die wie ein ganzer Chor aus Stimmen klang, und die Pferde bei dem Baum scheuten. Die Krieger zuckten zusammen und sahen sich unsicher und angsterfüllt um; sie hatten die Stimme schon einmal gehört, doch noch immer trieb sie ihnen den kalten Schweiß der Angst auf die Stirn. Der Mann in der Brokatrobe zeigte keine Regung, und der Kniende lauschte in atemloser Verzückung. „Die Zeit der Alten ist Beendet, Diener. Ihre Krieger werden die Meinen sein," hallte die Stimme über die Ebene. „Und meine Armeen werden die Deinen sein. Öffne Deinen Geist, mein Diener."

Der am Boden kniende Mann atmete schneller und breitete mit einem verzückten Lächeln auf seinem blut- und schweißverschmierten Gesicht die Arme aus. Der Schatten des Mannes, den die fahle Nachmittagssonne durch die zähen grauen Wolken auf den Boden warf, schien lebendig zu werden, verlor die Form und breitete sich wie eine ölige Lache um ihn herum aus. Dann erhob sich der Schatten vom Boden und fiel dem Mann wie ein dunkler Mantel um seine Schultern, umschloss ihn und drang ihm in Mund und Augen. Einen Moment kniete der Mann still auf dem Boden, umfangen von seinem eigenen Schatten, und selbst der Wind schien innezuhalten.

Dann griff der Mann mit einer schnellen Bewegung seiner rechten Hand tief in das Loch vor ihm und zog einen dreckverkrusteten Edelstein hervor. Der Stein glühte in einem alarmierenden Rot, und dort, wo der Mann ihn berührte, wurde sein Fleisch flüssig und tropfte von seiner Hand auf den Boden. Die Hand des Mannes zuckte unter Schmerzen, und sein Mund wollte schreien, doch sein Blick war in einer merkwürdigen Ruhe auf den Stein gerichtet, dessen rotes Flackern sich in seinen dunklen, starren Augen spiegelte.

„Sieh und lerne, Diener," verkündete der Mann mit derselben vielstimmigen Stimme, die zuvor zu ihm gesprochen hatte, und ergriff mit der zweiten Hand sein zuckendes Handgelenk. Seine Fingerknöchel traten weiß hervor, als er sein Handgelenk umklammert hielt, bis nur noch die Knochen seiner Rechten den Stein hielten, während er mit dunkler Stimme uralte Worte sprach, die er nicht kannte. Das Glühen des Steines ließ nach und wurde zu einem ersterbenden Flackern, als sich dunkle Schwaden von innen darin ausbreiteten und das Licht erstickten. Als sich nur noch ein letzter Funke gegen die Dunkelheit wehrte, drückte der Mann mit seiner Knochenhand zu, und der Stein zersplitterte in seiner Hand in tausend Scherben. Ein Raunen lief über die stille

Ebene, das Stöhnen und Wispern der Toten. Keuchend und schluchzend brach der Mann zusammen und wickelte den Stumpf seiner Hand in seinen Mantel, den das Blut schnell rot färbte.

Das Raunen verstärkte sich zu einem heulenden Pfeifen, als erneuter Wind aufkam und Staub in Schwaden vor sich hertrieb. Der Staub schluckte den Rest des spärlichen Lichts, und im plötzlichen schier undurchdringlichen Nebel sahen sich die Krieger auf einmal allein. Auch der Kniende konnte kaum mehr einen Schritt weit blicken, doch das war unwichtig für ihn. Er wusste, dass sie durch den Nebel hindurch zu ihm kamen. Leise wiederholte er immer wieder die Worte, die er zuletzt gesprochen hatte, und die sich auf ewig in sein Gedächtnis gebrannt hatten; und als er den Ersten durch die Nebelwand auf sich zustapfen sah, spürte er das Blut in seinen Adern rasen und in seinen Schläfen pochen.

Vor ewigen Zeiten, lange vor ihm, waren auf diesem Schlachtfeld die heiligen Krieger bestattet worden, gestorben nach einer schier endlosen Schlacht gegen die Horden der Dämonen. Obwohl Menschen, waren diese Krieger von den Göttern gesegnet worden, und schon der Anblick ihrer leuchtend orangenen Waffenröcke und des Ankhs, des gewundenen Kreuzes, hatten den geplagten Bewohnern, die von den dunklen Horden getrieben wurden, Hoffnung und Mut gegeben. Die heiligen Krieger waren das Opfer der Götter gewesen, um den ewigen Krieg von Göttern und Dämonenherren auf ihre kleinen Vertreter und Helfer zu beschränken. Noch immer zogen Paladine, heilige Krieger mit den Gaben und dem Segen der Göttlichen, durch das Königreich, doch niemals mehr hatte es die heiligen Krieger in dieser Zahl gegeben, und kein heiliger Kriegerorden hatte seitdem Bestand gehabt.

Nun aber wankte der erste Krieger durch den Staub auf ihn zu, der makellose Waffenrock in leuchtendem Orange, das goldene Ankh auf seiner Brust prangend, das Gesicht unter einem geschwungenen Helm und einer ausdruckslosen Maske verborgen. Weitere Krieger schlossen sich ihm an, ihre Bewegungen ruckartig und unsicher nach diesen Ewigkeiten unverdienten Schlafes. Als immer weitere Soldaten aus allen Richtungen zu ihm strömten, warf der Mann die Arme in die Luft und lachte schallend. Das Geräusch klang schrill über dem Pfeifen des Windes und dem Klirren der schweren Kettenpanzer der Soldaten.

Zielsicher schritten die Krieger an ihm vorbei auf den Mann zu, der am Boden kniete, und Bakar schob die Ärmel seiner Brokatrobe zurück. Er nickte zu sich und machte sich auf, die Pferde zu holen.

Unerwartet tauchte ein kleiner Punkt vor ihr am Ende des Strudels auf, und mit rasender Geschwindigkeit blähte er sich auf. Das Sirren und Raunen des Strudels verstummte mit einem abrupten saugenden Geräusch, das an feuchten Matsch erinnerte, und Talias suchende Hände berührten weiches Gras, als sie unerwartet vornüber stürzte und wieder festen Boden unter sich fand. Einen Moment lang blieb sie still auf dem Boden liegen, der ihr angenehm fest und real vorkam, und rang nach Atem. Sie hörte Kyle in ihrer Nähe keuchen und irgendeinen Gott verfluchen, und auf der anderen Seite Lynn gepresst atmen. Sie sammelte sich und kämpfte gegen das aufkommende Gefühl von Übelkeit an, als sie sich aufstützte und die Augen öffnete. Sie lagen auf einer kleinen Waldlichtung, und die Sonne schien warm und hell durch das tiefe Grün der umstehenden Bäume. In der Ferne zwitscherten Vögel, und am Himmel über sich sah Talia einen Raubvogel kreisen. Ein Bussard, nahm sie an, doch ihre Sicht war verschwommen und besserte sich nur langsam. Das Brausen des Strudels tobte noch immer in ihrem Kopf, und bunte Farben tanzten in kleinen Punkten vor ihren Augen.

Sie rollte sich herum, da sie dem seltsamen Gefühl in ihren Beinen nicht traute, und sah nach Kyle und Lynn, die sich ebenfalls aufrappelten und umsahen. Etwas hinter den beiden sah sie zwischen den Bäumen einen Weg verlaufen, kaum mehr als ein Trampelpfad, aber ein Richtungsweiser. Dann fiel ihr etwas auf.

„W-wo ist Quinn?" brachte sie mühsam hervor, und arbeitete gegen das seltsam taube Gefühl in ihrem Mund an. Ihr Blick irrte ziellos hin und her, um irgendwo den Körper des jungen Magiers im Gras liegen zu sehen. Hatte er sie betrogen, und war doch in der Zitadelle zurückgeblieben? Es wäre ihm ein leichtes gewesen, denn keiner von ihnen hätte es bemerkt, wenn er den Zauber nicht auch auf sich selbst angewandt hatte. Oder war das gar nicht möglich gewesen? Hatte er vielleicht einen Fehler gemacht? Talia wusste nicht viel über Zauberei, aber sie hatte gehört, welche fürchterlichen Folgen fehlerhafte Zauber haben konnten. Selbst wenn der Zauber Quinn nur einige Schritte von ihnen weg getragen hatte, war er möglicherweise in einem Baum oder einem Stein erschienen oder in diesem seltsamen Strudel bereits zerrissen worden.

Kyle gab ein besorgtes Stöhnen von sich, und sie mühte sich auf die Beine, während ein angstvoller Gedanke den nächsten jagte. Sie richtete sich auf, um sich umzusehen, und die Welt geriet unter ihren weichen Beinen erneut ins Taumeln. Sie hatte das vage Gefühl, dem Boden rasend schnell näherzukommen, bis plötzlich eine feste Hand ihren Arm ergriff und sie stützte. Ein wärmendes Gefühl breitete sich von der Hand ihren Arm hinauf bis in ihren schmerzenden Kopf aus, und die Übelkeit und Orientierungslosigkeit verebbten.

„Ich bin hier." Sie blinzelte und sah den jungen Magier, der zwischen den Bäumen aufgetaucht war, und fühlte den versichernden Druck seiner Hand. Ihm schien diese seltsame Reise nichts angetan zu haben: er hatte die Kapuze ins Gesicht gezogen und stand ruhig und fest wie die Bäume um ihn her. Als er sich versichert hatte, dass sie nicht erneut fallen würde, ließ er ihren Arm los und half Kyle auf, der auf allen Vieren im Gras kroch und leise verschiedene Götter verfluchte. Talia hatte sich gewundert, warum der Magier die Kapuze ins Gesicht gezogen hatte, und als er sich zu Kyle hinunterbeugte, meinte sie den Grund zu erkennen: an seinem Hals klaffte eine frische Wunde, die offensichtlich bis zu seiner Brust hinunterführte. Die Wunde wirkte, als wäre Quinns Haut an dieser Stelle einfach aufgerissen, und Talia fühlte sich einen Moment an den Anblick gehäuteter Jagdbeute erinnert, der in Karuhm für sie zum Alltag gehört hatte. Solche feuchtglänzenden und blutigen Wunden an einem Menschen zu sehen, rief die Übelkeit zurück, und sie stützte sich haltsuchend an einem nahen Baum ab, um ruhig und kontrolliert zu atmen. Quinn hatte ihren Blick offensichtlich bemerkt, denn er sah aus den Augenwinkeln zu ihr. Er schüttelte leicht den Kopf, wohl um ihr zu sagen, sie solle sich keine Sorgen machen. Sie tat es trotzdem.

Kyle hatte die Wunde ebenfalls bemerkt. Er war kein Jäger und auch sonst nicht an den Anblick größerer Wunden gewöhnt; er sprang auf und stolperte davon, um sich einige Schritte weiter äußerst geräuschvoll hinter einem Baum zu erbrechen.

Als er zurückkehrte, hatte Talia trotz Quinns Protesten begonnen, mit einigen Fetzen Stoff aus ihrem Gepäck die Wunde notdürftig zu bandagieren. Lynn stand daneben und hatte die Augenbrauen beeindruckt hochgezogen.

„Wie schafft man denn so etwas?" fragte sie und warf dem Magier einen herausfordernden Blick zu.

„Ich hätte bei der Reise eben beinahe den Kopf verloren," gab der trocken zurück und verzog das Gesicht, als Talia einen weiteren Stofffetzen um seinen Hals wickelte. „Ich bin durchaus dankbar für die Fürsorge, Talia, aber mit etwas Zeit kann ich die Wunde auch selber heilen."

„Wenn das solange dauert wie der Schnitt an Deinem Arm," entgegnete Talia, „bleibe ich vorerst lieber beim Bandagieren." Sie schob seine Robe zurück und betrachtete kritisch den Riss in seiner Haut, der sich quer über seine Brust erstreckte. „Ein Wunder, dass Du noch aufrecht laufen kannst," bemerkte sie, während sie einen weiteren Stofffetzen abriss und in Wasser tränkte. Sein Blut hatte sich über seine Brust und ihre Hände verteilt, und seine Robe wies von Brust bis Hals ebenfalls einen langen dunklen Fleck auf.

Lynn gab ein Geräusch zwischen einem verächtlichen Schnauben und einem Lachen von sich. „Sicher, ‚alles eine Frage der Selbstkontrolle', wird er gleich sagen." Kyle sah Quinn ihr einen strafenden Blick zuwerfen, der Lynns Vermutung zu bestätigen schien. Lynn besah sich ebenfalls die Wunde und runzelte die Stirn. „Ich könnte ebenfalls versuchen, etwas zu tun -"

„Nein!", fiel ihr Quinn scharf ins Wort, und Kyle warf ihm einen verwunderten Blick zu. Talia murmelte etwas und machte sich daran, die letzte Bandage erneut anzulegen, die bei Quinns heftiger Reaktion verrutscht war. Der Magier verzog das Gesicht und warf Lynn einen ernsten Blick zu. „Ich habe bereits gesagt, dass wir die Kräfte nicht mischen sollten," erklärte er, und ließ sich trotz guten Zuredens nicht davon abbringen.

Schließlich seufzte Talia entnervt und zog die letzte notdürftige Bandage fest. „Das ist nicht das, was eigentlich nötig wäre -"

„- aber es wird reichen," beendete Quinn ihren Satz mit dem Ansatz eines sanften Lächelns und ließ sich im Gras nieder, „Ich danke Dir. Zudem müssen wir uns um weit wichtigere Dinge kümmern. Bis zum Tempel ist es noch immer ein weiter Weg, und bis dorthin muss uns etwas einfallen, wie wir die Schläfer ablenken."

Erneut dieser Begriff, mit dem Kyle nichts anzufangen wusste. „Könntest Du kurz für uns Unwissende erklären, was an diesen Schläfern so besonderes ist? Ich meine, bei dieser Versammlung taten ja alle so, als wären alle Probleme gelöst, wenn man zwei von den Jungs zum Tempel schickt. Ich glaube ja nicht, dass man viel tun kann, wenn man schläft." Er zog die Augenbrauen hoch und warf Quinn einen fragenden Blick zu. Der brachte ein vages Lächeln zustande.

„Du wärest überrascht, was man dann alles tun kann," erklärte er. „Als *Schläfer* werden spezielle Magier in den Diensten des Konzils bezeichnet. Die beiden, die Euch ständig gefolgt sind, waren ebensolche Schläfer, jedoch noch am Anfang ihrer Ausbildung. Diese Magier werden in allen Kampf- und Angriffszaubern unterwiesen, dazu in der Fähigkeit, magische Schutzschirme und Wälle zu errichten. Am Ende ihrer Ausbildung erlernen sie die Fähigkeit, ihr geistiges Abbild an ferne Ort zu senden und dort zu handeln, ohne körperlich anwesend sein zu müssen."

„Astrale Projektion," bemerkte Lynn leise, und der Magier nickte.

„Erinnert Ihr Euch an die beiden Erscheinungen, die wir am Tor des Konzils getroffen haben? Die beiden, die wie Geister wirkten?"

„Oh ja," murmelte Lynn, „diese netten Herren werde ich so schnell nicht vergessen." Kyle lief ein kalter Schauer über den Rücken, als er sich an die beiden Erscheinungen erinnerte, die Lynn vor dem Torbogen auf die Knie gezwungen hatten. Er sah sich unwillkürlich um, ob nicht hinter einem Baum die weißstrahlenden Augen eines solchen Wesens aufgetaucht waren, während sie redeten.

Quinn nickte. „Diese beiden waren voll ausgebildete Schläfer. Ihre eigentlichen Körper lagern in einem der zahlreichen Kellerräume der Zitadelle, zusammen mit etwa hundert anderen Schläfern, und sie bewegen sich in unserer Welt inzwischen nur noch als Projektion." Kyle warf ihm einen erstaunten Blick zu, und der Magier erklärte. „Obwohl zu Beginn der Ausbildung die Kraft, Ausdauer und Widerstandskraft des Körpers gesteigert werden, sind sie später nicht mehr wichtig. Die Körper sind dann nur noch Hüllen für den Geist und werden magisch am Leben erhalten. Und genau das ist ihr großer Vorteil und unser Problem."

Er setzte ab und veränderte seine Sitzhaltung, während Kyle und Talia, die sich ebenfalls gesetzt hatten, gespannt warteten. Lynn lehnte an an einem Baum und Kyle schätzte, dass sie ebenfalls interessiert lauschte, auch ohne es zu zeigen. Diese „astrale Projektion" schien für sie bekanntes Gebiet zu sein, und vielleicht kannte sie sich auch mit diesen „Schläfern" aus.

„Da die Schläfer nicht körperlich anwesend sind," fuhr Quinn fort, und Kyle wandte seine Aufmerksamkeit wieder ihm zu, „gibt es praktisch keinen Weg, sie zu verletzen oder zu vernichten. Während sie selbst auch als Projektion ihre gesamten Zauberkenntnisse einsetzen können, würde jeder normale Kampfzauber einfach durch sie hindurchgehen. Alles, was man tun kann, ist, ihre Konzentration soweit zu stören, dass sie die Projektion nicht aufrecht erhalten können." Er zuckte die Schultern und verzog das Gesicht angesichts seiner Wunde. „Selbst dann hat man nur kurze Zeit Ruhe vor ihnen. Sobald sie sich wieder konzentrieren können, sind sie wieder da. Entfernungen haben für sie bei der Projektion keinerlei Bedeutung, also können sie binnen eines Augenblicks wieder von der Zitadelle zum Tempel reisen."

Er schwieg einen Moment und schloss die Augen. Ein leichter Wind strich über die Lichtung, spielte mit den Ästen der jüngeren Bäume und brachte etwas Vogelgezwitscher mit sich. Den Sorgen nach, die Quinn sich machte, war diese Idylle äußerst trügerisch. Dennoch wurde Kyle unruhig, nur herumzusitzen. Er hielt nicht viel davon, sich vor einem Gefecht endlos den Kopf zu zerbrechen, und dadurch nicht zum Handeln zu kommen.

„Wir haben noch ein dringenderes Problem, oder?" begann er. „Wie kommen wir zum Tempel?"

Er blickte reihum in die Gesichter der anderen drei, und Quinn nickte. „Bis zum Tempel sind es fünf oder sechs sehr anstrengende Tagesreisen. Mit Pferden wären wir schneller und weniger erschöpft, wenn wir ankommen."

Kyle dachte daran, dass sie ihre treuen Reittiere in den Ställen der Zitadelle zurückgelassen hatten. Langsam hatte er sich daran gewöhnt, Tag für Tag mehrere Stunden auf dem Rücken eines Pferdes unterwegs zu sein, und er vermisste das freundliche Schnauben seines ruhigen braunen Tieres, mit dem es ihn jeden Morgen begrüßt hatte.

„Dann werden wir Pferde brauchen," stellte Lynn fest, „denn wir haben gerade noch vier Tage, bis das Ritual sich vollzieht. Bis dahin sollten wir besser am Tempel sein und diesen Bakar ausfindig gemacht haben." Sie stieß sich vom Baum ab und sah zum Weg hinüber. „Am Besten folgen wir wohl dem Weg."

Kyle erhob sich, und Talia und Quinn taten dasselbe. „Wir müssen nach Norden, nicht wahr?" fragte er Quinn.

Der nickte und deutete den Weg entlang. „In dieser Richtung werden wir eine Straße nach Norden finden, ja. Ich wollte uns nicht direkt auf dem Weg erscheinen lassen." Er brach ab und sah sich suchend um. „Wo ist meine Tasche?"

Die anderen sahen sich ebenfalls um. Die lederne Umhängetasche, die Quinn in der Zitadelle noch getragen hatte, musste ihm bei der überstürzten Ankunft aus der Hand geglitten und irgendwo im Gras gelandet sein.

„Dort ist sie." Lynn hatte die Tasche nahe einer Baumwurzel wenige Schritt von ihnen entfernt entdeckt und streckte die Rechte aus, als wollte sie die Tasche auf die Entfernung greifen.

„Hal-", weiter kam Quinn nicht, denn Lynn hatte bereits eine zugreifende Bewegung gemacht, und die Tasche hob sich vom Boden. Im selben Moment riss Lynn überrascht die Augen auf und wurde von einer unsichtbaren Kraft von den Füßen gerissen und zurückgeschleudert. Die Tasche segelte in einem Bogen vor Kyles Füßen zu Boden, doch der kümmerte sich nicht darum, sondern eilte zu Lynn.

Die hatte sich mühsam wieder aufgerappelt und kniete keuchend im Gras. Ihr linker Arm wirkte von der Hand bis zum Ellenbogen wie verbrannt, und ihre gerötete Haut hatte Blasen geschlagen. Sie starrte ungläubig auf den Qualm, der von der Verbrennung aufstieg, und dann zu Quinn.

„Was bei den Niederhöllen sollte das werden?" fluchte sie lautstark und umklammerte ihren linken Arm mit der Rechten, das sonst ruhige Gesicht vor Schmerzen verzogen.

„In der Tasche ist mein Buch," erklärte Quinn vorwurfsvoll, als er näher kam und die Wunde besah, „ich habe doch gesagt -"

„- die Kräfte nicht mischen, hm?" beendete Lynn aufgebracht den Satz für ihn, und er nickte. Sie rappelte sich mühsam vom Boden auf und strich mit der Linken über die Brandblasen. Unter der Berührung ihrer Hand ließ die Schwellung nach und die Blasen vergingen. Zurück blieb eine Rötung, kaum mehr als ein starker Sonnenbrand, der ihren Unterarm krebsrot färbte.

Quinn hatte seine Tasche aufgesammelt und geschultert. „Ich wollte Euch warnen, Mystikerin," erklärte er entschuldigend, „aber Ihr wart schneller. Es tut mir leid."

Lynn murmelte eine unwirsche Antwort, schien sich jedoch mit seiner Entschuldigung zufriedenzugeben, und sie machten sich schließlich auf den Weg.

Nur kurze Zeit später hatte der Trampelpfad, der zwischen den Bäumen verlief, sie zu einer breiten Straße geführt, in deren Staub sie die Abdrücke zahlreicher Pferdehufe erkennen konnten. Kyle schätzte, dass sie nicht weit von einer Siedlung entfernt waren, und hoffte, dass sie dort einige Pferde erstehen konnten. Er begann, sich Sorgen um die Bezahlung zu machen, denn obwohl er noch etwas Geld von Karuhm hatte, würde es kaum für vier ordentliche Reitpferde reichen - im Notfall würde er einmal mehr als Dieb tätig werden. Obwohl sie noch nicht lange aus Karuhm abgereist waren, hatte er in der letzten Zeit kaum mehr Anwendung für seine schwer erlernten Fähigkeiten gehabt. Sich mit gepanzerten Kriegern auf Pferden ein Gefecht zu liefern oder vor einem Magierrat einen Bericht abzulegen, hatte nicht gerade zu den Disziplinen gehört, die ein Dieb erlernte, und er fürchtete, seine Aufmerksamkeit und Geschicklichkeit könnten nachlassen, wenn er sich nicht von Zeit zu Zeit als solcher betätigte.

Seit sie die Straße erreicht und Quinn die Richtung angedeutet hatte, hatten Kyle und Lynn die Spitze übernommen, so dass Talia auf den Magier acht geben konnte, der seine klaffende Wunde beständig ignorierte. Lynn rieb von Zeit zu Zeit über ihren geröteten Arm und beschwerte sich abwechselnd über das brennende Gefühl oder den Magier, der dafür verantwortlich war - beziehungsweise dessen Buch. Kyle war froh, dass sie ihren Humor darüber nicht verloren hatte, denn die Beschwerden, die die junge Frau halblaut in Quinns Richtung von sich gab, waren kaum ernstzunehmen, und nach kurzer Zeit war sie zu ihren üblichen allgemeinen Kommentaren über die Hermetiker zurückgekehrt.

Noch am Morgen war sie mit Kyle kreuz und quer durch die Zitadelle gezogen und hatte die beiden Magier auf Trab gehalten, und von Zeit zu Zeit hatte sie Kyle ein paar ihrer Meinungen zu den Magiern des Konzils zugeraunt. Hätten die beiden Männer, die ohnehin ihren Ausflug nicht zu genießen schienen, nur einen Bruchteil davon mitgehört, hätten sie Lynn vermutlich auf der Stelle niedergestreckt und zur Bestrafung erneut vor den hohen Rat geschleift.

Auch deshalb war er froh, außer Sichtweite der Zitadelle und der missgelaunten Magier zu sein. Lynn war nicht nur sehr hilfreich gewesen, als er fast verblutet wäre, sondern hatte sich auch als eine angenehme Begleiterin erwiesen. Einzig über ihre seltsamen Kräfte bewahrte sie weiterhin Stillschweigen. Kyle hatte mehrmals versucht, etwas mehr darüber zu erfahren, doch Lynn hatte nur geschwiegen oder das Thema gewechselt. Er nahm an, dass es damit etwas Ähnliches auf sich hatte wie mit den Namen, und er hatte es schulterzuckend angenommen, obwohl ihm manches Mal etwas mulmig bei dem Gedanken wurde, welche Kräfte die junge Frau noch besitzen mochte, wenn selbst so mächtige Personen wie der Magier Duncan de Grey sie fürchteten.

Über seinen Gedanken war ihm entgangen, dass auch Lynn ihre ständigen Sticheleien eingestellt hatte und nun still neben ihm herging, offenbar ebenso mit ihren eigenen Gedanken beschäftigt wie er mit seinen. Er beobachtete sie eine Weile, wie sie, vollkommen abgeschlossen von der Welt, ihren Gedanken nachhing und dabei wie in Trance ihren Weg fortsetzte.

Wenn sie konzentriert nachdachte, war Kyle aufgefallen, wanderte ihr Blick nach kurzer Zeit in unbestimmte Ferne, und ihre Stirn kräuselte sich von Zeit zu Zeit zu einem Stirnrunzeln. Eine Strähne ihres kurzen dunklen Haares hing ihr ins Gesicht, und bei jedem Schritt wippte sie auf und ab und strich über ihre Wange. Wie sie vollkommen selbstverloren den Weg entlangschritt, schien sie Kyle wie das einzig gültige Bildnis einer absoluten, idyllischen Ruhe. Ein leichter Wind ließ die Bäume links und rechts des Weges murmelnd rauschen, und die Sonne schien und warf einen matten Glanz auf Lynns dunkle Haare und ihre weiche, helle Haut. Kyle musste bei dem Anblick unwillkürlich lächeln.

Sie bemerkte seinen Blick und sah ihn fragend an. „Hm?" machte sie und erwiderte sein Lächeln. Es war ein ehrliches, freundliches Lächeln, dass die besorgten Falten von ihrer Stirn vertrieb.

„Ich habe mich nur gefragt, woran Du denkst," antwortete Kyle auf ihre angedeutete Frage. „Es schien Dich ja sehr zu beschäftigen."

Sie nickte zustimmend und seufzte. „Es ist nur wegen dieser Schläfer; sie machen mir Sorgen. Etwas stimmt an dieser ganzen Geschichte nicht, mit dem Horn, diesem Bakar und dem Konzil, das ein paar Schläfer schickt, obwohl das Horn doch angeblich längst bei ihnen ist."

„Nun ja," wandte Kyle ein, „sie wollen vorsichtig sein. Du hast doch gehört, sie fürchten, dass eine Kopie trotzdem gefährlich sein kann."

Sie nickte erneut und schüttelte gleich darauf den Kopf. „Das ist schon richtig, aber das ist es nicht, was mir Sorgen macht. Ich meine, dieser Bakar ist doch kein Schwachkopf. Du hast erzählt, dass er einen Kristall hatte, um das Horn aufzuspüren. Ein Horn, das angeblich einige Tage später von Konzilsmagiern gefunden und weggeschafft wird, nur an einer ganz anderen Stelle. Es ist doch seltsam, dass zwei identische Artefakte kurz vor einem wichtigen Datum auftauchen, und dass dann ausgerechnet die Fälschung gestohlen wird." Sie warf einen Blick über die Schulter zu Quinn, der sich mit Talia unterhielt. „Soviel man auch gegen die Hermetiker sagen kann - und das ist eine Menge - wirklich *blind* sind sie nicht. Was sie gefunden haben, kann keine Fälschung sein, denn sie hätten es bemerkt. Und Bakar kann ebenfalls keine Fälschung besitzen, sonst wäre sein Kristall absolut unnütz. Solche Artefakte, wie der Kristall wohl eines ist, die zum Aufspüren von bestimmter Magie erschaffen wurden, lassen sich nicht von ähnlichem Aussehen täuschen."

„Was kann es also sein?" fragte Kyle, der sich die Frage ähnlich, aber ohne all den magischen Schnickschnack, gestellt hatte.

Lynn schüttelte resigniert den Kopf. „Ich weiß es eben nicht. Wir werden zum Tempel gehen müssen, um es herauszufinden. Und ich mag es nicht, unvorbereitet zu sein."

Sie brachten einige weitere Zeit auf der Straße mit unterschiedlichen Gesprächen und Planungen für das weitere Vorankommen zu, ohne auf jemanden zu treffen. Die Straße schien wenig benutzt, und Quinns anfängliche Befürchtung, sie würden zu schnell Aufsehen erregen und so dem Konzil gemeldet werden, erwies sich als unbegründet. Als sich nach einer Wegbiegung die ersten Häuserdächer einer kleinen Stadt hinter den Baumwipfeln abzeichneten, hatte Quinn ihnen seinen Plan unterbreitet, ohne weitere Pause abzureisen, sobald sie Pferde erstanden hatten, und in der Nacht im Freien zu kampieren. Am nächsten Tag würden sie spät am Abend ein kleines Dorf erreichen, in dem sie die Nacht verbringen konnten, bevor sie am nächsten Tag in höchster Eile zum Tempel aufbrechen mussten, um vor Beginn des Rituals, sofern es noch stattfand, dort einzutreffen.

Sie folgten dem Weg und sahen schließlich die ersten kleinen strohgedeckten Hütten links und rechts. Der Wald wich saftigen Wiesen, auf denen sie große Schaf- und Ziegenherden grasen sahen. Dahinter wuchsen die Gebäude allmählich immer weiter in die Höhe, die einfachen Lehmhütten wichen Fachwerk und Stein. In einiger Entfernung ragten übermannshohe hölzerne Palisaden aus dem Boden, in regelmäßigen Abständen von einfachen Aussichtstürmen unterbrochen. Die Straße führte durch ein Tor in den Palisaden weiter in die Stadt hinein, verzweigte sich zuvor jedoch in ein Gewirr von Gassen und Durchgängen zwischen den zahlreichen einfachen Häusern der Bauern und Handwerker, die sich ein Leben in der Stadt nicht leisten konnten oder erst später hinzugezogen waren und nun vor den Palisaden lebten.

Als sie die ersten Häuser erreichten, lugten ihnen von überall her neugierige Augen nach, und nahstehende Hirten, spielende Kinder und Frauen in den Gemüsegärten ihrer Häuser unterbrachen, was sie gerade taten, um ihnen nachzusehen. Kyle hätte sich gewünscht, unauffällig durch die Stadt zu gelangen, besonders jetzt, da die Mitglieder des Konzils sie suchen würden, aber sowohl Quinns, als auch Lynns Erscheinung in ihren langen Kapuzenmänteln war ungewöhnlich genug, und auch Waffen wie Kyles Schwert sah die Landbevölkerung selten, so dass sie viel Aufsehen erregen mussten. Zudem erweckten Blut und Wunden natürlich immer das Interesse des einfachen Volkes, und die Verbände, die sich von Quinns Hals bis zu seiner Brust zogen, waren kaum zu leugnen, auch wenn der junge Magier die Kapuze übergezogen hatte; er bewegte sich dennoch mit der Vorsicht jener, die langsam heilende Wunden nicht unnötig belasten und damit wieder aufreißen wollten.

Sie ließen die Bauern hinter sich und wurden von einer Horde neugieriger Kinder durch das Tor begleitet, das von zwei gelangweilten Wächtern in den grau-weißen Waffenröcken der nördlichen Gebiete flankiert wurde. Die beiden Männer warfen ihnen einen kurzen, schläfrigen Blick zu und gingen dann weiter ihrer Arbeit nach - sie dösten in der warmen Mittagssonne vor sich hin.

Kyle hatte keine Ahnung, wie genau der Landstrich hieß, in dem sie sich nun bewegten, oder wer ihn im Namen des Königs verwaltete. Alles, was er über den Norden wusste, waren die vielen wundersamen Geschichten über Elfen, Zwerge und Drachen, die, jeder für sich, im hohen Norden leben sollten, die beiden Letzteren in tiefen Höhlen unter den Nordgebirgen, die Elfen dagegen in einem weit ausgedehnten Waldgebiet unterhalb der Gebirgskette. Ferner sollte der Norden voll sein von den üblichen Schreckgespenstern, Trollen, Dämonen, verrückten Magiern und mordenden Räubern. Derartige Geschichten gab es über jeden Teil des Königreiches, und was im Norden die Elfen, waren im Süden die bezaubernden Meermenschen, und die Drachen des Nordens mochten ebenso wahr oder unwahr sein wie die Greifen der mittleren Regionen, nach deren Bild das königliche Wappen geprägt worden sein sollte. Wenn man all den Geschichten Glauben schenken wollte, wäre Kyle daheim in Karuhm alle fünf Schritt auf einen Kobold getreten und wäre inzwischen von ihnen mit Missgeschick, schlechtem Atem und Warzen verflucht worden.

Sie folgten dem staubigen Weg, der hinter den Toren rasch in eine ordentlich gepflasterte Straße überging, und machten an einer einladenden Schenke Halt. Kyle hatte sich nach der Reise und dem Anblick von Quinns Verwundung vorerst von seinem Frühstück getrennt, und nachdem sie nun bereits ein oder zwei Stunden unterwegs waren, verspürte er neu erwachten Appetit. Sie setzten sich an einen der Tische am Straßenrand und sahen dem geschäftigen Treiben einiger Karren und vieler Handwerker zu, die mit ihren eigenen Tagesaufgaben durch die Straßen der Stadt eilten. Der Gastwirt kam und sie ließen sich etwas Fleisch, Brot und Wasser kommen; sie hatten eine gute Weile anstrengenden Ritts vor sich, und offensichtlich trauten die anderen ihren Mägen nach der Abreise aus der Zitadelle ebensowenig wie Kyle.

Als der Gastwirt mit ihrem Essen zurückkehrte, fragte Quinn ihn nach einer Möglichkeit, gute Reitpferde unterhalb der überteuerten Preise zu erstehen, zu denen sie auf dem Markt der Stadt angeboten würden. Der Mann überlegte einen Moment und empfahl ihm dann einen der Bauern vor den Toren der Stadt, und Quinn war aufgestanden und in der geschäftigen Menge verschwunden, bevor jemand der anderen etwas sagen konnte.

„Der erinnert mich an sein großes Vorbild, Duncan de Grey," grummelte Lynn, „der fragt auch niemals, ob er etwas tun soll."

Kyle grinste breit. „Oh, da ist er doch nicht der Einzige..." Er warf einen Blick auf ihren Unterarm und fügte hinzu: „Nur verbrennt er sich dabei seltener die Finger, nicht wahr?" Sie warf ihm einen gespielt vorwurfsvollen Blick zu und wog prüfend einen Tonkrug in der Hand. Kyle lachte kurz auf, ging aber dennoch vorsorglich in Deckung, bevor sie sich entschloss, den Krug doch noch zu werfen.

Sie warteten eine Weile, bis Quinn zurückkehrte, und Kyle schilderte in der Zwischenzeit Talia abwechselnd mit Lynn, was sie den Morgen über getrieben hatten. Talia erzählte ihnen im Gegenzug, wie sie Nial durch das Labyrinth der unzähligen Gänge gefolgt war und schließlich beinahe mit Quinns Lehrmeister zusammengestoßen war. Gemeinsam überlegten sie, was sich wohl zu dieser Zeit in den Hallen der Zitadelle abspielen würde. Wenn sie Lynn glauben wollten, würden sie für weitere drei Tage Ruhe vor den Mitgliedern des Konzils haben; so lang würde es nach Meinung der jungen Frau dauern, bis die Magier nach endlosen Beratungen, Sitzungen, Anträgen und Gegenanträgen endlich zu einer Entscheidung gelangt wären.

„Ganz so optimistisch sind unsere Möglichkeiten nicht einzuschätzen, Mystikerin," unterbrach Quinn sie, und sie drehten sich um. In jeder Hand hielt er die Zügel eines gesattelten Pferdes, und zwei weitere Tiere trotteten gehorsam neben ihm her. Kyle hattte keine Ahnung von Pferden, aber vom ersten Eindruck her schätzte er, dass Quinn die Tiere sorgfältig ausgewählt hatte. Quinn schien auf eine Weise welterfahren, die mit seinem Alter nicht übereinstimmen konnte, und es war wenig wahrscheinlich, dass er beim Pferdekauf auf einen windigen Betrüger hereingefallen war.

„Die Magier des Konzils sind durchaus in der Lage, eigenständig zu handeln, und solange der hohe Rat ein bestimmtes Vorgehen nicht ausdrücklich erlaubt oder verbietet, steht jedem Mitglied sein Handeln frei. Wir können also nicht darauf hoffen, die kommenden drei Tage unbedingte Ruhe zu haben, wenn man uns erst einmal entdeckt hat," fuhr Quinn fort, während sie ihr Essen zahlten und er ihnen die Zügel ihrer Pferde reichte. Kyle hatte sich an sein vorheriges Pferd gewöhnt und wäre zu gerne mit ihm weitergeritten, aber die Aussicht, zum Konzil zurückzureisen und es dort abzuholen, war wenig verlockend. Also wandte er sich seinem neuen Reisegefährten zu, der ihn mit neugierigen Nasenstupsern begrüßte. Er streichelte dem Tier durch die dichte Mähne und schätzte, dass sie beide gut miteinander auskommen würden.

Sobald es möglich war und sie einige letzte Vorräte gekauft hatten, verließen sie die Stadt und wandten sich nach Norden; Quinn, der als einziger den Weg kannte, übernahm die Führung, und schon bald ritten sie in leichtem Galopp über die staubige Straße in zunehmend felsigeres Gebiet. Je weiter sie kamen, desto mehr rückten die dichten grünen Wälder, die sie bisher immer nur wenige Schritt vom Wegesrand entfernt begleitet hatten, in die Ferne und machten ausgedehnten Wiesen und Weiden Platz, die vereinzelt von steinigem Boden und kleinen Felsenhügeln durchbrochen wurden. In einiger Entfernung sahen sie immer wieder Schäfer mit ihren Schaf- und Ziegenherden, die aufsahen und ihnen neugierige Blicke nachwarfen.

Quinn schlug bewusst ein höheres Tempo an als zu Beginn ihrer Reise; inzwischen, nahm er an, würde auch Kyle sich an das Reiten gewöhnt haben, und sie konnten schneller reiten, ohne befürchten zu müssen, dass er vom Pferd fiel. Quinn war überrascht gewesen, wie gut der Dieb, der angeblich noch nie auf einem Pferd gesessen hatte, mit seinem Tier zurechtgekommen war, und wie fest er sich im Sattel hatte halten können. Er hatte erwartet, ihn spätestens beim Gefecht mit Bakars Soldaten aus dem Sattel fallen zu sehen, doch sein Pferd hatte sich auch im Kampf als erstaunlich ruhig erwiesen, und Kyle selbst hatte ein gutes Gefühl dafür gehabt, wie er sich im Sattel zu bewegen hatte. Quinn nahm an, dass seine Geschicklichkeit und Körperbeherrschung, die er als Dieb gelernt haben musste, ihm dabei nicht unerheblich geholfen hatten.

Was die Mystikerin anbetraf, die für sich selbst den Namen Lynn gewählt hatte, so hatte Quinn keine großen Zweifel gehabt, dass sie zum Reiten fähig war - viele der Mystiker schienen sich, ähnlich wie die Zaubernden der Natur- und Kreaturmagie, ausgezeichnet mit Tieren zu verstehen. Quinn selbst kannte aus den Archiven einige Zaubereien, die der Verständigung mit Tieren dienten, aber offensichtlich besaßen viele der Mystiker auch ohne entsprechende Ausbildung ein Gespür für die Natur und die Tiere.

Talia hatte die geringsten Probleme gehabt, sich mit längeren Reisen auf dem Rücken eines Pferdes zurechtzufinden; als Jägerin war sie es sicherlich gewohnt, und im Gegensatz zu Quinn, der zwar viel Erfahrung mit dem Reiten hatte, die logische Planbarkeit des Unbelebten jedoch vorzog, bildete sie mit ihrem Tier bereits nach kurzer Zeit eine lebende, atmende Einheit.

Er warf den anderen drei einen Blick zu, die die letzten Stunden ein Gespräch über alles Mögliche begonnen hatten, und die nun zuversichtlich die staubige Straße entlangritten. Die Sonne stand bereits tief am Himmel und warf längliche Schatten über den Weg, als Quinn sie an einer Baumgruppe halten ließ.

„Wir können hier kurz rasten und die Pferde tränken," erklärte er und führte sie zu einem munter gurgelnden Bach, der sich zwischen den Bäumen hindurchwand, „dann werden wir noch einige Meilen weiter reiten, bevor wir unser Lager aufschlagen." Er saß ab, und die anderen taten es ihm nach. Sie führten ihre Pferde an den Bach, und er sah Talia dabei zu, wie sie ein Büschel Gras ausriss und ihr verschwitztes Pferd trockenrieb.

Auch sie schien ihren ganz eigenen Zauber für Tiere zu haben, dachte Quinn, und schalt sich gleich darauf für den Gedanken. Er musste sich darauf konzentrieren, was vor ihnen lag, wenn er die kleine Reisegruppe nicht ungeschützt ins Verderben laufen lassen wollte. Er hatte sie bereits mehrfach unvorsichtig der Gefahr ausgesetzt - ein Fehler, den er nicht wiederholen würde.

„Warum so schweigsam, Hermetiker?" fragte Lynn gutgelaunt und trat neben ihn. Quinn blinzelte, ignorierte sie einen Moment und sah über die Schulter. Talia hatte Kyle gezeigt, wie er sich um die Pferde kümmern musste, und gemeinsam versorgten sie die vier Tiere, die friedlich kauend alles geschehen ließen. Dann sah er wieder zu Lynn, die ihn lächelnd und mit einem angriffslustigen Blitzen in den Augen taxierte.

„Den beiden geht es gut, keine Sorge," kommentierte sie, „aber ich habe das Gefühl, dass Du diese Reise etwas zu ernst nimmst." Sie hob die Hand, um ihm kameradschaftlich auf die Schulter zu klopfen.

Quinn schnaubte und fing ihre Hand ab. Er hielt ihr Handgelenk fest umschlossen und zog sie zu sich heran, so dass seine Fingerknöchel weiß hervortraten. Sie wollte etwas sagen, doch er verzog warnend das Gesicht und zischte: „Ich glaube eher, dass Ihr diese Reise *nicht ernst genug* nehmt, junge Dame." Er sah erneut über die Schulter und sie folgte seinem Blick in wortloser Verwirrung, zu überrascht, um zu antworten oder sich zu wehren. „Die beiden haben *absolut* keine Ahnung, was sie erwartet, und ich habe die Verantwortung für diese Reise übernommen. Ihr habt den Dieb doch selbst gehört; er denkt, er könnte einen Dämonen mit seinem Schwert aufhalten! Was auch immer diese Dämonenanbeter versuchen werden, wir müssen in jedem Fall mit dem Schlimmsten rechnen. Ihr wisst ebensogut wie ich, dass sie mit einem dummen Fehler in ihrem Ritual ebenfalls einen Dämon rufen können - einen, den sie dann *nicht* kontrollieren können. Ich trage die Verantwortung dafür, dass die beiden in ihren sicheren Tod gehen, ohne sich dessen bewusst zu sein." Sie wollte etwas einwenden, doch er unterbrach sie mit einer unwirschen Geste. „Nein, es war nicht ihre freie Entscheidung, mitzukommen - sie wissen nicht einmal wohin. Also sagt mir *nicht*, ich solle die Verantwortung nicht ernst nehmen."

Er ließ ihre Hand los, und sie stolperte zurück, sich das Handgelenk reibend. Er konnte deutlich die dunklen Spuren sehen, die seine Finger hinterlassen hatten. Es waren mehr als einfache Abdrücke, und an seinen Fingern spürte er ebenfalls das taube Brennen, das allein der Kontakt mit ihrer Haut hervorgerufen hatte. Die Art der Kräfte, die sie beide kontrollierten, waren so unterschiedlich, dass sie zusammen unkontrollierbar wurden. Selbst die bloße Berührung konnte ihnen bereits die Haut vom Leib fressen.

„Ist mit Euch beiden alles in Ordnung?" Talia war dazugetreten und blickte fragend von einem zu anderen. Die Mystikerin warf Quinn einen kurzen Blick zu und nickte dann langsam, wobei sie ihr Handgelenk mit den frischen Brandwunden im Ärmel ihres Mantels verbarg. Quinn nickte knapp, wandte sich auf der Stelle um und marschierte tiefer in den Wald. Er konnte fast *hören*, wie Talia Lynn hinter seinem Rükken einen verwirrten Blick zuwarf, aber sie konnte vorerst keine Erklärung für sein Verhalten erwarten. Er konnte es selber nicht.

Als die drei außer Hör- und Sichtweite waren, rammte er abrupt die Faust in die Rinde eines nahen Baumes und hörte es splitternd knacken. Einige Brocken Rinde fielen zu seinen Füßen ins Gras, doch er wusste, dass das Knacken von seiner Hand gekommen war; dem tauben Gefühl nach war sie entweder verstaucht, oder aber gebrochen.

Beides war ihm in diesem Moment egal; er hatte erneut die Selbstbeherrschung verloren, und die Schmerzen halfen ihm, sich zu konzentrieren und zu sammeln. Er schloss die Augen, vor denen bunte Flecke tanzten, lehnte schwer atmend die Stirn an den knorrigen Baumstamm und hörte dem Blut zu, das in seinen Ohren rauschte. Er besann sich auf die Konzentrationsübungen, die ihm Meister Dokius in seiner Ausbildung wieder und wieder eingeprägt hatte, jene Übungen, die das Herz ausschalteten und dem Verstand die Kontrolle überließen. Jahrelang hatte er diese Übungen immer wieder durchgeführt, bis der hohe Rat ihn als Gesandten in die Welt geschickt hatten. In der Nähe der einfachen Menschen hatte er sie vernachlässigt, und seine Selbstbeherrschung war schwächer geworden.

Er bewegte stumm die Lippen, als er Dokius' Worte rezitierte und das Rauschen seines Blutes nachließ. In seinem Studierzimmer in der Zitadelle hatte sein Lehrmeister ihm befohlen, die Übungen durchzuführen, doch Talia hatte ihn unterbrochen. Nun setzte er sie fort, und seine Gedanken klärten sich langsam, aber stetig; das dumpfe Pochen in seinem Handgelenk nahm ab und wurde zu einfachem, klarem Schmerz.

Quinn öffnete die Augen. Die Umgebung hatte sich nicht verändert, aber nun nahm er sie mit neuen Augen wahr. Er erkannte jede Kleinigkeit genau, doch sie hatten an Bedeutung verloren - Büsche und Bäume waren nun nicht mehr als Hindernisse in einem Raum, in dem er sich bewegte. Er senkte den Blick und betrachtete seine verletzte Hand, in die einige Holzsplitter eine blutende Wunde gerissen hatten; eine Beeinträchtigung, die behoben werden musste.

Er fuhr mit dem Zeigefinger der unverletzten Hand um sein Handgelenk, und ein grünliches Leuchten zog sich dort wo sein Finger die Haut berührt hatte, wie eine durchsichtige, glühende Schnur. Die Schnur wurde länger und wand sich um sein Handgelenk bis hinauf zu den Spitzen seiner gestreckten Finger. Ein warmes, grüngelbes Leuchten umfing seine Hand wie ein Kokon, und über dem leisen Singen des Zaubers hörte man Knochen knacken, als die Magie die Hand wieder in ihren vorherigen Zustand zurückformte.

Dann verblasste das Glühen und Quinn ballte die Hand prüfend. Sie schien vollkommen wiederhergestellt, und so wandte er sich um und kehrte zu den anderen zurück.

Sie standen bei ihren Pferden und sahen ihm verwundert entgegen, als er zwischen den Bäumen auftauchte. „Wir reiten weiter," stellte er fest, während er an ihnen vorbeiging und wieder in den Sattel stieg. Er wendete sein Pferd, während die anderen sich mit fragenden Blicken ansahen und schließlich ebenfalls aufsaßen. Er führte sie schweigend zur Straße zurück und trieb sein Pferd zur Eile an. Weder das Pferd noch die verwirrten Reaktionen seiner Wegbegleiter waren wichtig - sie würden zurechtkommen. Es war wichtiger, rechtzeitig am Tempel anzukommen, dachte Quinn, als er mit leerem Blick den Weg entlangritt. Doch irgendwo tief in ihm drin gab es etwas, das seinem klaren, logischen Verstand widersprach.

Sie ritten, bis die Sonne hinter den Bergen im Norden verschwunden war. Im trüber werdenden Licht fiel es den Pferden zusehends schwerer, ihr Tempo beizubehalten, und Quinn ließ sie widerwillig langsamer über den Weg traben, der immer öfter von scharfkantigen Steinen und kleinen Felsen durchsetzt war.

Schließlich hielten sie an einem kleinen Waldstück, und Quinn schwang sich vom Pferd und sah sich um. Während die anderen die Pferde abzäumten und versorgten, schritt er zwischen den Bäumen und mannshohen Felssplittern hindurch und hielt nach unliebsamen Überraschungen Ausschau. Die Gegend am Fuße der Berge war weniger dicht besiedelt als im Zentrum des Königreiches, und ein einsamer Reisender konnte hier draußen leicht das Opfer von Wegelagerern werden, die sich mit Vorliebe an guten Rastplätzen aufhielten. Offensichtlich jedoch waren sie schlau genug gewesen, sich von einer Reisegruppe fernzuhalten, in der ein Magier mitreiste.

Quinn zwängte sich zwischen zwei verwachsenen Bäumen hindurch und gelangte an einen flachen Hang. Unter seinem Fuß lösten sich einige Kieselsteine und rollten den Hang hinunter bis zum Ufer eines kleinen Sees, der sich in dieser Talsenke gebildet hatte, umgeben von einem Ring aus Bäumen. Von einem überhängenden Felsvorsprung fiel Wasser leise gurgelnd hinunter und hielt den See in ständiger Bewegung, so dass die Sichel des halben Mondes sich in den Wellen auf dessen dunkler Oberfläche brach. Quinn folgte dem natürlichen Pfad am Rand des Sees entlang und erklomm die leichte Anhöhe bis zum Felsvorsprung. Ein Hase machte sich verschreckt aus dem Staub, als der Magier sich versicherte, dass niemand sich dort oben oder in der Nähe des Baches versteckt hatte, der den See speiste. Niemand ließ sich blicken, also kehrte Quinn zu den anderen zurück, die ein kleines Feuer entzündet hatten.

„In diese Richtung gibt es einen See," bemerkte er und wies mit dem Daumen über die Schulter, als er sich zu ihnen setzte.

Talia lächelte dankbar und pflückte sich einen dürren Zweig aus den Haaren. „Das ist gut," seufzte sie, „ich würde zu gerne zumindest einen Teil des Straßenstaubes loswerden." Sie ließ den Bogen von der Schulter gleiten und legte ihn sorgfältig zu ihrem Gepäck und ihrer Schlafrolle, die sie auf dem Waldboden ausgebreitet hatte. Sie erhob sich und stupste Kyle vor die Brust. „Ihr beide könnt ja solange hier auf das Feuer acht geben." Sie sah zu Lynn, und diese folgte ihrem Beispiel und entledigte sich ihrer Tasche nach einem prüfenden Seitenblick auf Quinn. Die beiden jungen Frauen verließen den flackernden Lichtkreis, den das Feuer warf, und verschwanden zwischen den Bäumen.

„Ts. Frauen," grunzte Kyle und zuckte die Schultern. Er wandte den Kopf und sah zu Quinn hinüber, der blicklos in die Flammen starrte. „Und Du meinst, dass es hier sicher ist?" fragte er mit einem Blick zu den Bäumen, hinter denen das schwache Feuer unruhige Schatten tanzen ließ. Quinn nickte, während er aus seiner Tasche etwas von dem Proviant zog, den sie am frühen Mittag gekauft hatten. Er reichte es Kyle, und der nahm es dankend. Sie hatten seit ihrem Aufbruch nur kurz, während der Rast Stunden zuvor, etwas essen können, und Kyle musste bereits wieder Hunger haben. Auch Quinn sah die Notwendigkeit, sich zu ernähren, und so saßen sie eine Weile still kauend nebeneinander, dem Knistern und Prasseln des Feuers und den Geräuschen des nächtlichen Waldes lauschend.

Kyle war der Erste, der die Stille durchbrach. „Sag mal, Quinn," begann er zögerlich und wartete auf eine Reaktion. Es blieb einen Moment lang still, doch dann bedeutete Quinn dem jungen Dieb mit einer Geste, fortzufahren. Der nickte und sah hinüber in die Richtung, in der Quinn auf den See gestoßen war. „Ich kann mir eigentlich schon denken, was Du sagen wirst, aber... was denkst Du eigentlich von Lynn?" Erneut folgte kurze Stille, und Kyle fuhr fort. „Ich meine, ich weiß ja, dass Ihr beide Euch nicht wirklich leiden könnt, aber davon einmal abgesehen...?"

Quinn ließ die Stille noch einen Moment länger halten, bevor er antwortete. „Sie ist bisher nützlich gewesen," kommentierte er schlicht und emotionslos, „und wir brauchen sie auch noch, wenn wir am Tempel ankommen." Er ignorierte Kyles verwirrten Blick und starrte ins Feuer.

„Mh. Nützlich, hm?" gab der nach einer Weile blinzelnd von sich und grinste schief. „Du hast wirklich eine seltsame Art, Leute einzuschätzen."

„Meine Art, Leute einzuschätzen, ist nicht von Belang," erwiderte Quinn tonlos, „es gibt zur Zeit weit Wichtigeres."

Kyle lachte leise auf und ließ sich in das weiche Gras zurücksinken. Er verschränkte die Hände hinter dem Kopf und starrte in den Himmel, der sich zwischen den Baumwipfeln zeigte. "Ja richtig. Aber andererseits kommen wir diesem Tempel davon, dass wir uns hier Sorgen machen und Pläne entwerfen, auch nicht näher." Er rollte herum und sah Quinn mit gerunzelter Stirn an. „Wir hatten doch festgestellt, dass wir nicht wissen, was wir machen können, bis wir da sind, oder? Wenn Bakar noch da ist," murmelte er und ballte unwillkürlich die Rechte zur Faust, „dann werden wir uns um ihn kümmern. Und wenn nicht, dann warten wir, bis sich die ganze Sache von allein erledigt. Lynn hatte doch gesagt, dass dieses Ritual nur an einem ganz bestimmten Tag stattfinden kann. Wenn Bakar und seine Leute den verpassen, müssen wir uns wohl keine Sorgen mehr um ihn machen. Irgendwann werden wir diesen schleimigen Kerl finden, und dann mögen ihn die Götter schützen." Er zog in einer raschen Bewegung sein Kurzschwert hervor und betrachtete prüfend die blanke Klinge, die im hellen Mondlicht spiegelte.

Quinn warf einen kurzen Seitenblick auf die Waffe, die ihm, obwohl sie meisterhaft gearbeitet war, unendlich grob und unbrauchbar erschien. Für Bakar würde sie wohl eine Gefahr darstellen können - für das, was sie vor sich hatten, kaum.

In der Dunkelheit knackte ein Zweig und riss ihn aus seinen Gedanken. Er blickte auf und erkannte am Rand des Lichtkreises, der sie umgab, die Silhouetten zweier Gestalten. Kyle hatte neben ihm das Schwert in der Hand und spannte sich für einen Sprung, um jedem Angriff begegnen zu können, doch Quinn sah zu ihm und schüttelte den

Kopf. Aus dem Halbdunkel tauchten Talia und Lynn auf, die vom See zurückkehrten, ihre Haare noch immer tropfnass, und auch Kyle entspannte sich, als er die beiden erkannte und ihre vertrauten Stimmen hörte.

„Könnt Ihr beide Euch nicht lautstark unterhalten, wenn Ihr durch die Nacht wandert?" rief er ihnen vorwurfsvoll entgegen. „Ich wäre beinahe auf Euch losgegangen."

„Bist Du aber nicht," bemerkte Talia grinsend, als sie sich zu ihm setzte und ihre Haare ausschüttelte. Ein Sprühregen kleiner Wassertröpfchen, die im Feuerschein in allen Regenbogenfarben glitzerten, löste sich aus ihren goldblonden Haaren und ging über den lautstark protestierenden Kyle nieder. Lynn lachte hell auf, während sie sich mit einem Tuch die Haare trockenrieb. „Und Du würdest mir doch nichts antun, oder?" beendete Talia ihre Ausführung und blickte ihn mit treuem Augenaufschlag an.

„Wenn Du so etwas nochmal versuchst," grummelte er und wischte das Wasser ab, wo es noch nicht eingesickert war, „dann überleg' ich's mir doch nochmal." Er versuchte, ernst zu bleiben, aber ein Lächeln stahl sich in seine Züge.

„Beschwer' Dich nicht," gab Talia zurück und kuschelte sich an ihn, „immerhin konntest Du etwas Wasser gut vertragen - Du siehst aus wie ein zerlumpter Wegelagerer." Er setzte zu einem Protest an, überlegte es sich dann jedoch anders und verschränkte die Arme hinter dem Kopf, etwas Unverständliches über Frauen murmelnd. Talia warf ihm einen kurzen Blick zu und schloss dann die Augen. „Vielleicht sollten wir etwas schlafen," murmelte sie, „wir kommen doch erst morgen abend wieder in ein Dorf, oder?" Sie öffnete ein Auge und blickte zu Quinn, der zustimmend nickte.

„Auch gut, dann schlafen wir also," antwortete Kyle, ein Gähnen unterdrückend. Er streckte sich, und zog seine Schlafrolle zu sich heran, was Talia zu einem missbilligenden Grunzlaut veranlasste. Sie ließ ihn kurz seine Decke um sie beide legen und ließ dann ihren Kopf wieder auf seine Brust sinken. Lynn verkroch sich ebenfalls unter ihre Decke, und wenige Momente später waren auch von ihr nur noch leise, gleichmäßige Atemzüge zu hören.

Quinn saß mit übereinandergeschlagenen Beinen vor dem Feuer und lauschte in die Nacht hinaus. Er ließ den Blick über seine drei Begleiter schweifen, die friedlich schliefen. Sie alle hatten sich bisher als wertvolle Hilfen erwiesen, und obwohl sein Verstand es nicht eingestehen wollte, sorgte Quinn sich noch immer um sie. Es würde sein Fehler sein, wenn einem von ihnen etwas zustieß.

Während sie schliefen, saß Quinn in seiner üblichen steifen Haltung am Feuer und wachte aufmerksam über sie.

Als Kyle am nächsten Morgen erwachte, saß Quinn noch immer mit halbgeschlossenen Augen und sah in die Ferne hinter dem Wald. Seltsamerweise war während der Nacht der dunkle Fleck von seiner Robe verschwunden, den die schwere Wunde an Quinns Hals hinterlassen hatte, aber Kyle wunderte sich in Gegenwart des Magiers nur noch über wenig.

Das kleine Feuer war über Nacht heruntergebrannt, und ein leichter Wind hatte Kyle den Rauch der schwelenden Reste in die Nase getrieben. Er setzte sich behutsam auf, um Talia nicht zu wecken; sie murmelte etwas im Halbschlaf und rollte sich an ihn.

Ihre Haare fielen in sanften goldenen Wellen auf die Decke, die Kyle um ihre Schultern gelegt hatte, und er strich ihr lächelnd durchs Haar.

Neben ihnen regte sich Lynn, wickelte sich leise aus ihrer Decke und sah sich verschlafen um. Mit einer Hand strich sie eine widerspenstige Strähne aus ihrem Gesicht, während sie mit der anderen ein Gähnen unterdrückte. Die frühe Morgensonne warf einen matten Schimmer auf ihre dunklen Haare, als sie einen Moment still vornübergebeugt sitzen blieb und sich sammelte. Dann erhob sie sich und schien für einen neuen Tag bereit. Sie schenkte Kyle ein kurzes, aufmunterndes Lächeln und machte sich daran, ihre Decke wieder zu einer ordentlichen Rolle zusammenzurollen.

Kyle atmete tief ein und wieder aus; er schlief gewohnheitsmäßig wenig, und die frische Waldluft weckte Appetit und Tatendurst gleichermaßen. Er strich Talia die Haare aus der Stirn und flüsterte leise: „Aufwachen, Schlafmütze." Offensichtlich hatte sie ohnehin nicht mehr fest geschlafen, denn nach einem undeutlichen Murmeln öffnete sie die Augen und setzte sich ebenfalls auf. Sie sah hinüber zu Quinn, der zwischenzeitlich aufgestanden war und bereits sein Pferd sattelte.

„Heute werden wir den ganzen Tag reiten?" fragte sie, und er nickte kurz. Sie sprang auf die Füße und ging zu ihm, um beim Satteln der Tiere zu helfen. „Dann sollten wir besser schnell aufbrechen. Je früher wir am Tempel ankommen, desto besser."

Der Magier nickte und schulterte seine Tasche. Kyles Schätzung nach war er die ganze Nacht oder zumindest große Teile davon wach geblieben; dennoch schien ihm Müdigkeit nichts anhaben zu können. „Heute abend werden wir in einem kleinen Dorf an den ersten Ausläufern der Berge Station machen," führte Quinn aus, „von dort aus reiten wir direkt zum Tempel weiter und werden ihn am frühen Morgen erreichen. So haben wir noch einen ganzen Tag, uns vorzubereiten."

Sie stimmten ihm zu, und so aßen sie kurz etwas, bevor sie sich auf die Rücken ihrer Pferde schwangen und losritten. Quinn ritt erneut voran, und Kyle, Talia und Lynn folgten ihm auf den zunehmend zerklüfteten Wegen. Das eigentliche Gebirge war noch einige hundert Meilen entfernt, doch zum Norden hin erhob sich die ganze Landschaft langsam aber stetig. Irgendein Spaßvogel hatte die Gegend vor Jahren den Rockzipfel des Himmels genannt, weil der Himmel von dort, wo die Spitzen der Gebirgskette ihn streiften, herabzufallen schien und sich wie ein Rocksaum über das Land ausbreitete; Der Name hatte sich allgemein eingebürgert, und die Nennung beschwor ein lebhaftes, der Wahrheit nicht ganz fernes Bild herauf.

Auf ihrem Ritt sahen sie immer weniger Gras und Wälder, dafür umso mehr Steine, Steine und ... Steine. Zeitweilig verschwanden die Wälder, die in immer weitere Entfernung von ihnen gerückt waren, vollkommen hinter einem Hügel am Horizont und tauchte einige Zeit lang nicht mehr dahinter auf. Das Gras wurde spärlicher und war nun braun statt grün; die saftigen Weiden wurden von Steppe abgelöst, in der sich dann und wann noch ein einzelner Busch zeigte. Die Luft war etwas dünner geworden, obwohl es ihnen nur dadurch auffiel, dass die Sonne um so heißer auf sie herunterbrannte.

Seit dem frühen Abend des vorigen Tages hatten sie keine lebende Seele mehr gesehen, von irgendwelchen Anzeichen einer Siedlung ganz zu schweigen. Die Schäfer und ihre Herden waren zuerst aus ihrem Blickfeld verschwunden, später auch die

Waldtiere, die sie in den nahen Wäldern zumindest hatten erahnen können. Nun zeigte sich nur ab und an ein einzelner Raubvogel auf der Suche nach Beute am Himmel über ihnen. Die einzigen Geräusche um sie herum verursachte der Wind, der ihnen leicht ins Gesicht blies, sich zwischen Felsen und Steinen fing und wenigstens etwas Kühlung unter der sengenden Hitze verschaffte.

Sie ließen sich von der Stille wenig beeindrucken und unterhielten sich während des Ritts über so viel Unterschiedliches, wie sie finden konnten, ohne das bevorstehende Ziel ihrer Reise ansprechen zu müssen. Kyle erfuhr, dass Lynn außer ihrer Fähigkeit, oberflächliche Wunden zu heilen, auch verschiedene andere Gaben besaß, zu denen auch eine wundersame Form der Tierverständigung zählte. Talia steuerte ihre Kenntnisse im Umgang mit Tieren bei, und die beiden jungen Frauen unterhielten sich eine Zeitlang über die verschiedenen Tiere, die sie kannten. Von einigen der Tiere, die Lynn erwähnte, hatte Kyle bislang nur aus Legenden gehört, und Lynns Schilderung nach wollte er die verpasste Erfahrung eines persönlichen Kontakts nicht unbedingt nachholen. Von anderen Kreaturen, wie dem Basilisken, dessen Blick alles Lebende in Stein verwandeln können sollte, hatte Kyle noch nicht einmal in den verrücktesten Geschichten gehört; auch hier war er froh, ein solches Biest nie selbst gesehen zu haben. Ein gezielter Schwertstreich würde vermutlich vollauf genügen, die Kreatur zu töten, doch heranzukommen, ohne dass sie einen ein einziges Mal erblickte, erforderte einen wahren Meister des versteckten Anschleichens - einen Dieb, dachte Kyle amüsiert.

Während Talia und Lynn ihr Wissen austauschten, betrachtete Kyle die beiden so unterschiedlichen Frauen. Er hatte immer gewusst, wie wunderschön Talia, die er nun schon eine Ewigkeit kannte, war. Sie hatte langes, goldblondes Haar mit einigen braunen Strähnen und ehrliche, hellbraune Augen. Er wusste, dass sie schnell, geschickt und stark genug war, auf die Jagd zu gehen, doch sie war kleiner als Kyle und von einer fast zerbrechlichen Statur, die in ihm einen Beschützerinstinkt weckte, der ihr oft übertrieben vorkommen musste. Er hatte eifersüchtig über sie gewacht, wenn sie sich mit den schleimigen Hochadeligen wie Herzog Vighar abgegeben hatte und war zu Anfang fast krank vor Sorge geworden, als sie mit dem Jagen begonnen hatte. Inzwischen wusste er, wie gut sich die junge Frau verteidigen konnte, doch er war noch immer jedesmal in Sorge, wenn er sie nicht in seiner Nähe wusste.

Lynn dagegen war von einer unauffälligen Schönheit, die einem erst beim zweiten Blick ins Auge fiel. Ihre Kleidung war frei von jeglichem Schmuck: Unter dem langen grauen Mantel trug sie ein weites graues Hemd, das mal auf der linken, mal auf der rechten Seite bis zur Schulter herabrutschte und dessen Kragen und Ärmel an manchen Stellen eingerissen waren; dazu eine dunkle, bequeme Hose und ähnlich dunkle Lederstiefel.

Sie war deutlich kleiner selbst als Talia, und meist war außer ihrem Mantel, dessen Ränder im Normalfall über den Boden strichen, nur ihr wunderschönes, ebenmäßiges Gesicht zu sehen, das von den fast schulterlangen, glatt herabfallenden Haaren umrahmt wurde. Kyle war sich noch immer nicht sicher, welche Haarfarbe Lynn tatsächlich hatte; je nach Licht konnten ihre Haare in einem sehr dunklen Braun oder sogar schwarz schimmern, und wenn sie die Kapuze ihres Mantels hochschlug, kroch die

Dunkelheit von ihren Haaren bis zu ihren Wangen und ihren klaren, tiefbraunen Augen. In ihrem Blick hatte Kyle schon früher jenen seltsamen uralten Ausdruck gesehen, den auch Quinn oft zeigte, und die unerklärlichen Geheimnisse, die sie kannte, umgaben sie wie ein Mantel aus Sagen, Legenden und uraltem Wissen. Kyle hatte einen Teil dieses Wissens gesehen und am eigenen Leib erfahren, und die Macht, die Lynn allein in ihren zierlichen, sanften Händen besaß, faszinierte ihn. Verglichen mit Talia war Lynn ebenfalls wunderschön - sie wirkte jedoch geheimnisvoller, exotischer, dachte Kyle, obwohl ihm der Ausdruck unpassend erschien, und unwillkürlich musste er lächeln.

Lynn bemerkte seinen Blick und lächelte zurück; ein weiches, warmes Lächeln, das die Sonne hätte hervorlocken können, hätte sie ihnen nicht bereits den ganzen Tag auf die Köpfe gebrannt.

Erst am frühen Abend sahen sie wieder die ersten Anzeichen von Leben: einige Schäfer standen bei ihren Ziegenherden auf den felsigen Wiesen und sahen ihnen aus der Entfernung neugierig entgegen. In der Ferne tauchten langsam die ersten Spitzen eines hölzernen Palisadenzaunes hinter dem Horizont auf, und schon bald erkannten sie eine Ansammlung von länglichen Hütten, die sich in eine Talmulde duckten, und aus deren Kaminen gemütlich weißer Rauch quoll.

Als sie näherkamen, erkannten sie, dass die Palisaden das Dorf nicht vollkommen umgaben, sondern gerade einmal einen Viertelkreis darum beschrieben. Offensichtlich hatte man erst vor kurzem mit dem Bau begonnen, und sie sahen ein gutes Dutzend Handwerker geschäftig an einem Gerüst hin- und hereilen, das das Ende des Zaunes markierte. Unter lautem Rufen hievten die Männer mit vereinten Kräften einen weiteren spitzen Pfahl in die aufrechte Position zu den anderen und trieben ihn in sein vorbestimmtes Loch in die Erde. Während sie auf das „Tor" zuritten, das man bereits errichtet hatte, sah Kyle zu, wie der Pfahl mühsam mit dicken Tauen an den begonnenen Palisadenzaun geknotet wurde, nachdem er mit einem kurzen Ruck in eines der Löcher gesackt war. Die Löcher, die den weiteren Verlauf des hölzernen Schutzwalles markierten, hatte man rund um das Dorf gegraben.

So hoch im Norden war das Gesetz des Königs nicht mehr ganz so viel wert wie im Zentrum, denn die Statthalter versteckten sich auf ihren warmen Burgzimmern und schickten nur gelegentlich Reiter in die entfernten Dörfer, um Steuern einzutreiben - eine Stadt tat gut daran, sich um ihre eigene Verteidigung zu kümmern. Um so mehr überraschte es, dass dieses Dorf zwar einen Schutzwall errichtete, ansonsten aber nicht einmal Wachen zu haben schien. Als sie das Tor durchritten, sahen sie zumindest weder Soldaten in den Wappenfarben des Nordens, noch sonst jemanden, der im Mindesten bewaffnet und fähig war, das Tor zu bewachen. Andererseits schienen nicht nur die Handwerker an den Palisaden stark und Willens genug, sich notfalls mit bloßen Händen mit jedem Angreifer anzulegen, sondern ein Großteil der Dorfbewohner, die ihnen teils verwunderte, teils argwöhnische Blicke zuwarfen.

Quinn zügelte sein Pferd auf dem zentralen Platz des Dorfes, der, wie Kyle bemerkte, ebenfalls um einen Brunnen und einen alten Baum mit Sitzgelegenheit entstanden war. Das Dorf hatte sich nicht nach irgendeinem Plan um diesen Platz angeordnet, so dass ordentliche Straßen dorthin führen konnten - es war lediglich eine Stelle, an der die wild verstreuten Häuser etwas weiter auseinander standen als sonst. Sie stiegen ab und Quinn begann ein Gespräch mit einem kleinen fetten Mann mit einer vergilbten Schürze, offensichtlich der Betreiber der örtlichen Schenke, der ihnen sofort seine besten Zimmer - vermutlich seine einzigen - anbot. Dem Mann schien Quinns Art, höflich, aber vollkommen kühl zu sprechen, wenig auszumachen; tatsächlich schien er sogar Gefallen daran zu finden. Quinn hatte sich nicht als Magier zu erkennen gegeben, doch man musste kein allzu feines Gespür besitzen, um ihn mit seiner förmlichen Ausdrucksweise und seinen Gesten als Gelehrten zu erkennen. Der Mann schien ein brennendes Interesse an dieser „hohen Kunst", wie er es nannte, zu haben, das man hinter seinen stumpfen Schweinsäuglein nicht vermutet hätte.

Während der Mann Quinn in ein Gespräch über Wissen, Macht und ihre Verbindung zueinander verwickelte, sahen Kyle, Talia und Quinn sich unter den nun weniger feindseligen Blicken der Dorfbewohner um; der Schankwirt schien allgemein anerkannte Menschenkenntnis zu besitzen, und sie hatten als Fremde auch ansonsten nichts unternommen, was sie gefährlich erscheinen ließ.

Die Männer des Dorfes waren, soweit sie nicht beim Bau der Palisaden mithalfen oder auf den spärlichen Wiesen Ziegen hüteten, mit dem Wenigen beschäftigt, das auf diesem Boden wachsen wollte. Der Großteil der Gesichter, die sie sahen, gehörte Frauen, die ebenfalls mit den Pflanzen beschäftigt waren, und vielen Kindern unterschiedlichen Alters, die vergnügt über den Platz tollten. Sie sahen wenige alte Leute und Kyle schätzte, dass es in den niedrigeren Bergregionen nicht leicht war, alt zu werden. Die Bewohner schienen sich damit abgefunden zu haben und setzten offensichtlich umso mehr Kinder in die Welt.

Insgesamt mochte das Dorf vielleicht vierzig bis sechzig Menschen beherbergen; um sie herum standen ohne erkennbares Muster Wohnhütten in unterschiedlicher Größe, und außer der Schenke, die über einen kleinen Stall verfügte, war das einzige größere Gebäude ein länglicher Bau, in dem die Dorfbewohner vermutlich einen Rat einberiefen, größere Feste feierten und ihre Tempeldienste verrichteten. Zumindest was den Tempel anging, war Kyle sich halbwegs sicher, als er das Ankh, das gewundene Kreuz, mit weißer Farbe über die Tür des Gebäudes gezeichnet sah, das sich auf einer künstlichen Erhöhung etwas über alle anderen Hütten des Dorfes erhob. Ansonsten bot das Dorf nur noch den Platz um den Brunnen zur Zerstreuung, wo der Schankwirt einige Bänke und Tische aufgestellt hatte, um seine Gäste auch unter freiem Himmel zu bewirten.

Dort setzten sie sich zusammen und ließen vom Wirt etwas zu essen kommen; die Sorte Essen, die man auf Reisen als Proviant mitführen konnte, war nicht dafür bekannt, besonders schmackhaft zu sein und sich lange zu halten - eines von beidem war nie der Fall, und so waren sie froh über die Abwechslung. Der Gastwirt ließ sich in seinem sehr einseitigen Gespräch mit Quinn nicht stören und wies einen Jungen, offensichtlich seinen Sohn oder zumindest Lehrling, an, ihnen etwas zu bringen, während er selbst weiter sein Wissen über die Vorgänge am Hofe des Königs kundtat. Es schien dem Mann auch nichts auszumachen, dass Quinn auf keine seiner Fragen tatsächlich antwortete, oder wenn, dann nur mit kurzen, knappen Bemerkungen, denn er plauderte munter weiter vor sich hin. Er hätte sich vermutlich auch mit einer Steinwand unterhalten können, hätte er sie nur für einen Gelehrten gehalten, den seine Meinung auch nur ansatzweise interessieren könnte.

Das Essen wurde ihnen prompt gebracht und strafte die scheinbare Gleichgültigkeit, die der Gastwirt seinen Geschäften entgegenbrachte, Lügen. Der Junge, der die Speisen brachte, ächzte unter der schweren Holzplatte, auf der sich frische Brotlaibe und saftiges Fleisch drängten. Kyle überlegte einen Moment, zu fragen, von welchem Tier das Fleisch stammte, entschied sich aber dagegen. Vielleicht würde es ihm besser schmecken, solange er noch nicht wusste, welchen absonderlichen Gebirgstieren die Dörfler ihr Fleisch verdankten. Er hoffte darauf, dass der zuständige Gott für Magenverstimmungen ihm zur Zeit gnädig gestimmt war.

An den anderen Tischen saßen bereits andere Gäste der Schenke, und mit der hereinbrechenden Dämmerung kamen weitere Handwerker dazu, die ihre Arbeit für den Tag beendet hatten. Die Männer unterhielten sich angeregt über ihre Arbeit und das Wenige, das in dieser Gegend sonst so passierte, während der Wirt sich widerwillig von seinem Monolog mit Quinn löste und dem Jungen, der die Gäste mit Speisen und Getränken versorgte, zur Hand ging.

Ihnen gegenüber setzte sich ein grobschlächtiger Mann mit einem stoppeligen schwarzen Vollbart, den sie bereits bei den Handwerkern am Palisadenzaun gesehen hatten. Der Mann trug einfache kurze Stoffkleidung, die von der Arbeit in Mitleidenschaft gezogen worden war, und hielt seine wilden schwarzen Haare mit einem Stirnband davon ab, ihm in die Stirn zu fallen; als er ihnen zum Gruß die fleischige Hand reichte, brachte er den Geruch von Schweiß und frischen Holzspänen mit sich.

„Grüße Euch," begann er, während der Junge des Gastwirts ihm eine Schüssel mit Haferbrei brachte, „Ihr müsst fremd hier sein."

„Das sind wir," antwortete Kyle kauend und musterte ihn kurz. Der Mann hatte wache, klare Augen, mit denen er sie interessiert anblickte, und ein freundliches Lächeln lag auf seinen Zügen. Die schwere Arbeit und die Natur hatten ihm zu beträchtlichen Muskeln verholfen, mit denen er vermutlich mühelos mit einem Bären ringen konnte, doch er wirkte trotz seiner äußerlichen Wildheit besonnen und gutmütig. Wenn man bei dem Wort „stämmig" an dicke Baumstämme dachte, die zu einer annähernd menschlichen Form angeordnet waren, dann konnte man diesen Mann mit Recht als „stämmig" bezeichnen.

„Wir haben nicht oft Reisende hier," fuhr der Mann fort und wies mit dem Daumen über die Schulter auf den Wirt der Schenke. „Thoman erzählte, Ihr wollt morgen früh weiterziehen?"

Talia nickte und antwortete für Kyle. „Wir wollen noch ein gutes Stück weiter nach Norden." Kyle sah, wie der Mann die Stirn runzelte; offensichtlich gab es im höheren Norden seiner Meinung nach nichts, wohin man reisen könnte. Er war sich nicht sicher, wieviel von ihrer Reise man Uneingeweihten erzählen konnte oder sollte, um nicht für verrückt erklärt zu werden, und warf einen fragenden Blick zu Talia.

Der Mann zuckte die Schultern. „Ihr wollte zu den Leuten ins Gebirge, wie? Und dieser Gelehrte, der mit Euch reist, ist dann wohl ein Diplomat des Königs." Er hob in einer abwehrenden Geste die Hände und lächelte entschuldigend. „Verzeiht, es geht mich auch eigentlich nichts an."

Talia erwiderte sein Lächeln, offensichtlich dankbar, dieses Thema schnell hinter sich lassen zu können. „Ihr habt durchaus Recht," erwiderte sie, „wir sind tatsächlich auf einer Mission in den Norden." Sie ließ es dabei bewenden und lenkte seine Aufmerksamkeit auf ein anderes Thema: „Dieser Schutzwall, den Ihr dort baut," begann sie und sah zu den begonnenen Palisaden, die im Licht der sinkenden Sonne längliche Schatten bis zum Dorfplatz warfen, „wofür ist er gedacht? Gibt es hier in der Gegend Überfalle?"

Der Mann kratzte sich mit einer seiner großen Hände am Kopf und zuckte erneut die Schultern, scheinbar eine typische Geste für ihn. „Oh, hm", machte er, „wir hatten in letzter Zeit einige Probleme mit wilden Tieren, die quer durch unser Dorf getrampelt sind." Ein erneutes Schulterzucken. „Eigentlich recht ungewöhnlich, besonders für Wildschweine - der nächste Wald ist Meilen entfernt. Scheint fast, als wären sie vor irgend etwas auf der Flucht gewesen." Er beugte sich zu ihnen vor und sah sich misstrauisch um, als ob jemand der anderen aus dem Dorf ihn beobachten würde. Inzwischen waren auf dem Platz einige Feuer entzündet worden, um die sich kleinere Gruppen versammelt hatten, um zu Abend zu essen oder sich Geschichten zu erzählen, und das Feuer spiegelte sich in den suchenden Augen des Mannes und gab ihm ein gehetztes Äußeres. Als er sich vergewissert hatte, dass sie niemand belauschte, fuhr er im Flüsterton fort und rollte verschwörerisch die Augen: „Die Dorfältesten glauben, wir bekommen es nicht mit, aber sie fürchten sich insgeheim, dass etwas Größeres im Norden eingezogen ist. Sie wissen natürlich nicht, ob es Räuber oder ein noch größeres Tier ist, aber sie wollen die Palisaden aufstellen, bevor sie es herausfinden müssen." Er unterbrach sich kurz, als der Gehilfe des Gastwirts vorbeikam, um die inzwischen leeren Schüsseln und Teller abzuräumen. Dann beugte er sich wieder vor und fuhr fort, nachdem er sich vergewissert hatte, dass sie noch immer nicht belauscht wurden.

„Uns erzählen sie natürlich nichts davon. Sie sagen, sie wollen verhindern, dass weitere wilde Tiere durch das Dorf laufen, unsere kleinen Felder verwüsten und unsere Herden verschrecken. Aber ich habe zugehört, wie sie sich darüber unterhalten haben, ob sie nicht Herzog Haron über die seltsamen Vorkommnisse unterrichten wollen. Aber Thoman, der Wirt, fand, dass der ach so gute Herzog in seiner großen sicheren Stadt schon genug damit zu tun hat, diese Region gütig und weise zu regieren." Ein neuerliches Schulterzucken, doch im Gesicht des Mannes zeigte sich deutlich, was von Thomans Meinung zu halten war.

Kyle nahm an, dass Herzog Haron der Verwalter der nördlichen Provinzen sein musste; derjenige, dem die Soldaten in den grauen und weißen Waffenröcken unterstanden, die sie am Vortag in der Stadt gesehen hatten. Wenn die Wachen die Aufmerksamkeit, die sie den Bürgern oder den allgemeinen Geschehnissen in der Stadt entgegenbrachten, von ihrem Herzog gelernt hatten, dann würde es vermutlich ohnehin nicht viel nützen, dem adligen Herren von seltsamen Vorkommnissen in einem abgelegenen Dorf am Fuß der Berge zu berichten - Kyle erinnerte sich deutlich an die beiden trägen Gestalten, die, auf ihre Speere gestützt, in der mittäglichen Sonne gedöst hatten und ihnen nur einen kurzen, desinteressierten Blick zugeworfen hatten.

Kyle fiel auf, dass Lynn, die die ganze Zeit über geschwiegen hatte, den Mann genauer musterte, seit er von diesen seltsamen Geschehnissen berichtet hatte. Er schätzte, dass sie die flüchtenden Tiere mit dem in Verbindung brachte, was Bakar am Tempel im Norden vorhatte. Ihm selbst war der Gedanke für einen Moment auch gekommen, aber er hatte ihn verworfen. Er hatte zwar schon davon gehört, dass Tiere manche Dinge in der Luft spüren konnten, bevor sie offensichtlich wurden (was er insgeheim weiter bezweifelte), aber woher sollten wild lebende Tiere wissen, wenn ein einzelner Mensch oder vielleicht auch eine Handvoll gepanzerter Reiter in Begleitung eines Verrückten zu einem Tempel unterwegs waren? Es war wenig wahrscheinlich, dass Bakar und seine Männer einen derart fürchterlichen Eindruck auf Wildschweine haben konnten, dass diese die Flucht ergriffen und durch ein Dorf viele Meilen weiter südlich trampelten, und niemand konnte erahnen, dass der dürre Mann in der braunen Robe vorhatte, das Ende der Welt einzuläuten. Bei dem Gedanken daran, dass eine so verkrüppelte, gnomenhafte Gestalt wie Bakar in der Lage sein sollte, die Welt ins Chaos zu stürzen, musste Kyle unwillkürlich grinsen. Das Grinsen verging ihm allerdings, als er an das schmierig-schmeichlerische Gehabe Bakars zurückdachte; dieser Mann würde vermutlich in der Lage sein, sich bei jedem noch so fürchterlichen Meister als Diener und Handlanger einzuschmeicheln.

Er wurde aus seinen Gedanken gerissen, als Lynn neben ihm abrupt aus ihrer Reglosigkeit erwachte und vom Tisch auffuhr. Er rang mühsam um sein Gleichgewicht, kippte dann aber hinterrücks mit der hölzernen Sitzbank um. Als er sich wieder erhoben hatte, starrte er fragend zu Lynn auf, die sich hektisch im Dorf umsah. Nicht nur ihn schien sie überrascht zu haben, denn sowohl Talia und der Mann, mit dem sie gesprochen hatten, sahen verwirrt zu ihr auf, als sie mit suchendem Blick in den Himmel starrte, als auch einige der anderen Dorfbewohner, die von ihren kleinen Feuern oder von den anderen Tischen der Schenke hinübersahen. Kyles Blick fiel auf Quinn, der neben dem verwirrt dreinblickenden Gastwirt ebenso starr saß wie Lynn, und ebenfalls einen Punkt am Himmel zu fixieren schien. Kyle wandte den Kopf und sah ebenfalls hinauf. Über ihrem Gespräch und dem Essen war bereits die Sonne untergegangen, und das Dorf und seine Umgebung lagen nun bis auf einige Feuer dunkel da; der Mond war hinter einer dicken Wolkenschicht verborgen, die während des Abends aufgezogen sein musste, und Kyle konnte beim besten Willen nicht erkennen, was die beiden so angestrengt anstarrten.

Eine Windböe fegte über den Dorfplatz und trieb den Straßenstaub in wirbelnden Wolken vor sich her. Der Wind war mit einem Mal viel stärker geworden als die milde Brise, die sie die Reise über begleitet hatte, und heulte unruhig zwischen den Hütten hindurch, so dass Kyle erst im zweiten Moment das seltsame Geräusch wahrnahm, das gleichmäßig gegen den Wind anrollte und wieder verebbte. Es klang wie der schwere, gleichmäßige Flügelschlag eines Vogels, jedoch um einiges lauter; dieser Vogel musste etwa die Ausmaße einer fliegenden Kuh haben, und je länger Kyle sich darauf konzentrierte, desto mehr dieser seltsamen Flügelschläge konnte er hinter dem Geräusch des pfeifenden Windes ausmachen, der nun bereits an ihren Kleidern zerrte.

Auch wenn er sein Gehör als Dieb lange Zeit darauf trainiert hatte, leise Geräusche hinter anderem Lärm zu hören, war er sicher, dass nun auch die Anderen sie hören konnten. Um sich her sah er die verständnislosen Blicke der Dorfbewohner, die sich allesamt erhoben hatten und verwirrt in den schwarzen Himmel hinaufstarrten, an dem das Geräusch beständig näherzukommen schien.

Er hörte, wie irgend jemand ein „Die Götter stehen uns bei" murmelte, als Lynn ebenso plötzlich, wie sie aufgesprungen war, zu ihnen herumfuhr. Ihre Augen waren geweitet, und ihrem Gesicht nach zu urteilen wusste sie genau, was sich dort oben abspielte; der seltsam kühle Ausdruck auf ihrem sonst so lebendigen Gesicht erschreckte Kyle sehr viel mehr als der Wind, die Dunkelheit oder der gleichmäßige Flügelschlag, der inzwischen nach vielleicht tausend dieser „fliegenden Kühe" klang und noch immer beständig näherkam.

„Runter!" rief die junge Frau mit einem Mal zu den Umstehenden, und ihre Stimme klang eben so erschreckend kühl und befehlend, wie es ihr Gesichtsausdruck war. Kyle überlegte nicht lange: Seine Erfahrung hatte ihn gelehrt, seinen Reflexen zu gehorchen und schnell in Deckung zu gehen. Mit einer kurzen Bewegung riss er den niedrigen Tisch um und zog Talia mit sich hinter diese improvisierte Deckung gegen was-auch-immer. Im nächsten Augenblick sah er, wie ein Teil des nächtlichen Himmels ein Eigenleben entwickelte, wie ein langer schwarzer Schatten herunterschoss und auf Lynn hinabstieß, die stehengeblieben war. Er öffnete den Mund, um ihr eine Warnung zuzurufen, doch sie hob ruhig die Hände, und als die Schwärze auf sie auftraf, blitzte es von ihren Händen purpurn auf; Kyle hörte ein schrilles Kreischen, und der Schatten prallte zurück und zog sich in den Himmel zurück.

Einer der Dorfbewohner, der die Aufregung nicht verstanden hatte und noch immer verwirrt auf dem Platz stand, hatte weniger Glück: Ein weiteres Stück Schwärze, vielleicht so groß wie der Mann, löste sich aus dem Himmel und stürzte sich auf ihn. Mit erschreckender Genauigkeit sah Kyle, wie die Augen des Mannes sich in Panik und Horror weiteten, kurz bevor sein Oberkörper von seinem Unterkörper gerissen wurde und mit dem Schatten in den Himmel verschwand. Die übrigen Dorfbewohner schrien entsetzt auf, als sich ein Schwall Blut über alle ergoss, die in der Nähe gestanden hatten.

Ein weiterer entsetzter Aufschrei antwortete von der anderen Seite des Platzes, und Kyle sah, wie ein weiterer Schatten sich aus der Schwärze des Himmels löste und geradewegs durch das Strohdach einer nahen Hütte stürzte. Er hörte einen gellenden Schmerzensschrei, der abrupt in einem erstickten Gurgeln endete, als der Schatten mit einem weiteren Menschen in den Himmel verschwand. Er nahm alles mit stechender Genauigkeit wahr, und das Schreien der Dorfbewohner schmerzte ebenso in seinen Ohren wie das Prickeln von Schweiß auf seiner Haut.

„Los, zur Halle!" hörte er Lynn neben sich die verschreckten Leute anweisen, und ihre sonst so weiche Stimme klang schneidend in seinen Ohren. Die orientierungslose Menge gehorchte, und die Dorfbewohner stolperten und rannten halb blind zu dem langen flachen Gebäude, von dem Kyle angenommen hatte, es wäre Versammlungshalle und Tempel gleichermaßen. Lynn schien ebendas zu hoffen - wenn sie nicht einmal in einem Tempel sicher vor diesen rasenden Schatten waren, nicht einmal die

Götter sie schützen konnten... Kyle brachte den Gedanken nicht zu Ende. Neben ihnen splitterte das Holz der Tischplatte, und ein weiterer Schatten raste knapp vor seinem Gesicht vorbei. Kyle hatte den kurzen Eindruck sehr scharfer *Krallen*, als der Schatten sich mit einem schrillen Schrei wieder in den Himmel erhob.

Er sah zu Lynn auf, und sie warf ihm einen gehetzten Blick zu und deutete mit zusammengebissenen Zähnen erneut zur Halle hinüber. Also sprang Kyle hinter dem Tisch auf und zog Talia mit sich, als er, den Schatten ausweichend, zur Halle loslief. Lynn schloss sich ihnen langsam rückwärts gehend an und hob wiederum die Hände, als ein Schatten sich aus dem Himmel löste, um auf sie herabzustoßen. Kyle sah erneut den purpurnen Blitz, als ihre Fingerspitzen auf die Schwärze trafen. Sie biss die Zähne zusammen und wurde von der Wucht des Schattens zurückgeworfen, der von ihren Fingerspitzen abprallte und unkontrolliert trudelnd in eine nahe Hütte stürzte. Die Lehmmauer des Gebäudes gab nach wie morsches Holz, und die Decke stürzte herab und begrub den Schatten unter sich.

Die fliehende Dorfbevölkerung kam ins Stocken, als ein Mann am vorderen Ende abrupt stoppte und von den Nachfolgenden zu Boden gerissen wurde. Ein Schatten hatte eine Frau aus der Mitte gerissen und mit sich in den Himmel getragen, und im selben Moment landete einer der Schatten direkt vor den Vordersten. Als Kyle die Erscheinung sah und begriff, wünschte er sich, weiterhin nur die huschenden Schatten zu sehen.

Vor ihnen stand eine Alptraumkreatur mit ledriger grauer Haut, großen ledrigen Schwingen und messerscharfen Krallen an den Füßen wie auch an den spindeldürren Armen. Die Erscheinung hatte etwas entfernt Menschenähnliches, doch die drahtige, gekrümmte Gestalt, unter deren mit unzähligen kleinen Narben übersäter Haut sich die spitzen Knochen deutlich abzeichneten, war so unpassend zu den großen, dünnhäutigen Flügeln. Man meinte das Licht der dahinter liegenden Feuer zu erkennen durch sie zu erkennen, und das Licht spielte über den Dorn, in dem jeder der Flügel endete. Der Kopf lief spitz zu einer Fratze zusammen, die sie mit leeren Augen von einer stumpfen Schwärze anstarrte, in der sich nicht einmal der Feuerschein spiegelte. Bis auf die spitz nach hinten auslaufenden Ohren hätte das Gesicht menschlich gewirkt, wenn die Nase nicht gefehlt hätte und der Mund von unzähligen spitzen, geifertriefenden Zähnen zu einem höhnischen Grinsen verzogen worden wäre.

Instinktiv griff Kyle nach seinem Schwert und schob Talia hinter sich, als die Kreatur einen Schritt auf die verschreckten Dorfbewohner zumachte und mit ihrer krallenbewehrten Klaue ausholte. Die unbewaffneten Männer und Frauen, die vor Angst fast zusammenbrachen, hatten keine Chance gegen dieses Biest, und Kyle verfluchte den zuständigen Gott, der so einen Alptraum zugelassen hatte.

Kurz bevor die Kreatur jedoch zuschlagen konnte, traf sie ein blendend weißer Blitz, und mit einem unmenschlichen Kreischen versuchte das Ding, sich vom Boden abzustoßen und wieder in den Himmel aufzusteigen. Kyle sah, dass Quinn mit dem aufgeschlagenen Buch in einer Hand auf dem Dorfplatz stand und mit dumpfer Stimme etwas rezitierte, seine Robe vom Wind gebläht. Von seiner freien Hand zuckte immer wieder ein Lichtblitz dorthin, wo eine der Kreaturen zu sehen war. In den Flügelschlag der Kreaturen und das Schreien der Dorfbewohner mischte sich ein helles Singen, wann immer ein solcher Blitz die Dunkelheit durchschnitt, und rollender Donner vom Himmel schien Quinn antworten zu wollen.

Der erste Blitz hatte die Kreatur vor ihnen in zwei Teile geschnitten, und Lynn scheuchte die Dorfbewohner über die schwelenden Reste hinweg die leichte Anhöhe zur Tempelhalle hinauf. Kyle lief an ihre Seite und rief ihr über den schmerzlichen Lärm hinweg atemlos zu: „Was sind das für Biester? Dämonen?" Ein weiterer Schatten raste aus dem Himmel heran, und Kyle hieb ungezielt mit dem Schwert danach; er traf nicht, doch die Kreatur flog eine Kurve und kehrte zu dem Schwarm am Himmel zurück, um sich ein neues Opfer zu suchen.

Lynn schüttelte den Kopf angesichts seiner Frage, blieb plötzlich stehen und riss beide Hände hoch; ein weiterer purpurner Lichtblitz umfing ihre Hände, und mit einem wütenden Kreischen verzog sich der Schatten zurück an den Himmel. Sie wischte sich hektisch eine Haarsträhne aus dem Sicht, und Kyle sah einen dumpfen Glanz in ihren Augen. „Keine Dämonen," antwortete sie, als sie den Eingang der Halle erreichten und hineinstürzten, getrieben von weiteren Dorfbewohnern, „Dämonen sind intelligent. Dies hier sind Dai'khir. Ihre Diener; das sind nicht mehr als Monster."

Nur Monster, dachte Kyle. Seiner Meinung nach reichten diese Nur-Monster vollkommen aus.

Während weitere Dorfbewohner in die große Halle drängten und sich zu den anderen in den hinteren Teil kauerten, durchsuchte Lynn fieberhaft ihre Tasche. Draußen auf dem Platz wurde ein weiterer Mann Opfer der Dai'khir, während Quinn mit flatternder Robe bei den umgestürzten Tischen stand und unablässig Blitze gen Himmel schleuderte. Das unwirkliche Aufleuchten tauchte ihn immer wieder in gespenstisches Licht, in dem seine Züge steinern und tot wirkten.

„Kyle, Talia," flüsterte Lynn, gerade laut genug, um es über das Toben zu hören. Kyle sah verwundert zu ihr, als sie einen kleinen Beutel aus ihrer Tasche zog und sich verstohlen zu den verängstigten Dorfbewohnern umsah. Es schien seltsam, dass sie nun plötzlich flüsterte, so dass man sie kaum verstehen konnte. Talia trat neben ihn und sah Lynn ebenfalls fragend an. Die Mystikerin öffnete den Beutel und ließ etwas von dem Pulver, das darin war, auf ihre Hand rieseln. „Streut das in einer ununterbrochenen Linie an den Wänden aus. Und passt auf, dass jeder hier innerhalb der Markierung ist" Als sie die verwirrten Blicke der beiden bemerkte, wandte sie ihren Blick einen Moment lang vom Geschehen draußen ab und sah sie ernst und ruhig an. „Vertraut mir," wisperte sie.

Talia nickte und nahm den Beutel entgegen, um das Pulver, das wie grünlicher Sand aussah, auszustreuen. Kyle sah besorgt zur Decke auf, die ebenso wie bei den umstehenden Hütten nur von einigen Holzbalken getragen wurde, auf denen Stroh lag. „Lynn... Glaubst Du wirklich, dass dieses Gebäude mehr Schutz bietet als die übrigen Hütten?"

Die junge Frau fuhr erschrocken auf und sah über die Schulter zu den Dorfbewohnern, die ängstlich wimmernd und klagend in einer Ecke kauerten, doch scheinbar waren sie genug mit sich selbst beschäftigt. Lynn wandte sich mit ernstem Gesicht Kyle zu und legte den Finger an die Lippen. „Kein Wort darüber. Diese Halle bietet uns solange Schutz, wie die Leute daran *glauben*. Wenn sie merken, wie ungeschützt wir hier eigentlich sind, merken das auch die Biester draußen."

Einer der Schatten schien ebendas gehört zu haben, und schoss direkt auf den offen stehenden Eingang der Halle zu. Kyle sah, wie Lynn erneut in ihrer Tasche suchte und eine Handvoll von dem grünlichen Pulver zu einer Linie über die Türschwelle streute. Sie ließ sich auf die Knie sinken und begann, Worte zu sprechen, die Kyle vage vertraut vorkamen.

Er erinnerte sich, dass er früher, sehr viel früher, die verschiedenen Tempel Karuhms oft besucht und den verschiedenen Huldigungen der Mönche und Priester an ihre Götter beigewohnt hatte. Die Worte, die Lynn nun mit monotoner Stimme rezitierte, die ihm so fremd und doch so vertraut geklungen hatten, waren ein universeller Segen, die Gläubige aller Götter beinahe auswendig hersagen konnten, so oft, wie sie von den Priestern gesprochen wurden. Kyle hatte einmal einen altehrwürdigen, bärtigen Priester nach der Bedeutung der dunklen, uralten Worte gefragt, und der Mann hatte sie ihm gerne übersetzt. Dieser Boden ist heilig und geweiht im Namen der alten, der wahren Götter, erinnerte er sich. Immer und immer wieder wiederholte Lynn diese Worte, segnete den Boden und alle, die auf ihm weilten, forderte und erflehte den Segen und Schutz der alten Götter, während der Schatten in atemberaubenden Tempo vom Himmel fiel und auf den Eingang der Tempelhalle zustürzte.

Als der Dai'khir sie fast erreicht hatte, stemmte sie sich mit beiden Beinen fest in den Holzboden, und biss die Zähne so fest zusammen, dass sie ihre Lippe traf. Ein dünner Blutsfaden rann von ihrer Unterlippe zu ihrem Kinn und schien den Dai'khir noch rasender zu machen. Mit einem spitzen Schrei stieß er auf den Eingang hinunter, wurde aber plötzlich wie von einer Wand zurückgeworfen, die purpurn vor ihm aufblitzte. Die Kreatur wurde zurückgeschleudert und landete im Staub, Lynn jedoch erging es nicht besser; sie knickte in den Knien ein und gab ein ersticktes Stöhnen von sich, als sie ohne offensichtlichen Anlass zurücktaumelte. Kyle sprang zu ihr, um sie vor einem Sturz zu bewahren, und sie lächelte dankbar.

Ein paar Leute tuschelten erstaunt, als der Dai'khir zurückgeprallt war, und Lynn nickte Kyle zu. „Es funktioniert," wisperte sie, „je stärker sie daran glauben, desto besser sind wir geschützt."

Talia kam dazu und streute die letzten Körner des grünlichen Pulvers aus. Als sie die Lücke zwischen den Enden der Linie schloss, verfärbten sich die Körner schlagartig purpurn, als wäre das Pulver nass geworden. Ein kaum wahrnehmbarer, wabernder Nebel stieg vom Pulver auf und zog einen länglichen Kreis dort entlang, wo Talia das Pulver an den Wänden verstreut hatte. Weitere Dai'khir stießen mit wütenden Schreien auf die Halle herab, doch sie alle prallten gegen eine blass purpurn schimmernde Kuppel, die sie zurückwarf. Unter stetem Donnergrollen hatte strömender Regen eingesetzt, der durch die Kuppel hindurch auf das Dach der Halle trommelte und schwimmende Muster dort in der Kuppel hinterließ, wo er sie durchdrang.

Irgendwo hoch oben am Himmel hörte Kyle ein schrilles Kreischen, und nicht weit vom Eingang der Halle schlug der Körper eines Dai'khir auf, dem ein Flügel zur Hälfte von einem von Quinns Blitzen abgerissen worden war, während sich eine Traube der Kreaturen um den Magier gesammelt hatte, der sie weiterhin mit Blitzen traktierte. Einige stießen auf ihn herab, doch ihre ausgestreckten Krallen stießen kurz vor dem Gesicht des Magiers in eine blass-rötlich flackernde Kuppel, die ihn ähnlich umgab wie diejenige um die Halle. Die Dai'khir, die daran stießen, wurden in hell lodernde Flammen gehüllt, kreischten in unmenschlichem Schmerz auf und verglühten in Sekundenschnelle in hellen, verzehrenden Flammen. Jedes Mal, wenn eine Kreatur gegen die Kuppel stieß, wurde das rötliche Glühen jedoch schwächer, und Quinn schien systematisch die Dai'khir mit seinen Blitzen zu treffen, die ihm zu nahe kamen.

Eine Bewegung auf der anderen Seite des Platzes erregte Kyles Aufmerksamkeit: Noch immer waren Dorfbewohner dort draußen, und zwischen einigen Bäumen erkannte er die Gestalt eines jungen Mannes, der sich dort versteckt hatte und nun seine Chance gekommen sah, zur Halle zu laufen. Er sah, wie der Mann sich vom Boden abstieß und mit eingezogenem Kopf geduckt zur Halle lossprintete, als sich Quinns bisher monotones Murmeln änderte und einige kurze Zeilen von einer anderen Seite wechselte, die Kyle bekannt vorkamen. Er konnte zwar die Bedeutung nicht verstehen, doch er erkannte den Zauber, den Quinn bereits einmal gegen Bakars Männer eingesetzt hatte, als von den abgespreizten Fingern des Magiers ein Lichtblitz auf den fliehenden Mann übersprang und ihn in ein blaues Leuchten hüllte. Der Lauf des Mannes verlangsamte sich, bis er schließlich in voller Bewegung erstarrt auf halber Strecke zur Halle erstarrte.

„Was zum Henker macht er da?" wandte Kyle sich an Lynn, die das Geschehen mit vor Entsetzen geweiteten Augen verfolgt hatte.

„Er handelt mit Verstand," gab sie tonlos zurück, doch es klang weniger wie ein Lob, sondern eher wie ein Verurteilung. „Er bietet den Dai'khir ein anderes Ziel, um sie besser bekämpfen zu können."

Es schien, dass sie noch etwas sagen wollte, doch Kyle wartete nicht auf eine Erklärung. Das Kurzschwert landete klappernd auf den Holzdielen, als er in den strömenden Regen hinausstürzte und zu dem Magier hinübersprintete, der sich der fliegenden Ungeheuer erwehrte.

„Quinn!" Der Magier schien kaum überrascht, als er sich umwandte und Kyle durch den Regen auf sich zustürmen sah, und zog lediglich die Augenbrauen fragend hoch, noch immer Zauber murmelnd. Mit einem Mal schien er zu verstehen, und streckte die freie Hand zu einem weiteren Zauber aus, doch Kyles Faustschlag traf ihn mitten ins Gesicht, bevor er etwas unternehmen konnte. Kyle spürte den Unterkiefer des jüngeren Mannes knacken und stürzte mit ihm zu Boden, der sich in Windeseile in eine matschige Schlammlandschaft verwandelt hatte. Das Buch entglitt den Fingern des überraschten Magiers, und ein Dai'khir stieß herab, griff es mit seinen langfingerigen Krallenhänden und trug es mit sich davon. Die rötliche Schutzkuppel verblasste, als Quinn das Bewusstsein verlor, und die scharfen Krallen eines Dai'khir strichen knapp über ihnen hinweg und hinterließen einen brennenden Schmerz in Kyles linker Schulter. Im selben Moment ließ auch das Glühen um den erstarrten Mann nach, und er stolperte verwirrt in die Sicherheit der Tempelhalle.

Das Blut rauschte in seinen Ohren, und Kyle schmeckte es auf der Zunge, als er sich mühsam aufraffte und den reglosen Magier mit sich zur Halle hinüberzog. Ein Dai'khir versuchte neuerlich, ihn zu treffen, zuckte jedoch plötzlich zurück, und Kyle sah, dass sich ihm ein Pfeil in die Brust gebohrt hatte. Er sah auf und erblickte Talia, die am Eingang der Halle neben Lynn stand und bereits einen neuen Pfeil auf die Sehne legte. Unter ihrem Schutz schleppte er Quinn die restlichen Schritte zur Halle und warf sich mit ihm über die Schwelle in die Sicherheit, die das purpurne Pulver versprach. Eine Pfütze aus Matsch und Wasser bildete sich auf dem Holzboden, als er sich herumwarf und Quinn in maßlosem Zorn anstarrte; der jedoch lag ohne Regung in einer größer werdenden Lache dunklen Matsches. Erst als Talia neben ihm in die Knie ging und den Magier herumdrehte, bemerkte Kyle, dass die Krallen eines Dai'khir sich tief in Quinns Brust gegraben haben mussten; seine Robe war von fast schwarzem Blut verklebt, dass aus seiner Brust sickerte und den Matsch dunkler färbte.

Talia begann, die Robe vorsichtig aus der Wunde zu lösen und saubere Streifen Stoff darauf zu drücken, die sie aus der Kleidung in ihrem Rucksack abriss. Er starrte wortlos auf das Gemisch aus Matsch, Fleisch und Blut, dass sich um Quinns reglosen Körper sammelte, als Lynn urplötzlich zurückgeschleudert wurde und rücklings auf dem Boden landete. Er hörte das Splittern von Holz und sah für einen Moment die Krallen eines Dai'khir, die sich durch den hölzernen Türpfosten des Eingangs gebohrt hatten.

„Verdammt," murmelte Lynn und wischte sich mit dem Handrücken Blut aus dem Mundwinkel, als Kyle zu ihr eilte. Brennende Holzscheite von einem der Lagerfeuer draußen waren von den Dai'khir in die Luft gewirbelt worden, und das Feuer hatte auf eine strohbedeckte Hütte übergegriffen. Kyle half Lynn auf und sah im Widerschein deutlich unzählige Schweißperlen auf ihrer Stirn glänzen. Die Halle würde nicht allein vom Glauben der Leute geschützt sein, und Kyle schätzte, dass dieser Schutz Lynn viel abverlangte. Er hatte gesehen, welche Anstrengung ihre heilenden Kräfte für sie bedeuteten und war sich sicher, dass die Verteidigung eines ganzen Gebäudes, wie auch immer sie das anstellte, kaum weniger fordern würde.

Eine weitere Gestalt sprang draußen aus einem sicheren Versteck hervor und stolperte blind vor Angst und Regen auf die Halle zu. Ein Dai'khir schien ihn erspäht zu haben und stieß aus dem Himmel auf ihn herunter. Kyle sah zu, wie die Kreatur über den Boden strich und sich hinter dem laufenden Mann als dunkler Schatten erhob. Im letzten Moment drehte der Mann sich um und stieß einen Schreckensschrei aus, kurz bevor die Krallen der Kreatur in seinen Bauch schlugen und sich zu seinem Rücken herausbohrten.

Neben Kyle krümmte Lynn sich stöhnend zusammen, als wäre nicht der Mann draußen, sondern *sie* von diesem Schlag getroffen worden, und er fing sie auf, als sie zu Boden sackte. Das maßlose Entsetzen in den starren Augen des Sterbenden brannte sich tief in Kyles Gedächtnis, als der Dai'khir sich mit seiner noch immer schreienden Beute wieder in den Himmel erhob. Lynn erhob sich, offensichtlich unter Schmerzen, und lächelte dankbar.

„Die Kehrseite des heilenden Talents," bemerkte sie hustend, „ich spüre den Schmerz der anderen." Kyle half ihr auf, und sie lehnte sich schwitzend und nach Luft ringend an den hölzernen Türpfosten. Noch immer fielen draußen Dai'khir wie Regen aus dem Himmel, stürzten sich durch Strohdächer in die verbliebenen Hütten, auf der Suche nach Überlebenden. Auch auf die Tempelhalle stürzten sie sich immer wieder hinunter, doch die purpurn schillernde Kuppel hielt all ihren Angriffen stand. Lynn starrte blicklos auf die huschenden Schatten, den strömenden Regen und die dennoch brennenden, verwüsteten Häuser. Sie sah kurz über die Schulter auf die Dorfbewohner, die sich ängstlich aneinander gedrängt hatten und immer wieder zum Dach hinaufsahen, über dem die rasenden Dai'khir tobten. Kyle folgte ihrem Blick.

„Es ist keiner mehr dort draußen," murmelte Lynn leise, und Kyle konnte den Anflug von Trauer in ihrer Stimme verstehen. Einige Leute, die er an den Palisaden oder auf dem Dorfplatz gesehen hatte, waren nicht bis zur Tempelhalle gekommen; er hatte gesehen, wie sie von den Dai'khir in der Luft förmlich zerrissen und verstümmelt worden waren. Lynn schüttelte traurig den Kopf und sah zum Eingang hinaus, wo die purpurne Kuppel in der nächtlichen Schwärze über ihren Köpfen schimmerte. „Für die Nacht sind wir sicher," flüsterte sie erstickt und ließ sich am Türpfosten hinunter zu Boden gleiten.

Als Kyle am nächsten Morgen erwachte, war die Sonne bereits über die östlichen Ausläufer des Gebirges geklettert, und die Schrecken der Nacht hatten sich verzogen. Zurückgeblieben waren nur ein steter Nieselregen aus grauen Wolken und das zerstörte Dorf. Irgendwann während der Nacht waren die Angriffe der Dai'khir schwächer geworden, und das gleichmäßige Trommeln der Regentropfen auf dem Strohdach hatte das Schluchzen und Wimmern der verbliebenen Dorfbewohner überdeckt, so dass sie alle erschöpft in einen unruhigen Schlaf gefallen waren.

Erst jetzt bemerkte er das leichte Gewicht, dass auf seiner linken Schulter lastete und sah zu Lynn, die in seinen Armen zusammengesunken und eingeschlafen war. Eine Haarsträhne war in ihr friedliches Gesicht gefallen, und er strich sie fort; nichts sollte die Ruhe ihres Schlafes nach diesen Erfahrungen stören. Er bewegte sich leicht, um seinen Arm zu entlasten, während er die Reste des Dorfes und die Verbliebenen in der Tempelhalle betrachtete. Kaum etwas im Dorf hatte dem Wüten der Dai'khir standgehalten: der Regen hatte die Feuer gelöscht, so dass vier der Hütten nur noch als rußgeschwärzte Grundmauern standen, und bei etlichen weiteren waren Wände eingerissen und die Strohdächer eingestürzt. Ironischerweise waren die neu errichteten Palisaden vom Wüten verschont geblieben, während das restliche Dorf in Schutt und Asche gelegt worden war. In die Pfützen auf dem schlammigen Boden mischte sich das Blut unzähliger Toter, die mit verdrehten Körpern irgendwo im Matsch lagen, wo die Dai'khir das Interesse an ihnen verloren und sie fallengelassen hatten. Der einzige Vorteil am Regen, dachte Kyle grimmig: Er spülte den beißenden Gestank des Todes fort.

Der Hauptteil der Dorfbevölkerung war immer noch am Leben und schlief einen unruhigen Schlaf, in dem sie den Alptraum der Nacht vermutlich noch einmal erlebten. Doch die Verluste waren schwer, und das Dorf würde es schwer haben, sich in den kommenden Monaten bis zum Winter wieder zu erholen. Kyles Blick wanderte weiter, strich über Talia, die friedlich schlafend dalag, und er lächelte. Auch sie schien relativ ruhig zu schlafen, vielleicht traumlos, nach all der Erschöpfung. Neben ihr lag Quinn, dessen Brustkorb sich unter mehreren Lagen Verband gleichmäßig hob und senkte. Quinn hatte die ganze Nacht über das Bewusstsein nicht wieder erlangt, und so flach, wie er atmete, hatte Kyle befürchtet, ihm mit seinem Kinnhaken das Genick gebrochen zu haben. Er hatte vergessen, wie verletzlich der junge Mann trotz aller Zauber und Würde war, auch trotz seiner Art, oft stundenlang wie eine Steinstatue dazusitzen, die unverrückbar und unzerstörbar schien. Er hatte in seinem Zorn all seine Kraft in diesen Schlag gelegt, ein Zorn, der nun zwar der Sorge gewichen war, doch immer noch in Kyles Bewusstsein brodelte.

In seinen Armen stöhnte Lynn unruhig, und er sah auf sie hinunter. Ihr ruhiges Gesicht war einer schmerzvollen Grimasse gewichen, und sie wand sich im Schlaf wie unter Schmerzen. Er strich ihr durch die Haare und flüsterte beruhigend auf sie ein. „Shh... Nur ein Traum."

Abrupt schlug sie die Augen auf und sah ihn überrascht an. Sie schien einen Moment zu brauchen, um sich zu erinnern, wo sie war, doch dann setzte sie sich ebenso abrupt auf und wand sich aus seinem Arm. Sie war schon halb aufgestanden, als Kyle seine Überraschung überwand und beschwichtigend die Hände hob. „Ganz ruhig, Lynn. Es ist alles in Ordnung."

Sie blinzelte ihn einen Moment lang verwirrt an und sah sich dann um. Sie nickte und seufzte schwer. „Entschuldige." murmelte sie und trat durch die breite Tür ins Freie. Regen fiel ihr ins Gesicht und durchweichte sie in Windeseile; Kyle sah ihr stirnrunzelnd zu, doch ein Geräusch aus Quinns Richtung lenkte ihn ab. Der Magier war aufgewacht und hatte sich aufgesetzt, wobei ihm die Brustwunde Schmerzen bereitet haben musste. Er hatte ein Stöhnen unterdrückt, doch seinem kalkweißen Gesicht war der Schmerz abzulesen, als er sich mit beiden Händen die Schläfen massierte. Er sah auf, und Kyle starrte ihn grimmig an.

„Habe ich das wirklich getan?" fragte Quinn matt, obwohl er die Antwort zu kennen schien. Er schüttelte den Kopf, wie um den Gedanken zu vertreiben.

Kyle erhob sich aus seiner sitzenden Position an der Wand und schritt zu ihm hinüber. „Du hast es getan, zum Henker! Und ich wüsste gerne, warum! Warum hast Du Dich nicht hierher zurückgezogen, sondern hättest fast einen Menschen dem Tod überlassen?" Er war bereits wieder atemlos vor Zorn, und seine Vorwürfe weckten Talia und einige Dorfbewohner.

Quinn winkte ab. „Es gibt keine akzeptable Entschuldigung für mein Verhalten, es war falsch. Aber ich konnte mich nicht zurückziehen: Wenn die Dai'khir, mit denen ich mich befasst habe, ebenfalls den Tempel angegriffen hätten, hätte die Mystikerin ihre Verteidigung nicht aufrecht erhalten können. Dann wären sie früher oder später durchgebrochen, trotz aller Glaubenskraft. Ich konnte es aber ebenfalls nicht direkt mit ihnen aufnehmen..." Er brach den Satz ab und bedeutete mit einer Geste, dass Kyle alles Folgende kannte. Kyle wollte etwas erwidern, doch der Magier unterbrach ihn. „Dennoch war es falsch, Unschuldige zu gefährden, und es gibt keine Entschuldigung." Er sah einen Moment hinaus auf den schlammigen Dorfplatz und schüttelte den Kopf. „Das hat nun ohnehin sein Ende gefunden. Ohne mein Grimorum bin ich keine Gefahr mehr." Kyle erinnerte sich, wie eine der Kreaturen sich auf das Buch gestürzt hatte, als wäre es ein weiteres Opfer gewesen, und sich damit davongemacht hatte.

Quinn erhob sich, und Kyle half ihm gemeinsam mit Talia auf, die ebenfalls erwacht war. Einige Dorfbewohner hatten sich erhoben, und weitere erwachten oder wurden geweckt. Lynn kehrte vom Eingang zurück, ihre nassen Haare schwarz glänzend und ihr Mantel dunkel verfärbt vom Regen.

„Wir brechen so schnell wie möglich auf," stellte Quinn fest, „wir haben einen weiten Weg vor uns." Kyle sah, dass Talia widersprechen wollte, doch einer der Dorfbewohner, der Handwerker, mit dem sie am gestern abend gesprochen hatten, kam ihr zuvor.

„Ihr verlasst uns?" fragte er verwirrt. „Aber was tun wir, wenn diese... diese Dinger wiederkehren?" Offensichtlich hatten sie nichts von dem, was am vorigen Abend passiert war, wirklich verstanden, dachte Kyle. Sonst hätten sie wohl überlegt, Quinn zu lynchen, statt ihn zum Bleiben aufzufordern. Die Aufmerksamkeit der erwachten Dorfbewohner richtete sich auf Quinn, und hinter dem Mann war verschlafene Zustimmung zu hören.

„Wenn diese Kreaturen zurückkehren sollten," antwortete Quinn ruhig, „werdet Ihr hier sicher sein. Wir werden jedoch versuchen, sie von Eurem Dorf fortzulocken, weiter nach Norden. Es ist besser, wenn wir gehen und ihre Aufmerksamkeit auf uns lenken." Quinns Worte klangen heroisch und aufopfernd, doch insgeheim wusste Kyle, was Quinn sagte, was die Dorfbewohner aber nicht hören durften: Die Dai'khir waren nicht hinter dem Dorf her, sie jagten *sie*. Wo sie waren, würden die Dai'khir auftauchen, und es war sicherer für jeden Unbeteiligten, dann ganz weit weg zu sein. Nach einigen gemurmelten Widerworten nickten die Dorfbewohner schließlich zustimmend.

Wie durch ein Wunder hatten ihre Pferde im Stall der Schenke überlebt, und nachdem sie ihre Habseligkeiten zusammengesucht hatten, stiegen sie auf und ließen das verwüstete Dorf hinter sich. Sie brachen im zunehmenden Nieselregen auf und schlugen ein schnelles Tempo an, und schon nach wenigen Meilen waren sie bis auf die Haut durchnässt. Lynns Mantel schien ihr einigen Schutz vor dem Regen zu bieten, doch Kyles und Talias Kleidung klebte ihnen schon nach kurzer Zeit am Körper, und in ihren Stiefeln sammelte sich das Wasser. Kyle konnte nicht beurteilen, ob Quinn von seiner Robe trockengehalten würde; er hatte die Kapuze zurückgeschlagen und ertrug den Regen, der ihm ins Gesicht fiel und in den Kragen rinnen musste, mit absoluter Gleichgültigkeit. Er saß wie am vorigen Tag steif und schweigsam wie eine steinerne Statue im Sattel und sah blicklos in die Ferne. Doch es war offensichtlich, dass er seine lebensverachtende Haltung, die er den ganzen Vortag über gehabt hatte, abgelegt hatte: In seine Augen, die den ganzen letzten Tag über einen kühlen und abschätzigen Blick gehabt hatten, war nun eine Art weichen Blickes getreten, mit dem er von Zeit zu Zeit die Landschaft betrachtete, bevor er wieder in die Ferne starrte.

Sie ritten stundenlang schweigend im schnellen Galopp, und hinter dem steten Regenschleier zog die graue, eintönige Landschaft an ihnen vorbei. Die Sonne, die sich am frühen Morgen noch von Zeit zu Zeit gezeigt hatte, war nun vollständig hinter den tief hängenden Wolken verborgen, die kaum einen Sonnenstrahl durchließen und die Umgebung in trüber Halbdämmerung daliegen ließ. Das Wetter war merklich kälter geworden, und der Regen tat das Seinige, um die vier daran zu erinnern, was noch vor ihnen lag.

„Ich schätze, wenn wir den Weltuntergang verpassen, sterben wir hier draußen an einer ordentlichen Unterkühlung," murrte Kyle an Talias Seite und nieste zur Unterstreichung seiner Worte. Talia nickte abwesend, doch sie war mit ihren Gedanken anderswo.

Im Gegensatz zu Kyle war sie nicht wütend auf Quinn nach seinem seltsamen Verhalten; es hatte ihr vielmehr Angst gemacht und sie zutiefst verwirrt. Sie hatte den jungen Magier bisher nur als einen Beschützer gesehen, der ihnen den Weg wies - nicht einen einzigen Augenblick hatte sie in Betracht gezogen, dass von dem dürren jungen Mann, der seine Emotionen sorgsam verbarg, jemals eine Gefahr für sie oder die anderen ausgehen konnte. Auch wenn sein Verhalten zu Anfang eigenbrötlerisch und abschätzig erschienen war, hatte Talia ihn in ständiger Sorge um ihrer aller Sicherheit erlebt. Sein Verhalten am gestrigen Tag hatte so fremd und unerklärlich gewirkt, dass Talia sich nur eine Erklärung denken konnte...

„Das warst nicht Du gestern, Quinn," erklärte sie, als sie einige Stunden später für eine kurze Rast zwischen mannshohen Felsbrocken Schutz vor dem Regen gesucht hatten und Talia Quinns Wunden untersuchte. Er sah sie überrascht an und dachte einen Moment nach, während sie vorsichtig die Verbände ablöste, die sich über Hals und Brust legten. Seine Robe zeigte wiederum keine Spur des Blutes und des Schlammes, in die sie am vorigen Abend getränkt war, doch unter den Verbänden zeigten sich noch immer die blutigen Spuren, die die Krallen eines Dai'khir und ihre überstürzte Flucht vom Konzil hinterlassen hatten.

Quinn schüttelte langsam den Kopf, und Talia sah auf. „Ich habe auch versucht, mir einzureden, dass das gestern jemand anderes war, oder der Einfluss eines Dämons," erwiderte er leise, „doch die Wahrheit ist anders. Das, was gestern geschehen ist, war so sehr ich, so sehr das, was ich sein sollte und wollte, dass es mir Angst macht." Er blickte ihr in die Augen und suchte Verständnis, und sie sah den tiefen, verängstigten Blick eines jungen Mannes, der für sein Alter zu viel wusste. „Man hat mich immer gelehrt, nur meinem Verstand zu gehorchen, und ich habe diese Möglichkeit immer mit offenen Armen willkommen geheißen, war mir immer sicher, dass ich so endlich von Nutzen sein kann - und nun..." Er brach ab und blickte zu Boden.

Talia wollte etwas tun oder sagen, um ihn zu versichern, wollte die Hand ausstrecken und ihn ... „trösten"? „Sie bilden Euch Magier zu Einzelgängern aus, Quinn. Du hast selbst gesagt, dass Magier selten andere um sich dulden. Aber Du bist anders..." Sie unterbrach sich und suchte nach den richtigen Worten. „Du *sorgst* Dich, Quinn. Du passt nicht in ihre Muster, ihre Regeln - der Verstand, den sie lehren, ist etwas für Einzelgänger, nicht für die, die Freunde um sich sammeln und sie schützen wollen."

Sie wollte noch etwas sagen, doch er blickte auf und nickte. Ein kurzes Lächeln huschte über sein Gesicht, und für einen Moment lang wirkte er wieder jung und unbekümmert. „Danke Talia," sagte er leise, „ich schätze, ich verstehe." Er seufzte leise. „Ich werde wohl meinen eigenen... Verstand finden müssen." Er lächelte erneut kurz und schwang sich wieder aufs Pferd.

„Wir reiten weiter!" verkündete er und trieb sein Pferd zwischen den Felsen hindurch in den Regen hinaus. Talia blieb zurück und sah ihm einen Moment nach. Eigentlich hatte sie sich noch um seine Wunden kümmern wollen, und irgendwie hatte sie das Gefühl, dass der junge Magier sich soeben erfolgreich darum herum gedrückt hatte.

„Was ist denn in den gefahren?" fragte Lynn stirnrunzelnd, als sie auf dem Rücken ihres Pferdes neben Talia auftauchte und riss Talia damit aus ihren Gedanken. „Man möchte meinen, das schlechte Wetter hätte seine Laune beträchtlich gebessert." Sie schüttelte in gespielter Ungläubigkeit den Kopf und schnaubte. „Hermetiker," bemerkte sie schulterzuckend und folgte dem Magier.

Talia zuckte die Schultern. Vermutlich war es ebensoviel wert, Quinn vorerst aus seinen Selbstzweifeln gerissen zu haben, wie sich um seine Wunde gekümmert zu haben. Sie schwang sich neben Kyle, der auf sie gewartet hatte, auf den Rücken ihres Pferdes, und sie folgten den beiden hinaus in den Regen.

Neue Freunde

Sie ritten stundenlang weiter im trüben Licht unter dem stetigen Regenschleier, doch nach ihrer kurzen Rast schien der Nieselregen die Kraft und den Wunsch verloren zu haben, ihre Stiefel weiter aufzufüllen und auch noch die letzten trockenen Flecken zu durchnässen; nicht, dass das noch weiter als bisher möglich gewesen wäre.

Als auch das wenige Licht nachließ, das die schwächelnde Sonne durch die grauen Wolken hatte senden können, rückten sie dichter zusammen und ritten nebeneinander statt wie bisher hintereinander. Der Weg war zwar kaum breit genug, dass man ihn mit vier Pferden nebeneinander in schnellem Galopp passieren konnte, und im nachlassenden Licht liefen sie zunehmend Gefahr, dass ihre Pferde aus dem Tritt kamen und auf dem steinigen, unebenen Untergrund stürzten, doch instinktiv spürten sie, dass die Rückkehr der Dai'khir bevor stand. Noch am Morgen hatte Talia gehofft, die alptraumhaften Kreaturen hinter sich gelassen zu haben, doch mit dem nachlassenden Licht ließ auch ihre Hoffnung nach. Schließlich meinte sie in der Ferne die ersten spitzen Schreie zu hören, die sich unweltlichen, lederhäutigen Kehlen entrangen.

An ihrer Seite hatte Quinn seit einigen Minuten begonnen, leise einige Formeln zu murmeln und dabei weite, unmöglich erscheinende Gesten zu beschreiben. Seine Finger hinterließen in der Luft ein schillerndes, kugelförmiges Muster aus silbrigen Linien, dass jedoch jedesmal, wenn Quinn etwas Neues daran änderte, an einer anderen Stelle zu zerfallen und zu zerlaufen schien. Er hatte die Augen zu schmalen Schlitzen zusammengekniffen und schien krampfhaft zu versuchen, sich an die Worte zu erinnern, die er sprechen musste, während er das unstete Gebilde in seinen Händen mit leichten Handbewegungen und Fingerzeigen immer wieder korrigierte und weiterflocht.

Talia war überrascht, dass er bei dem Tempo, in dem sie ritten, überhaupt eine ruhige Bewegung vollführen konnte, während sein Pferd scheinbar ohne sein Zutun den richtigen Weg fand und er ihm nur mit den Fersen von Zeit zu Zeit einen Ansporn gab. Er ließ zischend die Luft zwischen zusammengebissenen Zähnen entweichen und verstummte für einen Moment in seinem Gemurmel. Dann wiederholte er langsam und konzentriert, als müsse er die Worte in seiner Erinnerung entziffern, die einzelnen, hell klingenden Silben, die er mühsam zusammengefügt hatte. Das Kugelmuster in seinen Händen leuchtete etwas heller, und neue Stränge woben sich dort ein, wo andere zerfallen waren und das Muster unvollständig zurückgelassen hatten, und schließlich schlangen sich Linien silbrigen Lichts wie zu einem leuchtenden Wollknäuel zusammen, das zwischen Quinns Handflächen schwebte.

Quinn verstummte und wischte sich mit dem Handrücken der Linken über die Stirn, während über dem Handteller seiner Rechten die kleine Kugel leuchtend wie ein kleiner Mond in der Luft stand. Sie stand nicht, korrigiert sich Talia - tatsächlich bewegte sie sich mit ebenso hoher Geschwindigkeit wie sie selbst auf ihren Pferden, so dass sie immer direkt über Quinns Hand in der Luft hing. Je länger sie sich auf die Kugel aus Licht konzentrierte, desto heller schien sie zu werden, bis sie schließlich fast schmerzlich hell wurde und einen hellen Lichtkreis um sie herum warf, in der ihre eigenen reitenden Schatten scharfkantig und fast schwarz über den mit Geröll bedeckten Boden huschten.

Quinn sah zu ihr hinüber und lächelte leicht. Im Gegenschein des Lichtes sah sie Schweißperlen auf seiner Stirn glänzen. „Das wird uns den Weg weisen," bemerkte er und flüsterte der Kugel leise etwas zu, worauf sie sich von seiner Hand erhob und ihnen ein wenig voran flog, so dass sie den Weg ausleuchtete, der vor ihnen lag.

Sobald sie sich an das Licht gewöhnt hatten und den Weg besser erkennen konnten, trieben sie ihre keuchenden Pferde abermals zu noch größere Eile an; sie wussten, dass die Dai'khir bereits irgendwo am Himmel hinter ihnen ihre Kreise zogen und sie bald gefunden haben würden, und dieses Wissen trieb sie dazu, möglichst viel Distanz zwischen sie und sich zu bringen. Quinn hatte zwei Tage früher eindeutig erklärt, dass sie die Nacht durchreiten mussten, wenn sie zur rechten Zeit am Tempel ankommen wollten, aber selbst wenn sie die Reise hätten unterbrechen wollen, gab es in absehbarer Entfernung keine Siedlung, oder zumindest eine Höhle, in der sie die Nacht geschützt vor den Dai'khir verbringen konnten. Früher oder später würden sie in dieser Nacht auf die Diener der Dämonen, wie Lynn sie beschrieben hatte, treffen, so sehr sie auch versuchten, vor ihnen zu fliehen.

Dennoch war es ein Schock für sie, als sie den ersten spitzen Schrei am Himmel vernahmen und die unzähligen Flügelschläge über sich mehr spürten als hörten. Selbst das kleine Licht, das ihnen bisher in einer geraden Bahn vorausgeeilt war, zuckte nun nervös hin und her, als ob es ebenfalls ihre Nähe spürte.

Talia war sich eigentlich sicher gewesen, dass in der vorigen Nacht unzählige Kreaturen vernichtet worden waren, als Quinn sie nach und nach mit seinen Blitzen aus dem Himmel gefegt hatte. Weitere waren ihm zu nahe gekommen und in einem Feuerball verglüht, während wieder weitere gegen die Schutzkuppel der Tempelhalle gerast und davon mit derartiger Gewalt zurückgeschleudert worden waren, dass in ihren zerschmetterten Körpern nicht mehr viel Leben in ihnen gesteckt haben konnte.

Andererseits schien „Leben" ohnehin kein treffender Begriff für diese Dinge zu sein, die in ihrem Wesen allem Lebenden spotteten; zumindest schienen es eher mehr geworden zu sein, als Talia den Blick hob und die unzähligen schwarzen Schatten in einem riesigen Schwarm über ihnen erblickte. Einige Lücken klafften in der Wolkendecke, und ein bald voller Mond erhellte zusammen mit dem kleinen Mond, der ihnen leuchtete, die ansonsten undurchdringliche Schwärze. Zwar konnten sie nicht weit sehen, doch nahe der düsteren Wolken reichte das Mondlicht aus, um im rasenden Toben einzelne geflügelte Kreaturen auszumachen.

Sie hörte Kyle an ihrer Seite den einen oder anderen Gott verfluchen, eine seltsame Angewohnheit, die er sich schon vor seiner Zeit als Dieb angeeignet hatte, und von der er bei jeder sich bietenden Gelegenheit Gebrauch machte. Talia hatte sich manchmal gefragt, wieviel weniger Ärger er bisher bekommen hätte, wenn er zu den verschiedenen Göttern gebetet hätte, statt sie zu verfluchen.

In diesem Fall schienen die Dai'khir auf dieses Signal gewartet zu haben, denn mit einem wüsten Schrei löste sich einer aus dem Schwarm und stürzte steil abwärts. Dichtauf folgten ihm weitere, und Talia nahm an, dass es hunderte sein mussten, die in einer schwarzen, schreienden Traube dem Boden entgegenjagten. Bilder des gestrigen Abends stiegen vor Talias innerem Auge auf, als die Dai'khir zu Dutzenden über den zuerst staubigen, später schlammigen Boden gejagt waren und ihre Opfer mit der bloßen Wucht des Aufpralls schier zerrissen hatten, bevor sie ihnen ihre messerscharfen Krallen in den Körper geschlagen und sie davongeschleift hatten.

„Verteilt Euch!" brüllte Quinn abrupt und riss sein Pferd nach links davon, während die leuchtende Kugel ebenso ruckartig in die Höhe schoss. Talia folgte Quinns Beispiel und zwang ihr Pferd mit einem Fersenstoß in die Flanken zu größerer Eile, während sie sich dichter über die Mähne des Tieres beugte. Die Dai'khir stoben auseinander, um die verschiedenen Opfer zu verfolgen, als auch Kyle und Lynn den sicheren Weg verließen und in die Dunkelheit zu beiden Seiten abtauchten. Talia nahm an, dass diese Geschöpfe der Nacht sie nach wie vor bestens in der Dunkelheit erkennen konnten, doch die flackernde Lichtkugel, die zwischen sie gefahren war, verwirrte und beschäftigte sie offensichtlich eine Weile. Sie sah zwei Dai'khir, die sich um ihre wohl schon sicher geglaubte Beute balgten, bevor die Kugel den zupackenden Klauen des Siegers wieder entschlüpfte, als hätte sie keine Substanz.

Der ständige Regen hatte sie den ganzen Tag über ausgekühlt, doch die Kälte, die jetzt in ihre Arme und Beine kroch und sich zu einem eiskalten Knoten in ihrer Brust zusammenschnürte, hatte nichts mit der Temperatur in ihrer Umgebung zu tun. Einen Moment lang wäre sie fast betäubt vom Pferd gefallen, doch sie wand die ledernen Riemen der Zügel mehrfach um ihre tauben Finger und zwang etwas Kontrolle zurück in ihre gefühllos gewordenen Beine. Im nächsten Moment sauste ein schwarzer Schatten über sie hinweg, und das scheuende Pferd hätte sie beinahe abgeworfen, als sie es abrupt nach rechts zwang.

„Das schaffen wir niemals so bis morgen!" hörte sie Kyle über das wütende Keifen und Zischen der Dai'khir rufen, und von der anderen Seite des Weges antwortete Quinns Stimme aus der Dunkelheit etwas, das im Lärm unterging. Das flackernde Licht kehrte für einen Moment auf den Weg zurück, um ihnen zu leuchten, und sie erkannte die übrigen drei, die, ähnlich wie sie, dicht über die Mähnen ihrer Tiere gebeugt im Sattel saßen, verbissen den Attacken der geflügelten Monstren ausweichend.

Sie sah nach rechts, wo die kahle Ebene die Nacht ins Unendliche zu erstrecken schien, und etwas Ungewöhnliches fiel ihr ins Auge. „Was ist mit dem Wald?" brüllte sie gegen den Lärm an und wies mit einer seltsam tauben Hand auf die Ansammlung von Bäumen, die sich wenige Meilen entfernt vor dem Horizont abhob. Talia war überrascht, wieder einen Wald in dieser Gegend zu erblicken: In den letzten Tagen waren die Wälder immer weiter von ihnen abgerückt, und in den letzten Stunden hatten sie kaum noch einen einzelnen Baum in der Entfernung sehen können, geschweige denn etwas annähernd Waldähnliches. Und nun tauchte nur unwesentlich von ihnen entfernt ein Wald hinter dem Horizont auf.

Doch der Wald hatte nichts bedrohliches an sich; im Gegenteil, dieser Wald schien so friedlich und schutzbietend wie ein Heiligtum, ein Tempel. Dem Wald in Gethia hatte eine Art feindseliger, wilder Atmosphäre angehaftet - dieser Wald jedoch schien das genaue Gegenteil davon zu sein, und Talia hatte den unbestimmten Eindruck, der Wald sei von einem warmen inneren Leuchten erfüllt, das sie zu sich rief. Tatsächlich lag der Wald aber so still in der Dunkelheit wie der Rest der vorbeirasenden Umgebung.

Quinn trieb sein Pferd neben ihres und sah zum Wald hinüber. „In Anbetracht der Umstände scheint das unsere beste Möglichkeit zu sein," stellte er fest und winkte Kyle und Lynn, ihnen zu folgen, als sie den Weg verließen und über die steinige Ebene jagten. Die beiden schlossen auf, und sie ritten erneut Seite an Seite, die tobenden Dai'khir wiederum im Nacken. Auf einen kurzen Zuruf Quinns hin hatte die Lichtkugel aufgehört, ihre Verfolger abzulenken, und war an seinen Platz vor ihnen zurückgekehrt, um ihnen den Weg zu leuchten.

Talia spielte mit dem Gedanken, ihren Bogen von der Schulter gleiten zu lassen und den Kreaturen einige Pfeile entgegenzuschicken; es war jedoch am wahrscheinlichsten, dass sie in der Dunkelheit den Bogen verlieren würde, statt auch nur einen Pfeil ins Ziel zu bringen.

Quinn schien einen ähnlichen Gedanken zu verfolgen. Trotz der Dunkelheit hatte er die Augen halb geschlossen und seine Lippen formten lautlose Worte. Er hatte seine Rechte zur Faust geballt, und zwischen seinen Fingern drang ein helles Leuchten, als hielte er eine bedeutend kleinere Lichtkugel umschlossen, die ein gleichmäßiges, pulsierendes Licht aussandte. Ungeachtet der Angriffe saß Quinn noch immer steif im Sattel, und nun drehte er sich in einer fließenden Bewegungen um und spreizte die Fingerspitzen gegen die Dai'khir. Von seinem Handteller löste sich ein Schauer unzähliger heller Funken, die in der Dunkelheit weiß aufleuchteten.

Der Schwarm verfolgender Dai'khir geriet in Unordnung, als die Kreaturen verwirrt versuchten, dem unbekannten Licht auszuweichen; die, die nicht schnell genug waren, entzündeten sich schlagartig dort, wo sie von den kieselsteingroßen Funken getroffen worden waren, und verbrannten kreischend in gleißend weißen Flammen, die im Nieselregen zischten.

Einen Moment lang blieb der Schwarm hinter ihnen zurück, als die verkohlten Überreste zu Boden stürzten und sich die übrigen neu sammelten, doch als Talia erneut über die Schulter blickte, hatten sie die Lücken geschlossen, und schienen sogar noch mehr geworden zu sein. Sie riss sich vom Anblick der grinsenden Fratzen los und sah wieder nach vorn. Vor ihnen wuchs der Wald in die Höhe, als sie immer näher kamen, doch sie war sich sicher, dass sie ihn nicht erreichen würden, bevor die Dai'khir sich auf sie stürzten und sie in Stücke rissen.

Erneut stoben leuchtende Funken von Quinns Hand, doch dieses Mal wichen die meisten ihrer Verfolger den hell aufleuchtenden Lichtsplittern elegant aus und ließen sich nicht ablenken. Talia hörte Kyle an ihrer Seite leise fluchen und Lynn einen grimmigen Blick zuwerfen.

„Hatte hier nicht jemand gesagt, die Biester wären nicht intelligent?" murmelte er gepresst. „Sie scheinen aber schon zu lernen, dass sie sich besser nicht vernichten lassen. Und was machen wir jetzt?"

„Reiten," kam die einsilbige Antwort von Quinn, und gemeinsam trieben sie erneut ihren Pferden, die ohnehin am Rand des Zusammenbruchs standen, und die auf die Dai'khir in mühsam kontrollierbarer Panik reagierten, die Steigbügel in die Flanken. Es waren nur noch wenig mehr als zweihundert Schritt bis zum Waldrand, doch die Dai'khir waren nun so nah, dass sie den Wind ihres Flügelschlags im Nacken spüren konnten - und es war nicht einmal sicher, dass sie vor dem Unterholz des Waldes halt machen würden.

Talia roch zum ersten Mal den fauligen Atem der Dai'khir, als eine der Kreaturen an ihrer Schulter auftauchte und sie zähnestarrend angrinste. Sie sah mit quälender Langsamkeit, wie der Waldrand träge näherkam, noch hundert Schritte, vielleicht neunzig, als ein Klauenfuß des Biestes sich langsam um ihre Schulter schloss, scharfe Krallen sich in ihre Haut drückten und der Mund Reihen nadelspitzer Zähne entblößte, von denen der Speichel troff.

Im nächsten Moment wurde die Kreatur von einem Funkenschauer fortgerissen, und ihre Pferde brachen krachend durch das Unterholz. Zweige splitterten und Äste schlugen ihnen entgegen, als sie blind und ziellos immer weiter in den schützenden Wald vordrangen. Ein wagemutiger Dai'khir brach mit einem schrillen Schrei hinter ihnen durch das dünne Astwerk der Bäume und spießte sich an einem vorstehenden Ast auf. Die übrigen Kreaturen machten eine steile Kehrtwende vor den ersten Bäumen, brachen zu den Seiten und nach oben aus und vereinigten sich wieder mit dem Schwarm, der wütend in einigem Abstand zum Wald den Himmel verdunkelte und ihnen zornige Schreie nachwarf.

Talia zerrte hart an den Zügeln und brachte ihr panikgetriebenes Pferd mit Mühe zwischen Büschen und uralt wirkenden Bäumen zum Stehen. Die anderen taten es ihr gleich und sahen durch das dichte Blätterdach zum tobenden Schwarm hinauf. Hinter ihnen lag eine breite Schneise, wo sie mit den Pferden durch das Astwerk gebrochen waren und niedrige Büsche niedergetrampelt hatten.

Kyle wendete sein Pferd diesem natürlichen „Eingang" zu und sah prüfend zum Waldrand. „Warum trauen sie sich hier nicht her?" wunderte er sich laut. „Sie haben sich doch bisher nicht um Verluste gekümmert."

„Aus dem selben Grund, aus dem dieser Dai'khir nicht durch die Schneise kommen konnte, die wir hinterlassen haben," entgegnete Lynn mit einer merkwürdigen Ruhe und wies zu dem Dai'khir, der sich an einem Ast aufgespießt hatte.

„Weil sie hier nicht willkommen sind," antwortete eine weitere, unbekannte Stimme hinter ihnen, und sie drehten sich gemeinsam um. Hinter ihnen sahen sie nicht mehr als Bäume, und Kyle zog sein Schwert. Erst als die Gestalt sich bewegte und in den Lichtkreis ihrer Leuchtkugel trat, erkannten sie, dass das, was sie bisher für einen Teil

eines Baumes gehalten hatten, eine hochgewachsene Gestalt in einer langen Kapuzenrobe in den verschiedenen Farben des Waldes war, die sie fast mit dem Hintergrund
verschmelzen ließen. Die Gestalt hob in einer beschwichtigen Geste die Hand und fuhr
mit einer klaren, warmen Stimme fort, die angenehm melodisch in ihren Ohren klang:
„Keine Sorge, Reisende, ich bin ein Freund."

Allein der warme, freundliche Klang der Stimme machte Talia glauben, dass ihr Gegenüber die Wahrheit sprach, doch Kyle murmelte etwas über ihm unbekannte Freunde in wildfremden Wäldern, und sie sah ein Lächeln über das ansonsten im Schatten
der Kapuze verborgene Gesicht des Fremden blitzen. In einer fließenden, katzenglei-
chen Bewegung ihrer feinen, eleganten Hände schlug die Gestalt ihre Kapuze zurück,
und Talia verschlug es den Atem.

Sie hatte unzählige Erzählungen über die Elfen gehört, das mystische Volk der nördlichen Wälder, über ihre atemberaubende Schönheit, ihre Kunstfertigkeit, ihre Weisheit, doch sie hatte den Geschichten nie viel Beachtung geschenkt. Als sie nun in die
ebenmäßigen Züge ihres Gegenübers blickte, die tiefblauen Augen, die hoch geschwungenen Wangenknochen und nicht zuletzt die spitz auslaufenden Ohren sah, die
aus dem elegant über die Schultern fallenden weißen Haar ragten, wusste sie, dass die
Geschichten untertrieben waren. Sie starrte den Mann, dessen Alter sie unmöglich
schätzen konnte, scheinbar Ewigkeiten lang mit offenem Mund staunend an, während
er lächelnd die linke Hand zur Brust führte und ihnen mit der anderen eine Art Gruß
entbot. Sie erwachte erst aus ihrer Trance, als der Mann ihnen bedeutete, ihnen zu folgen.

„Mein Name ist Alerien," sagte er, und seine Stimme klang wie das sanfte Singen
des Windes zwischen den Bäumen, „wir haben lange auf Euch gewartet." Obwohl er
kaum mehr als flüsterte, hatten sie keine Schwierigkeiten, seine Stimme über das seltsam entfernt wirkende Kreischen der Dai'khir und das Rauschen des Regens zu verstehen, und das, was er sagte, schien umso verwirrender.

„Was ist mit denen?" fragte Kyle, der den Elf, obwohl er seine Sprache wiedergefunden hatte, immer noch staunend anstarrte, und deutete über die Schulter auf die
Dai'khir.

„Sie werden nicht eindringen ohne unsere Erlaubnis," entgegnete der Elf lächelnd,
und sein Lächeln schien den dunklen Wald zu erhellen. „Dies ist unser Wald," fügte er
an, als würden die Besitzrechte über den Wald alles weitere erklären. Bisher hatten die
Dai'khir sich nicht gerade darum gekümmert, wem das Dorf gehört hatte, das sie verwüstet hatten, doch Talia meinte zu verstehen, was der Elf ihnen sagte. Aus dem selben Grund, aus dem dieser Dai'khir nicht durch die Schneise kommen konnte, die wir
hinterlassen haben, hatte Lynn gesagt, und Talia dämmerte, was sie damit gemeint
hatte.

„Auf Euch dagegen haben wir gewartet, und Ihr seid uns willkommen," fuhr der Elf
fort und wies mit einer eleganten Geste auf einen Weg zwischen den Bäumen, von
dem Talia hätte schwören können, dass er vor wenigen Augenblicken noch nicht dort
gewesen war.

Sie folgten Alerien, der sich auf wundersame Weise auf einem Pfad an allen Zweigen, Sträuchern und Ästen vorbeizubewegen schien, während sie selbst immer wieder

Äste aus dem Weg biegen mussten und trotz des Lichts, dass Quinns Lichtkugel warf, immer wieder strauchelten. Sie waren von ihren Pferden abgestiegen und führten die erschöpften Tiere am Zügel. Je länger sie dem Elf in den ruhigen, tiefen Wald hinein folgten, desto besser schienen sich die Tiere erholt zu haben, und auch sie selbst fühlten, wie die bleierne Müdigkeit des Ritts und der vergangenen Stunden von ihnen abfiel.

„Wie kommt es, dass sie auf uns gewartet haben?" fragte Kyle Quinn leise und warf einen verwirrten Blick zu der schweigsamen Gestalt, die ihnen voranging. Talia war sicher, dass der Elf sehr wohl verstand, was sie redeten, so wie er auch in der Dunkelheit perfekt zu sehen schien, obwohl er außerhalb von Quinns Licht ging. Vermutlich aus Anstand schwieg er jedoch zu Kyles Frage, während Quinn bedeutungsvoll blinzelte.

„Das ist die Art der Elfen," erklärte er lächelnd und musterte ihn ebenfalls. „Sie *wissen*." Er und Lynn waren ebenfalls vom Zauber dieses Mannes gefangengenommen, doch irgendwie schien es Talia, dass die beiden nicht zum ersten Mal einen Elf sahen. Tatsächlich schien Quinn Alerien als beinahe alltäglich zu betrachten, obwohl ein seltsam weiches Lächeln in seine Züge getreten war, seit sie den Wald betreten hatten.

Zu Anfang hatte Talia das Leuchten aus dem Innern der Waldes für Einbildung gehalten, doch als sie nun nach vorn blickte, sah sie ein warmes, gelbliches Licht zwischen den Bäumen hindurchsickern, und je näher sie kamen, desto mehr wich die Kälte der regnerischen Nacht aus ihren steifgefrorenen Fingern.

Nur wenige Momente später traten sie unvermittelt zwischen einigen uralt wirkenden Bäumen auf eine Lichtung hinaus, die von einem dichten Blätterdach überdeckt wurde, das sich so hoch über ihnen erstreckte, dass Talia die zweifelsohne starken Äste nicht mehr erkennen konnte, die von den riesigen Bäumen am Rande der Lichtung ausgingen und das Blätterdach stützten. Die Lichtung war von jenem taghellen, warmen Licht erfüllt, das sie zwischen den Bäumen gesehen hatte, und Alerien führte sie zu einer großen Gruppe Elfen, die auf einem natürlichen Hügel in der Mitte der Lichtung im Kreis auf dem Waldboden saßen.

Überall um sie herum sahen sie weitere Elfen, Männer und Frauen, alle von atemberaubender Schönheit wie ihr Begleiter, und alle von ebenso unschätzbarem Alter. Einige hatten braune Haare in den unterschiedlichen Tönen des Waldes, und manche von ihnen hatten hölzerne Perlen in Strähnen ihrer Haare geflochten, doch die meisten, die sie sahen, hatten silbrig weißes Haar, das ihnen in glatten Wellen über die Schultern fiel. Sie alle waren unterschiedlich gekleidet, in einfache Stoff- und Leinenkleidung, in gegerbtes Leder oder in Kleidung, die aus Blättern, Zweigen und sonstigen Dingen des Waldes gemacht schien. Ihnen allen war gemeinsam, dass ihre Kleidung die Farben des Waldes wiederspiegelte, und viele der Elfen am Rande der vielleicht fünfzig, vielleicht aber auch dreihundert Schritt durchmessenden Lichtung bemerkte sie nur, wenn sie sich bewegten. Außerdem konnte ihre Kleidung noch so seltsam wirken: an ihnen schien alles so perfekt zu sitzen wie die prächtigsten Gewänder der Adeligen.

Unter ihren interessierten Blicken fühlte Talia sich linkisch, als sie Alerien zum Zirkel der Elfen folgte, die sich von den anderen nur dadurch unterschieden, dass sie auf eben diesem Hügel saßen; auch an anderen Stellen sah Talia Gruppen von Elfen in

Zirkeln am Boden sitzen, scheinbar meditieren, sich in ihren herrlichen, klaren Stimmen unterhalten oder aus einfachen Holzstücken kunstfertige Gebilde schnitzen. Die Elfen, die ihnen nun freundlich entgegenblickten, schienen nichts von alledem zu tun - sie saßen da und *warteten*. Alerien trat in die Mitte des Zirkels vor und entbot mit der Andeutung einer Verbeugung eben jenen Gruß, mit dem er auch sie im Wald empfangen hatte. Als sie die sitzenden Elfen beobachtete, die mit einem leichten Kopfnicken die Geste erwiderten, hatte Talia eine Ahnung, woher die Magier ihre steife, förmliche Haltung übernommen hatten - nur dass die Elfen nicht steif und förmlich, sondern elegant und fast hoheitsvoll wirkten.

„Wir heißen Euch, Reisende, in Elvandar willkommen," begann einer der Elfen, dessen langes silbergraues Haar von kleinen hölzernen Perlen durchsetzt war, und vollzog abermals die grüßende Geste, dieses Mal in ihre Richtung. Während Quinn den Gruß ebenso fließend erwiderte, beschränkte Talia sich auf ein dankendes Kopfnicken.

Ein anderer Elf in einer ähnlichen Robe wie Alerien wies mit einer Geste auf die Runde. „Setzt Euch und schließt den Kreis, Reisende. Wir haben Eure Ankunft erwartet und wissen um die Reise, die vor Euch liegt." Sie gehorchten, ließen sich auf das angenehm weiche Moos des Waldbodens sinken, und schlossen so den begonnenen Kreis. Alerien ließ sich zu ihrer Linken im Schneidersitz wie die übrigen Elfen um sie herum nieder und ließ die Hände entspannt auf den Knien ruhen. Talia erkannte die Haltung wieder, die sie bei Quinn und später auch Lynn bemerkt hatte, und folgte dem Beispiel.

Eine schlanke Elfin mit rotbraunen Haaren und edlen, wunderschönen Gesichtszügen fuhr für den Robenträger fort. „Wir wissen, wohin Euch Eure Reise führt und möchten Euch vor den Schwierigkeiten, auf die Ihr treffen werdet, unsere Gastfreundschaft bieten. Verweilt bei uns und stärkt Euch, solange Ihr mögt."

Die Frau war außergewöhnlich hübsch, und Talia war sich bewusst, dass nicht nur Kyle, sondern auch sie selbst sie mit offenem Mund anstarrte. Doch etwas an ihren Worten hatte Talia verwundert, und sie versuchte, sich von ihrem Anblick loszureißen und den Gedanken zu verfolgen. Sie räusperte sich, und als sie sprach, klang ihre Stimme rauh und unangenehm nach der melodischen Sprache der Elfen. „Unsere Zeit ist begrenzt," gab sie leise zu bedenken, und die Elfin lächelte, „und unsere Gegner sind uns wahrscheinlich weit voraus. Wir müssen noch vor morgen abend am Tempel sein."

Ein weiterer Elf mit langen silbrig weißen Haaren zu ihrer Rechten nickte lächelnd und wies mit einer weit ausholenden Geste auf den Wald um sie her. „Eure Reise ist sehr dringlich und von großer Bedeutung, Talia aus Karuhm. Doch wir gebieten in diesem Wald, und Zeit hat hier keine Bedeutung. Bleibt eine Weile, ruht Euch aus und wappnet Euch für das Bevorstehende."

Talia war sprachlos, nicht nur, weil der Elf offensichtlich sogar ihren Namen wusste, und ihre Verblüffung wuchs, als ein Elf mit langen braunblonden Haaren, der ihr fast gegenüber saß, ein in Wachstuch gewickeltes Bündel hervorholte und es in den Kreis legte. „Es ist uns nicht gestattet, in den schweren Kampf einzugreifen, der vor Euch liegt," begann er, und seine Worte glichen mehr einem rituellen Gesang denn einer Erklärung, „doch wir können Euch helfen, Euch gegen das Kommende zu wappnen."

Er schlug das Wachstuch zurück, und Talias staunender Blick fiel auf die elegant geschwungene Form eines mit Mustern und Symbolen reich verzierten Bogens. „Dir, Talia aus Karuhm, geben wir den Bogen der Elfen, der fortan Dein sein soll. Möge er Dir wohl nützen."

Während Talia noch sprachlos dasaß, holte eine Elfin zur Rechten des ersten ein weiteres, deutlich kleineres Bündel hervor, legte es neben das erste in den Kreis und wandte sich an Lynn. „Wir wissen um Deinen Wunsch, Deinen Namen zu wahren, und respektieren Deinen Willen. Auch für Dich, Reisende, geben wir Schutz und Segen." Sie schlug das Wachstuch zurück, und Talia erkannte einige seltsam anmutende Wurzeln und Kräuter. Lynn an ihrer Seite keuchte überrascht und sah die Elfin verwirrt an. „Die Kraft Elvandars legen wir in Deine Hände, Reisende."

Ein Elf, der eine vielteilige Robe in verschiedenen Grüntönen trug, und darin fast wie in ein Blätterdach gehüllt schien, legte ein weiteres Bündel in den Kreis und enthüllte zwei unscheinbare lederne Armbänder, bevor er sich an Quinn wandte, der ungläubig zwischen dem Elf und den Armbändern hin- und hersah. „Wir wissen um den Verlust Deines Buches, Quinn vom Konzil der Magier. Gleichwohl wir es nicht ersetzen können, haben wir Deine Armbänder aufbewahrt und stellen ihre Kräfte nun erneut in Deine Dienste."

Quinn nickte gemessen, und ein Elf, dessen hellbraune lange Haare von einem einfachen Stirnband zurückgehalten wurden, und der sonst nur eine einfache Stoffhose trug, wandte sich an Kyle, der nicht weniger überrascht schien als die anderen drei. „Du, Kyle aus Karuhm," begann der Elf lächelnd, „hast Dein Schwert bereits erhalten. Nun ist die Zeit, da unsere Schmiede es vollenden werden." Er nickte Kyle zu, und der zog benommen sein Kurzschwert aus dem Gürtel. Wie in Trance betrachtete er die Klinge, die im Licht matt schimmerte, und legte sie ebenfalls in den Kreis.

Alerien nickte zustimmend und erhob sich halb. „Folgt mir nun, Reisende, und ich werde Euch Speise und Lager zeigen." Quinn erhob sich und hob dabei beide Hände so vor die Brust, dass die Handflächen waagerecht etwas entfernt zueinander wiesen. Die Elfen erwiderten die Geste und nickten. Kyle, Talia und Lynn imitierten die Geste, vermutlich eine Art Verabschiedung oder Dank. Dann folgten sie Alerien, der sie an eine Feuerstelle führte, wo bereits einige Elfen auf dem weichen Moos beisammen saßen.

Die Elfen begrüßten die vier ebenso freundlich wie Alerien, und sie wurden so herzlich und freundlich aufgenommen, als wären sie den Elfen seit Jahren Bekannte. So viel, wie die Elfen wussten, konnte das tatsächlich zutreffen, dachte Talia, als eine Elfin mit langen braunen Haaren, in dem sich graue Strähnen flochten, ihr ein riesiges Blatt reichte, auf dem ein süßlich duftender Brei mit einigen Beeren vermischt war. Sie probierte etwas davon, während sie sich auf der Lichtung aussah. Sie hätte sich vor Überraschung beinahe verschluckt, als der süßliche Geschmack sich auf ihrer Zunge vollständig zu einer Vielzahl unterschiedlicher Geschmacksnoten entfaltete und ein warmes Gefühl in ihrem Inneren hinterließ. Sie versuchte, ihn etwas zuzuordnen, dass sie kannte, gab aber schließlich auf und konzentrierte sich darauf, diese seltsame Speise, die auch die letzte Müdigkeit zu vertreiben schien, mit allen Sinnen zu erfassen. Sie sah Kyle, der ebenfalls mit dem Essen beschäftigt war und gerade eine ähnliche Erfahrung gemacht zu haben schien.

Einige Elfen führten länglich geschwungene, hölzerne Instrumente mit sich, und auf Zuruf mehrerer anderer begannen sie schließlich, ein getragenes Lied mit intensiven Klängen und Läufen zu spielen, zu dem abwechselnd der ein oder andere Elf eine Strophe in einer mal traurigen, mal heiteren Art in voller, tönender Stimme sang. Talia verstand nicht eines der Worte, aber die Musik und die Stimmen der Elfen machten jedes Wort überflüssig, und sie lauschte gebannt, als die Elfen Stücke vortrugen, die Geschichten aus längst vergangenen Zeiten erzählen mochten, aus der Zeit der Sagen, der frühen Zeit ihres Volkes oder der Zeit der Götter.

Nach dem Treffen mit dem Zirkel schwirrten unzählige Fragen in ihrem Kopf, und sie konnte es nicht abwarten, einige Antworten zu hören: Woher die Elfen all ihr Wissen erhielten, und wieviel sie tatsächlich über das wussten, was kam. Wussten sie, wie ihre Reise ausging? Und woher kannten sie Quinn? Sie hatte bisher gedacht, die Reise als Gesandter wäre Quinns erste Reise in die Welt außerhalb der Mauern der Konzils gewesen, doch es schien, als wäre er bereits einmal an diesem Ort, den die Elfen Elvandar nannten, gewesen und hätte damals jene Armbänder, die sie gesehen hatte, hier zurückgelassen. Das zumindest hätte erklärt, warum Quinn so vertraut mit den Gesten, Sitten und Gebräuchen der Elfen schien, und warum sie ihn so gut zu kennen schienen.

Dieser Ort selbst schien ihr verwunderlich, und ebenso die Herrschaft, die die Elfen darüber innehatten; auch wenn die Elfen als das Volk des Waldes bekannt waren, konnte Talia nicht glauben, dass ihre Verbindung zu diesem Wald so eng sein konnte, dass sie - wie verwunschen und geheimnisvoll der Wald auch wirkte - bestimmen konnten, wer ihn betrat, oder sogar die Bedeutung der Zeit aufheben konnten.

Fast noch mehr wunderte sie sich über den rätselhaften Ausspruch über Kyles Schwert: Er hatte das Schwert niemals erhalten, sondern es bei einem Einbruch an sich gebracht - die Elfen konnten unmöglich so etwas vorhergesehen oder sogar geplant haben... oder?

Sie hätte gerne die eine oder andere Antwort erhalten, doch das Essen hatte eine tiefe Zufriedenheit in ihr zurückgelassen, und die Geräusche des Waldes, der so vertraut schien, und der Gesang der Elfen wiegten sie in einen ruhigen, behüteten Schlaf.

Wie üblich erwachte Kyle zuerst und fand sich in eine Decke gehüllt wieder. Über sich sah er die nahe Krone eines niedrigen Baumes, die wie ein Schirm über ihm stand und das Licht abhielt. Er hatte keine Vorstellung, wieviel Zeit er verschlafen haben mochte, denn als er an der Baumkrone vorbei zum Blätterdach über der Lichtung emporsah, schien das Licht zwar so hell wie am Tag, doch er erinnerte sich, dass es das auch zu dem Zeitpunkt getan hatte, zu dem sie in Elvandar angekommen waren, und den er zur besseren Orientierung in Gedanken als „gestern abend" bezeichnete. Auf den zweiten Blick fiel ihm jedoch eine Änderung des Lichts auf: es schien nun nicht mehr von den Bäumen abgestrahlt zu werden, sondern wie normales Tageslicht durch das Blätterdach zu fallen. Außerdem vernahm er Vogelgezwitscher und andere Geräusche, vermutlich von Waldtieren, die er am Abend nicht gehört hatte.

Er wand sich aus der Decke, um sich umzusehen, und eine weitere Veränderung fiel ihm auf, seit er eingeschlafen war: Von der Kratzspur, die ein Dai'khir in seiner Schulter hinterlassen hatte, als er mit Quinn zu Boden gefallen war, und die ihm in der letzten Zeit immer wieder ein juckendes Brennen bereitet hatte, war nichts mehr zu spüren.

Talia und Lynn lagen in seiner Nähe, ebenfalls in eine Decke gehüllt, unter dem Blätterdach eines solchen kaum mannshohen Baumes, wie dem, unter dem auch er erwacht war, und schliefen fest; Quinn dagegen saß in seiner üblichen Haltung mit übereinandergeschlagenen Beinen und halb geöffneten Augen still neben ihm. Er konnte sich zwar nicht genau erinnern, aber jemand musste sie hierher etwas näher an den Rand der Lichtung gebracht haben, nachdem er kurz nach Talia und Lynn eingeschlafen war.

Alerien trat so geräuschlos neben ihn, dass er in seiner Überraschung fast die tönerne Schale weggeschlagen hätte, die der Elf ihm reichte. Er nickte dem Elf begrüßend zu und kostete etwas von den Früchten und Beeren, die sich darin befanden.

„Wie lange haben wir geschlafen?" fragte er den Elf kauend, und Alerien lächelte milde. Er sagte etwas in elfischer Sprache und deutete ein Schulterzucken an, eine Geste, die ihm wenig vertraut schien und trotz seiner elfischen Eleganz etwas seltsam wirkte.

„Zeit hat in Elvandar keine Bedeutung, Freund," antwortete er schließlich, „doch für Eure Begriffe habt ihr fast einen ganzen Tag geschlafen. Ihr brauchtet den Schlaf, um Eure Wunden zu heilen, und wir haben alle Vorbereitungen für Eure weitere Reise getroffen."

„Das ist gut," bemerkte Talia gähnend und richtete sich in ihrer Decke auf. Auch Lynn schlug die Augen auf und blinzelte einen Moment lang verwirrt das nahe Blätterdach an. „Wir sollten so früh wie möglich aufbrechen."

Kyle gab sich einen Ruck und erhob sich, darauf bedacht, nicht mit dem Kopf an die Zweige des niedrigen Baumes zu stoßen, und als Talia und Lynn seinem Beispiel folgten, öffnete auch Quinn die Augen vollständig und sprang auf die Beine. Er schien ebenfalls im Schlaf seine Wunden auskuriert zu haben, obwohl Kyle sich wunderte, wie solche Wunden innerhalb nur eines Tages heilen sollten. Gemeinsam folgten sie Alerien zur Feuerstelle, an der einige Elfen saßen; Kyle konnte nicht sagen, ob sie noch immer oder eher schon wieder dort saßen. Sie wurden freudig begrüßt, und man reichte ihnen etwas zu essen.

Die Früchte, die er aß, waren Kyle gänzlich unbekannt, doch sie schmeckten besser als alles Vergleichbare, das er kannte, und so verschlang er sie mit großem Appetit. Den anderen schien es ähnlich zu gehen, so dass sie schweigend aßen, immer noch zu überrascht von all den neuen Erfahrungen, um eine der vielen Fragen zu stellen, die ihnen auf der Zunge brannten. Alerien war zwischenzeitlich ebenso geräuschlos verschwunden, wie er an Kyles Seite aufgetaucht war, doch als sie ihre Mahlzeit beendeten, stand er wieder an der Feuerstelle und führte sie zurück zum Zirkel in der Mitte der Lichtung.

Kyle hatte irgendwo einmal gehört, dass Elfen niemals wirklich schliefen, und als er zu den Elfen sah, die wie am Vortag wartend auf dem niedrigen Hügel saßen, hielt er die Erzählungen durchaus für richtig. Sie traten wiederum zu den Versammelten, doch diesmal erhoben sich die Elfen nach Aleriens Begrüßung und formten so einen Kreis mit den vieren und Alerien.

„Die Zeit unserer Abreise ist gekommen, Volk von Elvandar," begann Quinn feierlich, und von den Rändern der Lichtung gesellten sich weitere Elfen zu ihnen, um seinen Worten zu lauschen. „Wir danken für die Gastfreundschaft, die Ihr uns entgegengebracht habt und brechen nun auf, um das zu Ende zu führen, was wir begonnen haben."

Der Elf, der auch am Vortag zuerst das Wort ergriffen hatte, nickte zustimmend, und auf einen Wink von ihm hin führte ein weiterer Elf ihre ausgeruhten und bereits ungeduldigen Pferde heran. „Schutz und Segen Elvandars über Euch auf Eurem Wege, Reisende," antwortete er, und Kyle schätzte, dass es sich um eine Art Ritual handelte, „und möge Eure Reise mit Erfolg enden." Er nickte abermals, und der Elf mit dem Stirnband, der Kyle zuvor um sein Schwert gebeten hatte, trat vor.

In seinen Händen trug er ein mit Wachstuch umwickeltes Bündel, und Kyle erkannte die vertrauten Umrisse seines Kurzschwertes bereits, bevor der Elf das Tuch zurückschlug und ihm die Waffe reichte. „Deine Klinge ist nun vollendet, Kyle, und wir übergeben sie Dir zu Diensten. Dieses Schwert soll ein Teil von Dir sein, und wo Du hingehst, möge auch es hingehen."

Kyle nickte in einer - so hoffte er - dankbaren Geste und nahm die dargebotene Klinge. Er hatte das Schwert scheinbar Ewigkeiten besessen, gehegt und gepflegt, und die fast unscheinbaren Veränderungen fielen ihm sofort auf. In die Klinge waren nahe dem Schwertknauf drei verschlungene Symbole eingearbeitet, und die Klinge selbst, die noch am Tag zuvor matt im Licht geschimmert hatte und bereits einige Scharten des Kampfes aufgewiesen hatte, glänzte nun im Sonnenlicht und warf es zurück, als wäre sie ein polierter Spiegel. Er hatte die Waffe immer für das Beste gehalten, doch als er nun die makellose Klinge ansah und es in einigen Bögen durch die Luft schneiden ließ, wobei es eine leuchtende Spur zu hinterlassen schien, wusste er, dass sie vollkommen war. Er verbeugte sich dankend zum Zirkel der Elfen und ließ das Schwert ehrfürchtig in seinen Gürtel gleiten.

Nacheinander traten auch die anderen drei Elfen vor und überreichten Talia, Lynn, und zuletzt Quinn ihre Bündel. Die so Beschenkten dankten ehrerbietig, und der Zirkel der Elfen nickte zustimmend. Dann traten die Elfen, die sich um sie herum gesammelt hatten, zurück und bildeten eine Gasse bis zum Rand der Lichtung.

„Wir haben getan, was uns gestattet war, doch nun ist es Zeit für Euch, Euren Weg fortzusetzen," verkündete ein Elf, dessen lange weiße Haare fast bis zu seinen Kniekehlen reichten, und verneigte sich ehrerbietig, zwei Finger der Linken zur Stirn führend. Die Elfen ringsumher nahmen seine Geste auf, als er ihnen für ihre Reise Glück wünschte, und die vier nickten dankbar und stiegen auf ihre Pferde.

Ein weiterer Elf mit hellbraunen, offenen Augen und ebenso farbenen Haaren, die mit einem ledernen Band aus der Stirn gehalten wurden, trat zu ihnen in die Gasse, und der Elf mit den langen weißen Haaren, der nach Kyles Schätzung deutlich älter als die übrigen war, erklärte: „Die Elfen Elvandars haben Rethiel erwählt, um Euch bis zum Rande des Waldes zu geleiten." Der braunhaarige Elf lächelte und verbeugte sich spielerisch nach Art der adligen Höflinge. Dann winkte er ihnen, ihm zu folgen, und führte sie durch die Gasse dem Rand der Lichtung entgegen. Sie setzen ihre Pferde in Bewegung, und als Kyle über die Schulter zurücksah, füllten hunderte Elfen die Lichtung und sahen ihnen nach; einige winkten, andere folgten ihnen noch ein Stück weit in den Wald hinein, und wieder andere standen nur still da und lächelten ihnen nach.

Als sie den Rand der Lichtung erreicht hatten, verfiel Rethiel in einen leichten Trab, und sie mussten ihre Pferde antreiben, um ihm gleichauf zu folgen. Bald darauf wechselte Quinn in so schnellen Galopp, wie es die nahestehenden Bäume und Büsche zuließen, und die niedrigen Zweige und Äste rasten an ihnen vorüber. Rethiel lächelte Quinn schelmisch zu, hielt das Tempo und blieb weiterhin an ihrer Seite, ohne auch nur außer Atem zu geraten, obwohl das Tempo bereits die Pferde anstrengte. Der Elf schien davon unbeeindruckt und lief in eleganten, gleichmäßigen Bewegungen neben ihnen her, ohne dass die Äste und Zweige, unter denen sie sich in ihren Sätteln immer wieder hinwegducken mussten, ihn auch nur streiften. Der weiche Waldboden schluckte das Geräusch der Pferdehufe ebenso wie das seiner Füße, doch Kyle wäre nicht überrascht gewesen, wenn Rethiel sich auch über trockenes Laub geräuschlos bewegt hätte.

Als Kyle einigermaßen sicher war, so schnell keinem niedrig hängenden Zweig mehr ausweichen zu müssen, nahm er sich die Zeit, den Elfen eingehender zu betrachten. Obwohl alle Elfen in ihrer unirdischen Schönheit ähnlich wirkten, hatte er inzwischen genügende von ihnen gesehen, um einige Unterschiede festzustellen. Zum einen fiel ihm auf, dass Rethiel über den Rücken sowohl einen Bogen trug, ähnlich der Waffe, die die Elfen Talia überreicht hatten, als auch einen Köcher, der mit Pfeilen gefüllt war, deren Schäfte so grün waren wie die Wälder um sie her. Er trug nicht wie die meisten Elfen weite, fließende Kleidung, sondern eine einfache Lederweste und -hose, die für die Jagd im Wald hervorragend geeignet sein mussten. Auch sein Stirnband war aus Leder, und das Band war von leicht dunklerem Braun als seine Haare, die deutlich kürzer waren als bei den meisten Elfen und noch keine Spur des vorherrschenden Silber zeigten.

Zudem hatte er bei seiner Verbeugung eine verspielte, fast kindische Art gezeigt, und in seinen Augen lag ein waches, schelmisches Flackern, das Kyle bei kaum einem Elfen bemerkt hatte; also schätzte er, dass Rethiel für die Begriffe der Elfen jung sein musste. Talia schien ähnliche Gedanken verfolgt zu haben, und als sie schließlich dem Elfen gegenüber etwas Derartiges andeutete, lachte Rethiel auf. Trotz der Geschwindigkeit, mit der er neben ihren Pferden herlief, war in seiner hellen, freundlichen Stimme nicht die geringste Spur von Erschöpfung oder Atemlosigkeit zu hören, als er erklärte: „Ihr habt gute Augen, Freunde. Ja, ich bin für Verhältnisse der Elfen jung, obwohl ich älter bin als jeder von Euch. Die ersten hundert Jahre sind die schwersten," fügte er lächelnd hinzu und erklärte, dass die Elfen ihn gerade wegen seiner Art auserkoren hatten, die Menschen zu führen, da er ihnen oft so ähnlich schien und sich mit ihnen gut verstehen würde.

Nachdem das Schweigen einmal gebrochen war, beantwortete Rethiel ihnen bereitwillig einige der Fragen, die sie hatten, während er sie im Gegenzug mit Fragen über die Außenwelt belegte. Kyle erfuhr, dass die Elfen ihren Wald wie eine lebende Wesenheit betrachteten, und der Wald ihnen Schutz, Heim und Nahrung bot, während die Tiere darin ihre Augen und Ohren war. Er verstand nicht ganz, wie die Elfen sich mit den Tieren verständigten, doch offensichtlich konnte kein fremdes Wesen den Wald betreten, ohne dass die Elfen davon erfuhren. Waren die Elfen den Fremden wohlgesonnen, so ließ der Wald sie passieren und bot ihnen Schutz vor Regen und Kälte; wenn aber die Fremden Böses im Schilde führten, wurde der Wald zu einem undurchdringlichen Dickicht voller Ranken, Dornen und Ungeziefer. Obwohl Kyle sich einen derart lebenden Wald nicht vorstellen konnte, kam ihm der Dai'khir wieder in den Sinn, der, statt ihnen direkt zu folgen, durch brechendes und splitterndes Geäst gerast war und sich schließlich an einem spitzen Ast aufgespießt hatte.

Die Zeit verflog über ihren Gesprächen wie der Wald, der in undeutlichen Schemen links und rechts an ihnen vorbeizog, und bald tauchte vor ihnen der Waldrand auf. Quinn zügelte sein Pferd, und sie trabten langsam bis zu den letzten Baumreihen, die sie von der freien Ebene trennten. Kyle war entgangen, dass es während ihrer Reise immer dunkler geworden war. Nun traf es ihn überraschend, als er zu den schweren, steingrauen Wolken hinaufsah, die tief über dem kahlen Land hingen und unablässig schweren Regen ausgossen. Vor ihnen auf einem sanft ansteigenden Hügel lag die schroffe Stufenpyramide eines dunklen, vieleckigen Tempels, dessen Fassade aus grob behauenen Steinen im wenigen Sonnenlicht, das durch die Wolken drang, regennass schimmerte. Der Tempel schien mit seinen vielen Stufen, die von vielen spitzen Pfeilern gesäumt wurden, wie eine reich verzierte Speerspitze, die sich von unten durch den Boden bohrte und den Himmel selbst aufspießen wollte, ihn jedoch nicht ganz erreichte.

Quinn wandte sich im Sattel um und sah Rethiel verwundert an. „Ich kenne die Karten dieser Region, Rethiel," erklärte er verwirrt, „und dieser Wald hier ist nicht Teil von Elvandar, wo Ihr uns vor dem Dai'khir gerettet habt."

Kyle runzelte die Stirn - Quinns Aussage ergab keinen Sinn, denn sie waren ununterbrochen durch dichten Wald geritten und hatten niemals offenes Feld überquert, und eben dieser Widerspruch schien auch Quinn zu verwirren.

Rethiel jedoch lächelte vielsagend und antwortete: „Jeder Wald ist Teil von Elvandar, Quinn von den Magiern des Konzils - jeder Wald ist in Elvandar." Quinn schien zu verstehen, denn er nickte, und Kyle fand keine weitere Zeit, über diesen rätselhaften Ausspruch nachzudenken.

Ein Blitzschlag erhellte für einen Moment den Himmel, und er erschrak, als er über den spitzen Verzierungen der Tempelstufen die schwarze Wolke der Dai'khir erkannte, die sie eigentlich hinter sich gelassen hatten. Doch nicht nur am Himmel, über die ganze Ebene verteilt schlurften die geflügelten Monster, die am Boden plump wirkten und mit ihren krallenbewehrten Füßen den Matsch aufwühlten. Unter dem Heulen des Windes vernahm er nun auch wieder ihr zeterndes Kreischen, und da und dort schienen sich die Kreaturen zu zanken und schnappten gereizt nach einander.

Ein weiterer Blitzschlag, der die ansonsten kahle Ebene in gespenstische Schlagschatten tauchte, folgte dem ersten, und für einen kurzen Augenblick erkannte Kyle zwischen den mächtigen Stufen des pyramidenartigen Tempels ein in den Stein getriebenes Portal, das von zwei massiven Gestalten flankiert wurde. Obwohl der Tempel im nächsten Moment wieder in völliger Dunkelheit schwarz und bedrohlich dalag, war Kyle sich sicher, die roten und schwarzen Rüstungen der Krieger Bakars wiedererkannt zu haben. Er sah zum Himmel auf. Auch wenn dunkle Wolken die Sonne fast vollkommen verdeckten, war er sich sicher, dass es noch früh am Morgen war, wie die Elfen gesagt hatten - dennoch war Bakar wohl vor ihnen am Tempel eingetroffen und bereitete sich nun darauf vor, seine dunklen Pläne zum Schluss zu führen.

Er griff nach seinem Schwert und spürte, wie beruhigende Wärme vom Griff auszugehen schien, als er es aus dem Gürtel zog. „Er rechnet nicht mit uns," erklärte er bestimmt, und die anderen drei nickten.

Quinn wandte sich Rethiel zu. „Wir danken Deinem Volk für die Unterstützung, doch Deine Aufgabe endet hier. Dies ist nun unser Kampf." Er schob die Ärmel seiner Robe zurück, und Kyle erkannte die ledernen Armbänder, die ihm die Elfen geschenkt hatten, und die nun an seinen Handgelenken leise zu summen schienen.

Der Elf lächelte auf Quinns Worte, doch er schüttelte den Kopf und antwortete: „Unsere Aufgabe ist noch nicht beendet, Quinn von den Magiern des Konzils." Mit diesen Worten ließ er in einer fließenden Bewegung den Bogen von seiner Schulter gleiten, der Kyle bereits früher aufgefallen war. Bereits dann hatte etwas daran seltsam gewirkt, doch erst jetzt wurde ihm bewusst, dass er in seiner ganzen Zeit keinen einzigen Elf gesehen hatte, der eine Waffe trug.

„Aber sagte der Zirkel nicht, Ihr dürftet Euch nicht einmischen?" fragte Lynn verblüfft, und in ihrem Gesicht lag ein seltsamer Ausdruck. Dem Klang ihrer Stimme nach würde es schwerere Folgen als eine freundliche Verwarnung von demjenigen geben, der den Elfen die Einmischung verboten hatte, wenn sie sich einmischten. Wer überhaupt konnte diesem Volk *Regeln* vorschreiben?

Rethiel nickte und lächelte abermals. „Wir mischen uns nicht in Euren Kampf ein, Reisende," erklärte er sanft, „wir sorgen lediglich dafür, dass Ihr bis dorthin gelangt. Diese Kreaturen," fuhr er mit einer Geste fort, die den Himmel und die am Boden verstreuten Dai'khir einschloss, „haben uns in unserem Wald angegriffen, und wir werden sie bekämpfen." Er lächelte, und Kyle begriff allmählich.

Doch bevor jemand antworten und ihm danken konnte, stieß Rethiel einen trillernden Pfiff aus, und ihre Pferde stürmten auf diesen seltsamen Befehl hin durch das leichte Unterholz auf die Ebene hinaus. Gleichzeitig mit ihnen spurtete auch Rethiel los, im Laufen bereits einen Pfeil auf die Sehne legend, und mit ihm brachen unzählige weitere Elfen aus dem Wald hervor, ein jeder mit einem Bogen bewaffnet. Rethiels Haare flatterten wie ein Heeresbanner im Wind, als er an ihrer Seite den ersten Pfeil von der Sehne auf die überraschten Dai'khir davonschnellen ließ, die sich unter schrillen Schreien langsam vom Boden erhoben.

Kyle presste sich eng an den Hals seines Tieres, das mit geblähten Nüstern direkt auf den Tempel und die sich drohend davor erhebenden Dai'khir zusteuerte. Von Seiten der Elfen erhob sich ein kräftiges, helles Singen, das gegen die dämonischen Schreie der geflügelten Kreaturen anstieg, und mit jedem Ton schnellte eine Welle vernichtender Pfeile von den Sehnen der Elfen. Der Regen hatte ihn bereits wieder vollkommen durchnässt, doch der Gesang der Elfen hielt ihn merkwürdig warm, und er riss sein Kurzschwert aus dem Gürtel und spornte sein Pferd zu größerer Eile an. Über ihm stieß ein Dai'khir mit blitzenden Krallen auf ihn herab, doch ein elfischer Pfeil riss ihn fort, bevor die überraschte Kreatur schreien konnte.

Er sah über die Schulter zurück nach Rethiel, der hinter ihnen zurückgeblieben war, als ein Dai'khir sich auf ihn gestürzt hatte, doch der junge Elf wich lachend den Attacken der Kreaturen aus und sandte ihnen weitere Pfeile entgegen, die ihr Ziel mit tödlicher Präzision trafen. Ein Dai'khir segelte über den Boden auf ihn zu, den zahnbewehrten Rachen weit aufgerissen, doch Rethiel sprang darüber hinweg und rammte ihm ein langes Messer, das in seiner Hand aufblitzte, zwischen die drahtigen Schultern. Während die Kreatur noch unkontrolliert zuckend zu Boden stürzte, hatte Rethiel das Messer bereits wieder in seinen Gürtel gleiten lassen und ließ einen weiteren Pfeil von der Sehne schnellen.

Kyle sah erneut vor sich, wo der Tempel schwarz über ihnen in den Himmel aufragte. Obwohl die Elfen die Dai'khir scharenweise vernichteten, war der Himmel schwarz von den geflügelten Kreaturen, und wo ein Dai'khir getroffen zu Boden stürzte, nahmen vier neue seinen Platz ein.

Die Luft war erfüllt von den Schreien der Dai'khir, den Stimmen der Elfen, die dagegen ansangen, und dem Donnern und Rauschen des Gewitters, das den beißenden Geruch der sterbenden Monster davonspülte. Wenige Schritte vor dem steinernen Portal des Tempels kamen ihre Pferde im Matsch rutschend zum Stehen; Kyle sah Quinn bereits abspringen, bevor die Vorderhufe der sich aufbäumenden Pferde den Boden berührt hatten, und folgte seinem Beispiel. Der Matsch spritzte ihm bis zur Hüfte, als er mit beiden Füßen landete, das Schwert kampfbereit in der Hand. Die beiden Wachen, die in der Sicherheit unter den schwarzen, unbehauenen Steinplatten des Portals unschlüssig gewartet hatten, kamen ihnen nun mit gezogenen Schwertern entgegen, doch Quinn hob die Hand und sprach ein kurzes Wort. Kyle sah, wie trotz des Regens eine Blase flirrender Luft von seiner ausgestreckten Hand auf die beiden Männer zuraste und sie von den Beinen riss, und verschwendete keine Zeit, nach den Männern zu sehen, als Quinn bereits über die reglosen Körper hinwegstieg und in die Dunkelheit des Tempels tauchte.

Auf der Hand des Magiers flammte eine rötliche Flammenkugel auf und erleuchtete den kahlen, breiten Korridor, der tiefer in das Innere des Tempels führte. Durch den Gang strich ihnen ein kalter Windhauch entgegen und spielte mit den Resten breiter Spinnweben, die eine unbeherrschte Hand oder ein Schwert zerrissen hatte. Einen kurzen Moment lang erinnerte ihn die Kälte an die Schläfer, die Quinn erwähnt hatte, und er fragte sich unwillkürlich, wo in den Tiefen dieses Tempels die Magier jenen aufgelauert hatten, die den Tempel betreten hatten. Offensichtlich hatten sie versagt - die Dai'khir und die Krieger am Eingang zeigten das deutlich. Ihre Schritte hallten hohl auf den groben Steinfliesen, als sie den dunklen Gang hinuntereilten, demjenigen entgegen, der wohl sowohl die geflügelten Monster als auch die Krieger zur Wache abgestellt hatte. Aus den Tiefen des Tempels drang ihnen ein dunkles Summen entgegen, und Kyles Nackenhaare stellten sich auf, als er durch die Wände hindurch ein dumpfes Pochen wie einen Herzschlag mehr spürte als hörte, das irgendwo vor ihnen seinen Ursprung nahm.

Sie erklommen eine Treppe und gelangten in einen runden Raum, in dem Quinn zwei weitere überraschte Wachen wie Blätter im Wind davonfegte. Kleine Alkoven waren in die runde Wand des Raumes eingelassen, und an den vier Seiten waren Durchgänge mit hohen Rundbögen, in deren Abschlussstein unmenschliche Fratzen gemeißelt worden waren. Der Durchgang direkt vor ihnen erhob sich ein Stück über die anderen, und ohne zu zögern folgten sie dem dumpfen Pochen und dem monotonen Gesang, zu dem sich das Summen verstärkt hatte, je näher sie gekommen waren.

Sie eilten durch einen weiteren dunklen Gang, den nicht einmal Quinns Licht erhellen konnte, und standen abrupt am oberen Ende einer langen steilen Treppe, die in einen riesigen, kuppelförmigen Raum hinabführte. Der Raum erhob sich mehrere Stockwerke in die Höhe, und auf jeder der angedeuteten Ebenen waren weitere dunkle Alkoven in die schwarz schimmernde Wand eingelassen, wie Luftlöcher in einen riesigen, schwarzen Bienenstock. Am Fuß der Treppe erhob sich ein quadratisches Podest, auf dessen Mitte ein einfacher schwarzer Block wohl als Altar diente. Um den „Altar" herum standen in einem Kreis gut ein Dutzend Gestalten in langen schwarzen Roben, die jede eine Kerze in der Linken trugen und in das dunkle, monotone Singen miteinstimmten. In der Mitte des Zirkels lag auf dem Altar ausgestreckt die reglose Gestalt eines Menschen, dem ein tiefer blutiger Schnitt von der Brust bis zum Bauch lief. Aus der Wunde ragte ein weißlicher Gegenstand, und der Mensch war so offensichtlich tot, dass es Kyle den Magen umdrehte.

„Es hat begonnen," murmelte Lynn und schickte sich an, die Treppe hinabzusteigen. Als sie jedoch durch den Torbogen aus dem Gang, durch den sie gekommen waren, auf den schmalen Sims am oberen Ende der Treppe hinaustreten wollte, flirrte die Luft vor ihr in einer glitzernden Kaskade aus Lichtblitzen, und sie zuckte zurück, als wäre sie gegen eine Wand gestoßen. Zwei der Gestalten, die Kyle bisher noch nicht bemerkt hatte, weil sie einander außerhalb des Kreises, hinter den anderen Robenträgern, ohne Kerze gegenüberstanden, hoben den Blick hinauf zur Treppe - Kyle sah die überrascht aufgerissenen Münder der beiden, als das Kerzenlicht ihre Gesichter bis knapp unter die Nase enthüllte. Der eine, offensichtlich ein älterer Mann, hatte einen schwarzen, ordentlich gestutzten Vollbart und warf dem anderen einen scheinbar fragenden Blick über die Köpfe der anderen hinweg zu. Doch der andere, der seinerseits einen blonden Bart hatte, wandte den Blick wieder auf den Altar und den darumstehenden Zirkel aus Robenträgern.

Quinn hatte sich am Torbogen niedergekniet und strich behutsam mit den Fingerspitzen über die unsichtbare Wand, die unter seiner Berührung in bizarren Lichtmustern aufblitzte. Er warf den versammelten Robenträgern am Fuß der Treppe, die sie immer noch nicht bemerkt zu haben schienen und in ihrem Gesang fortfuhren, einen prüfenden Blick zu und murmelte: „Sie haben die Passage magisch gesichert. Sie wollen wirklich nicht, dass jemand sie vor Ende des Rituals stört." Er veränderte seine Haltung und legte beide Handflächen an die Barriere, die seine Hände in Kaskaden weißer Blitze tauchte. Obwohl er offensichtlich Schmerzen hatte, biss der Magier die Zähne zusammen und murmelte leise Worte, die über dem Knistern der Entladungen kaum hörbar waren; einen Moment lang färbten sich die Blitze in ein helles Blau und gewannen ein einheitliches Muster, doch dann brach das Muster wieder zusammen, und

Quinn zog ruckartig die Hände zurück. „Und wer immer das hier errichtet hat," murmelte er und rieb sich die Hände, „verstand etwas von seiner Kunst. Ein Magier hoher Ausbildung führt dieses Ritual."

Lynn wollte zu einer Antwort ansetzen, doch sie brachte nur ein überraschtes Keuchen und ein kurzes Stoßgebet zustande: „Die Götter stehen uns bei." Quinn blickte von den steinernen Säulenrändern des Torbogens auf und folgte ihrem starren Blick hinunter zum Podest. „Sie stehen alle innerhalb des Kreises," gab Lynn atemlos von sich und Kyle meinte zu erkennen, wovon sie sprach: Der Zirkel aus Robenträgern war seinerseits von einem Kreis umgeben, der mit roter Farbe auf den Boden geschmiert worden war, und an dessen Rand sich seltsame, verschlungene Symbole rankten. Nur die beiden einzelnen Gestalten, die einander auf zwei Seiten des Kreises gegenüberstanden, standen außerhalb des Kreises, und Kyle erinnerte sich daran, dass Quinn einen ähnlichen Kreis vor ihrer Flucht aus der Zitadelle des Konzils um sie gezogen hatte. „Er will sie alle opfern," fügte Lynn tonlos hinzu.

„Was hat das zu bedeuten?" flüsterte Kyle halblaut, obwohl die Gestalten am Fuß der Treppe sie schon längst bemerkt hatten.

Lynn schluckte und erklärte mit nach wie vor ausdrucksloser Stimme: „Ich hatte gesagt, dass sie ein Menschenopfer bringen müssen, um den Dämon zu rufen." Kyle warf einen kurzen Blick auf den starren Leichnam auf dem dunklen Altarstein und nickte. Das hatten sie getan. „Aber der Dämon nimmt, was er bekommen kann," fuhr Lynn fort, „und er wird nur von den Schutzformeln des Bannkreises zurückgehalten. Jeder, der darin steht, ist ihm schutzlos ausgeliefert. Aber wer immer dieses Ritual führt, weiß das - und er will ihm all das Blut der Menschen dort opfern, denn aus dem Blut zieht der Dämon seine Macht."

Kyle sah wieder in den Raum hinunter, wo inzwischen reihum die Gestalten im Kreis jeweils einen Satz in einer fremden, uralt wirkenden Sprache rezitierten. Der Rest des Zirkels antwortete darauf mit einem einzigen Wort, vielleicht einem Namen, und das maßlose Grauen, das er in Lynns Augen gesehen hatte, kroch ihm kalt in den Nacken. Der Gesang gewann an Intensität, und eisige Schauer jagten ihm den Rücken hinab, als sich um die Männer und Frauen unten im Kreis die Schatten zu verdichten schienen, und ein leises, unweltliches Flüstern herandrang, das aus allen Alkoven des Raumes zu kommen schien. Der jüngere Mann außerhalb des Kreises hob beide Arme über den Kopf zum Himmel, der sich irgendwo über der Kuppel des Tempels erhob, und intonierte mit einer dunklen, hallenden Stimme die Worte in einer Sprache, die nicht für menschliche Zungen gemacht war.

Quinn hob erneut den Blick von den Säulen des Torbogens und starrte mit zusammengekniffenen Augen zu dem Mann hinunter. Er murmelte etwas zu sich und erhob sich, während er mit beiden Händen kreisende Gesten beschrieb. „Tretet einen Schritt zurück," befahl er knapp, und auf seiner Stirn glänzten Schweißperlen. Sie gehorchten, und der junge Magier stemmte sich mit beiden Beinen fest in den Boden, während er weiter Gesten beschrieb und die Lederbänder an seinen Handgelenken so heftig zu vibrieren schienen, dass sie vor Kyles Auge verschwammen.

Unerwartet stieß Quinn beide Hände vor und rammte sie in die unsichtbare Barriere, die knisternd erglühte. Mit dem Knirschen uralten Gesteins brachen unter dem plötzlichen Druck Stücke aus den Säulen des Torbogens und fielen krachend zu Boden. Die Barriere zischte erneut auf, und die blitzenden Kaskaden zuckten einen Moment unkontrolliert durch die Wolke aufgewirbelten Staubes, die der aufsplitternde Torbogen hervorrief.

Instinktiv warf Kyle sich durch den Durchgang und stürzte, als keine unsichtbare Wand ihn zurückhielt, mit gezogenem Schwert in den Kuppelraum, die anderen drei dicht auf den Fersen. Als sie die Treppe hinunterstürmten, zogen sich die Schatten um das Podest zusammen, fielen wie dunkles, dünnflüssiges Öl über den schwachen Lichtkreis der Kerzen, und das Flüstern steigerte sich zu einer dunklen, unheilvollen Stimme, die durch die steinernen Wände des Tempels sickerte. Über den Köpfen der versammelten Robenträger geriet die Luft in Bewegung, und mit einem heiseren Pfeifen entstand ein Luftwirbel, der uralten Staub aus den Nischen und Ritzen des Raumes emporhob und über ihnen kreisen ließ.

Mit einem plötzlichen Ruck zuckten die Robenträger fast gleichzeitig zusammen, und der dumpfe Herzschlag, den sie gehört hatten, wurde schneller. Von den Gestalten, die nun völlig starr auf dem Podest standen, war nur noch ein leises Gurgeln zu hören, als liefe Wasser in eine steinerne Schale. Feuchte Flecken bildeten sich auf den Roben und ließen den schwarzen Stoff dort nass glänzen, wo das schwächer werdende Kerzenlicht sie noch erhellte.

Dann, mit einem plötzlichen Brüllen der körperlosen Stimme, brach Blut aus den Körpern der Robenträger hervor. Kyle musste würgen, als von den zusammenbrechenden Gestalten ein wahrer Blutregen über das Podest spritzte und innerhalb des Kreises eine riesige Pfütze entstand, die an den Rändern des Kreises wogte, als könne sie nicht darüber hinaus. Die Robenträger fielen ohne einen Laut zu Boden in den See aus ihrem eigenen Blut, das sich mit dem der anderen mischte. Kyle fasste den Griff seines Schwertes fester, um sich in diesem unwirklichen Alptraum an die Sicherheit zu klammern, die ihm die reale Greifbarkeit der Waffe bot. Erneut lief ein wärmendes Gefühl vom Schwertgriff her seinen Körper, doch es reichte nicht im Mindesten, um die eisige Kälte zu vertreiben, die in seinen verkrampften Eingeweiden wütete.

Nun endlich drehte der jüngere der beiden Männer außerhalb des Kreises sich ihnen zu, während das Blut dem Staub in den Luftwirbel folgte und sich zu einer sich rasend drehenden Säule aus Blut erhob. Von der blutigen Säule her glomm ein rötlicher Schimmer, viel stärker als das schwache Licht der Kerzen, die nun erloschen und vergessen zwischen den Leichen im Kreis lagen, und im Innern der Säule schien sich etwas Lebendes, Schlangenartiges zu winden.

Als sie den Absatz der Treppe erreichten, streckte ihnen die jüngere Gestalt eine Hand entgegen, und mit einem Mal schienen ihre Beine wie mit dem Steinboden verwachsen. Seit er dieses seltsame Artefakt dem Statthalter von Karuhm geraubt hatte, dachte Kyle, war sein Leben erfüllt von Gestalten, die in langen Roben mit Kapuzen in sein Leben traten, die das Gesicht ihres Trägers verbargen. Fehlte nur noch, dass die Gestalt nun die Kapuze zurückschlug und „Keine Angst, ich bin Euer Freund" sagte, sinnierte er, als er an die Begegnungen mit Quinn, Lynn, und zuletzt Alerien dachte. Doch den Gefallen tat ihm der Vermummte nicht.

146

„Du hättest nicht kommen sollen, Quinn," sprach die Gestalt, in deren rechter Hand ein Dolch mit gewundener Klinge das rötliche Pulsieren reflektierte. Es wäre nicht mehr nötig gewesen, dass die Gestalt die Kapuze zurückschlug, denn Kyle erkannte die Stimme wieder. Als der Mann es trotzdem tat, bestätigte sich sein Verdacht, als er die blonden Haare und die braunen Augen des Magiers erblickte, der das angeblich echte Horn dem Konzil übergeben hatte: Khamir.

Der Mann seufzte und sah Quinn mit einem dünnen Lächeln auf seinen zusammengepressten Lippen an. „Nun, das Ritual ist ohnehin begonnen, und Ihr könnt nichts mehr tun... Ich hätte erwartet, dass spätestens der Verlust Deines Buches Dich aufhalten würde, nachdem Du bereits vom Konzil geflohen bist," fuhr er im Plauderton fort und hob Quinns ledernes Grimorum in die Höhe, „doch ich habe mich wohl geirrt." Er seufzte abermals und schüttelte bedauernd den Kopf. „Ich hätte es wirklich gerne vermieden, noch mehr Magier des Konzils mit eigener Hand zu töten. Du warst ein hoffnungsvoller und mächtiger Magier, Quinn - ein wenig naiv vielleicht, aber nicht so verbohrt wie diese Schläfer..."

„Was habt Ihr getan, Lord Khamir?" fragte Quinn, offenbar ungläubig, eines der höchsten Mitglieder des Konzils unter den Dämonenanbetern zu sehen.

Der Mann zuckte zur Antwort die Schultern und lachte trocken. „Nun, was hätte ich Deiner Meinung nach tun sollen, Zauberlehrling? Ich konnte mir doch schlecht die Pläne von ein paar Geistererscheinungen durchkreuzen lassen, die der Greis de Grey hierhergehetzt hat - zumal, wo ich sie doch in der Zitadelle schlafend so einfach töten konnte. Und ich konnte doch wohl kaum auf gut Glück ein oder zwei von ihnen umbringen, in der Hoffnung, die beiden gefunden zu haben, die hierher kommen würden."

Quinn biss die Zähne aufeinander, und seine Hände ballten sich in maßlosem Zorn zu Fäusten. „Ihr habt sie alle umgebracht," stellte er tonlos fest, und Kyle überlegte, was der Magier über die Schläfer erzählt hatte. Er wollte sich nicht einmal annähernd vorstellen, wie die Keller der Zitadelle ausgesehen haben mochten, nachdem der verrückte Magier hunderte Schläfer ermordet hatte.

Khamir lächelte. „Da der Alte sie unbedingt hier als Wache haben wollte, hatte ich doch keine Wahl, oder?" Er strich sich mit der Rechten durch den Bart und betrachtete die vier nachdenklich, die wie angewurzelt am Absatz der Treppe standen, nur wenige Schritte von den drei Stufen entfernt, die zum Podest hinaufführten. „Nun, aber was tue ich jetzt mit Euch?" überlegte er laut.

„Ich empfehle Euch, diese Störenfriede zu töten, Lord Khamir" meldete sich die andere Gestalt zu Wort, die bisher regungslos dem Gespräch gefolgt war. Die Stimme des deutlich älteren Mannes glich dem schmeichelnden Schnurren einer *sehr* großen Raubkatze, kurz bevor sie ihre Beute zerriss.

Khamir drehte sich lächelnd zu dem Mann um und verbeugte sich über das brodelnde Blut hinweg, das zu zucken und sich zu winden begann wie ein blutiger Wurm, der sich zur Decke emporwinden wollte. „Wie Ihr wünscht, Mylord." Als er sich wieder umdrehte, wich das Lächeln aus seinen Zügen, und er starrte entgeistert über Kyles Schulter. Kyle drehte sich, so gut es ohne die Beine zu bewegen möglich war, und

147

folgte seinem Blick. Khamir hätte besser nicht nur ihre Beine, sondern auch ihre Arme erstarren lassen sollen.

„Der ist für Dich," knurrte Talia kurz, als sie den Pfeil von der Sehne ihres reich verzierten elfischen Bogens schnellen ließ. Khamir hob verächtlich die Rechte, und noch im Flug fing der Pfeil fauchend Feuer. Doch sowohl der Pfeil als auch der Bogen in Talias Hand erglühten im selben Moment in einem sanften grünen Schimmer - die Flammen erloschen, und der Pfeil bohrte sich knirschend durch Khamirs ausgestreckte Hand.

In einem überraschten Aufschrei ließ der Mann Quinns Buch fallen und griff mit der zweiten Hand nach dem Schaft des Pfeiles, der sich bis zum Ellenbogen in seinen rechten Arm gebohrt haben musste; im selben Augenblick ließ die Erstarrung in ihren Beinen nach, und neben Kyle stieß Quinn eine ausgestreckte Hand in Richtung des Magiers. Über dem jüngeren Magier erhob sich der glühende Wurm aus Blut und schien zwei Arme auszuformen, gerade als Quinn Khamir eine unsichtbare Schockwelle entgegenschleuderte, die ihn an der Brust traf und hintenüberwarf.

„Wie halten wir es auf?" brüllte Kyle, als er die wenigen Stufen zum Podest, in dessen Mitte die blutige Säule eine groteske Parodie einer riesigen menschlichen Gestalt annahm, mit einem Schritt nahm und der zweiten vermummten Gestalt hinterhersetzte, die sich mit wirbelnder Robe umwandte und davonstürmte. Hinter ihm hob Quinn sein Grimorum auf, das Khamir aus der Hand gerutscht war, und als er es berührte, entfesselte sich ein wahrer Sturm aus Blitzen und Feuerbällen, dessen ganze Wucht er dem Lordmagier entgegenschleuderte.

Der ältere Robenträger sprang in einem kurzen Satz vom Podest, und Kyle hieb mit seinem Schwert nach ihm, als er an der Kante anlangte. Der Mann riss schützend den rechten Arm hoch, und Kyles Klinge traf singend auf etwas Hartes, das seinem Schlag widerstand. Der Stoffärmel des Mannes riss, und Kyle prallte zurück, als er die Hand des Mannes sah: Bis zum Ellenbogen war der Arm nur noch blankgescheuerter Knochen, an dem sich einige wenige Sehnen hielten, und von dem jegliches Fleisch abgerissen worden war; am Rest des Armes, den er sehen konnte, war das Fleisch von dunkler, kranker Farbe und verrottete bereits zu toten, eitrigen Geschwulsten. Obwohl die Knochen seiner Hand nur noch von Knorpeln zusammengehalten wurden, ballte der Mann sie zur Faust und schlug damit nach Kyle, der von dem Anblick benommen zurücktaumelte. Der Mann nutzte die Gelegenheit, um in Richtung der Treppe davonzulaufen; Kyle wollte ihm hinterher, doch ein warnender Schrei Lynns ließ ihn herumfahren.

Während Quinn den dunklen Raum mit einem Gewitter aus unterschiedlichen Zaubern erhellte, die Khamir mit einer schwächer werdenden leuchtenden Hülle von sich abhielt, war die blutige Säule inmitten des Kreises zu einer riesenhaften, muskulösen Gestalt angewachsen, auf deren flüssig wogender Stirn drei Hörner prangten. Unterhalb der Gestalt sah Kyle Talia, die sich zielstrebig der Leiche auf dem Opferaltar näherte, aus deren Brust etwas ragte: erst jetzt erkannte er, dass es sich bei dem Gegenstand um den kurzen Elfenbeinstab, das Horn von Saskath, handelte, den man dem Toten ins Herz gerammt haben musste. Er erinnerte sich an Lynns Worte, dass das

Horn der wichtigste Teil des Rituals war, und sah, wie Lynn nun die Augen erschreckt aufriss, als Talia auf die Blutgestalt zustürzte.

Als Talia über die Kreislinie trat, gab die Gestalt ein unmenschliches Geheul von sich und krümmte sich zusammen. Mit Erschrecken sah Kyle, wie Talia von einer Kaskade aus weißen und roten Lichtblitzen überzogen wurde, und hörte ihre schmerzerfüllten Schreie, die sich mit denen des Blut-Dinges mischten. Trotz der Blitze, die ihren gesamten Körper wie eine zuckende Wolke umfingen, stolperte sie noch zwei weitere Schritte auf das sich windende Ding und den Altar zu und riss den elfenbeinernen Stab aus der Brust des Toten. Augenblicklich zerfiel die Blutgestalt, und Talia stürzte unter einem blutigen Regen zuckend zu Boden.

Kyle ließ das Schwert fallen und stürmte zu ihr, noch während sie zu Boden fiel. Khamir, der sich mühsam Quinns Attacken erwehrte, sah sie offensichtlich ebenfalls fallen, denn über das Fauchen der Feuerlanzen des jüngeren Magiers brüllte er: „Bakar! Hol' das Horn!"

Kyle hatte Bakar vollkommen vergessen, bis sich dessen Gestalt aus einem der nahen Seitenalkoven des Raumes löste und mit für seine Haltung unmöglicher Behendigkeit auf das Podest sprang. Kyle verfluchte sich und den Gott der Dummheit dafür, dass er sein Schwert hatte fallen lassen, als er im Wettstreit mit Bakar auf das Horn zustürmte, das neben Talias zuckender Hand zu Boden gefallen war.

Der andere hatte einen eindeutigen Vorsprung und war einige Schritte vor Kyle an der Stelle angelangt, doch als er danach griff, sprang das Artefakt wie von Geisterhand in die Höhe und blieb vor dem Gesicht des Mannes stehen. Aus einem Gefühl heraus spähte Kyle zu Lynn hinüber, die die Hand nach dem Artefakt ausgestreckt hatte und es mit festem Blick fixierte. Er erinnerte sich, dass Lynn etwas Ähnliches bereits einmal vollbracht hatte, als sie Quinns Buch im Wald gefunden hatte. Auch Bakar schien die Verbindung zwischen dem außerhalb seiner Reichweite schwebenden Artefakt und Lynns ausgestreckter Hand herzustellen, und als Kyle das Verstehen in seinen kleinen schwarzen Augen aufblitzen sah, zuckte Bakars Hand nach unten, und ein Wurfdolch blitzte darin auf.

Kyle stürzte sich auf Bakar und wollte ein Wort der Warnung rufen, doch noch bevor er den Mund öffnen konnte, zuckte Bakars Arm wie eine zuschnappende Schlange vor und sandte das Messer in Richtung der jungen Frau.

Lynns Augen weiteten sich, als sie das Messer auf sich zurasen sah, und Kyle riss Bakar mit sich zu Boden. Neben ihnen fiel der Elfenbeinstab klappernd zu Boden, und Kyle sah verdutzt Bakars breites Lächeln vor sich auftauchen. Dann fühlte er einen dumpfen Schlag, als Bakar ihm die Faust in die Magengrube rammte, und als er sich wieder aufrappelte, war der gekrümmte Mann mit dem Artefakt bereits auf den letzten Stufen der Treppe. Er wandte sich noch einmal um, winkte höhnisch und verschwand dann durch die Überreste des dunklen Torbogens, den Quinns Zauber zerrissen hatte. Kyle sah seine Robe zwischen den Säulenresten verschwinden, durch die auch schon der ältere Robenträger unerkannt entkommen war.

Lynn erschien an seiner Seite und half ihm auf; offensichtlich hatte Bakars tödlicher Wurfdolch sie nur knapp verfehlt, wie er an einem blutigen Schnitt in ihrer Wange erkennen konnte.

Hinter ihnen ging Khamir zum Gegenangriff über und schleuderte seinerseits magische Energien gegen Quinn. Der Kuppelraum war sekundenlang vom hellen Blitzlichtgewitter erfüllt, als die Kräfte der beiden aufeinandertrafen. Der jüngere Magier wich unter dem plötzlichen Ansturm einen Schritt zurück und beschrieb eine Geste, die die zuckenden Lichtstrahlen in einem Bogen zur Decke ableiteten, wo sie krachend einschlugen und einige Gesteinsbrocken aus dem Mauerwerk rissen. Als Quinn erneut eine Seite in seinem Buch umblätterte und drei sich windende Lichtschlangen aus seiner ausgestreckten Hand schleuderte, war Khamir bereits von einem golden schimmernden Nebel umgeben, der ihn von Kopf bis Fuß wie ein Kokon einhüllte. Kyle sah, wie die Gestalt des Magiers sich zu entfernen schien, während er immer noch am selben Platz stehen blieb, und Quinn wechselte von den kurzen, zischenden Worten in ein rhythmisches, fast beschwörendes Singen, während er mit der freien Hand verschlungene Gesten vollführte. Für einen Moment verfestigte sich Khamirs Gestalt in dem langsam im Kreis treibenden Nebel, doch dann wurde sie erneut undeutlich und verschwand schließlich ganz. Zurück blieb der dunkle Kuppelraum, in dessen Mitte die verdrehten Gestalten mehrerer Männer und Frauen in ihrem eigenen Blut am Boden lagen.

Quinn fluchte unterdrückt und sah sich um. Sein Blick klärte sich, und er schien zum ersten Mal wieder seine Umgebung wahrzunehmen. Kyle stürzte zu Talia, die zwischen den Toten reglos vor dem Altar lag; ihr Atem ging so flach und stoßweise, dass Kyle ihn kaum wahrnehmen konnte, und ihre Haut wirkte bleich und wächsern. Sie reagierte nicht, als er sie ansprach, berührte, sie zu wecken versuchte, und kalte Panik kroch seinen Nacken empor. Neben ihm ließ sich Lynn auf die Knie nieder und strich sich eine Haarsträhne aus dem Gesicht, ihren Blick ernst auf Talia gerichtet.

„Sie hat den Kreis durchbrochen," murmelte sie leise, „keiner weiß, was die fehlgeleiteten Energien denen antun, die ihnen ungeschützt gegenübertreten." Sie murmelte etwas und strich Talia das blutverklebte Haar aus der Stirn.

Kyle sah sie an, und ihre leise, bedrückte Stimme entsetzte ihn - es klang, als wäre Talia bereits tot. „Was können wir für sie tun?" fragte er, und als Lynn einen Moment zögerte, sah er sie eindringlich an. „Etwas müssen wir doch tun können... oder?"

Lynn nickte langsam und öffnete den Verschluss ihrer Tasche. „Etwas gibt es," erklärte sie stockend, „doch ich weiß nicht, ob ich es schaffen kann." Sie sah sich kurz um und nickte dann, mehr zu sich selbst. „Aber erst müssen wir sie aus dem Blut rausschaffen." Er half ihr, Talia vom Podest zu tragen und sah ihr dabei zu, wie sie eine der Rinden, die die Elfen ihr gegeben hatten, zwischen den Fingern zerrieb und die Krümel in einem Kreis um Talias reglose Gestalt ausstreute. Sie kniete sich an ihr Kopfende und bettete Talias Kopf auf ihren Knien, während sie eine andere Wurzel aus ihrer Tasche nahm und sie ebenfalls zerrieb. Die Wurzel tropfte von einem bräunlichen Saft, und Lynn strich ihn Talia auf die schweißnasse Stirn. Dann legte sie beide Hände an die Schläfen der wie tot Daliegenden und sah noch einmal zu Kyle und Quinn auf, der zu ihnen getreten war. „Wenn Talia oder ich nachher aufwachen und uns *anders* benehmen, dann sorgt dafür, dass wir den Kreis nicht verlassen."

Kyle sah verwirrt über die Schulter zu Quinn auf, doch der nickte nur ernst, bevor er ebenfalls in den Kreis trat und neben Lynn niederkniete. Lynn nickte ihm verstehend zu, schloss die Augen, und im nächsten Moment sank ihr Kopf auf die Brust, als wäre sie abrupt eingeschlafen.

Lynn hatte das Gefühl zu fallen, als sich ihr Bewusstsein von ihrem Körper löste und wie eine ölige Flüssigkeit durch ihre Fingerspitzen in Talias Geist sickerte. Sie öffnete die Augen für die Welt im *Inneren*, die nur sie wahrnehmen konnte. Ihre körperlose Präsenz stand in der Welt, die Talias Geist widerspiegelte, über einem riesigen, vielfarbig grünen Wald in der Luft. Als ihr Innerstes angegriffen worden war, hatte Talia sich unterbewusst dorthin zurückgezogen, wo sie sich am sichersten fühlte, und ihr Bewusstsein nahm für Lynn und vermutlich jeden weiteren Eindringling die Form eben dieses schützenden Waldes an. Doch auch diese mentale Abwehr hatte Talia nicht vor den wilden, unkontrollierten Energien schützen können, die in das Dämonenritual eingeflossen waren: viele der Bäume waren verdorrt, ihre blatt- und nadellosen Stämme blutrot oder faulig schwarz gefärbt. In einiger Entfernung sah Lynn einen riesigen Strudel, der die Welt in ihrem Horizont unwirklich verkrümmte und den ganzen Wald zu verschlingen schien, als er sich weiter ausbreitete und Büsche, Bäume, Himmel und Erde einfach darin verschwanden. Aus dem Strudel heraus ragten wurmartige Säulen aus wogendem Blut, die wie Fangarme weitere Bäume aus dem Boden rissen und in den Strudel schleuderten, der sie gierig verschlang.

Lynn wusste, dass diese gesamte Welt nur eine Illusion war, eine Form, wie sich Talias Geist in der astralen Welt, der Welt der Geister und Seelen, präsentierte; und obwohl diese Welt unter ihr sich in unmöglicher Größe hinzog und der Himmel ein erstarrtes Muster von Sonne, Wolken und Sternen bot, konnte Lynn den harzigen Geruch des Waldes tief unter sich riechen und den Wind spüren, der an ihrer körperlosen Präsenz zerrte und alles auf den gewaltigen Strudel zutrieb.

Sie konzentrierte sich und ließ sich tiefer sinken, bis sie knapp über den Spitzen der unwirklichen Bäume dahinstrich; obwohl sie in Talias Bewusstsein ebenso als Störenfried angesehen werden würde wie der Strudel, besaß sie die Möglichkeit, einen Teil ihres eigenen Bewusstseins, ihrer eigenen Gedanken in diese Welt hineinzuzwingen, so dass sie sich bewegen und etwas darin unternehmen konnte. Unter dem Brausen des Strudels schwebte sie suchend über den Baumspitzen dahin, in der Hoffnung, das Innerste, Talia selbst, in diesem Wald wiederzufinden.

Als sie Kyle und Quinn in der Wirklichkeit zurückgelassen hatte, hatte Talia noch geatmet, und als sie nun ihre Sinne durch diese Traumwelt sandte, spürte sie noch schwach Talias Anwesenheit; bisher war ihr Geist also noch nicht in den Strudel gesogen worden, doch mit jedem Augenblick riss der Mahlstrom weitere Teile aus dieser Illusion, und Lynn konzentrierte sich weiter auf das Gefühl von Bewegung, um ihre Geschwindigkeit zu erhöhen.

Plötzlich meinte sie einen schnellen, gepressten Atem und gehetzte Schritte zu hören, die über das trockene Laub und den weichen Waldboden jagten. Dem ersten Geräusch folgte ein heiseres Knurren und viele weitere Schritte, leiser diesmal, wie Tierpfoten, die den Grund aufwühlten. Etwas vor sich sah sie eine menschliche Gestalt über eine kleine Lichtung rennen, gefolgt von einigen undeutlichen Schatten.

Raum hatte in dieser Welt keine Bedeutung, und Lynn griff mit den Sinnen nach den anderen Präsenzen, bis sie ganz deutlich Talia und etwas anderes, undeutlich Größeres erfasst hatte. Sie ließ ihre Gedanken in die Traumwelt fließen und formte sie nach ihren Vorstellungen um; einen Moment verschwamm ihre Sicht des Waldes, und schon stand sie über einer steilen Klippe, unter der sich jäh der Abgrund des rasenden Strudels auftat. Sie wandte sich zu den Bäumen um, die in einem Halbkreis um die Klippe herumstanden, und im nächsten Moment brach Talia zwischen den Bäumen hervor und lief zur Klippe, an der sie abrupt zum Stehen kam.

In ihrem Geist sah Talia nicht ganz so aus wie in der realen Welt, doch Lynn erkannte die langen Wellen blonden Haares und ihr Gesicht wieder, obwohl die Gestalt an den Klippen um einiges zerbrechlicher und schwächer wirkte, als sie Talia in der Wirklichkeit kennengelernt hatte; auch wirkte ihre Erscheinung bläulich durchscheinend, doch Lynn wusste, dass dies die Erscheinung jedes Menschen in der Astralwelt sein würde. Ihre einfache Jagdkleidung, passend zur Umgebung der Traumwelt, war verschlissen, und an mehreren Stellen zeigten sich unter dem zerrissenen Stoff Kratzspuren, aus denen der Talia-Geist aus zahlreichen Biss- und Kratzwunden zu bluten schien.

Die Gestalt wandte sich außer Atem zum Wald um, und mit einem kehligen Knurren brachen vier große schwarze Jagdhunde aus dem Geäst hervor. Lynn rief sich erneut ins Gedächtnis, dass sie sich in einer Illusionswelt aufhielt, als sie die alptraumhaften, riesigen Tiere studierte, die Talias Geist nun leise knurrend einkreisten und sie langsam zur Spitze der Klippe trieben. Die Hunde würden einem normalen Menschen in der Schulter bis zur Brust reichen, und in ihrem schwarzen, zottigen Fell zeigten sich Strähnen blutroten, schweißnass glänzenden Fells. Ihre Augen hatten keine Spur einer Pupille, und die Tiere starrten Talia aus weiß glühenden Augenschlitzen an, unter denen sie scharfe, sabbertropfende Zähne bleckten. Die Sabbertropfen jedoch verschwanden im Nichts, kurz bevor sie den Boden berührten, und zeigten, wie fremd und fehl am Platz diese monströsen Hunde waren; der, der sie erschaffen hatte, hatte sich der Illusionswelt des Waldes angepasst, ohne die Dinge zu verstehen, die er benutzte - ein Wesen, dass nicht aus dem Reich der Sterblichen kam und nun versuchte, Talias Körper für sich zu gewinnen, einen Übergang aus seinem Reich zu ihnen suchte.

Lynn hoffte, dass sie diese Unwissenheit des Dämons zu ihrem Vorteil nutzen konnte: Im Gegensatz zu ihm wusste Talia, wie ein Wald auszusehen hatte, und ihre Vorstellung bestimmte am stärksten die Form dieser Illusion, so dass jede Veränderung daran, die nicht dem Wald entsprach, nur gegen Talias inneren Widerstand zu erschaffen war. Ihre Gedanken rasten, als die schwarzen Hunde mit einem drohenden Knurren, das wie das Mahlen uralter steinerner Mühlsteine klang, den Kreis um Talias Geist enger zogen. Sie ließ sich tiefer zu der Szene sinken und konzentrierte sich auf die Wege, wie der Wald unwillkommene Besucher fernhalten würde.

Aus dem Boden zu Füßen der Jagdhunde wuchsen plötzlich dornige Ranken, die sich in einem schützenden Wall um den Talia-Geist erhoben, und als Talias Vorstellung den Gedanken annahm, breitete Lynn die dornigen Ranken weiter aus und trieb die knurrenden Hunde von der Klippe zurück. Dann ließ sie sich neben Talia zu Boden sinken und konzentrierte sich darauf, eine für Talia unbedrohliche Form anzunehmen; da es das Vertrauteste für sie war, nahm sie ihre eigene Gestalt an, die neben Talia auf dem Waldboden aufsetzte. Einen Moment drohte sie hindurchzusinken, und sie brachte etwas mehr Konzentration auf, um die Form zu verfestigen.

Als die Füße ihres Geistkörpers den Boden berührten, hob einer der Hunde den Kopf witternd in die Höhe und knurrte in ihre Richtung; der Dämon wusste, dass er nicht mehr mit Talia allein war, und jede neue Präsenz war eine weitere Bedrohung für ihn. Während der erste Hund sie knurrend fixierte, machte einer der anderen Hunde einen Satz auf die Dornenhecke zu und riss einzelne Ranken mit seinen gewaltigen Pranken fort; die Dornen schnitten tief in sein geisterhaftes Fleisch, doch der Hund schien sich nicht darum zu kümmern und fuhr fort, die Dornenhecke niederzureißen. Als sie versuchte, den Hund mit weiteren Dornen zurückzudrängen, spannte sich der erste Hund, und trotz der Dornenhecke schnellte das Tier plötzlich nach vorn und sprang auf sie zu.

Lynn hatte kaum Zeit, sich eine Abwehr einfallen zu lassen, also ließ sie in ihrer Hand einen dicken Ast entstehen, den sie als Knüppel schwang. Doch das Tier war schneller und stieß ihr mit den Krallen vor die Brust. Sie stürzte zu Boden, und als sie ihre Konzentration darauf verwandte, die Krallen des Hundes die Brust ihres Geistkörpers nicht durchdringen zu lassen, verschwand der Knüppel in ihrer Hand, und auch ein Teil der Dornenhecke verdorrte schlagartig.

In dem Kuppelraum, der nun nur noch von einer hell strahlenden Lichtkugel in Quinns Hand erhellt wurde, die der Magier nun, da er sein Buch wieder in den Händen hielt, mit einem einfachen Fingerschnipsen beschworen hatte, sahen Kyle und Quinn besorgt zum Kreis aus Rindenkrümeln. Talia und Lynn stöhnten gleichzeitig auf und verzogen das Gesicht. Als Lynn sich zusammenkrümmte, als hätte sie etwas getroffen, strich Quinn ihr mit einer sanften Geste die Haare aus der schweißverklebten Stirn. Etwas knisterte leise, und er zog die Hand schnell zurück, als hätte ihn etwas getroffen. Dann murmelte er einige Worte, und Lynn schien sich etwas zu entspannen.

Auch Talias Stirn war nass von kaltem Schweiß, der sich mit dem bräunlichen Saft der elfischen Wurzel vermischt hatte und diesen rötlich färbte. Quinn wischte den Schweiß mit einem Stück Stoff so gut es ging fort, darum bemüht, nicht den Saft abzuwischen. Kyle machte Anstalten, ebenfalls die nur angedeutete Kreislinie zu übertreten und Quinn zu helfen, doch die Erinnerung an Talias Schicksal hielt ihn zurück, und Quinn hob ebenfalls abwehrend die Hand.

„Das hier kann nur Lynn schaffen," murmelte er leise und sah besorgt zu der jungen Frau, der ein dünner Faden hellen Blutes aus der Nase lief. Er hoffte es zumindest.

Lynn trat nach dem schwarzen Hund und schüttelte ihn von sich ab, und das Tier sprang zurück zu den anderen hinter die Überreste der verdorrenden Dornenhecke. Talias Geist hatte einen Teil der dornigen Ranken in ihr eigenes Bild der Illusionswelt eingefügt, doch der Rest war sofort zerfallen, als Lynn die Konzentration verloren hatte.

Die vier schwarzen Hunde trabten knurrend vor den niedrigen Resten der Dornenhecke auf und ab, und ihre Krallen wühlten die Illusion des Waldbodens auf; Lynn war klar, dass sie sich nicht ein weiteres Mal von den Dornen zurückhalten lassen würden, obwohl sie noch respektvoll vor dem Hindernis abwarteten.

Ihre Gedanken rasten, als sie nach einem weiteren Weg suchte, die Kreaturen loszuwerden, so dass die Illusionswelt sie unterstützte. Sie konnte ganz einfach versuchen, ein Heer aus gepanzerten Reitern aus dem Wald brechen zu lassen, oder Feuerbälle in ihren Händen entstehen lassen, um sie auf die Hunde zu schleudern, doch ihre Erfahrung sagte ihr, dass sie nicht die Kraft aufwenden konnte, um gegen den geistigen Widerstand von Talias Unterbewusstsein und den des Dämons gleichzeitig solche Veränderungen vorzunehmen. Schon gar nicht gegen diesen Dämon, der nicht nur in der Lage war, ihre Abwehr so leicht zu durchbrechen, sondern sich auch in Form gleich vierer Gestalten darstellen konnte; damit war er Lynn nicht nur in seiner Wahrnehmung aus vielen Augen überlegen, sondern bot auch kein einzelnes Ziel, das sie gezielt hätte aufhalten können.

Sie ließ ihre Sinne in den Wald schweifen, den Talias Unterbewusstsein mit den Geistergestalten echter Tiere versehen hatte, und erspürte ein Rudel Wölfe in ihrer Nähe. Mit neuerlicher Konzentration brachte Lynn die Tiere zu ihnen an den Waldrand und sah, wie einer der Hunde sich witternd zum Waldrand umwandte. Einen Moment später brachen sechs Wölfe mit silbergrauem Fell aus dem Dickicht hervor und gingen zum Angriff auf die vier Hunde über. Einer der Wölfe stürzte vor und verbiss sich in die Kehle eines schwarzen Hundes, der mindestens doppelt so groß sein musste wie er, und Lynn ließ erneut ihre Vorstellung in die Welt mit einfließen, so dass zwei weitere Wölfe sich dem ersten anschlossen.

Der Hund fegte einen der Wölfe mit einem Schlag beiseite, während er den zweiten Wolf an seiner Kehle wie ein störendes Insekt hin- und herschleuderte, und Lynn musste erkennen, dass der Dämon auch dieser Abwehr gewachsen, sogar überlegen war. Zwei der schwarzen Hunde jedoch waren vorerst beschäftigt, und Lynn ließ mit einiger weiterer Konzentration einen Bogen in ihrer Hand entstehen. Der Bogen nahm nur langsam Gestalt an, und die verbliebenen zwei Hunde schienen die Gefahr zu spüren, denn sie wandten knurrend den Kopf in ihre Richtung. Sie wich mit dem erschöpften Talia-Geist etwas weiter auf die Spitze der Klippe zurück, als die beiden Hunde ungeachtet der Dornen mit gefletschten Zähnen näherkamen.

Lynn hob den Bogen in ihrer Hand und zog die Sehne zurück, auf der ein Pfeil entstand. Sie senkte die Waffe leicht, um auf den ersten Hund zu zielen. In diesem Moment sprangen beide Hunde mit vereintem Wutgeheul auf die beiden Zurückweichenden zu. Einen Moment lang schienen sie in der Luft zu verharren, als Lynn den Bogen vergaß und die Strecke zwischen ihnen zu dehnen versuchte, doch der Dämon überwand ihren Versuch.

Die Klauen des ersten Alptraumhundes kratzten über die Brust ihres Geistkörpers und seine spitzen Zähne verbissen sich in ihren Arm; sie sah, wie der Talia-Geist neben ihr unter dem Gewicht des zweiten Hundes die Balance verlor und über die Klippe stürzte. Ihre eigenen Füße streiften über den Felsen, und in den pupillenlos leuchtenden Augen des Hundes blitzte das Verstehen auf, als er gemeinsam mit ihr von der

154

Klippe in den wirbelnden Strudel aus Farben und Formen unkontrollierter magischer Energie stürzte. Sie sah, wie die verbliebenen beiden Hunde mit Leichtigkeit die Wölfe von sich abschüttelten und ohne zu zögern den ersten beiden hinterher in den Strudel sprangen.

Während sie fielen, verloren sie ihre Hundeform und schienen zu einem flüssigen schwarzen Schatten zu verschmelzen, und auch der Hund, der sich in ihren Arm verbissen hatte, schmolz zu einer langen schwarzen Qualle, die sich schleimig glänzend um ihren Arm wickelte. Sie spürte, wie der Dämon in ihren Geist eindrang und sie für sich zu gewinnen versuchte. Sie versuchte, den Arm ihres Geistkörpers zerfallen zu lassen, um wieder in eine nicht angreifbare, körperlose Form zu wechseln. Doch der Dämon erkannte ihren Versuch und nahm ihr alle Kontrolle über ihren Arm, während tastende Tentakel, die die Qualle hervorbrachte, langsam durch die bläulich durchscheinende Haut in ihren Geist eindrangen.

Lynn zuckte erneut zusammen, und Quinn sah besorgt dem inneren Streit zu, der sich auf ihrem verzerrten Gesicht widerspiegelte. Er fuhr fort, seinen schützenden Singsang zu murmeln, doch Kyle sah, dass auch er schwitzte und einen Moment lang stocksteif dasaß, als ein dünner Faden Blut über Lynns zuckende Wange lief. Quinn strich die dunklen Haare der jungen Frau zurück, und Kyle sah, dass ihr etwas Blut aus dem Ohr lief; gerade mal so viel Blut wie von einem kleinen Nadelstich, doch hier war nichts, was sie hätte treffen können.

Kyle schreckte erneut zurück, als Talia und Lynn gleichzeitig nach Luft schnappten und gleich darauf zu atmen aufhörten.

Während Lynn mit dem Teil des Dämons kämpfte, der in sie eindringen und ihr Bewusstsein besetzen wollte, zog der Strudel sie und Talia weiter hinab, und plötzlich hatte sie das Gefühl, unter Wasser zu tauchen und immer weiter hinabzusinken. Sie spürte den Druck auf den Ohren, und all ihre Bewegungen, als sie den Schatten von ihrem Arm schütteln wollte, schienen wie durch eine träge, bunt schimmernde Flüssigkeit zu erfolgen. Die Farben des Strudels verschwommen und verschmolzen zu einem strahlenden Goldton, der mit zunehmender Tiefe immer dunkler wurde, und sie spürte den Widerstand wie von Wasser, als sie sich in diesem neuen Element wand. Unter sich sah sie Talias Gestalt tiefer in die Dunkelheit hinabsinken, der grobe Schattenriss des letzten Dämonenhundes, nun vollkommen jeder Form beraubt, wild wabernd neben ihr.

Auch der Dämon schien nicht mit diesem verwirrenden Umfeld zurechtzukommen, und der Schatten um ihren Arm zog sich für einen Moment zurück, so dass sie wieder die Gewalt über ihren Geisterarm gewann. Während sie die Zähne gegen die zähflüssige Substanz zusammenbiss, die in ihren Mund dringen wollte, nahm sie ihre Konzentration zusammen und ließ ihren Arm dem Griff entgleiten - der Dämon erkannte seinen Fehler zu spät, und seine öligen Tentakel griffen ins Leere, als Lynn sich von der schwarzen Qualle in Talias Richtung abstieß.

Der Strudel zwang sie, die Form ihres Geistkörpers beizubehalten, und so tauchte sie mit durch die Substanz träge wirkenden Schwimmbewegungen zu Talia hinab, die langsam in die Tiefe des Strudels hinabsank. Sie konnte das Gesicht von Talias Geistkörper nicht erkennen, denn sie blickte in den Abgrund aus sich träge drehender Schwärze unter ihr hinab.

Als sie mit ihr auf gleicher Höhe war, sah sie in ihren Augen etwas Verträumtes, und als sie einen geisterhaften Arm ausstreckte, um sie zu berühren, reagierte sie kaum darauf. Erst nach einer scheinbaren Ewigkeit riss sie sich widerwillig von diesem Anblick los und sah Lynn mit trüben Augen an. Die Gestalt ihres Geistkörpers entsprach nun erschreckend genau der Wirklichkeit, und Lynn stellte fest, dass auch sie selbst nicht mehr nur als schimmerndes Abbild ihrer Selbst erschien, sondern das Wasser und ihren eigenen Körper spürte, als wäre sie in der Wirklichkeit. Ihre Haut war nun nicht mehr von einem durchscheinendem blauen Leuchten, sondern zeigte sich im goldenen Licht matt schimmernd - so, wie sie es in der Wirklichkeit täte. Der Strudel schien seine eigene Welt zu prägen, und in ihr schien alles realer, echter - unkontrollierbarer.

Sie schüttelte den Gedanken ab und streckte die Hand nach Talia aus, um mit ihr zusammen aus dem in die Tiefe führenden Sog zu entkommen, zurück nach oben, an die Oberfläche, die sich irgendwo befinden musste. Doch Talia wandte den Blick wieder von ihr ab und starrte weiter fasziniert in die Tiefe. Lynn fluchte zwischen zusammengebissenen Zähnen, als sie spürte, wie der Drang zu atmen in ihr aufstieg. Sie wandte den Kopf dorthin, wo sie das „Oben" dieses Strudels vermutete; über ihnen erstrahlte die goldene Flüssigkeit in einem Licht, das wie heller Sonnenschein schien.

Lynn ergriff Talias reglosen Arm und schreckte im ersten Moment zurück, wie kalt ihre Haut wirkte. Talia wandte ihr erneut den Kopf zu und sah sie scheinbar missbilligend an, als Lynn begann, gegen den Sog anzuschwimmen und sie beide höher zu ziehen. Schon beim ersten Versuch schoss Lynn ein stechender Schmerz in die Schulter, und nach kurzen Schwimmzügen wurden ihre Arme und Beine so schwer, dass sie sie kaum mehr durch die träge Substanz des Strudels bewegen konnte. Sie spürte, wie sich das Gewicht mangelnder Atemluft auf ihre Brust legte und sie langsam, aber unerbittlich zuschnürte. Talia machte keine Anstalten, ihr zu helfen, und so zog sie ihrer beider Gewicht gegen den Strudel in die Höhe.

Eine kleine, leise Stimme meldete sich in ihrem Hinterkopf und riet ihr, sich den Schmerzen zu ergeben und sich einfach fallenzulassen. Dort unten in der Tiefe erwarteten sie keine der Schmerzen, die sie nun auf sich nahm, in einem hoffnungslosen Versuch, fortzukommen. Der Strudel schien um sie herum in die Unendlichkeit anzuwachsen, und die Oberfläche musste hunderte von Meilen entfernt sein, als sie sich in ihren nutzlosen Versuch, irgendwohin zu entkommen, weiter abmühte und neuerliche Schmerzen durch ihre Schulter jagten.

Du zögerst es nur hinaus, wisperte ihr die leise Stimme ins Ohr, es gibt nichts, nichts außerhalb des tanzenden Gold des Strudels, und Lynn wusste, dass es nicht der Strudel war, noch der Dämon, der ihr zum Aufgeben riet, sondern ihre eigene, leise Stimme der Vernunft. Als sie die Wahrheit in diesen Worten erkannte, dehnte der Strudel sich erneut aus, füllte ihr ganzes Wahrnehmungsfeld, ihr ganzes Bewusstsein, und sie öffnete die verkrampften Finger, so dass Talias Arm ihr entglitt. Sie schloss die Augen und ließ sich ebenfalls in die Tiefe sinken, die Ruhe und Freiheit von allen Schmerzen versprach.

Plötzlich öffnete sie erneut die Augen und sah starr hinauf. Auf der Oberfläche tanzte das Sonnenlicht auf kleinen goldenen Wellen, und durch das Gold meinte sie gedämpft den Geruch von Holz, Harz und Gräsern zu riechen; sie wusste, dass irgendwo außerhalb des Strudels noch eine Welt sein musste, und zwang die Vorstellung des Waldes, den sie verlassen hatten, zurück in ihr Bewusstsein. Vor ihren Augen verschwamm bereits alles, als sie erneut Talias Arm ergriff und mit ihr mit kräftigen Zügen auf die Oberfläche zuschwamm.

In ihren Gedanken erfasste sie den langen, scheinbar endlosen Trichter des Strudels, der irgendwo in Talias eigener Illusionswelt noch immer wütete, und drängte ihn langsam, konzentriert in eine neue Form. Sie spürte, wie der Strudel sich unter ihren formenden Gedanken immer wieder zurückformen wollte, während er sie weiter in die Tiefe lockte, doch sie ignorierte die Schmerzen und ließ so viel ihres eigenen Geistes in die Welt einfließen, wie sie konnte, ohne sich selbst zu verlieren.

Sie stellte sich vor, wie sie Anfang und Ende des Trichters verband, zu einem Ring knüpfte, der keinen Anfang und kein Ende besaß. Dann erinnerte sie sich an das Linienmuster, aus dem Quinn seine Lichtkugel erschaffen hatte, und zwang den Strudel zu einer Kugel zusammen. Neue Energie durchströmte sie, als sie spürte, wie der Strudel unter ihrer Konzentration langsam, widerwillig die neue Form annahm und sich aus Talias Gedankenwelt zurückzog. Obwohl sie sich noch immer der Oberfläche entgegenmühte, und nur noch bunte Punkte vor ihren Augen tanzten, ihre Muskeln zu zerreißen schienen und ihre Lunge im Verlangen nach frischer Luft brannte, zwang sie den unkontrollierbaren Ausbruch der Energien in die Form eines kleinen Waldsees, über ihnen die stille Oberfläche.

Je höher sie stiegen, desto leichter wurde es, den Lockrufen der Tiefe zu widerstehen, und nun spürte sie Talia an ihrer Seite ebenfalls auf die Oberfläche zustreben. Verschwommen sah Lynn die Umrisse von Talias Körper neben sich, die in eigenen, kräftigen Schwimmbewegungen in die Höhe stieg, und unter sich die ziellos wabernde Form des Dämons, der in der Tiefe gefangen schien. Obwohl er nicht mehr tiefer sank, und die Verlockungen des Strudels ihm nichts anhaben konnten, konnte er keine Form annehmen, die in aus dieser Tiefe tragen konnte, und Lynn sah die schwarzen Quallen ziellos hin und her irren.

Der Strudel unternahm einen letzten Versuch, sie beide in die Tiefe zurückzuziehen, als sie der Oberfläche immer näher kamen, und durch Lynns Arme und Beine schoss ein protestierender Schmerz, als sie ihr scheinbar hundertfaches Gewicht weiter nach oben zwang. Über ihnen schien das Sonnenlicht auf die stille Oberfläche des Sees inmitten eines ruhigen, unberührten Waldes. Lynn streckte die Hand aus, um die Oberfläche zu durchbrechen. Und plötzlich kam sie vom Strudel frei und brach mit Talia direkt neben sich durch die Wasseroberfläche.

Gleichzeitig schossen Talia und Lynn in dem schwach beleuchteten Kuppelraum mit weit aufgerissenen Augen hoch und schnappten nach Luft, als hätten sie zuvor den

Grund eines Sees erkundet. Quinn sprang auf, um sie zu stützen, als sie gierig die frische, nach Wald duftende Luft einsogen.

In seiner Hand hielt er noch immer die Wurzel, die er kurz zuvor zerrieben hatte, woraufhin ein frischer Geruch von Moosen, Bäumen und Harz in den hohen Raum gezogen war und den beißenden Gestank der Leichen und des Blutes überdeckt hatte. Er blickte Lynn einen Moment lang fest in die Augen, und Lynn erkannte die unausgesprochene Frage: Hatte sie den Dämon überwunden? Als sie schließlich nickte, reichte er ihr die andere Hand und half ihr auf, während er Kyle bedeutete, dass er nun gefahrlos den Kreis betreten konnte.

Kyle stürzte an Talias Seite und half auch ihr auf, und die beiden führten Talia und Lynn, die noch immer unsicher schwankten, fort von dem Kreis. Als sie ihn verlassen hatten, verrotteten die restlichen Krümel der Rinde, die Lynn als Kreislinie ausgestreut hatte, in atemberaubender Geschwindigkeit, bis nur noch einzelne schwarze Brocken zurückblieben. Quinn nickte zu sich, und Lynn atmete erleichtert auf.

„Du hast ihn eingefangen, Mystikerin," meinte Quinn leise und hielt ihr lächelnd die ausgestreckte Hand hin. Sie sah ihn an, zögerte einen Moment, als sie an die noch nicht abgeklungenen Brandmale an ihrem Handgelenk dachte, doch dann fielen ihr die dünnen Lederhandschuhe auf, die Quinn trug.

Sie lächelte und ergriff die dargebotene Hand. Sie spürte zwar die Wärme seiner Haut durch den Handschuh, jedoch nicht das unangenehme Brennen, das sein Weg der Magie bei ihr verursachte. „Mit Deiner Hilfe, Hermetiker," erwiderte sie fest und wies auf die Reste der Wurzel in seiner Hand. Sie nickte Kyle bestätigend zu, der Talia stützte, und er nickte erleichtert lächelnd zurück.

Sie blieben einen Moment zu viert in dem hohen Kuppelraum stehen und ließen einen letzten Blick über das Grauen schweifen, das sie soeben hinter sich gebracht hatten, bevor Quinn sich entschlossen der Treppe zuwandte und feststellte: „Wir haben noch etwas vor uns; Khamir und der andere sind entkommen, ebenso Bakar mit dem Horn von Saskath. Wenn wir Khamir das Artefakt nicht abnehmen können, wird er es irgendwann erneut versuchen."

Die übrigen nickten, und gemeinsam stiegen sie die Treppe hinauf.

Als sie aus dem dunklen Steinportal des Tempels ins Freie traten, schien die Welt wie verändert. Zwar hing noch immer eine graue Wolkendecke über der kahlen Ebene, doch der Regen hatte aufgehört, und an zahlreichen Stellen warf die Sonne vereinzelte Strahlen durch die nun helleren Wolken.

Die Dai'khir hatten sich, vermutlich mit dem Fehlschlag des Rituals, zurückgezogen und den Elfen den Sieg überlassen. Die Ebene war bis zum Waldrand mit unzähligen Körpern toter Dai'khir übersät, die ausnahmslos von den Pfeilen der Elfen niedergemäht worden waren. Doch auch die Elfen hatten Verluste zu beklagen, und sie sahen, wie sie einige der Ihren in weiße Tücher hüllten und zum Waldrand hinüber trugen.

Als Rethiel sie bemerkte und zu ihnen trat, schwangen in seiner Stimme sowohl die Freude über den Sieg als auch die Trauer um die Gefallenen mit. „Wir haben den Angriff der Horden zurückgeschlagen, Freunde, und es scheint, auch Ihr hattet Erfolg."

Er sah sie fragend an, blickte zu Talia, die sich erschöpft auf Kyles Schulter stützte, und Quinn schüttelte den Kopf. „Unsere Mission war nur zum Teil erfolgreich, Rethiel. Wir haben das Ritual unterbrochen, doch sein Urheber und sein Gehilfe sind mit dem Horn von Saskath entkommen. Wir brechen umgehend auf, um die Verfolgung aufzunehmen, bevor sie weiteres Unheil anrichten können."

Rethiel bot ihnen erneut die Hilfe seines Volkes an, doch Quinn erklärte: „Ihr könnt uns in diesen Kampf nicht folgen. Kümmert Euch um die Gefallenen und ehrt ihr Andenken. Gegen die Dai'khir konntet Ihr uns beistehen, doch Ihr dürft Euch nicht zu weit von Elvandar entfernen, um einen Kampf zu führen, der nicht der Eure ist."

Erneut wollte der junge Elf widersprechen, doch von den übrigen auf dem Feld verbliebenen Elfen trat Alerien an seine Seite und nickte zustimmend zu Quinns Worten. „Wenn die Zeit gekommen ist, werden wir wieder an Eurer Seite kämpfen, Quinn von den Magiern des Konzils," sprach er, und seine Stimme klang sanft über die Ebene. „Bis dahin, Rethiel," wandte er sich weiter an den jüngeren Elf, „werden wir uns nach Elvandar zurückziehen." Der jüngere nickte betrübt, und die beiden verneigten sich, wie der alte Elf es in Elvandar getan hatte, bevor sie mit den übrigen Elfen in den Wald zurückkehrten.

Kyle wandte sich ihren Pferden zu, die unter dem dunklen Portal Schutz gesucht hatten und nun geduldig auf sie warteten. Seine Rechte lag zur Faust geballt auf dem Knauf des Kurzschwertes in seinem Gürtel. „Packen wir uns den Bastard," knurrte er, als er sich in den Sattel schwang.

Verfolgung

Im Matsch des regendurchweichten Bodens war es ihnen ein Leichtes, die frischen Hufspuren auszumachen, die Bakar und einige seiner schwergepanzerten Krieger mit ihren Pferden hinterlassen haben mussten, als sie mit dem Horn von Saskath geflohen waren. Zu Beginn war nicht sicher, ob Talia sich in ihrer Erschöpfung während des Ritts im Sattel halten konnte, und so saß sie vor Quinn im Sattel. Er lenkte sein Tier umsichtig so, dass es die gröbsten Stöße für die beiden Reiter umging.

Nach kurzer Zeit klarte über ihnen der Himmel auf, und mit dem zunehmenden Sonnenschein, der durch die Wolken brach, fühlte Talia auch ihre Kräfte zurückkehren. So konnte sie nach einer kurzen Rast in den Sattel ihres eigenen Tieres zurücksteigen. Quinn blickte besorgt, doch sie gab ihm zu verstehen, dass sie sich wieder sicher genug fühlte, und er nickte schließlich, nicht völlig überzeugt.

Die felsigen Ebenen glitzerten in der Nässe des gefallenen Regens, als sie den deutlich im Matsch abgezeichneten Hufspuren folgten, und Talia hatte das Gefühl, dass sie sich erneut nach Süden bewegten, zurück in Richtung der zentralen Regionen des Königreiches. Diesmal jedoch verlief ihre Route weiter westlich, als sie es auf dem Hinweg getan hatte. Ihre Verfolgung führte sie deutlich näher an den Wäldern vorbei, die sie vorher immer nur in weiter Ferne gesehen hatten, und Talia musste an die Elfen denken, die sie nun bereits zweimal vor den unbarmherzigen Klauen der Dai'khir gerettet hatten.

Diese edlen und scheinbar allwissenden Geschöpfe hatten für sie in einen Kampf eingegriffen, der nicht der ihre war, und hatten dafür teuer bezahlen müssen; Talia erinnerte sich deutlich an die leblosen Gestalten, die die Elfen in den Wald davongetragen hatten. Lynn hatte beschrieben, wie mächtig der Dreigehörnte sein konnte, so mächtig, dass die vereinten Magier des Konzils ihm kaum begegnen konnten, und Talia hatte die Warnungen ernstgenommen. Dieser Dämon war sicherlich kein Gott, doch laut Lynn konnte ihn keine weltliche Waffe verletzen, und jedes noch so große Soldatenheer war wirkungslos gegen ihn. Doch wenn selbst die Elfen ihren Wald verlassen hatten, die an den Angelegenheiten der Menschen bisher so wenig Interesse gezeigt hatten, dass man sie für Legenden hielt, hatte dieser Dämon beunruhigende Macht, die ihn von den Göttern nicht mehr fern sein ließ. Wenn die Elfen sich in ihrem Wald, der sie selbst vor den wütenden Dai'khir geschützt hatte, nicht sicher vor diesem Dämon fühlten, dann fragte Talia sich, welche Macht sie überhaupt schützen konnte.

Sie wurde abrupt aus ihren Gedanken gerissen, als Quinn an einem kleinen Bachlauf, den der Regen zu einem Fluss hatte anschwellen lassen, sein Pferd zügelte und Kyle leise den Gott der Reisenden verfluchte. Talia blickte sich nach dem Grund seiner Verärgerung um und sah die Hufspuren, denen sie gefolgt waren, in den Fluss eintauchen. Bakar und seine Männer hatten daran gedacht, dass sie verfolgt werden konnten, und hatten wohlweislich ihre Spuren verwischt. Etwas anderes aber verwirrte sie noch mehr, und nun konnte sie sich auch erklären, warum auch Quinn die Suche unterbrochen hatte: Einige hundert Schritt weiter führten Hufspuren aus dem Wasser ans andere Ufer, doch diese verloren sich wenige Schritte weiter einfach im Nichts. Es war, als hätten die Reiter ihre Spuren erst verwischt, und sich dann, als sie erkannten, dass man ihre Spur weiterhin verfolgen konnte, einfach in Luft aufgelöst. Bakar und seine Reiter hatten diese Fähigkeit schon einmal scheinbar unter Beweis gestellt, als sie unbemerkt an den königlichen Panzerreitern vorbei Gethia verlassen hatten, doch dieses Mal war es offensichtlich, dass die Männer nicht mit normalen Mitteln entkommen waren: An der Stelle, an der die Hufspuren endeten, war das spärliche Gras kreisförmig plattgedrückt und innerhalb des Kreises leicht verkohlt. An den Rändern des Kreises meinte Talia zusätzlich Reste jenes Pulvers zu erkennen, das auch Quinn bei ihrer Flucht aus der Zitadelle des Konzils verwendet hatte.

Sie ließen sich aus den Sätteln gleiten und besahen sich ratlos die Stelle. Lynn wandte sich zu Quinn um, der einige Grashalme abriss und nachdenklich zwischen den Fingern rollte: „Kannst Du sie weiterverfolgen?"

Der junge Magier schien einen Moment darüber nachzudenken, und schlug schließlich sein Buch auf. Einige Seiten wurden wie vom Wind umgeblättert, und während seine Lippen stumm die Worte rezitierten, spreizte Quinn die Finger der freien Hand zum Kreis hin. Ein Summen umfing die vier, und in diesem Summen schien es Talia, als würden die Ränder des Kreises in einem geblichen Schimmer zu leuchten beginnen. Die Kreislinie war nun deutlich erkennbar, und auch eine weitere, gewundene Linie, die vom Kreis weg nach Süden führte. Diese Linie jedoch zerfaserte schon wenige Schritte vom Kreis entfernt in ein Gewirr dünner, gelbleuchtender Fäden, und im nächsten Moment verblasste das Leuchten wieder. Quinn seufzte und schüttelte den Kopf. „Mit den richtigen Zutaten könnte ich vielleicht herausfinden, wohin sie gegangen sind, aber selbst dann wäre es nicht sicher. Der Zauber hat all seine Spuren gut verwischt."

„Heißt das, wir haben sie verloren?" fragte Talia schwach, doch während Quinn nickte, gebot Kyle Ruhe und wandte abrupt den Kopf, um den schmalen Pfad entlangzusehen, dem sie bisher gefolgt waren.

„Da kommt jemand," murmelte er und zog sein Kurzschwert, dessen blanke Klinge im aufkommenden Sonnenschein spiegelte. „Und da hier so oft niemand vorbeikommt, sollten wir uns vielleicht verstecken." Mit der Klingenspitze wies er auf einige Sträucher, die sich an eine kleine Gruppe einzeln stehender Bäume drängte. Jetzt konnte auch Talia den entfernten Hufschlag hören, der jedoch näher zu kommen schien, und sie führten ihre Pferde hinter die Bäume, wo sie vom Pfad aus nicht schnell auszumachen waren.

Sie mussten nicht lange warten, da sahen sie vom Süden her einen Reiter in schnellem Galopp heranpreschen. Im ersten Moment dachte Talia, es wäre einer von Bakars schwergepanzerten Kriegern; auch dieser Mann trug die roten und schwarzen Farben des unbekannten Adeligen, doch er wirkte in seiner Rüstung weniger massiv - statt einer schweren Harnischplatte trug er nur ein leichtes Kettenhemd und leichte Lederhandschuhe, die Arme und Beine wie bei den gepanzerten Reitern mit dunklem, fast schwarzem Leder geschützt. Auch trug der Mann keinen Helm, so dass seine filzigen schwarzen Haare im Wind mit seinem roten Umhang um die Wette flatterten. Der Mann schien nicht in einen Kampf zu reiten, sondern eher ein Bote zu sein: über seine Schulter konnte Talia eine jener Tragetaschen erkennen, die die Boten der Adeligen zum Transport wichtiger Pergamentrollen verwendeten.

Kurz bevor der Mann an der Baumgruppe vorbeikam, hinter der sie sich versteckten, erhob Kyle sich zwischen den Bäumen und vertrat dem Mann den Weg, so dass sein Pferd scheute. Die Klinge in seiner Hand schien leicht zu leuchten, als Kyle den Boten fixierte, der nun seinerseits das Schwert zog. Ein bösartiges Grinsen zog sich über die Lippen des anderen Mannes, als er Kyle zu erkennen schien.

„Master Bakar wird sicher sehr glücklich sein, wenn ich nicht nur die Botschaft überbringe, sondern Euch dabei auch noch aus dem Weg räume," erklärte er, als er das Langschwert zum Zuschlagen bereit über den Kopf hob. Mit einem wilden Kampfschrei gab er seinem Pferd die Sporen und preschte auf Kyle zu, der ihn mit erhobener Waffe erwartete. Im Gegensatz zu dem jungen Dieb, der in seiner einfachen, mit Blut verklebten Reisekleidung auf dem Weg stand und ein wesentlich kürzeres Schwert führte, war der Bote gegen einfache Schwerthiebe bestens gewappnet. Zudem saß er zu Pferde, während Kyle sich im Ernstfall auf seine eigenen Beine verlassen musste.

Doch der Bote kam gar nicht erst zum Angriff: Kurz bevor er Kyle erreicht hatte, sprach Quinn an Talias Seite eine kurze Formel, und eine flache Scheibe aus hellem Licht, wie er sie schon einmal gegen Bakars Männer eingesetzt hatte, traf den Mann direkt in der Brust und riss ihn vom Pferd. Während das Pferd führerlos weitergaloppierte, fiel sein Reiter in den Matsch und blieb reglos liegen.

„Ich hoffe, ich habe Dir nicht den Spaß verdorben," bemerkte Quinn beiläufig, als er sein Buch zuklappte und sich aus den Büschen zu Kyle gesellte.

Der grinste breit und kniete bei dem schwach atmenden Mann nieder, um die Trage-tasche zu untersuchen. „Nicht wirklich," erwiderte er ebenso beiläufig, „eigentlich habe ich nur darauf gewartet." Er nahm die Tasche an sich und öffnete den Verschluss, worauf ihm eine versiegelte Rolle Pergament in die Hand fiel. Das Siegel war undeut-lich ins Wachs gedrückt, doch der Form zufolge musste es wohl irgendeine Rune oder einen Buchstaben darstellen. Talia hatte ein solches Siegel noch nie gesehen, und Kyle schien es ähnlich zu ergehen, denn nach einem kurzen Blick auf das Siegel zuckte er die Schultern und brach es auf. Er entrollte die Schriftrolle und reichte sie Quinn, der das Geschriebene kurz überflog.

„Das ist interessant," murmelte er wenige Moment später mit gerunzelter Stirn, „es ist eine Nachricht von Bakar an Khamir. Er schreibt, dass er das Artefakt in einem Turm untergebracht hat, der sich nahe eines Dorfes südlich von hier befindet. Ich ken-ne Karten dieses Gebietes, und sowohl die Lage des Dorfes als auch des Turmes sind mir bekannt." Er runzelte abermals die Stirn und strich sich übers Kinn. „Es scheint also, Khamir befindet sich noch irgendwo nördlich von uns, während," er klopfte mit den Fingerknöchel auf das Pergament, „während Bakar uns soeben verraten hat, wo er und das Artefakt stecken. Wie äußerst hilfreich von ihm." Er warf Kyle einen Blick zu, und der grinste breit.

„Na, dann wollen wir ihn nicht allein lassen dort," antwortete der Dieb und schwang sich wieder in den Sattel.

Talia warf noch einen fragenden Blick auf den Boten, doch Quinn beruhigte sie mit einem Wink. „Keine Sorge, der wird in einer Weile wieder laufen können. Nur wird er dann wohl zu Fuß weiterlaufen müssen, und Khamir wird diese Nachricht auch nicht erhalten." Er hob die Schriftrolle in die Höhe, und mit einem Fauchen ging das Per-gament in Flammen auf, die es rasend schnell verzehrten. Dann trieb er sein Pferd an Kyles Seite, der bereits weitertrabte, um ihnen den Weg zu weisen.

Die morschen Holzbretter der Treppe knirschten, als Bakar und zwei seiner gepan-zerten Krieger den Turm hinaufstiegen und das Turmzimmer betraten, das sich hoch oben über dem umliegenden Land erhob. Die zwei Männer gingen zu beiden Seiten der Tür in Stellung, während er die Satteltasche seines Pferdes auf den niedrigen Tisch in der Mitte des Raumes fallen ließ.

Das Turmzimmer war reich ausgestattet mit Möbeln, und der einfache Tisch, auf dem nur eine kleine, kunstvoll polierte Holzschatulle stand, schien nicht recht dazu zu passen. An der Stirnseite des Raumes, unter den beiden Bogenfenstern, die auf das Land hinausblickten, stand ein wuchtiger eichener Schreibtisch, der mit Schriftstük-ken, Büchern und Karten angefüllt war. Auch in den Bücherregalen zu beiden Seiten des Raumes reihten sich Bücher, Schriftrollen und kleine Kästchen. Die Regale waren ebenso wie der Tisch und der davor stehende Lehnsessel aus dunklem, edel poliertem Holz, und nicht zuletzt der dicke rötliche Teppich, der die kahlen Platten am Boden des Raumes bedeckte, vermittelte eine Atmosphäre großen Reichtums und großer Würde. Zu beiden Seiten der rahmenlosen Fenster waren Gardinen aus schwerem ro-tem Brokat angebracht worden, und ein Vorhang aus demselben Stoff zog sich auf der

Hälfte durch den Raum, so dass Schreibtisch und Stuhl von dem kleineren Tisch abgetrennt werden konnten und ein eigenes Arbeitszimmer bilden konnten.

Ein dünnes Lächeln umspielte Bakars Lippen, als er die Tasche durchsuchte und schließlich das Horn von Saskath hervorzog. Unter den unruhigen Blicken seiner Krieger wog er den kurzen Elfenbeinstab einen Moment in der Hand, bevor er ihn in das verzierte Kästchen auf den roten Samt bettete und den Deckel mit einem leisen Klicken schloss.

Als der Deckel sich schloss, wich merklich die Spannung aus den beiden Kriegern, und Bakar nickte dem einen, einem grobschlächtigen Riesen mit einem wilden Vollbart, zu. „Ihr und Eure Krieger habt gute Arbeit geleistet, Kommandant," wandte sich Bakar mit einer dankenden Verbeugung an den Mann, „Ihr mögt Euch ausruhen, bis ich Eure Dienste erneut benötige." Der Mann salutierte zackig, blieb jedoch einen Moment lang unentschlossen stehen.

„Ich werde mich hier oben mit einigen Angelegenheiten befassen, bei der Eure Anwesenheit nicht vonnöten ist, Kommandant. Stellt einen Mann zur Bewachung an den Zugang zum Turm, und meldet mir unverzüglich, wenn der Bote Nachricht gibt; ansonsten könnt ihr und Eure Männer Euch ausruhen. Ihr werdet im Wachraum unten Speisen und Wein finden." Der Angesprochene nickte und zog sich zusammen mit dem anderen Krieger zurück, wobei sie beide den Kopf einziehen mussten, als sie unter dem niedrigen Türbogen hindurchtraten und die Holztür leise hinter sich schlossen.

Bakar nickte zu sich, bevor er die Satteltasche auf den eichenen Schreibtisch warf und sich auf dem weichen Lehnsessel niederließ, nachdem er den Vorhang hinter sich zugezogen hatte. „Es ist alles vorbereitet," murmelte er leise, als er zu dem ersten Schriftstück griff und zu lesen begann.

Quinn führte sie schon bald zurück auf einen breiteren Weg, der sie an ausgedehnten Feldern und Wiesen vorbeiführte. Obwohl der Regen aufgehört hatte und sogar die Sonne vereinzelt durch die trüben Wolken schien, begegneten sie auch jetzt, da sie in einiger Entfernung an einem Gehöft vorbeiritten, kaum einem Menschen.

Sie waren zu der Übereinkunft gekommen, dass sie reiten würden, solange sie konnten, und erst eine Rast einlegen würden, wenn einer von ihnen aus dem Sattel fiel oder sie beim Turm ankamen, in den Bakar sich zurückgezogen haben sollte - je nachdem, was früher eintrat. Mehr als einmal hatte Talia das Gefühl gehabt, dass eher das Erstere eintreten würde, und sie sich keinen Moment länger auf dem Rücken ihres Pferdes halten konnte; sie hatte nur verschwommene Erinnerungen an das, was geschehen war, als sie den Kreis des Dämonen überschritten hatte - nur das vage Gefühl des Ertrinkens, vor dem Lynn sie gerettet hatte - doch nachdem die frische Luft außerhalb des Tempels sie für einige Zeit mit neuer Kraft erfüllt hatte, fühlte sie nun langsam die Erschöpfung mit unbarmherzigen Klauen nach ihr greifen. Einmal mehr begann die Welt, vor ihren Augen zu verschwimmen, und der beißende Geruch ihrer blutverklebten Kleidung rief eine tiefe Übelkeit in ihr hervor. Dennoch krallte sie sich mit fest geschlossenen Augen in die Mähne ihres Pferdes, das instinktiv den anderen folgte. Sie orientierte sich an Quinns fern und dumpf klingender Stimme, der von Zeit zu Zeit die Richtung wies und kämpfte gegen den Drang an, sich einfach aus dem Sattel fallen zu lassen und einzuschlafen. Sie war nicht einmal sicher, ob sie aus diesem Schlaf wieder aufwachen würde.

Um so überraschter und erleichterter war sie, als ihr Pferd langsamer wurde und schließlich mit den anderen anhielt. Talia öffnete vorsichtig ein Auge und erkannte, dass sie zwischen einigen Felsbrocken gehalten hatten, hinter denen sich in einiger Entfernung die dunkle Silhouette eines alt und verwittert wirkenden Turmes gegen den Himmel abzeichnete. Sie erinnerte sich daran, dass Quinn vor einiger Zeit eine Abzweigung erwähnt hatte, von der die eine zu dem Dorf führen würde, das Bakar erwähnt hatte, die andere zum Turm.

Sie versuchte, aus dem Sattel zu steigen, doch statt dessen rutschte sie eher unkontrolliert herunter, so dass Kyle erschreckt zu ihr sprang und ihr half. Sie lächelte dankbar und stützte sich auf seine angebotene Schulter, so dass sie unsicher zu den anderen beiden wanken konnte, die hinter einem größeren Felsbrocken in Deckung gegangen waren. „Sie haben eine Wache abgestellt," murmelte Lynn gerade und wies zum Eingang, wo Talia trotz der vor ihren Augen tanzenden Flecke die Gestalt eines gepanzerten Krieger erkennen konnte, der sich gelangweilt auf einen Speer stützte und vor sich hin döste.

Quinn sah auf, als Talia sich zu ihnen gesellte, und betrachtete sie besorgt. Sie erkannte die unausgesprochene Frage, wie sie sich fühlte, und schüttelte den Kopf. Vermutlich würde sie keine zwei Schritte weit kommen, doch sie würde Bakar nicht die Freude machen, zu seinen Füßen zusammenzubrechen. Er lächelte sanft und strich ihr mit einer kurzen Geste eine Haarsträhne aus der Stirn, wobei seine Hand in einem angenehmen, sanften Licht zu glühen begann. Augenblicklich fühlte Talia, wie ein Teil der Erschöpfung in weite Ferne gedrängt wurde, und etwas Kraft und Gefühl kehrte in ihre Arme und Beine zurück. Vermutlich würde die Wirkung von Quinns Zauber bald verfliegen, doch für den Moment fühlte sie sich um einiges besser, und so nickte sie dem Magier dankbar zu.

„Was machen wir mit ihm?" fragte Kyle leise mit einer Geste zu der Wache am Turm, und Quinn zog erneut sein ledergebundenes Buch aus der Umhängetasche. Er fuhr kurz suchend mit dem Finger über die Seiten, schlug dann eine bestimmte auf und ließ den Blick über die Zeilen huschen. Er nickte zu sich selbst und erhob sich dann.

„Wenn Ihr gestattet, werde ich mich um dieses Hindernis kümmern." Mit diesen Worten zog er die Kapuze ins Gesicht und wandte sich um, wobei er mit einer Hand eine kreisende Bewegung über dem Boden vollführte. Eine kleine Rauchwolke erhob sich vom Boden und wand sich dem Fingerzeig folgend spiralförmig um den Magier, bis seine ganze Gestalt von einer dünnen Rauchsäule umhüllt war. Einen Moment später schien der Rauch jeden Halt zu verlieren und fiel in sich zusammen; von Quinn jedoch war nichts mehr zu sehen.

Talia blinzelte verwirrt, und auch Kyle öffnete fragend den Mund, doch Lynn winkte lächelnd ab. „Macht Euch keine Sorgen," wisperte sie, „und seht einfach zu." Sie verschränkte die Arme vor der Brust und sah zum dösenden Wachmann hinüber, und Kyle und Talia folgten ihrem Beispiel.

Plötzlich schien die Luft hinter dem Wachmann zu flimmern, und einen kurzen Moment schien die Silhouette einer in eine Robe gehüllten Gestalt hinter ihm zu stehen.

Der Mann gab ein ersticktes Grunzen von sich, verdrehte die Augen und kippte sanft mit dem Gesicht in den Matsch. Ein weiteres Mal flackerte die Luft über dem am Boden Liegenden, und Quinn trat wie aus dem Schatten hinter dem Mann hervor; ein seltsamer Anblick, denn der Eingang des Turmes wurde direkt von der Sonne beschienen, und bot nicht genug Schatten, in denen man sich hätte verbergen können. Talia erinnerte sich, wie sie Quinn in der Taverne in Karuhm kennengelernt hatten und vermutete, dass er sich damals eines ähnlichen Zaubers bedient hatte.

Sie verließen ihr Versteck und eilten zu Quinn hinüber, der Zeige- und Mittelfinger der Linken gegen den daliegenden Wachmann ausgestreckt hatte und nun die Kapuze seiner Robe zurückschob. „Er wird eine Weile schlafen," bemerkte der Magier trocken, bevor er sich umwandte und einen Schritt auf die Tür des verwitterten Turmes zu machte. Er legte die flache Hand dagegen, und die Tür schwang leise knarrend auf, um den Blick auf einen fast leeren, staubigen Raum freizugeben.

Der kahle Steinraum schien Ewigkeiten nicht mehr benutzt worden zu sein; doch Fußspuren im Staub, die zu einer breiten Holztür gegenüber und zu einer steinernen Wendeltreppe über ihren Köpfen führten, verrieten, dass sich in der letzten Zeit hier jemand aufgehalten hatte.

Sie traten leise ein, auf eine unliebsame Überraschung gefasst, und vor Talia fuhr Kyle erschreckt zurück, als er beinahe über einen weiteren am Boden liegenden Krieger gestolpert wäre. Der Mann war in der Ecke zusammengesunken, die Rüstung halb abgelegt, und schnarchte leise. Kyle beugte sich leise zu ihm hinunter, das Kurzschwert auf die Kehle des Mannes gerichtet. „Betrunken wie der Gott der Gelage persönlich," murmelte er leise, und auch Talia konnte den süßlichen Geruch von übermäßigem Weingenuss ausmachen.

Quinn legte den Finger an die Lippen, und während Kyle geräuschlos zur Treppe schlich und hinaufspähte, öffnete der Magier die angrenzende Tür einen Spaltbreit. Er runzelte einen Moment die Stirn und schloss die Tür dann so leise es ging. Er warf den anderen einen Blick zu und deutete auf die Tür. „Fünf weitere, stockbetrunken. Ich sorge besser dafür, dass sie uns auch dann nicht stören, wenn sie verfrüht erwachen." Mit diesen Worten nahm er abermals sein schweres, ledergebundenes Buch zur Hand und blätterte durch die Seiten, die unter seinen Händen leise knisterten.

Dann legte er die flache Hand an das Holz der Tür und murmelte eine leise Beschwörung. Talia meinte zu sehen, wie etwas aus seinen Fingern in das Holz der Tür sickerte, und im nächsten Moment gab die Tür ein Knarren von sich, als würde das Holz im nächsten Moment bersten. Statt dessen quoll die Tür in ihrem Rahmen an, als erinnerte sie sich an den Baum, der sie einst gewesen war, und einige grüne Keime sprossen aus dem längst toten Holz. Einen Moment später war es wieder still, und die Tür füllte auch die kleinste Ritze in ihrem Rahmen und saß so unbeweglich, als wäre sie Teil der Mauern des Turmes.

„Netter Zauber," wisperte Kyle und machte sich daran, ihnen voran die enge, gewundene Wendeltreppe zu erklimmen. Die Treppe war so schmal, dass sie hintereinander gehen mussten, und Talia malte sich aus, wie leicht die oberen Räume des Turmes gegen Angreifer zu verteidigen sein mussten; kaum etwas an dem Turm war aus Holz erbaut worden, und solange man nicht mit mittelschweren Belagerungsmaschinen oder

Katapulten anrückte, ließe sich der Turm auch gegen eine Übermacht eine Weile gut halten.

Nach kurzer Zeit wechselten die steinernen Stufen mit morschen Holzbrettern, durch die man den Eingangsraum unter sich sehen konnte, und die einen ständig daran erinnerten, wie tief man fallen konnte, wenn das Holz nicht mehr hielt und brach. Kyle bedeutete ihnen, sich am Rand der Treppe zu halten, wo das Holz am wenigsten knarrte, wenn man darauf trat, und sie standen kurze Zeit später vor einer niedrigen Holztür. Zwar führte die Treppe noch einige Windungen weiter in die Höhe, doch von oben drang ihnen ein kühler Windhauch entgegen, und sie schätzten, dass er auf ein Dach führte, das in Kriegszeiten vielleicht zur Aussicht genutzt werden konnte.

Vor der Tür ließ sich Kyle auf die Knie sinken, um durchs Schlüsselloch des alten gusseisernen Schlosses zu spähen, bevor er die Hand auf die Klinke sinken ließ und sie so langsam öffnete, dass die uralten Scharniere keinen Laut von sich gaben. Er atmete tief und kontrolliert durch, bevor er mit gezogenem Schwert in geduckter Haltung einen Schritt in den Raum schlich; er bemerkte den feinen Draht erst, als er sich über seinem Schienbein spannte, und hörte einen versteckten Mechanismus klicken, während er sich instinktiv zu Boden fallen ließ. Doch die Falle blieb stumm, und als er aufsah, erkannte er, dass das kleine Blasrohr neben der Tür keinen Pfeil enthielt.

„Ich habe die Falle entschärft," bemerkte eine ihm wohlbekannte, ölige Stimme, und er wandte seine Aufmerksamkeit auf die Gestalt, deren Umrisse er durch einen dicken roten Vorhang auf der anderen Seite des Raumes erkannte. Hinter ihm traten die anderen drei in den Raum, in dem sich Regale voller Bücher, Pergamente und kleiner Schatullen an den Wänden reihten. Der Raum wurde von dem Vorhang, hinter dem sich Bakars Gestalt an einem Schreibtisch vor den einzigen Fenstern des Raumes abzeichnete, halbiert. Nur zwei Schritte von Kyle entfernt, direkt zwischen ihm und Bakar, der noch immer über etwas auf dem Schreibtisch gebeugt war, stand ein niedriger Tisch, auf dem eine einzige, hölzerne Schatulle mit eingeschnitzten Symbolen stand. Kyle erkannte die Schatulle wieder und wusste fast sicher, was sich darin befinden würde. Einzig Bakars Verhalten verwirrte ihn.

Er erhob sich, griff das Kurzschwert fester und durchmaß mit vorsichtigen Schritten den Raum, nach weiteren Fallen und Stolperdrähten Ausschau haltend, während er scharf antwortete: „Und warum solltet Ihr das getan haben?"

Von der anderen Seite des Vorhangs hörte er eine Art glucksendes Kichern. „Ich konnte doch nicht riskieren, dass Euch etwas zustößt, oder? Immerhin habt Ihr es bis hierher geschafft, und es wäre zu tragisch, wenn so kurz vor Eurem Ziel etwas dazwischenkäme..."

Während Bakar geredet hatte, hatte Kyle sich leise an ihn herangeschlichen, und nun riss er mit der einen Hand den Brokatvorhang beiseite, während er mit der anderen Bakar die Klinge an die Kehle setzte. „So etwas wie Ihr, meint Ihr?" fauchte er den Mann an und drückte ihm die Klinge gerade so weit in den Hals, dass ein dünner Faden Blut in den Kragen das Mannes rann. „Überrascht, uns wiederzusehen?"

Bakar schien nicht im Mindesten überrascht, plötzlich eine Klinge an seinem Hals zu spüren; im Gegenteil, er lächelte Kyle immer noch an, doch in sein Gesicht mischte sich ein wütender Zug. „Nicht im Mindesten. Dass der sturköpfige Dieb und seine Gefährtin herkommen würden, habe ich nicht bezweifelt, genausowenig der Zauberlehrling, der noch immer an die Werte seines Konzils glaubt. Lediglich die Möchtegern-Mystikerin verwundert mich; ich hätte erwartet, dass sie beim ersten Anzeichen von Gefahr die Flucht ergreift." Er blickte von Kyle zu den anderen, die ihn grimmig anstarrten, und von ihnen auf die Klinge, die sich in seine Haut drückte. „Ihr wollt vielleicht die Klinge dort wegnehmen, Kyle von Karuhm," bemerkte er kalt.

Nun war es an Kyle, kalt aufzulachen. „Und warum sollte ich das tun? Ich glaube, es ist schon allein ein Fehler, dass ich noch nicht zugestoßen habe!" erwiderte er und verstärkte den Druck, doch Lynn fiel ihm in den Arm und hielt ihn zurück, Bakar die Kehle zu durchbohren.

„Er ist es nicht wert, Kyle," flüsterte sie beruhigend und lenkte das Schwert von Bakar weg, der sich lächelnd aus seinem Lehnsessel erhob und sich imaginären Staub von der Robe klopfte. „Kein Grund für Euch, übermütig zu werden," fauchte sie im nächsten Moment Bakar an, doch der hob abwehrend beide Hände.

„Mir scheint, Euch ist nicht ganz klar, wen Ihr hier vor Euch habt, liebe Freunde," begann er und wurde von Quinn unterbrochen.

„Wir sind uns durchaus bewusst, den Mann vor uns zu haben, der für den Lordmagier Khamir und einen weiteren Mann raubt, verwüstet und sogar mordet," antwortete er mit ruhiger Stimme, während er die eine Hand wie eine Waffe auf Bakar gerichtet hielt, „und wir sind uns mehr als bewusst, dass wir *nicht* Eure Freunde sind."

Bakar lachte freudlos unter den Anschuldigungen auf und schüttelte den Kopf. „Glaubt Ihr denn tatsächlich, Ihr wäret bis hierher gekommen, wenn ich Euch nicht geholfen hätte? Glaubt Ihr, die Wachen unten hätten nur zufällig ein Schlafmittel in ihrem Wein gehabt, und die Falle hätte ich entschärft, weil ich nicht mit Euch gerechnet habe?" Als er sah, dass sie einen Moment verwirrt waren, setzte er nach: „Und denkt Ihr denn wirklich, ich hätte den Boten rein zufällig genau dort entlanggeschickt, wo Ihr unsere Spuren nicht weiter verfolgen konntet, weil Lord Khamir sich für ach so schlau hielt, mich den Reisezauber zu lehren?" Er lachte abermals freudlos und schüttelte den Kopf. „Ihr wäret Narren, wenn Ihr so denkt."

Quinn schien sich als erster von der Überraschung zu erholen, und er kniff die Augen zu schmalen Schlitzen zusammen, als er den Mann fixierte. „Warum solltet Ihr das getan haben?" fragte er misstrauisch.

Bakar trat einen Schritt in die Mitte des Raumes vor und richtete sich zu voller Größe auf; jetzt, da er sich nicht mehr hinter seiner schleimigen, unterwürfigen Art versteckte, überragte er sie fast um einen ganzen Kopf, und in seine Augen war jener intelligente Schimmer zurückgekehrt, den Kyle schon bei ihrer ersten Begegnung bemerkt hatte. Kyle erkannte, dass Bakar seine tatsächliche Größe in seiner gebeugten Haltung gut verborgen hatte. Er wirkte jetzt gar nicht mehr wie jener Lakai Khamirs, den sie in ihm gesehen hatten, sondern vielmehr wie ein Mann, der seit ewigen Zeiten als Spion gearbeitet hatte und nun endlich seine Tarnung fallen lassen konnte.

Er wandte Quinn den Kopf in einer kurzen Bewegung zu, die eher an einen Krieger als an einen adligen Speichellecker erinnerte, und antwortete: „Weil Ihr keine Ahnung habt, was sich hier abspielt. Und weil der Schlüssel von Saskath mein Fluch seit Jahrhunderten ist."

„Schlüssel?" wandte Lynn fragend ein, und plötzlich weiteten sich ihre Augen, als sie Bakar ansah. „Seit Jahrhunderten," murmelte sie, „das heißt, Ihr seid einer von den..."

Bakar nickte zornig. „Ja, ich bin einer von denen aus Euren albernen Legenden - und Ihr habt nichts verstanden!" In einer schnellen Bewegung ließ er den Deckel der Holzschatulle aufspringen und nahm den schimmernden Elfenbeinstab in die Hand. „Ihr glaubt, man darf das 'Horn' nicht zerstören," wandte er sich an Quinn, „und Ihr habt Recht damit. Aber Ihr habt nie begriffen, dass dieser Stab der Schlüssel, das Schloss und das Tor ist zu den Ebenen der Alten. Ihn zu zerstören, würde das Tor nicht vernichten, man würde es öffnen."

Er setzte ab und begann zu erklären. „Nach den großen Götterkriegen, als die Alten sich darauf geeinigt hatten, diese Welt zu verlassen und den Krieg ihren Statthaltern zu überlassen, gab es noch immer Götter und Dämonen, die den Pakt nicht annehmen wollten."

Kyle stutzte einen Moment. Mit einem Schlag wurde ihm bewusst, dass Bakar hier über die alten Götterkriege sprach, von denen ihm die alte Lana damals in Karuhm erzählt hatte - und er sprach von ihnen, als hätten sie tatsächlich stattgefunden. Auch die alte Lana hatte das getan, mehr noch, sie hatte davon erzählt, als wäre sie dabei gewesen... doch sie war bekanntermaßen verrückt! Er öffnete den Mund, um die unsinnige Märchenstunde zu beenden, doch sowohl Lynn als auch der junge Konzilsmagier schienen Bakar aufmerksam zu lauschen, als glaubten sie jedes Wort. Er sah zu Talia hinüber, und sie schien ebenso verwirrt wie er.

„Um den Pakt zu schützen," fuhr Bakar unbeirrt fort, „schlossen die Alten sich und alles, was ihrer Macht gleichkam, von der Welt aus und versiegelten das Tor, das ihre Ebene von der unseren trennt, mit eben diesem Schlüssel." Er hob den Elfenbeinstab so in die Höhe, dass das Licht vom Fenster darauf fiel und die Kerben der Symbole darauf nachzeichnete. „Sie gaben den Schlüssel dem einzigen anderen Wesen dieser Zeit, das in unserer Welt existierte und absolut neutral war: dem Riesen Saskath, der den Schlüssel für alle Ewigkeiten bewachen sollte." Er setzte ab und sah die anderen an, und Quinn bedeutete ihm, fortzufahren.

„Jahrhunderte später kam mein Volk," fuhr Bakar fort, diesmal leiser, als erzählte er von einer uralten Schuld, „und sie waren in ihrer Verblendung überzeugt, sie könnten den Schlüssel dafür benutzen, nur die Götter zurück auf unsere Welt zu holen und eine Zeit des ewigen Glücks auszurufen." Er setzte ab und schüttelte zornig den Kopf. „Diesen Narren," murmelte er leise, bevor er fortfuhr: „Es gelang meinem Volk, den Riesen Saskath zu überlisten und ihm schließlich den Schlüssel zu stehlen. Doch diese Verblendeten ließen sich täuschen, und statt der Götter entließen sie eine Schar der dunkelsten Dämonen auf diese Welt. Die Welt litt ein gutes Jahrhundert lang unter der Herrschaft der Dämonen, bevor sie schließlich von einem Heer heiliger Krieger zurückgeschlagen und verbannt wurden. Alle heiligen Krieger starben in dieser Schlacht, und die Alten waren darüber so erzürnt, dass sie mein ganzes Volk mit dem Fluch belegten, mit ihnen bis zum Ende aller Zeiten leben zu müssen, bis die großen Kriege erneut ausbrechen. Aber weder können wir Macht an uns bringen, noch jemals wieder dem Guten oder dem Bösen wirklich dienen. Wir sind zu ewigen Wanderern verdammt, die den Auf- und Niedergang tatenlos mitansehen müssen.

Ich hatte Jahrhunderte Zeit, mich vorzubereiten," fuhr er fort, „und als einer der Dämonenherren einen Lord der Menschen fand, der dumm genug war, ihm für ein paar lächerliche Versprechen von Macht zu dienen, konnte ich zur Stelle sein, um ihm *meine* Dienste anzubieten. Ich durfte nicht direkt eingreifen, doch als der Schlüssel in Karuhm auftauchte, konnte ich ebenfalls dorthin reisen und jemanden darauf aufmerksam machen, was passierte - Euch."

„Indem Du unseren Hausherrn tötest, unser Heim niederbrennst und uns fast umbringst?" fuhr Kyle ihn an, und Bakar hob abwehrend eine Hand.

„Khamir beobachtete jeden meiner Schritte, immer auf Erfolge versessen, und vor den Kriegern des Menschenlords durfte ich mich nicht verraten. Ich wusste bereits, dass Ihr leicht zu reizen seid, und Eure Bleibe niederzubrennen, beraubte Euch eines Grundes, weiter in Karuhm zu bleiben und mich zu vergessen."

„Und was ist mit den Angriffen auf uns?" fragte Talia matt, und Bakar sah zu ihr hinüber, noch immer schmal lächelnd.

„Nachdem ich dafür gesorgt hatte, dass Ihr mir einmal folgtet, musste ich sicherstellen, dass das auch so bleibt, also musste ich Euch verhöhnen und weiter aufstacheln, während ich weiterhin für den Menschenlord und Khamir den getreuen Diener spielte. Kurz hinter Vesian konnte ich Euch noch nicht gewinnen lassen, also musste ich dem kleinen Dieb eine Lektion verpassen." Seine Hand wand sich einen Moment im Ärmel seiner Robe, und plötzlich hielt er einen Wurfdolch darin. „Wäre er gestorben, hättet Ihr einen Grund mehr gehabt, mich verfolgen zu wollen."

Kyle machte es rasend, wie der Mann absolut emotionslos davon sprach, wie er sie beinahe getötet hatte, damit sie ihn weiterjagten, als würde er ihnen damit nur geholfen haben, und als er den schmalen Wurfdolch sah, sprang er mit erhobener Klinge vor; Bakar jedoch ließ den Arm vorschießen, und der Dolch traf Kyle am Handgelenk, so dass er das Schwert fallen lassen musste - mit einer weiteren kurzen Bewegung hatte Bakar ihn am Hals gepackt und mit für seine trotz der aufrechten Haltung schmächtige Statur unmöglicher Kraft von sich geschleudert. Kyle landete rücklings auf dem Teppich und schlug hart mit dem Kopf gegen den niedrigen Tisch, der protestierend knarrte.

„Ihr solltet mir dankbar sein, junger Dieb aus Karuhm," kommentierte Bakar, als Talia zu Kyle stürzte und ihm aufhalf, während Quinn weiter den Mann mit ausgestreckter Hand auf Distanz hielt, „ich habe das Leben von Euch und Euren Begleitern mehrere Male geschont. Meine Männer hätten Euch gleich in Karuhm auf der Straße niedergestreckt, wenn ich es befohlen hätte, und ihr wäret neben Eurem Hauswirt verblutet. Und Ihr wisst doch wohl, dass ich mit den Dolchen umgehen kann; Eure Mystikerin hätte mehr als einen Schnitt zurückbehalten, wenn ich ihren Tod gewünscht hätte. Ohne mich säßet Ihr noch immer mit den königlichen Panzerreitern auf Gethia, und ich bezweifle fast, dass ich Euch so auffällig hätte helfen dürfen."

„Ihr wart das?" fragte Quinn, offensichtlich verwirrt, und Bakar nickte abermals.

„Lord Khamir hatte ohne mein Wissen gegen Baron Dahl intrigiert, um Euch aufzuhalten, und ich musste beinahe meine Tarnung fallen lassen, um für Euch eine Sondergenehmigung zu erwirken."

Quinn nickte ernst. „Ich verstehe. Wir verdanken Euch vermutlich einiges... doch das rechtfertigt niemals das, was ihr getan habt."

Bakar zuckte die Schultern. „Das ist mir bewusst. Doch ich habe meine Seele schon verkauft, und versuche gar nicht erst, mir die Seligkeit zu erwerben." Er lächelte dünn, und Kyle verspürte noch immer den Drang, ihm den Kopf von den Schultern zu trennen. Es mochte sein, dass er ihnen geholfen hatte, dass er ihnen sogar das Leben gerettet hatte, doch Kyle war noch nicht bereit, all das unnötige Blut zu vergessen und dem Mann, den er über die vergangenen Tage aus tiefstem Herzen gehasst hatte, zu verzeihen.

Schließlich ließ Quinn die immer noch auf Bakar gerichtete Hand sinken. „Aber wenn Ihr ohnehin ein Wanderer seid, und Euch nichts von dem, was uns zustößt, betrifft - warum dann seid Ihr hier?"

Bakar gab ein Grunzen von sich und verzog das Gesicht: „Ihr versteht noch immer nicht. Damals waren es nur ein paar niedere Dämonen, die in die Welt entkamen, - im Vergleich zu dem, der nun den Eintritt in diese Welt sucht, ein Scherz. Die Götter meinten damals, ihre heiligen Krieger könnten die dunklen Kräfte besiegen. Dieses Mal aber versucht einer der Großen, hier einzudringen, und die Götter werden nicht zusehen, wenn er alles verwüstet. Sie haben noch immer die Macht, den Pakt zu brechen, und wenn das geschieht, werden auch die Dämonenherren es tun..."

Er brach ab, und Quinn beendete den Satz für ihn: „Die Götterschlachten würden dort beginnen, wo sie aufgehört haben, und sie würden wiederum alles, was um sie her lebt, in ihrem Toben vernichten." Bakar nickte und legte den Elfenbeinstab zurück in die Schatulle, woraufhin Quinn den Deckel schloss und sie an sich nahm.

Sie wandten sich ab, um mit der Schatulle den Raum zu verlassen, doch Bakar hielt sie zurück. „Halt!" rief er scharf, und für einen Moment glaubte Kyle, er würde doch noch einen Betrug versuchen, als er in den Kragen seiner Brokatrobe griff. Kyle griff nach dem Messer, dass er für Notfälle im Stiefelschaft aufbewahrte, doch Bakar nahm etwas vom Hals und warf es ihnen zu. Kyle ließ den Dolch fallen, um die Kette und ihren Anhänger aufzufangen, und als er die Hand öffnete, erkannte er das Medaillon, mit dem Bakar sie in Karuhm aufgespürt hatte. „Wir wollen doch nicht, dass ich Euch erneut finden kann, nicht wahr?" bemerkte Bakar, und zum ersten Mal schien sein Lächeln von einer gewissen Ehrlichkeit und Wärme erfüllt.

Quinn nickte verstehend. „Ihr kommt nicht mit uns?" fragte er, und Kyle war sich nicht sicher, welche Antwort er auf diese Frage hören wollte, doch Bakar schüttelte den Kopf.

„Ich kann Euch besser helfen, wenn ich weiter für Khamir arbeite." Er sah sich in dem Raum um, der in leichte Unordnung geraten war und zuckte abermals die Schultern. „Ihr seid hier eingedrungen und habt mir sowohl den Schlüssel als auch das Medaillon abgenommen. Lord Khamir wird wütend sein, aber da die Wachen sich über die Maße betrunken und in ihrem Auftrag, mich zu unterstützen, versagt haben, wird sich sein Zorn vor allem auf sie richten. Wie hätte ich Euch vier denn allein aufhalten sollen?"

Als er ihn erneut lächeln sah, verzog Kyle grimmig das Gesicht. „Er findet wohl immer einen Weg, damit *er* ungestraft bleibt," murmelte er, als sie den Turm verließen und auf die Pferde stiegen.

Auf den Fensterrahmen des Turmzimmers gelehnt, sah Bakar ihnen stirnrunzelnd nach, als die vier in die Sättel stiegen und davonritten. Schon kurze Zeit später konnte er nur noch ihre undeutlichen Umrisse durch den einsetzenden Nebel erkennen, der dem Regen allmählich folgte.

Er sah sich in dem Turmzimmer um; lediglich der niedrige Tisch war verrückt worden, als er den Dieb dagegen geschmettert hatte, und in der Tischplatte zeigte sich ein Riss, an dem entlang das Holz gesplittert war. Ansonsten zeigte der Raum kaum ein Zeichen des unvermittelten Auftauchens der vier. Bedächtig strich Bakar mit den Fingern über die Bücherrücken in den Regalen und kippte einzelne Bücher und Schriftrollen zu Boden, ein weiteres Regal stieß er komplett um, und die Inhalte verteilten sich auf dem Teppich, der die Spuren matschiger Stiefel zeigte. Mit einem dünnen Lächeln auf dem Lippen wandte er sich zum Schreibtisch und fügte das fast volle Tintenfass der Verwüstung auf dem Boden hinzu, das klirrend zerbrach und seinen Inhalt über den Teppich ergoss.

Anschließend legte er den kleinen, giftgetränkten Pfeil zurück in das Blasrohr und tippte sacht an den Draht - der versteckte Mechanismus klickte leise, und der Pfeil flog knapp an Bakars Hand vorbei und bohrte sich in den weichen Teppich.

Erneut sah sich Bakar in dem nun verwüsteten Raum um, bevor er den Dolch, den der Dieb fallengelassen hatte, vom Boden aufhob und an die Kehle setzte. Khamir würde in der Tat die Wachen für ihre Nachlässigkeit strafen, doch auch Bakar hatte in seinen Augen versagt. Die winzige Stichwunde, die das Kurzschwert hinterlassen hatte, hatte bereits zu bluten aufgehört, doch er öffnete sie mit dem Dolch erneut und zog einen weiten Schnitt über seine Kehle, bis er spürte, wie warmes Blut über seine Hände lief. Als er langsam zu Boden sank, spielte er einen Moment mit dem Gedanken, das Begonnene zu Ende zu führen, doch er wusste, wie fruchtlos der Versuch sein würde - in den vergangenen Jahrhunderten hatte er ein ums andere Mal versucht, sich das Leben zu nehmen, doch der Fluch der Alten hatte ihm diesen Ausweg nicht gestattet.

Mit einem leisen Seufzen kroch Bakar auf allen vieren zur Tür, um die Wachen zu alarmieren. Hinter sich auf dem Teppich hinterließ er eine dunkel schimmernde Spur aus Blut.

Sie ritten einen Teil des Weges zurück, den sie gekommen waren, bis zu der Weggabelung, von der Quinn erklärt hatte, dass ihr anderer Arm zum nächsten Dorf führen würde. Mittlerweile war es spät geworden, was sich nur dadurch ankündigte, dass es kühler wurde und mit der Kühle Nebel aufzog, der die ohnehin schwache Sonne weiter dämpfte.

Talia schien nach der kurzen Aufregung im Turm erneut der Erschöpfung nahe, und Kyle ritt vorsichtshalber nahe bei ihr, falls sie aus dem Sattel zu rutschen drohte. Auch er selbst fühlte sich nach diesem Tag zerschlagen, und er erinnerte sich, dass er in den letzten Nächten nicht viel mehr als den Waldboden oder den kahlen Bretterboden eines angegriffenen Tempels zum Schlafen gehabt hatte. Obwohl der Wald der Elfen seinen ganz eigenen Zauber gewirkt hatte, um ihnen Erholung und Ruhe zu gönnen, fiel Kyle deutlich auf, dass er ein Stadtmensch und die Annehmlichkeiten eines mehr oder minder weichen Bettes gewohnt war, und sich nur schwer mit den Geräuschen des nächtlichen Waldes vertraut machen konnte.

Schließlich schien auch Quinn eine gewisse Erschöpfung zu verspüren, und als der Nebel die letzten Sonnenstrahlen zu schlucken begann, suchten sie sich unweit des Weges einen Lagerplatz in einem Wald, wo der Regen den Boden nicht völlig durchweicht hatte. Während Quinn wie üblich die nähere Umgebung erkundete, kümmerte Kyle sich um die Pferde, so wie er es von Talia gelernt hatte; er nahm ihnen das Zaumzeug ab und riss ein Büschel Gras aus, um die verschwitzten Tiere damit halbwegs trockenzureiben. Talia selbst schien kaum mehr die Kraft zu haben, die Augen offen zu halten, und über die Schulter beobachtete Kyle, wie Lynn ihr half, ihre Schlafrolle auszulegen und sich Schlafen zu legen.

Talia lächelte schwach, und einen Moment, nachdem sie die Augen geschlossen hatte, schien sie bereits tief und fest zu schlafen. Lynn legte beide Hände flach an die Schläfen der anderen und schloss ebenfalls für einen Moment die Augen, offensichtlich auf etwas außerhalb von Kyles Wahrnehmung konzentriert. Er hatte sie inzwischen mehrfach dabei beobachtet, wenn sie ihre heilende Gabe einsetzte, und schätzte, dass sie das auch dieses Mal tat. Er hatte noch immer keine Ahnung, was ihr diese Gabe abverlangte, doch wie immer, wenn sie nach dem Heilen die Augen öffnete, war ihr Blick auch dieses Mal einen Moment lang verschleiert, und auf ihrer Stirn glänzten einzelne Schweißperlen.

„Der Dämon ist immer noch in ihr," hörte er sie zu Quinn flüstern, der seinen Rundgang beendet hatte und fast geräuschlos hinter sie getreten war.

Der Magier sah besorgt auf Talia hinunter, die scheinbar friedlich schlief, und nickte ernst. „Du hast getan, was Du konntest," antwortete er ebenso leise. „Er ist bereits halb auf unserer Ebene und trachtet danach, dass das Ritual korrekt beendet wird. Jetzt, wo wir das Horn von Saskath besitzen, können wir ihn jedoch in seine Ebene zurück verbannen. Wir werden uns etwas Hilfe holen, sobald Talia eine längere Reise verkraften kann. Vorerst brauchen wir alle etwas Ruhe." Dann kniete er sich ebenfalls zu ihr und begann, ein kleines Lagerfeuer zu entzünden. Kyle hätte erwartet, dass nach diesem Regen kaum mehr etwas Brennbares zu finden sein würde, doch Quinn schien sich nicht groß darum zu kümmern und ließ unter seine Hand einige Äste und Zweige in Flammen aufgehen, wie er es mit Bakars Nachricht an Khamir getan hatte.

Kyle gähnte herzhaft. Der junge Magier schien zwar nicht halb so erschöpft wie alle um ihn herum, aber zumindest hatte er auch bemerkt, dass sie alle am Rande zum Zusammenbruch waren und dringend Ruhe benötigten. Eine Nacht würden sie vermutlich auch noch im Wald übernachten können, aber Kyle freute sich darauf, in ein Dorf mit einem Gasthaus zu kommen, und Quinn hatte versichert, dass sie im Laufe des nächsten Tages in einem ankommen würden. Er ging ein paar Schritte in den Wald hinein, um sich seiner Kleidung zu entledigen, die noch immer vom Blut der Ritualopfer starrte. Den ganzen Tag über hatte der beißende Geruch an ihnen gehaftet, als ständige Erinnerung an das, was sie durchgemacht hatten, und allein der Anblick des verkrusteten Blutes, das an ihm hochgespritzt war, reichte aus, um Übelkeit in ihm hervorzurufen. Noch etwas, worauf er sich freute, dachte er, als er die Hose und Stiefel in den Matsch sinken ließ und seine schwarze Diebeskluft überzog, das einzige, was er noch in seinem Bündel hatte: die Möglichkeit, sich das Blut auch aus dem Gesicht und den Haaren waschen zu können. Ihm fiel auf, dass er seinen Wurfdolch in Bakars Turm vergessen hatte und wunderte sich einen Moment, dass er immerhin sein Kurzschwert nicht vergessen hatte - der Gott der Umsichtigkeit schien ihm wohlgesonnen. Der Verlust des Dolches war zu verkraften, denn in seinem Bündel besaß er einen Ersatzdolch, den er in die dafür vorgesehene Stiefelscheide gleiten ließ.

Als er zu den anderen zurückkehrte, nahm er sich vor, einen von ihnen um einen Mantel zu bitten, wenn sie am nächsten Tag ein Dorf erreichten; zwar fühlte er sich wohl in seiner perfekt auf ihn zugeschnittenen Diebeskleidung, doch für die Blicke der Dorfbewohner mochte es seltsam sein, wenn am hellichten Tag ein Mann in anliegenden, dunklen Kleidern und Stiefeln in ihr Dorf spazierte.

Er schlenderte zu den Pferden und löste seine Schlafrolle vom Sattel, um sie nicht weit von Talias auszulegen. Dabei beobachtete er Lynn, die sich mit geschlossenen Augen und übereinandergeschlagenen Beinen auf einem flachen Stein niedergelassen hatte. Ihr Kopf war ihr auf die Brust gesunken, als würde sie schlafen, doch offensichtlich war dies nicht der Fall. Alles an ihrer Haltung erinnerte an Quinn, der wenige Schritte weiter in seine meditierende Art von Schlaf gesunken war, doch im Gegensatz zu ihm waren ihre Augen nicht halb, sondern ganz geschlossen, und ihre Hände lagen nicht ruhig und entspannt auf den Knien, sondern beschrieben leichte Muster, als würde sie etwas nur für sie Sichtbares dirigieren.

Während Quinns Robe wiederum kein Zeichen des Blutes mehr zeigte, hatte Lynn Talia dabei geholfen, vor dem Einschlafen aus ihrer blutgetränkten Kluft zu schlüpfen und etwas von der ungebrauchten Reisekleidung überzuziehen, und auch Lynn selbst hatte sich ihres Mantels und der Stiefel entledigt, die deutliche Spuren der Opferzeremonie zeigten.

Sie schien seinen Blick zu bemerken, denn einen Moment später schlug sie die Augen auf und sah ihn erst mit etwas verschleiertem, dann aber klarem und wachem Blick an. Sie lächelte und bedeutete ihm, sich zu ihr zu setzen, und er tat wie geheißen und setzte sich ihr gegenüber in einer Imitation ihrer Haltung.

„Was war das?" fragte er leise und schloss ihre ganze Haltung und ihr Verhalten mit einer Handbewegung mit ein.

Sie überlegte einen Moment, bevor sie antwortete, doch dann lächelte sie sanft, und das wenige Licht, das vom Feuer kam, zeichnete ihr feines Gesicht in weichen Farben nach: „Es ist schwer zu erklären - ich war ... *draußen*." Sie suchte wohl einen Moment nach Anzeichen des Verstehens in seinen Zügen, doch er musste sich eingestehen, dass er nicht wirklich verstanden hatte. Sie waren im Moment alle „draußen", und daran würde sich heute nacht nichts mehr ändern. „Wir nennen es die Gabe des astralen

Reisens," fuhr Lynn erklärend fort, „die Fähigkeit, den Körper zu verlassen und nur mit dem Geist zu reisen."

„Wie es diese Schläfer machen, meinst Du?" fragte Kyle leicht verwirrt, und sie nickte. „War es das, was Du auch bei Talia angewendet hast?" vermutete er, als die Erinnerung an die Schläfer des Konzils und Quinns Erklärungen über sie zurückkehrte, ebenso wie die Erinnerung an das, was Lynn im Kuppelraum getan hatte, und sie nickte abermals.

Sie überlegte einen Moment und gestikulierte dann vage. „Es ist etwas anders, als das, was ich bei Talia versucht habe. Ich... ich könnte es Dir vielleicht zeigen, wenn Du möchtest. Ich habe das zwar noch nie gemacht, aber ich glaube, ich könnte Dich mitnehmen." Sie sah ihn fragend an, und nun überlegte er einen Moment - er hatte keine Vorstellung, was ihn erwarten würde, und die Welt der Geister, von der Lynn so viel verstand, war nicht sein Element. Doch schließlich siegte die Neugier, und er willigte ein.

Lynn lächelte weich und reichte ihm die Hand. Er sah einen Moment fragend auf die dargebotene Hand, bis sie erklärte: „Wir müssen in Kontakt sein, wenn wir uns dort nicht verlieren wollen. Auf dieser Reise drohen uns keine körperlichen Gefahren, aber wenn wir den Kontakt zueinander verlieren, könnte es sein, dass Du den Rückweg nicht mehr findest."

„Und das wäre dann schlecht," stellte Kyle halb fragend fest, und sie nickte. Also zuckte er die Schultern und ergriff ihre Hand, die sich warm und weich in der seinen anfühlte.

„Nun, bei der astralen Reise trennt sich Dein Geist vom Körper - wenn er nicht zurückkehren kann, bleibt der Körper eine leere Hülle: er atmet und lebt zwar, aber Du hast keine wirkliche Kontrolle mehr über ihn, denn das, was *Dich* ausmacht, ist tatsächlich irgendwo da draußen." Kyle schluckte nervös, denn irgendwo in seinem Hals hatte sich ein Kloß gebildet, und Lynn lächelte abermals. „Keine Sorge, ich passe auf Dich auf. Schließ einfach die Augen, entspann Dich und hör nur auf Deinen Atem."

Zumindest was das Entspannen und ruhige Atmen anbetraf, fühlte Kyle sich auf vertrautem Gebiet; sich ruhig und entspannt zu verhalten, war eine der ersten Lektionen gewesen, die er auf den nächtlichen Straßen gelernt hätte, und während er jeden Atemzug kontrollierte, spürte er, wie sich seine verkrampften Muskeln lockerten. Es verwirrte ihn, dass ein Teil der Entspannung durch Lynns Hand in ihn zu fließen schien, und einen Moment lang hatte er den flüchtigen Eindruck ihrer Finger auf seiner Stirn.

Ein plötzlicher Druck an seinem Hinterkopf ließ ihn auffahren, doch als er die Augen aufschlug, bot sich seinem Blick ein gänzlich verändertes Bild dar: Er befand sich etwas über ihrem Lagerplatz in der Luft und blickte auf seinen eigenen Körper hinunter, der Lynn gegenüber am Boden saß. Sein eigener Körper, der Wald und alles um ihn her schien auf seltsame Weise nicht mehr fest, sondern wogte wie in einem dunkelblauen Nebel hin und her, offenbar nicht mehr darauf versessen, feste Linien zu fassen. Erstaunt wollte er nach Luft schnappen, und da erst bemerkte er, dass er nicht mehr den Körper dazu besaß - zwar sah er seinen Körper an ihrem Lagerplatz weiter atmen, doch er selbst spürte weder die Luft um sich herum, noch etwas von sich selbst.

Panik ergriff ihn, als er versuchte, seine Arme zu bewegen oder sich zumindest umzusehen, jedoch nichts davon Wirkung zeigte.

„Zu Anfang ist es etwas ungewöhnlich," hörte er Lynns Stimme direkt neben seinem Ohr, „doch man gewöhnt sich daran." Etwas an ihrer Stimme schien ihm seltsam, denn er konnte sie verstehen, obwohl er nicht das Gefühl hatte, sie zu *hören* - nicht, dass er noch die Ohren dazu gehabt hätte.

„Was passiert? Wo bist Du?", wollte er fragen, doch erneut fiel ihm ein, dass er auch nicht den Mund zu haben schien, die Worte zu formulieren.

Lynn jedoch schien ihn dennoch verstanden zu haben, denn sie antwortete: „Mach' Dir keine Sorgen, es ist alles in Ordnung. Du wirst Deinen Körper nicht mehr spüren können, denn den hast Du verlassen. Was Du siehst, ist ein Blick in die astrale Ebene, in der Körper keine Bedeutung haben. Hier hat allein das Wirkung, was sich in unseren Gedanken abspielt. Wenn Du Dir vorstellst, zu sprechen, werde ich Dich hören können, und die Vorstellung, sich zu bewegen, ruft eine tatsächliche Bewegung hervor. Du wirst nicht sehr gut damit umgehen können, deshalb werde ich Dich führen."

Der Klang ihrer Stimme so dicht bei ihm dämpfte ein wenig seine Panik, und allmählich begann er sich an diese neue, fremde Umgebung zu gewöhnen, die ein verschwommenes Bild der Welt zeigte, die er kannte. Nun, da er genauer hinsah, konnte er einzelne Unterschiede erkennen, die ihm zuerst nicht aufgefallen waren. So waren Talias und Quinns Körper von einem inneren Licht erfüllt, das bei Talia bläulich und etwas schwächer schien, zuweilen sogar flackerte, bei Quinn dagegen einen leichten silbernen Schein um ihn warf und von stetig wirbelnden, bunten Lichtfunken durchsetzt war. Sein eigener und Lynns Körper waren nur von einem matten hellblauen Schimmer umgeben, von dem sich ein einzelner durchscheinend bläulicher Lichtfaden zu ihnen emporwand.

„Das, was Du siehst, ist eine Aura der jeweiligen Personen," erklärte Lynn dicht neben ihm, „die Form, wie sie im astralen Raum erscheinen. Jedes Wesen, ganz gleich ob es sich dessen bewusst ist oder nicht, hat eine solche Aura, je nach seiner Art." Kyle spürte eine leichte Veränderung seines Blickwinkels, und einen Moment später schwebte er über dem Blätterdach in der Luft. Außer sich und den anderen dreien, die er als glühende Flecke unter sich ausmachen konnte, konnte er nun eine Vielzahl von bläulich leuchtenden Punkten erkennen, die unterschiedlich stark durch das grün schimmernde Blätterdach schienen.

„Wir erscheinen schwächer, denn der größte Teil von uns ist nun nicht mehr in unseren Körpern, sondern hier." Kyle hob den Blick und war einen Moment sprachlos, als er ein durchsichtiges, blau leuchtendes Ebenbild von Lynn neben sich in der Luft stehen sah. Der Anblick war atemberaubend, und Lynn lächelte, als er sprachlos ihren astralen Körper anstarrte; sie schien nur aus hellblauem Licht zu bestehen, dass von einer dünnen Hülle aus etwas festeren, leuchtend blauen Lichtlinien zusammengehalten wurde, und dennoch konnte er ihr wunderschönes Gesicht ebenso erkennen wie die einzelnen feingliedrigen Finger und die Wölbungen ihres Körpers. Sie stand entspannt hoch über dem Boden in der Luft, und ein leichter Wind ohne Quelle spielte mit den Haaren ihres astralen Körpers. Erst einen Moment später wurde ihm bewusst, dass er sie immer noch anstarrte, und er war froh über den Umstand, dass ihr Geister-Ebenbild noch immer Hemd und Hose trug.

„Der Faden, den Du siehst," fuhr Lynn fort, als hätte sie nichts davon bemerkt „verbindet uns mit unseren Körpern, und wenn wir uns verirren, können wir daran entlang zurückgelangen. Wird er jedoch durchtrennt, verlieren wir die Verbindung, und es ist danach nur noch sehr schwer möglich, in seinen Körper zurückzukehren." Sie machte eine leichte Handbewegung und glitt geräuschlos an seine Seite. „Keine Sorge, ich werde auf uns aufpassen," versicherte sie und fragte: „Bist Du bereit für eine kleine Reise?"

Eigentlich wollte er nicken, doch sein nicht vorhandener Körper machte das schwierig, also bejahte er ihre Frage. Er spürte, wie sie sich in Bewegung setzten und über die Baumspitzen hinweg strichen. Über ihnen schien das astrale Abbild eines fast vollen Mondes silbrig, und Kyle konnte einzelne Strahlen erkennen, die zur Erde fielen. Die Wolken, die sich eigentlich vor den Mond geschoben hatten und fast den ganzen Himmel bedeckten, konnte er zwar noch erkennen, doch sie schienen mehr wie nebelhafte Schatten, durch die der Mond einfach hindurchschien. Auch unter sich bemerkte er ähnliches, denn obwohl das Blätterdach dicht und undurchlässig war, konnte er auf dem Waldboden deutlich die hellblau leuchtenden Gestalten eines Fuchses und einiger anderer schlafender Tiere erkennen; die Bäume selbst waren von einem sanft grün schimmernden Netz aus Linien erfüllt, das wie in einem gemeinsamen Herzschlag pulsierte. Es war ein fantastischer Anblick, als sie über den stillen Wald glitten und Kyle die ungewöhnlichen Eindrücke in sich aufsog.

Erneut hatte er das unbestimmte Gefühl von Geschwindigkeit, und sein Blick verschwamm für einen kurzen Moment; als es sich wieder klärte, sah er die Mauern einer riesigen Stadt, die sich über das restliche Land erhoben. Die Mauern zogen sich in mehreren Ringen um die Stadt, die in einem Ringmuster von großen Straßen, Nebenstraßen und Gassen auf einem aufsteigenden Hügel erbaut worden war. So lagen die innersten Viertel, prächtige Bauten und ein großer Palast, am höchsten und mussten einen hervorragenden Blick über die Stadt und das Umland bieten. Irgendwann einmal war diese Stadt vermutlich nach einem Plan entstanden, doch je größer sie geworden war, desto verwinkelter war das filigrane Gebilde aus Straßen, Gassen und Sackgassen geworden, und die ersten einfachen Handwerkerhäuser drängten sich bereits an den äußersten Mauerwall. All die Mauern, Türme und Gebäude selbst waren dunkel und leblos, doch in ihrem Innern konnte Kyle unzählige hell aufleuchtende blaue Flecken erkennen, neben denen die an den Türmen entzündeten Leuchtfeuer verblassten.

„Dies ist die Hauptstadt des Königreiches," erklärte Lynn, „mit dem Palast des Königs, den größten Märkten, den Handwerkerzünften und unzähligen Menschen, die in ihr leben." Auch aus dieser Entfernung erkannte Kyle die vielen Gestalten, die hinter den Mauern schliefen, ihren Tag beendeten oder gerade erst damit begannen, ihren nächtlichen Arbeiten nachzugehen. Sie sanken etwas tiefer und schwebten über den Köpfen der Wachsoldaten auf den Mauern in die Stadt hinein, und Kyle fiel eine purpurn schimmernde Kuppel auf, die sich über den Palast und das innere Viertel der Stadt spannte. Obwohl sie so durchsichtig wie Glas schien und er darunter die bläulich leuchtenden Flecke der Menschen erkennen konnte, waren sie nur verschwommen und verschmolzen zu einem untrennbaren Glühen innerhalb der Kuppel.

Er fragte Lynn danach, und sie erklärte: „Auch im astralen Raum gibt es Barrieren, und die Leibmagier des Königs sehen es nicht gerne, wenn astrale Wesen den Palast durchstreifen. Zwar sind die meisten Dinge, die sich im Astralraum aufhalten, ungefährlich, doch es gibt durchaus Möglichkeiten, dem Geist eines anderen aus dem Astralraum heraus Schaden zuzufügen. Also haben die Magier des Königs einen Schutz errichtet, um ihn vor Alpträumen und solcherlei Attacken zu beschützen."

Sie erhoben sich wieder von der Stadt und stiegen noch ein gutes Stück weiter auf, so dass Kyle auch einige der näheren Städte und Dörfer erkennen konnte, und auch die vielen leuchtenden Flecke unter ihnen. Es war ein überwältigendes Gefühl, so hoch über dem Boden zu schweben, und auf das schlafende Königreich hinabzublicken, dessen Bewohner für ihn in sanften Blautönen erschienen. „Es ist wunderschön," flüsterte Kyle, und abermals spürte er, dass Lynn lächelte.

„Warte, ich möchte Dir etwas zeigen," hörte er sie, und erneut hatte er das Gefühl von hoher Geschwindigkeit, und sein Blickfeld verschwamm einen Moment. Als es sich wieder festigte, war er einen Moment lang verwirrt von dem hell strahlenden Gebilde, das vor ihm lag. Erst auf den zweiten Blick erkannte er die Zitadelle des Konzils, die sich unter ihnen erstreckte und in einem wahren Lichtermeer aus Form und Farbe erstrahlte. Kyle konnte sich kaum auf die vielen unterschiedlichen Farbpunkte konzentrieren, die auf dem Vorhof der Zitadelle und in ihrem Inneren hin und her huschten, denn seine ganze Aufmerksamkeit wurde von der Struktur des Gebäudes selbst in Anspruch genommen. Unter einer ähnlichen purpurnen Kuppel wie der Palast des Königs lag die Zitadelle in einem komplizierten Geflecht aus strahlend blauen und grünen Linien, auf denen Perlen aus weißem Licht tanzten.

In regelmäßigen Abständen entwickelte sich von der Spitze des Elfenbeinturmes, der sich aus dem dunklen Hauptgebäude der Zitadelle erhob und im Astralraum in leuchtendem Weiß strahlte, eine Welle warmen Lichtes. Dann ergoss sie sich über den Innenhof und bis an die Grenzen der kleinen Steinmauer, die das Gelände umgrenzte, und an der auch die Schutzkuppel endete. Jedes der einzelnen Gebäude auf dem Vorhof pulsierte in seiner eigenen Farbe: Direkt neben dem in leuchtendem Grün erstrahlenden Baumgeflecht, das laut Quinn den Naturmagiern gehörte, erhob sich das unstet zuckende kräftige Gelb eines anderen Gebäudes, von dem Kyle sich erinnerte, dass es der Schule der Blitzmagie angehörte, und direkt dahinter zogen sich wogende Flammen aus tiefem, rubinrotem Licht in den Nachthimmel, so dass der gesamte Vorhof des Konzils in den kräftigen, leuchtenden Farben des Regenbogens erstrahlten.

Er wandte seine Aufmerksamkeit wieder den vielen kleinen Lichtflecken zu, die wie kleine Kerzenflammen die großen Leuchtfeuer der Gebäude wiederspiegelten und in der Zitadelle herumhuschten wie bunte Glühwürmchen. Als er genauer hinsah, erkannte er, dass auch dieses Leuchten aus dem Inneren der Männer und Frauen kamen, die sich dort unten aufhielten. Etwas weiteres verwirrte ihn, und er fragte Lynn danach: Wie kam es, dass sie nicht auch blau leuchten, und warum waren ihre Linien so fest und deutlich? Alles, was er bisher gesehen hatte, schien eher wie Nebel, aber diese Lichter waren so klar und so deutlich, als seien es Schnüre aus Licht.

Lynn lachte hell auf und erklärte: „Das liegt an der Magie, die sie in sich gebunden haben. Ihre Magie ist etwas, was sie in geordnete Bahnen bringen, damit sie es kontrollieren können, und die ganze Zitadelle ist daraus erbaut worden. Je nachdem, welche Richtung der Magie ein Magier gewählt hat, bindet er die entsprechende Magie in sich, und sie findet sich auch in seiner Aura nieder. Ich würde Dir die Zitadelle gern näher zeigen, doch ihre Verteidigung ist sehr mächtig, und sie sind auf Astralreisende nicht gut zu sprechen, wenn es nicht die eigenen sind," fuhr sie fort und lenkte seine Aufmerksamkeit auf die hell strahlenden Lichtpunkte, die die Schutzkuppel in der Luft umkreisten.

Kyle konnte einen Moment lang zwei der weiß leuchtenden Gestalten erkennen, als sie in der Luft stehenblieben, und er erkannte die blauen Roben und die kalten, weiß strahlenden Augen wieder. „Schläfer," murmelte er.

„Auch, aber nicht nur," stimmte Lynn ihm zu, „denn sie haben auch eine Anzahl von Geisterwesen beschworen, und einige der Zauber, die das Gebiet schützen, verraten ihnen jeden Eindringling."

Kyle dachte sich seinen Teil zu den Magiern, obwohl er nicht sicher wahr, ob Lynn diese Gedanken nicht hören würde, doch dann fiel sein Blick auf etwas Seltsames inmitten des bunten Lichtermeeres. Unterhalb der Zitadelle war ein unförmiger dunkler Fleck, der alles Licht in seiner Umgebung zu schlucken schien und so undurchsichtig war, als wären die Keller der Zitadelle mit einem schwarzen Öl gefüllt. Er wies Lynn darauf hin, und sie seufzte.

„Das muss Khamirs Werk sein," erklärte sie, und Kyle hörte Trauer in ihrer Stimme mitschwingen. „In den Kellern waren die Schläfer untergebracht, die Khamir ermordet haben muss. Ihr unnatürlicher Tod ist auch im Astralraum weithin sichtbar, und wird noch eine ganze Zeit als dunkler Fleck zurückbleiben, nachdem die Magier das Blut abgewaschen und ihre Rache bekommen haben. Ich habe mich bereits gewundert, warum dieses Mal mehr Wachgeister und weniger Schläfer das Konzil bewachen." Sie seufzte abermals. „Um nichts in der Welt möchte ich in der Nähe gewesen sein, als Khamir die wehrlosen Schläfer ermordet hat - die Schmerzwelle und der Schock hätten ausgereicht, um jeden in der Nähe auf Wochen hinaus astral zu blenden."

„Und deshalb werden wir den Kerl auch kriegen," erwiderte Kyle grimmig, und er spürte sie erneut an seiner Seite lächeln.

„Lass' uns zurückkehren," meinte sie schließlich, nachdem sie eine Weile schweigend dem Lichterspiel am Boden und in der Luft um die Zitadelle zugesehen hatte, und er stimmte zu. Immerhin verging auch während dieser Reise die Zeit, und obwohl er seinen Körper im Moment nicht spürte, wusste er, dass er dringend Schlaf brauchte. Unter sich sah er noch einmal das schlafende Land verschwommen vorbeirasen, als sie den dünnen, leuchtenden Fäden zu ihrem Lagerplatz zurück folgten und langsam zu Boden sanken.

Einen Moment war Kyle blind, doch als er den leichten Druck am Hinterkopf spürte, schlug er die Augen auf und fand sich zurück in seinem eigenen Körper. Sein Blick klärte sich und er sah Lynn in die Augen, die ihn lächelnd anblickte. Ihre Hand lag noch immer in der seinen, und er drückte sie versichernd.

„Es war wunderschön," flüsterte er und erwiderte ihr Lächeln. „Ich danke Dir, dass Du mich mitgenommen hast." Sie nickte, und ihre Hand blieb noch einen Moment länger als nötig in seiner. Dann fiel ihr Blick darauf, und sie zog sie zurück, um sich zu erheben.

„Gute Nacht," flüsterte sie, als sie noch einen Blick über die Schulter warf, bevor sie sich in ihre Schlafrolle einwickelte.

In dieser Nacht kehrten die Alpträume zurück. Kyle hatte sie über den sehr realen Alptraum der letzten Tage fast vergessen, doch die Erinnerung kehrte zurück und grub sich wie eine eiskalte Faust in seinen Magen, als er sich erneut auf der kahlen, nebelverhangenen Ebene wiederfand. Um ihn herum lagen die Körper unzähliger Gefallener, verunstaltet von Krallenspuren und Schwertwunden, und nun erkannte er mehrere der verstümmelten Leichen wieder.

Bei einigen der Toten erkannte er die Rüstungen der königlichen Panzerreiter, und nicht weit von ihm lag der ältliche weißbärtige Krieger Lerian, den sie auf Schloss Geth kennengelernt hatten, mit verdrehten Augen. Seine kraftlosen Hände hielten den reich verzierten Griff eines edlen Schwertes umklammert, dass seinen Brustharnisch durchdrungen und sich in seine Brust gebohrt hatte. Um ihn herum lagen die Bewohner des kleinen Dorfes, die seinetwegen in der Nacht von den Dai'khir zerrissen worden waren. In der Ferne, fast vom Nebel verschluckt, meinte er auch einige Elfen zu erkennen, deren elegante Gestalten nun verkrümmt in ihrem eigenen Blut lagen.

Noch mehr Furcht aber flößten ihm die reglosen Gestalten seiner Freunde ein: Quinn lag, wie in den ersten Träumen, mit zerschmettertem Rücken auf dem Boden, und in einiger Entfernung stieß ein einzelner Dai'khir seine Krallen in Talias Leichnam. Zu seinen Füßen lag Lynn, der graue Mantel vom Blut verschmiert, dass aus einer tiefen Stichwunde in der Brust lief, ihr hübsches Gesicht fahl und ihre Augen ohne jedes Leben.

Wie auch in den ersten Träumen hörte er einen einzelnen Raben hinter sich krächzen, doch diesmal war es nicht der warme Atem und das Hufgetrappel eines Alptraumpferdes, das er hinter sich vernahm, sondern der gleichmäßige Schritt schwerer Lederstiefel, die sich hinter ihm näherten.

Kyles Blick fiel auf ein weiteres der reichverzierten, eleganten Schwerter, die Lerians und Lynns Leben ausgelöscht hatten, das neben ihm im Boden stak. Entschlossen griff er danach und zog es aus dem Boden. Mit einem Gegner auf zwei Beinen, einem Gegner aus Fleisch und Blut, würde er es aufnehmen können, dachte er sich, als er das Schwert in der Hand wog und kampfbereit zu seinem Gegner herumschwang.

Er stutzte einen Moment, als er den Mann erblickte, der ihm in einiger Entfernung gegenüberstand: er schien überhaupt nicht für die Schlacht gerüstet zu sein, sondern trug die eleganten Kleider eines Adeligen - eine rüschenbesetzte Weste, die Hände in feinen Handschuhen, die er grüßend erhoben hatte. Sein Mantel war ebenso wie seine Hose aus roter Seide, und seine Füße steckten in eleganten Lederstiefeln mit goldenen Schnallen. An seiner Seite hing ein eleganter Degen, das einzige Zeichen, dass der Mann vielleicht kämpfen konnte. Noch mehr als seine Kleidung verwirrte Kyle das Gesicht des Mannes, das sich nicht ergründen ließ, so sehr er sich darauf konzentrierte.

Kyle hatte eine Ahnung, dass der Mann kurze Haare haben mochte, doch jedesmal, wenn er sich auf das Gesicht des Mannes konzentrierte, schienen dessen Züge zu verschwimmen, als würden sie seinen Blicken ausweichen. Einen Moment fühlte Kyle sich an die nebelhaften Lichtmuster des astralen Raumes erinnert, doch alles andere an dem Mann war fest und eindeutig.

Abermals krächzte der Rabe, und der Mann beendete seinen höfischen Gruß mit einer Verbeugung und wies auf einen Punkt hinter Kyle, ohne ein Wort zu sagen. Bis auf das Krächzen des Raben und das Knirschen von Kyles Stiefeln auf dem Boden war es absolut still auf der Ebene, als Kyle dem Blick des Mannes folgte und sich umdrehte. Hinter sich sah er noch immer das verwüstete Schlachtfeld, doch nun schienen es mehr Leichen geworden zu sein, die den Boden dicht an dicht bedeckten, und in der Ferne ging der Nebel in eine unheilvolle Dunkelheit über.

Der Rabe krächzte ein drittes Mal, und als Kyle sich wieder zu dem schweigsamen Mann umdrehte, stand dieser nicht mehr auf dem Schlachtfeld, sondern auf einer blühenden Wiese, und hinter ihm standen alle die, die eben noch hinter Kyle tot am Boden gelegen hatten, und sahen ihn erwartungsvoll an. Kyle war verwirrt, und als er nochmals einen Blick über die Schulter warf, war dort immer noch das Schlachtfeld mit all seinen Leichen. Er sah dem schweigsamen Mann an, der noch immer auf der Wiese stand und auf all seine Freunde wies. Obwohl sie kein Wort sprachen, wusste er, dass sie ihn zu sich riefen, und obwohl er das Gesicht des Mannes nicht erkennen konnte, sah er ihn lächeln, als dieser ihm eine behandschuhte Hand entgegenstreckte.

Alles in ihm drängte danach, die dargebotene Hand zu ergreifen und wieder mit seinen Freunden vereint zu sein, doch eine leise Stimme in seinem Hinterkopf hielt ihn zurück. Etwas an diesem Bild war falsch, etwas war falsch an dem Fremden, der sein Gesicht verbarg, an seinen Freunden, die ihn nicht ansahen, sondern durch ihn hindurch, und Kyle zog die schon halb ausgestreckte Hand zurück. Er ließ das Schwert fallen und wandte sich um, weg von dem Mann und seinen Versprechungen, und schritt langsam zwischen den Leichen hindurch davon. Er konnte das wütende Zischen hinter sich hören und hörte das näher kommende Trampeln schwerer Hufe, kurz bevor ihn ein heftiger Schlag in den Rücken traf und alles um ihn herum schwarz wurde.

Schweißgebadet schreckte Kyle auf und sah Lynn neben sich knien, die so erschöpft aussah, wie er sich fühlte, und ihn besorgt ansah. Wenige Schritte weiter stand Quinn mit Talia, die Mühe zu haben schien, sich auf den Beinen zu halten. Über sich hörte er Vogelstimmen, und durch das Blätterdach und die leichten grauen Wolken drang mildes Sonnenlicht, als Kyle sich stöhnend aufsetzte.

„Alles in Ordnung?" fragte Lynn vorsichtig, und Kyle nickte benommen. Zwar fühlte er sich nicht im Geringsten in Ordnung, doch von dem, was Lynn möglicherweise befürchten mochte, war ihm nichts zugestoßen. Sie nickte und wandte sich an Quinn, der Talia eben in den Sattel half: „Es wird höchste Zeit, den Dämon loszuwerden, bevor er uns kriegt." Der Magier nickte nur ernst und schwang sich dann ebenfalls in den Sattel, und nachdem Kyle in aller Eile seine Habseligkeiten zusammengepackt und verstaut hatte, ritten sie schweigend los.

Sie verloren kein weiteres Wort über die nächtlichen Alpträume, nachdem Quinn erklärt hatte, er würde sich mit Lynn für die nächste Nacht einen wirksamen Schutz einfallen lassen; sie alle hatten den selben Traum geteilt, und jedem von ihnen war klar, dass der Dämon ihnen eine weitere Nachricht hatte zukommen lassen, nachdem sie seinen Eintritt in die Welt vorerst verhindert hatten.

Um sie herum dampfte das nasse Gras, als im Laufe des Vormittags die dunklen Wolken immer mehr der Sonne wichen, die die regennasse Landschaft zu trocknen begann, doch in ihrer Müdigkeit merkten sie kaum etwas von den wärmenden Sonnenstrahlen. Nun fiel es auch Kyle zusehends schwerer, sich auf den Weg zu konzentrieren, und darauf, nicht vom Pferd zu fallen. Obwohl der Tag gerade erst begonnen hatte, fühlte er eine bleierne Müdigkeit, die ihn bis zum nächsten Morgen durchschlafen lassen würde - wenn man ihn ließ.

Er sah zu Quinn hinüber, der hinter Talia im Sattel saß und ihr Pferd mit der einen Hand führte, während er sie mit der anderen Hand davon abhielt, aus dem Sattel zu rutschen. Auch der Magier zeigte deutlich, dass ihm der Schlaf fehlte, obwohl Kyle ihn noch nie tatsächlich hatte schlafen sehen. Unter den Augen des jüngeren Mannes zeichneten sich tiefe dunkle Ringe, und in seine steife Haltung und seine sonst so kontrollierten Bewegungen war eine Fahrigkeit getreten, die auch ihm das Reiten zu erschweren schien.

Lynn hatte ihren grauen Mantel wieder übergeworfen, den sie irgendwann während der frühen Morgenstunden, als Kyle noch mit dem Alptraum gerungen hatte, von den Bluträndern befreit hatte, und saß nun mit übergezogener Kapuze unruhig im Sattel. Kyle fiel ein, dass dies ihre erste Begegnung mit den Alpträumen gewesen war, und er bewunderte, wie gut sie den geistigen Angriff - denn nichts anderes war es gewesen - überwunden hatte. Zwar war ihm nach dem abrupten Aufwachen aufgefallen, dass selbst das matte Sonnenlicht des frühen Morgens offensichtlich in ihren Augen geschmerzt hatte, so dass sie nun sogar die Kapuze tief ins Gesicht gezogen hatte, doch sie hatte ansonsten keine weiteren Beschwerden geäußert. Nicht, dass irgend jemand von ihnen hätte sagen müssen, dass er sich zerschlagen und wie gerädert fühlte, denn das war während des Ritts offensichtlich zu Tage getreten. Aber Kyle erinnerte sich, wie deutlich er die Schmerzen des ersten Traumes auch noch während des ganzen Tages gespürt hatte, und wie auch Quinn die Auswirkungen davon deutlich gezeigt hatte, dass er in diesem Traum mit zerschmettertem Kreuz am Boden gelegen hatte.

Quinn gab ein undeutliches Murmeln von sich und zügelte sein Pferd, das ohnehin gemächlich dahintrottete, so dass es zum Stillstand kam. Kyle führte sein Pferd an seine Seite und sah den Weg hinunter, dem sie bereits ein oder zwei Stunden folgten. In einiger Entfernung tauchten hinter dem Horizont die hölzernen Spitzen eines Palisadenzaunes auf, und dahinter konnte Kyle die strohgedeckten Dächer einfacher Häuser ausmachen. Die Erlösung in Form eines weichen Wirtshausbettes und sicherer Mauern schien endlich in greifbare Nähe zu rücken, und Kyle atmete tief durch. Die Luft roch würzig und frisch, als er sie einsog, und erfüllte ihn mit einem neuen Funken Kraft - gerade genug, um bis ins Dorf zu gelangen.

Sie trieben ihre Pferde erneut an und sahen mit wachsender Erleichterung, wie die Entfernung zwischen ihnen und den Palisaden beständig schrumpfte. Um sie herum zogen sich die Felder des Dorfes, und einige Bauern und ein Hirte, der seine Schafherde auf die Wiese trieb, sahen von ihrer Arbeit auf. Kyle konnte sich vorstellen, dass sie einen seltsamen Anblick bieten mussten; zumal er vergessen hatte, seine dunkle Kluft ausreichend zu verbergen.

Als sie näher kamen, hörten sie geschäftige Stimmen aus dem Dorf dringen, das dem Anschein nach das kleine Dorf am Fuße der Berge an Größe weit übertraf. Kyle überlegte einen Moment, ob das Dorf groß genug war, einen eigenen Namen zu haben, während er zu den ordentlich angelegten Palisaden aufsah, die man mit einem Graben umgeben hatte, und hinter denen sich ein hölzerner Wachturm erhob. Auf der Aussichtsplattform des Turmes stand ein Speerträger in den Farben der nördlichen Bergregionen, ein Soldat des Herzogs Haron, wie Kyle sich mit einem beeindruckenden Gedächtnis für Unwichtiges erinnerte. Im Gegensatz zu den letzten beiden Vertretern seiner Art schien dieser Mann jedoch seine Arbeit äußerst ernst zu nehmen, und er beobachtete sie eingehend, als sie dem Weg folgten, der sie über eine einfache Lehmbrücke über den Graben und durch das breite Tor in den Palisaden führte.

Auf einen Ruf des Mannes traten ihnen am Tor zwei weitere Speerträger in der selben Uniform entgegen und musterten sie kritisch. Einer der beiden, ein dicklicher Mann mit einem Doppelkinn und einem Bauch, der sich unter seinem Wappenrock spannte, hob die Hand zum Gruß, und Quinn erwiderte ihn. Sie brachten die Pferde vor den beiden Männern zum Stehen, die mit einer Mischung aus Argwohn und Überraschung sie und ihre Pferde musterten.

Nachdem er sichergestellt hatte, dass Talia sich im Sattel würde halten können, glitt Quinn vom Rücken des Tieres, wobei er fast zu Boden ging; er fing sich jedoch knapp und richtete sich wieder zu seiner steifen Haltung auf, um den Männern ihre Anwesenheit zu erklären.

„Wir kommen von einer längeren und anstrengenden Reise aus dem Norden," begann er zu erklären, und der jüngere der beiden Wächter unterbrach ihn.

„Dann seid Ihr Überlebende der schrecklichen Geschehnisse im Norden?" fragte er, und anhand seiner Frage bemerkte Kyle, dass sich offensichtlich die Nachricht vom Angriff der Dai'khir schnell herumgesprochen hatte. Er nickte dem Mann zu und bejahte seine Frage, woraufhin sie ihnen den Weg freigaben und ihnen beim Absteigen halfen.

„Wir haben davon gehört," erklärte der ältere Wächter, als er Talia vom Pferd half, „Ihr müsst Schreckliches durchgemacht haben. Selbstverständlich wird Euch unser Wirt ein Zimmer geben, wo Ihr Euch ausruhen und von den Schrecken erholen könnt. Kommt, folgt mir!" wies er sie an, und die beiden Wächter führten die müde Gruppe in einer Parade über die breite Straße, die sich durch das gesamte Dorf führte. Schnell hatte sich eine große Gruppe Schaulustiger und Interessierter eingefunden, und als sie schließlich vor einer einladenden kleinen Schenke halt machten, schien die Neuigkeit die Runde gemacht zu haben, dass Überlebende aus dem Norden eingetroffen seien.

Der Wirt, ein stämmiger Mann mit dunklen, lockigen Haaren, trat aus der Tür, wischte sich die Hände an einer speckigen Schürze ab und hieß sie willkommen. Wenn es nach Kyle gegangen wäre, hätte sich die Dorfbevölkerung ebenso gut nicht um sie scheren können, denn nun drängten mit ihnen mehrere Menschen in den Schankraum, und man bedrängte sie nach Berichten, was im Norden geschehen sei.

Die Erlebnisse selbst waren schlimm genug gewesen, doch Kyle war überrascht, wie die Gerüchte sich so weit von der Wahrheit entfernt hatten, dass schließlich Horden riesiger, vierarmiger Bestien am Fuße der Berge entlanggezogen sein sollten und dabei jedes Dorf auf ihrem Weg unbarmherzig ausgelöscht hatten, so dass sie nun auf direktem Wege zur Hauptstadt des Königreiches waren.

Der Wirt der Schenke forderte zwar mehrfach, man möge seine Gäste zur Ruhe kommen lassen, damit sie sich erholen konnten, doch die wissbegierigen Dorfbewohner ignorierten ihn. Schließlich gab er auf und ging dazu über, den Zuhörern Getränke zu servieren, während Kyle und Quinn die aufgebrachten Leute zufriedenstellten, in dem sie wechselseitig von den Geschehnissen in den Bergen berichteten. Auf diese Weise konnte zumindest Lynn Talia bereits nach oben schaffen, um sie von den Leuten fortzuschaffen. Quinn warf Kyle einen warnenden Blick zu, und sie verständigten sich wortlos darauf, ihre Erzählungen weit zu untertreiben, um die Leute nicht weiter aufzuregen, und um ihre eigene Rolle in den Geschehnissen nicht offenkundig werden zu lassen.

Sie verbrachten noch mindestens eine weitere Stunde damit, Gerüchte zu entkräften, Fragen zu beantworten und die Leute zu beruhigen, bis diese schließlich soweit betrunken und zufriedengestellt waren, dass der Schankwirt sie hinauswerfen und Kyle und Quinn auf ihre Zimmer führen konnte.

Vor der Tür zu ihren Zimmern dankte Quinn dem Mann überschwenglich und drückte ihm einen Beutel Münzen in die Hand, so dass der Mann sich trollte, bevor sie den Raum betraten. Kyle hatte sich über Quinns Verhalten gewundert, doch als er hinter ihm den Raum betrat und auf Quinns Geheiß hin die Tür schloss, verstand er den Grund: Während Talia bereits in einem Bett an der Wand des Raumes schlief, war Lynn damit beschäftigt, unzählige Kräuter, Pulver und Amulette aus ihrer Umhängetasche zutage zu fördern. Auf dem Boden hatte sie mit einem Kohlestift einen doppelten Kreis gezogen, der den ganzen Raum einschloss, und an seinen äußeren Randlinien verschlungene Symbole gezeichnet, die Kyle vage vertraut vorkamen. Sie warf den beiden einen kurzen Blick zu, als sie eintraten, und fuhr fort, unter leisem Murmeln, das für Kyle nach Gebeten klang, ein Pulver in einem Muster im Raum zu verstreuen.

Sie wies auf einen kleineren Beutel, den sie an die Seite gelegt hatte und wandte sich über die Schulter an Quinn: „Alles, was Du brauchst, ist da drin. Ich denke, wenn wir das Haus schützen, muss das reichen. Ich kümmere mich währenddessen um den Raum." Sie klang etwas abwesend, und als sie sich umwandte, sah Kyle, dass bereits wieder ein feiner Schweißfilm auf ihrer Stirn glänzte und ihre Augen jenen verschleierten Blick hatten, den er bereits zuvor an ihr gesehen hatte. Quinn nickte kurz, schnappte sich den Beutel und verließ wortlos den Raum; Kyle hörte ihn die Treppe hinuntersteigen, die zum Schankraum hinunterführte, und ein paar Worte mit dem Wirt wechseln.

Kyle trat näher und sah Lynn eine Weile bei der Arbeit zu, bevor er fragte: „Was macht er? Oder, was macht Ihr beide?"

Lynn sah kurz auf und schien einen Moment lang durch ihn hindurch zu sehen. Dann setzte sie sich zurück und atmete tief durch. „Quinn hat vorgeschlagen, dass wir die Räume, in denen wir schlafen, gegen jegliche dämonischen Einflüsse schützen. Er meinte, er hätte das bereits einmal versucht, als die Träume das erste Mal auftraten, aber da ich mich mit der astralen Welt besser auskenne, hat er mich gebeten, ihm zu helfen." Sie warf einen Blick zum geöffneten Fenster, durch das ein kühler Wind hereinstrich, und unter dem man Quinns Schritte auf dem Kies knirschen hörte, während er leise vor sich hin murmelte. Vor dem Fenster sah Kyle die Krone eines Kastanienbaumes, und der Wind raschelte leise in den Blättern. „Er schützt das Haus gegen Angriffe von außen auf seine Weise, während ich den Dämon hier zu bannen versuche, so dass er keine Macht über uns erlangen kann, wenn wir schlafen." Sie strich sich eine Haarsträhne aus dem Gesicht, die ihr in die Stirn gefallen war und seufzte. „Wir halten jetzt die Macht in den Händen, den Dämon wieder zurückzuschicken, doch allein können wir das nicht schaffen. Der Dämon weiß das und wird alles daran setzen, uns so zu schwächen, dass wir uns keine Hilfe mehr holen können."

Kyle nickte ernst und ließ den Blick über die Kräuter und Zeichen schweifen, deren Bedeutung er nicht verstand. „Gibt es irgend etwas, was ich tun kann?"

Lynn zeigte ihm, wie er bestimmte Kräuter und Amulette im Raum zu verteilen hatte, und wie er den Boden, auf dem sie schlafen würden, segnen und den Göttern weihen konnte. Bisher hatte er immer gedacht, dass nur die Priester der jeweiligen Gottheit die Macht dazu besäßen, etwas zu segnen, doch Lynn erklärte ihm, dass ein Dämon nicht zwischen einem Normalsterblichen und einem Priester unterscheiden konnte, genausowenig, wie ein Gott einen Unterschied machen würde, wenn er angerufen wurde - allein der Name eines Gottes, erklärte sie, konnte, in einen Kreis geschrieben, die meisten Dämonen verbrennen, wenn sie den Kreis betraten, und alle ihre Kräfte innerhalb des Kreises aufheben.

Kyle war froh, sich früher so viel an den Tempeln herumgetrieben zu haben, so dass er einen Teil der Gebete auswendig kannte, und beendete eben den letzten Segen, als Quinn wieder den Raum betrat und verkündete: „Nichts, was auch nur annähernd mit einem Dämon Kontakt hat, kommt jetzt noch hier 'rein - nicht einmal jemand, der einen Dämon anbeten würde. Ich denke, unser dreigehörnter Widersacher wird sich in dieser Nacht nicht melden."

Sie warfen einen erschöpften Blick zum Fenster hinaus und erkannten, dass bereits die späte Nachmittagssonne ihre Strahlen durch das Dorf sandte und die Luft ständig aufgewärmt hatte, die nun zum Fenster hereindrang. Lynn blinzelte übermüdet und streute einige letzte Körner Pulver auf den Boden. „Alle Räume sind so gut gesichert, wie es geht," stellte sie fest, „und um Talia habe ich den stärksten Bannkreis gezogen, den ich kenne." Sie seufzte und machte einen unsicheren Schritt auf die Tür zu. Kyle saß bei Talia auf dem Bett, die ruhig und friedlich schlummerte, und sah fragend auf, als Lynn sich an der Tür noch einmal umwandte. „Kyle, Du passt auf sie auf?" Er nickte, und sie sah zu Quinn, der mit verschränkten Armen an der Tür stand. „Und morgen überlegen wir uns dann, wie wir den Dämon endgültig loswerden - gute Nacht allerseits!" Damit verschwand sie, und Kyle hörte, wie sich die Tür nebenan leise hinter ihr schloss.

Quinn zuckte die Schultern und wandte sich ebenfalls zum Gehen. „Wenn irgend etwas Ungewöhnliches passiert..." erinnerte er, und Kyle nickte.

Nachdem die beiden gegangen waren, erhob sich Kyle vom Bett und betrachtete Talia eine Weile. Lynn hatte sich vor dem Gehen erneut um sie gekümmert, und nun schlief sie ruhig; ein leichtes Lächeln lag auf ihrem Gesicht, und Kyle musste ebenfalls lächeln, als er ihr eine Haarsträhne aus dem Gesicht strich. Er zog ihr die samtweiche blaue Decke zurecht und spielte einen Moment gedankenverloren mit den goldfarbenen Troddeln, die an den Rändern angenäht waren. Dann zog er die Stiefel aus, ließ sich auf sein Bett sinken, das dem ihren gegenüber stand, und betrachtete sie aus halbgeschlossenen Augen. Vielleicht ist jetzt alles vorbei, war sein letzter Gedanke, bevor er einschlief.

Es ist noch nicht vorbei...

Am nächsten Morgen wurde Kyle von den Stimmen spielender Kinder geweckt, die sich irgendwo auf dem Platz vor der Schenke herumtreiben mussten. Er erhob sich blinzelnd und sah zum Fenster, dass nach wie vor offen stand und einen frischen Luftzug hereinließ - die Sonne stand bereits hoch am Himmel und warf durch die Blätter der Kastanie ein verspieltes Lichtmuster auf die Kohlezeichnungen am Boden. Es war Kyle seltsam vorgekommen, dass Fenster trotz aller Sicherungen gegen Dämonen offen stehen zu lassen, doch Lynn hatte erklärt, dass kein Dämon Quinns äußeren Schutz um das Haus würde durchdringen können, und dass die frische Luft zu Talias Genesung beitragen konnte.

Er wand sich aus der Decke und setzte sich im Bett auf, um zu Talia zu betrachten. Während der Nacht war sie kurz aufgewacht und hatte sich ihrer Kleidung entledigt, wie es ihre Angewohnheit war, wenn die Nächte allzu warm waren. Nun lag sie in die weiche blaue Decke gewickelt ruhig da, und ihr goldblondes Haar fiel ihr in Wellen über die bloßen Schultern. Als nun das morgendliche Sonnenlicht auf ihr Gesicht fiel, sah sie schon bedeutend gesünder und erholter aus als am Vortag: ihre verspannten Muskeln hatten sich gelockert, und die dunklen Schatten des Dämons waren aus ihrem Gesicht gewichen. Eine Zeitlang saß er still da und betrachtete sie, bis er schließlich so leise wie möglich seine Stiefel anzog und den Raum verließ.

Er stieg die Treppe hinunter, die zum Schankraum führte, und setzte sich an einen der vielen freien Tische. Nur wenige andere Gäste waren anwesend, denn die meisten Dorfbewohner gingen bereits ihren Tagesgeschäften nach, und so saßen nur ein paar alte Männer an einem Ecktisch und unterhielten sich leise.

„Ich hoffe, Ihr habt gut geschlafen, mein Herr," begrüßte ihn der Schankwirt mit einem Lächeln und servierte ihm Brot, Schinken und ein Getränk, das Kyle unbekannt war und das bläulich schillerte.

Kyle dachte einen Moment über die Frage nach - er hatte tatsächlich ausgezeichnet geschlafen, denn der Dämon hatte ihn in dieser Nacht mit Alpträumen in Ruhe gelassen oder ihn nicht erreichen können, und er nickte auf die Frage. „So gut wie schon lange nicht mehr," antwortete er, und der Wirt verschwand lächelnd hinter den Tresen.

Kyle stürzte sich mit Heißhunger auf das Frühstück, denn er hatte das Gefühl, seit ihrem Aufbruch aus Elvandar nichts Vernünftiges mehr gegessen zu haben, und nach einer Weile traten Quinn und Lynn durch die Vordertür in den Schankraum und setzten sich zu ihm. Die beiden erklärten, dass sie einen kurzen Gang um das Haus unternommen und die Schutzmaßnahmen begutachtet hatten, die Quinn am Abend zuvor erreichtet hatte. Offensichtlich hatte der Dämon durchaus versucht, sie anzugreifen, doch er war an Quinns Abwehr gescheitert, und der junge Magier schien mit dem Erfolg seiner Maßnahmen äußerst zufrieden.

„Und wie geht es ihr?" fragte er mit einem Kopfnicken zum oberen Stockwerk hinauf, während auch er sich über das Frühstück hermachte, das der Wirt ihnen beiden gebracht hatte.

„Besser," antwortete Kyle zwischen zwei Bissen, und der Magier nickte.

„Ich denke, wir werden noch einen Tag hierbleiben und uns ausruhen, bis wir aufbrechen und unseren Widersacher vertreiben. Ich habe eine Botschaft an die Priesterschaft der Hauptstadt gesandt und bin zuversichtlich, dass wir von dort Hilfe erwarten können." Er beendete sein Frühstück und erhob sich. „Ich habe den Wirt genug gegeben, dass er Euch jeden Wunsch erfüllen sollte. Ich persönlich hatte vor, die nähere Umgebung um das Dorf zu erkunden; nach dem tagelangen Reiten habe ich das Gefühl, das Laufen zu verlernen, und nach der letzten Zeit brauche ich etwas frische Luft und Ruhe."

Kyle warf Lynn einen fragenden Blick zu und meinte dann an den Magier gewandt: „Wenn Du nichts dagegen hast, würde ich Dich gern begleiten." Er brach ab und warf einen Blick die Treppe hinauf. „Allerdings bin ich mir nicht ganz sicher, ob wir Talia hier so für eine Weile zurücklassen können."

Quinn hob in einer beschwichtigenden Geste die Hände und beruhigte ihn: „Keine Sorge, Kyle. Ich habe den Wirt angewiesen, strikt dafür zu sorgen, dass sie in Ruhe gelassen wird - sie hat eine Menge aufzuholen und wird vermutlich bis zum späten Nachmittag schlafen. Und was unseren Widersacher angeht," fuhr er fort und zeigte die Andeutung eines Lächelns, „so wird kein wie auch immer gearteter dunkler Einfluss die Schwelle dieser Taverne übertreten."

Kyle nickte, und zu dritt verließen sie die Schenke und schlenderten durch das Dorf. Einige ältere Leute blickten von ihren Gesprächen auf, als die beiden Gestalten in ihren langen Mänteln und der junge Mann in seiner dunklen Kluft vorbeigingen, doch der Großteil der Dorfbewohner ging seinen Geschäften nach. Gegenüber der Schenke hatten sich einige Kinder an einem Brunnen versammelt, spritzten sich ausgelassen gegenseitig nass oder übten mit ihren selbstgebastelten Holzschwertern kämpfen und spielten die Heldengeschichten nach, die man ihnen erzählt hatte. Kyle musste grinsen, denn er fühlte sich an seine eigene Kindheit erinnert, in der er ähnlichen Unfug getrieben hatte. Schon damals war er äußerst geschickt mit dem Schwert gewesen - und hatte ein großes Mundwerk gehabt, wie er sich eingestehen musste.

Sie verließen den Palisadenring rings um das Dorf durch ein Tor, an dem die beiden Wachen freundlich grüßten, und wandten sich seitlich vom Weg einem lichten Waldstück zu, das sich hinter den Wiesen auf der Ostseite des Dorfes anschloss. Sie marschierten etwa eine halbe Stunde durch die Wiesen, deren hohes Gras ihnen bis zur

Hüfte reichte, und kamen an einigen vereinzelt stehenden Schafen vorbei, die blökend das Gras niederkauten.

Gerade als die drei den Wald erreichten, stieg der wachhabende Speerträger auf den hölzernen Aussichtsturm und löste seinen Vorgänger ab, der den ganzen Morgen über gähnend und dösend dort gestanden hatte. Eigentlich war er zu alt dafür, auf den wakkeligen Turm zu steigen, und der Wachsoldat konnte seinen Freund gut verstehen: Bis auf ein paar frei laufende Rehe aus dem östlichen Wald gab es in dieser Gegend selten etwas Besonderes zu sehen. Die Fremden, die er am gestrigen Mittag hatte kommen sehen, waren eine interessante Abwechslung, und bereits jetzt machten die neusten wilden Gerüchte über die Lage im Norden die Runde.

Gewohnheitsmäßig schirmte er mit der Hand die Augen gegen den Sonne ab und suchte den Horizont nach Ungewöhnlichem ab. Wie üblich schien sich nichts Außergewöhnliches zu tun, doch plötzlich stutzte er: weiter im Norden sah er Bewegung, und bald darauf konnte er mehrere Dutzend Personen ausmachen, die vom Norden her in geordnetem Marsch auf das Dorf zusteuerten. Der Wächter hatte in einem der frühen Kriege im Heer des Königs gefochten, und er war sich sicher, dass es sich bei den Personen um ein Heer von Soldaten handeln musste: Sie hielten eine exakte Formation ein und marschierten offenbar im Gleichschritt, wobei sie nicht dem matschigen Weg folgten, der sich in einigen Kurven zum Dorf hinwand, sondern den direkten Weg über Felder und Wiesen wählten. Die Soldaten marschierten in mehreren Reihen ordentlich nebeneinander, und an ihrer Spitze ritt ein einzelner Mann in langer Kleidung in mäßigem Tempo, so dass die Soldaten Schritt halten konnten.

Als das Heer näher kam, trat ein Lächeln in die Züge des Wachsoldaten, denn er erkannte die leuchtend orangefarbenen Waffenröcke und das golden schimmernde Ankh auf der Brust der Männer, die in perfekter Ordnung über das Feld marschierten. Mit unter ihren breiten Helmen und den starren Masken verborgenen Gesichtern vollzogen die Soldaten einen Schwenk, so dass sie nun direkt auf das Dorf zukamen.

Er hatte nur einmal, vor Ewigkeiten, einen der heiligen Krieger gesehen, doch er erkannte die im Sonnenlicht funkelnden Rüstungen und auch die reich verzierten Schwerter wieder, die die Männer in ebenso reich verzierten Schwertscheiden an der Seite trugen. Seit scheinbar ewigen Zeiten hatte er nichts mehr vom Heer der heiligen Krieger gehört, doch die Zeiten waren ruhig und friedlich gewesen im Königreich. Nun aber, als er von den Vorkommnissen am Fuße der Berge gehört hatte, hatte der König die heiligen Krieger erneut ausgesandt, um die Monster zurückzutreiben und seine Anhänger zu schützen.

Lachend rief und winkte der Mann den näherkommenden Soldaten entgegen, und rief den beiden Wächtern am Tor zu, dass der König das heilige Heer geschickt hatte. Die beiden Männer trauten ihren Augen nicht, als sie den anrückenden Kriegern entgegensahen und Reihen blanker, schimmernder Rüstungen sahen, über denen auf orangenem Hintergrund das heilige Ankh prangte. Eine kleiner Gruppe von vielleicht zehn Soldaten löste sich aus dem Haupttrupp und formte eine eigene Reihe vor den anderen. Diese Soldaten trugen jeder einen kunstvollen Speer aus einem blauen Metall, das die Wachen noch nie gesehen hatten, und dessen Spitze sich wie die Blüte einer Rose entfaltete und in eleganten Verzierungen auslief. Vermutlich waren diese Soldaten die Kommandanten, die auf dem Schlachtfeld die Befehle ihres Generals umsetzen würden, der in mäßigem Tempo neben ihnen her ritt. Der General selbst war in eine dunkelrote Robe gehüllt, die ihn fast völlig verbarg und den Wachen etwas unpassend für das Schlachtfeld erschien, doch sie winkten den Soldaten lächelnd entgegen.

Das Lächeln verging ihnen, als die Soldaten auf einen Befehl des Reiters hin wie ein Mann ihre Schwerter zogen und zum Angriff übergingen.

Quinn ließ sich auf dem weichen Moos des Waldbodens auf einer kleinen Lichtung nieder, um zu meditieren, wie er sagte, und Kyle und Lynn setzten ihren Weg zu zweit fort. Sie gingen eine Weile schweigend und ließen das Rauschen der Blätter, das Vogelgezwitscher und das Geräusch ihrer eigenen Schritte auf sich wirken, bis Kyle schließlich das Schweigen brach.

„Ich..." begann er und brach ab, doch Lynn sah ihn fragend an und ermunterte ihn, weiterzusprechen. „Ich verstehe eigentlich immer noch nicht, was mit Talia geschehen ist," gestand er ein, „und ich fürchte, ich werde keine große Hilfe sein, wenn Ihr den Dämon wieder vertreiben wollt."

Lynn lächelte und ließ sich auf einem umgestürzten Baumstamm nieder, der schon halb mit Moos überwuchert war. „Es ist etwas schwierig zu erklären, aber..." Sie seufzte und schüttelte den Kopf. Dann sah sie wieder auf und lächelte gequält. „Bei dem Ritual, dass Khamir vollzogen hat, wird eine Art... Tor geschaffen, durch das ein Dämon von seiner Ebene in unsere wechseln kann. Dieses Tor zu öffnen braucht sehr viel Kraft, und Khamir hat dafür die Lebenskraft der Menschen benutzt, die in dem Kreis gestorben sind. Aber diese Kräfte sind schwer zu kontrollieren, und als Talia das Ritual gestört hat, war der Dämon noch nicht wirklich durch das Tor hindurch, und Khamir hat die Kontrolle über die Kraft verloren, die er aus dem Blut der Opfer bezogen hat." Sie brach ab und gestikulierte vage, doch Kyle meinte, bisher alles verstanden zu haben. „Es ist etwa so wie bei den Astralreisen," fuhr sie fort, „der Geist des Dämons ist hier, doch sein Körper ist auf der anderen Ebene. Also hat der Dämon versucht, statt dessen in Talias Körper einzudringen und ihn als Werkzeug zu verwenden. Ein Trick, den Dämonen gerne anwenden, wenn sie nicht körperlich in unsere Welt eintreten können."

„Aber..." wand Kyle ein und fühlte ihren ruhigen Blick auf sich ruhen, „all das ist erst passiert, als sie in diesen Kreis getreten ist, nicht wahr? Ich meine, die Leute innerhalb des Kreises sind alle gestorben, während Khamir und der andere seelenruhig danebenstehen konnten. Warum?"

Lynn nickte und zeichnete mit dem Finger einen Kreis in die Erde zu ihren Füßen. „Der Kreis ist ein wichtiger Bestandteil bei vielen Ritualen," erklärte sie. „Du hast gesehen, dass auch unsere Abwehr gegen den Dämon im Grunde aus einem Kreis besteht, der den Raum umgibt. Ein Kreis ist eine klare Grenze für alle Kräfte, mit einem deutlichen Drinnen und einem Draußen, aber einer glatten Außenseite, die keine Ecken und Schwachpunkte aufweist." Sie tippte in die Mitte des Kreises, den sie in die Erde gezeichnet hatte. „Im Innern des Kreises kann man Energien bündeln und sammeln, ohne befürchten zu müssen, dass sie ihn verlassen können. Der Kreis schützt die

Außenstehenden vor dem, was darin ist, oder wie bei uns, alles darin vor dem, was außen ist. Ein Dämon, der in einem Bannkreis beschworen wird, hat keine Macht außerhalb des Kreises, bis die Beschwörenden ihn freigeben - er ist ihr Gefangener."

„Aber Talia...?" warf Kyle fragend ein, und Lynn nahm einen dünnen Zweig und zog mit ihm eine Linie von außen ins Innere des Kreises.

„Talia hat eben diese Linie durchbrochen, und in dem Moment hat der Kreis einen Riss bekommen, durch den die Kräfte unkontrolliert entweichen konnten." Sie zog die Linie nach und verwischte einen Teil der Kreislinie. „Der Dämon war noch nicht ganz auf unserer Ebene, und die Kraft, die dafür nötig war, entwich durch diesen Riss und suchte sich das nächstbeste Ziel - Talia."

Sie seufzte leise und spielte einen Moment gedankenverloren mit dem Zweig zwischen den Fingern. „Sie hätte den Kreis unbeschadet betreten können," erklärte sie, „wenn sie einen Eingang geschaffen hätte." Sie sah auf, und Kyle warf ihr einen fragenden Blick zu. „Nun, es ist möglich, einen klaren Einschnitt in den Kreis vorzunehmen, durch den man den Kreis betreten und auch wieder verlassen kann. Man nimmt eine Klinge und durchtrennt die gedachten Kreislinien," sie fuhr mit dem Zweig über die Kreislinie und zog links und rechts des Striches einen kürzeren Strich, „zu beiden Seiten, als würde man ein Seil durchtrennen. Hinter sich verbindet man die Linien dann mit der flachen Seite der Klinge, indem man darüberstreicht." Sie zog abermals die Kreislinie mit dem Zweig nach, als wollte sie den Boden glattstreichen, seufzte dann und sah auf. „Wenn ein Ritual erst begonnen hat, sollte man den Kreis gar nicht mehr übertreten, aber so ist es der sicherste Weg."

Er nickte und flüsterte leise: „Danke, Lynn, für Deine ganze Hilfe. Du hättest nichts davon tun müssen, und hast Dich für uns in große Gefahr gebracht."

Sie lächelte sanft. „Nenn' mich Reynadra," entgegnete sie ebenso leise, und, als er sie einen Moment verwirrt ansah, fügte sie hinzu: „Reynadra ist mein wahrer Name." Kyle nickte verwirrt, und ihm wurde klar, wie sehr sie ihnen vertrauen musste. Sie hatte einmal gesagt, dass es gleichbedeutend damit war, jemandem sein Leben anzuvertrauen, wenn man ihm seinen wahren Namen mitteilte. Und er hatte bemerkt, wie ernst es ihr mit dieser Regel war.

Überwältigt stand er einen Moment schweigend vor ihr, bis er schließlich die Hand ausstreckte. „Komm'," sagte er, „Quinn wird sich vielleicht schon Sorgen machen." Sie lächelte und ergriff seine Hand, und er zog sie zu sich hoch. Er hatte vergessen, wie zierlich sie war, und hatte zuviel Kraft aufgewendet, so dass sie sich gegen ihn drückte und ihre Gesichter für einen Moment nur noch einen Fingerbreit voneinander entfernt waren. Er konnte den Duft ihrer Haare riechen und ihren warmen Atem auf seinem Gesicht spüren, und für eine scheinbare Ewigkeit sah er nur in ihre tiefen, braunen Augen, die seinen Blick zaghaft erwiderten.

„Du bist wunderschön," flüsterte er leise, und sie lächelte unsicher. Seine Hand fuhr durch ihr Haar, und er fühlte den versichernden Druck ihrer Hand in seiner, als er sich zu ihr hinunterbeugte, um sie zu küssen. Ein leichtes Zittern durchlief sie, und sie schloss die Augen; im letzten Moment jedoch riss sie die Augen wieder auf und sah ihn groß an. Mit der einen Hand drückte sie ihn sacht zurück und wand sich aus seinem Griff, den Kopf schüttelnd.

„Es ist falsch," murmelte sie, mehr zu sich selbst, und warf ihm einen entschuldigenden, traurigen Blick zu, „wir sollten das nicht tun."

Kyle verstand nichts mehr und streckte die Hand nach ihr aus, doch sie wich von ihm zurück, ihr Blick fast flehentlich auf ihn gerichtet. „Aber... wieso?" fragte er schwach, und sie stieß ein halbes, freudloses Lachen hervor, ihr Blick nun eher ungläubig.

„Und... was ist mit Talia?" fragte sie, ebenso maßlos verwirrt wie er. „Sie ist Deine Gefährtin, Du... liebst *sie*." Kyle verspürte einen Stich bei dem Wort „Gefährtin", dem Wort, mit dem Bakar Talia abschätzig bezeichnet hatte, als sie sich das erste Mal begegnet waren. „Es wäre falsch, wenn wir hier etwas anfangen, während sie mit dem Dämon ringt."

„Aber... Lynn, - Reynadra," korrigierte er sich, „ Talia... ist *meine Schwester*! Natürlich liebe ich sie, wir sind zusammen aufgewachsen. Bis ich Dich und Quinn kennengelernt habe, war sie der einzige Mensch, dem ich vertrauen konnte. Aber..." Er brach ab und sah sie sprachlos an.

„Deine... Schwester?" stammelte sie und sah ihn lange an. Er sah eine Träne ihre Wange hinunterlaufen und streckte abermals die Hand aus, doch sie wich zurück, machte kehrt und rannte davon.

„Lynn!" rief er ihr nach, ihr neuer, wahrer Name zu ungewohnt, doch sie sah sich nicht um und verschwand in die Richtung, aus der sie gekommen waren. Als er ihr nachlief, hatte er das Gefühl, etwas gründlich falsch gemacht zu haben. Er holte sie zwar ein, doch sie ignorierte ihn, als er sie ansprach und riss sich los, als er eine Hand auf ihren Arm legen und sie zu sich herumdrehen wollte. Als sie schließlich bei Quinn ankamen, der wartend an einem Baum lehnte, gab Kyle auf und trottete mit gesenktem Kopf hinterher, als sie mit bestimmten Schritten den Weg zurück zum Dorf einschlug. Quinn warf ihnen beiden einen fragenden Blick zu, schwieg jedoch, wenn er sich darüber Gedanken machte.

Er war es auch, der Kyle aus seinen Gedanken riss, als sie ein Stück des Weges gegangen waren und über die Wiesen zurück zum Dorf marschierten. Der Magier sog scharf die Luft ein und versteifte sich an seiner Seite, und als Kyle aufsah und seinem starren Blick folgte, sah er dunklen, unheilvollen Rauch über dem Dorf aufsteigen. „Was zum...?" murmelte Quinn, und Kyle sah, dass ein Teil der Palisaden niedergerissen worden war und mehrere Häuser in Flammen standen. Die Angreifer, Soldaten in leuchtend orangefarbenen Waffenröcken, trieben die verschreckten Dorfbewohner vor sich her und metzelten erbarmungslos jeden Widerstand nieder, der sich ihnen in den Weg stellte, während sie systematisch das Dorf einkreisten und die Gebäude in Brand setzten.

Die Schenke stand noch unangetastet inmitten der Zerstörung, doch schon rückten die Krieger, von denen noch weitere hundert abwartend vor dem Dorf standen, auch dorthin vor. Der Gedanke an Talia, die noch immer in der Schenke sein musste, durchzuckte Kyle, und obwohl er nicht verstand, wer die Krieger waren und was sie wollten, stürmte er über die sanfte Hügelkuppe der Wiesen hinunter zum Dorf. Er hätte schwören können, sein Schwert in der Schenke gelassen zu haben und wollte sich schon dafür verfluchen, doch er fand es in seinem Gürtel steckend und riss es heraus.

Einen Moment später war er am Südtor des Dorfes angekommen, das bereits aus den Angeln gerissen worden war, und sprang mit einem Satz über die beiden toten Wächter hinweg, die davor lagen. Auf der linken Seite sah er, wie einer der Soldaten mit einem kurzen Schwerthieb einen weiteren Wächter tötete und dann die lange, elegante Klinge erneut zum Schlag erhob, die Kyle seltsam bekannt vorkam. Der Soldat trug einen ausladenden Helm, den Kyle noch nie gesehen hatte, und der das Gesicht ungeschützt ließ; dennoch war das Gesicht verborgen unter einer starren Maske, die einen grimmigen Gesichtsausdruck und zu Schlitzen verengte Augen darstellte. Obwohl der Krieger gerade einem Mann das Schwert durch die Brust gestoßen hatte, zeigte sich auf seinem leuchtenden Waffenrock, auf dessen Brust das Ankh prangte, kein Blut und kein Zeichen des Kampfes. Auch das Kettenhemd, das darunter sichtbar wurde, und die eisernen Handschuhe schimmerten wie frisch poliert, und nicht einmal die schweren Stiefel zeigten eine Spur des Matsches, in dem der Soldat stand.

Vor Kyle standen zwei der Speerträger des Dorfes und versuchten, einen weiteren Soldaten auf Distanz zu halten, doch der Krieger schien sich nicht um die scharfen Speerspitzen zu kümmern, die ihm entgegenstießen. Kyle sah, wie ein Speerstoß den Soldaten an der Brust traf, der wie die übrigen Krieger um ihn herum parierte, Schwerthiebe austeilte und Ausfallschritte machte, ohne einen Ton zu sagen oder auch nur annähernd müde zu werden. Doch die Speerspitze konnte nicht einmal den Stoff des Waffenrocks durchdringen. Der Speerträger starrte einen Moment sprachlos auf seine nutzlose Waffe, bevor der Soldat den Speerstoß des anderen Wächters spielend parierte und dem Mann mit der freien Hand an der Kehle ergriff. Der Soldat hob den röchelnden Mann hoch, als wäre er eine Strohpuppe, und Kyle hörte es knacken, als der Soldat ihm den Kehlkopf zerdrückte und ihn dann ebenso leicht fortschleuderte. Der zweite Mann ergriff die Flucht, doch der schweigende Soldat holte aus und schleuderte ihm die Klinge seines Schwertes in den Rücken; der Mann brach röchelnd vornüber zusammen, und der Krieger zog beiläufig seine Klinge aus dem Rücken des Mannes, als er an ihm vorbeiging. Obwohl das Schwert bis zum Heft in der Leiche steckte, zog der Krieger es mit einer Leichtigkeit heraus, als würde er es vom Boden aufheben, und an der Klinge zeigte sich keine Spur des Blutes, in dem der Mann lag.

Um Kyle herum metzelten die seltsamen schweigsamen Krieger alles nieder, was sich ihnen in den Weg stellte, und gingen dabei mit einer militärischen Ordnung und einem so perfekten Kampfstil vor, dass sie einen Gegner bereits getötet hatten, kaum dass er seine behelfsmäßige Waffe gegen sie hatte erheben können. Er kam nicht umhin, die Kampfweise der Soldaten zu bewundern, die in einem komplizierten, fließenden Muster aus Finten, Hieben und Paraden beinahe unverwundbar erschienen, während sie selbst mit tödlicher Präzision Schwerthiebe austeilten.

Direkt vor Kyle tauchten zwei Soldaten mit erhobenen Schwertern auf, und Kyle rollte sich unter dem Schlag des ersten hinweg und hob sein eigenes Schwert, um den Schlag des zweiten aufzufangen. Der Schlag kam mit einer unmenschlichen Stärke auf ihn herunter, und er verlor für einen Moment jegliches Gefühl bis hinauf zum Ellenbogen; sein Schwert sprang unter dem Aufprall singend davon und zog im Fallen einen Lichtbogen durch die Luft. Kyle stieß sich vom Boden ab und sprang zurück, um sich außer Reichweite des nächsten Schlages zu bringen, der den Boden dort traf, wo er einen Moment zuvor noch gewesen war.

Sein Schwert lag nun zu Füßen der beiden Soldaten, die unerbittlich weiter vorrückten, und Kyle sah sich gehetzt nach einer Ersatzwaffe um. Er fand nur einen Kistenstapel, der als Auslage eines kleinen Ladens aufgeschichtet worden war, und ergriff die oberste Kiste. Dem Gewicht nach verkaufte der Laden Felsbrocken, doch als Kyle die Kiste dem ersten der Soldaten entgegenschleuderte, traf ihn diese am Kopf und zerbarst. Eine Vielzahl Hämmer und anderer Werkzeuge verteilte sich über den Boden, ohne dass es dem Krieger aufzufallen schien. Er schüttelte zwar kurz den behelmten Kopf, um einige Splitter abzuschütteln; doch er schien nicht einmal benommen, als er in absolutem Gleichklang mit dem zweiten Soldaten das Schwert abermals zum Schlag erhob.

Kyle schleuderte den beiden eine weitere Kiste entgegen und hechtete zur Seite, als die beiden Klingen die Kiste durchstießen und auch diese ihren Inhalt über den Boden verstreute. Er landete Gesicht voran am Boden, sein ausgestreckter Arm noch immer einen guten Schritt von seinem Schwert entfernt. Plötzlich jedoch schien das Schwert ein Eigenleben zu entwickeln, und mit einem singenden Geräusch rutschte es über den unebenen Boden auf ihn zu, bis es in seine Hand glitt. „Wo Du hingehst, möge auch es hingehen", hatte der Elf gesagt, als er es ihm überreicht hatte, und Kyle verstand seine Worte plötzlich, als er die Finger um den lederumwickelten Griff schloss. Mit grimmiger Entschlossenheit erhob er sich, das Schwert entspannt an seiner Seite pendelnd, und sah den beiden Kriegern entgegen, die sich zu ihm umdrehten und sich kampfbereit näherten.

Die beiden waren so verdammt gut, als hätten sie jahrhundertelang nur mit dem Schwert in der Hand geübt, doch Kyle hatte einen Vorteil: Er war kleiner, flink und wendig, und die Waffe in seinen Händen gehörte so sehr ihm, dass sie sich wie eine natürliche Verlängerung seines Armes anfühlte, als er den beiden Kriegern mit einem wohldurchdachten Muster aus Streichen, Paraden, Hieben und Drehungen begegnete. Die beiden Krieger versuchten, ihn von verschiedenen Seiten gleichzeitig anzugreifen, doch Kyle ließ seine Klinge leuchtende Bögen durch die Luft schneiden, und obwohl die beiden noch immer weder sprachen noch außer Atem zu kommen schien, merkte er, dass er sie ernsthaft forderte. Sein Schwert schien ein eigenes Leben und ein Gespür für die Gefahren zu entwickeln, je länger er damit kämpfte. Der eine der beiden Soldaten ließ plötzlich seine Deckung fallen und machte einen Ausfallschritt, den Kyle nicht erwartet hatte, doch sein Arm zuckte instinktiv vor und trieb den Schwertarm des Krieger so in die Höhe, dass sein Schlag über Kyles rechter Schulter vorbeisauste und die unbewegte Maske des anderen traf. Kyle hörte ein hölzernes Knacken, und als er sich umwandte, fiel die Maske des Soldaten zu Boden und gab sein Gesicht frei.

Als Kyle jedoch in das Gesicht blickte, wünschte er sich sofort, der Soldat hätte die Maske aufbehalten: Aus dem Inneren des Helmes starrte ihm der verfaulende Rest eines menschlichen Kopfes entgegen, die Höhlen leer, wo Augen hätten sein sollen. Teile seiner Wangen waren von der Verwesung zerfressen, und die kahlen Kieferknochen waren zu einem humorlosen Grinsen verzogen, in dem sich Maden und kleine Würmer wanden. Kyle unterdrückte die plötzlich aufkommende Übelkeit und wich dem Schlag des kämpfenden Leichnams aus, dessen leere Augenhöhlen durch ihn hindurchzustarren schienen, als er Kyle mit einer gut abgemessenen Kombination aus Hieben und Stichen zurücktrieb.

Kyle antwortete mit wenigen gezielten Schlägen, die den Soldaten trafen, doch er wurde lediglich von den Treffern zurückgestoßen; Kyles Klinge schlug Funken auf der Rüstung, aber er hatte das Gefühl, dass sie immer wieder kurz vor der Rüstung auf eine unsichtbare Barriere traf, die so undurchdringlich war wie Stein. Seine Klinge begann in einem warmen gelblich-grünen Licht zu funkeln, die nichts mit der Spiegelung der Sonne darauf zu tun haben konnte, und als er einen weiteren Treffer landete, meinte er kurz eine blass leuchtende Schutzhülle um die Rüstung des Kriegers aufleuchten zu sehen, die seinen Schlag abprallen ließ.

Einen Moment lang sah er die Reflektion einer Bewegung in seiner blanken Klinge, und er warf sich gerade noch rechtzeitig zur Seite, um dem Schlag des zweiten Kriegers zu entgehen. Er rollte herum und kam in einiger Entfernung wieder auf die Füße, einen verblüfften Blick auf sein Schwert werfend. Was immer die Elfen damit angestellt hatten, diese Waffe hatte ihm nun bereits mehrere Male das Leben gerettet. Als er die beiden Krieger mit stoischer Ruhe auf sich zukommen sah, entschied er sich dennoch zur Flucht vor diesen wohl unbesiegbaren Gegnern, und er fuhr herum, um Talia zu finden. Die Tür der Schenke war aus den Angeln gerissen, und Kyle warf sich kampfbereit hindurch, auf jede unliebsame Überraschung gefasst. Eines der vorderen Fenster war ebenfalls zerbrochen, und im hereinfallenden Licht sah Kyle vier oder fünf tote Körper, die über die umgestürzten Tische gefallen waren.

Er vernahm ein Poltern aus dem oberen Stockwerk und stürzte ohne nachzudenken die Treppe hinauf. Mit der freien Hand riss er die nur noch an einem Scharnier befestigte Tür zu seinem und Talias Zimmer auf und hob das Schwert zur Parade. Er brauchte einen Moment, um zu verstehen, was er sah, und als er es tat, fiel ihm fast das Schwert aus den plötzlich klammen Fingern: Talia hatte den Angriff der schweigsamen Soldaten nicht mitbekommen und war erst erwacht, als einer der Soldaten die Tür beinahe aus den Angeln gerissen hatte. Bar jeden Schutzes und jeder Waffe, nur in die dünne blaue Decke gewickelt, hatte sie sich erhoben, als der Soldat sie mit einem an der Spitze mit seltsamen Verzierungen versehenen Speer angegriffen hatte und war zu Boden gegangen, als er ihren schwächlichen Widerstand überwunden und die Waffe ihr Ziel gefunden hatte. Der leere, gebrochene Ausdruck in Talias Augen war ein Schock für Kyle, als er sie am Boden liegen sah, noch immer halb in die Decke gewickelt, der Speer aus ihrem Kopf ragend. Über ihr stand der Soldat und sah ihn mit derselben ausdruckslosen Maske an, die alle schweigsamen Krieger als einziges, gemeinsames Gesicht trugen.

Die Trauer wandelte sich in Zorn, als Kyle erkannte, dass er für Talia nichts mehr tun konnte, und mit einem markerschütternden Kampfschrei riss er das Schwert in die Höhe und stürzte sich auf den Soldaten. Kein dämonisches Wesen hätte diese Schwelle übertreten können, und dennoch hatte diese Kreatur, diese Parodie eines ehrenvollen Kriegers es gewagt, hier einzudringen und seine Schwester anzugreifen. Der hatte kaum Zeit, auf Kyles wütenden Angriff zu reagieren, doch mit unmöglicher Gewandtheit riss er den Speer an sich und parierte Kyles wütende, ungezielt auf ihn einprasselnde Schläge mit ruhiger Präzision. Als er erkannte, dass er den Soldaten nicht einmal zurückdrängte, steigerte sich Kyles hilflose Wut, und er ging zu einem Hagel von Hieben über, die auf den Krieger niedergingen.

Plötzlich wandte sich der Krieger in einer abrupten Bewegung unter Kyles vor Wut ungenau gewordenen Schlägen hinweg und stieß ihm den Speer knapp oberhalb des Knies ins linke Bein - mit einem Schlag verlor Kyle alles Gefühl im linken Bein und brach zusammen, als es ihm den Gehorsam verweigerte und kraftlos einknickte. Von einem Moment auf den anderen schien es, als hätte Kyle nie ein linkes Bein besessen, und für eine quälende Ewigkeit fühlte er sich an seine ersten Erfahrungen im Astralraum erinnert. Er schlug hart mit dem Kinn auf den Zimmerboden, und der Schlag presste ihm die Luft aus den Lungen. Als er nach Atem rang und sich aufzurichten versuchte, versagte sein Bein abermals, und der Krieger beugte sich zu ihm hinunter. Die Welt wurde einen Moment verschwommen, als der eiserne Handschuh des Soldaten sich um Kyles Kehle schloss, bevor er ihn mit einem einzigen Schwung aus dem Fenster schleuderte wie ein nutzloses Spielzeug. Während er durch das Ästegewirr des Kastanienbaumes vor dem Fenster zu Boden stürzte und die Zweige ihm den Rücken aufkratzten, sah Kyle noch, wie der Soldat sich zu Talia hinunterbeugte und sie wie ein schlafendes Kind auf die Arme nahm.

In einem Regen aus Glas- und Holzsplittern landete Kyle auf den Pflastersteinen unter dem Fenster und sah erneut die Gestalt eines Soldaten mit erhobenem Schwert über sich auftauchen. Er hob den Arm, und sein Schwert, das nicht weit von ihm auf dem Pflaster gelandet war, sprang zurück in seine Hand; doch als er das Schwert zur Abwehr hob, schoss ein scharfer Schmerz durch seinen Unterarm, und er wusste, dass er den Schlag nicht würde parieren können.

Ein Lichtblitz raste über ihn hinweg und warf den Soldaten rückwärts auf das Pflaster, als er ihn in der Brust traf. Ein weiterer folgte, als der Soldat sich erneut erheben wollte, und trotz der Schmerzen sah Kyle über die Schulter und entdeckte Quinn, der nicht weit hinter ihm mit windgeblähter Robe ein Stück über dem Boden in der Luft stand und ein ums andere Geschoss aus Licht von der einen Hand gegen den Soldaten vor Kyle schleuderte, während er sein ledernes Buch in der anderen hielt. Die ledernen Armreife an Quinns Handgelenken pulsierten im Gleichtakt mit den zuckenden Lichtkugeln, und von Quinns Stirn strömte der Schweiß, als er verbissen weiter seine Zauberformeln murmelte.

„Sie haben Talia!" brüllte Kyle ihm zu, und Quinn schwebte langsam näher, noch immer den am Boden liegenden Krieger mit Licht einhüllend, der immer wieder aufzustehen versuchte. Nur auf sein rechtes Bein gestützt, zog Kyle sich an der Hauswand hoch und schob sich bis zur Hausecke, so dass er die Eingangstür der Schenke sehen konnte. Eben trat der Krieger ins Freie, Talia in seinen Armen, schlaff wie eine Marionette, der man die Fäden durchgeschnitten hatte. Wie auf ein Signal hin schlossen sich alle Soldaten ihm an, während er das Dorf durch das zerstörte Haupttor verließ und zu der wartenden Armee auf dem Hügel zurückkehrte. Wie bei einem Rückzug wichen die Soldaten Schritt für Schritt zurück und töteten jeden, der in ihre Nähe kam, so dass sie eine lebende - oder besser tote - Schutzmauer um den Soldaten bildeten, der sich mit Talia in den Armen entfernte.

Quinn schwebte an Kyles Seite, und Kyle spürte die konzentrierte Energie des Magiers wie ein Knistern, das seinen Rücken hinunterlief und seine Nackenhaare aufstellte. Der Magier ließ von dem am Boden liegenden Soldaten ab und drehte sich in der Luft, so dass die scheibenförmigen Lichtentladungen nun die sich zurückziehenden Soldaten eindeckten. Diese jedoch zeigten sich davon unbeeindruckt und parierten die Lichtblitze mit ihren Schwertern, so dass die flachen Scheiben daran zerplatzten.

Lynn trat an ihre Seite, und sie mussten hilflos mit ansehen, wie der Soldat zu dem vermummten Reiter trat, der sich im Sattel vorbeugte, um die „Beute" zu begutachten. Dann schlug der Mann die Kapuze zurück, und sie erkannten Khamir, der kalt auf Talia herablächelte. Dann hob er den Blick, und Kyle wollte sich auf die Soldaten stürzen, doch Lynn hielt ihn zurück.

„Lass es, Du Narr," zischte sie, „wir haben keine Chance gegen diese Armee." Aus ihrer Stimme war die Wärme gewichen, und ihr Gesicht war ausdruckslos, als sie wieder zu Khamir hinaufblickte, der von der Hügelkuppe auf sie hinuntersah. Dann hob er die Hand, und die Soldaten unterbrachen ihren Rückzug und drehten sich zu ihnen herum. Khamir deutete auf die drei, die inmitten der Zerstörung standen, und die Soldaten hoben alle in einer gleichzeitigen Bewegung die Schwerter und stürmten auf sie zu, während weitere Soldaten von dem auf dem Hügel wartenden Heer sich ihnen anschlossen.

Kyle hörte entfernt Quinn einige Worte murmeln, und seltsam gedämpft nahm er das Trommeln der schweren Stiefel auf der Erde wahr, als die Soldaten ihnen mit kampfbereiten Schwertern entgegenstürzten; all das versank hinter dem Rauschen des Blutes und dem Pochen seines rasenden Herzschlages, die er in seinen Ohren hallen hörte. Er griff sein Schwert fester und spürte das vertraute Summen der Klinge in seinen Händen. Er schob sich an der Wand in eine aufrechte Position, aus der er mit den Soldaten kämpfen konnte. Khamir und seine Kreaturen hatten Talia, und sie würden alle dafür bezahlen, dass -

Weiter kam er mit dem Gedanken nicht, denn unerwartet traf ihn Quinns Faustschlag am Kinn und brachte ihn so aus dem Gleichgewicht, dass er den Halt verlor und stürzte, als er versuchte, sein Gewicht auf dem gefühllosen linken Bein abzustützen. Er blickte verständnislos in Quinns ernstes Gesicht, der sich die Faust rieb und ruhig erklärte: „Jetzt können wir nichts für sie tun, Kyle. Aber es bringt genausowenig, wenn wir uns hier umbringen lassen."

Kyle nickte langsam, und ebenso langsam drang die Erkenntnis zu ihm durch, dass der Magier Recht hatte. Er stützte sich humpelnd auf Lynn, die ihn von den anrückenden Soldaten wegzog, während Quinn sich umwandte und ihnen konzentriert entgegenblickte. Bereits jetzt wieder murmelte er eine Zauberformel, und als er das aufgeschlagene Zauberbuch losließ und die zweite Hand zu seinen ausladenden Gesten zu Hilfe nahm, blieb es offen vor ihm in der Luft stehen, als läge es auf einem unsichtbaren Pult.

Als die Soldaten das Tor passierten, steigerte sich Quinns Gemurmel in seiner Lautstärke und endete schließlich mit einem einzigen, scharfen Befehl in einer für Kyle fremden Sprache. Im gleichen Moment geriet die Erde zu Füßen der Soldaten in Bewegung und erhob sich vor ihnen, als wollte etwas darunter zum Vorschein treten.

Tatsächlich aber war es die Erde selbst, die sich zu mehreren menschenähnlichen Gestalten aus Lehm, Dreck und kleinen Steinen zusammenfügte und sich ungestüm auf die Soldaten warf. Es schien, als hätte der Boden selbst zehn Krieger entsandt, um ihnen die Flucht zu ermöglichen, und Quinn warf einen kurzen Blick auf die Wesen und wandte sich dann um, um Kyle und Lynn hinterherzulaufen. „Die Elementare werden sie eine Weile beschäftigen," erklärte er grimmig, „doch sie können die Krieger nicht aufhalten."

Das schallende, kalte Lachen Khamirs drang über die Entfernung hin zu ihnen, als sie vor der Übermacht der anrückenden Soldaten flohen, und als Kyle einen Blick über die Schulter warf, wandte der Reiter sein Pferd, gefolgt von dem Soldaten, der Talia trug, und dem übrigen Heer, dass auf dem Hügel verblieben war.

„Was war mit diesen Viechern?" fragte Kyle völlig entgeistert, als sie weit genug vom Dorf entfernt waren, um sicher zu sein, dass auch die letzten der unheimlichen Soldaten die Verfolgung aufgegeben und sich dem Hauptheer wieder angeschlossen hatten.

Quinn gab ein undeutliches Gemurmel von sich und wischte sich den Schweiß von der Stirn. „Nach dem, was ich gesehen habe, waren es Untote - die wiederbelebten Körper längst gestorbener Krieger. Das würde erklären, warum sie nicht gesprochen, nicht einmal geatmet haben, und so übermäßig stark waren, denn dann würden sie nur durch den Willen des Beschwörenden aufrecht gehalten. Etwas aber wundert mich: Zwar ist mir bekannt, dass Untote keinen Schmerz verspüren, denn letzten Endes sind sie Körper ohne Geist; und der Rüstung, ihrem Kampfstil und ihrem gesamten Verhalten nach waren diese Untoten zu Lebzeiten Elitekrieger. Doch das erklärt nicht, warum sie scheinbar unverwundbar sowohl für weltliche Waffen wie auch für meine Magie waren." Er sah zu Lynn hinüber, die in Gedanken versunken etwas abseits saß. „Was denkst Du?"

Sie blinzelte, und Quinn wollte die Frage schon wiederholen, doch dann antwortete sie: „Hast Du die Rüstungen gesehen?"

Quinn nickte langsam. „Habe ich, aber..." Er sah sie zweifelnd an, doch sie nickte ernst. Quinn schüttelte den Kopf. „Sie können es nicht sein. Ich meine, sie stehen unter dem Schutz der -"

„Dem Schutz der Götter?" beendete sie gereizt den Satz für ihn. „Stimmt, und das war ja wohl offensichtlich. Keine Klinge, kein Zauber konnte ihre Rüstung durchbrechen, so steht es in den Schriften - und offensichtlich war das nicht gelogen."

Quinn schüttelte abermals den Kopf. „Aber wenn sie unter dem Schutz der Götter stehen, wie kann dann jemand wie Khamir über sie die Kontrolle erlangen?"

Lynn zuckte die Schultern, und Kyle hatte das wachsende Gefühl, das Gespräch ginge an ihm vorbei. „Der Priester von Vesian stand auch unter ihrem Schutz, und Bakar hat ihn trotzdem getötet. Begreif' es, Hermetiker, der, der hier am Werke ist, hat ganz einfach die Macht, die Alten zum Narren zu halten, weil er zur Hälfte bereits hier ist!"

„Könnte mir jemand erklären, was Ihr da redet?" mischte sich Kyle ein, und Lynn verschränkte die Arme vor der Brust und starrte Quinn herausfordernd an. „Alles, was ich verstanden habe, ist, dass der Dämon etwas mit diesen untoten Soldaten da unten zu tun hat. Aber dann verstehe ich nicht, wie sie in die Schenke eindringen konnten - ich dachte, nichts Dämonisches könnte die Schwelle übertreten." Er sah fragend zu Quinn, der seufzte.

Er vergrub das Gesicht in den Händen, und als er schließlich aufsah und sprach, wirkte er aufs Neue erschöpft und übermüdet. „Die Soldaten, die Du gesehen hast, waren die heiligen Krieger, von denen Bakar erzählt hat. Sie wurden allesamt in der letzten großen Dämonenschlacht getötet, als ein Schwarm von Dämonen in die Welt entkam und diese Krieger sich nach einem Jahrhundert des Schreckens opferten, um die Dämonen zu vernichten. Die Legende besagt, dass die Rüstungen dieser Krieger von den Göttern selbst gesegnet wurden, und keine Klinge und kein Zauber ihnen etwas anhaben konnte. Die Mitglieder des Heeres der heiligen Krieger waren die besten und glaubensstärksten Kämpfer des ganzen Landes, und nur sie waren in der Lage, es mit den Schrecken der Dämonenhorden aufzunehmen."

Er machte eine Pause und seufzte, als fiele ihm das Weitersprechen schwer. „Du hast gesehen, wie ihre untoten Körper kämpfen, und das ist nur ein schwacher Abglanz ihrer wahren Fähigkeiten. Mit der Hilfe seines Gottes, dem er treu bis in den Tod diente, konnte ein einzelner dieser Krieger ein ganzes Heer aufhalten, und keine Waffe dieser Welt konnte ihm schaden, solange er seine Rüstung trug. Dennoch starben alle heiligen Krieger in dieser letzten großen Schlacht zwischen Menschen und Dämonen, und ihre Körper wurden auf dem Schlachtfeld begraben, das seitdem als heiliger, für andere jedoch eher als verfluchter Ort gilt. Mit ihnen wurde ein Juwel begraben, das ebenfalls direkt von den alten Göttern stammen soll, und das ihre ewige Ruhe sichern soll. Der Legende nach sollten die Krieger in Ewigkeit ruhen, für alle Zeit geschützt vor den Angriffen der Dämonen und ihrer Anhänger."

Erneut setzte er ab und zeichnete mit dem Finger einen Kreis in die Luft. „Dennoch hat Khamir es irgendwie geschafft, sie für seinen Dämonenfürsten wieder zu erwecken und in seine Dienste zu stellen, ohne dabei den Schutz der Götter zu brechen. Die Götter haben den Betrug nicht bemerkt, und so schützt ihr Segen nun Khamirs untotes Heer - auch vor unseren Abwehrzaubern, denn für meine Zaubereien sind diese Krieger göttliche Diener, und keine dämonischen Kreaturen. Solange sie die Rüstungen tragen, kann ich nicht an den dämonischen Kern gelangen, der in ihnen schlummert, und für unsere Bannzauber bleibt er ebenfalls verborgen."

„Und was machen wir jetzt?" fragte Kyle. „Gegen diese Kreaturen kommen wir nicht an, wenn ich das richtig verstehe. Talia ist umsonst gestorben, und wir können nichts dagegen tun?" Bei dem Gedanken krampfte sich sein Magen zusammen, und er ballte die Hände zu Fäusten.

„Sie ist nicht tot," erwiderte Lynn leise und schüttelte den Kopf.

Kyle starrte sie sprachlos an. Wie konnte sie das behaupten? Er selbst hatte den Speer gesehen, der Talia getötet hatte, und hatte selbst zu spüren bekommen, wozu diese Waffe imstande war - noch immer fühlte er sein linkes Bein nicht, und er vermutete, dass die Speerspitze mit irgendeinem höchst wirksamen Gift bestrichen worden war. Er hatte das Bild noch vor Augen, wie Talia mit leerem Blick am Boden lag und der Krieger über ihr stand - etwas daran schien ihm nun seltsam, doch er konnte sein Gefühl nicht begründen. „Hast Du den Speer nicht gesehen? Er hat ihr den Speer in den

Kopf gestoßen, verdammt!" Bei dem Gedanken daran wurde ihm schlecht, aber Lynn schüttelte dennoch den Kopf.

„Ich habe den Speer gesehen," erwiderte sie gereizt, und blitzte ihn an. „und ich weiß außerdem, dass dieser Speer nicht eigentlich eine Waffe der heiligen Krieger ist. Das Material, aus dem dieser Speer geschaffen wurde, ist magischer Natur, und die Waffe kennt man unter dem Namen *Seelenspeer*." Quinn, der etwas abseits gestanden hatte, erlitt einen mittleren Hustenanfall, sah sie dann erstaunt an, und sie nickte.

„Der Seelenspeer ist keine weltliche Waffe," fuhr der Magier an Kyle gewandt erklärend fort, „er hinterlässt keine Wunde und kann keinem Körper Schaden zufügen. Der Seelenspeer ist eine astrale Waffe, die nur den Geist eines Menschen verletzen kann..." Er sah Kyle an, und der nickte langsam.

„Lynn hat mir genug vom astralen Raum erklärt," erwiderte er leise, sich erst jetzt bewusst, dass er immer noch ihren alten Namen benutzte. Andererseits hatte sie ihm den Namen genannt, kurz *bevor* sie wutentbrannt vor ihm davongelaufen war, und seitdem hatte sie ihn so abweisend behandelt, dass er befürchtete, dieses Vertrauen nicht mehr zu verdienen - dennoch schien es ihr einen Stich zu versetzen, als er diesen Namen aussprach. Aber Quinns Erklärung interessierte ihn jetzt mehr, denn jetzt verstand er auch, was ihm an dem Bild in ihrem Schlafraum seltsam vorgekommen war: er hatte kein Blut gesehen, obwohl der Speer eine Wunde von der Größe einer Faust gerissen haben musste.

„Talia ist also nicht tot," fuhr Quinn fort, mehr in lautes Nachdenken versunken. „Das erscheint sinnvoll, denn warum sollte Khamir eine Leiche entführen? Er braucht noch immer das Horn von Saskath, um seinen Dämonenherren den Weg zu öffnen. Er weiß vermutlich inzwischen, dass wir das Artefakt haben, also brauchte er -

„ - eine Geisel, sehr richtig," unterbrach ihn die schneidende Stimme, die ihnen unangenehm vertraut war - Khamirs Stimme. Kyle sah auf, als zwischen ihnen die Luft flackerte und ein verschwommenes Abbild des verrückten Lordmagiers ein gutes Stück über den Boden in der Luft erschien. Lynn sprang auf, doch das durchscheinende Phantom hob beschwichtigend eine Hand. Sie zuckte zusammen, als hätte sie einen Schlag in die Magengrube erhalten, und stürzte leise keuchend zu Boden. „Ja, auch ich kenne ein paar der Kunststücke der Schläfer, mein Kind," verkündete er höhnisch, „also lohnt es gar nicht erst, mich im Astralraum zu suchen." Lynn krümmte sich leise stöhnend zusammen und warf ihm einen zornigen Blick zu, doch das wabernde Abbild bleckte die Zähne in der Andeutung eines kalten Lächelns.

Dann wandte er sich Kyle und Quinn zu und streckte die Hand fordernd aus. „Ihr besitzt etwas, das mir gehört," verkündete er, „und vielleicht habe ich auch etwas, das Ihr haben möchtet." Kyle fühlte sich einen Moment lang an seine erste Begegnung mit Bakar erinnert, der ebenfalls das Horn verlangt und damit Kyles gesamtes Leben in Unordnung gebracht hatte. Er ballte die Hand zur Faust, doch er wusste, dass er dem Trugbild nichts anhaben konnte, und diese Hilflosigkeit steigerte seinen Zorn. Khamir zog eine Augenbraue hoch und wandte seine Aufmerksamkeit auf Quinn, als dieser unter dem Hemd den Elfenbeinstab hervorzog und ihn dem Magier präsentierte.

„Ausgezeichnet," erklärte das unstete Abbild. „Ich schlage vor, wir treffen uns auf neutralem Boden, um einen Austausch zu vollziehen. Nicht weit südlich von hier gibt es eine kleine alte Ruine auf einem Hügel."

Er heftete seinen starren Blick auf Quinn, und der nickte ernst. „Der Ort ist mir bekannt," erwiderte er ausdruckslos, „wir werden noch heute dort sein."

Abermals lächelte Khamir. „Es würde Eurer Freundin schlecht bekommen, wenn das nicht der Fall wäre." Damit flackerte die Erscheinung und löste sich schließlich ganz auf. Quinn schloss die Augen und stöhnte leise durch zusammengebissene Zähne.

Kyle trat zu Lynn, um ihr aufzuhelfen, wobei ihm sein taubes linkes Bein keine große Hilfe war, doch sie wies seine Hand zurück und stützte sich auf einem kleinen Felsbrocken ab, als sie schließlich keuchend wieder auf die Beine kam.

„Es ist in jedem Fall ein Hinterhalt," stellte Quinn, immer noch mit geschlossenen Augen, fest. „Khamir wird den Tempel dort benutzen wollen, um das Ritual zu beenden, und er wird mitnichten riskieren, dass wir ihn dabei behindern. Aber wenn wir nicht gehen, wird Talia tatsächlich sterben." Er überlegte einen Moment, schlug dann die Augen auf und sah Kyle und Lynn fest an. „Es gibt eine Möglichkeit..."

„Welche?" Für Kyle stand fest, dass er Talia nicht noch einmal im Stich lassen würde; er hatte getan, was er konnte, um Bakar, Khamir, den unbekannten Adeligen und den Dämon selbst aufzuhalten, doch jetzt war es Zeit, sich um sich selbst und seine Freunde zu kümmern. Die Magier des Konzils hatten es in ihren Händen gehabt, die Katastrophe zu verhindern, doch sie hatten die Augen verschlossen, und Kyle war nicht bereit, seine Schwester für die Starrköpfigkeit der Magier zu opfern.

Quinn rieb sich die Schläfen, als er weitersprach, wohl, um die bohrenden Kopfschmerzen zu vertreiben, die auch Kyle spürte. „Wir können versuchen, ihm mit seinen eigenen Mitteln beizukommen." Er hob beschwichtigend die Hand, als Lynn hochfuhr. „Keine Sorge, ich meinte nicht, einen Dämon zu beschwören - obwohl das viel einfacher wäre; ich sprach davon, Khamir ein Duplikat des Hornes zu geben, eine ähnliche Fälschung wie die, mit der er das Konzil und den hohen Rat getäuscht hat. Ich denke, ich könnte ein magisches Objekt erschaffen, das die Täuschung solange aufrecht erhält, dass wir mit Talia fliehen können."

Lynn wiegte nachdenklich den Kopf, und es war offensichtlich, dass sie Zweifel an dem Plan hatte. „Die Täuschung muss nur solange anhalten, bis der Tausch vollzogen ist," erklärte Quinn, „dann kann ich uns sofort an einen anderen Ort befördern."

„Sofort?" Kyle warf ihm einen zweifelnden Blick zu. „Als wir aus der Zitadelle geflohen sind, hat dieser Re... dieser Zauber eine ganze Zeit gebraucht. Zeit, die wir vermutlich nicht haben werden, wenn Khamir mitkriegt, was wir vorhaben."

„Diese Zeit werden wir dieses Mal nicht brauchen," beschwichtigte Quinn. „Du erinnerst Dich noch, dass Khamir im Kuppelraum in Sekundenschnelle verschwunden war?" Kyle erinnerte sich tatsächlich, und er nickte. „Khamir hatte von Anfang an einen Fluchtplatz, während ich bei unserer Flucht aus der Zitadelle auf einen nicht vorher festgelegten Ort gezielt habe. Das bedeutet, wenn wir diesen Ort hier als Ziel vorbereiten, können wir in wenigen Momenten hierher zurückkehren, sobald der Kreis um uns herum geschlossen ist."

Er sah Kyle abwartend an, und schließlich nickte der. „Wir müssen es einfach versuchen. Holen wir die Pferde."

Nachdem Quinn Kyles Bein mit einem Zauber belegt und die Wirkung des Speeres aufgehoben hatte, kehrten sie ins Dorf zurück, um ihre Pferde zu holen. Obwohl er noch immer unsicher humpelte und das Gefühl erst langsam in sein Bein zurückkehren würde, lief er den beiden anderen voran und spornte sie immer wieder zu größerer Eile an. Als sie an der zerstörten Schenke eintrafen, stellte sich zu ihrem Glück heraus, dass die wiederbelebten Krieger tatsächlich ihre Pferde verschont hatten, und nach einem letzten Blick über die rauchenden Ruinen des zerstörten Dorfes stiegen sie in die Sättel und ritten unter Quinns Führung nach Süden.

Quinn hatte von einem Baum einen Ast abgebrochen, der in Länge und Breite etwa dem Horn von Saskath gleichkam, und während sie ritten, hatte er sich Kyles Stiefelmesser geliehen und daran zu schnitzen begonnen. Kyle ritt an seiner Seite und sah ihm bei der Arbeit über die Schulter, als der Magier sorgfältig kleinere Kerben und Äste entfernte und die Oberfläche glättete.

„Das sieht nicht gerade sehr überzeugend aus," bemerkte er zweifelnd, und Quinn warf ihm einen stirnrunzelnden Blick zu.

„Nicht so hastig," erklärte er, während er einige Kerben in das Holz ritzte, die den Symbolen auf dem Original annähernd ähnlich sah, „ohne ein bisschen Magie kommen wir hier ohnehin nicht weit." Er reichte Kyle das Messer zurück, so dass er die Hand frei hatte, und kniff die Augen leicht zusammen. Dann strich er mit der flachen Hand über den Holzstab, während er stumm die Lippen bewegte. Als er die Hand hob, stieß Kyle einen verblüfften Pfiff aus, denn der Holzstab glänzte nun im matten Weiß wie das Original, und auch die eingeritzten Zeichen schienen nun eher wie die, die Kyle gesehen hatte. Er warf dem Magier einen erstaunten Blick zu, und der lächelte.

„Ich werde die Täuschung noch etwas verbessern, damit sie auch Khamirs Untersuchung für einen Moment standhalten kann," erklärte er und machte sich daran, den Stab zu vervollkommnen.

Reynadra ritt ein Stück hinter den beiden und sah ihnen schweigend zu, in ihre eigenen Gedanken versunken. Sie sah, dass Kyle ihr über die Schulter einen schmerzvollen Blick zuwarf, doch sie gab vor, ihn nicht zu bemerken. Dabei war es nicht einmal seine Schuld gewesen, dass sie so reagiert hatte, musste sie sich eingestehen. Natürlich hatte sie sich in ihn verliebt, und alles in ihr hatte sich danach gedrängt, ihn in diesem stillen Moment im Wald zu küssen, ihn festzuhalten und nicht mehr loszulassen. Doch sie hatte früh einsehen müssen, dass sie mit ihren Kräften eine besondere Last zu tragen hatte, der über den mitgefühlten Schmerz hinausreichte. Die Mystiker hatten sie gelehrt, ihre Kräfte zu nutzen und zu kontrollieren, doch sie hatten sie auch darauf vorbereitet, dass sie ihr Leben allein verbringen musste. Die Mächte, mit denen sie umging, waren zu gewaltsam, zu zerstörerisch für einen einfachen Menschen, der sie nicht verstand. Nicht nur die Dämonen und Geisterwesen, die sie kennengelernt hatten, sondern auch ihre eigenen Gaben hatten immer wieder gezeigt, dass sie mit Vorliebe unkontrolliert losschlugen und dabei die schwächsten Glieder der Kette, unwissende Freunde und Geliebte ihrer Anwender, ins Unglück stürzten.

Sie hatte von ihrer Lehrerin oft genug die Geschichten von den unglücklichen Trägern der Gabe gehört, die die Kontrolle verloren, weil sie sich verliebten, und deren Fähigkeiten sich dann gegen sie und alles, was sie geliebt hatten, wandten. Sie sah zu Quinn hinüber, der in seine Arbeit vertieft war; auch die Magier hatten immer Angst, sich zu binden, doch ihre Kräfte waren künstlich, kontrollierbar - Reynadras Gaben aber waren ein Teil von ihr, den sie so wenig verstand wie sich selbst. Sie hatte gedacht, sich zu kennen, doch unzählige Male hatten ihre Kräfte ihr das Gegenteil bewiesen und sich unberechenbar gezeigt. Sie hatte sich damals geschworen, niemals jemanden diesen Gefahren auszusetzen.

Und als sie sich dann in Kyle verliebt hatte, war es ihr eine willkommene Ausrede gewesen, dass Talia seine Geliebte zu sein schien; Reynadra konnte ihre Gefühle zwar aus der Ferne empfinden, doch durch Talia musste sie sich nie wirklich damit beschäftigen, lief nicht Gefahr, ihm zu nahe zu kommen.

Und nun war ihr kompliziertes Schutzkonstrukt, dass sie sich mühsam zurechtgelegt hatte, zusammengebrochen: Talia war nicht Kyles Geliebte, sondern seine Schwester, und Kyle hatte sich ebenfalls in Reynadra verliebt.

In ihrer Überraschung hatte Reynadra sich sofort vollkommen von ihm zurückgezogen, doch sie spürte seinen Schmerz und seine Verwirrung auch ohne ihre Gaben, und es hatte ihr ebensosehr weh getan, ihn zurückzuweisen. Sie hoffte, er würde sich zurückziehen, wenn sie ihn nicht weiter beachtete, doch je länger sie es tat, desto mehr litt auch sie selbst darunter. Für sich selbst hatte Reynadra sich bereits damit abgefunden, sich von ihm fernzuhalten, obwohl sie starke Gefühle für ihn hegte, gerade weil sie so fühlte, doch es war fast unerträglich, ihn nun leiden zu sehen.

Unter ihrem Hemd schlug ihr Anhänger gleichmäßig im Rhythmus der Bewegungen der Pferde gegen ihre Brust, und sie ließ mit der einen Hand die Zügel los und umschloss die vertraute Form. Sie hatte den Anhänger, eine flache Darstellung eines Drachen aus Bronze, der sich mit gespreizten Flügeln vom Boden erhob, schon lange Jahre besessen, und er hatte ihr immer Trost gespendet und sie an die Zeit bei ihrer Lehrerin erinnert. Die greise Frau hatte einmal gesagt, der Anhänger sei Reynadras persönliches Schutzamulett, und er hatte ihr immer geholfen, sich zu konzentrieren und ruhig und besonnen allen Wagnissen zu begegnen. Doch bei diesen Problemen waren keine höheren Mächte am Werk, kein Dämon, und keine ihrer Gaben konnte ihr hier weiterhelfen. Dennoch erfüllte der Anhänger sie mit einer gewissen Ruhe und gab ihr ein wenig Trost. Vielleicht, irgendwann, würde sie etwas tun können...

Quinn riss sie aus ihren Gedanken, als er sein Pferd zügelte und auf einen Wald vor ihnen deutete. „Wir sind da," sagte er fest. „Wir lassen die Pferde besser hier und gehen die letzten hundert Schritte zu Fuß." Sie stiegen ab und banden die Pferde nur lose an einem der Bäume an; wenn der Zauber zu ihrer Flucht nicht klappte, würden sie sie vielleicht noch brauchen, und ansonsten würden die Tiere sich nach einer Weile befreien und ihren eigenen Weg finden können.

Sie marschierten durchs Unterholz, bis sie einige Schritte weiter auf der anderen Seite an einen Abhang kamen. Vor ihnen lag eine große, kahle Talsenke, die vom Wald in einem Dreiviertelkreis umgeben war und auf der gegenüberliegender Seite in einen sanft ansteigenden Hügel überging. Auf der Spitze des Hügels hatte man einen gedrungenen Bau aus dunklem, grauem Stein errichtet, der alles Licht zu schlucken schien, obwohl er mitten im Sonnenschein lag. Reynadra erkannte die Ebene wieder, obwohl noch kein Nebel darüberhing und keine Leichen und Leichenteile verstreut herumlagen, und obwohl sie den Tempel zuvor nicht gesehen hatte - es war die Ebene aus ihren gemeinsamen Alpträumen. Unterhalb des Hügels, an einem ausgetretenen Pfad, der zu dem Tempel hinaufführte, sah sie einen Mann in einer roten und schwarzen Robe, und sie zählte zehn der untoten Krieger, die ihn umringten und bewachten.

Kyle ging an ihrer Seite in die Hocke, und sie sah ihn an. Er konnte nichts für ihr Verhalten, dachte sie, als sie sein kummervolles Gesicht sah - wenn das hier abgeschlossen war, würde sie es ihm zu erklären versuchen. Sie seufzte leise und wandte sich dann ihm zu, als er den Mund öffnete.

Sie legte den Finger an die Lippen und bedeutete ihm, zu schweigen. Dann griff sie nach dem ledernen Band, an dem der Anhänger um ihren Hals hing, nahm ihn ab und drückte ihn Kyle in die Hand. Er sah sie fragend an, und als er auf die Darstellung blickte, fing sich das Sonnenlicht so darin, dass der Drache einen Moment lang zu leben und sich zu bewegen schien. „Pass' auf Dich auf, Kyle," flüsterte sie leise, „wenn Du verletzt wirst, kann ich Dich heilen - wenn Deine Seele stirbt, kann ich nichts mehr tun." Dann hauchte sie ihm einen sanften Kuss auf die Wange und schloss sich Quinn an, der den Abhang hinunter und auf Khamir und seine Soldaten zu marschierte.

Einen Moment lang blieb Kyle hinter ihr stehen und starrte stumm auf das Amulett, bevor er die Hand darum schloss und ihnen folgte. Als er mit ihr und Quinn aufschloss, sah sie den Abdruck des Drachenanhängers unter seinem Hemd, und zu dritt traten sie geschlossen und mit grimmig entschlossenen Gesichtern Khamir und seinen Kreaturen gegenüber.

Nun, da er ohnehin enttarnt war und sich seinem Ziel nahe glaubte, trug Khamir wieder die maßgeschneiderte Robe in den roten und schwarzen Farben der Kampfmagier, in der sie ihn das erste Mal im Saal des hohen Rates gesehen hatten. Unter seinen Augen zeichneten sich dunkle Ringe ab, doch sein Blick war ein ungeduldiges Flackern, als er ihnen kalt lächelnd die Hand entgegenstreckte. „Ich denke, Ihr habt etwas, was mir gehört." Khamir schnippte abschätzig mit den Fingern, und der Soldat, der Talia in seinen Armen trug, trat vor. „Wie ihr seht, erfülle ich meinen Teil der Abmachungen, und sobald ich das Horn erhalten habe, ist Eure Weggefährtin frei. Nicht," fügte er mit einem theatralischen Schulterzucken hinzu, „dass es noch etwas ausmachen würde."

„Das lasst ruhig unsere Sorge sein, Lord Khamir," entgegnete Quinn ihm emotionslos und zog die täuschend echte Kopie des Elfenbeinstabes hervor, den er sicher in einer Innentasche seiner Robe verborgen hatte. „Der hohe Rat wird von Euren Machenschaften erfahren und Eurem Tun Einhalt gebieten, bevor Ihr wirklichen Schaden anrichten könnt."

Khamir griff mit einer schnellen Bewegung nach dem Stab und lachte höhnisch. „Sicher, wiegt Euch in Euren Träumen, Zauberlehrling. Die alten Narren des hohen Rates haben genug damit zu tun, nicht über ihre Bärte zu stolpern - mich werden sie nicht aufhalten." Mit diesen Worten wollte er sich zum Gehen wenden, und seine stummen Krieger mit ihm.

„Halt! Was ist mit Talia?" Kyle warf dem Magier einen misstrauischen Blick zu und griff nach seinem Schwert, während Khamir sich lächelnd umdrehte.

In gespielter Überraschung schlug er die Hände vor den Mund. „Oh, habe ich Euch etwa *belogen*?" Er zuckte gleichgültig die Schultern und fuhr fort: „Leider brauchte ich noch ein Blutopfer für mein Ritual, und Eure Freundin hat sich bereits so gut mit meinem Herrn verstanden, dass er *sie* forderte. Aber keine Sorge, sie wird nicht lange leiden müssen - genausowenig wie ihr." Er schnippte abermals mit den Fingern, und um die drei herum brach der Boden auf. Einen Moment dachte Reynadra an ein Erdbeben, doch dann erkannte sie, dass Khamir den Rest der heiligen Krieger knapp unter der Oberfläche verborgen hatte; um sie herum erhoben sich mehrere hundert untote Soldaten aus dem Boden, die makellosen Rüstungen im Sonnenlicht blitzend, genauso wie die eleganten Schwerter in ihren Händen.

Khamir wandte sich lachend zum Gehen, blieb jedoch einige Schritte weiter erneut stehen und wandte sich zu den von Soldaten Umringten um. Er legte den Kopf schief und sah Quinn tadelnd an. „*Das* brauche ich natürlich noch," bemerkte er und schleuderte dem unvorbereiteten Magier einen Feuerball vor die Brust, genau dorthin, wo er unter der Robe das wahre Horn von Saskath verborgen hatte. Als Quinn hintenüber geschleudert wurde und zwischen die Soldaten fiel, sprach Khamir ein einzelnes Wort, und das Horn erhob sich aus den verbrannten Überresten der Tasche und sprang in seine Hand. „Ts, ts, ts, Zauberlehrling - wolltest Du mich mit meinen Waffen schlagen? Wie töricht."

Damit wandte er sich ab, gefolgt von dem Soldaten, der Talia trug, und die übrigen untoten Krieger rückten bedrohlich einen Schritt vor und zogen den Kreis um die drei enger. Kyle hielt entschlossen das Schwert in der Hand und maß die Übermacht an Gegnern mit konzentriertem Blick; doch selbst er musste eingestehen, dass sie nun keine Chance mehr hatten. Die Krieger verharrten in einem engen Kreis um sie herum, alle in gleicher Haltung das Schwert kampfbereit erhoben, und schienen zu warten. Dann plötzlich sprang einer von ihnen vor und erhob das Schwert zu einem gewaltigen Hieb in die Luft, und Kyle wusste, dass er selbst mit einem unverletzten Arm diesen Schlag nicht würde parieren können. Dennoch hob er die Klinge und kniff die Augen zusammen.

Plötzlich vernahm Reynadra ein Sirren, gefolgt von einem pfeifenden Geräusch, und als sie zu dem Krieger aufsah, starrte dieser ausdruckslos auf den Pfeil, der in den weichen Lederschutz um seinen Hals eingedrungen war. Als der Krieger langsam und schweigend vornüber fiel, erkannte sie die grünen Federn am Schaft des Pfeiles. Im selben Moment erhob sich aus dem Wald rings um das Tal der wohlvertraute Kampfgesang, und hinter den Kriegern brachen unzählige Elfen aus dem Wald hervor. Abermals bebte die Erde unter ihren Füßen, und Reynadra wusste, dass dieses Beben nicht von den leichtfüßigen Elfen stammte; als sie sich umwandte, erhob sich eine gewaltige Staubwolke über dem Abhang, und daraus tauchten die massigen Gestalten der königlichen Panzerreiter in einer spitzen Formation auf, die langen Lanzen zum Angriff gesenkt.

An ihrer Spitze ritt Sir Vincent, als einziger ohne Helm, und sein brauner Pferdeschwanz flog im Wind ebenso wie der Rethiels, der an seiner Seite lief. Kyle hatte

Bakars Krieger einmal mit Kleiderschränken verglichen, und Reynadra hatte ihm Recht geben müssen. Doch Vincents Panzerreiter wirkten in ihrer schweren Rüstung auf ihren Schlachtrössern wie wütende Felsen, die in einer gewaltigen, unaufhaltsamen Lawine zu Tal rollten und die ersten heiligen Krieger, auf die sie trafen, unter sich begruben. Das Heer der heiligen Krieger zog sich von Kyle, Quinn und Reynadra zurück, um sich neu zu formieren, und die wenigen, die nicht schnell genug waren, wurden erbarmungslos von den Pfeilen der Elfen und den Lanzen der Panzerreiter niedergerissen.

Die drei drängten sich dicht aneinander, als die Lawine an ihnen vorbeidonnerte, und Vincent erschien an ihrer Seite, seinen Männern mit erhobenem Schwert Befehle zubrüllend. „Die Verhandlungen in Gethia haben uns etwas aufgehalten," erklärte er, und seine Augen funkelten kampfeslustig, „doch Euer Elfenfreund hier führte uns auf dem schnellsten Weg hierher, nachdem sich die Untersuchung als höfisches Ränkespiel herausstellte." Er deutete mit der in einem dicken Panzerhandschuh steckenden Hand auf Rethiel, der ihnen kurz lachend zuwinkte und sich dann mit einem melodischen Schlachtruf ins Gewimmel stürzte, den die Elfen um ihn her aufnahmen und wiedergaben. Mit einer Kopfbewegung deutete er zum Tempel hinauf: „Scheint, dass Euer Feind sich verstecken möchte - holt ihn Euch, wir kümmern uns um das Volk hier!" Mit einer weiten Geste schloss er die untoten Krieger und die Dai'khir ein, die sich plötzlich hinter dem Horizont wie eine dunkle Wolke erhoben hatten und nun mit wütenden Schreien in den Kampf eingriffen.

„Aber..." warf Kyle ein, „Die Krieger haben den Segen der Götter!"

Vincent warf den Kopf in den Nacken und lachte hell auf. „Was glaubt Ihr, was wir haben?" rief er, als er das Schwert erhob und seinem Pferd die Sporen gab, so dass es davonpreschte und ihn mitten in den Kampf trug, wo er sich mit wilder Entschlossenheit auf den nächsten heiligen Krieger stürzte. Lynn sah, wie er einem Krieger die Maske herunterriss und sein Langschwert in das ungeschützte Gesicht stieß, während sie mit Kyle und Quinn den ausgetretenen Pfad zum Hügel hinaufstürmte.

Als sie das uralte, eichene Tor aufstießen, empfing sie in der Dunkelheit jener rhythmische Herzschlag und das dunkle Flüstern, den sie auch zuvor im großen Kuppelraum gehört hatten. Talia lag in einem in den Boden gemeißelten Kreis, an dessen Rand unzählige kleine Kerzen entzündet worden waren. Ihnen gegenüber stand Khamir, und als er sie sah, weiteten sich seine Augen, und er schickte mit einer herrischen Handbewegung den untoten Soldaten, der ihn begleitet hatte, gegen sie; doch Kyle stürzte mit einem markerschütternden Kampfschrei vor und stieß dem Krieger das Schwert in die Reste seines verfaulenden Gesichts, so wie es Vincent getan hatte. Noch während der Krieger fiel, stürzte der junge Dieb auf den Kreis zu, zerteilte die Luft über der Kreislinie mit zwei eleganten Schwertschwüngen, wie Reynadra es ihm erklärt hatte, und setzte neben dem reglosen Körper seiner Schwester auf.

„Niemand... vergreift sich an meiner Schwester," erklärte er kalt, als er den schlaffen Körper hochhob und aus dem Kreis trat. Khamir wurde weiß, und aus den wirbelnden Schatten, die sich über dem Kreis zusammengezogen hatten, drang ein unbändiger, unweltlicher Aufschrei des Zornes und des Verlusts.

„Wie könnt Ihr es wagen, den einzig wahren Herrn anzuzweifeln?" schrie Khamir, und seine Stimme klang schrill. „Bakar! Zu mir, töte diese Narren!"

Reynadra sah Kyle einen Moment zusammenzucken, als die Gestalt Bakars aus den Schatten hinter Khamir trat, doch in den Zügen des Mannes lag nicht das unterwürfig-schleimige Lächeln, dass sie gewohnt waren, sondern ein ernster, konzentrierter Blick. „Lord Khamir, Ihr habt versagt," erklärte er fest, und obwohl er leise sprach, hörte man seine Stimme deutlich über das hohe Pfeifen, zu dem sich das Flüstern nun gesteigert hatte, da das Ritual abermals zu scheitern drohte. Bakars Arm zuckte vor, und ein Dolch blitzte in seiner Hand auf. „Euer Herr wird nicht die Fehler ausnutzen, die mein Volk begangen hat."

Sein Arm zuckte erneut, doch Khamir machte eine wegwischende Handbewegung, und der Dolch schien vor ihm abzuprallen und landete scheppernd auf dem kahlen Stein. Schwer atmend und mit blitzenden Augen starrte Khamir seinen ehemaligen Diener an, und als er sprach, war seine Stimme erfüllt von abgrundtiefem Hass: „Bakar, Du mieser Verräter! Ich wusste, dass Dir nicht zu trauen war, doch dass Du mich an meine Feinde ausliefern willst? Wir hätten an der Seite unseres Herren alle Macht besessen, aber Du hast den Tod gewählt! Schmore in den Niederhöllen, Du nichtsnutziger Verräter!"

Mit diesen Worten streckte er die Hand gegen den anderen Mann vor, und mit einem Fauchen umfing diesen eine rot lodernde Stichflamme. Von einem Moment auf den nächsten war Bakars ganzer Körper von Flammen umhüllt, die ihn mit rasendem Knacken und Knistern verzehrten; Reynadra sah, wie Bakar unter den Schmerzen zuckte, doch er gönnte Khamir nicht den Triumph, seinen Schmerz hinauszuschreien. Statt dessen zog er mit quälender Langsamkeit einen weiteren Dolch, fasste ihn mit zwei verbrennenden Fingern und schleuderte ihn Khamir entgegen.

Khamirs Augen weiteten sich vor Überraschung, und abermals machte er die wegwischende Geste. Dieses Mal aber blitzte der Dolch, in dessen Klinge Reynadra ein Ankh erkennen konnte, hell auf und bohrte sich in die rechte Schulter des Magiers. Obwohl die Wunde nicht groß war, schrie Khamir vor Schmerz und taumelte zurück; seine Robe streifte über die Kreislinie, als sein Fuß darüberstrich und in den Kreis trat.

Die Schatten über dem Magier schienen einen Moment menschliche Gestalt anzunehmen und mit den Schultern zu zucken, dann sah der Magier mit einem erstickten Keuchen auf die Linie, die er übertreten hatte; die Schatten türmten sich auf und fielen dann über dem Magier zusammen, der die Hände zitternd vors Gesicht hob. Er schien einen Schritt aus dem Kreis herausmachen zu wollen, doch statt dessen trat er einen Schritt tiefer hinein, und Reynadra hörte Knochen und Gelenke knacken. Das Keuchen des Magiers ging in ein ersticktes Gurgeln über, und aus seiner Nase und seinen Ohren lief Blut. Einen Moment später spuckte er Blut, und aus seinen Augen drang ebenfalls Blut, ebenso aus den Poren seiner Hände und Arme, seines ganzen Gesichts, als würde er Blut schwitzen.

Der Magier verdrehte die Augen, als er zu Boden stürzte und sein ganzer Körper sich in Blut aufzulösen schien, bis nur noch ein bleiches Gerippe am Boden zuckte, das in Sekunden zu Staub zerfiel. Aus dem Blut aber formte sich eine neue, annähernd menschliche Gestalt, die jedoch dreimal so groß war, so dass sie fast an die Decke des

Tempels stieß. Mit einem fürchterlichen Gebrüll hob die Gestalt die unförmigen Arme und streckte sich, als wäre sie aus tiefem Schlaf erwacht.

Vincent duckte sich unter dem präzisen Schlag eines heiligen Kriegers hinweg und hieb ihm zur Antwort den Arm ab; seine Klinge, die von den Priestern der Hauptstadt gesegnet worden war, sang leise, als sie den orangen Stoff und das Kettenhemd durchtrennte und das verfaulende Fleisch vom Hauptkörper löste. „Verschwinde, Gerippe," herrschte er den stummen Krieger an, der das Schwert mit der anderen Hand aufhob und weiterkämpfte, „Deine Zeit ist vorbei - Wir sind die Elite!" Er umfasste das Schwert mit beiden Händen und spaltete die Maske und den Helm des Kriegers mit einem gewaltigen Schlag, und der Untote kippte um und blieb liegen.

Als er das Gebrüll vom Tempel hörte, wandte er sich im Sattel um und sah besorgt zur Hügelkuppe hinauf. Seine Männer hatten nach ihrem ersten Ansturm die Lanzen weggeworfen und ihre Schwerter gezogen, und während die Elfen unter lautem Gesang eines der geflügelten Höllenbiester nach dem anderen aus dem Himmel schossen, bedrängten seine Krieger nun mit ihren Langschwertern die Soldaten, deren Rüstungen inzwischen nicht mehr blank und schimmernd aussahen - der Segen der Götter war verflogen, und jetzt waren die beiden Heere etwa gleich stark. Als er einige Elfen in langen Roben zum Tempel streben sah, runzelte er die Stirn, doch vermutlich würden sie den drei Abenteurern zu Hilfe kommen wollen. Er hoffte bloß, dass die drei ihrer Aufgabe gewachsen waren.

Quinn eilte zu Kyle, der starr vor der sich erhebenden Gestalt stand, die zunehmend fester und realer wurde, und riss ihn und Talia in Sicherheit, weg vom Kreis, der nun hellrot zu glühen schien. Reynadra sah ihn sein Grimorum aufschlagen und denselben Zauber auf Talia wirken, mit dem er Kyles Bein geheilt hatte, und einen Moment später schlug Talia hustend die Augen auf und setzte sich auf. Quinn murmelte leise einige Worte zu ihr, und die drei sahen zu der Gestalt auf, die nun nicht mehr aus Blut, sondern aus feuerroter, ledriger Haut bestand und gerade vier gewaltige Flügel ausformte.

Quinn erhob sich von Kyle und seiner Schwester, und während er an Reynadras Seite trat, die immer noch vor dem Kreis und der in ihre Welt eintretenden Kreatur stand, blätterte er erneut in seinem Buch und stimmte einen Singsang an, der das Brüllen des Dämons kaum übertönen konnte. Der junge Magier hob die Hand und sprach konzentriert die Formel zur Bannung der Dämonen, die auch Reynadra kannte, und unter seinen Worten und Gesten wand sich die Kreatur.

Einen Moment lang schien sie wieder an Festigkeit zu verlieren, und die Flügel falteten sich ein, doch im nächsten Moment wurde der Dämon endgültig Teil ihrer Welt: sein Kopf gewann an Struktur, und über einer stierartigen Schnauze und den rotglühenden Augen sah Reynadra seine Hörner: zwei gewundene Hörner wie die eines Widders an den Schläfen, und ein spitzes, gerades direkt auf der Stirn.

Der Dämon sah auf sie herab, als müsste er erst verstehen, was um ihn herum vorging, und Quinn hob beide Hände dem Dämon entgegen; seine Finger erstrahlten in einem hellen Blau, so dass man seine Hände kaum mehr erkennen konnte, und aus diesem Licht schoss ein gerader Strahl aus blendendem Licht, der den Dämon direkt in die Brust traf. Reynadra konnte das Zischen hören, als der Strahl den Körper des Dämons versengte und er sich darunter wand, während Quinn mit zusammengebissenen Zähnen mehr und mehr magische Energie in seinen Zauber einband, bis er kurz vor dem Zusammenbruch stand.

Dann aber machte der Dämon eine wegwischende Handbewegung, wie Khamir sie gemacht hatte, und von seiner Hand löste sich eine dunkle Wolke, die wie ein schwarzer Schwarm Fliegen surrte und über Quinns Bein zog. Der junge Magier schrie schmerzerfüllt auf, als die Wolke über seine Robe scheuerte und schließlich, als der magische Schutz, den sie bot, zusammenbrach, seine Haut von den Knochen fegte. Reynadra kannte die Roben der Magier, in die die schützende und heilende Magie ihrer Besitzer eingewoben war, und war entsetzt, als Quinn mit einem Schmerzensschrei zusammenbrach und den Beinstumpf umklammerte, der nach der Attacke geblieben war. Bereits jetzt murmelte der Magier eine Formel, und ein grünes Glühen erfasste die Reste seines Beines und begann, dass verlorene Glied nachzuformen, doch Reynadra bezweifelte, dass er sich geheilt haben würde, bevor der Dämon erneut angriff.

Doch der Dämon schien das Interesse an ihnen verloren zu haben, jetzt, da Quinn ihn nicht mehr angriff. „Ich dachte, sie können nicht außerhalb des Kreises wirken!" brüllte Kyle entsetzt, und Reynadra nickte. Keiner der Dämonen, die ich kenne, dachte sie grimmig, als der Dämon einen Schritt machte und aus dem Kreis heraustrat. Aber diese Dämonen waren so lächerlich wie die Dai'khir gewesen im Vergleich zu der Macht, die dieser hier besaß.

Der Boden dröhnte, als der Dämon einen weiteren Schritt machte und ausholte, und sie erkannte, dass er mit einem Schlag den Tempel einreißen und dann endgültig in die Welt entkommen würde. Sein erster Schlag brachte das Gebäude zum Erbeben und riss große Steinstücke aus der Decke, die in den Kreis fielen. Doch als er abermals ausholte, zuckte er plötzlich zusammen, und sein Schlag prallte von der nun scheinbar standhaften Steindecke ab, als hätte er nur die Kraft eines Menschen, und nicht eines unweltlichen Wesens, dass den Göttern ähnlich war. Dann hörte Reynadra den Gesang.

Vincent wandte den Kopf, als die Elfen ihren Gesang änderten. Die in Roben gehüllten Gestalten, die er zum Tempel hatte eilen sehen, hatten einen Kreis um das Gebäude gebildet und einen neuen Gesang angestimmt, den erst die näheren, dann aber alle Elfen auf dem Schlachtfeld aufgenommen hatten. In ruhigen, gleichmäßigen Wellen rollte der Gesang den Hügel hinauf, und mit wachsendem Erstaunen sah Vincent, wie sich um den Tempel eine blassgrüne Kuppel bildete, so durchsichtig erst, als wäre sie nur eine Einbildung, doch stetig an Stärke gewinnend.

Als er das Brüllen aus dem Inneren des Tempels vernahm, dämmerte es ihm: Was immer in diesem Tempel war, die Elfen setzten alles daran, damit es nicht herauskam. Er hieb einen der geflügelten Dämonen aus der Luft, der sich auf einen Elf stürzen wollte, und riss das Schwert in die Höhe.

„Also gut, Panzerreiter des Königs!" brüllte er über den Schlachtenlärm. „Geben wir unseren spitzohrigen Freunden etwas Rückendeckung!"

Der Dämon wand sich unter dem Gesang, der durch die Ritzen im Mauerwerk zu sickern schien, und schien ein Stück zu schrumpfen. Machtlos trommelte er mit den Fäusten an die Decke des Tempels, doch seine Schläge prallten wirkungslos am Gestein ab.

Quinn ächzte leise, als er sich in eine sitzende Position hob und zum Dämon aufsah. Der erwiderte den Blick aus glühenden Augen und schien sich der vier Menschen wieder bewusst zu werden. Mit einem fürchterlichen Wutgeheul hob der Dämon eine Faust und richtete sie auf Quinn, und eine gewaltige Flammenkugel tauchte den Raum in loderndes Licht, als sie auf ihn zuraste. Quinn hob beide Hände vor das Gesicht, und die Flammen brandeten über die blass blau aufleuchtende Schutzkuppel um sie herum. Obwohl er dem Angriff standhielt, wurde Quinn unter der Wucht zurückgeschleudert und schrie vor Schmerz auf, als sein verletztes Bein über den Boden geschleift wurde.

Reynadra erkannte, was der Magier vorhatte, als der Dämon einen weiteren Feuerball auf die vier schleuderte und Quinn ihn wiederum mit einem Schutzzauber auffing. Die Kräfte des Dämons auszuzehren würde ihn zwar nicht vernichten, doch vielleicht konnten sie ihn weit genug schwächen, so dass sie sich zur Tür zurückziehen konnten; wenn sie einmal draußen waren, konnten er gegen die Schutzkuppel der Elfen so lange wüten, bis seine Kräfte zu schwach waren, um einem Bannritual zu widerstehen. Sie wusste zwar nicht, wie lange es dauern würde, doch es war ihre einzige Chance, und sie wusste auch, dass Quinns Schutz die Zauberkräfte des Dämons aufhalten würde - nicht aber den Dämon selbst.

Auch der Dämon schien das zu erkennen, denn er hob eine gewaltige Faust und hieb nach Quinn; Reynadra hatte kaum Zeit, das kleine goldene Ankh-Kreuz aus der Tasche zu ziehen und sich auf einen Kreis zu konzentrieren, der sie alle vier umgeben würde, als der Schlag des Dämons auch schon auf ihre unsichtbare Barriere krachte. Sie spürte das Wüten des Dämons, und ging in die Knie, als sie ihre Konzentration verstärkte und den Kreis korrigierte, immer darauf bedacht, ihren Schutz innerhalb von Quinns Schutzkuppel zu halten; er hatte ihr deutlich zu verstehen gegeben, wie unkontrollierbar ihrer beider Kräfte wurden, wenn sie aufeinander trafen und sich vermischten.

„Kyle, Talia - zur Tür!" schrie Quinn ächzend, während der Dämon mit Feuerbällen und Fäusten auf ihre kombinierten Schutzkreise eintrommelte. Für beide Seiten war klar, was sie vorhatten: Reynadra wusste, dass sie und Quinn nicht einmal mehr die Kraft hatten, sich einen Schritt zu bewegen, ohne ihre Abwehr fallen zu lassen, und der Dämon schien ihre Kräfte ermüden zu wollen, bevor sie den Tempel verlassen konnten.

Mit Entsetzen sah Reynadra, wie Kyle sich erhob und einen Schritt auf den Dämon zutrat, weg von der Tür. Das Schwert lag locker in seiner Hand, und er starrte zu der gewaltigen Erscheinung hinauf, die seinen Blick aus Augen erwiderte, hinter denen die Feuer der Niederhöllen zu lodern schienen. Er musste wissen, dass sein Schwert gegen den Dämon nutzlos war, trotz der Magie, die die Elfen in die Waffe hineingeschmiedet hatten, doch Kyle maß den Dämon mit schätzendem Blick, und der Dämon erwiderte seinen Blick interessiert. Einen Moment lang war es still im Raum, als der Dämon seine Angriffe einstellte und fast abwartend zu Kyle hinuntersah; sogar der Schlachtenlärm und der Gesang der Elfen schienen einen Moment verstummt, während Kyle und der Dämon sich eine scheinbare Ewigkeit ein stummes Blickduell lieferten.

Dann trat Kyle einen weiteren Schritt vor, und als der Dämon triumphierend aufschrie, erkannte Reynadra, dass der Dämon ihn aus dem schützenden Kreis, den sie errichtet hatten, herausgelockt hatte. Als die klauenbewehrte Pranke des Dämons auf Kyle hinunterraste, stieß sie sich vom Boden ab und trat ebenfalls einen Schritt vor. Quinn gab hinter ihr einen warnenden Laut von sich, und sie sah noch, wie der Schlag knapp über Kyle aufgefangen wurde - dann erkannte sie, dass sie Quinns Kreis überschritten hatte und stürzte in dunkle Bewusstlosigkeit, als die Kräfte unkontrolliert über sie hereinbrachen.

Die Dinge entwickelten sich nicht zum Besten: nach ihrer anfänglichen Überraschung hatte sich das Heer der Untoten formiert, und nun gingen sie mit unglaublicher Gleichgültigkeit gegenüber ihren eigenen Verlusten zum Gegenangriff über. Der göttliche Schutz war von ihren Rüstungen abgefallen, doch noch immer kämpften die Soldaten mit dem Geschick und der Entschlossenheit der ehemals besten Kämpfer des Königreiches, und auch die härtesten Hiebe steckten sie unbeeindruckt ein. Obwohl sie nach und nach fielen, wenn Vincents Krieger ihnen die Arme oder Beine abschlugen, schienen die auf sie einprasselnden Schläge ihnen keine Schmerzen zu bereiten.

Vincent hieb mit wohl kontrollierten Schlägen auf einen Krieger ein, dem die Rüstung nur noch in Fetzen am Leibe hing, doch die untote Kreatur schien nicht gewillt, zu Boden zu gehen und liegen zu bleiben. Der vertrocknete Brustkorb brach splitternd auf, als Vincent ihr das Schwert bis zum Rücken hindurchtrieb, doch sie schien nicht im Mindesten beeindruckt und hieb mit ihren verfaulenden Krallen nach ihm, nachdem er ihr das Schwert aus der Hand geschlagen hatte. Sein Schwert steckte in der Brust der Kreatur fest, und er parierte den Hieb mit dem gepanzerten Unterarm seiner schweren Reiterrüstung.

Mit einem derben Knacken fiel der Kopf des Untoten zu Boden, und er sackte endlich zusammen, als Lerian an Vincents Seite auftauchte und der Kreatur mit einem gezielten Schwertstreich den Kopf von den Schultern trennte. Seine Rüstung war über und über mit den Resten der Untoten und der geflügelten Kreaturen befleckt, und unter den Panzerplatten seiner linken Schulter sickerte dunkles Blut hervor. „Es sieht nicht gut aus, Vincent," erklärte er, während er einer weiteren Kreatur den Kopf von den Schultern hieb, und Vincent nickte. Seine Männer kämpften mit grimmiger Entschlossenheit, doch wo einer der untoten Soldaten fiel, nahmen zehn neue seinen Platz ein, und Vincent war sich nicht sicher, ob die Elfen noch genug Pfeile haben würden, um die ständig nachwachsende Zahl geflügelter Dämonen zu besiegen.

„Also gut, Panzerreiter!" brüllte er über den Schlachtenlärm und hob das Schwert, „Formiert Euch!" Die einzelnen Reiter brachen aus ihren Kämpfen aus und formten sich zu einer größer werdenden Schlachtreihe, die den eingeschlossenen Kriegern zu Hilfe kam.

Quinn riss entsetzt die Augen auf, als er das wilde Flackern magischer Energien spürte, kurz bevor Lynn mit einem dumpfen Stöhnen zu Boden sank. Ein Sturm unkontrollierter Magie fegte über ihn hinweg, und er spürte, wie die Schutzmagie seiner Robe sich knisternd auflud, als sie den Schaden abzuwenden versuchte; dennoch schien seine Haut in Flammen zu stehen, und in seinen Eingeweiden tobte flüssiges Feuer, das ihn von innen heraus zu verzehren schien. Mit einem erstickten Keuchen ließ er seine Abwehr fallen, um der wild zuckenden Entladung Herr zu werden. Verschwommen sah er, wie Kyle sich unter dem Hieb des Dämons hinweggeduckt hatte und seine gegen diese Kreatur lächerlich wirkende Waffe in das Fleisch des Dämons versenkt hatte. Der Dämon schrie schmerzerfüllt auf, ein tiefes, grollendes Brüllen, das die Wände erbeben ließ, und Kyles Klinge glühte in einem warmen, gleißenden Licht auf.

Quinn warf einen Blick zu dem reglosen Körper der jungen Mystikerin hinüber, die der magische Sturm zuerst getroffen hatte und die noch immer kein Lebenszeichen von sich gab, und Zorn wallte in ihm auf. Mit ruhigen, festen Worten und Gesten verband er die losen Enden der unbändig hin und her zuckenden magischen Stränge, die sich unter seiner Kontrolle wanden wie unzählige Schlangen. Mit einem leisen Gesang wob er sie zu einem neuen Zauber, den er dem Dämon entgegenschleuderte, gerade als dieser erneut Kyle attackieren wollte; ein Hagel aus Lichtlanzen ging auf den Dämon nieder und zwang ihn in die Knie, sich windend, unfähig, einen Gegner zu erkennen und einen Schutz aufzubauen gegen die Angriffe, die von allen Seiten auf ihn einprasselten.

Kyle rollte sich unter der nun ungezielten Attacke des Dämons hinweg, und Quinn erkannte, was der Dieb vorhatte, als er direkt vor dem Dämon auf die Beine kam und etwas vom Boden aufhob. Er schloss die Hand um den kleinen Gegenstand und hob ihn triumphierend in die Höhe, so dass auch der Dämon ihn sehen konnte: Kyle hielt das Horn von Saskath in der Rechten, und der Dämon heulte vor Wut auf, als Kyle einen Schritt von dem Dämon weg machte. Trotz der auf ihn einschlagenden Zauber richtete der Dämon sich langsam, aber stetig wieder zu voller Größe auf und trat einen Schritt auf Kyle zu. Der drehte sich um und sah zu ihm auf, und der Dämon erwiderte seinen Blick mit schräg gelegtem Kopf, als würde er auf etwas warten.

„Kyle! Komm hier rüber!" brüllte Quinn durch den Raum, und spürte dabei, wie jede Faser seines Körpers unter der Überbeanspruchung der unausgesetzten Zauberei protestierte. Er wusste, dass er bald nicht einmal mehr die Kraft haben würde, zu atmen, doch Kyle stand stumm in die Augen des Dämons starrend da, ohne eine Bewegung in Richtung Ausgang zu machen.

Die Untoten schienen neue Kraft zu gewinnen, und mit jedem Vorstoß, der gegen die Verteidigung der Panzerreiter anbrandete und sich wie eine Welle aus verfaulenden Körpern daran brach, wurden die königlichen Ritter schwächer. Vincent erkannte, dass die Untoten ewig so weiterkämpfen konnten, während seine Männer langsamer und schwächer wurden. Bereits jetzt war die Ebene übersät mit den Körpern seiner Soldaten, die von den wütenden Hieben ihrer Gegner trotz ihrer schweren Rüstung fast zerissen worden waren, und als die Reiter sich weiter zurückzogen, blieben immer mehr gerüstete Krieger leblos zurück.

Da erscholl ein Hornsignal von jenseits des Abhanges, und einen Moment später antwortete ein zweites Horn von der anderen Seite des Tales. Einen Moment lang war es fast absolut still, als Krieger wie Untote gleichermaßen den Kopf wandten und zum Wald hinübersahen.

Dann erhob sich ein vielstimmiger Kampfschrei vom Wald her, und im nächsten Augenblick brachen unzählige Gestalten unterschiedlichster Rüstung und Bewaffnung aus dem Dickicht hervor und stürmten ins Tal. Vincent sah Männer und Frauen in schweren Kampfrüstungen, in einfachen Kettenhemden und Lederrüstungen. Einige von ihnen trugen nur die einfache Robe eines Mönches oder Priesters, und über ihren Köpfen schwangen sie eine Vielzahl an Hämmern, Bögen, Stäben, Keulen, zweihändigen Schwerter, Speeren - eine junge Frau mit wehenden blonden Haaren und einfacher Lederrüstung stürzte sich sogar nur mit einem Dolch bewaffnet in den Kampf.

An der Spitze der Männer und Frauen lief ein einzelner Mann in einer glänzenden Rüstung, der die Reihen der ihm entgegenstehenden Untoten mit einem Schwert niedermähte, das nur aus Licht zu bestehen schien, während er ihre wütenden Hiebe mit einem Schild abfing, der so blau wie der wolkenlose Himmel selbst strahlte. Seine Rüstung glänzte im Licht seines Schwertes. Es brach sich in seinem Helm, der die Form eines feuerspeienden Drachen aufnahm, in tausenden kleine Lichtflecken. Als Vincents Männer diesen Ansturm sahen, der tiefe Breschen in die Reihen ihrer Gegner trieb, schöpften sie neuen Mut, und mit einem wilden Geschrei, das in den Kampfschrei der Fremden einging, stürzten sie sich auf die Untoten, die erneut zurückwichen.

Eine scheinbare Ewigkeit starrte Kyle in die Augen des Dämons, und der starrte zurück, die riesige Hand fordernd nach dem Horn von Saskath ausgestreckt. Er erinnerte sich daran, wie Reynadra gesagt hatte, das Horn sei der wichtigste Bestandteil, und hatte sich von seinem Gefühl und seiner Erfahrung als Dieb leiten lassen, als er in den nun unwichtig gewordenen Kreis gestürzt war und das Horn an sich gebracht hatte. Der Reaktion des Dämons nach hatte er Recht gehabt, und obwohl die riesige Gestalt nicht sprach, konnte er spüren, wie der Dämon das Horn als Eigentum beanspruchte und zurückforderte. Er meinte, hinter dem lodernden Brodeln seiner Augen etwas Vertrautes zu erkennen, und fühlte sich von dem starren, fast bittenden Blick der Kreatur fasziniert.

Der Dämon blinzelte, was bei ihm sehr seltsam und fremd wirkte, und mit der Bewegung seiner gewaltigen Hand ließ er die Mauern des Tempels verschwinden. Kyle war sich nicht mehr sicher, ob er träumte oder wach war, als die dicken Steinmauern erst durchsichtig wurden, und dann zu einem geisterhaften Schatten verblassten, der die Existenz des Tempels nur noch erahnen ließ. Mit einer Geste, die Kyle merkwürdig bekannt vorkam, wies der Dämon auf die kahle Ebene hinaus, auf der die beiden Heere aufeinandertrafen.

Kyle wandte sich um, um zum Kampf hinunterzusehen. Inzwischen war leichter Nebel über der Talsenke aufgezogen, und Kyle erkannte ebenfalls die Ebene aus seinen

Träumen wieder, als er die unzähligen Leichen sah, die am Fuße des kleinen Hügels verstreut lagen. Noch immer kämpften die königlichen Reiter verbissen gegen die schier unerschöpfliche Übermacht untoter Krieger, die sich in einer dunklen, fauligen Welle in das Tal ergossen; doch einer nach dem anderen wurden sie von den verwesenden Händen aus den Sätteln und zu Boden gerissen, wo die Kreaturen wie Wölfe über sie herfielen. Der Gesang der Elfen hatte an Kraft verloren, als mehr und mehr ihrer schlanken Gestalten von den Krallen der Dai'khir zerrissen worden waren, und die wenigen Überlebenden kämpften einen aussichtslosen Kampf.

Eine Hand des Dämons, jetzt nur noch so groß wie die eines Menschen, legte sich auf seine Schulter; und als Kyle sich herumdrehte, nahm der Dämon wieder die Form des eleganten Adeligen an, den er in seinen Träumen gesehen hatte. Einzig seine noch immer glühenden Augen und die drei Hörner an Stirn und Schläfen erinnerten Kyle daran, wer vor ihm stand. Mit sanftem Druck drehte der Dämon ihn herum und wies mit einer weiteren Geste auf seine Freunde.

Reynadra lag reglos am Boden, der graue Mantel fast wie ein Leichentuch über sie gebreitet, und die Haare wirr in ihrem wunderschönen Gesicht liegend. Talia stand nur in einen Mantel gekleidet nahe der eichenen Doppeltür und sah fragend zu ihm, in ihrem erschöpften Gesicht deutlich die Zeichen der Strapazen, die sie ausgelaugt hatten - ebenso wie Quinn, der sich mit schmerzverzerrtem Gesicht auf die Reste seines Beinstumpfes stützte und vor Anstrengung so bleich wie seine abgewetzte Robe geworden war.

Siehst Du, schien der Dämon sagen zu wollen, sie sind alle gescheitert. Kyle sah in die lodernden Augen, die seinen Blick ruhig aus dem unergründlichen Gesicht erwiderten, und der Dämon streckte abermals die Hand nach dem Horn aus. Du hast sie zum Scheitern verurteilt, flüsterte eine leise Stimme in ihm, und Du allein wirst Schuld tragen an ihrem Tod. Mit wachsender Verzweiflung sah Kyle zu den Sterbenden auf dem Schlachtfeld und zu seinen erschöpften Freunden. Sie würden nicht weiter gegen den Dämon kämpfen können, und in wenigen Augenblicken würde er ihren Widerstand überwunden haben und sie zermalmen.

Kyle wusste, dass er die Macht hatte, das Sterben zu beenden und den Tod der wenigen Überlebenden zu verhindern, bevor sie alle von den Klauen und Zähnen der dämonischen Diener zerrissen wurden. Er spürte das Gewicht des Elfenbeinstabes in seiner Hand, als würde die ganze Welt darauf lasten, und sah fragend zu dem Adeligen auf, der hinter ihm stand. Der lächelte väterlich und hob eine Hand, so dass Kyle eine faustgroße, grünliche Kugel aus warmem Licht sehen konnte. Im Innern der Kugel erkannte er nebelhaft die Gesichter seiner Freunde, der Krieger und Elfen draußen auf dem Schlachtfeld, und aller, die seinetwegen hatten sterben müssen. In den Schatten hinter dem eleganten Mann sah er die halb verborgenen Silhouetten seiner Freunde, erkannte Talia, Quinn und Reynadra, die warm lächelnd hinter dem Mann standen und ihn zu sich winkten.

Er hatte das schwache Gefühl, das alles bereits einmal erlebt zu haben, hatte die ungenaue Erinnerung an einen Traum. Doch die Erinnerung entglitt ihm, als er sich darauf zu konzentrieren versuchte, wie das Gesicht des edlen Herrn vor ihm jedesmal undeutlich wurde, wenn er ihn anzusehen versuchte. In seinen Träumen hatte er sich gegen das Angebot entschieden, seine Freunde zu retten, erinnerte er sich, doch er verstand nicht mehr, weshalb. Er wusste, der freundliche, elegante Adelige hatte die Macht, sie alle zurückzubringen, alles ungeschehen zu machen, und was er forderte, war nur ein ganz winziger Dienst -

- Kyle sah auf seine Hand hinunter, in der er das Horn von Saskath so fest umschlossen hielt, dass seine Fingerknöchel weiß hervortraten. Er konnte mit dem Elfenbeinstab doch nichts anfangen, er hatte für ihn keine Bedeutung, und der Mann konnte damit Gutes tun, konnte seine Freunde retten, Freunde, deren Gesichter ihm nur undeutlich in Erinnerung kamen, wie durch einen dunstigen Nebel. Kyle hob die Hand, um dem Mann, der geduldig wartete, endlich den Stab zu geben, und sein Blick strich über eine seltsame Auswölbung unter dem Hemd seiner dunklen Diebeskleidung. Er tastete danach, zog den Gegenstand hervor und hielt ein Amulett in der Form eines aufsteigenden Drachen in der Hand.

Eine wunderschöne, hell klingende Stimme drang wie aus weiter Ferne zu ihm, und er erinnerte sich an die Worte, die eine junge Frau, eine Frau, die er liebte, zu ihm gesagt hatte: „Wenn Du verletzt wirst, kann ich Dich heilen," hatte sie gesagt, „- wenn Deine Seele stirbt, kann ich nichts mehr tun."

Abrupt kehrte die Erinnerung zurück, und Kyle erkannte die Gestalt wieder, die vor ihm stand. Er schloss die Hand fest um das Horn von Saskath und zog sie zurück von der ausgestreckten Hand des Mannes. Dessen warmes, freundliches Lächeln gefror, und als Kyle einen Schritt von ihm zurücktrat, wuchs der Mann in die Höhe und erhob sich bedrohlich über ihm, die Hand noch immer fordernd, verlangend nach dem Artefakt ausgestreckt. Die durchsichtigen Wände wurden wieder fester, und abrupt schlug Kyle die Augen auf und starrte in die wütend glühenden Augen des Dämons, nur eine Handbreit von seinem Gesicht entfernt.

Als Kyle einen weiteren Schritt von der riesigen Erscheinung zurücktrat, erkannte er, dass er aus dem in den Boden gemeißelten Kreis heraustrat, und der Dämon brüllte in maßlosem Zorn und Enttäuschung auf.

Auf dem Schlachtfeld unterbrach Vincent für einen Moment seinen verbissenen Angriff, als er das Brüllen hörte. Auch einige andere Krieger wandten sich um und sahen zum Tempel hinauf, aus dem über dem Gesang der Elfen ein Brüllen, das keiner sterblichen Kehle entstammen konnte, das Tal erschütterte.

Aber nicht nur seine Männer schien das Brüllen verwirrt zu haben: Vincent sah einige der untoten Soldaten, die ihre Schwerter fallen ließen, mit ausdruckslosem Gesicht steif vornüber in den Matsch kippten und liegen blieben, als hätten sie sich nie bewegt. Einer der geflügelten Dämonen stieß einen schrillen Schmerzensschrei aus, der von den übrigen am Himmel aufgenommen wurde, und stürzte steil zu Boden. Vincent konnte erkennen, dass kein elfischer Pfeil und auch sonst keine Waffe die Kreatur getroffen hatte, und dennoch fiel sie regungslos zu Boden und zerschellte förmlich.

Ein Raunen ging durch die Krieger, als einige weitere untote Soldaten ihre Waffen fallenließen und ziellos ineinanderstolperten, und Vincent gab seinem Pferd die Sporen, so dass es sich aufbäumte, und schrie: „Also gut, Männer! Geben wir ihnen den Rest!"

Seine Männer rissen die Waffen in die Höhe und antworteten mit einem Kriegsgeschrei, das von den zahlreichen Fremden aufgenommen wurde, die noch immer mit einer seltsamen Mischung von Waffen und Rüstungen die Reihen der Untoten lichteten.

Der Dämon schien zu schrumpfen, als Kyle einen weiteren Schritt von ihm weg, Richtung Tür machte, und Kyle starrte grimmig in die bittenden, fast flehenden Augen.

„Du hattest Deine Gelegenheit, Abschaum," zischte er kalt und hielt das Horn in die Höhe, so dass der Dämon es sehen konnte. Er schien unter Kyles Worten zusammenzuzucken wie unter Hieben, und krümmte sich, und Kyle sog seine Verzweiflung mit der Luft in tiefen, kontrollierten Atemzügen ein. Er streckte die Hand aus, und sein Kurzschwert riss sich aus dem Fleisch des Dämons und sprang zurück in seine Hand, die Klinge blank und sauber, als wäre sie frisch poliert. Der Dämon heulte schmerzerfüllt auf, als die Klinge ein Stück seines Fleisches mit herausriss und sein kochendes, schwarzes Blut auf den Steinboden tropfte.

Mit einem gewaltigen Aufbrüllen warf der Dämon sich gegen die Barriere des Innenkreises, und mit einem Zischen brach der uralte Schutz in einer zuckenden Lichtkaskade zusammen. Der Dämon machte einen bedrohlichen Schritt auf Kyle zu, abermals fordernd die Pranke nach dem Horn ausstreckend, und Kyle konnte den heißen Atem auf seinem Gesicht spüren. Kyle war sich bewusst, dass der Dämon ihn töten würde, doch jetzt war es ihm gleichgültig; er drehte sich halb zu seiner Schwester herum und warf ihr den kleinen Stab zu. Als sie die Finger um das Horn schloss, heulte der Dämon in grenzenlosem Zorn, so dass Kyle glaubte, allein von dem Brüllen sterben zu müssen, und erhob die Faust zu einem einzigen, vernichtenden Schlag.

In diesem Moment jedoch schwang die große, eichene Doppeltür mit einem Knarren auf, und das Licht, das um die Gestalt eines einzelnen gerüsteten Kriegers mit Schwert und Schild spielte und durch den Torbogen hereindrang, schien den Dämon zu blenden; denn er krümmte sich mit einem Winseln zusammen und hob die Hände schützend vor sein entstelltes Gesicht.

„Es ist vorbei, Shesh'Athkan," sprach der Krieger, als er eintrat und das Schwert, das aus reinem Licht zu bestehen schien, drohend auf den Dämon richtete, der gut dreimal so groß war wie er. Seine Stimme klang seltsam hallend, als würden mehrere Stimmen in einer großen Höhle sprechen; und Kyle war sich sicher, dass das nicht nur von seinem Helm, der die Form eines feuerspeienden Drachen hatte, stammen konnte. Der Dämon erhob sich abermals und schleuderte einen Feuerball auf den Krieger, doch der wehrte den Angriff mit seinem in hellem Blau erstrahlenden Schild ab und hieb sein Schwert tief in den Arm des Dämons.

Vincent sah auf, als ein gutes Dutzend der geflügelten Kreaturen über ihm mit einem spitzen Schrei einfach in der Luft zerplatzte. Mit wachsendem Erstaunen sah er weitere der Kreaturen, die in der Luft erstarrten, dann wie von innen heraus zerrissen wurden und als Schauer von Knochensplittern und Hautfetzen zu Boden fielen, die noch im Fallen zu Staub zerfielen.

Der Dämon stieß einen tiefen Schrei aus, der Stücke der Decke zu Boden fallen ließ, doch der Krieger blockte eine seiner riesenhaften Pranken mit dem Schild ab. Trotz der riesigen Kraft des Dämons wich der Krieger unter dem Aufprall nicht einen Fußbreit zurück, und hieb weiter nach dem Dämon, der ihm schwarze Flammen entgegenspie.

„Du wolltest den Pakt brechen, Shesh'Athkan, doch die Menschen waren zu gerissen für Dich," fuhr der Krieger ungerührt fort, und obwohl er die Stimme nicht erhoben hatte, konnte Kyle deutlich jedes seiner Worte über das Fauchen des Dämons verstehen. „Die Zeit des Endes ist noch nicht gekommen, und die Alten werden Deinetwegen nicht den Pakt auflösen. Ich hätte Dich sonst in der großen Schlacht getötet, doch jetzt wirst *Du* die Schlacht nicht mehr erleben."

Mit diesen Worten hieb er das gleißende Langschwert tief in die Brust des Dämons. Das Licht wurde einen Moment schwächer, als die Klinge bis zum Heft in das rotglühende Fleisch einsank und ein Schwall schwarzen Blutes sich über den Boden ergoss.

Ein untoter Krieger, der eben noch das Schwert gegen Vincent erhoben hatte, starrte verwundert auf seine Schwerthand, die sich aufzulösen zu begann und zu Staub zerfiel, kurz bevor auch seine Beine und dann der ganze Rest des Körpers in Sekundenschnelle verrotteten und die zurückbleibenden Knochen zu Staub zerfielen.

Vincent verzog verwundert das Gesicht und kratzte sich am Kopf, als unzählige weitere untote Soldaten ihren Dienst früher quittierten und sich in Staub auflösten.

Mit einem einzelnen Satz sprang der Krieger vor dem Dämon in die Höhe, bis ihre Gesichter auf gleicher Höhe waren, und schien dort in der Luft zu verharren.

„Du ersparst mir die Anstrengung in der Schlacht, Shesh'Athkan," wisperte der Krieger kaum hörbar, bevor er sein Schwert in einem geraden, kraftvollen Streich durch den Hals des Dämons führte. Mit einem endgültigen Brüllen schrie der Dämon seinen Zorn und seine Niederlage heraus, bevor das Feuer in seinen Augen erlosch und der Kopf langsam von seinen gewaltigen Schultern fiel. Als der Krieger langsam wieder zu Boden schwebte, verlor der Körper des Dämons an Zusammenhalt und zerfiel in einer dunklen Woge aus schwarzem Blut, das sich in Sekundenschnelle in Schatten auflöste und schließlich zerfaserte.

„Es ist vorbei," stellte Kyle leise fest, und der Krieger nickte stumm. Mit dem Schwert locker in der Hand machte der Krieger auf der Stelle kehrt und marschierte schnurstracks zur Tür, die wieder zugefallen war und öffnete sie weit, so dass helles Tageslicht hereindrang. Sie hatten gesiegt, doch Kyle konnte keine Freude empfinden, als er sich auf die Knie neben Reynadras leblosem Körper niederließ und sie vorsichtig hochhob. Tränen standen in seinen Augen, als er sich mit ihr in den Armen erhob und Quinn, auf Talia gestützt humpelnd, an seine Seite trat.

„Es war mein Fehler," murmelte Quinn leise, als sie zu dritt zu dem wartenden Krieger schritten, „sie wusste, was uns erwarten würde, wenn wir die Energien vermischen, und ich habe nicht rechtzeitig erkannt, was sie vorhatte. Es war von Anfang an offensichtlich, dass sie viel sensibler für Störungen war und stärker darauf reagieren würde." Er schüttelte stumm den Kopf und ballte die Hand zur Faust. „Das hätte nicht sein müssen."

Als sie an der Tür ankamen, warf der Krieger einen Blick auf Reynadra und legte ihr die Fingerspitzen der linken Hand auf die Stirn. Kyle warf ihm einen ausdruckslosen Blick zu, ließ ihn jedoch gewähren und sah zu, wie er ihr über die Stirn strich; ein kleiner Lichtfunke schien von seiner Hand überzuspringen, und als Kyle ihn fragend anblickte, lächelte er. „Sie wird sich erholen," stellte der unbekannte Krieger fest und erwiderte Kyles Blick ruhig aus Augen, die in einem so klaren Blau strahlten, als wären es Stücke des Himmels. „Sie ist stark."

In diesem Moment fiel es Kyle wie Schuppen von den Augen, als er die strahlenden blauen Augen unter dem Helm aufblitzen sah. „Einen Moment," wisperte er, und seine Stimme war ein heiseres Krächzen. „Ihr seid..."

„Ja, der bin ich," beantwortete Alazin die unausgesprochene Frage und trat zu den Elfen, Reitern und den vielen verschiedenen Kriegern, die stumm vor dem Portal standen und warteten. Noch immer hielten sich einige Dai'khir und einige wenige der untoten Soldaten auf dem Feld, doch als sie durch das Portal ins Freie traten, überkam eine seltsame Stille das Schlachtfeld. Die Augen aller waren nun auf Kyle und seine Freunde gerichtet.

Der Dämon hatte ihn getäuscht, soviel war Kyle klar, doch der Kampf mit seinen Dienern hatte den Elfen, den Panzerreitern und ihren unbekannten Mitstreitern dennoch einen hohen Blutzoll abgetrotzt. Zwischen den Körpern der geschlagenen Untoten und der von Pfeilen durchbohrten Dai'khir, die die Talsenke in schier unendlicher Zahl bedeckten, sah er die verdrehten Körper der Panzerreiter, die von den Untoten aus den Sätteln gerissen und am Boden zerfleischt worden waren; und auch mehrere der schlanken Gestalten der Elfen, in deren makellose Schönheit sich nun das blutige Rot zahlreicher Wunden, die ihnen die Dai'khir zugefügt hatten, wie ein hässlicher Fleck zeigte. Aber die übrigen Männer und Frauen auf dem Schlachtfeld schienen, obwohl verletzt, erschöpft und müde, doch von einer feierlichen Stimmung erfüllt zu sein; sie alle sahen still zu den vier am Portal des Tempels und schienen auf etwas zu warten.

In seinen Armen bewegte sich Reynadra, und als er auf sie hinuntersah, schlug sie die Augen auf und sah ihn schweigend an. Sie blinzelte einen Moment, als könnte sie ihn nicht richtig erkennen, doch er spürte den Blick ihrer braunen Augen auf sich ruhen.

„Oh Reynadra, ich dachte, ich hätte Dich verloren," wisperte er erstickt, und sie lächelte, als sie ihren Namen hörte. „Ich weiß, ich habe einen Fehler gemacht," setzte er an, „aber -" Weiter kam er nicht, denn sie legte den Finger auf seine Lippen und zog seinen Kopf zu sich herunter, um ihn zu küssen.

Als hätten sie auf dieses Zeichen gewartet, brachen die Versammelten in lautstarken Jubel aus, und bald erscholl der Ruf ihres Sieges von jedem Mitstreiter im ganzen Tal, untermalt vom Scheppern ihrer Waffen. Quinn und Talia traten breit grinsend an Kyles und Reynadras Seite, der Magier auf seinem nachwachsenden Bein noch leicht humpelnd, doch breit lächelnd. Sie alle fühlten sich müde und erschöpft von den Ereignissen, doch eine Woge der Euphorie erfasste sie, und Kyle entließ Reynadra sanft aus seinen Armen, so dass sie an seiner Seite stehen konnte. Er warf einen letzten Blick über die Schulter, wo im Zirkel der heruntergebrannten Kerzen Khamirs zerrissene Robe und die verkohlte Robe Bakars, die allein von ihm zurückgeblieben war, lagen. Er legte seinen Arm um Reynadra, und sie erwiderte den Druck seiner Hand, als er siegesgewiss sein Schwert in die Höhe stieß und in den Jubelruf mit einstimmte.

Nachspiel

„...und durch den heldenhaften Einsatz einiger wackerer Streiter im Dienste des Guten gelang es schließlich, den Dämon zu vernichten und seine finsteren Horden zurückzuschlagen. Sir Vincent von den königlichen Panzerreiter war ebenso an dieser Schlacht beteiligt wie die Elfen, unsere neuen Bündnispartner aus den Wäldern des Nordens, sowie eine größere Gruppe unbekannter Männer und Frauen aus allen Teilen des Landes. Gegenwärtig wissen wir noch nicht viel über diese Personen, die unseren Kämpfern beigestanden haben, doch es gibt Berichte, wonach einige der Männer und Frauen den Sagengestalten aus den Legenden des Volkes gleichen," schloss der Redner seinen Bericht über die Vorkommnisse und setzte sich wieder an der langen, glatt polierten Eichentafel in einem großen Saal des königlichen Palastes.

Außer ihm war noch gut ein Dutzend Adeliger und Höflinge zu einer Anhörung vor dem König erschienen, der in eine festliche Pelzrobe gehüllt auf seinem Thron am Kopf der Tafel saß, umringt von einem Kreis aus greisen Beratern. Die Gerüchte aus dem Norden hatten schnell ihren Weg in die Hauptstadt gefunden, und als man erste Nachricht hörte, dass königliche Boten den Sieg über die finsteren Mächte verkündet hätten, war die Hauptstadt zu einem aufgeregten Bienenschwarm geworden. Alles, was Rang und Namen hatte, hatte sich in die Hallen des Palastes gedrängt, um so genau wie möglich so viel wie möglich über die heldenhafte Schlacht einer kleinen Gruppe Wackerer zu erfahren.

Natürlich hatten die Boten ihre frohe Kunde jedem anvertraut, der sie hören wollte, doch der König hatte sich gezwungen gesehen, seine engsten Vertrauten zusammenzuziehen, um sie über die genaue Lage in Kenntnis setzen zu lassen.

Der König nickte dem Berichterstatter dankend zu und hob eine Hand, um sich Gehör zu verschaffen. Es wurde ruhig im Saal. „Wir sind hocherfreut über die frohe Kunde aus den nördlichen Landen," erklärte er gemessen, „und wünschen selbstverständlich, die Helden dieser Dämonenschlacht persönlich hier zu begrüßen und zu ehren."

Ein ältlicher Mann zur Rechten des Königs mit einem ordentlich gestutzten Backenbart und den feinen seidenen Kleidern eines hohen Adeligen erhob sich und nickte dem König zu. „Das siegreiche Heer ist bereits auf dem Weg in die Hauptstadt, und ihr Zug wird mit jedem Dorf und jeder Stadt, die sie durchqueren, größer. Sir Vincents Boten berichten, dass das Heer in spätestens drei Tagen hier eintreffen, wo es in einem Siegeszug durch die Straßen zum Palast geleitet werden wird."

Auch das war keine Neuheit für den König - seit Tagen bereits schmückten die Bewohner die Stadt mit bunten Bannern und Wimpeln, und die Bürger bereiteten sich auf die Ankunft der Helden vor; ein nicht abreißender Strom von Gästen strömte aus dem ganzen Land in die Herbergen der Stadt, und die Gästezimmer für die siegreichen Streiter in den besten Flügeln des Palastes waren seit Tagen bereitet. Ganz besonders interessierte sich der König für die Elfen, die mit dem Siegeszug in der Hauptstadt eintreffen würden, und die in Gespräche zu einem engen Bündnis mit dem Königreich eingewilligt hatten. Er hatte schon zuvor mit den Elfen zu tun gehabt, doch bisher

218

hatten sie sich immer reserviert gegeben und sich von den Angelegenheiten der Menschen ferngehalten.

„Majestät, wenn ich Eure Aufmerksamkeit noch auf etwas anderes lenken dürfte," ließ sich einer der versammelten Lords vernehmen; die Stimme des Mannes klang nach dem Schnurren einer wirklich *großen* Raubkatze, kurz bevor sie sich auf ihre ahnungslose Beute stürzte, und der König sah die lange Tafel hinunter. Auf ein Nicken des Königs hin erhob sich der Lord und strich mit einer behandschuhten Hand durch seinen wohlgestutzten, tiefschwarzen Bart, bevor er sein Anliegen vorbrachte. Der Handschuh hatte den König zu Anfang verwirrt, doch man hatte ihm Gerüchte zugetragen, dass der Lord sich bei einem Jagdunfall an der rechten Hand verletzt hätte, und der Anblick der verwundeten Hand nicht sehr angenehm sei, auch nachdem sich die Leibärzte darum gekümmert hatten.

„Ich bringe nur ungern in so froher Stunde Eure Gedanken auf ein dunkleres Thema," begann der Mann und schloss mit einer behandschuhten Geste alle im Saal ein, „doch wie uns allen offenkundig wurde, hat sich Herzog Haron als unfähig erwiesen, der Lage in den nördlichen Regionen Herr zu werden." Er erntete zustimmendes Gemurmel aus den Reihen der Adeligen, und auch der König nickte. Auch dieses Thema hatte er zuvor bereits ausgiebig mit seinen Beratern besprochen, und nun wurde es noch einmal wiederholt, so dass alle Adeligen informiert wurden. In weiser Voraussicht war Herzog Haron nicht unter die Anwesenden geladen worden, denn sonst hätte es in diesem Saal zu einem handfesten Streit kommen können; beide Männer waren für ihr zuweilen hitziges Gemüt bekannt.

„Ihr sprecht wahr," wandte sich der König an den Redner und erhob sich nun seinerseits. „Die nördlichen Provinzen bilden die äußere Grenze unseres Königreiches zu den Bergen hin, und die einzelnen Siedlungen liegen so weit auseinander, dass kaum Nachricht von unseren Untertanen zu uns dringt. Dennoch birgt der Norden zugleich mit den schroffsten Bergen auch die größten Schätze für unser Königreich, und deshalb benötigen wir einen Verwalter der Regionen, der sich unseres Vertrauens als würdig erweist. Wir haben Euch erwählt, getreuer Lord, für Eure treu ergebenen Dienste an Eurem König und Land."

Der Mann erhob sich abermals, nickte und verbeugte sich dann elegant. „Wenn es Euer Wunsch ist, mein König, so werde ich mit Freuden Eurem Ruf folgen und in Eurem Sinne die nördlichen Provinzen schützen und zu neuer Blüte treiben."

Und als der Lord sich wieder setzte, sah der König einen Moment lang ein Funkeln in seinen Augen, das er nicht deuten konnte.

Abschließend doch noch ein Dank:

An Ralf Henning Boës und Jan-Erik Ella für die ihrer Feder entstammenden Fantasygeschichten, die ich bereits früh zu lesen bekam, und die mich mit dem Gedanken des Selberschreibens vertraut machten.
An Frank Joachim Boës für technische Unterstützung aller Art, Beratung und grafische Nachbesserungen.
Und an Stefan Axel Boës, der nicht nur mit seinen „Banshees!" den entscheidenden Anreiz und eine wichtige Quelle von Vorwissen bot, sondern auch mit unendlicher Geduld und unschlagbarem Humor meine ersten Entwürfe durchgesehen und kommentiert hat - allein aus seinen Randbemerkungen könnte man ein weiteres Buch schreiben.
Und schließlich muss ich auch so großen Geistern wie J.R.R. Tolkien für den Herrn der Ringe danken, den ich noch immer nicht komplett gelesen habe, oder auch Terry Pratchett, der mir beibrachte, wie gut Fantasy und Humor zusammenpassen. In dieser Reihe müsste ich wohl auch jedem Fantasy-Autor danken, von dem ich jemals ein Buch in der Hand hielt.
Ebenso schließlich auch unzähligen Interpreten verschiedener Musikrichtungen, die meine Schreibarbeit musikalisch begleiteten und mir ebenfalls die verschiedensten Stimmungen eingaben, die ich in mein Buch mit einarbeiten konnte.